« C'est, incontestablement, la personne la plus poursuivie par le sort que l'histoire puisse offrir. »

Souvenirs de la duchesse de Dino,
à propos de la duchesse d'Angoulême, 1833.

LE SECRET DE LA TOUR DU TEMPLE

GAËLE VAILLARD

Éditions
Terre d'Histoires

Photo de couverture : © Magdalena Russocka / Trevillion Images
ISBN : 978-2-8246-2339-9
Code Hachette : 48 3334 8
Catalogues et manuscrits : city-editions.com/terredhistoires

Dépôt légal : Octobre 2024

Prologue

Il allait mourir. Plus rien ni personne ne pouvait le sauver. Assis sur un banc de bois dans la charrette des condamnés, avec ses compagnons d'infortune dont il ignorait tout, il savait qu'il serait le premier. Il laissa errer son regard sur la foule curieuse, avide de spectacle et de sang. Son sang. Malgré la chaleur, un frisson le parcourut... Il était terrifié, se l'avouait sans honte, mais personne ne le saurait. Il garderait la tête haute jusqu'au bout. *Jusqu'à ce qu'elle ne soit plus sur mes épaules*, songea-t-il avec un soupçon d'ironie. Il voulait rester digne pour ceux qu'il laissait derrière lui, ceux qui s'étaient battus pour lui. Pour qu'ils n'aient jamais à rougir de leur engagement, pour qu'ils ne regrettent jamais d'avoir cru en lui. Pour que personne ne puisse dire à ses enfants qu'il était mort en lâche. Ils pourraient le pleurer avec fierté, penser à lui avec orgueil. Peut-être même, un jour, prouver son innocence.

Il allait mourir. Franchissant les derniers pas qui le menaient à l'échafaud, il ferma les yeux un instant, essaya de ne plus entendre la rumeur grondante qui venait à lui pour ne plus penser qu'à ceux qu'il aimait. Grâce à eux, il parvenait à demeurer calme, froid. Lorsqu'il rouvrit les paupières, un vertige le saisit à la vue de cette mer houleuse de visages menaçants et cruels. La foule lui semblait encore plus proche, plus dangereuse. Pourtant, qui parmi eux le connaissait ? Pourquoi cette excitation à l'idée d'une exécution ? Il n'était jamais parvenu à comprendre le plaisir morbide des hommes à voir mourir l'un d'entre eux. Pas plus qu'il n'avait compris le plaisir que l'on pouvait prendre à tuer lorsqu'il s'était engagé dans la Grande Armée autrefois. Il haussa les épaules. À quoi bon se poser tant de questions maintenant que tout s'achevait ?

Il allait mourir. Encore quelques secondes et tout s'arrêterait. Les mains liées dans le dos, il fixa la guillotine qui l'attendait. Un homme pleurait derrière lui. Un autre gémissait. Il demeurait de marbre. Un rayon de soleil fit briller le triangle d'acier. Il fit encore un pas vers lui. Et parcourut la foule du regard une dernière fois. Elle avait promis d'être là. Elle voulait être la dernière personne qu'il regarderait avant… Le bleu de ses yeux… Ce serait la dernière image qu'il emporterait. Il ne pouvait souhaiter mieux. Enfin, il la vit, au premier rang, entourée par des hommes qu'il reconnut avec surprise, la main de son fidèle ami posée sur son épaule. Qu'elle était belle… Il savait qu'elle ne serait pas seule et en fut rassuré. Il fit encore un pas, à la fois confiant et terrorisé…

Tout se précipita soudain sans qu'il comprenne ce qui se passait. Une lourde voiture attelée à quatre chevaux, encadrée de six cavaliers, surgit soudain. Des hommes, tous vêtus de noir, jaillirent en hurlant…

— Place, au nom du roi. Place.

Il vit quatre hommes monter sur l'échafaud, tendre au bourreau un pli fermé d'un sceau que l'homme brisa après une brève hésitation avant de le lire lentement. Le bourreau hocha la tête, croisa le regard de son prisonnier qui put lire dans ses yeux, à travers les trous de son masque, un mélange d'ironie et de surprise. Le bourreau le désigna d'un geste. Les hommes en noir s'emparèrent de lui sans ménagement, l'arrachant à l'échafaud. Il ne voyait plus rien, tous les visages se confondaient. Il essaya de la retrouver dans la foule pour savoir si elle savait ce qui arrivait. Mais il avait perdu toute notion de l'espace. Suffocant, brisé d'épuisement et de peur, il sentit qu'on le jetait dans la voiture dont la porte se referma sur lui, le plongeant dans l'obscurité la plus totale. Le cortège s'ébranla aussitôt.

Il ignorait si on le conduisait vers la vie ou vers la mort…

1

Trente et un ans plus tôt, à Paris...

L'orage avait éclaté quelques minutes auparavant, une bourrasque aussi inattendue que bienvenue tant la chaleur était étouffante. De violents et brusques éclairs venaient éclairer la chambre sordide de la jeune fille. La pluie se heurtait aux vitres closes secouées par le vent mais aucune des trois femmes réunies dans la pièce ne prêtait attention au déchaînement des éléments. Le visage tendu par la peur et la douleur, des mèches de cheveux clairs plaquées par la sueur sur ses joues écarlates, épuisée, à bout de souffle, la jeune fille retomba sur ses oreillers avec un ultime cri de souffrance. Elle venait de donner la vie et les cris du nourrisson lui arrachèrent un sanglot. Elle tendit des bras tremblants vers la sage-femme qui emmaillotait déjà le nouveau-né.

— S'il vous plaît, rien qu'un instant…

L'interpellée se tourna vers l'autre femme qui se tenait légèrement en retrait. Elle n'avait pas dit un mot, ne s'était pas approchée de la jeune fille même lorsque celle-ci avait tendu sa main vers elle en l'implorant. Elle demeurait froide, comme insensible. L'image même de la sévérité.

— Madame ?

Elle s'approcha enfin du lit, dévisagea la jeune fille avec dureté mais ne tenta pas de la consoler ni d'essuyer les larmes qui coulaient sur ses joues.

— Allons, reprenez-vous. Cela ne servirait à rien. Laissez partir ce bâtard et oubliez toute cette sordide histoire. Personne ne doit savoir. Dans quelques mois, ce cauchemar sera effacé de nos vies.

— S'il vous plaît, rien qu'un instant. Par pitié…

— N'insistez pas, c'est non. Faites-vous une raison. Vous tiendrez dans vos bras les enfants nés d'une union légitime et honorable.

— Mon bébé…

— Un fruit gâté. Rien de plus. Assez de larmes.

Elle s'éloigna du lit, lança des ordres secs à la sage-femme sans même la regarder et sortit d'un pas vif. Dans le corridor, elle se laissa aller à un instant de faiblesse. Le front appuyé contre le mur, elle fut un instant tentée de rentrer dans la chambre, de prendre la malheureuse dans ses bras et de s'extasier avec elle sur la beauté de l'enfant. Mais il ne le fallait pas. Elle n'en avait pas le droit. Elle se redressa, ferma son cœur aux sanglots qui lui parvenaient à travers la porte et se dirigea vers la pièce voisine où un homme de confiance attendait. De leur silence dépendaient leurs vies et celle du nourrisson…

La jeune accouchée, le visage ruisselant, jeta un regard désespéré à la soignante qui hésita un instant avant de déposer le paquet de langes dans les bras de sa patiente.

— Embrassez votre fille, vite. Il faut que je l'emmène. Si on nous surprend…

Elle se tut. La jeune fille ne l'écoutait pas. Ses yeux étaient rivés au visage de l'enfant, ses lèvres en caressaient le front, les joues, les yeux, le nez minuscule… Tout l'amour qu'elle portait en elle la submergea et elle serra son bébé contre son cœur…

— J'ai une fille… une fille… une petite fille. Je ne veux pas qu'on me la prenne. Elle est à moi. Elle est tout ce que j'ai.

Émue, la sage-femme tendit les bras pour reprendre l'enfant.

— Allons, il faut me laisser faire maintenant. Ni vous ni moi n'avons le choix, vous le savez bien.

— Encore une chose, s'il vous plaît. La dernière. Ouvrez le premier tiroir de cette commode. Vous y trouverez un petit étui de velours noir. Glissez-le dans ses langes. C'est pour elle. Pour qu'elle sache que je l'ai aimée malgré tout. Je n'ai rien d'autre à lui offrir.

— Un jour peut-être pourrez-vous donner beaucoup plus…

— Non, je sais que je ne la reverrai pas.

Leurs regards se croisèrent, restèrent un instant rivés l'un à l'autre. Elles surent toutes deux que ce secret les liait à jamais, qu'un lien indéfectible venait de se créer entre elles. La sage-femme obtempéra, dénoua les langes pour y glisser ce cadeau de la mère à l'enfant et resserra les liens autour du petit être qui lui était provisoirement confié.

— Prenez soin de vous.

— Prenez soin d'elle.

Elles avaient parlé en même temps et hochèrent la tête dans un mouvement similaire. La sage-femme quitta les lieux, serrant contre elle la petite fille. La jeune mère tenta de suivre le bruit de ses pas, guetta le roulement de la voiture qui emmenait cette part d'elle-même vers une destination inconnue. En vain. La tempête qui grondait au-dehors brouillait les sons. Effaçait toute trace de l'enfant. Emportait dans le vent son chagrin et sa jeunesse.

***

Quelques années plus tard, aux environs de Nantes...

La pluie tambourinait sur la petite vitre et ruisselait sans discontinuer depuis des heures. Le garçonnet, front collé au carreau, fixait d'un œil absent la cour de la ferme. Il s'ennuyait. Ordinairement, il ne craignait pas les averses, trouvant même un certain plaisir à courir dans les chemins détrempés, glissant dans l'herbe, levant la tête pour sentir la fraîcheur bienfaisante sur ses joues, ouvrant la bouche pour avaler les gouttes. Plus encore, il aimait la campagne lorsque la pluie venait de cesser, le bref instant de silence, entre le crépitement des gouttes sur les feuilles et le chant des oiseaux qui saluaient le retour du beau temps de leur joyeux gazouillement ; il goûtait la poésie d'une perle d'eau qui glissait lentement le long d'une feuille pour se perdre en cercles multiples et irisés dans une flaque ; il respirait les odeurs de la terre humide, de la nature qui revenait à la vie après ces minutes d'assoupissement, cette campagne dont il était pétri jusqu'au plus profond de lui et qu'il aimerait, il le savait, même lorsqu'il serait loin, très loin de cette ferme où il était né. Ce jour-là, il n'avait pu sortir, sa mère l'ayant intercepté au moment où il allait franchir la porte.

— Tu vas encore me revenir tout crotté. Il y a du travail à faire ici.

— Mais je voulais aller aider papa aux champs…

— Et comme d'habitude, tu vas traîner en route et t'amuser à sauter dans les flaques. Il rentrera tôt de toute façon, il n'a pas besoin de toi. Tu vas éplucher les légumes pour la soupe de ce soir. Ensuite tu nettoieras la table.

Il n'y avait rien à dire et il s'était résigné en soupirant. Pourtant, depuis plusieurs minutes, profitant de l'inattention de sa mère, il délaissait ses corvées pour regarder la pluie tomber, suivant du doigt les gouttes qui se livraient à une course effrénée pour arriver les premières au bas de la vitre.

— Landry ! C'est ainsi que tu travailles ?

Il sursauta, se retourna à demi pour s'excuser. C'est alors qu'il la vit, du coin de l'œil, près du chêne qui marquait l'entrée de la cour, petite silhouette fragile secouée par le vent. Elle s'appuyait d'une main à l'écorce rugueuse et semblait fixer obstinément la maison. Il ne pouvait distinguer ses yeux mais il savait qu'elle l'avait reconnu, derrière la vitre, et qu'elle l'observait, autant que la distance le lui permettait. Elle l'attendait.

— Julie est là. Je dois la rejoindre.

Il s'élança vers la porte, se saisit de la poignée mais sa mère referma le battant et s'y appuya. Le visage fermé, elle lui désigna la table du menton.

— Tu as du travail.

— Mais Julie m'attend.

— Ne t'occupe pas d'elle. Je t'ai déjà dit que je ne veux pas que tu t'amuses avec cette fille.

— Elle est venue pour moi. S'il te plaît…

— Non. Ne t'approche pas de la fenêtre. Elle finira par partir.

La gorge nouée, Landry reprit sa corvée. Il jeta les légumes dans l'eau et commença le nettoyage. Il essayait de temps à autre de jeter un coup d'œil à la fenêtre mais il savait que sa mère le surveillait tout en filant sa laine. Il ne parvenait pas à chasser de son esprit l'image de la petite fille qui l'attendait. Elle ne partirait pas, il en était certain. Un mugissement étouffé à l'arrière de la maison lui arracha un sourire. Son père rentrait ; il comprendrait peut-être… Quelques minutes plus tard, le chef de famille entra dans la pièce, se débarrassa vivement de sa veste trempée et s'approcha du feu pour se réchauffer. Sa femme lui tendit un verre de vin qu'il but d'un trait avant de la remercier d'un sourire.

— Impossible de travailler avec ce temps. Je n'arrive à rien. Il faut pourtant bien labourer…

— Paul, voyons ! Les champs peuvent attendre. Tu pourras en profiter pour réparer la porte de la grange. Et les étagères dans la resserre ne tiennent plus…

Il sourit à son épouse, lui serra l'épaule d'un geste tendre.

— Tu as raison, je ne suis pas à une journée près et il y a toujours du travail dans une ferme.

Il tira alors d'un coffre quelques outils, des morceaux de bois et des chutes de tissus. Assis devant la table, il se mit au travail sous l'œil un brin moqueur de sa femme.

— Encore une poupée ! Tu en as déjà taillé deux douzaines. Elles ne rapportent guère à la foire.

— Je sais mais les enfants les aiment et viennent avec les parents. Et ces parents voient alors les assiettes, les écuelles et les bols.

La femme haussa les épaules et sourit de manière à lui signifier qu'elle n'était pas dupe. Son époux adorait les enfants et rien ne lui plaisait plus que de voir une fillette sourire en emportant une poupée ou un garçonnet serrer contre lui les petites quilles de bois que ses parents lui avaient offertes pour quelques sous. Et, contrairement à ce que disait son homme, les adultes ne regardaient pas toujours les jolis bols qu'il creusait patiemment chaque soir après le souper.

Landry, qui connaissait bien son père, profita de ce moment d'intimité familiale.

— Julie est là dehors qui m'attend.

— Landry ! Elle est sans doute partie maintenant. Oublie-la et laisse ton père travailler.

Le père, cependant, s'était levé et observait à son tour la petite fille, toujours sous le chêne. Elle était immobile, laissant la pluie la tremper. Il remarqua aussi qu'elle était pieds nus malgré le mauvais temps.

— Tu te trompes, Marthe, elle est toujours là. Pauvre petite…

— Papa, nous ne pouvons pas la laisser dehors, n'est-ce pas ?

L'espoir vibrait dans la voix du petit garçon. Il évitait de croiser le regard de sa mère, sachant déjà quels reproches elle lui adresserait dès qu'elle le pourrait…

— Je te dis qu'elle finira par partir.

— Marthe, elle a cinq ans à peine. On ne peut pas la laisser là.

— Je ne veux pas de cette enfant chez moi. Tu sais ce que j'en pense. Elle me met mal à l'aise…

— Tu ne peux pas lui reprocher ce que sont ses parents. Elle n'y est pour rien. Cette fillette deviendra ce que nous tous ferons d'elle. En la rejetant, nous en ferons une sauvageonne. En l'acceptant et en l'aidant, nous en ferons une enfant comme les autres.

— Elle n'est pas comme les autres !

— Elle n'est pas différente des autres enfants du village. Elle ne demande qu'un peu d'attention. Landry, va la chercher. Elle attendra ici la fin de l'averse et, ensuite, tu la raccompagneras chez son père.

Le garçon était déjà à la porte. Il courut au grand arbre, prit la fillette par la main et la ramena dans la pièce. Elle grelottait, ruisselante, mais n'osait avancer. Elle n'était jamais entrée à l'intérieur de la ferme et ne savait comment se tenir. Gentiment, le père de famille lui désigna la cheminée.

— Tu peux te réchauffer, petite.

Elle avança lentement, tendit ses petites mains vers la flamme, tremblant de tous ses membres. Paul attrapa un châle de laine et voulut le poser sur ses épaules. Sa femme intervint alors.

— Mais enfin, ce n'est pas ainsi qu'il faut procéder. Il faut lui enlever ses vêtements et les sécher.

Elle s'était levée et, joignant le geste à la parole, elle jeta le châle sur sa chaise, dépouilla la fillette de son corsage et de sa mauvaise jupe de toile, trop courte et déchirée en plusieurs endroits.

— A-t-on idée de laisser une enfant courir les champs attifée de la sorte ? Est-elle donc crasseuse cette petite ! Je ne peux quand même pas accepter ça chez moi…

La fermière, malgré ses réticences premières, n'avait pas supporté de laisser sans soin la petite fille que le hasard, son mari et son fils avaient posée devant ses yeux. À l'aide d'une serviette humide, elle débarbouilla le visage, les mains, les bras de l'enfant qui se laissait faire, surprise et intimidée d'être au centre des attentions de la famille. Marthe la sécha et l'entortilla enfin dans son châle pour la réchauffer. Puis, Landry lui fit signe de venir s'asseoir près de lui, devant la table. Pendant ce temps, Paul avait rempli un bol de lait qu'il tendit à la petite avec un bon sourire. Elle but à longs traits, goulûment, et reposa le récipient avec un soupir de satisfaction. Elle adressa un timide sourire au fermier pour le remercier. Il reprit ses outils, jeta un coup d'œil à sa femme qui observait l'enfant avec dans le regard une étrange expression, mélange de pitié et d'attendrissement. Son cœur de mère ne résistait pas à cette détresse enfantine. Comme elle, il avait vu, sur les bras nus de Julie, les traces laissées par les coups qu'elle recevait régulièrement et il savait qu'elle était tout aussi attristée et révoltée que lui. Landry était leur unique enfant mais ils avaient ensemble rêvé d'une nombreuse descendance. Un an avant leur fils, un premier garçon était né qui n'avait vécu que deux mois. Les déceptions avaient ensuite succédé à l'espérance suscitée par quatre grossesses consécutives et, depuis maintenant cinq ans, leur mariage était resté stérile. Ils reportaient donc tous leurs espoirs sur leur fils de neuf ans mais Paul savait déjà que son garçon ne reprendrait pas la ferme après lui. Intelligent mais rêveur, travailleur mais distrait, Landry rêvait déjà d'ailleurs et son père savait qu'un jour, l'oiseau s'envolerait pour des horizons bien différents.

— Landry, lis-nous quelque chose, tu veux ?

Le gamin sourit, prit sur une étagère un petit livre de contes un peu usé par les nombreuses manipulations de ses mains d'enfants. Chaque fois que le colporteur passait ou que son père se rendait à la foire, il lui ramenait l'un de ces ouvrages qu'il lisait et relisait en attendant le suivant. Landry, d'une voix bien timbrée, entama le récit, jetant de temps à autre un regard en coin à la fillette. Tout comme Paul, il ne tarda pas à remarquer que l'attention de Julie était attirée davantage par le travail du père que par la lecture du fils. Le fermier fit une grimace à la petite qui gloussa en cachant son visage dans ses mains. Il lui tendit alors le petit pantin de bois qu'il venait de finir :

— Il te plaît, petite ? Il est à toi. Prends…

L'enfant tendit une main timide qu'elle recula aussitôt. Devant son hésitation, il insista gentiment. Finalement, elle s'empara de l'objet convoité et le serra contre elle avec ferveur, dardant sur l'homme un regard lumineux, empreint de surprise et de reconnaissance. Elle se laissa glisser à terre et vint s'asseoir devant la paysanne dont le tricot s'allongeait rapidement entre ses doigts agiles. Sourcils froncés, elle fixait les mains de la femme, cherchant à percer le mystère de ce travail. Marthe sourit, passa sa main dans les cheveux emmêlés :

— Tu voudrais que je t'apprenne ?

De nouveau, le regard de la fillette s'éclaira et elle hocha vigoureusement la tête.

— Il est trop tard pour aujourd'hui mais tu pourras revenir. J'irai en parler à ton père pour qu'il t'y autorise.

À ces mots, Landry et son père échangèrent un sourire mais Julie baissa la tête. L'allusion à son père l'effrayait et ce sentiment se mêlait à la joie qu'elle éprouvait à recevoir soudain tant d'affection.

La pluie cessa enfin. Landry raccompagna chez elle la fillette qui, serrant toujours son pantin contre son cœur, se retourna plusieurs fois pour saluer de la main les fermiers. Au moment du départ, Paul l'avait embrassée sur le front et il lui semblait encore sentir la caresse un peu rugueuse de sa moustache sur sa peau. Julie n'avait pas prononcé un mot de l'après-midi. Elle avait tout juste cinq ans et découvrait ce que pouvait être la tendresse d'un père.

***

Marthe, au lendemain de cet après-midi de pluie, surmonta ses réticences, vint trouver le père Chesnay et lui demanda l'autorisation de prendre sa fille chez elle durant la journée. Elle expliqua que l'enfant avait besoin d'apprendre les tâches ménagères et qu'elle ne pouvait vivre indéfiniment comme une sauvageonne. Elle fut soutenue par le grand-père qui lui adressa maints regards de reconnaissance : il adorait la petite mais ne pouvait lui témoigner son affection devant son fils dont la brutalité s'exacerbait à la mesure de la tendresse manifestée par le vieil homme.

— Je lui apprendrai à cuisiner, à coudre, à tenir une maison. Tout ce qu'il faut pour que vous puissiez la marier convenablement le jour venu.

— Accepte, fils. Au moins, nous saurons toujours où est la petite. Tu sais si je m'inquiète quand elle disparaît pendant des heures. Et les leçons d'une femme lui seront utiles ici également. Elle pourra les mettre à profit pour nous aider.

Le père Chesnay hocha la tête. Il ne songeait nullement à marier sa fille, non en raison de son âge mais bien parce qu'il savait qu'aucune famille des alentours ne voudrait d'elle. Si elle trouvait un jour un mari, elle devrait se débrouiller. Quant à lui, pas question de dépenser un sou pour les noces d'une gamine dont il n'avait jamais voulu. Cependant, l'argument de son père touchait plus juste. L'ordinaire des repas était médiocre, un savoir-faire serait le bienvenu. De même pour le ménage et la lessive. Et puis, songeait-il, dans quelques années, il pourrait la placer dans une maison de la ville et toucher ses gages. Au moins, avec le temps, elle se rendrait utile.

— Et pour les repas ? Il faudra qu'elle apporte son dîner ?

— Non, elle mangera avec moi. Mais j'aimerais qu'elle porte de meilleurs vêtements et des sabots seraient bienvenus. Je ne veux pas d'une souillon dans ma cuisine.

À ces mots, l'homme rougit de colère. Il n'entendait nullement fournir un trousseau, encore moins des souliers. Il hésita puis une idée l'effleura qui lui arracha un sourire. Il ouvrit un coffre de bois, en sortit des hardes défraîchies qu'il mit dans les bras de la fermière.

— Vous voulez lui apprendre à coudre. Taillez-lui des vêtements là-dedans. Ça appartenait à sa mère, normal que ça lui revienne.

Marthe serra les dents pour ne pas protester contre l'avarice de l'homme. Des tissus qu'elle tenait émanait une détestable odeur de moisi et de renfermé et elle se demandait ce qu'elle pourrait en tirer.

— Et pour les sabots ?

— Elle n'en a pas besoin. Elle est habituée à aller pieds nus.

— Je lui en achèterai. J'en ai bien le droit.

Pour une fois, happé par l'exemple de leur visiteuse, le vieil homme osait braver son fils. Il sourit à Julie, assise sur un des barreaux de l'échelle qui montait à la soupente et qui ne perdait pas une miette de la conversation. Les yeux de l'enfant brillaient d'excitation. Le père haussa les épaules, jeta un regard de mépris au vieux et mit fin à l'entretien :

— Elle viendra dès demain. Mais je vous préviens, ne venez pas vous plaindre si elle se montre insupportable. Cette enfant est méchante et idiote. Elle ne comprend que les coups.

— J'essaierai de trouver une autre méthode.

— À votre guise, mais ne vous faites pas d'illusion, vous n'en tirerez pas grand-chose.

Marthe repartit en maîtrisant difficilement sa colère. Comment pouvait-il dire que cette petite fille était méchante ? Elle s'était montrée douce et docile la veille. Quant à la prétendre idiote, elle ne savait qu'en penser… Il était vrai qu'elle n'avait pas encore entendu le son de sa voix.

Dès le lendemain, Julie se rendit donc chez les fermiers, chaussée de petits sabots de bois que son grand-père avait achetés quelques sous dans une autre ferme. Ils n'étaient ni neufs ni à la taille de l'enfant mais c'était tout ce que le vieil homme avait pu se procurer. Aussi gênaient-ils la fillette qui trébuchait presque à chaque pas sur le chemin qui la menait vers une nouvelle existence. À l'entrée de la cour, l'homme lâcha la petite main et la poussa doucement vers l'entrée. Il s'éloigna ensuite sans se retourner, sans avoir signalé sa présence, laissant la fillette plus seule qu'elle ne l'avait jamais été. Elle demeura un long moment près de l'arbre où était venue la chercher Landry puis osa avancer dans la cour. Ernest, le valet de ferme, la découvrit le premier et appela Marthe qui apparut aussitôt sur le seuil, un bon sourire sur les lèvres :

— Te voilà donc, petite ? Entre vite. Viens te réchauffer.

Julie obtempéra en tremblant, sous le regard sceptique du valet qui se demandait ce qu'il adviendrait de cette expérience. Il connaissait de longue date les Chesnay et, comme tout le village, détestait le père et se méfiait de cette enfant tellement silencieuse et pourtant effrontée à sa manière de fixer les adultes sans jamais baisser les yeux. Il se souvenait de la mère, connaissait sa mauvaise réputation et se demandait à quel point elle avait hérité des mauvais penchants de cette femme froide et étrange. Pourtant, il ne put s'empêcher d'éclater de rire quelques minutes plus tard en voyant l'enfant surgir pieds nus sur le seuil de la maison et s'enfuir vers la grange, poursuivie par Marthe dont le visage rougissait sous l'effort. Après quelques minutes d'une course effrénée, il attrapa lui-même la fillette et la tendit à la fermière qui cachait son hilarité sous une feinte colère.

— Je commence à me demander si j'ai eu raison de te faire venir ici.

Elle se voulait simplement bourrue mais elle comprit vite qu'elle avait effrayé la petite à l'expression qui passa sur son visage et dans ses yeux. Elle lui sourit alors, la prit doucement dans ses bras. Elle sentit le souffle court de l'enfant contre son cou et en fut touchée. Elle comprenait à quel point la fillette devait être rudoyée chez elle.

— Allons, ce n'est rien. Je veux juste que tu sois propre pour que l'on puisse voir à quel point tu es jolie. Mais si tu veux, nous attendrons demain.

Julie passa alors ses petits bras au cou de la fermière, ferma les yeux et se laissa emporter. À l'intérieur, elle se dévêtit d'elle-même et se glissa dans l'eau tiède de la bassine. Elle se laissa savonner, frotter, sécher et revêtir d'une petite chemise bien propre. Elle subit ensuite courageusement le peigne qui s'attaqua à la masse emmêlée de ses cheveux. Tout en s'occupant d'elle avec des gestes précautionneux, Marthe babillait, l'encourageait à se confier mais l'enfant demeurait désespérément muette.

Elles passèrent ensuite la journée à nettoyer et à repriser les vieux vêtements de Julie. Attentive, l'enfant se penchait sur son ouvrage et s'appliquait tant qu'elle pouvait, le front plissé par l'effort. La peur d'être renvoyée chez elle ou de ne pas avoir l'autorisation de revenir la tenaillait. Aussi se mordait-elle les lèvres pour ne pas se plaindre à chaque fois qu'elle se piquait le doigt et s'efforçait-elle de donner satisfaction à son professeur.

À la fin de la journée, sur un geste de Marthe, elle ouvrit elle-même la porte à Paul et Landry qui rentraient des champs. Ils reconnurent à peine la petite souillon qu'ils avaient recueillie l'avant-veille dans cette fillette bien coiffée et vêtue de propre. Paul posa un baiser dans ses cheveux blonds tandis que son fils dévisageait sa camarade de jeu avec stupéfaction.

***

Les années s'égrainèrent.

Julie atteignit rapidement ses treize ans. Il ne restait plus rien chez elle de l'enfant crasseuse et sauvage qu'elle avait été. Désormais jeune fille, elle se rendait chaque matin chez les Findroy, vaquait aux occupations de la maisonnée, aidait Marthe à préparer les repas, soignait les bêtes. Tout en travaillant avec ardeur, elle chantonnait toute la journée, ravissant chacun de sa jolie voix, dont les harmonies avaient parfois quelque chose de céleste. Par-dessus tout, elle aimait les fins de journée où l'activité s'apaisait et où elle pouvait s'adonner à ses activités favorites qu'étaient la couture, la broderie et le tricot. Marthe lui avait appris ces petits travaux et elle y excellait au point que la fermière lui confiait souvent ses propres vêtements et l'enfant ne se contentait pas de repriser une jupe : elle y ajoutait un galon de laine qu'elle embellissait de broderie. Devait-elle reprendre la manche d'une veste que Paul abîmait, elle l'ornait d'une série de festons parfaitement dessinés et symétriques. De temps à autre les fermiers lui offraient quelques pièces de tissu pour la remercier de son travail. Elle rougissait alors de plaisir et se mettait à l'ouvrage, de ses doigts habiles naissaient des fichus, des mouchoirs, parfois des coiffes. Elle redonnait une partie de ses travaux à Marthe qui les refusait d'abord, embarrassée de reprendre les étoffes qu'elle avait offertes mais Julie lui souriait doucement, poussait vers elle un joli bonnet brodé et secouait la tête. Elle n'avait pas besoin des articles qu'elle confectionnait. Les penser, les coudre, les embellir suffisait à son bonheur. Et quelque chose en elle refusait cette rétribution du travail qu'elle fournissait à la ferme.

Le soir, elle rentrait chez elle, parfois seule mais souvent accompagnée de Landry ou, plus rarement, de son père. Elle s'amusait de cette insistance qu'ils mettaient à l'escorter – le matin, elle cheminait seule – mais appréciait leur compagnie plus qu'elle n'osait le dire. Landry lui racontait les derniers livres qu'il avait lus, discutait joyeusement. Paul, plus posé, évoquait les semailles, les moissons et les prochains travaux à accomplir ; le plus souvent, il restait silencieux et se contentait de poser un baiser sur son front, de lui murmurer un tendre *Bonne nuit, petite, à demain* avant de s'en retourner tandis qu'elle retrouvait sa triste maison, son père plus ou moins ivre et son grand-père adoré qui l'attendait près du feu et dont le visage s'éclairait en la voyant. S'il n'y avait pas eu le vieil homme, elle aurait eu bien du mal, chaque soir, à franchir le seuil de cette demeure sans âme où son père continuait de la mépriser et de la rudoyer malgré le temps qu'elle passait à entretenir les deux petites pièces où ils vivaient, à préparer la soupe, à recoudre les vêtements qu'il déchirait régulièrement dans les querelles d'ivrognes où il se laissait entraîner. Souvent, lorsqu'il rentrait de ces escapades alcoolisées, il rejetait sur elle la colère qu'il ramenait des tavernes puantes et enfumées où il buvait le peu d'argent qu'il gagnait. Les coups pleuvaient alors ; elle parvenait parfois à y échapper en escaladant l'échelle qui la menait à la soupente où elle dormait. En général, il renonçait à la suivre là-haut : il titubait tant que les barreaux lui semblaient se dérober sous ses pieds et parfois, son regard était si trouble, qu'il était même incapable de les trouver.

Cependant, elle n'avait pas toujours la chance de lui échapper et elle devait alors subir les gifles, les coups de pied, parfois même les coups de poing qu'il assénait sans retenue en l'insultant copieusement. Un soir, la maintenant par un poignet, il l'assomma presque d'un coup au menton avant de la précipiter face contre la table et de la frapper à coups de ceinture. Il alla ensuite se coucher tranquillement tandis qu'elle regagnait sa soupente d'un pas incertain pour essayer de trouver un improbable sommeil que la douleur faisait fuir.

Le lendemain, Marthe s'indigna devant le menton et le poignet bleuis de la jeune fille. Elle courut chercher son époux dans la grange qui s'emporta violemment dès qu'il vit Julie. Ordinairement, les gifles ne laissaient guère de traces sur son visage et elle cachait sous ses vêtements les ecchymoses qui marbraient ses jambes et son dos. Cette fois, bien sûr, elle n'avait pu les dissimuler. Elle tentait maintenant de fuir le regard des fermiers. Paul, hors de lui, arpentait la pièce en évitant de dévisager l'enfant. Enfin, il s'arrêta. Plongea ses yeux dans ceux de Julie. Frappa du poing sur la table, la faisant sursauter et reculer d'un pas.

— Je vais aller trouver ton père et lui donner une bonne correction. Je vais lui expliquer ce que je pense d'un homme qui bat son enfant.

— Vous n'irez pas. Il ne faut pas.

— Voyons, petite, je ne peux pas laisser faire. Je sais que ce n'est pas la première fois mais trop c'est trop !

— Si vous tenez à moi, vous n'irez pas. Il irait penser que je me suis plainte et il serait encore plus furieux. Et il m'interdirait de revenir. S'il vous plaît, ne faites rien.

Il la dévisagea, la prit par le menton, lut dans son regard sa détermination et lui sourit tendrement. Le cœur serré à l'idée du calvaire qu'elle endurait chez elle, il accepta néanmoins de se soumettre à sa demande. Il posa ses lèvres sur son front, plus longtemps qu'il ne le faisait d'habitude, caressa ses cheveux blonds d'une main qui tremblait encore un peu :

— Entendu, petite, je n'irai pas. Pour aujourd'hui, je veux bien me taire. Mais, la prochaine fois, je veux que…

— La prochaine fois, cela sera comme aujourd'hui. Pour les mêmes raisons.

— Je ne veux pas qu'il finisse par te tuer à force de…

— Oh, vous savez, il est trop ivre pour taper bien fort !

Elle était faussement désinvolte pour ne pas les inquiéter, pour ne pas leur poser de problème. Elle les aimait suffisamment pour cacher à quel point son dos, ses fesses et ses cuisses la brûlaient et la faisaient souffrir à chaque mouvement un peu trop brusque. Elle ne voulait pas qu'ils puissent voir sa peau striée des stigmates laissés par la ceinture de cuir, sa chair entamée par la boucle de métal… Elle leur souriait bravement pour ne pas les alarmer davantage. Elle reprit son ouvrage et chanta tout le jour, comme à l'accoutumée. Peut-être même un peu plus fort, ce jour-là. Et Paul resta chez lui…

À quoi bon pleurer de toute façon ? Cela n'effacerait pas la douleur… Devant son père aussi, elle avait appris à ne pas montrer qu'il lui faisait mal. Petite fille, elle hurlait lorsqu'il la frappait et sanglotait ensuite de longues heures, recroquevillée sur elle-même. Elle avait compris que c'était inutile, que ces cris décuplaient la colère et la haine qu'il semblait éprouver pour elle.

Elle se taisait donc, subissait sa violence en serrant les dents, baissait le front en attendant que la tempête s'apaise. Elle n'alimentait pas sa rage par des cris inutiles et savait que c'était sans doute à cela qu'elle devait d'être encore en vie. De plus, en ne pleurant pas, en ne protestant pas, elle épargnait du chagrin à son grand-père, impuissant à l'aider malgré toute l'affection qu'il lui portait. La dernière fois qu'il avait essayé, Chesnay l'avait jeté dehors, avait refermé la porte à clé et avait frappé encore plus fort. Il était ensuite allé se coucher, sans se soucier du vieil homme qui s'était assommé en tombant et avait passé la nuit dans la cour. Julie voulait éviter que de telles scènes se reproduisent. Aussi, tout comme aux Findroy, elle lui faisait croire qu'elle ne souffrait pas et lui enjoignait de ne rien faire. Terrifié par son fils, le vieil homme s'était résolu à se taire mais il s'efforçait de consoler la petite en lui offrant de temps en temps un petit présent ou de la mettre en garde lorsqu'il voyait son fils rentrer : *Ton père arrive, il a bu. Monte vite te coucher, je dirai que tu étais fatiguée.* Elle disparaissait alors dans la soupente, se blottissait sous sa couverture et priait pour que son père ne devine jamais comment elle parvenait à lui échapper.

Devant lui, elle baissait la tête, se montrait humble mais elle lui dissimulait ainsi l'orgueilleuse lumière de son regard. Depuis longtemps, elle avait cessé de le voir comme un père. Décidée à plier sans jamais rompre, elle attendait le jour où elle pourrait enfin fuir cet enfer quotidien. Elle soupirait parfois en songeant à la vie qu'elle aurait si elle vivait chez les Findroy. Mais elle n'était pas leur fille. Et ils n'avaient pas les moyens de lui payer les gages que son père exigerait pour la laisser partir. Heureusement, il y avait son grand-père qui lui donnait chaque soir une raison de rentrer.

Pour l'heure, elle trouvait un semblant de bonheur en marchant chaque matin jusqu'à la ferme, en se promenant avec Landry le dimanche après-midi après l'office. Ils trouvaient refuge dans une cabane de berger abandonnée et ils discutaient des heures durant de leurs projets d'avenir. Du moins Landry parlait-il avec fougue de ses rêves, Julie l'écoutant avec une certaine angoisse de le voir partir loin d'elle. Elle savait que cela serait inévitable, que ce frère de cœur ne restait que pour ses parents et pour elle. Il essayait de lui apprendre à lire et à écrire, jurant qu'il ne partirait que lorsqu'il serait sûr qu'elle pourrait répondre aux lettres qu'il lui enverrait de Paris. Alors, elle faisait parfois semblant de ne pas comprendre, retardait volontairement ses progrès pour le retenir encore un peu. Lui parti, elle n'aurait plus d'ami, plus de rempart contre les médisances des jeunes gens du village. Elle entendait parfois des murmures lorsqu'elle passait dans les rues, surprenait des regards désobligeants, rougissait à certains gestes grossiers. Lorsque Landry l'accompagnait, les voix se taisaient, les yeux se baissaient, les mains s'enfonçaient dans les poches. Il avait rossé deux garçons qui se moquaient d'elle un jour. Depuis, on se méfiait de sa vigueur et de ses poings. Qu'adviendrait-il d'elle quand il serait loin ? Paris… Il ne parlait que de cela. Et elle détestait cette ville lointaine, pourtant bien trop proche à ses yeux.

2

Elle n'avait plus guère le temps de s'interroger sur le départ de Landry.

Elle ne s'inquiétait plus de l'état où elle trouverait son père le soir.

Elle ne voyait plus son père. Ni Landry. Ni les Findroy. Ni son grand-père.

Le travail l'accaparait, l'épuisait, l'empêchait de réfléchir.

Depuis six mois, elle était servante chez Marcel Charron, l'un des plus importants fermiers de la région. Elle n'avait pas eu le temps de se poser de questions ou de prévenir les Findroy. Son père l'avait saisie par le poignet un matin, lui avait désigné un petit balluchon qu'il avait préparé lui-même et lui avait ordonné de le suivre. Elle avait obéi, un peu inquiète, oubliant d'embrasser le vieux dont le regard désolé l'avait accompagnée jusqu'à la porte. En chemin, Chesnay lui avait expliqué qu'il lui avait trouvé une place chez les Charron, qu'elle n'irait plus chez les Findroy et qu'il lui était même interdit de les revoir ou de leur parler.

—Ne t'approche plus d'eux. Ne mets plus les pieds chez eux que si ton maître te l'ordonne. Que je ne te prenne pas à fricoter avec le Landry, tu aurais la plus belle correction de ta vie. Quant à lui, il regretterait de t'avoir connue. Tu as assez travaillé pour eux gratuitement. Il est temps que tu sois payée. C'est convenu avec Charron, il me donnera tes gages chaque quinzaine. Comme il va te loger et te nourrir, tu n'auras besoin de rien d'autre. J'espère que tu es satisfaite : tu ne seras plus une charge pour nous.

— Et grand-père, pourrai-je le revoir ?

— Le dimanche, à la messe, si ton maître consent à ce que tu l'accompagnes. Tu dépends de lui désormais.

Il l'avait déposée chez Marcel Charron et était parti aussitôt sans un mot. Elle l'avait regardé s'éloigner, sans comprendre ce qui se passait. Elle devinait juste que sa vie changeait et qu'elle n'y était pas prête. Son patron l'accueillit lui-même sur le seuil de la ferme et lui présenta Linette, sa vieille servante, qui s'empara de son balluchon et l'entraîna aussitôt dans la cuisine. Julie espéra un instant que cette femme serait son alliée dans la maison. Un instant. Un instant seulement.

— Je suis dans cette maison depuis cinquante ans. Le maître pense que j'ai besoin d'aide mais je ne te laisserai pas prendre ma place. Tiens-toi tranquille, travaille en silence. Je déteste plus que tout les gamines trop bavardes. Et baisse les yeux quand je te parle.

En parlant, elle déposa devant la fillette une montagne de légumes, lui ordonna de les éplucher et s'éloigna. Julie ne posa pas de question. Le cœur serré, elle s'attaqua à son ouvrage. Elle était terrifiée. Cette femme lui faisait peur. Son maître lui faisait peur. Cette cuisine, immense, lui faisait peur. Même ces pommes de terre et ces oignons lui semblaient menaçants.

— Espèce d'idiote ! C'est tout ce que tu as fait ? Et regarde-moi ces épluchures ! Tu crois sans doute que la nourriture ne coûte rien…

Linette était revenue et s'insurgeait. Julie ne répliqua pas, s'appliqua davantage. La vieille femme profita de son silence, comme elle aurait profité de la moindre réponse pour la rabrouer tout autant.

— Tu pourrais t'excuser au moins…

À midi, le fermier, ses fils et ses sept employés firent leur apparition. C'étaient tous de solides gaillards, endurcis par le travail de la terre. Ils parlaient haut et étaient affamés. Il fallait les servir vite, sans hésiter. Les assiettes de soupe épaisse, les tranches de lard, le pain et le vin étaient engloutis avec des bruits secs de mastication. À la fin du repas, Julie retira les plats, trébucha contre le chien qui guettait une occasion de se régaler et une tranche de lard glissa à terre où elle fût aussitôt dévorée.

— Idiote !

Linette avait tout vu et ne rata pas cette occasion d'humilier la fillette devant les maîtres. Très pâle, Julie rangea le reste de viande dans le garde-manger. Elle posa ensuite une grande corbeille de fruits sur la table et s'inclina devant Charron.

— Je suis désolée…

— Ce n'est rien, petite. Linette, ne sois donc pas si dure. Julie vient d'arriver, tout est nouveau ici pour elle. Et tu te plains toi-même que cet animal te fait enrager.

— Ce n'est pas une raison pour le nourrir avec votre viande…

— Cela ne se reproduira pas. N'est-ce pas, fillette ?

— Non, Monsieur.

L'incident était clos. Julie remercia son maître d'un sourire timide et se retira. L'après-midi, Linette lui fit visiter la maison, l'assommant de détails et d'informations sur la tenue du ménage, de la cuisine, des chambres. Puis, il fallut redescendre préparer le souper. Et ranger, et nettoyer encore. Julie, tout en travaillant, écoutait décroître les bruits de la maison, les pas dans l'escalier, les souliers qui tombent sur le sol… Elle était épuisée, elle avait faim et savait que chaque jour de sa nouvelle vie ressemblerait à celui-là. Linette la conduisit dans les combles où se trouvaient leurs chambres. La vieille servante s'arrêta devant une porte, lui colla son balluchon dans les bras.

— Toi, tu dors là. Évidemment, tu entretiendras cette pièce toi-même. Je te réveillerai demain pour allumer le feu à la cuisine. Les autres jours, tu te débrouilleras…

Elle pénétra dans la mansarde d'un pas chancelant, levant son bougeoir pour reconnaître les lieux. L'endroit était propre, d'une triste simplicité. L'ameublement, sommaire, composé d'un petit lit de sangle, d'une chaise et d'une caisse qui devait lui servir de rangement, lui arracha pourtant un sourire. C'était la première fois qu'elle avait une chambre…

Sa vie fut dès lors consacrée au labeur éreintant d'une importante maison. Charron était l'un des fermiers les plus riches de la région et voulait une demeure parfaitement propre et ordonnée bien qu'il passât la plus grande partie de ses journées dans ses champs. Julie aimait bien son patron, tout en étant effrayée dès qu'il pénétrait dans la pièce où elle se trouvait. Sa peur tenait surtout à sa carrure formidable ; plus grand que tous les hommes qu'elle avait connus jusque-là, il était d'une incroyable vigueur, soulevant sans la moindre difficulté des sacs de grains que ses ouvriers peinaient même à traîner. C'étaient ses mains qui impressionnaient le plus la fillette : larges comme des battoirs, elles semblaient prêtes à briser le moindre objet qu'elles saisissaient lorsque l'homme s'emportait et paraissaient pourtant d'une incroyable douceur lorsqu'elle se posait sur la tête du chien de la maison. Au caractère, l'homme était bon sans être prodigue, aimable avec les faibles sans pour autant être condescendant, sévère avec ses fils tout en les adorant et en leur pardonnant leurs facéties de jeunes garçons. Il aimait ses terres et ses bêtes par-dessus tout et s'emportait contre quiconque ne respectait pas ses activités paysannes.

Envers Julie, il était d'une exacte probité. Il avait été inquiet d'abord en la voyant si frêle dans cette grande cuisine et s'était inquiété de la réaction de Linette qui voyait son autorité menacée par cette jeunesse. Mais Julie avait rapidement prouvé sa vaillance au travail, œuvrant du matin au soir sans jamais se plaindre, souriant avec grâce lorsqu'elle servait les repas, chantonnant doucement à chaque heure. Pour ne pas contrarier la vieille servante, elle taisait la part active qu'elle prenait aux améliorations de la maison, la laissait s'enorgueillir des compliments du maître qui se réjouissait de la blancheur plus éclatante du linge, de la propreté des carreaux, de la brillance des meubles que Julie cirait avec soin chaque semaine. Si bien que Linette, brave femme au fond, qui craignait surtout de perdre sa place dans une maison qui était toute sa vie, l'avait prise sous son aile et que toutes deux cohabitaient dans une atmosphère cordiale et chaleureuse.

Il n'y avait guère qu'au sujet des fils du fermier qu'elles n'étaient pas d'accord. Linette les avait vus naître et grandir. Elle les admirait et les regardait avec une indulgence proche de l'aveuglement. Julie craignait un peu ces deux grands gaillards bruyants et emportés qui semblaient toujours entourés de bruit et de frénésie. Leur père seul leur imposait le silence par sa simple présence. Quand il était absent toute la maison résonnait du martèlement de leurs gros souliers, du claquement des portes, de leurs querelles ou des chansons qu'ils entonnaient à tue-tête. Si Julie pouvait comprendre ces débordements, elle s'alarmait cependant de leurs regards un peu trop appuyés qui se posaient sur elle et de certains gestes qu'elle jugeait gênants.

César, l'aîné, avait dix-sept ans ; Clovis, quinze. Ils paraissaient promis à la même impressionnante carrure que leur père, dont ils avaient également les yeux noirs et l'abondante chevelure brune, si proches physiquement l'un de l'autre que l'on pouvait aisément les prendre pour des jumeaux. De fait, ils avaient poussé ensemble, sur cette terre sombre dont ils vivaient et qu'ils aimaient. Ils semblaient tirer leur force de ce sol fertile, à la manière des grands chênes qui ombraient les champs qu'ils travaillaient. Au quotidien, ils ne se quittaient guère, portaient à peu près les mêmes vêtements, riaient des mêmes sottises et se comprenaient sans avoir besoin de se parler.

Avec Julie pourtant, ils se comportaient de manière différente. César posait sur elle un regard de feu, dur et impénétrable. C'était lui qui se permettait certains effleurements, auxquels Julie ne savait comment réagir. Lorsqu'il la croisait dans un couloir ou un escalier, elle sentait le contact de sa main, sur sa hanche, sa taille, le long de sa jambe. Elle n'osait protester, ne comprenant pas si ces gestes étaient inconvenants, craignant de perdre sa place si jamais elle protestait. Les yeux de Clovis étaient plus doux, plus tendres. Il ne l'approchait guère pourtant mais il lui souriait avec tant d'insistance qu'elle rougissait encore plus que lorsqu'elle croisait César…

Embarrassée, elle avait essayé de s'ouvrir à Linette. La vieille servante avait haussé les épaules, d'un air indifférent. C'était de leur âge, de regarder les filles ; elle devrait bien plutôt s'en sentir flattée... Si au moins elle avait pu parler à Landry. Mais ils n'avaient pas échangé le moindre mot depuis qu'elle était devenue servante chez les Charron. Le premier dimanche, à l'église, elle avait voulu lui parler mais il s'était détourné et ses parents également. Et puis son grand-père lui avait pincé la joue et elle s'était occupée du vieil homme. Les semaines suivantes, elle n'avait pas pu approcher les Findroy. Son père venait régulièrement toucher l'argent qu'elle gagnait. Il ne l'embrassait jamais, ne l'interrogeait ni sur sa santé, ni sur son travail. Il empochait les pièces, saluait Charron et disparaissait... Julie repartait ensuite à la ferme pour la semaine. Les mois s'étaient ainsi écoulés sans qu'elle puisse parler à ceux qu'elle aimait tant, qui l'avaient aimée aussi, elle en était persuadée, mais qui ne semblaient même plus la connaître.

Elle songeait à eux en ce dimanche de mai, allongée dans le fenil, au-dessus de l'étable. Elle avait obtenu de Charron de pouvoir s'y reposer le dimanche après-midi, après le repas, à l'heure où la ferme s'assoupissait dans les odeurs de fricot, dans la satiété d'un repas plus lourd que les autres jours, dans l'épuisement et la satisfaction d'un rude labeur accompli. Chaque semaine, c'était un rituel. Charron se promenait avec son chien, parcourait ses terres, fier de son importance. Les garçons de ferme dormaient ou jouaient aux cartes, emplissant la cour de leurs rires sonores. Certains se rendaient au village, retrouvaient une fiancée ou leur famille. César et Clovis disparaissaient jusqu'au souper. Linette elle-même profitait de cette heure pour s'asseoir sur un banc dans la cour, satisfaite de son sort, les mains croisées sur le ventre, la tête alourdie. Elle s'endormait parfois mais se réveillait toujours parfaitement à l'heure pour préparer le souper que les hommes de la famille ne prenaient pas dans la cuisine mais dans la salle à manger. Julie les servait seule pour épargner aux jambes de Linette les rudes escaliers de la maison. La vieille servante s'occupait du repas des garçons de ferme.

Ce jour-là, l'air était imprégné de la chaleur lourde du début d'été. Linette somnolait sur son banc, la tête dodelinant doucement au rythme de sa respiration. Charron était parti dès le repas achevé. Ses fils s'étaient également envolés. Julie, allongée dans le foin, se laissait aller à une douce torpeur. La chaleur et le parfum pénétrant du fourrage l'engourdissaient doucement. Ses pensées, peu à peu, lui échappaient. Elle ferma les yeux, s'abandonnant au sommeil, sans crainte. Linette l'appellerait à l'heure, comme toujours. Dans son assoupissement, elle perçut encore un mouvement en bas, dans l'étable. Sans doute, l'une des vaches que la chaleur incommodait…

Elle fut brusquement tirée de sa torpeur. César était là, contre elle, sur elle. Elle sentit sa main qui relevait sa jupe, cherchait ses cuisses. Elle voulut crier mais il écrasa brutalement ses lèvres d'un baiser exigeant. Elle voulut le repousser mais il pesait de tout son poids sur elle. Elle voulut se débattre mais il était si fort, si vigoureux. D'une main, il empauma l'un de ses seins à travers son corsage. De l'autre, il continuait à fouiller sous sa jupe… Elle était terrifiée, ne comprenant que trop ce qu'il voulait d'elle, déterminée pourtant à ne pas le laisser faire. D'un coup de reins, elle parvint enfin à se dégager. Surpris par tant de résistance, il la lâcha. Elle se mit à genoux, voulut se relever mais il la retint par la jupe, l'attira contre lui. Il s'énervait de sa détermination à le refuser. Il la prit par la taille et ils roulèrent ensemble dans le foin. De nouveau, il était sur elle, la coinçant sous lui, tandis qu'elle s'affolait, se débattait plus sauvagement encore, cherchant à mordre et à griffer. Alors, il la gifla de toutes ses forces. Le souffle coupé, elle s'immobilisa un instant. Il en profita pour se déboutonner et l'embrasser encore dans le cou, écartant son corsage, cherchant la poitrine.

Elle comprit qu'elle ne s'échapperait pas, en éprouva une grande honte. Elle posa ses mains sur ses épaules, le repoussant tant qu'elle pouvait. Leurs regards se rencontrèrent soudain, tandis qu'il se redressait pour se débarrasser de sa jupe.

— Pitié…

— Allons, ne fais pas la farouche. Tu es comme toutes les autres, tu aimes ça.

— Non, je ne…

— Tu en as envie depuis que tu es ici, je le sais. Ça se voit dans tes yeux.

— Pitié…

Elle ne trouvait rien d'autre, ses forces l'abandonnaient. Il en profita, se laissa tomber sur elle, essayant maladroitement de forcer ses dernières défenses, lui tordant le bras pour l'empêcher de griffer encore. Elle s'agitait tant qu'elle pouvait. Elle était à bout de résistance. Elle tenta de le supplier mais il n'écoutait plus, prêt à la prendre ainsi, sans scrupule, sans souci de sa jeunesse ni de son refus. Une dernière fois, il plongea son regard dans le sien. Ses yeux brillaient singulièrement de ce désir bientôt assouvi, son visage s'éclairait d'une joie triomphante. Elle ferma les yeux pour ne plus le voir et étouffa un sanglot…

— Mais qu'est-ce que vous faites là, vous deux ?

La voix tonnante de Marcel Charron coupa court à la joie de César. Il fut sur ses pieds d'un bond, laissant Julie dans le foin. Le souffle court, il n'essaya pas de se justifier. Il craignait son père plus que tout au monde et savait qu'il ne tolérerait pas qu'il force une fille même si ce n'était qu'une servante qui avait dû en voir d'autres…

— C'est elle qui l'a voulu !

Il la pointait du doigt, glapissant de terreur d'une voix suraiguë. Elle s'était assise et se relevait péniblement, s'appuyant à une botte de foin, le regard éteint. Elle ne se défendit même pas, n'évita pas non plus les yeux courroucés de Charron.

— Rhabille-toi et rentre à la maison. Et va dans ta chambre. Tout de suite. Tu en sortiras quand je te le dirai. Quant à toi…

Il se tourna vers Julie et fut embarrassé du regard triste qu'elle lui lançait. Il avait d'abord eu l'idée de la chasser tout de suite, de la jeter immédiatement sur n'importe quel chemin pourvu qu'elle soit loin de chez lui, loin de César surtout. Sa colère, contenue encore, était sur le point d'exploser. Il aurait voulu frapper cette gamine insolente qui apportait le mal chez lui mais sa pâleur l'interpellait. Il se contint donc.

— Rejoins-moi dans le salon.

Il s'éloigna. Elle attendit quelques secondes, reprenant son souffle, lissant sa jupe, arrangeant son corsage, ses cheveux défaits. Mais ses gestes étaient maladroits et ne rendaient que plus évident son désordre. Elle regarda César qui pénétrait dans la maison en courant, son père le suivant de près. Elle se décida alors, releva la tête pour affronter les sanctions qui ne manqueraient pas de tomber et gagna à son tour la cour de la ferme. Lorsqu'elle pénétra dans la maison, elle entendit la porte du salon claquer sèchement. Elle s'engagea pourtant résolument dans l'escalier…

Charron l'attendait, le visage fermé, les yeux brillants de rage. Elle s'avança vers lui d'un pas mal assuré. Il frappa du poing sur la table et elle sursauta. Pour autant, elle ne baissa pas les yeux, refusant d'avoir une attitude coupable devant lui. Elle le craignait plus que jamais mais elle connaissait aussi sa droiture. Mais il laissa éclater sa colère, brutalement.

— Je n'admettrai jamais de tels agissements sous mon toit. J'ai d'autres ambitions pour mes garçons qu'une fille de ferme. Tu l'as entraîné, hein ? J'aurais dû me douter que tu ne pourrais pas t'en empêcher. Maudite petite garce ! Tu as sans doute cru que…

Il s'interrompit. Sous l'injure, Julie avait blêmi, rendant plus évidente encore la trace rouge de la gifle reçue quelques minutes auparavant. Inconsciemment, elle massait son poignet endolori par la pression brutale de César. La peau fine bleuissait déjà. Charron observa encore le corsage presque arraché, les brins de paille accrochés à la jupe froissé. Et puis, surtout, il y avait ce regard. Désarmant de jeunesse et d'innocence blessée. Il devina que ce n'était pas elle qui avait provoqué son fils, qu'il avait sans doute voulu la forcer. Il en ressentit une colère plus grande encore et une terrible déception. De nouveau, il frappa du poing sur la table. Terrifiée, elle ne put retenir un gémissement sourd.

— Je n'ai rien fait. Je ne voulais pas…

Elle ne trouvait rien d'autre, consciente à la fois de la faiblesse de ses arguments et de sa propre impuissance. Elle allait sans doute être chassée et elle imaginait déjà la réaction de son père. Elle recevrait sans doute la pire correction de son existence. Elle songea avec tristesse qu'il aurait sans doute mieux valu pour elle céder à César… Cependant, Marcel Charron semblait se calmer peu à peu. Il la dévisageait avec attention, comme il ne l'avait jamais fait. Il prit conscience qu'elle n'était qu'une enfant. Plus tout à fait une petite fille mais loin encore d'être une jeune femme.

— Regarde-moi, petite.

Elle braqua sur lui un regard touchant d'honnêteté et il fut pleinement convaincu. Il se laissa tomber dans un fauteuil, las soudain. Sa colère s'envolait. Il ne lui restait plus que le goût amer de la honte.

— Quel âge as-tu ?

— Bientôt quinze ans, Monsieur.

— Et tu as déjà… Tu es déjà allée avec un garçon ?

La question l'embarrassait. Il connaissait la réponse mais il voulait l'entendre de sa bouche.

— Non, Monsieur, jamais. Je n'y ai jamais pensé.

— Tu aimes travailler ici, petite ?

— Oui, Monsieur.

— Le travail est dur pourtant. Et tu dois regretter ton père…

— Oh non, Monsieur. Non… Je vous en prie, ne me renvoyez pas. Mon père… Il ne l'admettra pas. Il me frappera encore. Je n'ai rien fait…

Il demeura silencieux un long moment. Il avait toujours soupçonné Chesnay de battre sa fille et était touché de découvrir qu'elle craignait plus la colère de son père que la sienne.

— Monte dans ta chambre, petite.

— Je dois aller prendre mes affaires, c'est ça ?

— Ai-je dit une telle chose ? Non, tu resteras ici et mon fils ne t'importunera plus. Mais je veux que ce soir, tu montes te reposer. Linette suffira au service. Va, petite, et ne crains rien : je te crois.

Elle lui adressa un sourire timide, le remercia d'un signe de tête et obéit. Elle était lasse et dut s'appuyer un instant au mur pour reprendre haleine. Elle ne vit pas Clovis, au pied de l'escalier qui la regardait avec étonnement et regagna sa mansarde d'un pas lent.

Le jeune garçon s'engagea à sa suite dans l'escalier mais s'arrêta chez son frère. Celui-ci, allongé sur son lit, fixait le plafond d'un regard sombre.

— Tu sais ce qui se passe ? Je viens de voir Julie sortir du salon. Elle avait une mine affreuse…

— Je suppose que notre père vient de la chasser. Il nous a surpris dans la grange.

— Dans la grange ? Mais qu'est-ce que vous faisiez dans la grange pour qu'elle soit renvoyée ?

— Que tu es naïf, mon pauvre Clovis ! Que veux-tu faire dans une grange avec une servante ? J'étais en train de la culbuter, pardi !

— Quoi ? Mais ce n'est pas possible ! Elle n'est pas comme ça.

— Comme quoi ? Elle est comme toutes les autres, mon grand. Elle ne demande que ça. Et tu peux me croire, elle aime ça. Elle en redemande.

Il riait grassement, heureux de se moquer de son frère, de salir cette fille qui lui avait résisté. Clovis était rouge de confusion.

— Tu veux dire que ce n'était pas la première fois ?

— Bien sûr que non. Au début, je n'ai pas cédé à la tentation, je la trouvais trop jeune et puis j'ai fini par la suivre dans sa chambre un soir. Elle était ravie. Et je dois dire qu'elle sait y faire. Cette gueuse a de l'expérience, tu peux me croire.

— Arrête, c'est dégoûtant ce que tu dis.

— Ce n'est que la vérité. Dommage qu'elle s'en aille, tu aurais pu essayer….

***

Elle avait obtenu de se rendre au bal du village. Charron avait souri lorsqu'elle lui avait timidement posé la question. Il l'avait observée en silence quelques instants puis lui avait ordonné de le suivre au grenier. Là, il avait ouvert une grande malle contenant toutes sortes d'étoffes. Éblouie, Julie avait vu devant elle de lourds velours aux couleurs sombres, des cotonnades claires et légères, des lainages épais et même un coupon de soie gorge de pigeon.

— Linette m'a dit que tu aimais coudre et que tu te débrouillais plus que bien. C'est vrai ?

Elle se contenta de hocher la tête, fascinée par ces trésors. Elle imaginait tout ce qu'elle pourrait faire de ces étoffes. Un manteau taillé dans le velours, des chemises dans le coton, une robe dans la soie.

— Choisis.

Elle le regarda, fronçant légèrement les sourcils, ne comprenant pas.

— Choisis. Si tu arrives à te confectionner une robe dans l'une de ces étoffes, tu pourras venir au bal. Bien entendu, tu devras la coudre en dehors de ton travail. Si tu n'as pas réussi, tu resteras ici avec Linette. Pas question de t'emmener avec tes vêtements de tous les jours.

Elle s'agenouilla devant la malle, plongea les bras dans la douceur des étoffes, caressa les velours, trop chauds pour la saison, hésita un instant sur la soie qu'elle frôla du bout des doigts et secoua la tête. Ce tissu était trop beau pour une petite servante et elle n'était pas sûre de savoir la travailler. Elle arrêta son choix sur un jaconas gris tourterelle, simple et modeste. Elle le serra contre elle, émue et remercia humblement son patron…

Elle n'avait eu que deux semaines pour confectionner la robe ; Linette l'avait aidée de son mieux, le soir, s'arrachant les yeux pour finir un ourlet. Elles avaient tremblé de ne pas y parvenir, travaillant jusqu'à la dernière minute mais Julie avait réussi. Fièrement, elle était montée à l'arrière de la charrette des fermiers, tandis que les trois hommes se serraient sur l'unique siège de bois. César ne daigna pas lui adresser un regard. Depuis l'incident de la grange, il l'ignorait, se contentant de lui jeter de temps à autre un regard plein d'arrogance… Elle le craignait mais elle savait aussi que le garçon était terrifié par son père et qu'il ne tenterait rien tant que Marcel Charron veillerait sur elle.

Sur la place du village, elle s'écarta des fermiers. Ils allaient rencontrer les personnes les plus influentes de la région et sa place n'était pas parmi eux. Elle rougit en constatant que des regards se tournaient vers elle et que beaucoup affectaient de s'écarter quand elle passait parmi eux. Elle ressentit alors la même impression que quelques années auparavant lorsque les gamins du village la poursuivaient en riant et en se moquant de ses jupes trop courtes, de ses cheveux emmêlés. Elle n'était certes plus la même, elle portait une robe neuve, ses cheveux brillaient, simplement noués sur sa nuque par un ruban de satin bleu que son grand-père lui avait offert quelques mois auparavant mais le malaise subsistait. Elle n'était pas la bienvenue. Pour une raison qu'elle ignorait, ces gens-là se méfiaient d'elle. Les jeunes garçons lui jetaient des regards équivoques, les filles la toisaient avec mépris, les mères, avec une grimace de dégoût. Et, depuis toujours, Julie se demandait ce que le village lui reprochait.

Elle préféra donc s'absorber dans la contemplation des lieux. Jamais elle n'avait vu la place ainsi illuminée. Des lampions étendaient leurs couleurs vives sur les murs blancs des maisons. Près de l'église, d'immenses tables étaient dressées, offrant un large choix de victuailles : les pâtés, les tourtes, les terrines y tenaient la plus grande place, à côté des fromages, des fruits, des beignets et des dizaines de biscuits que toutes les familles du village avaient confectionnés et apportés. Les pains, à la croûte dorée et craquante, que le prêtre avait bénis, emplissaient l'air de leur parfum chaud. Deux tonneaux, l'un de vin, l'autre de cidre, avaient été mis en perce et les anciens se chargeaient de la distribution des boissons. Les familles se réunissaient autour de petites tables, se dispersaient, revenaient s'asseoir après avoir dansé. On se séparait, se retrouvait au milieu des rires et des chants, au rythme de la musique, maladroitement mais vaillamment exécutée par les quelques villageois qui disposaient d'un instrument.

Jamais Julie n'avait vu une telle allégresse, une telle débauche de couleurs et de joie dans ce village ordinairement si calme. Elle avait l'impression que tous avaient retenu leur joie et leur rire pendant des semaines pour les laisser éclater ce soir-là. Elle se sentait mal à l'aise pourtant au cœur de cette effervescence, sans ami, sans cavalier, à l'inverse des autres jeunes filles. Sans parents. Elle était seule et ne savait comment se mêler à cette foule tourbillonnante. Elle chercha son grand-père, espérant qu'il ait pu venir, mais renonça. Elle aperçut les Findroy, assis à l'une des tables, devisant gaiement avec le maire. Paul la remarqua, la salua d'un signe de tête et d'un sourire. Marthe suivit le regard de son mari mais son visage se ferma et elle fronça les sourcils. Paul se détourna alors, gêné, et reprit sa conversation avec le maire. Julie, qui avait senti un souffle de joie gonfler sa poitrine à ce premier geste de sympathie, éprouva alors une profonde tristesse. Si eux aussi la rejetaient…

Elle longea la place, tristement, ne sachant que faire. Elle avait été si heureuse de venir à cette fête pour la première fois et elle ne comprenait que trop bien qu'elle n'y était pas la bienvenue. Elle ne se résolut pas cependant à rentrer à la ferme des Charron. On ne la priverait pas de cette soirée. Pas encore, pas tout de suite. Elle remarqua soudain Landry qui dansait avec Sylvette, la fille du maire. Il avait encore grandi, et dépassait presque tous les autres garçons, sa belle chevelure blonde attirant les lumières et les regards. Bien des jeunes filles auraient voulu être à la place de Sylvette. Julie, elle, voulait retrouver le seul ami qu'elle ait jamais eu, espérant que l'instant viendrait où elle pourrait l'aborder, lui parler, briser ce mur de silence qui leur était imposé depuis qu'elle travaillait pour les Charron.

Elle attendit patiemment qu'il cesse de danser, se dirigea ensuite vers lui, armant son visage d'un sourire engageant, malgré sa détresse. Il ne l'avait pas encore vue, se penchant vers Sylvette qui s'appuyait à son bras. Il releva les yeux lorsque Julie se trouva face à eux. Ses traits se figèrent à la vue de son ancienne amie, son regard se durcit. Elle ne put que balbutier, intimidée par ce grand et beau jeune homme qu'elle ne connaissait plus…

— Landry…

— Bonsoir.

Il passa sans rien ajouter, rejoignit ses parents et s'assit à leur table. Bouleversée, Julie partit à la recherche des Charron. Elle voulait voir son grand-père, en éprouvait le besoin irrépressible. Elle allait les prévenir, passerait la nuit chez son père puis les rejoindrait le lendemain pour la messe. Elle se moquait désormais de cette fête stupide. Elle regrettait les nuits perdues à coudre cette jolie robe. Elle était plus seule que jamais.

Elle fut soulagée de trouver Clovis. Elle n'aurait pas voulu affronter César. Le garçon la regarda avec gentillesse lorsqu'elle l'aborda près du buffet. Il ne se sentait guère à l'aise lui non plus au milieu de cette foule compacte. Son frère passait gaiement d'une cavalière à l'autre ; son père discutait avec les fermiers les plus importants de la région. Il n'aimait pas danser, ne savait comment aborder les jeunes filles. Avec Julie, c'était différent. Elle était domestique et ne devait pas avoir de volonté… Lorsqu'elle l'eut informé de son projet, il proposa aussitôt de l'accompagner.

— Il fait nuit noire. Tu pourrais te perdre.

— Je connais les chemins par cœur. Ne vous dérangez pas.

— Tout de même, s'il t'arrivait quelque chose… Tu devrais attendre un peu. Nous pourrions t'accompagner.

— Il ne m'arrivera rien. Je ne suis pas à ma place ici. Je préfère partir. Prévenez votre père, s'il vous plaît. Je serai à l'église demain, c'est promis.

— Je n'ai aucun doute là-dessus mais…

Elle haussa les épaules, eut une vague geste de la main pour lui demander de ne pas insister. Mais il était déterminé à ne pas la laisser seule.

— La moitié du chemin alors. Je te laisserai près du lavoir.

Elle se résolut à accepter. Elle n'avait pas le courage d'insister et elle craignait qu'il prenne mal un refus trop catégorique. Clovis avait toujours été aimable avec elle et n'avait pas changé d'attitude après l'incident de la grange. Ils marchèrent quelques minutes en silence, un peu gênés de cette soudaine solitude partagée. Il rompit le premier le silence, lui demanda si elle aimait travailler à la ferme, si son père lui manquait. Elle répondit franchement mais la conversation leur manqua à nouveau. Elle n'osait pas l'interroger à son tour, et lui ne savait comment aborder d'autres sujets. Enfin, ils arrivèrent près du lavoir et ils s'arrêtèrent, ne sachant plus maintenant de quelle manière se séparer.

— Nous y voilà. Vous devriez repartir au village. Votre père pourrait s'inquiéter.

— Il est trop occupé pour cela. Et puis, il nous laisse libres de nous promener. Nous sommes presque des hommes, mon frère et moi.

L'évocation de César troubla Julie. Elle n'aimait pas penser à lui.

— Nous ne sommes pas pressés. Si nous nous asseyions pour discuter encore un peu ?

— Je voudrais être là-bas avant que mon grand-père soit endormi.

— Juste quelques minutes. J'aime bien passer du temps avec toi. Je voudrais te connaître un peu mieux.

Elle n'osa pas refuser. Ils gagnèrent l'abri du lavoir, s'assirent côte à côte, adossés au mur de bois. Encore une fois, le silence s'installa. Julie songeait avec embarras que, pour quelqu'un qui voulait la connaître, il ne posait pas beaucoup de questions. Il valait mieux partir. Elle se redressa alors mais il la retint par la taille, se pencha vers elle.

— Pourquoi veux-tu t'en aller ? Nous sommes bien là.

— Je dois rentrer.

— Allons, ils ne t'attendent pas chez toi. Reste auprès de moi.

— Laissez-moi partir. Vous… Vous me faites peur…

— Peur ? De quoi as-tu peur ? Je ne te veux aucun mal.

Il l'embrassa soudain, à pleine bouche, la serrant contre lui. Elle se débattit, terrifiée et surtout embarrassée. Lui aussi donc ? Qu'avait-elle fait pour que les deux frères l'un après l'autre se comportent ainsi ? Il sembla s'étonner de son refus, se redressa légèrement, cherchant son regard, malgré l'obscurité presque complète que venait troubler un pâle rayon de lune.

— Que t'arrive-t-il ? Tu ne vas pas me refuser ce que tu as déjà donné à mon frère, et à d'autres encore.

— Je n'ai rien fait avec votre frère, je vous le jure.

— Menteuse ! Tu as couché avec lui par vice. Alors que moi, j'avais des sentiments pour toi. Mais c'est fini, bien fini. Tu as tout détruit en allant avec lui. Je voulais attendre que tu sois prête, je croyais que tu étais une fille bien mais non ! Tu es comme les autres…

— Vous vous trompez. C'est lui, c'est César. Il vous a menti.

Elle était toujours contre lui, ne parvenant pas à se dégager des bras puissants qui l'enserraient. Elle était stupéfaite de découvrir les mensonges de César, se sentait salie par les mots durs de Clovis. Elle devait se défendre encore contre cette volonté masculine, contre ces mains brutales qui fouillaient ses jupes, contre ces lèvres exigeantes qui cherchaient sa bouche.

— Je voulais te rendre heureuse, moi. Mais tu as tout gâché. Ce soir, c'est mon tour, j'ai assez attendu…

Il l'avait totalement renversée, presque assis sur elle, enserrant ses hanches entre ses genoux, saisissant ses poignets pour l'empêcher de se débattre, s'excitant de sa résistance désespérée.

— Tiens-toi tranquille. Je sais que tu aimes ça.

Lorsqu'elle parvint à dégager ses mains, il la frappa, d'un coup de poing au visage qui la laissa à moitié inconsciente. Il en profita, déchira son corsage, souleva son jupon… Elle reprenait ses sens cependant et elle le repoussa brutalement alors qu'il s'écartait un peu pour se déboutonner. Surpris, il chancela. Elle en profita pour se mettre à quatre pattes et tenter de s'enfuir. Il la saisit à la taille. D'une ruade, elle se dégagea encore, essaya de se relever mais il s'agrippa à sa robe, la fit tomber, la traîna vers lui et se mit à la rouer de coups jusqu'à ce qu'elle s'immobilise enfin, gémissant, implorant, à bout de forces.

Un instant, il la dévisagea, puis il passa une main sur son menton, serra ses doigts autour de son cou gracieux.

— Quel dommage d'en arriver là ! Pourquoi me refuses-tu ainsi alors que tu t'es donnée aux autres ? Hein, dis-moi, pourquoi ?

Elle était bien incapable de répondre, suffoquant, la vue brouillée de larmes. Elle sentit son autre main qui écartait ses cuisses dénudées et puis, ça, son sexe durci qu'elle sentait contre sa peau, prêt à s'emparer d'elle. Elle gémit, crispa ses mains sur le sol froid du lavoir et la sentit là, toute proche d'elle, une grosse pierre, l'une de celles que les lavandières utilisaient pour maintenir les draps à plat. Elle s'en empara et frappa de toutes ses forces. Une fois. Puis une autre. Et une autre encore.

Clovis s'effondra sur elle.

***

Elle courait. Courait à perdre haleine. Sans savoir où aller. Sans comprendre. Elle sentait son cœur battre à une vitesse folle. Le sang cognait furieusement à ses tempes serrées. Le souffle court, la poitrine en feu, elle courait. Courait toujours. À la recherche d'un improbable salut. Elle trébucha plusieurs fois sur des racines, heurta des buissons, des branchages, gémissant de terreur à chaque instant, persuadée que ces obstacles naturels étaient d'autres hommes venus lui faire du mal encore. Alors, elle courait plus fort pour mettre plus de distance entre elle et ce lavoir maudit. Là où reposait le corps sans vie de Clovis.

Dans sa hâte, pourtant, elle s'égarait. Elle bifurquait au hasard des chemins sans se rendre compte qu'elle revenait parfois sur ses pas. Elle donna de la tête dans un nouvel obstacle. Un homme cette fois qui manifesta son mécontentement par un grognement. Elle cria de terreur, défaillante ; elle aurait voulu fuir encore, rebrousser chemin, se perdre encore dans l'obscurité avant que lui ne comprenne qui elle était et ce qu'elle avait fait. Mais sa course brutalement interrompue, elle n'avait plus la force de s'élancer encore. La fatigue, la peur la clouaient au sol. Elle ne put émettre qu'un mot. Un seul. Pour exprimer toute sa détresse et ses tourments.

— Pitié...

— Julie, c'est toi ?

— Landry ? Ô Landry, aide-moi, je t'en supplie, aide-moi…

— Viens.

Ils se voyaient à peine mais il avait compris que c'était grave. Il lui prit la main pour la guider, serrant fortement ses doigts fins dans sa paume calleuse. Des doigts qu'il s'étonnait de sentir glacés malgré la chaleur de ce début d'été. Instinctivement, il retrouvait pour elle ces gestes de frère affectueux, de protecteur bienveillant, qu'il avait oubliés ces derniers mois. Lorsqu'il comprit qu'elle peinait à le suivre, il la prit dans ses bras malgré ses protestations, lui confiant simplement la lanterne sourde qu'il portait auparavant. Et il allongea encore le pas, ne s'arrêtant que pour s'orienter. Il gagna une grange abandonnée depuis des années, poussa du pied la vieille porte branlante et déposa Julie au sol. Alors, seulement, il alluma sa lampe pour inspecter les lieux et pour mieux voir son amie.

— Éteins, je t'en prie. Éteins.

Il avait eu le temps de la voir. Sa robe déchirée, couverte de sang. Ses yeux hagards. Ses cheveux défaits, retombant en mèches folles sur son visage bouleversé. Il obtempéra, se rapprocha vivement, lui saisit les poignets pour l'empêcher de s'écarter.

— Que s'est-il passé ? Parle. Mais parle donc !

Elle gémit de douleur et de peur. Landry… Son ami de toujours, son frère. Est-ce que lui aussi voulait lui faire mal, après les deux autres ? Landry qui l'avait ignorée quelques heures plus tôt… Que restait-il de leur amitié maintenant que tout semblait se déliter autour d'elle ?

— Lâche-moi, s'il te plaît. Ne me fais pas de mal. Pas toi…

Conscient de sa brusquerie, il laissa retomber ses bras le long de son corps. Parfaitement immobile. Mais il avait senti et entendu. Le tremblement qui l'avait parcourue. L'intonation plus aiguë de sa voix. Sa peur.

— Pardon. Je ne voulais pas t'effrayer.

Embarrassé, il écouta sa respiration oppressée qui seule perçait le silence de la vieille grange, l'emplissant de frayeur et de désespoir.

— Raconte. Tu n'as rien à craindre avec moi.

— Je n'ai pas voulu tout ça.

C'était tout ce qu'elle parvenait à dire. Tout ça, c'était son départ de la ferme, son travail chez Charron, César dans le grenier à foin, Clovis au lavoir. Clovis qui la mordait, qui la frappait. Clovis qui s'effondrait sur elle, dans le flot chaud du sang répandu. Un long frisson la parcourut et ses forces l'abandonnèrent soudain, ses jambes fléchirent et elle s'effondra dans la poussière, avec un gémissement rauque. Landry s'agenouilla près d'elle, rouvrit la lampe sans qu'elle proteste. Et dans le cercle intime de cette lumière, avec une infinie tendresse, il lui caressa la joue du bout des doigts.

— Raconte, petite. Tu peux tout me dire. Je suis celui qui te connaît le mieux.

Alors, elle se livra entièrement. La première attaque de César. La brutalité de Clovis, ses mots, ses gestes. La pierre sous ses doigts. La pierre si lourde, si grosse.

— Je l'ai frappé de toutes mes forces. Je ne voulais pas qu'il meure, juste qu'il arrête. J'avais si peur… Il est tombé sur moi et j'ai senti son sang qui coulait si fort… Je l'ai tué, Landry. Je ne voulais pas, je te le jure…

Elle s'effondra contre lui, s'agrippant à sa veste de drap. Il referma ses bras autour d'elle, le cœur brisé. Pour avoir voulu se défendre contre ce garçon qui voulait la forcer, elle risquait sa vie. Demain, dans une semaine, dans une heure peut-être, des hommes viendraient la prendre, l'enfermer et elle serait condamnée. Sa vie s'arrêterait au bout d'une corde. Elle n'avait aucune chance contre la justice humaine. Elle n'avait que lui. La lumière la gênait, il l'éteignit. L'obscurité les enveloppa et il la serra plus fort, pour la rassurer, pour qu'elle cesse de trembler. Enfin, un long frisson la parcourut, son corps se détendit et elle se laissa aller contre sa poitrine solide.

Il osa alors poser la question qui l'obsédait depuis des mois. Le moment était bien mal choisi mais il devait comprendre.

— Pourquoi es-tu partie comme ça de la ferme ? Tu ne nous as même pas dit au revoir. Tu aurais pu nous expliquer…

Elle se redressa, chercha son regard sans le trouver.

— Je n'ai pas eu le temps…

— Tout de même, tu aurais dû. Ton père nous a expliqué que tu ne voulais plus nous voir, que tu considérais que nous avions assez profité de toi, que tu ne voulais plus travailler gratuitement. Si tu savais comme mes parents ont été blessés de ton ingratitude. Ma mère a pleuré pendant des jours. Et mon père m'a interdit de te parler.

— C'est pour ça que vous étiez si distants quand je vous voyais à l'église ? Je voulais vous expliquer mais je n'en ai jamais eu l'occasion. C'est mon père. Il m'a défendu de vous voir, de vous parler. Il a menacé de te faire du mal. Je ne voulais pas partir. Je n'ai pas eu le choix. Je n'ai jamais eu le choix.

Ils se turent, soulagés l'un et l'autre. Les mois de silence, d'indifférence étaient effacés, ils se retrouvaient.

Malgré les circonstances, Julie eut un petit rire.

— En somme, s'il n'y avait pas eu cette histoire ce soir, nous serions toujours fâchés…

Il ne rit pas, il n'y avait rien de drôle. Sans cette brute de Chesnay, Julie serait restée près d'eux et rien ne serait arrivé. Sa robe ne serait pas couverte du sang de Clovis Charron. Ses chants et ses éclats de rire empliraient la cuisine de la ferme. Au lieu de cela, ils étaient là, tous les deux, serrés l'un contre l'autre dans une vieille grange délabrée, dans le noir le plus complet. C'était absurde et terriblement injuste. Il refusait de se soumettre. Vivement, il l'écarta de lui, se releva, la força à en faire autant. Lui prenant la main, il l'entraîna vers la porte.

— Viens, rentrons. Mes parents nous aideront.

Elle lui répondit d'une pression de la main et d'un sourire triste. Elle lui emboîta le pas avec confiance. La peur la tenaillait encore mais elle n'était plus seule. Elle retrouvait les siens.

3

Ils marchaient depuis des jours, épuisés par cette longue route poudreuse, par cette peur de tous les instants d'être reconnus ou rattrapés, par la tristesse de s'éloigner de chez eux, de tout ce qu'ils connaissaient, de ceux qu'ils aimaient.

Landry et Julie avaient tout quitté. Ils s'étaient confiés aux Findroy qui avaient aussitôt retrouvé pour Julie toute leur tendresse. Durant cinq jours, elle s'était cachée dans leur appentis, un réduit minuscule et obscur, accessible uniquement par la pièce principale de la ferme. Elle n'en était pas sortie une seule fois, dans la crainte où ils étaient tous d'être surveillés. Pour donner le change, Paul et Landry participaient aux recherches pour retrouver la fugitive, se joignaient aux plus virulents qui parlaient déjà de faire justice eux-mêmes. Masquant le dégoût qu'ils éprouvaient, ils côtoyaient quotidiennement Charron et surtout Chesnay, le premier à vouloir retrouver sa fille pour en finir avec elle, prêt, disait-il, à l'étrangler de ses propres mains si elle se trouvait un jour devant lui. Landry et son père n'étaient pas mécontents de duper les villageois et surtout les Charron dont la hargne ne désarmait pas.

Contre toute attente, Clovis n'était pas mort mais son état de santé demeurait préoccupant et son père craignait les séquelles d'une blessure aussi grave. Il était avéré que Julie avait entraîné le garçon à l'extérieur du village dans l'idée de le séduire et de le voler. La prétendue disparition de la montre du garçon étayait cette théorie. César affirmait même un peu partout que des objets précieux avaient été retrouvés dans la mansarde occupée par la jeune fille. Un bougeoir d'argent. Une médaille. Et, comble de l'indécence, une broche ayant appartenu à la défunte mère des deux garçons. Une fille à qui l'on aurait tout donné, avec son air angélique. Criminelle. Voleuse. Tueuse. Vicieuse. Les qualificatifs ne manquaient pas pour la décrire. Pour sûr, c'était le diable qui la guidait. Elle était bien comme sa mère.

Tout en marchant, Julie essayait d'oublier mais le moindre détail l'y ramenait sans cesse. Pourquoi la comparait-on toujours à cette femme qu'elle ne connaissait pas, qui était morte un an après sa naissance sans qu'elle en garde le moindre souvenir ? Personne ne lui en parlait jamais. Pas même les Findroy. Landry disait qu'il ne savait pas. Elle le croyait. Son grand-père sans doute aurait pu tout lui apprendre mais comment le contacter maintenant, alors qu'elle s'éloignait de lui à chaque pas qu'elle faisait sur ce chemin poussiéreux ? Elle ne pourrait pas lui écrire. Ce serait inutile : il ne savait pas lire et il n'était pas question de faire appel à un tiers en ces circonstances. Julie ne voulait pas le compromettre davantage. Elle l'avait suffisamment mis en danger en lui rendant visite la veille de leur départ. Si seulement ils avaient eu un peu plus de temps… Si seulement la porte de la maison ne s'était pas ouverte au mauvais moment. Si seulement…

Cette dernière entrevue avait été tumultueuse. Pas par la faute de Julie. Ni du fait du vieux. Elle en gardait au cœur un sentiment d'inachevé et une profonde frustration. Elle avait tenu à lui rendre visite avant de partir, quand elle avait été certaine qu'elle n'avait pas d'autre choix. Landry voulait l'accompagnait. Marthe pleurait tandis que son époux et son fils tentaient de l'apaiser, de lui démontrer que Julie était perdue si elle s'enfuyait seule. Le jeune homme voyait là l'occasion tant espérée de quitter cette terre qui s'accrochait à ses sabots pour conquérir le monde. Il promettait d'écrire, de donner des nouvelles. Et le départ fut décidé, prévu pour le surlendemain, à l'aube. Julie se cacherait à l'arrière de la carriole, Paul conduirait son fils à Nantes, Landry ayant justement postulé pour une place en ville quelques semaines auparavant. Au village, tous savaient les envies d'ailleurs du garçon. Personne ne serait surpris.

Toute la journée, la dernière qu'elle passait chez les Findroy, Julie rumina son projet. Elle voulait à tout prix embrasser son grand-père, lui dire qu'elle était innocente des horreurs qu'on lui reprochait, le rassurer aussi. Elle s'en ouvrit à Landry, d'abord réticent, mais qui comprit ce besoin de voir ce qui lui restait de famille. Alors, quand la nuit fut tombée, ils quittèrent la ferme, silencieusement, main dans la main. Il devait attendre à l'arrière de la maison pendant qu'elle parlerait au vieil homme. Son père n'était pas là. Comme chaque soir, à cette heure, il était au village, à boire le peu d'argent qu'il possédait. Elle se glissa jusqu'à la porte, qu'elle entrouvrit pour se faufiler à l'intérieur. Le vieux était là, assis près de la cheminée où le feu se mourait. Il contemplait l'âtre, le regard vide, perdu. Une larme roulait sur sa joue creuse. Elle se jeta à ses pieds, posa sa tête sur ses genoux, l'étreignit comme elle pouvait. Il eut un sourire, posa sa main calleuse sur les beaux cheveux blonds qu'il caressa tendrement :

— Que fais-tu là, petite ? Quelle folie de venir ici...

— Je n'ai rien fait, Grand-Père, je voulais que tu le saches.

— Je n'en ai jamais douté. Tu es incapable de faire le mal. Ce Clovis est un mauvais garçon. J'ai eu peur pour toi dès l'instant où ton père t'a placée chez eux. J'aurais dû l'en empêcher.

— Je n'ai fait que me défendre. Il voulait me...

— Chut.

Il l'interrompit en soulevant son visage vers lui. Il n'avait pas la force d'entendre ça. Sa petite-fille. Sa merveilleuse petite-fille.

— Pardonne-moi. Tout est ma faute. J'aurais dû te protéger. Ne pas laisser faire ton père. C'est plus fort que moi, j'ai peur de lui.

— Tu n'y es pour rien. Il fait peur à tout le monde.

— Je suis son père. Il devrait me craindre mais au lieu de ça...

Des larmes sillonnaient ses joues, se perdant dans sa moustache grise.

— Que vas-tu faire maintenant ?

— Je pars demain. Je ne reviendrai pas. Je voulais te dire adieu.

— Tu as raison. Il n'y a rien de bon ici pour toi. Même si les Charron reconnaissent ton innocence, le village ne t'acceptera jamais.

Il se dégagea de son étreinte, marcha jusqu'à son lit, tira une caisse de bois qu'il rangeait en dessous.

— Tiens, j'ai pensé que tu aimerais avoir ça. Ton père a jeté toutes tes affaires mais j'ai réussi à la garder.

Il lui tendit la petite poupée de bois et de chiffon que Paul lui avait confectionnée bien des années auparavant. Julie sourit en la voyant ; un morceau de son enfance était à jamais accroché à ce vieux souvenir.

— Merci.

— Et je pense que ceci te revient aussi. Ce sont tes gages. Du moins ce que j'ai réussi à en épargner malgré ton père. Il me donnait de l'argent pour mon tabac. Je ne fume presque plus, j'ai tout gardé. Pour toi…

— Je ne peux pas accepter. Tu en auras besoin.

— Cette bourse t'appartient. Je ne sais pas où tu vas mais il te faut de l'argent. Prends. À l'intérieur, il y a aussi un petit étui de velours. Il contient une broche qui était à ta mère. Elle ne la portait jamais mais je l'ai souvent vue la regarder. Je l'ai gardée toutes ces années en attendant la bonne occasion de te l'offrir. Je crois qu'il n'y en aura pas d'autre…

Il posa la bourse de cuir dans la main de la jeune fille et força ses doigts à se refermer autour. Il lui sourit tendrement, l'étreignit. Alors, elle posa la question qui la taraudait depuis si longtemps.

— Grand-Père, ma mère… Pourquoi personne ne parle d'elle ? Quel est ce secret que tous me cachent depuis toujours ? Ce secret qui pousse mon père à me haïr ? Parle-moi, je t'en prie…

Il hésita, ouvrit la bouche, la referma, secoua la tête. Il n'avait pas le droit de parler. Cela ne servirait à rien. À quoi bon ouvrir de nouvelles blessures, remuer un passé évanoui depuis si longtemps ?

— J'ai le droit de savoir. Qui d'autre pourra m'aider à comprendre ? S'il te plaît…

Elle avait raison. Il hocha la tête, se prépara à parler. La porte s'ouvrit brutalement. La voix forte de Chesnay résonna dans la pièce :

— Comment oses-tu venir ici ? Sale petite peste, cette fois, c'est fini pour toi. Le père Charron a promis une récompense à celui qui te ramènerait chez lui. Tu vas venir avec moi et il te fera passer le goût de t'en prendre à d'honnêtes jeunes gens…

— Tu vas me livrer à lui ? Je suis ta fille pourtant.

— Ma fille ? Non, je n'ai pas de fille. Tu n'as été qu'une source de problèmes dans ma vie. Je ne serai tranquille que lorsque je te verrai morte.

Elle blêmit, baissa les yeux. Chesnay la terrifiait. Il l'attrapa par le poignet, commença à la tirer vers la porte. Elle tenta vainement de se débattre.

— Lâche-la tout de suite.

Le vieux s'était emparé du fusil, il menaçait son fils. Jamais il n'avait été plus déterminé.

— Tu n'oserais pas ?

— Veux-tu prendre le risque ? Tu vas la laisser partir et ne pas la poursuivre. Sinon, tout le village saura dès demain pourquoi tu es parti en 93. Je n'hésiterai pas.

Un terrible rugissement fut la seule réponse de Chesnay. Il lâcha Julie qui se tourna vers le vieil homme, superbe soudain dans sa volonté de résistance, dans son désir de la protéger.

— Pars, petite. Pars et ne reviens jamais. Crois-moi, personne ne saura jamais que tu étais ici ce soir. Il aurait trop à perdre.

— Grand-Père…

— Adieu, Julie. Prends soin de toi.

Si seulement son père n'était pas entré…

***

Ils avaient finalement choisi Paris. C'était une évidence. Personne n'irait chercher Julie aussi loin. Et, quand bien même, si l'on y songeait, comment retrouver une jeune fille dans cette ville immense ? Mais ce que ni l'un ni l'autre n'avait prévu, c'était de se perdre eux-mêmes. Ils n'avaient pas emprunté le chemin le plus court, s'orientant comme ils le pouvaient, n'osant poser la moindre question pour ne pas donner l'éveil.

Ils découvrirent Paris, au soir d'une chaude journée d'été. Immobiles, Landry et Julie observaient la ville immense, tentaculaire, terrifiante. Serrés l'un contre l'autre sur les hauteurs de Saint-Cloud, ils contemplaient, affolés, la mer de toits gris, dominée fièrement par les dômes, si nobles, du Panthéon et des Invalides dont les dorures irradiaient au soleil couchant, ponctuée des pointes des églises et des orgueilleuses tours de Notre-Dame. Landry, qui avait pu voir quelques gravures, désignait ce qu'il reconnaissait : le vieux Louvre près de la Seine, l'Hôtel de Ville, un peu plus loin. Julie, fascinée, effrayée, l'écoutait à peine. Comment trouver son chemin dans le labyrinthe de ces rues ? Quel avenir pouvait s'offrir à une petite paysanne d'à peine quinze ans qui savait à peine lire et écrire dans ce monde inconnu ? Où se loger ? Comment trouver de l'argent pour vivre ? Qui accepterait de les employer, avec leurs maigres forces et leurs visages d'enfants ? Landry jubilait :

— Ici, tout est possible. Je vais trouver un bon travail, gagner assez d'argent pour nous deux. Je veux réaliser mes rêves et tu n'auras plus rien à craindre, plus jamais. Ils ne te trouveront pas ici. C'est la vie qui commence, Julie, tu entends ? Notre vie ! Avant, rien n'a existé.

Emporté par l'enthousiasme, il lui prit les mains, la taille et exécuta quelques pas de danse. Elle se prit à rire de cette joie qui l'animait, fit taire ses craintes. Ils étaient ensemble, Landry la protégerait. Elle l'aiderait de son mieux. Il leur appartenait de construire leur avenir. Et ils finiraient bien par s'en sortir : ils étaient assez forts pour ça.

Le lendemain, cependant, leur bel optimisme se heurta très vite à la réalité parisienne. Dès qu'ils eurent pénétré dans le dédale des rues, ils rencontrèrent un étrange groupe d'hommes qui les bousculèrent et se moquèrent d'eux :

— Alors les enfants ? On se promène… Faudrait rentrer chez maman. Elle va s'inquiéter…

— Ils ont dû se sauver de leurs champs. Regarde donc comment ils sont habillés !

Ils riaient grassement, tâtaient la veste de drap de Landry, écartaient les bras pour les empêcher de passer. Julie tremblait qu'ils ne découvrent la bourse du jeune homme et les pièces qu'elle avait cousues une à une dans l'ourlet de sa jupe. C'était toute leur fortune, leur avenir.

— Ça suffit maintenant. Laissez-les.

Les hommes s'écartèrent à regret, obéissant à la voix forte qui avait retenti dans la rue. Deux cavaliers s'avançaient au pas lent de leurs montures. Celui qui avait parlé était un beau jeune homme aux cheveux noirs, l'allure altière, le regard hautain. Il poussa un magnifique cheval au milieu du groupe, prenant garde de ne pas toucher les jeunes gens. Il s'inclina devant Julie, sans prendre toutefois la peine de se découvrir :

— Excuse-les, fillette. Ils ont fait la fête hier soir et ils s'amusent un peu. Ils ne voulaient pas t'effrayer.

— Je n'ai pas peur.

— Vraiment ?

Il se pencha vers elle, un sourire ironique sur son visage aux traits fins, plongeant son regard dans les grands yeux candides de la jeune fille. Elle refusa de baisser le regard, troublée toutefois par ces prunelles sombres et brillantes.

— Vous ne m'effrayez pas. Vous avez beau jeu d'excuser ces hommes mais vous ne valez pas mieux puisque vous êtes l'un d'eux. C'est si facile de s'en prendre à plus faible que soi.

Elle essayait de mettre dans sa voix tout le mépris dont elle était capable. Landry, à ses côtés, avait gémi de terreur en l'entendant provoquer cet homme ainsi. Il la prit par la main, la tira en arrière pour l'éloigner. Elle se dégagea, affrontant encore l'inconnu du regard. Il sourit, plus franchement cette fois, ôta son chapeau et la salua avec un feint respect :

— Tu as raison, fillette, nous sommes tous de vilains garçons. Je ne peux que m'incliner devant ta merveilleuse clairvoyance.

Il se recoiffa et, dans un éclat de rire homérique, poussa son cheval au petit trot et s'éloigna, poursuivi par ses sbires qui chantaient et riaient autour de lui. Il ne resta bientôt plus dans la rue que les deux jeunes gens et le second cavalier, plus âgé, qui était resté muet jusque-là. Il leur sourit gentiment, les salua d'un mouvement de tête.

— Prenez garde à vous. Paris est une ville dangereuse pour des campagnards comme vous me semblez l'être. Soyez prudents.

Il lâcha les rênes et, en quelques foulées, rejoignit la petite troupe qui s'éloignait. Julie entendit vaguement Landry qui la grondait de s'être montrée si impétueuse face à ses bandits. Elle ne songeait qu'au cavalier qui s'éloignait, à cet homme, fier et fascinant, qu'elle ne reverrait sans doute jamais.

Contre toute attente, ils trouvèrent rapidement à se loger dans le quartier du Temple. Leur maigre pécule fut rapidement écorné par le loyer d'une petite chambre au dernier étage d'un vieux bâtiment sombre et austère et l'achat du strict nécessaire au quotidien. Dès leur emménagement, Landry partit chercher du travail tandis que Julie, demeurée seule, nettoyait et organisait l'unique pièce où ils allaient désormais vivre. Un poêle à bois, une table bancale, deux tabourets, deux paillasses et un vieux paravent – un luxe inutile selon Julie, une nécessité d'après Landry qui tenait à préserver l'intimité de sa compagne – composaient tout l'ameublement mais Julie tenait à donner à cette triste chambre un semblant de confort. Elle envisageait déjà ici une petite étagère où elle déposerait ses quelques biens, là un petit coffre pour ranger leurs vêtements. Pour l'heure cependant, il ne fallait guère songer à ce superflu. L'achat quotidien du pain représentait déjà une somme considérable.

Loin de ses rêves de grandeur, Landry devait se contenter d'emplois de manœuvre sur les quais, passant ses journées à vider des bateaux, se contentant de quelques pièces pour tout salaire. Il partait à l'aube, revenait souvent tard le soir. Sa vigoureuse constitution lui permettait d'accepter ces longues journées sans rechigner. Il refusa tout d'abord que Julie participe aux revenus de leur ménage, tant il craignait qu'elle s'égare dans

Paris. Lorsqu'au bout de quelques jours, elle l'informa que l'une de leurs voisines lui avait trouvé des petits travaux de couture et de broderie pour une couturière du quartier, il accepta finalement, tant pour le modeste revenu supplémentaire que cela constituait que par crainte que Julie ne s'ennuie trop à rester seule à longueur de journée.

Ils firent la connaissance de leurs plus proches voisins, ceux dont les portes s'ouvraient sur le même palier : deux étudiants en droit occupaient des chambres identiques à la leur et il était d'autant plus facile de se lier avec eux que leurs portes étaient ouvertes en permanence. Ils avaient à ce point l'habitude de se rendre chez l'un ou chez l'autre qu'il devenait difficile de savoir qui était le locataire de l'une ou l'autre des pièces. Dès le premier jour, ils accueillirent chaleureusement les nouveaux venus et invitèrent Landry à leur rendre visite autant qu'il le voudrait. Il accepta avec joie. Se faire de nouveaux amis, mettre le pied dans le monde étudiant et parler avec eux de tout ce qui se passait dans Paris le fascinait. Il découvrait des horizons inconnus, s'intéressait à la question politique, prenait feu pour les opinions de ses nouveaux amis et n'avait plus à la bouche que les mots *république*, *liberté* et *changement*.

— Votre frère ne devrait pas passer autant de temps avec ces jeunes gens. Ils sont trop idéalistes, cela peut être dangereux.

Julie sourit et haussa les épaules, tout en continuant à broder un lot de mouchoirs qu'elle devait remettre à sa patronne le lendemain. L'homme qui lui parlait était le dernier occupant de l'étage, un artiste peintre qui avait obtenu de faire son portrait malgré ses réticences initiales et malgré l'opposition première de Landry qui s'inquiétait de cet intérêt. Mais Louis Janvier les avait rassurés rapidement : il ne s'agissait que d'un portrait, il avait besoin d'un visage, rien de plus, et il dédommageait Julie pour le temps qu'elle passait dans son atelier. Il lui rendait visite de temps à autre, réalisant quelques croquis pendant qu'elle se livrait à ses travaux de couture.

— Je suis sérieux, Julie. Vous devriez le raisonner. Tout cela va mal tourner. L'Empereur…

— Louis, vous savez que je n'entends rien à la politique. Et je ne peux empêcher Landry de voir ses amis. Il a si peu de distractions et la vie est bien rude pour lui depuis qu'il est à Paris.

— Elle n'est pas plus facile pour vous. Il ne se soucie guère de vous, à vous laisser seule presque tout le temps.

— Détrompez-vous, il pense beaucoup plus à moi que vous ne le croyez. Il a sacrifié bien des projets pour moi.

— Cependant...

— Je vous en prie, changeons de sujet. Parlez-moi plutôt de cette femme que vous avez connue autrefois. J'aime quand vous me racontez cette histoire.

Il sourit et ne se fit pas prier pour faire le récit de ses amours passées. C'était ce qui l'avait poussé à aborder Julie la première fois, cette ressemblance avec la belle jeune fille qu'il avait aimée. Il l'avait rencontrée au hasard des rues de Paris, alors que, son carnet de croquis sous le bras, il cherchait des sujets de peinture. Elle marchait en bord de Seine, seule, visiblement désemparée. Et triste, si triste... Il l'avait abordée, alarmé par ce désarroi. Elle avait souri de son inquiétude, lui avait pris le bras spontanément et ils s'étaient promenés ensemble durant des heures. Il avait fait un croquis de son visage, de profil, alors qu'elle observait le fleuve, lui avait demandé de poser pour un tableau. Elle avait refusé tout d'abord. Puis accepté à condition qu'ils aillent chez lui tout de suite. Le soir même, ils étaient amants et elle n'était pas repartie. Deux mois durant, ils étaient demeurés enfermés dans son atelier. Elle restait silencieuse, le plus souvent. Souriait rarement, d'un sourire qui n'atteignait jamais ses yeux. Un jour, il s'absenta quelques heures. À son retour, elle avait disparu, ne lui laissant que des toiles inachevées et un vague parfum de violette.

— Je ne l'ai jamais revue. Je l'ai cherchée, je suis retourné à l'endroit de notre rencontre. Je ne pouvais demander de renseignement à personne, ne sachant rien d'elle. J'ai voulu la peindre de mémoire mais je n'ai jamais réussi à retrouver la finesse de ses traits. J'ai cru que je ne pourrais jamais plus peindre. Et puis le temps s'est écoulé. J'ai voyagé, j'ai trouvé un autre atelier. Il y a eu d'autres modèles, d'autres femmes aussi mais aucune ne lui ressemblait. Elle était unique, il y avait en elle quelque chose de lointain, comme une blessure qu'elle ne voulait pas confier. Je n'ai jamais aimé une autre femme autant qu'elle...

— C'est merveilleux. Un tel amour alors que vous ne l'avez connue que si peu de temps...

— Dites plutôt que c'est idiot. Elle n'a cessé de m'obséder. Et je n'avais jamais autant parlé d'elle avant de vous rencontrer. Vous lui ressemblez tellement... Vous pourriez être sa fille. J'aurais aimé avoir un enfant avec elle...

Ils échangèrent un sourire entendu. Il n'y avait aucune ambiguïté entre eux. Elle trouvait en lui une figure paternelle. Il s'attendrissait en songeant à l'enfant qu'il n'avait jamais eu.

— Il est temps que je vous laisse. N'oubliez pas de venir me voir si vous avez besoin de quoi que ce soit.

Il répétait la même phrase à chaque fois. Elle acquiesça d'un signe de tête, tendit une main qu'il serra tendrement dans les siennes. Lorsque la porte se referma, Julie demeura longtemps figée, ses mains immobiles, ne songeant plus à coudre. Elle rêvait d'une belle histoire d'amour, d'un homme qui l'aimerait comme Paul avait aimé sa maîtresse. Elle essayait de s'imaginer cet homme, ses traits demeuraient flous mais il avait un sourire éclatant que Julie ne parvenait pas à oublier.

***

Landry n'était pas rentré depuis trois jours. Trois jours d'incertitude. Trois jours de frayeur. Trois jours d'un silence assourdissant pour Julie que jetait sur le palier le moindre murmure, le moindre bruit de pas. Mais, la réponse à sa question muette était toujours la même : ni Louis, ni les étudiants n'avaient de nouvelles du jeune homme. Les trois jeunes gens étaient sortis ensemble, ils avaient beaucoup bu. Des soldats avaient fait irruption dans la taverne, visiblement pris de boisson. Ils avaient exigé de Landry et de ses compagnons de boire à la santé de l'Empereur qui venait d'annoncer la grossesse de l'impératrice

Marie-Louise. Landry avait refusé et une bagarre générale avait éclaté. Les deux amis du jeune homme s'étaient extirpés tant bien que mal de la mêlée, se soutenant l'un l'autre. Ils avaient ensuite perdu toute trace du garçon…

Épuisée, elle se laissa tomber sur une chaise en écoutant Louis raconter le résultat de ses dernières recherches. Il se voulait rassurant mais Julie n'était pas dupe. Il conservait lui aussi bien peu d'espoir.

— Il est peut-être à l'hôpital, blessé, sans pouvoir dire qui il est. Ou des particuliers l'ont recueilli. Il ne connaît presque personne à Paris, donc personne ne peut nous prévenir. Dans quelques jours…

— Ou encore, on a jeté son corps à la Seine parce que personne ne le connaissait. On l'a peut-être déjà enterré… Ô ! Louis, que vais-je devenir ? Je n'ai que lui…

Il la serra brièvement dans ses bras pour la réconforter mais il était presque aussi triste qu'elle. Si Landry ne se manifestait pas dans les jours suivants, il était à craindre que… Il était révolté par cette injustice. Quelques semaines auparavant, le jeune homme ne connaissait pas Paris, ne savait rien de la politique, des rares opposants à l'Empereur et il avait été entraîné de manière idiote dans une querelle d'ivrognes. Le peintre avait voulu reprocher aux étudiants ce qui s'était passé mais avait renoncé : il les avait trouvés les yeux bouffis et rougis par le manque de sommeil et la culpabilité.

Il se souciait bien davantage de la jeune fille. Que deviendrait-elle, seule, dans cet enfer qu'était Paris ? Ni les quelques pièces qu'il lui donnait pour ses séances de pose, ni les petits travaux de couture qu'elle réalisait ne lui permettraient de vivre décemment. Elle était si jeune, si douce, si innocente qu'il serait facile de la tromper et de l'exploiter… Dans le meilleur des cas, elle trouverait une place de bonne dans une famille bourgeoise qui rognerait ses gages. Au pire, elle serait servante dans une auberge où le patron chercherait à la vendre en même temps que les bouteilles qu'elle devrait servir. À qui pourrait-elle se plaindre ?

Pauvre petite Julie, qui prendra soin de toi ? Que deviendras-tu, livrée à toi-même et à la folie des hommes dans ce gouffre que l'on nomme Paris ? Combien de malheureuses avant toi ai-je déjà vues se faire happer par une vie de misère alors qu'elles croyaient que l'avenir leur appartenait ? Si seulement, j'avais la solution... Si seulement...

Julie attendit vainement. Landry ne revint pas. Les jours s'écoulèrent sans que rien vienne apaiser les inquiétudes de la jeune fille. Elle se résolut à admettre qu'elle était désormais seule, compta l'argent qui lui restait et comprit rapidement que sa situation était plus que précaire. Elle multiplia alors les travaux de couture, offrit ses services chez les blanchisseuses, dans les auberges, n'obtint que quelques heures de travail et ne parvint guère à augmenter son pécule. Louis voulut l'aider en la faisant poser davantage, elle refusa en souriant, consciente qu'il avait assez de dessin d'elle pour couvrir les murs de son atelier. Puis vint l'instant où elle comprit qu'elle ne pourrait pas payer son terme. Elle retourna chez le marchand qui leur avait vendu leurs quelques meubles. Il accepta de tout racheter à moitié prix. Elle s'insurgea face à cette injustice. L'homme eut un sourire froid, secoua la tête :

— Je dois gagner ma vie. Si tout le monde me ramenait ses meubles comme vous le faites, je devrais fermer boutique. De plus, il faudra que je vienne les chercher. Comprenez, mon petit, je ne peux pas faire de favoritisme.

— Je ne suis pas votre petit. Je vous demandais juste d'avoir un peu de cœur. Des meubles que nous vous avons achetés il y a moins de trois mois… Vous les revendrez au même prix et…

— Rien ne prouve que je les revendrai rapidement.

— Mon frère est mort ! Je suis seule. Vous n'avez donc pas la moindre compassion. Donnez-moi mon argent, venez chercher vos meubles et allez au diable !

Elle rentra en serrant dans son poing la pauvre somme qui lui servirait à avoir un toit pendant encore un mois. Et ensuite, songeait-elle, que vais-je faire… Où trouver de l'argent ? Elle observa longuement la broche que lui avait donnée son grand-père. Peut-être ce bijou avait-il de la valeur ? Pourquoi ne pas le vendre ? Elle ne connaissait rien de sa mère, sinon que tous ceux qui l'avaient côtoyée la méprisaient, y compris son propre père, que cette femme avait ruiné sa réputation et fait d'elle une paria sans qu'elle sache pourquoi. Alors, à quoi bon conserver ce bijou ? Le vieux Chesnay n'avait pas eu le temps de s'expliquer et elle le regrettait amèrement. Son village lui était à jamais interdit, elle ne comprendrait jamais sa propre histoire. Elle aimait cependant cette petite broche, cette pierre rouge taillée en losange sur sa monture dorée. Elle soupira… sa mère était une paysanne. Ce bijou ne valait sans doute pas grand-chose. Son grand-père l'avait conservé des années durant sans avoir le temps d'expliquer pourquoi. Mieux valait le garder. Un jour peut-être, elle obtiendrait les réponses et comprendrait son passé.

***

Plusieurs semaines s'écoulèrent encore sans apporter le moindre réconfort à Julie. À force d'expédients et de sacrifices, en multipliant les petits travaux mais sans trouver à s'employer complètement, elle était parvenue à payer encore un mois de loyer mais ne se faisait plus guère d'illusions. Les quelques pièces qu'elle économisait ne suffiraient pas. Déjà, ses repas étaient réduits au strict minimum. Du pain, des fruits quand elle pouvait, un œuf de temps à autre. La viande, il ne fallait pas même y songer. Pour toute boisson, de l'eau qu'elle prenait à une fontaine. Pour la première fois de sa vie, Julie ressentait les tourments de la faim. Que ce soit chez son père, chez les Findroy ou chez les Charron, elle avait toujours mangé correctement, sans se soucier de manquer de nourriture. Maintenant, il lui fallait prendre garde au moindre morceau de pain…

Elle était trop fière pour demander de l'aide à ses voisins. De toute façon, les deux étudiants l'évitaient et elle préférait ne pas les voir, ne pas croiser leurs regards où elle lisait à la fois leur culpabilité et leur pitié. Quant à Janvier, elle ne posait plus pour lui et ne lui ouvrait plus sa porte lorsqu'il frappait en l'appelant doucement. Elle le rencontrait occasionnellement lorsqu'il parvenait à l'intercepter sur le palier mais refusait d'accepter son aide. Il ne devait pas connaître son dénuement. Un soir cependant, elle ne put l'éviter. Assis sur une chaise, il l'attendait dans le couloir. Elle était lasse, épuisée d'avoir couru toute la journée à la recherche d'ouvrage. Elle allait de plus en plus loin, s'égarant parfois, perdant son temps à retrouver son chemin. Elle détestait cette ville…

— Julie, enfin ! J'étais inquiet.

— Vous me surveillez maintenant ?

Elle avait parlé plus sèchement qu'elle ne l'aurait voulu et s'en voulut de l'avoir blessé.

— Pardonnez-moi, je suis lasse, j'ai eu une longue journée.

— Ce n'est rien. Je voulais simplement vous informer que je pars demain matin très tôt. Ma mère est souffrante et me réclame. Je ne sais pas combien de temps je serai absent.

— Je suis navrée, vraiment. J'espère qu'elle se rétablira vite.

— Pendant mon absence, si vous aviez besoin d'aide…

— Je n'ai besoin de rien.

— Vous avez beaucoup de courage, jeune Julie, mais vous n'êtes pas invulnérable. Si vous aviez besoin de quoi que ce soit, adressez-vous à mon ami Grosbois, vous savez le marchand de couleurs. Nous sommes allés le voir ensemble en juillet. Il vous aidera. Et quand je reviendrai, je vous aiderai à trouver une place. J'ai quelques idées…

Elle l'interrompit en se jetant à son cou.

— Vous êtes si bon et je suis bien ingrate avec vous depuis quelque temps ! Allez voir votre mère, prenez soin d'elle et de vous. Et ne vous inquiétez pas pour moi : je vais bien, je ne manque de rien.

— Je ne serai pas absent très longtemps.

— Vous serez absent le temps qu'il faudra. Faites un bon voyage et soyez prudent.

Il l'embrassa paternellement sur le front et ils se quittèrent sur un dernier sourire. En refermant sa porte, Julie demeura un long instant adossée au chambranle. Elle frissonnait de tristesse et de peur. C'était une chose de refuser l'aide de Louis, c'en était une tout autre de le voir partir. Il lui semblait que, sans lui, elle allait être désespérément seule.

Novembre s'acheva sans que Louis revienne. Julie ne pouvait plus payer sa chambre, tout juste parvenait-elle à se nourrir. Le soir tombant très tôt, elle se couchait dès qu'elle rentrait pour ne pas utiliser sa chandelle et pour essayer d'avoir un peu plus chaud. Durant quelques jours, elle évita sa logeuse qui réclamait son dû mais elle ne put s'enfuir lorsque, un matin, une main vigoureuse lui agrippa le bras alors qu'elle sortait.

— Votre loyer. Vous me devez la moitié d'octobre et novembre. Le propriétaire réclame. Vous ne pouvez pas loger ici gratis.

— Je le sais, je comprends. Accordez-moi encore quelques jours…

Elle ignorait ce que quelques jours pourraient changer à sa situation mais elle n'avait nulle part où aller. Elle ne pouvait qu'essayer de gagner un peu de temps.

— Je vous laisse jusqu'à la fin de la semaine. Ensuite, c'est le propriétaire qui fera intervenir les gendarmes.

— La fin de la semaine…

— D'ici là, votre peintre sera peut-être revenu. Et puis, jolie comme vous êtes, vous devriez pas avoir trop de mal à le remplacer. Vous en faites pas pour lui, ces gars-là sont conciliants sur la chose…

Julie n'écoutait plus. Effarée, elle s'était dégagée et avait fui dans la rue. Ainsi, sa logeuse la croyait la maîtresse de Louis et lui conseillait même de trouver un autre homme pour payer son loyer. À quoi bon avoir fui les Charron pour que cette mégère pense qu'elle se donnait pour de l'argent ? Et puis, elle avait parlé des gendarmes et cette perspective la terrifiait. Ils s'informeraient de son identité, découvriraient qui elle était, d'où elle venait. Elle serait probablement jugée, pendue… et puis, au milieu de tout ça, il lui faudrait sans doute affronter les parents de Landry, avouer aux Findroy qu'elle ignorait ce qu'il était advenu de leur fils unique, qu'il était sans doute mort. Elle n'avait toujours pas trouvé la force de leur écrire…

Elle comprit qu'elle avait besoin d'aide, qu'elle n'avait plus qu'un seul recours. Elle se précipita chez Grosbois, pénétra dans la boutique le cœur battant, le souffle court. Une femme, grande, osseuse, se tenait derrière le comptoir et la dévisagea froidement. C'était la femme du marchand de couleurs. Elle détestait Janvier et sa vie trop libre, se rappelait l'avoir vu avec cette fille quelques mois auparavant et, comme la logeuse, s'était persuadée qu'elle était trop jolie pour n'être qu'une amie du peintre. D'ailleurs, Janvier avait l'habitude de coucher avec ses modèles, il n'y avait donc aucune raison pour que celle-là fasse exception.

— Qu'est-ce que vous voulez ?

— Voir M. Grosbois. C'est son ami, le peintre Janvier, qui m'envoie. J'ai… J'ai besoin d'aide.

Avec un peu plus d'expérience, Julie aurait su qu'il ne fallait pas aborder cette femme frontalement mais elle avait tout juste quinze ans, elle avait peur, elle était épuisée. La femme la dévisagea avec sévérité. Elle savait le peintre absent, cette fille ne venait donc pas acheter de la peinture. Elle disait avoir besoin d'aide, elle voulait donc de l'argent. Mme Grosbois était laide, avait cinquante ans bien sonnés et était avare. La jeunesse et la beauté de Julie représentaient tout ce qu'elle détestait parce qu'elle ne pourrait jamais les posséder.

— Mon époux n'est pas là.

— Je peux l'attendre ? Ou revenir plus tard ?

— Ce serait inutile. Il s'est absenté pour plusieurs jours.

— À la fin de la semaine, il…

— Il ne sera pas là. Il en a au moins pour une semaine. Vous devriez partir maintenant, j'ai du travail.

Julie ne comprit pas que Janvier ne l'aurait pas adressé à son ami si celui-ci devait s'absenter. Elle ne comprit pas que cette femme mentait pour se débarrasser d'elle. Elle avait trop peur pour réfléchir. Elle tourna les talons et s'enfuit. Elle ne vit pas l'homme qui sortait de l'arrière-boutique. Il avait entendu un bruit de voix et s'enquerrait de la visiteuse.

— Qui était-ce, madame Grosbois ?

— Rien d'important, monsieur Grosbois. Une femme qui cherchait son chemin.

Il n'en demanda pas plus et retourna à son rangement. Il ignorait qu'il venait de laisser partir la jeune fille que son ami lui avait demandé de secourir.

Julie marcha longtemps au hasard, ne sachant plus vers qui se tourner. Elle maudissait Janvier de ne pas être là, Landry de l'avoir laissée. Elle maudissait son père de l'avoir placée chez les Charron. Elle maudissait sa mère d'être morte sans l'avoir préparée à affronter la vie. Elle se maudissait de ne pas avoir cédé à Clovis, d'avoir quitté sa région. Elle sentait monter en elle une colère indicible, une rage inconnue. Elle n'écouterait pas sa logeuse, elle ne donnerait pas à un inconnu ce qu'elle avait refusé à d'autres. Pas pour de l'argent. Et on ne la chasserait pas. Et on ne l'arrêterait pas. Elle allait partir. Elle ignorait où aller mais elle n'attendrait pas que qui que soit décide pour elle. Elle était déterminée à choisir sa vie. Elle rentra chez elle, serra dans un balluchon le peu qu'elle possédait, une robe, une chemise, la poupée de bois, la broche de sa mère. Elle compta les quelques pièces qui lui restaient. Pas assez pour prendre une chambre dans une auberge. Mais assez pour du pain ce jour-là. Ensuite, elle se débrouillerait. Comme toujours. Elle s'assura que personne ne la voie partir, quitta son logement puis la rue où elle avait passé quelques mois. La tête haute, elle s'engagea résolument vers l'incertitude.

4

Elle erra dans les rues de Paris durant trois jours, s'adressa à la couturière qui lui donnait habituellement de l'ouvrage et qui la chassa sans pitié, poussa la porte de dizaines d'échoppes en tout genre mais modistes, couturières, blanchisseuses, marchands des quatre-saisons, boulangers, bouchers... avaient tous la même réponse : pas d'ouvrage pour une fillette. La nuit, elle se glissait dans les écuries des auberges, dormait tant bien que mal dans la paille, s'esquivait au petit matin, sans plus savoir où aller. Elle avait tant marché qu'elle aurait été incapable de revenir à son point de départ pour voir si Janvier était rentré. Elle ignorait les noms des quartiers où elle passait, les visages se mêlaient devant ses yeux en une masse floue et indistincte. Désorientée, éreintée, elle avait faim. Elle avait pu acheter du pain mais cela ne suffisait pas. Elle ne tarda pas à comprendre que si elle restait à Paris, elle était perdue. Le quatrième jour, elle se trouva au bord de la Seine et regarda longuement le fleuve qui s'éloignait paisiblement. Elle ne pouvait pas retourner chez elle, elle ne pouvait pas rester dans cette ville hostile. Alors, elle décida de suivre le fleuve, de poursuivre sa route plus loin. Elle voulait gagner les campagnes, tout en s'éloignant toujours plus des Charron. Elle finirait bien par trouver une ferme où se placer. Les travaux des champs ne l'effrayaient pas, elle les connaissait depuis toujours.

Sa décision prise, elle partit en souriant en dépit de sa fatigue. Elle jeta un regard intéressé aux rives de la Seine, admira un instant le château des Tuileries puis le Louvre dont elle avait entendu parler mais qu'elle n'avait jamais approchés. Malgré elle, sa jeunesse et sa curiosité l'entraînaient à observer tout ce qu'elle voyait, à garder en elle quelques jolis souvenirs de cette ville où elle était si malheureuse. Elle s'attarda un peu ; le soir tombait déjà qu'elle n'avait pas encore quitté la capitale. Comble de malchance, une pluie froide s'abattit sur elle mais elle ne s'arrêta pas pour autant, bien décidée à ne pas passer une nuit de plus à Paris.

Elle marchait lentement, tête baissée, lorsqu'elle fut heurtée par un cavalier qui sortait au petit trot de l'une des nombreuses guinguettes du hameau d'Austerlitz. Il ne s'arrêta pas, peut-être même ne la vit-il pas. Il poursuivit son chemin tandis qu'elle trébuchait et s'effondrait à plat ventre sur la route boueuse. Elle resta au sol, le souffle court tandis que le trot d'autres chevaux se rapprochait dangereusement.

Les deux cavaliers avaient vu la scène de loin et tirèrent d'un bel ensemble sur les rênes de leurs montures. Ils mirent pied à terre, un peu effrayés de ne pas voir la jeune fille se relever. Julie parvint néanmoins à se dresser sur ses genoux mais la force lui manquait pour se mettre debout. Le plus âgé des cavaliers, avec une grande douceur, l'aida en la prenant par les bras puis la soutint. Elle frissonnait, glacée de peur, de froid et de fatigue. Elle laissait l'homme tâter ses bras pour s'assurer qu'elle allait bien. Elle entendait sa voix, lointaine, et celle du second cavalier sans comprendre ce qu'ils disaient. Finalement, elle sentit que son sauveur la soulevait dans ses bras et tenta faiblement de résister.

— Allons, allons, tu n'as rien à craindre, jeune fille. Nous allons juste te mettre au sec pour cette nuit, afin de reprendre un peu tes esprits…

— Tu es sûr que nous faisons bien de l'emmener ? Nous ne savons rien d'elle et Wagram…

— Wagram comprendra. Franchement, tu la laisserais là sans remords ? J'en prends la responsabilité.

La voix était grave, chaude et réconfortante. Elle se laissa aller contre l'épaule solide du cavalier et emporter au petit galop vers une destination inconnue.

— Vous voilà enfin ! Vous êtes en retard. Mais qu'est-ce que vous nous ramenez là ?

Julie fut doucement déposée sur une chaise. Elle serra ses bras autour d'elle, à la recherche d'un peu de chaleur, tressaillit au son de cette voix qui lui semblait vaguement familière et releva la tête. De surprise, elle faillit tomber en reconnaissant le beau cavalier qu'elle avait aperçu le soir de son arrivée à Paris et qui s'était moqué d'elle avec une désinvolture irritante…

Derrière le rideau de ses cheveux dénoués, elle observa les lieux. Elle se trouvait dans une vaste salle au sol de pierre et aux murs couverts de tapisseries usées. Un feu ronflait dans l'âtre immense et des bougies multiples éclairaient la pièce. Il y faisait bon, presque chaud, et la malheureuse en ressentit un vif soulagement. Elle aurait voulu s'approcher des flammes pour y réchauffer ses mains engourdies par le froid, pour y sécher ses vêtements trempés. Pour l'heure, cependant elle restait immobile, sentant tout autour d'elle des regards curieux ou hostiles. Elle osa tout juste lever les yeux sur l'homme qui lui faisait face.

Plus beau encore que dans son souvenir, il semblait froid et sévère. Nul sourire ne venait éclairer son visage aux traits nets et parfaitement dessinés. Ses yeux noirs, brillant d'une colère contenue, et sa mâchoire carrée, le rendaient presque effrayant. Julie, pourtant, n'avait pas peur. Elle admirait les cheveux de jais, coupés court, le visage mâle, la courbe des larges épaules, de la poitrine solide, de la taille mince. Ses longues jambes, bottées de cuir noir, étaient solidement ancrées au sol et les manches retroussées de sa chemise d'un blanc neigeux laissaient jouer les muscles puissants de ses bras croisés.

Non, cet homme ne l'effrayait pas, au contraire. Sa force évidente, son calme apparent la réconfortaient même. Il émanait de lui une assurance bienvenue. Près de lui, elle se sentait protégée. Il lui semblait que rien ne pouvait lui arriver en sa présence. Présence dont il emplissait la pièce en toute conscience.

— Alors, Malo, vas-tu répondre ?

La voix était calme, posée. Sèche. Presque tranchante. Julie ne s'en offusqua pas. Elle était trop lasse pour comprendre ce qui lui arrivait, trop lasse pour se demander ce que ces hommes voulaient d'elle, trop lasse pour penser à autre chose qu'à cet homme si séduisant, à ce feu si tentant. Il y avait d'autres personnes dans la salle mais elle ne les voyait pas. Ils se confondaient dans un étrange brouillard dont elle ne parvenait pas à émerger.

— Elle s'est fait renverser par des cavaliers juste devant nous. Je n'allais pas la laisser dehors par ce froid.

— Tu sais qui elle est, d'où elle vient ?

— Non.

— Donc, si je comprends bien, tu amènes ici une parfaite inconnue dont tu ignores tout, en sachant parfaitement ce que j'en pense.

— Voyons, Wagram, ce n'est qu'une gamine ! Que voulais-tu que je fasse ?

— L'interroger et la déposer où elle voulait aller. N'importe où ailleurs, je m'en moque. Elle ne peut pas rester, tu le sais.

— Laisse-lui au moins cette nuit. Demain, je l'accompagnerai où elle voudra.

— Wagram a raison. Elle doit partir. Tout de suite.

Cette voix fit tressaillir Julie. Elle n'avait pas remarqué de femme dans l'assemblée. Celle-ci était belle mais son visage empreint d'austérité était dépourvu de douceur. De longs cheveux roux flamboyaient sur ses épaules et ses yeux verts luisaient de rage. Il y avait en elle quelque chose de farouche, d'intimidant. Elle posa une main possessive sur l'épaule de Wagram qui la prit aussitôt par la taille. Elle redressa la tête, le menton en avant. Elle avait visiblement l'habitude d'être obéie.

— Un peu d'indulgence, Ana. C'est une enfant. On ne va pas la mettre à la rue par ce froid. Que deviendrait-elle ?

— Je m'en fiche. Ce n'est pas mon affaire. Et ce ne devrait pas être la tienne non plus.

Julie sentait l'épuisement la gagner. Elle aurait voulu prononcer un mot, demander la permission de se blottir près de l'âtre pour se sécher et se réchauffer. Juste quelques heures. Mais personne ne prêtait vraiment attention à elle, à ses besoins... Ils discutaient tous, chacun donnait son avis, des murmures s'élevaient des quatre coins de la pièce. Le brouhaha grandissait et incommodait la jeune fille. Elle n'aspirait qu'au calme, au repos. Malo soudain se tourna vers elle et s'aperçut qu'elle grelottait, les bras serrés autour d'elle, recroquevillée sur sa chaise.

— Bon sang ! On discute, on palabre et cette gamine crève de froid. On ne peut pas la laisser comme ça ! Encore moins la mettre dehors. Elle n'y résisterait pas.

— Ça va, ça va. Je suis d'accord pour cette nuit. Mais demain, dehors. Pas d'étranger ici. Tu connais la règle.

— Entendu.

— Cotillon, prépare le deuxième lit de ta chambre. Elle dormira chez toi. Bon Dieu, la voilà qui se trouve mal.

Julie, en effet, venait de glisser de sa chaise. Elle n'eut guère le temps de s'interroger sur l'identité de Cotillon. Elle sentit que des bras vigoureux l'emportaient sans aucune difficulté.

— Allons, petite, pas la peine de t'évanouir. Tu n'as pas entendu ? Tu restes ici cette nuit.

Elle hocha la tête et se laissa aller contre l'épaule de Wagram, étrangement rassurée par la voix d'un homme dont elle ignorait tout. Il monta un escalier, longea un couloir sombre. Elle devina confusément que quelqu'un marchait devant eux et ouvrait la porte d'une chambre bien chauffée. Il la déposa sur le lit avec douceur.

— Occupe-toi d'elle, Cotillon, elle est glacée. À demain, petite.

— Merci.

Elle ne put prononcer que ce seul mot avant de sombrer dans le sommeil, sourire aux lèvres. Elle ne remarqua même pas que des mains adroites lui ôtaient ses vêtements trempés et la recouvraient d'une épaisse couverture. Lorsqu'elle s'éveilla, le jour devait être levé depuis longtemps, à en juger par les longs rayons de lumière qui filtraient à travers les persiennes. Elle eut du mal à savoir où elle était, à se souvenir des événements de la veille. Avec gêne, elle s'aperçut qu'elle portait une chemise qui ne lui appartenait pas. On l'avait donc entièrement dévêtue... Qui avait profité de son inconscience ? Qui l'avait vue nue ?

Troublée, elle jeta les yeux autour d'elle, à la recherche de ses vêtements, vit sur une chaise une robe de laine grise. Où étaient ses effets ? Que devait-elle faire ? S'habiller de cette robe ? Attendre ? Se lever et partir à la découverte de cette demeure inconnue et à la recherche de ses habitants ? Au chevet du lit était posée une assiette de biscuits et un profond sentiment de reconnaissance l'envahit. Elle avait si faim ! Cependant, elle tendait à peine la main vers l'assiette que la porte s'ouvrit sur la femme rousse aperçue la veille.

— Tu es enfin réveillée. Tant mieux. Dépêche-toi de t'habiller. Wagram t'attend.

Ce n'était pas une invitation, plutôt un ordre. Avec un soupir de regret, Julie repoussa sa couverture...

— Mes vêtements ?

Ana fit deux pas dans la chambre, s'empara de la robe grise et la lui jeta brutalement.

— Dépêche-toi, te dis-je.

Julie se hâta tant qu'elle put. La robe était trop grande pour elle. Elle enfila une paire de bas qui se trouvait là mais il n'y avait aucun soulier pour la chausser. Faute de bonnet ou de peigne, elle laissa ses longs cheveux décoiffés flotter sur ses épaules. En passant devant Ana, elle croisa son regard moqueur et perçut son animosité. Elle la suivit le long du couloir jusqu'à une porte close qu'elle franchit sans frapper.

— La voilà.

Puis, elle se retira sans un regard pour la jeune fille.

Wagram était assis derrière une vieille table de bois abîmée. Il lança à la jeune fille un regard froid, la détaillant avec le même regard moqueur qu'avait eu Ana mais sans hostilité. Julie ne pouvait pas lui en vouloir. Elle savait qu'avec ses cheveux épars, sa robe trop grande et l'absence de souliers, elle n'était pas à son avantage. Elle décida d'attendre qu'il parle le premier, afin de savoir ce qu'il attendait d'elle et quelle attitude adopter.

— Tu m'as fait attendre. Je n'aime pas ça.

— J'en suis désolée. Si j'avais su que vous m'attendiez, j'aurais demandé à être réveillée plus tôt.

Il réprima un sourire. Elle avait du courage et ce n'était pas pour lui déplaire.

— Passons. Si tu m'expliquais un peu qui tu es et ce que tu faisais sur les chemins cette nuit…

— Je m'appelle Julie, je viens d'avoir quinze ans. Je suis née dans la région de Nantes. Je suis venue à Paris avec mon frère à la mort de nos parents pour trouver du travail. Nous n'avions plus personne. Malheureusement, mon frère a disparu il y a quelques semaines et je ne peux qu'envisager le pire à son sujet. Depuis, je me suis débrouillée tant bien que mal pour payer ma chambre mais récemment, je n'ai plus eu les moyens d'y subvenir. Depuis plusieurs jours, j'errais dans Paris à la recherche d'un emploi. Enfin hier, j'ai décidé de quitter la ville pour retourner à la campagne. Là, je pense, je trouverai bien du travail, du moins je l'espère.

Elle avait débité son histoire d'une traite, comme elle l'avait préparée depuis la veille alors qu'elle envisageait de se présenter dans des fermes. Elle espérait être convaincante, ne pas avoir à en dire plus sur son passé. Même si cet homme lui inspirait confiance, elle ne pouvait certes pas lui dire que sa vie s'achèverait au bout d'une corde si ces anciens voisins la retrouvaient.

— Si je comprends bien, tu es à peu près seule au monde.

— En effet.

— Et, tu n'avais plus un sou…

— J'ai acheté un peu de pain avec ce qu'il me restait.

Il laissa un silence gênant s'installer, se contentant de la dévisager avec insistance. Elle demeura muette, attendant qu'il l'interroge. Elle ne lui donnerait pas d'armes contre elle. Après tout, elle ignorait autant que lui à qui elle avait affaire.

— Et si tu me disais plutôt la vérité ?

— Je viens de le faire. Que voulez-vous que je rajoute ?

— Que faisais-tu à Nantes ?

— Je vivais avec mes parents et avec mon frère, dans une ferme.

— Et à la mort de tes parents, vous n'avez pas trouvé à vous placer autour de chez vous ?

— Mon frère voulait aller en ville. Je l'ai suivi.

— Et la ferme, qu'est-elle devenue ?

— Mes parents avaient des dettes et…

— Assez ! Maintenant, je veux la vérité.

Il avait frappé sa table du plat de la main et Julie sursauta. Elle se sentait piégée. Pour autant, elle ne dirait rien. C'était trop dangereux. Elle haussa les épaules.

— Je ne sais pas ce que vous voulez dire.

— J'aimerais savoir comment une fillette qui se dit sans le sou se promène avec un bijou de valeur dans son balluchon.

Il brandissait maintenant la broche de sa mère sous son nez. Le soulagement de Julie le disputa à l'agacement.

— Vous avez fouillé dans mes affaires !

— Je voulais savoir qui tu étais.

— Vous n'aviez pas le droit.

— T'expliqueras-tu ?

— Cette broche appartenait à ma mère. Elle n'a aucune valeur et c'est tout ce qu'il me reste d'elle.

Elle avait l'air sincère mais il avait reconnu au premier coup d'œil un objet de valeur. Pourquoi s'obstinait-elle à nier ? Se pouvait-il qu'elle ignore vraiment qu'elle se promenait avec une petite fortune ? Soudain, il la vit pâlir et s'appuyer à la table ; elle avait l'air à bout de forces. Il se leva, la soutint et l'aida à gagner un canapé, aussi vieux et usé que la table.

— Allons, que t'arrive-t-il encore ?

— J'ai… J'ai faim.

Elle rougissait de cette faiblesse. Aussitôt, il lui tendit des biscuits posés sur le bord de la cheminée que Cotillon avait apportés quelques heures avant. Il était d'autant plus étonné de cette détresse qu'il avait demandé à la vieille femme de laisser à manger à la jeune fille près de son lit. Julie hésita d'abord à se servir puis se laissa tenter. Les biscuits disparurent en quelques instants. Il s'assit à côté d'elle, sur le canapé qui grinça bruyamment.

— Merci.

— Depuis combien de temps n'avais-tu rien mangé ?

— Depuis trois jours, je n'ai mangé qu'un peu de pain. Et j'ai tellement marché.

Il ne comprenait plus rien. Tout lui disait que cette fillette ne mentait pas. Mais il y avait ce bijou. Que faisait une miséreuse avec une broche d'or et de rubis ?

— Je ne te fais pas peur, n'est-ce pas ?

— Non. Depuis hier, je me sens en sécurité. J'ai l'impression que je peux vous faire confiance.

— Et pourtant, tu me mens. Ne le nie pas. Je ne sais pas ce qui est vrai dans ton histoire mais je devine qu'il y a beaucoup de détails que tu ne me racontes pas. Réponds juste à une question : as-tu volé cette broche ?

— Non ! C'est mon grand-père qui me l'a remise avant mon départ. Elle appartenait vraiment à ma mère.

— Il y a donc un grand-père. Je croyais que ton frère et toi n'aviez plus personne…

Julie se mordit les lèvres. Elle n'avait pas réfléchi avant de répondre. Elle soupira, détourna le regard.

— Raconte-moi tout, Julie.

— Je ne sais même pas qui vous êtes.

— Wagram, chef d'une bande de voleurs…

— Des voleurs ?

— Voleurs et déserteurs. Nous fuyons l'armée pour y avoir déjà goûté. Celui qui t'a amenée ici hier est mon second, Malo. Tu as rencontré Ana, ma compagne. Pour les autres, on verra plus tard. Tu comprends donc que je sais reconnaître un vrai bijou d'une babiole.

— Je vous jure que je ne sais rien de cette broche. Mon grand-père me l'a donnée, je l'ai prise, c'est tout.

— Et si tu me racontais tout ? Vraiment tout. Depuis le début…

Elle acquiesça avec un certain soulagement. Depuis des mois, elle mentait à tous. Alors, elle lui révéla tout. Son père,

Landry, les Findroy, Clovis et César, la fuite, l'arrivée à Paris, la solitude. Elle n'omit qu'un détail, leur première rencontre dans les rues de Paris. Elle voulait garder ce souvenir pour elle, conserver intact l'éclat de son éblouissement. Il la laissa se livrer, sans l'interrompre, ému qu'elle ait déjà connu tant d'épreuves malgré son jeune âge. Elle était touchante avec ses allures de petite fille, ses cheveux mal coiffés et sa robe trop grande et trop stricte.

— Que vas-tu faire maintenant ?

— Reprendre mon chemin. Je dois trouver du travail et gagner ma vie.

— Attends-moi ici. Je reviens. Je dois parler à quelqu'un.

Il sortit et hésita un instant sur la façon dont il convenait de procéder. Il voulait proposer à Julie de rester parmi eux. Sans savoir vraiment pourquoi, il répugnait à la laisser errer sur les chemins à la recherche d'un improbable travail. Il convaincrait facilement les hommes de l'accueillir et serait soutenu par Malo, son second, son ami. Celui-ci avait eu un vrai coup de cœur pour cette fille en détresse qui lui rappelait tant une autre enfant, trop tôt disparue, qui avait laissé un gouffre béant dans son cœur de père. Cotillon ferait ce qu'il dirait, comme toujours. Elle apprécierait une compagnie féminine. Mais il faudrait convaincre Ana et cela serait sans doute le plus difficile. Il franchit le seuil de leur chambre, fut surpris de la trouver en chemise sur leur lit. Elle s'offrait, provocante et désirable… Finalement, songea-t-il, ce serait peut-être plus facile que prévu.

— Tu en as fini avec elle ? C'était long. Tu sais d'où vient la broche ?

— Lorsque je t'ai dit que je voulais la voir, je comptais sur ton bon sens. Tu aurais pu lui laisser le temps de s'habiller correctement et de manger. Elle a encore failli s'évanouir.

— Je croyais que tu étais pressé. Je pensais bien faire. Vraiment.

— Tu voulais l'humilier. Je n'aime pas ça. Ça me déçoit.

Il s'était assis sur leur lit, lui tournant le dos. Elle vint s'appuyer à lui, alarmée par sa froideur. Elle était jalouse de toutes les femmes qui l'approchaient et cette gamine ne lui plaisait pas. Soudain, il semblait s'inquiéter pour elle et cela l'angoissait. Elle ne se faisait pas d'illusion : Wagram aimait les femmes et aimait séduire. Elle le savait infidèle mais elle savait aussi qu'il ne s'était jamais attaché à aucune autre. Pour cela, elle refusait qu'une femme fasse partie de la bande, à l'exception de Cotillon que son âge mettait à l'abri de toute tentative de séduction. Pour l'heure, elle devinait sa colère et ne demandait qu'à l'apaiser. Elle passa un bras tendre autour de son cou, l'embrassa tout près de l'oreille.

— Ne te fâche pas…

— Ta jalousie me fatigue, Ana. Et elle est vraiment malvenue aujourd'hui. Je n'ai jamais été attiré par les petites filles. Et celle-là n'a vraiment rien qui puisse me plaire.

— Je ne suis pas jalouse, mais je t'aime et j'avais envie de t'avoir pour moi seule.

— Vraiment ?

— Tu le sais bien.

Il se retourna brusquement, la renversa sur le lit, l'immobilisa en s'agenouillant, une jambe de chaque côté de son corps, et en se penchant vers elle. Il l'embrassa avec ardeur, dans le cou, sur la poitrine, fit glisser sa chemise pour goûter encore la douceur de sa peau. Elle répondit à ses caresses, glissa ses mains le long de son torse, sur son dos.

— Je te veux rien qu'à moi. Je t'aime. Je t'aime tant.

— Je t'aime aussi, Ana.

Il se redressa pour se dévêtir avant de la rejoindre. Elle savait éveiller son désir comme aucune autre. Depuis quatre ans, ils vivaient ensemble et il ne se lassait pas de son corps magnifique, de sa poitrine généreuse, de ses hanches larges, ni de ses longues jambes. Il lui arrivait d'aller voir ailleurs, juste pour se prouver qu'il plaisait aux autres femmes mais il n'avait jamais envisagé de la quitter. Elle était exactement celle qu'il lui fallait. Belle, passionnée, ardente, elle se donnait à lui sans façon et sans remords.

Un peu plus tard, la main sur la poignée de la porte, il lui fit part de sa décision.

— Je veux que Julie reste parmi nous. Elle n'a nulle part où aller et je la trouve courageuse. Je ne sais pas encore comment mais je crois qu'elle pourrait nous rendre service.

Il se retourna. Les yeux d'Ana étincelaient de colère mais il y lut aussi un fond d'amusement.

— Tu m'as manipulée…

— D'ordinaire, ce n'est pas ainsi que je qualifie ce que nous venons de faire. En tout cas, c'était plus agréable qu'une longue discussion, tu ne trouves pas ?

Elle éclata d'un rire franc et lui jeta un oreiller à la tête. Elle reconnaissait sa défaite avec bonne humeur. C'était une des qualités qu'il aimait chez elle : sa capacité à prendre les événements du bon côté, à sourire de tout. Elle n'était ni vindicative, ni rancunière. Il retourna près d'elle, l'embrassa longuement.

— Tu es la seule qui compte, Ana.

— Je sais. J'ai confiance.

Elle se leva, passa une robe de drap vert qui mettait en valeur ses yeux et sa chevelure et s'admira dans le miroir.

Après tout, je n'ai rien à craindre de cette petite fille. À supposer qu'il ait envie d'elle, elle ne saura jamais lui donner tout ce que j'ai et ne pourra pas le retenir. Et puis, elle est trop fade pour lui plaire.

Et Julie resta. Elle fit rapidement la connaissance de ses nouveaux compagnons, présentée à chacun par Malo, le bras droit de Wagram, le plus âgé du groupe, qui la prit aussitôt sous son aile de façon paternelle. Elle rencontra successivement Bel-Œil, qui louchait terriblement mais affichait un magnifique sourire plein de gentillesse, Pied-de-Biche, à la démarche si légère qu'il semblait danser, Rossignol, qui sifflotait en permanence, et Compas, le benjamin mais aussi le plus grand, un peu timide. Quant aux femmes, elle connaissait déjà Ana et fit la connaissance de Cotillon, mère d'un ancien de la bande, « mort en mission », comme elle le disait elle-même. Wagram l'avait accueillie au décès du garçon auquel il devait la vie. Ni Cotillon ni Malo ne donnant plus d'informations sur ce sujet, la jeune fille s'abstint de poser plus de questions et, apprenant que la vieille dame était à la fois cuisinière, couturière et infirmière, bref qu'elle servait de mère à tous, elle proposa de l'aider, ce qui fut accepté avec reconnaissance.

Il lui parut aussitôt évident que tous étaient absolument dévoués à Wagram, tête pensante et meneur indiscutable. Chacun respectait son courage, approuvait sa sagesse et admirait sa volonté. Malo jouissait d'un respect à peu près égal et Julie, protégée par ces deux hommes, n'avait à craindre aucun propos déplacé, aucun geste malséant. Elle fut acceptée sans question, sans récrimination, rien d'autre qu'un étonnement à peine voilé de la part de certains.

Ils vivaient tous dans une vieille ferme isolée pas très loin de la route où Julie s'était effondrée la veille. Malo lui expliqua l'utilité d'une telle position, assez près de Paris pour pouvoir y être en quelques minutes, assez loin pour pouvoir fuir en cas de besoin. Des écuries assez vastes pour les chevaux. La liberté était laissée à chacun de s'absenter comme il l'entendait à condition d'être revenu aux jours précis indiqués par Wagram…

Malo souriait en expliquant leur mode de vie mais fut interrompu sèchement par Ana.

— Assez, tu en dis trop. Elle n'a pas besoin de tout savoir. Tu lui fais confiance alors que tu la connais à peine.

— Elle va vivre ici. Il faut bien qu'elle sache.

— Et à la première occasion, elle ira nous dénoncer et indiquera aux cognes comment nous coincer.

— Julie ne dira rien. N'est-ce pas, petite ?

Wagram venait d'entrer. Il posa une main apaisante sur l'épaule de sa compagne et sourit à Julie.

— Malo a raison, ma belle. Cependant, tu n'as pas tort non plus. Nous ne la connaissons pas encore assez pour tout lui raconter de notre façon de vivre.

— Vous savez bien que…

Il la fit taire d'un geste. Il ne voulait pas que son passé soit connu du reste de la troupe. Il protégerait son secret comme il protégeait les siens et ceux de la bande. Personne n'avait à savoir qu'elle aussi devait fuir la justice.

— Je voulais juste dire que nous avons tout le temps nécessaire pour faire plus ample connaissance.

***

Julie trouva ainsi, peu à peu, sa place parmi ses nouveaux compagnons. Elle s'attacha particulièrement à Malo auquel la lia rapidement une vraie relation filiale. Pour la première fois, en effet, elle avait l'agréable sentiment d'avoir un père et comprenait que, même chez les Findroy qui avaient pour elle une vraie tendresse, elle n'avait jamais été qu'une amie, un parent pauvre, qu'elle était surtout une petite fille perdue qu'ils avaient aidée autant que possible mais qu'elle n'avait jamais été élevée au même rang que leur fils. Lorsqu'elle avait dû fuir, Landry avait imposé son propre départ à ses parents et elle avait senti leurs réticences… Elle ne songeait nullement à les blâmer, elle les comprenait mais en appréciait d'autant plus l'affection désintéressée de Malo. Il était son guide, tendre et patient, son conseiller face aux remarques parfois sèches d'Ana, son réconfort lorsque la pensée de Landry la rendait nostalgique. Il savait se montrer sévère lorsqu'elle n'avait pas accompli parfaitement les tâches qui lui incombaient au sein du groupe.

Elle sortait peu, accompagnant Cotillon lorsqu'elle allait s'approvisionner au village voisin, mais ne participant pas aux opérations de la bande, ce qui suscitait chez Ana bien des récriminations que faisaient taire Malo et Wagram : elle n'était pas prête, disait le premier, et n'y aspirait pas. Elle se mettrait donc en danger, confirmait le second, et avec elle, toute la bande. Ana se mordait alors les lèvres et se taisait mais sa colère contre Julie s'en trouvait encore augmentée.

Elle était bien la seule à manifester une telle hostilité envers la jeune fille. Les hommes l'avaient acceptée avec une certaine indifférence mais lui témoignèrent vite de l'amitié.

Wagram découvrit qu'elle aimait chanter et qu'elle avait une jolie voix. Il lui demanda de participer aux veillées qui les réunissaient tous presque chaque soir. Malo l'accompagnait à la guitare et Rossignol sifflait alors les plus belles mélodies qu'il connaissait. À ses petits concerts, elle gagna elle aussi un surnom : l'Alouette. Il s'agissait là d'instants suspendus, d'une extrême douceur, et qui laissaient au cœur de la jeune fille une merveilleuse sensation de bien-être. D'autant plus que, ces soirs-là, Wagram posait sur elle des yeux emplis d'admiration.

L'hiver s'écoula ainsi, paisiblement. Julie embellissait la vieille demeure de ses travaux de couture, rendait service à chacun en reprisant les vêtements déchirés, aidait Cotillon dans les tâches ménagères quotidiennes. Elle obtint de Wagram l'autorisation de défricher un petit carré de jardin où elle avait découvert quelques rosiers laissés à l'abandon. Elle imaginait déjà, l'été venu, parer les pièces de fleurs odorantes et colorés. Elle passait des heures dans ce petit carré de verdure, seule ou presque puisqu'elle avait trouvé un nouvel ami : un jeune chat avait élu domicile dans le jardin et suivait Julie chaque fois qu'elle apparaissait. Il se couchait à ses côtés lorsqu'elle s'asseyait, marchait avec elle et disparaissait à la vue de tous lorsqu'elle rentrait. Personne à part Julie ne pouvait l'approcher.

Une nuit d'avril, Julie fut éveillée par des miaulements plaintifs. Inquiète pour l'animal qui ne se manifestait jamais ainsi, elle descendit au jardin pour s'assurer que tout allait bien. Jamais elle ne prit autant de précaution pour sortir de sa chambre et gagner le rez-de-chaussée. Elle imaginait déjà les moqueries de ses compagnons s'ils la surprenaient dehors en pleine nuit… Elle hésita à prendre une lampe, y renonça en constatant que le clair de lune éclairait les lieux et s'engagea du côté où l'animal lui apparaissait le plus souvent. Il ne miaulait plus mais Julie n'en était qu'à moitié rassurée. Elle marchait en silence sans appeler, sachant que le chat ne viendrait pas vers elle, se dirigeant vers le mur de pierre où elle le retrouvait le plus souvent. Le cœur battant, elle perçut un miaulement étranglé, aussitôt suivi d'un juron. Elle reconnut la voix de Pied-de-Biche, puis celle de Rossignol :

— Sale bête ! Il m'a lacéré la main…

— Tu n'étais pas obligé de le tuer pour autant. Ce n'est qu'un chat et ce n'est pas lui qui va dire qu'il nous a vus ici…

— Il allait finir par réveiller tout le monde.

Julie entendit le bruit sourd d'un objet qu'on jette dans un buisson et sentit son cœur se serrer. Son pauvre chat… Elle choisit pour autant de ne pas se manifester. Il n'était pas naturel que les deux bandits se retrouvent ainsi en pleine nuit et surtout qu'ils craignent de se faire entendre. Elle s'approcha doucement, s'accroupit dans l'ombre du mur en prenant soin de s'envelopper de la mante sombre qu'elle avait attrapée avant de sortir et qui dissimulait la blancheur de sa chemise. Tâchant de rester immobile, elle tendit l'oreille pour ne rien perdre de la conversation.

— Je ne suis pas sûr de ton plan, Pied-de-Biche. Je n'ai pas à me plaindre de Wagram.

— Tu veux rire ? Nous ne touchons pas ce que nous devrions avoir. Il garde la meilleure partie pour lui et pour cette garce d'Ana.

— Il ne nous a jamais caché qu'il avait d'autres projets…

— Projets dont nous ne savons rien parce que ce petit monsieur se défie de nous. Crois-moi, il faut se débarrasser de lui et de Malo. Et pour ça, rien de mieux que les cognes…

— Tu veux vraiment les dénoncer ?

— C'est le mieux. Ensuite, toi et moi, nous prenons la tête de la bande. L'Espagnol nous rejoint. Et le magot est à nous. Dans quelques mois, je me retire avec ma part et je te laisse la bande. Je commence à être trop vieux pour jouer les monte-en-l'air.

— L'Espagnol est nécessaire ? Je n'ai pas confiance en lui…

— C'est lui qui va aller prévenir les cognes. Ni toi ni moi n'avons les mains libres.

— Et les autres ? Ils sont attachés à Wagram.

— Ils se rallieront à nous, ils n'auront pas d'autre solution. La fauche, c'est toute leur vie. Et nous leur permettrons de gagner davantage. Ils ne se plaindront pas.

— Ça ne marchera pas. Ça ne peut pas marcher. Je n'y crois pas.

— Je comprends tes doutes, mon ami. J'ai moi-même hésité quand l'Espagnol est venu me trouver. Mais je n'en peux plus de me contenter de ce que Wagram veut bien nous laisser. Et je veux que sa garce redescende de son piédestal.

— Justement, que deviennent les femmes dans ton plan ?

— Cotillon s'adaptera. Elle ne peut rien faire d'autre. L'Espagnol a vu Ana et il compte bien lui faire comprendre ce qu'elle vaut vraiment. Ensuite, soit elle se rallie à nous, soit on se débarrasse d'elle, d'une manière ou d'une autre. Elle ne m'inquiète pas.

— Et l'Alouette ?

— Je compte m'amuser un peu avec elle. Et je crois que ça va me plaire de l'avoir dans mon lit.

— Bon Dieu, mais c'est qu'une gosse.

— Une gosse ? Regarde mieux la prochaine fois. En plus, elle n'attend que ça. Elle fait les yeux doux à Wagram pour qu'il la culbute et cet idiot ne fait rien. Un joli morceau comme ça, c'est un crime de ne pas en profiter.

Pied-de-Biche éclata d'un rire glacial qui résonna sinistrement dans l'air froid de la nuit. Julie était bouleversée par tout ce qu'elle entendait. Terrifiée à l'idée d'être découverte, elle se recroquevillait tant qu'elle pouvait, le cœur battant, le souffle court. Elle tremblait de froid et de peur. Rossignol fit taire son compagnon et la conversation reprit :

— Et pourquoi fais-tu appel à moi ? Tu aurais pu agir seul.

— Je n'ai pas l'ambition de diriger la bande. Ce que je veux, c'est l'argent. Je t'en parle parce que tu es mon ami depuis quinze ans, bien avant que Wagram nous engage.

— Je n'ai pas envie de les trahir. C'est impossible.

— Pourtant, tu ne me dénonceras pas. Et tu ne me trahiras pas, moi. Tu sais ce que tu me dois.

— Tu ne me laisseras jamais en paix avec cette vieille histoire…

— Écoute-moi, Rossignol, j'ai besoin d'un allié et ce ne peut être que toi. Tu dois m'aider et…

Ils s'étaient éloignés et Julie ne percevait plus que quelques murmures. Elle attendit encore quelques minutes avant de bouger pour ne pas être surprise. La colère l'envahissait, grondait en elle. Enfin, elle se releva, frotta ses membres engourdis par le froid et l'immobilité et prit sa course vers la maison dont la silhouette sombre se dessinait, toute proche. Elle devait voir Malo, trouver refuge auprès de lui, et les prévenir, lui et Wagram, de cette menace qui planait sur eux. Elle traversa la cour en courant, prenant garde à ne pas faire de bruit. Elle franchit le seuil, s'engagea dans l'escalier et ne ralentit sa course qu'en arrivant devant la porte de la chambre de Malo. Elle entra sans frapper, referma la porte sans bruit et éveilla son ami en lui secouant l'épaule.

La colère de Wagram, pour immense qu'elle fût, était teintée d'une sourde tristesse. Des hommes qu'il connaissait depuis longtemps le trahissaient et ourdissaient de sombres desseins à l'encontre de sa compagne et d'une jeune fille qu'il avait prise en affection. Il avait tout d'abord refusé de la croire. Il la connaissait à peine. Elle mentait certainement. Ou elle avait mal compris. Mais elle était demeurée droite, le visage ouvert, le regard franc, un peu désemparée de devoir se présenter devant lui en chemise et les pieds nus. Malo, heureusement, était là, qui posait une main protectrice et réconfortante sur son épaule. Malo qui l'avait crue tout de suite et l'avait menée à lui. Wagram avait toute confiance en son lieutenant. Alors, à son tour, il se fia à Julie et lui adressa un sourire bienveillant.

— Va te coucher, petite, tu grelottes. Ne dis rien à personne. Je vais aviser.

Elle hocha la tête, s'éloigna. En deux enjambées, soudain, il fut près d'elle. Il l'arrêta en posant une main sur son bras, fixa un instant ses beaux yeux et déposa un baiser sur son front.

— Merci, petite. Tu viens de me sauver. De nous sauver tous. Merci.

Elle regagna son lit, silencieusement, troublée par le contact si doux de ses lèvres sur sa peau. Elle était épuisée mais ne parvint pas à retrouver le sommeil. Elle écouta la maison s'éveiller ; Cotillon se leva, s'habilla rapidement, la secoua par l'épaule. Les tâches quotidiennes les attendaient.

La confrontation était inévitable et eut lieu quelques heures plus tard, au moment du repas. Ils étaient tous réunis. Malo avait discrètement signifié à Julie de s'asseoir près d'Ana, contrairement à l'habitude qui voulait qu'elle soit à ses côtés. Il devinait que la scène serait houleuse et qu'il y serait mêlé. Wagram alla droit au but, sans tergiverser un instant. Pied-de-Biche et Rossignol tentèrent bien de nier, pour la forme mais l'accusation était trop précise. Pied-de-Biche voulut s'obstiner mais Rossignol, rapidement, perdit pied.

— Comment peux-tu savoir ? Nous étions seuls…

— La ferme, pauvre idiot !

— Merci, Rossignol, tu viens d'avouer.

Wagram souriait sournoisement. Pied-de-Biche comprit que tout était perdu ; il se leva brusquement, courut vers la porte mais Bel-Œil et Compas lui barraient le passage. En un instant, il fut ligoté, les mains derrière le dos. Rossignol, tête basse, n'offrit aucune résistance. Il fixa Wagram un instant, hésita mais ne prononça pas un mot en se laissant entraîner.

Pied-de-Biche, tiré par Malo et Bel-Œil, parvint cependant à se soustraire à leur poigne. Il se tourna, peut-être dans l'espoir d'atteindre une fenêtre et son regard croisa celui de Julie. Elle ne savait pas feindre. Il comprit. Un rugissement de colère lui échappa alors :

— Maudite traînée ! Tu me le paieras, je te le promets. Tu le regretteras, je…

Il fut interrompu par Malo qui l'enserra de ses deux bras, le gauche noué autour de sa taille, le droit à sa gorge, l'étouffant presque. Bel-Œil et Compas vinrent à sa rescousse et tous trois emportèrent le forcené, vitupérant et se débattant comme un beau diable.

Wagram prit alors Rossignol par l'épaule et le poussa devant lui pour qu'il rejoigne son complice.

— Ne t'inquiète pas, je ne tenterai rien. Je suis désolé.

De lui-même, il descendit les marches et pénétra dans l'une des écuries qui servirait de cachot en attendant que la troupe décide du sort des prisonniers. Le problème semblait insoluble. Que faire de ces traîtres ? Nul n'avait de solution viable. Il n'était pas question de les dénoncer. Cette idée pouvait se retourner contre eux si les deux hommes parlaient trop et froissait l'honneur de Wagram et de Malo. Pas question non plus de les tuer. Tous y répugnaient, aucun n'ayant une vocation d'assassin. On ne pouvait les garder enfermés indéfiniment dans une écurie, d'autant que leur complice était libre, peut-être tout proche et sans doute dangereux.

Rossignol et Pied-de-Biche devaient disparaître. Wagram, embarrassé, songea à contacter d'anciennes connaissances qui lui donneraient peut-être un avis dont il pourrait tirer profit. Il partit à la nuit tombée, laissant les prisonniers à la garde vigilante de ses hommes, un peu inquiet cependant de ne pas demeurer près d'Ana et surtout de Julie qui semblait terrifiée. Malo le rassura pourtant : il ne la quitterait pas.

Il revint le lendemain, sombre et abattu. Aucune solution ne lui était apparue. Il devait se résoudre à dénoncer ses complices et mettre ainsi un terme à ses activités de voleur. Ils allaient tous devoir disparaître sans délai, peut-être définitivement. Il oublia ses atermoiements en découvrant une véritable scène de chaos dans la cour de la ferme. Compas était allongé sur les pavés, sa chemise rouge du sang qui s'écoulait d'une blessure dont il ne pouvait mesurer la gravité. Cotillon, à genoux, tentait de lui porter secours. Bel-Œil, soutenu par Rossignol dont le front s'ornait d'une énorme bosse, essayait de rejoindre le perron d'un pas chancelant. Ana accourrait vers Compas, des linges plein les bras qu'elle laissa s'échapper pour se précipiter dans les bras de son amant.

— Dieu merci, tu es là… Tu es enfin là…

— Que s'est-il passé ? Pourquoi Rossignol… Où sont Malo et l'Alouette ?

Il était abasourdi, troublé surtout de sentir Ana qui tremblait contre lui, elle qui n'avait jamais peur de rien, d'ordinaire si intrépide. Elle le prit par la main, l'emmena vers Compas qui gémissait. Mais Cotillon souriait en épongeant le sang qui coulait d'une blessure au bras…

— Ça ira, mon garçon, c'est moins grave qu'il n'y paraît… Tout ira bien…

— J'ai mal.

— C'est normal, un coup de couteau ne fait jamais de bien mais tu te remettras vite, promis.

Tous trois aidèrent le jeune homme à se relever et le soutinrent jusqu'à la pièce commune. Là, enfin, Wagram put entendre le récit édifiant de ce début de journée. Tout s'était déroulé si vite que ses compagnons avaient du mal à s'expliquer. Rossignol les avait rejoints, restant un peu à l'écart. Il put expliquer que Pied-de-Biche avait conservé sur lui un poignard qui avait échappé à la vigilance de ses gardiens. Il avait tranché leurs liens et proposé à son complice de s'enfuir.

— J'ai refusé et j'ai voulu le retenir. Il me faisait peur et je m'inquiétais pour l'Alouette. Il lui veut du mal… Il m'a frappé et ma tête a cogné le mur. J'étais étourdi ; il en a profité pour filer…

Dans la cour, il avait heurté Compas qui montait la garde. Il s'en était débarrassé en le poignardant, heureusement sans gravité, mais la douleur et la perte de sang avaient fait perdre connaissance au garçon.

— Il y avait Malo et Julie dans la cour. Ils avaient sorti les chevaux pour les étriller. Cela tombait bien pour lui. Il s'est jeté sur la petite, en la prenant à la taille et en lui mettant le couteau sous la gorge. Il a ordonné à Malo de lui seller un cheval et d'ouvrir la porte. Et puis, il a sauté en selle et s'est enfui en emportant la petite. Je ne pouvais rien faire, je te le jure, Wagram. Rien…

Rossignol avait les larmes aux yeux en évoquant la fuite de son complice.

— Et Malo ?

— Il s'est précipité à sa poursuite juste après mais Pied-de-Biche est un excellent cavalier…

— Et vous autres, où étiez-vous ?

Wagram embrassait du regard Cotillon, Ana et Bel-Œil. Sa colère froide mais bien réelle avait quelque chose d'effrayant. Ana lui prit doucement la main.

— J'étais dans la cuisine avec Cotillon et Bel-Œil venait de nous aider à porter de l'eau. Nous ne pensions pas que quoi que ce soit puisse arriver. Le temps que nous entendions le cri de douleur de Compas et que nous sortions, il était trop tard. Il avait déjà filé et Malo sellait un autre cheval. De toute façon, nous n'aurions rien pu faire. Il la tenait avec son couteau, il l'aurait tuée si nous avions tenté de nous approcher.

Elle parlait d'une voix douce qui ne lui était pas coutumière. Elle avait eu peur en voyant Compas étendu sans connaissance et elle le devinait effrayé par leur récit. Il la dévisagea durement, ne parvenant pas à apaiser la rage qui montait en lui.

— Alors que maintenant, Ana, nous sommes certains que Julie est en sécurité.

— Non, mais elle était vivante lorsqu'elle est partie et Malo fera tout pour la sauver.

Il soupira et porta la main de sa compagne à ses lèvres, lui adressant même un léger sourire.

— Je suis désolé. Je ne dois m'en prendre à aucun d'entre vous. Je n'aurais pas dû partir aujourd'hui. Tout est ma faute.

— Tu n'aurais rien pu faire non plus. Il nous a surpris et il sait très bien se servir de son arme. Tu ne dois pas t'en vouloir…

Il haussa les épaules, aucunement convaincu. Il se sentait responsable de chacun de ses compagnons. D'Ana. De Cotillon. De Bel-Œil. De Compas, qui se tenait le bras en grimaçant. De Rossignol qui le regardait avec désarroi, une larme coulant sur sa joue. De Malo qui risquait peut-être sa vie à cet instant précis. Et surtout de Julie qui n'avait pas demandé à les rejoindre et qu'il n'avait su ni protéger ni remercier de son dévouement si précieux.

5

Jamais Wagram n'avait vu Malo si désemparé. L'homme semblait perdu, l'œil absent, la parole rare. Cela faisait cinq semaines que Julie avait disparu sans laisser de trace. Malo avait poursuivi le ravisseur et sa malheureuse victime jusqu'à Paris puis les avait perdus. Depuis la bande de Wagram s'était éparpillée. Rossignol, Bel-Œil et Compas, réfugiés à Paris, rendaient régulièrement visite à leurs compagnons restés à la ferme. Ils poursuivaient tous des recherches infructueuses et échangeaient des regards navrés à chaque rencontre, refusant d'admettre le pire, ne pouvant s'empêcher de l'envisager.

Ana était la plus directe, peut-être la moins touchée. Elle n'avait jamais apprécié la jeune fille et sa disparition, si elle l'avait tout d'abord émue, n'était plus pour elle un sujet d'importance. Elle n'envisageait pas un instant qu'elle soit encore en vie. Pour elle, le corps de Julie avait été jeté à la Seine depuis longtemps ou encore enterré secrètement dans un coin de forêt. Wagram savait que sa compagne était sans doute dans le vrai, que Pied-de-Biche s'était certainement débarrassé de la jeune fille après s'être vengé de sa dénonciation et c'était bien ce qui l'inquiétait le plus. Quels tourments avait pu endurer la malheureuse avant de succomber ? Et comment pourrait-il se pardonner de ne pas avoir su la protéger alors qu'il lui devait sans doute d'être encore vivant et libre ? De ce fait, il ne renonçait pas à savoir : peut-être pouvait-il encore la venger…

Malo seul espérait toujours la retrouver vivante. Des années auparavant, il avait déjà perdu sa femme et sa fille lors d'une épidémie. Julie, qui avait à peu près l'âge qu'aurait eu l'enfant disparue, avait pris sa place dans son cœur brisé de père et il ne pouvait admettre un nouveau deuil. Il partait chaque jour, repassait inlassablement à l'endroit où il avait perdu sa trace, élargissait ses investigations, interrogeait les fermiers, questionnait les passants, harcelait les lavandières. En vain. Julie semblait avoir totalement disparu.

Une lueur d'espoir vint de la visite de Compas, un soir. Échevelé, haletant, il s'effondra presque aux pieds de ses amis.

— J'ai vu Pied-de-Biche.

Il lui fallut quelques minutes avant d'aller plus loin. Il avait couru presque tout le chemin depuis Paris et peinait à reprendre son souffle. Wagram et Malo, malgré leur impatience, lui offrirent à boire, le forcèrent à s'asseoir. Enfin, il raconta. Il était avec Bel-Œil lorsqu'ils avaient vu le ravisseur de Julie devant l'étal d'une marchande des quatre-saisons. Aussitôt, ils s'étaient réparti les rôles. Bel-Œil avait suivi leur ancien complice et Compas s'était chargé de prévenir leurs amis. Rendez-vous était pris à l'auberge du Grand-Carroi, rue Saint-Denis.

— Il était seul ? hasarda Malo.

— C'est ce qu'il nous a semblé. J'ai prévenu Rossignol en cours de route. On ne sera peut-être pas trop de cinq si Pied-de-Biche est avec son complice.

Le visage de Malo se ferma au nom de Rossignol. Il n'avait pas pardonné la part prise par le siffleur dans le complot de Pied-de-Biche et le rendait partiellement responsable de la disparition de Julie. Wagram cependant ne perdait pas de temps en conjectures. Laissant là Cotillon et Ana, il ajustait déjà un pistolet à sa ceinture et un poignard le long de sa botte droite. Il n'aimait pas les armes mais savait les utiliser au besoin. Et ce soir, il s'agissait de sauver l'Alouette. Alors, il tendit des armes similaires à Compas qui les prit en hochant la tête, déterminé à en découdre s'il le fallait. Malo, lui, n'avait pas quitté ses pistolets depuis la disparition de Julie. En un instant, les trois hommes furent sur le pied de guerre.

Quelques minutes encore et ils étaient partis vers Paris où les attendaient peut-être des nouvelles de la jeune fille.

Il était près de minuit lorsque Bel-Œil les rejoignit enfin au Grand-Carroi. Malo dissimulait mal sa nervosité et évitait soigneusement de croiser le regard de Rossignol. Wagram avait eu soin de commander à manger et de limiter les boissons à du cidre et de l'eau. Il ne voulait pas que ses hommes soient à moitié ivres lorsqu'ils partiraient à la poursuite des ravisseurs. Nul n'avait protesté et seul Compas, privilège de la jeunesse oblige, avait mangé de bon appétit. Le chef des voleurs avait d'ailleurs remarqué que le jeune homme était encore plus mince qu'auparavant. Sans doute ne mangeait-il pas tous les jours à sa faim depuis que la bande s'était séparée…

Bel-Œil s'effondra sur une chaise, le souffle court, l'œil hagard, épuisé.

— J'ai suivi Pied-de-Biche jusqu'à Pantin. Il occupe une maison isolée à la sortie du village. Un seul étage. Un jardinet en friche sur le devant. Une seule entrée. Deux fenêtres au rez-de-chaussée, une de chaque côté de la porte. À l'arrière, deux vitres grillées. Personne ne peut sortir par là. Il n'est pas seul. Lorsqu'il est entré, il y avait déjà de la lumière à l'étage mais je n'ai rien pu voir d'autre.

Wagram le félicita de ses observations et donna le signal du départ. Malgré sa fatigue, Bel-Œil prit les devants, talonné par Wagram et Malo. Compas et Rossignol fermaient la marche. Au galop des chevaux, ils parvinrent rapidement à Pantin. Laissant les montures à l'abri d'un bouquet d'arbres, sous la garde vigilante de Compas que Wagram voulait tenir à l'abri d'un probable bain de sang, ils approchèrent à pas feutrés de la maison dont le premier étage était toujours éclairé. Rossignol se faufila par une des fenêtres mal fermées du rez-de-chaussée, fit entrer ses compagnons par la porte qu'il déverrouilla. Lentement, ils inspectèrent les lieux, plongés dans l'obscurité. Personne. Du premier étage, les échos d'une conversation leur parvenaient sans qu'ils puissent identifier le nombre de leurs adversaires.

Arme au poing, Wagram s'engagea dans l'escalier, suivi de si près par Malo qu'il sentait son souffle sur sa nuque. Rossignol venait ensuite, puis Bel-Œil. Sur le seuil, trois portes alignées. L'une d'elles, entrouverte, laissait filtrer un mince rayon de lumière. Les voix étaient maintenant distinctes. Wagram sourit en levant deux doigts à l'intention de ses compagnons. Deux hommes. Ils en viendraient facilement à bout… Il se pencha vers Malo pour chuchoter à son oreille :

— Que Bel-Œil et Rossignol fouillent l'étage et restent dans le couloir pour l'instant… Ils interviendront après nous.

En même temps, il bondit sur le palier, poussa la porte d'un violent coup de pied et pénétra dans la pièce.

— Bonsoir Pied-de-Biche. Heureux de te revoir. Tu nous présentes ?

Du bout de son pistolet, il désignait le deuxième bandit. Pied-de-Biche, pâle de terreur, avait lâché son verre et reculait lentement jusqu'au mur où il s'adossa.

— Allons, je t'ai connu plus bavard. Que t'arrive-t-il ? Serais-tu moins courageux face à des hommes armés que face à une innocente jeune fille ?

— Où est Julie ? interrogea Malo d'une voix rauque. Qu'en as-tu fait ?

— Nous nous sommes débarrassés d'elle. Elle était trop gênante et elle faisait trop de bruit. On l'a jetée à la Seine après l'avoir étranglée.

L'Espagnol les fixait en souriant. Il était le plus petit de tous les protagonistes mais son assurance semblait sans limite. Il restait assis paisiblement, son verre à la main, les jambes croisées.

— Misérables ! Comment avez-vous pu… Ce n'était qu'une enfant !

L'arme de Malo tremblait dans sa main. Il éprouvait une telle douleur qu'il en perdait le contrôle de lui-même.

— Ne t'inquiète pas, mon ami. Avant de mourir, cette fille n'était plus une enfant. J'ai pris beaucoup de plaisir avec elle… J'ai été le premier, c'était un vrai bonheur. Eh bien ? Que vas-tu faire maintenant ? M'abattre ? Tu en es incapable. N'est pas assassin qui veut, mon ami.

Malo bouscula Wagram, l'arme dressée. C'était ce qu'attendait le bandit. Avec une exceptionnelle rapidité, il attrapa le poignard glissé dans sa botte et le lança vers Malo. Bel-Œil et Rossignol intervinrent alors. Le premier écarta Malo, le second tira. Un seul coup. Parfaitement ajusté. L'Espagnol s'effondra d'un bloc, le visage emporté. Tous n'avaient eu que le temps de voir l'immense étonnement dans son regard avant qu'il ne soit frappé.

— Tu ne pensais pas que nous étions quatre, n'est-ce pas ? Tu nous croyais donc si stupides ?

Rossignol s'adressait au cadavre dont le sang se répandait rapidement sur le plancher.

Wagram s'approcha de Pied-de-Biche et serra ses doigts autour de sa gorge.

— Tu as vu de quoi nous sommes capables. Parleras-tu ? Ou veux-tu subir le même sort que ton complice ?

— Si tu me tues, tu ne sauras jamais rien…

De grosses gouttes de sueur ruisselaient sur le visage du bandit. Il suintait la peur. Wagram sourit sinistrement, baissa son arme à hauteur du genou gauche de son antagoniste. La détonation retentit dans la pièce, vite étouffée par un hurlement de douleur.

— Je ne saurais peut-être rien mais toi, tu auras une mort lente et douloureuse… Alors, qu'en dis-tu ? J'essaie la deuxième jambe ?

— Pitié…

— Pitié ? As-tu eu pitié de Julie quand tu l'as enlevée ?

Wagram appuyait le canon d'un second pistolet sur le genou droit de son ancien lieutenant. Jamais il n'avait éprouvé une telle haine, une telle rage. Jamais il n'avait manifesté une telle volonté de voir souffrir. Sa colère se décuplait au fil des minutes, d'autant plus impressionnante qu'elle demeurait froide et qu'il semblait parfaitement la contenir. Malo lui-même restait muet, fasciné par ce spectacle étrange.

— La cave, souffla soudain le ravisseur. Sous le cellier. Mais laisse-moi la vie… Tu n'entendras plus jamais parler de moi, je te le jure…

— Nous verrons cela tout à l'heure…

Il lâcha l'homme qui s'effondra, pleurant et gémissant. D'un coup de pied, il écarta une chaise et le laissa seul au centre de la pièce, incapable de se relever. Il rejoignit Malo qui dévalait déjà l'escalier et ils gagnèrent le cellier. Ils n'eurent aucun mal à trouver la trappe, mal dissimulée par un tapis de laine, et la soulevèrent avec inquiétude. Une forte odeur d'humidité et de crasse leur piqua le nez. Ils échangèrent des regards inquiets. Pas le moindre son témoignant d'une présence humaine. Seuls Wagram et Malo descendirent l'échelle. Ils longèrent un étroit couloir qui leur parut interminable tant ils craignaient ce qu'ils allaient découvrir. Ils heurtèrent une grille qui s'ouvrit facilement. La clé y demeurait accrochée, ce qui les alarma. Pourquoi les ravisseurs n'éprouvaient-ils pas le besoin de verrouiller cette issue ?

Malo leva sa lanterne et inspecta rapidement la cellule. Il étouffa un cri d'effroi en découvrant, au fond de la pièce, étendu sur une couverture crasseuse, le corps dénudé d'une jeune femme qui leur tournait le dos. Parfaitement immobile, elle semblait inconsciente. Peut-être pire… Ils eurent du mal à admettre que c'était celle qu'ils cherchaient depuis des semaines, tant le pauvre corps était meurtri, couvert d'hématomes et décharné. Sa magnifique chevelure blonde avait été sacrifiée, cisaillée si maladroitement que des estafilades rougeâtres sillonnaient le cuir chevelu presque à nu.

Wagram, doucement, s'approcha, frôla l'épaule de la jeune fille qui ne donnait aucun signe de vie. Elle tressaillit néanmoins à ce léger contact et ses mains se tendirent faiblement devant elle comme pour repousser une nouvelle épreuve, tandis qu'un gémissement qui n'était qu'un murmure émanait de ses lèvres closes. Le chef des voleurs lui caressa tendrement la joue, ému par ce désolant spectacle.

— Petite, c'est moi, Wagram. Je suis avec Malo. Nous sommes venus te chercher. Nous allons prendre soin de toi. Nous allons te soigner. Ça va aller. Tu m'entends, petite ?

Elle ne bougeait plus, trop faible, trop vulnérable. Il ne savait que faire, effrayé à l'idée de la blesser davantage, de lui faire peur.

Il ne parvenait pas à admettre que la joyeuse jeune fille pleine de vie qu'il connaissait était là devant lui, plus morte que vive...

— Wagram, il faudrait la couvrir.

Il acquiesça, ôta son manteau et en protégea la malheureuse, bouleversé par ce geste si simple : il avait l'impression de l'ensevelir dans un linceul tant elle disparaissait complètement sous l'épais drap noir. Un cri leur parvint depuis le rez-de-chaussée, mais ils n'y prirent garde. Wagram soulevait Julie dans ses bras robustes, priant intérieurement pour ne pas lui faire plus de mal. Malo marchait devant lui, la lanterne en avant. Rossignol se penchait par l'ouverture, c'était lui qui criait :

— Wagram, Malo ! Vite ! Le feu ! Il faut sortir !

De l'étage, des hurlements de douleur leur parvenaient lorsqu'ils regagnèrent le cellier.

— On ne peut plus rien, souffla Bel-Œil, le visage noirci de fumée. Je l'ai entendu crier et je suis monté. Dans la chambre le feu est partout. Je ne sais pas comment ça a pu commencer. Il n'y avait rien à faire pour lui...

— Tant mieux, gronda Malo. Ce sont les flammes de l'enfer qui l'emportent.

Wagram retrouva son autorité naturelle devant ses hommes pour donner le signal du départ mais le précieux fardeau qu'il serrait entre ses bras lui brisait le cœur. Il ne savait même pas si elle respirait encore, se demandait si elle pourrait survivre à cette épreuve. Elle était devenue si légère, si fragile... Ils rejoignirent Compas qui les attendait dans le bosquet en se rongeant les poings. Il avait entendu les détonations, vu les flammes et tremblait d'inquiétude. Un léger sourire apparut sur son visage en voyant Wagram approcher.

— Comment va-t-elle ?

Du bout des doigts, Wagram écarta le pan de tissu qui dissimulait le visage de Julie, sentit le souffle léger de la jeune fille parfaitement immobile entre ses bras.

— Elle vit. Du moins pour l'instant.

Malo, à ces mots, dut s'appuyer sur l'encolure du cheval qu'il s'apprêtait à enfourcher. Rossignol lui posa une main compatissante sur l'épaule. Il ne le repoussa pas, releva la tête les yeux pleins de larmes.

— Nous la sauverons. Elle s'en remettra. Je ne peux pas croire que nous ne l'ayons retrouvée que pour la voir mourir.

Wagram lui adressa un sourire qui se voulait réconfortant et donna le signal du départ. Le galop des chevaux les emporta loin du brasier et du village qui commençait à s'éveiller. Ils parcoururent quelques lieues en silence, avant que Wagram ne sente Julie s'agiter contre lui. Il tira sur les rênes, s'arrêta, se pencha vers elle et l'observa à la lueur de la lune. Son visage était déformé par la douleur, sa respiration était plus rapide mais haletante, irrégulière. Il fut bouleversé par cette souffrance muette, s'efforçant de l'installer plus confortablement, appuyant sa tête contre son épaule, la soutenant de son bras.

— Je suis désolé, petite. Il y a encore un peu de chemin mais tu seras bientôt dans un bon lit, bien au chaud. On va s'occuper de toi. Je ne laisserai plus personne te faire du mal, je te le promets.

Il posa les lèvres sur son front et se tourna vers ses hommes restés un peu en arrière.

— Séparons-nous mes amis. Nous sommes aux portes de Paris et nous devenons trop reconnaissables.

— Tu nous donneras des nouvelles ?

— Bien sûr, Compas, je sais où vous trouver. Ne craignez rien, nous veillerons sur elle. Merci mes amis. Prenez garde et soyez discrets.

Il s'éloigna pour laisser Malo faire ses adieux. Celui-ci s'approcha de Rossignol et lui tendit la main.

— Je doutais encore de toi mais, ce soir, tu m'as sauvé la vie. Tu es des nôtres. Merci.

— Je regretterai toujours ce qu'il s'est passé. Je donnerai ma vie pour que l'Alouette n'ait pas vécu cet enfer.

Sans descendre de cheval, les deux hommes s'étreignirent rapidement et le petit groupe se dispersa, Malo et Wagram partant vers Charonne, Bel-Œil et Compas restant ensemble et

Rossignol coupant à travers champs pour entrer dans Paris par l'est de la ville. Tous ignoraient s'ils seraient un jour réunis.

Lorsque Malo et Wagram parvinrent à la ferme, il faisait grand jour. Ana, assise devant la porte, se balançait sur une chaise. Elle se redressa à leur approche, rejointe par Cotillon. Les deux femmes semblaient lasses et l'inquiétude se lisait sur leurs traits tirés. Les chevaux tremblaient de fatigue, leur robe sombre était couverte d'écume. Malo se chargea de les mener à l'écurie et de les bouchonner soigneusement. Les nobles bêtes leur étaient indispensables pour se déplacer ou, au besoin, pour fuir et il était hors de question de les négliger. Par ailleurs, Malo n'avait pas le courage d'affronter le regard de Julie lorsqu'elle ouvrirait les yeux.

Wagram, lui, ne s'embarrassait pas de ces considérations. Il déposa délicatement la jeune fille sur un lit. Elle demeurait inconsciente, inerte et il était terrifié par sa maigreur, se souvenant du soir où Malo l'avait conduite à lui pour la première fois. Elle avait alors admis avoir faim. Pour autant, il avait alors tenu contre lui le corps souple et ferme d'une fille de quinze ans. Maintenant, elle était si légère, si frêle…

— Mais c'est notre lit que tu lui donnes…

Ana tentait de s'insurger. Il la fit taire d'un regard impérieux qu'elle ne lui connaissait pas, la prit par le poignet et la força à se tourner vers la jeune fille.

— Elle mérite le meilleur lit de cette maison. Et les meilleurs soins.

Ana, vaincue, hocha la tête et s'approcha du lit, suivie de Cotillon. Elles donnèrent les premiers soins à Julie tandis que Wagram gagnait la pièce commune pour se reposer. Il se sentait las comme jamais mais sa colère ne s'apaisait pas. Il en voulait à Pied-de-Biche, à l'Espagnol. À tous ceux qui n'avaient pas su protéger Julie le jour de son enlèvement. À lui-même surtout de ne pas avoir été là. Il se maudissait de ne pas avoir tué le traître dès qu'il avait su. Il était un voleur, un bandit, un brigand et il avait voulu jouer les hommes d'honneur. Quelle ironie ! S'il avait été plus incisif, Julie continuerait à les enchanter de sa voix délicieuse et rien, pas même la mort tragique du ravisseur, ne parvenait à éteindre sa rage.

Dans la chambre, Ana et Cotillon découvraient l'horreur. Le corps de Julie était couvert d'hématomes, bleuâtres ou presque noirs, de griffures plus ou moins profondes surtout sur les hanches et sur les bras. La trace très nette d'une violente morsure cerclait la pointe délicate d'un sein. Ses poignets et ses chevilles étaient meurtris, sans doute par des liens trop serrés. Cotillon ne pouvait s'empêcher de laisser échapper quelques larmes à chaque découverte. Ana restait plus ferme mais son visage s'altérait sensiblement au fil des minutes.

— Tu me surprends, Ana. Tu la détestes et tu la soignes pourtant avec dévouement.

— Je ne la déteste pas. Et puis, nous sommes femmes et donc solidaires face à de tels outrages.

— Elle aime Wagram pourtant.

— Oui mais elle l'ignore sans doute elle-même. Et cet amour ne la mènera nulle part.

— Que veux-tu dire ?

— Après ce qu'elle vient de vivre, je ne pense pas qu'elle accepte de sitôt qu'un homme la touche. Et Wagram m'aime. J'ai confiance en lui.

— Tout de même, il semblait bien touché en arrivant. Tu ne crois pas que…

— Il est touché par sa détresse. Il se sent responsable mais elle n'est pas et ne sera jamais ma rivale. Je pense même que son amour la perdra.

— Je ne comprends pas.

— Je ne sais pas au juste. Mais elle est trop fragile pour lui et elle souffrira de ne pas être aimée en retour. Je n'ai rien à craindre.

— Si tu le dis…

Cotillon haussa les épaules et reprit sa tâche en silence, lavant le pauvre corps abîmé, pansant les plaies. Elle était bien moins sûre qu'Ana des sentiments de Wagram envers la jeune fille.

***

Julie demeura inconsciente durant deux jours qui parurent interminables à ses compagnons. Malo, fou d'inquiétude, obtint de Wagram l'autorisation d'aller chercher un médecin malgré les risques encourus par des bandits en fuite. Ils craignaient tous des blessures plus graves qu'ils ne sauraient soigner. Le médecin examina longuement sa patiente. La jeune fille, percevant cette présence inconnue, tenta de se débattre mais les forces lui manquaient et seuls quelques mouvements nerveux trahirent son trouble. Ses paupières s'agitaient fébrilement, comme si elle cherchait à ouvrir les yeux mais que quelque chose en elle s'y refusait.

— Elle a des côtes cassées mais cela se remettra assez vite si elle reste immobile. Pour le reste, il n'y a rien à craindre. Il faut laisser faire le temps.

— Pas de blessure interne ?

— Je ne le pense pas. Il lui faut surtout beaucoup de repos et une nourriture saine, légère pour commencer.

— Pourquoi ne se réveille-t-elle pas ?

Il écarta les mains en signe d'ignorance.

— Le cerveau a parfois d'étranges réactions face aux épreuves ou aux événements inattendus. Cette malheureuse a certainement vécu l'enfer et son esprit se refuse à revenir à la réalité. Protégez-la et faites en sorte qu'elle se sente en sécurité. Elle vous reviendra peut-être. Tout dépend de sa volonté de vivre.

Le praticien partit en acceptant leur poignée de main et leur argent. Les compagnons de Julie reprirent leur garde vigilante à son chevet, se relayant pour ne pas la laisser seule, ne cessant de lui parler pour la réconforter et la faire revenir parmi eux. Un soir, Malo déposa un baiser tout paternel sur le front de la jeune fille, effleura une courte mèche blonde.

— Je n'arrive pas à comprendre pourquoi ils lui ont fait ça en plus. Ses cheveux. Ses beaux cheveux.

— Sans doute pour l'argent. Ils ont dû les vendre à un perruquier.

Wagram n'osa pas dévoiler toute sa pensée. Sans doute avait-il été aussi question d'humilier la jeune fille et lui arrachant cette part de sa féminité. Il ne s'imaginait que trop bien la scène, les deux hommes la soumettant, la maintenant, tirant en arrière l'opulente chevelure dorée pour la trancher n'importe comment, quitte à la blesser de leurs ciseaux. D'ailleurs tant d'autres images lui venaient qui l'empêchaient de trouver le sommeil et ranimaient sa culpabilité...

Aussi, ce soir-là, quand Malo fut allé prendre un repos bien mérité, Wagram prit place à côté de la malheureuse mais, au lieu de s'asseoir sur une chaise comme à l'accoutumée, il s'installa sur le lit en prenant garde à ne pas la bousculer. Doucement, il se pencha vers elle, effleura son front de ses lèvres puis posa un baiser léger sur la bouche déshydratée par la fièvre. Enfin, il prit entre ses mains les doigts fins de Julie et lui parla longuement à l'oreille, murmure à peine audible pour lui-même.

— Il faut revenir parmi nous, petite. Je te jure que nous veillerons sur toi, qu'il ne te sera fait aucun mal. Je veux voir tes jolis yeux, ton beau sourire, entendre ta voix si douce. Reviens, petite Julie, Je te protégerai...

Il chuchota si longtemps que les mots finissaient par ne plus avoir de sens. Il se persuadait de pouvoir ainsi la ramener à la vie. Épuisé, il s'endormit, un bras passé autour des épaules de la jeune fille. Lorsqu'il s'éveilla, un fin rayon de lumière filtrait sous les volets et la chandelle finissait de se consumer. Ce double éclat dorait les draps blancs du lit et éclairait le visage de Julie où deux yeux bleus, immenses, le fixaient avec étonnement. Il se redressa un peu brusquement, embrassa avec joie le dos et la paume de sa main.

— Dieu merci, tu te réveilles enfin. Si tu savais comme nous étions tous inquiets. Non, non, n'essaie pas de parler. Tu es encore trop faible. Repose-toi ; tu ne crains plus rien. Tout va aller mieux maintenant.

Julie demeura muette presque toute la journée. Les mots ne franchissaient pas ses lèvres malgré ses efforts. Ana l'aida à manger, à boire. Elle retrouvait peu à peu des gestes naturels, des mouvements simples. En fin de journée, d'une voix rauque et mal assurée, elle parvint à demander des nouvelles de ses amis, demanda à voir Malo. Elle ne posa aucune question au sujet de ses ravisseurs, ne dit rien concernant le cauchemar qu'elle avait vécu. Seule Cotillon osa briser le silence qui entourait Pied-de-Biche et l'Espagnol.

— Si tu veux parler de ce qui est arrivé, petite, tu peux te confier à nous. Nous sommes là pour t'écouter et…

Elle n'alla pas plus loin devant le visage de Julie. Mâchoires serrées, yeux brillants, il n'exprimait qu'une immense colère, une rage terrible. Pas de larme dans les yeux étincelants. Pas de gémissement. Pas de cri. La jeune fille ne semblait plus que haine et hargne et Cotillon s'abstint de pousser plus loin ses questions. Tout au long de la journée, Julie fixa la porte de sa chambre. Tous savaient qu'elle attendait Wagram et Ana elle-même fut touchée par cette ferveur muette. Son compagnon s'était en effet absenté pour donner des nouvelles à ses hommes. Il n'avait pas voulu éloigner Malo de sa fille de cœur. Et il admettait prendre un immense plaisir à prononcer ces simples mots :

— La petite va mieux. Elle a repris conscience. Ça va aller.

Il rencontra successivement Compas, Bel-Œil et Rossignol. À chaque fois, il se réjouissait avec eux. À chaque fois, la guérison de Julie lui paraissait un peu plus proche et un peu plus certaine. À chaque fois, il revoyait le doux regard bleu posé sur lui comme une caresse…

***

Pendant ce temps, un homme de haute taille, vêtu d'une stricte redingote noire, était introduit dans un charmant salon tendu de rouge. Le chapeau à la main, il dévisagea un instant la femme, très belle, qui l'attendait en souriant.

— Merci de bien vouloir me recevoir, madame la Baronne.

— Je vous en prie. Comment refuser de recevoir le célèbre Vidocq ? Que puis-je pour vous ?

Vidocq sourit, il détestait les minauderies féminines et les frayeurs feintes. Cette femme ne se laissait pas atteindre par sa visite inattendue. Il sortit de sa poche, avec précaution, un pistolet très abîmé et partiellement brûlé.

— Ce pistolet a été retrouvé, il y a quelques jours, dans les décombres calcinés d'une maison à Pantin. Sur la crosse sont gravées les armoiries de votre famille. La police s'interroge sur la présence de cette arme en ces lieux…

— Je suis femme, monsieur Vidocq, et n'utilise pas d'arme.

— Votre époux…

— J'ignore où il se trouve. Je n'aime pas l'admettre mais mon mariage n'est pas très heureux. Mon mari est un grand voyageur et passe très peu de temps chez nous.

— Vous n'expliquez donc pas la présence de cette arme à Pantin ?

— Comment le pourrais-je ?

— L'affaire est grave, Madame, il y a eu mort d'homme.

— J'entends bien, monsieur Vidocq. Mais je ne peux vous dire où se trouve actuellement mon mari. Cependant, puis-je voir ce pistolet de plus près ?

Vidocq tendit la main, elle se pencha et fixa l'arme sans la toucher. Elle releva la tête, un fin sourire aux lèvres.

— Cette arme nous a été volée il y a deux ans lors d'un cambriolage avec quelques bijoux et un peu d'argent.

— Je suppose que vous avez déclaré ce vol et que j'en trouverai facilement la trace.

— Malheureusement non, nous n'avons pas jugé utile à l'époque de déranger les autorités pour un si petit butin. Mon mari n'attache aucune valeur à ces objets et nous ne pensions pas les revoir un jour.

— C'est regrettable, Madame, mais j'accepte de vous croire. Je ne vous dérangerai pas plus longtemps.

La baronne sourit en regardant s'éloigner cet homme que l'on disait si difficile à duper. François Vidocq semblait déçu mais son visage s'éclaira lorsqu'il remonta dans son fiacre. Cette femme mentait sans vergogne, il en était convaincu. Mais certains de ses soupçons se confirmaient peu à peu…

6

Julie reprenait doucement des forces, entourée de soins et d'affection. Malo passait ses soirées à lui jouer quelques airs de guitare, avec l'espoir toujours déçu d'entendre le son de sa jolie voix ; Cotillon lui confiait des ouvrages de couture pour occuper ses mains pendant la journée ; Ana elle-même passait du temps à son chevet pour la distraire de sa tristesse. Wagram seul obtenait quelques sourires et parvenait à entretenir de courtes conversations. Mais Julie demeurait presque toujours silencieuse, parfois triste et abattue, le plus souvent le visage crispé par la colère et les yeux brillants de haine. Elle avait exigé un miroir et l'avait fracassé contre le chevet du lit en découvrant ses joues pâles et émaciées, ses lèvres déshydratées et fendillées, ses yeux cernés de noir et surtout sa chevelure mutilée dont il ne restait que quelques mèches éparses. Elle hurla de rage et refusa que Wagram ou Malo la voient ainsi. Tout juste accepta-t-elle qu'Ana et Cotillon lui tiennent compagnie, encore voulait-elle s'ensevelir sous les draps pour ne pas être regardée. Les deux femmes la rassurèrent tant bien que mal, ne sachant comment la consoler de sa féminité perdue.

— Ton visage redeviendra comme avant : les cernes s'estompent déjà, tes lèvres guérissent. Il faut juste que tu te remplisses un peu les joues. Avec les talents de cuisinière de notre Cotillon, cela devrait être facile…

Tout en parlant, Ana passait un doigt léger sur les joues et les lèvres de la convalescente. Elle n'avait jamais beaucoup aimé Julie mais elle ne pouvait s'empêcher d'admirer sa force et son courage dans l'épreuve. Pas une larme, pas un gémissement. Ses cris n'étaient que colère. Elle ne s'apitoyait pas.

Ce même soir, ils se regroupèrent dans la chambre de Julie pour la distraire. Malo égrainait quelques accords sur sa guitare lorsqu'il fut interrompu par l'irruption de Rossignol. Il précédait de peu une troupe armée et venait les prévenir du danger imminent.

— Malo, les chevaux ! Ana, Cotillon, regroupez le nécessaire et tout ce qui a de la valeur. Allez !

Les deux femmes obéirent sans tarder mais Malo ne bougea pas.

— Eh bien ! Qu'attends-tu ?

— Et la petite ? Elle est encore trop faible pour fuir avec nous. Partez, je reste avec elle.

— Elle part avec nous. On se débrouillera.

— Tu n'y penses pas ! Elle nous fera perdre du temps.

— Elle ne tiendra pas, Wagram.

— Laissons-la ici. Ils ne viennent pas pour elle. Ils ne lui feront rien.

Ana était froide, farouche. Pas question pour elle de s'embarrasser de la malade. Elle voulait fuir et mettre le plus de distance possible entre elle et les policiers. Elle voyait aussi là l'occasion d'éloigner son amant de la jeune fille. Julie se redressa. Appuyée aux bras du fauteuil, elle les fixait d'un regard de bête traquée.

— Tu es folle, Ana, S'ils la trouvent, c'est l'hôpital avec les prostituées !

Wagram craignait plus encore les exactions d'une troupe armée frustrée de ne pas trouver son gibier et débusquant cette jolie proie. La peur, déjà, agrandissait les yeux de Julie. Elle savait ce qu'elle risquait et acceptait ce sacrifice. Il s'approcha d'elle et lui prit la main.

— Non, petite, tu ne resteras pas ici. Nous allons te mettre en sécurité. Ana, laisse tes sacs. Toi et Cotillon, vous allez aider Julie à s'habiller le plus confortablement possible.

— Elle ne pourra pas nous suivre.

— Aussi ne vient-elle pas avec nous, Malo. Je vais la confier à quelqu'un de sûr. Pendant ce temps, vous quatre, vous filez et vous quittez la région, je vous rattraperai.

— Rossignol suffira pour escorter Ana et Cotillon. Je viens avec toi.

Wagram ne prit pas le temps de protester. Il connaissait trop bien le caractère inflexible de son ami. Quelques minutes plus tard, tout était prêt. Ana, Cotillon et Rossignol partaient au grand galop vers l'ouest avec un itinéraire bien précis à suivre. Malo et Wagram les rejoindraient dès que Julie serait en sécurité. Pour l'heure, la jeune fille, très pâle, était dans les bras de Wagram, sur son cheval. Elle s'appuyait contre lui ; il la soutenait de son bras, tout en tenant les rênes.

— Il va falloir aller vite, petite. Ça ira ?

Elle esquissa un léger sourire pour le rassurer mais son corps endolori, mal remis encore des épreuves traversées, lui faisait mal.

— Appuie-toi contre moi tant que tu voudras. N'aie pas peur de me gêner.

Elle hocha la tête et il éperonna sa monture qui bondit en avant. Aussitôt, Julie sut que ce trajet serait un calvaire. Néanmoins, elle serra les dents, appuya sa tête contre l'épaule de son sauveur et ferma les yeux, tentant désespérément d'oublier et de faire taire sa douleur. Wagram et Malo, malgré les risques, couraient vers Paris, encourageant les chevaux de la voix et des talons. Les sabots sur le pavé produisaient un martèlement régulier et des gerbes d'étincelles éclairaient l'obscurité. À proximité de la ville, ils ralentirent et Wagram ressentit pour la première fois la pression des mains de Julie sur son manteau. Elle s'était accrochée à lui de toutes ses forces, mordant même le tissu pour étouffer les gémissements de douleur qui montaient du fond de sa gorge. Elle relâcha légèrement son étreinte en sentant qu'ils ralentissaient et murmura d'une voix faible :

— Dites-moi que c'est fini. Dites-moi que nous sommes arrivés. Je n'en peux plus.

— Pas encore, ma douce. Bientôt, je te le promets. Pour l'instant, il te faut encore un peu de courage.

Elle ne répondit pas, enfouit son visage au creux de son épaule, résignée à endurer encore son supplice. Ils traversèrent Paris au petit trot, Wagram prenant soin d'éviter les obstacles. Des faux pas de sa monture fatiguée arrachèrent toutefois quelques gémissements à la malheureuse. Ils parvinrent à une rue silencieuse et passèrent du trot au pas. Sans descendre de cheval, Wagram poussa une grille joliment ouvragée et ils pénétrèrent dans une cour pavée ponctuée de quelques plantes en pot. À gauche, une petite écurie, à droite, une resserre à toit plat. Face à eux, une maison étroite à trois étages, sous un toit de tuiles. Wagram eut un sourire. Il est des lieux où rien ne change jamais, où l'enfance se rappelle au souvenir avec douceur. Julie serait bien là, entourée de tendresse et des meilleurs soins.

Il confia les chevaux à Malo et reprit la jeune fille dans ses bras pour gagner la maison. Épuisée, elle était incapable de faire un pas et se laissait faire sans comprendre ce qui lui arrivait. Il évita l'entrée principale, se glissa à l'intérieur par la porte de la cuisine qu'il savait toujours ouverte. Une servante s'y trouvait encore, qui retint un cri de frayeur en le voyant paraître. Son visage s'éclaira même d'un sourire en le reconnaissant :

— Est-ce qu'un jour vous frapperez à la porte comme tout le monde ?

— Probablement pas. Peux-tu m'éclairer jusqu'à l'appartement de Clémence ? Je ne peux le faire seul.

Du regard, il désigna Julie. Habituée à ne pas poser de question, la servante se saisit d'un bougeoir et ouvrit le chemin jusqu'au premier étage. Dans un élégant petit salon, une femme d'un certain âge lisait, vêtue d'une épaisse robe de chambre.

— Dieu merci, tu ne dors pas.

— Mais que fais-tu ici ? Qui est cette fille ? Que se passe-t-il ?

Effarée, la femme multipliait les questions sans même se lever. Wagram se félicitait quant à lui de l'habitude qu'elle avait de veiller tard. Il n'aurait pas aimé devoir la réveiller pour lui confier sa protégée.

— La chambre rose est toujours disponible ? Je voudrais que tu veilles sur cette enfant pendant quelque temps. Elle a besoin de confort, de repos et de soins. Je ne peux pas l'emmener. Elle est trop faible…

— Je vois. Si je comprends bien, tu dois encore fuir.

— Oui. Et cette fois, c'est grave. Très grave.

— Si seulement tu te décidais à mener une existence honorable… Ton père…

— Je n'ai guère le temps de débattre avec toi à ce sujet. Est-ce que tu acceptes ?

Il n'avait pas envisagé la possibilité d'un refus mais il le craignait soudain. Que deviendrait Julie si Clémence refusait ? La jeune fille gémit doucement dans ses bras et sa tête roula contre son épaule. Elle venait de perdre connaissance. Clémence s'était levée sans répondre et sans un regard. Elle passa devant lui, ouvrit une porte et s'effaça pour le laisser passer. Avec d'infinies précautions, il déposa Julie sur le lit et fut bouleversé par le visage blafard qu'elle offrait à la lueur vacillante de la chandelle. Plus pâle que jamais, les traits contractés par la douleur, le visage inondé de sueur, Clémence soupira, entreprit de rafraîchir la malade et de l'aider à retrouver ses sens.

— Je suppose qu'il s'agit là de l'un des beaux résultats de ta merveilleuse existence.

Ce n'était pas une question, juste une constatation. Une évidence.

— Alors, tu acceptes de la garder ?

— Malgré tout ce que je te reproche, tu es l'être que j'aime le plus au monde et il est inconcevable que cette enfant reparte dans l'état où elle est.

— Merci. Je suis rassuré de la savoir à tes côtés. Ici elle pourra reprendre des forces en toute quiétude. Elle s'appelle Julie.

— Qu'est-elle pour toi ?

Wagram fut désarçonné par la question. Il ne savait pas vraiment où situer Julie dans l'échelle de ses affections. Il choisit la réponse la plus honnête.

— Une enfant que j'ai prise sous ma protection parce que l'un de mes compagnons s'est attaché à elle. Rien de plus…

— Ta protection ? Apparemment, tu as très bien réussi…

Un sourire triste et cynique à la fois éclairait son visage. Julie soupira et ouvrit les yeux. Elle tressaillit en découvrant une pièce inconnue et une femme qu'elle ne connaissait pas davantage. Son regard étonné croisa celui de Wagram qui s'assit près d'elle et lui prit la main.

— Tout va bien, petite. Tu vas rester ici et tu iras vite mieux. Je te laisse entre les mains les plus douces et les plus aimantes que je connaisse.

— Ne me laissez pas…

— Il faut être raisonnable. Tu ne peux pas nous suivre, tu le sais.

— Vous reviendrez ?

Il y avait tant de craintes dans ses yeux qu'il en fut ému. Il cacha son embarras par une boutade.

— Hé ! Je n'ai pas le choix. Malo me tuera si nous ne revenons pas. Alors, prends soin de toi jusqu'à notre retour.

Il se leva, posa un baiser sur son front mais ne put dégager sa main de l'étreinte fragile et désespérée de la jeune fille. Il fixa un instant les doigts fins qui se crispaient sur les siens.

— Je n'ai que vous…

— Et tu ne nous perds pas. Je promets de revenir. Fais-moi confiance.

Elle hocha la tête et le libéra. Il l'embrassa une dernière fois, étreignit Clémence et franchit le seuil. Un instant plus tard, les deux femmes entendirent le hennissement étouffé d'un cheval et le martèlement des sabots dans la cour. Wagram et Malo étaient partis.

***

Le lendemain, Julie fit plus ample connaissance avec son hôtesse. Clémence tenait depuis plus de vingt ans une pension de famille dans un quartier calme non loin du jardin du Luxembourg. Si elle avait tout d'abord logé beaucoup de soldats de l'Empire, elle recevait surtout depuis quelques années des étudiants et des jeunes provinciaux venus gagner leur vie à Paris. Pour l'heure, elle louait ses chambres à six jeunes gens et répondait de leur honnêteté et de leur discrétion. Julie fut néanmoins rassurée de savoir qu'elle ne serait pas obligée de les côtoyer puisque sa chambre se situait dans l'appartement privé de Clémence où aucun d'entre eux n'accédait sans y être invité.

Julie reprenait doucement des forces au contact chaleureux des deux femmes de la maison. Bertille, la servante de Clémence, était une cuisinière hors pair et elle retrouvait le plaisir de manger. La sollicitude et l'affection des deux femmes étaient touchantes mais la désorientaient. Julie n'avait jamais connu tant de prévenance et de douceur. Ana et Cotillon l'avaient soignée avec gentillesse mais leurs manières étaient parfois un peu brusques ou maladroites. Surtout Ana, qui n'avait guère de tendresse à lui offrir. Par ailleurs, Julie se posait bien des questions sur Clémence. Qui était-elle par rapport à Wagram ? Elle ne parlait jamais de lui et la jeune fille n'osait l'interroger. Était-elle une parente ? Une amie ? Une maîtresse ? Son âge semblait la préserver de cette dernière éventualité mais, après tout, pourquoi pas ? Cette pensée obsédait Julie et la révoltait, l'empêchant de s'attacher vraiment à son hôtesse.

Les semaines s'écoulèrent doucement. Ni Wagram ni Malo ne donnaient de leurs nouvelles et leur absence prolongée l'irritait. Ils l'avaient donc abandonnée, comme un objet inutile, un animal trop fatigué pour être bon à quoi que ce soit. À cette colère s'ajoutait une crainte sourde qu'elle n'osait exprimer, celle d'une éventuelle grossesse. L'idée même lui faisait horreur mais elle ne se résolvait pas à s'en ouvrir à Clémence.

Elles avaient pris l'habitude de passer chaque soir une heure ou deux au salon, Julie occupée à coudre ou à broder, Clémence à lire à voix haute des romans ou, le plus souvent, des contes car elle avait remarqué que Julie les appréciait plus particulièrement. Un soir pourtant, elle s'interrompit et observa longuement la jeune fille qui demeurait silencieuse, le regard lointain.

— Voilà trois fois que je vous lis le même passage et vous ne vous en apercevez pas. Que se passe-t-il mon enfant ?

— Rien. Il ne se passe rien. J'étais ailleurs, tout simplement. Pardonnez ma distraction.

— Je vous la pardonne volontiers mais je tiens à savoir à quoi vous songiez. Vous me semblez tellement inquiète…

— Ce n'est qu'une bêtise. Je pensais à mes amis et je me disais qu'ils ne reviendraient peut-être pas.

— Oh, rassurez-vous, mon fils reviendra. Il revient toujours.

— Votre fils ? Il est votre fils ?

Une telle joie apparut sur le visage de Julie que Clémence en fut touchée. Elle vint s'asseoir près de la jeune fille et lui prit les mains.

— Sébastien ne vous a donc rien dit avant de vous amener ici ?

— Sébastien ?

— Et vous ne connaissiez même pas son véritable prénom ? Je comprends mieux vos réticences à vous ouvrir à moi depuis votre arrivée. Quels idiots nous faisons, mon fils et moi ! Comment auriez-vous pu être à l'aise avec moi alors que je vous laissais dans l'ignorance…

— Sébastien… C'est un joli prénom…

Elle éprouvait un plaisir indicible à le murmurer et la confiance lui revenait soudain. Wagram… Sébastien ne l'avait pas abandonnée. *Les mains les plus douces et les plus aimantes.* Bien sûr. Les mains d'une mère. Il fallait bien qu'il tienne un peu à elle pour la confier à celle qui lui avait donné le jour. Et celle-ci l'avait prise sous sa protection sans poser de question. Émue, Julie se jeta dans les bras qui se refermèrent sur elle et l'étreignirent avec tendresse.

— Maintenant, me direz-vous ce qui vous tourmente vraiment ?

— J'ai peur, j'ai si peur d'être enceinte.

Il lui sembla avoir crié mais Clémence demeurait calme, lui caressant le dos, la berçant doucement.

— C'est bien ce que je craignais mais je n'osais pas aborder le sujet. Il y a cinq semaines que vous êtes ici et rien n'est venu nous prouver le contraire…

— Je ne le supporterais pas. Je ne veux pas. Je préfère mourir…

— Ne parlez pas ainsi mon enfant. La vie est un cadeau précieux que vous ne pouvez nier. Et celle de votre enfant en est peut-être un aussi…

— Vous déraisonnez ! Un enfant dans ces circonstances ? Le rappel constant chaque jour de ma vie de ma honte, de cet enfer ?

Julie était dans une rage folle. Elle s'était levée et arpentait le salon d'un pas rapide. Elle se retenait de hurler, de ne pas briser le premier objet à portée de sa main. Elle aurait voulu étrangler Clémence pour son calme et sa douceur. À la fin, elle fixa son hôtesse avec mépris.

— Cessons là, Madame, cette conversation stérile. D'ici peu vous me prêcherez le pardon et l'oubli et je crois que cela achèverait de me rendre folle. Bonsoir.

Elle s'engouffra dans sa chambre en claquant violemment la porte. À cet instant, elle englobait dans sa haine Clémence, Pied-de-Biche et les murs roses de la pièce. Elle aurait voulu s'enfuir, quitter cette chambre douillette qui ne lui ressemblait en rien. Elle serra les poings, ferma les yeux et prit une profonde inspiration. Aussitôt s'imposa à son esprit l'image nocturne d'un charmant cavalier au sourire éclatant. Elle murmura plusieurs fois son prénom, se délectant de chaque syllabe. *Sébastien… Sébastien…*

Elle ne dormit pas cette nuit-là, ne s'allongea même pas sur le lit à la courtepointe aussi rose que les murs. À l'aube elle regagna le salon où Clémence l'attendait depuis la veille. Elle n'avait pas dormi davantage que sa protégée. Julie lui prit les mains. Elle tressaillit à ce contact.

— J'espère que vous me pardonnerez mon emportement. Je sais toute la reconnaissance que je vous dois. Cette incertitude me ronge et je pense que je devrais voir un médecin qui confirmerait…

Elle ne put achever. Sa voix se brisait. Pour la première fois la colère cédait le pas à l'émotion.

Le médecin n'étant pas en ville ce jour-là, Clémence lui laissa un bref message pour qu'il lui rende visite le plus vite possible. Un jour de plus ne changerait rien mais elle s'inquiétait de ne pouvoir apporter de réponse à Julie. Surtout, elle s'interrogeait sur l'avenir de la jeune fille si leurs craintes étaient confirmées. Que deviendrait Julie avec un enfant dont elle ne voulait pas ? Comment l'aider à accepter ?

La journée fut terriblement triste pour les deux femmes. Julie s'enfermait dans le silence, dans la colère et dans la haine et Clémence, désemparée, n'osait plus affronter son regard glacial. Julie rêvait de fuir mais était paralysée par la peur. Elle voulait partir loin de cette maison trop paisible, de sa chambre trop rose mais le monde extérieur lui semblait semé d'embûches et peuplé d'hommes violents qui avaient tous le même visage menaçant.

Le soir cependant, la lecture rituelle fut interrompue par un léger bruit dans la cour. Julie tendit l'oreille, guetta le claquement de sabots dans la cour et un sourire éclaira son visage. Elle courut à la fenêtre, ne distingua qu'une ombre mais reconnut celui qu'elle attendait depuis si longtemps. Elle se précipita dans l'escalier que quelqu'un montait d'un pas rapide. Elle se pencha par-dessus la rampe, croisa le regard sombre de Wagram et s'élança à sa rencontre. Dans sa précipitation, elle trébucha, perdit l'équilibre et ne fut sauvée de la chute que par les bras secourables du jeune homme.

Ils gagnèrent ensemble le salon où Clémence houspilla la jeune fille pour sa maladresse avant d'étreindre son fils. Il avait changé, le visage émacié, envahi de barbe, le corps également amaigri. Elle descendit rapidement à la cuisine chercher de quoi manger tandis que Julie s'asseyait à ses côtés, les yeux pleins de joie.

— Vous êtes enfin venu me chercher ?

— Je suis heureux de voir que tu vas mieux, petite. Tu te trouves bien ici ?

— Votre mère est charmante. Elle prend soin de moi. Mais vous me manquez tellement. Vous, Malo, Cotillon. Même Ana.

— Tu nous manques aussi. Mais c'était mieux ainsi. Ces dernières semaines ont été très éprouvantes.

— Je comprends. Je sais pourquoi vous m'avez laissée ici. Mais maintenant, je vais mieux. Je vais pouvoir vous accompagner…

— Eh bien, justement…

Il était embarrassé ; elle le ressentit et son visage se ferma. Elle s'écarta légèrement de lui, le dévisagea froidement.

— Que voulez-vous dire ? Parlez…

— Je ne suis pas venu te chercher, petite. Je voulais m'assurer que tu allais mieux. Ce serait trop difficile pour toi, nous devons nous éloigner de Paris. En ce moment, c'est chacun pour soi. Rossignol est parti vers le sud. Il a de la famille pas très loin de Marseille. Bel-Œil et Compas se cachent dans Paris. Cotillon a trouvé un emploi dans une auberge. Malo est à Charonne. Il essaiera de te rendre visite de temps en temps si ma mère le permet.

— Emmenez-moi avec vous. Je suis assez solide pour ce voyage, je vous l'assure.

— Non, petite, je ne veux pas de cette vie pour toi. Ici tu es en sécurité.

— Ne me laissez pas. Avant de vous rencontrer, je n'avais plus personne. Et ça recommence : je suis si seule…

— Tu as ma mère. Elle veillera sur toi.

— Vous étiez ma famille. Je veux vous retrouver. Tous.

— Notre petit groupe n'existe plus, Julie, et n'existera sans doute plus jamais. Je ne t'entraînerai pas dans une fuite sans fin. Tu seras bien ici. Et je reviendrai. Dans quelques semaines, quelques mois tout au plus, le temps que tout soit oublié…

— Alors, il ne fallait pas venir aujourd'hui. Il était inutile de me donner de faux espoirs. Je n'avais que vous. Je n'ai plus rien que ma honte.

Elle se leva brusquement, se précipita dans sa chambre, claqua la porte, laissant cette fois la colère la submerger. Elle lui en voulait de sa longue absence, d'être là, de parler de départ, de ne pas la comprendre davantage. Elle se sentait plus seule et plus démunie que jamais.

Lorsque sa mère revint, Wagram fixait la porte de la chambre avec stupeur. Elle s'étonna de le trouver seul. Il expliqua.

— Elle est pleine de haine et de colère et ne maîtrise pas ses émotions. Ne lui en veux pas.

— Bien sûr que non. Mais j'espérais qu'elle irait mieux et qu'elle comprendrait.

— Elle comprend mais elle n'accepte pas. Elle a besoin de temps, beaucoup de temps. Je veillerai sur elle tant qu'il faudra. Sois sans crainte.

— Je ne m'inquiète pas. Je connais ta bienveillance. C'est pourquoi je te l'ai confiée mais je me demande si je ne ferais pas mieux de l'emmener…

— Non. Il n'en est pas question. Elle a repris des forces mais elle est trop fragile pour ce voyage. Je ne la laisserai pas partir. Je te demande de me faire confiance.

— Je te fais confiance. Aujourd'hui comme toujours. Mais tu m'effraies avec tes demi-réponses.

Il s'inquiétait soudain, trouvait sa mère trop évasive, presque embarrassée de devoir lui répondre. Que lui cachait-elle ? Elle demeura muette un instant ; hésitant à tout dire. Devait-elle l'informer de la grossesse de Julie ? Elle était presque sûre que la jeune fille le laisserait partir sans rien lui dire alors qu'il pouvait peut-être l'aider, la réconforter, l'apaiser. Elle ferma les yeux pour se recueillir, décida de se taire… Julie avait le droit de préserver cette part d'elle-même et rien n'était encore certain.

Il entra dans la chambre ; Julie lui tournait le dos, debout devant la fenêtre, les poings serrés. Il s'approcha lentement, posa une main ferme sur son épaule, espérant qu'elle ne le repousse pas.

— Julie.

Elle tressaillit mais ne le rejeta pas. Cette main sur son épaule avait quelque chose de rassurant et sa voix, ce murmure si doux, l'effleurait comme une caresse. Elle ne se retourna pas.

— Je suis venu te dire au revoir. Je suis…

— Surtout ne me dites pas que vous êtes désolé. Ou navré. Ou triste. Ni que vous comprenez. Personne ne peut comprendre. Personne.

Il laissa glisser sa main sur son bras, s'approcha de manière à être à ses côtés et la serra contre lui. Elle laissa tomber sa tête contre son épaule, se blottit contre lui. Il referma ses bras autour d'elle, resserra son étreinte. Elle se dégagea, recula et le frappa des deux poings, martelant sa poitrine avec rage, le visage déformé par la fureur. Il la laissa faire un instant puis saisit doucement ses poignets. Elle le fixa d'un regard froid et s'effondra soudain contre lui en sanglotant. Ses larmes coulaient enfin, flot intarissable d'une douleur trop longtemps contenue.

— Pleure, petite, pleure. Pleure tant que tu voudras.

— Ne me laissez pas ici. Emmenez-moi. Je tiendrai, je serai forte, je vous jure de ne pas me plaindre.

— Je ne doute pas de ta volonté mais…

— Je ne veux pas rester ici. Je déteste cette maison.

Il l'écarta de lui brusquement, les yeux étincelants de colère.

— Je t'interdis de dire cela. Tu as été accueillie ici comme une fille. Ma mère t'a donné son affection, t'a soignée, t'a nourrie. Tu devrais être reconnaissante au lieu de te comporter en enfant. Assez ! Tu resteras ici. Si tu me suivais, tu ne serais qu'un fardeau.

— C'est ce que vous pensez de moi ? Que je suis une charge pour vous ? J'aurais dû le savoir. À cause de moi…

— Laisse-moi t'expliquer petite. Aucun d'entre nous ne regrette d'avoir fait ta connaissance. Tu as été notre rayon de soleil, notre alouette chanteuse. Et tu n'as rien à te reprocher, rien.

— Pourtant sans moi…

— Je serais mort. Ou en prison. Comme Malo, comme Ana. Nous te devons la vie. En revanche, moi, je suis coupable envers toi.

— Non, c'est faux, vous m'avez sauvée.

— Je n'ai pas su te protéger. Je n'aurais pas dû m'absenter ce jour-là. Mais aujourd'hui, je vais partir sans toi, parce qu'il le faut, pour toi et pour nous.

— Je vous en supplie. Quand vous êtes là, je me sens en sécurité, j'ai l'impression que rien ne peut m'arriver.

Il était touché de cette confiance. Elle le fixait de ses grands yeux tristes, attendant une réponse qu'il ne pouvait lui offrir. Tendrement, il l'attira contre lui, posa ses lèvres sur son front.

— Il faut rester, Julie. Ma mère prendra soin de toi et personne ne viendra te chercher ici. Toi, Malo, Ana et Bertille êtes les seules personnes à connaître notre lien de parenté. Et puis, surtout, je ne veux pas te voir courant les routes à cheval. Ce serait trop difficile pour toi. Ne le nie pas, tu n'as guère monté que des chevaux de labour. Une telle chevauchée t'épuiserait.

— Je m'en fiche.

— Pas moi. Je vais revenir ici dans quelques semaines et je veux te revoir en belle santé.

Elle hocha la tête, vaincue, triste et soudain très lasse. Il la sentit défaillir et la porta jusqu'au lit. Elle semblait si vulnérable qu'il prit conscience de sa jeunesse qu'il avait tendance à oublier. Elle lui sourit pourtant en prenant sa main dans les siennes.

— Je sais que vous avez raison mais je m'ennuie parfois ici et je me sens tellement inutile.

— Alors, reprends vite des forces. Je voudrais aussi que tu sortes davantage, que tu ailles te promener. Tu dois prendre l'air pour retrouver tes belles couleurs.

— J'ai si peur de sortir… Que l'on me regarde, que l'on me juge… J'ai l'impression que ce qui m'est arrivé se voit.

— Tu n'as rien à craindre. Et il faut que tu voies un peu plus de monde. Tout à l'heure, tu voulais te lancer sur les routes avec moi. Comment aurais-tu fait ?

— Vous auriez été là.

— Eh bien, dis-toi qu'avec ma mère, c'est un peu de moi qui est là. Et si tu veux nous demanderons à Malo de t'accompagner. Cela te rassurerait ?

— Je crois, je vais essayer.

Avant de partir, il serra une dernière fois Julie dans ses bras. Il la tint enlacée quelques instants, lui murmurant à l'oreille :

— Tu me promets de prendre soin de toi, petite ? Je veux te voir avec les joues roses la prochaine fois. Entendu ?

— Promis. Vous ne me reconnaîtrez pas.

— Ne change pas trop quand même.

En sortant de la chambre, ému par la détresse de la jeune fille, Wagram fut surpris – et effrayé – de voir un homme dans le salon. Ce n'était pas tout à fait un inconnu même s'il ne lui avait jamais parlé. Et il aurait préféré qu'il en soit toujours ainsi : être confronté à Eugène-François Vidocq, mouchard et membre de la Police de sûreté, n'était pas un moment agréable pour le chef d'une bande de voleurs et de déserteurs. Il était inutile de songer à fuir, Vidocq se trouvant entre lui et la porte et, à supposer qu'il franchisse ce premier obstacle, il n'était sans doute pas venu seul. Et il n'était pas question de provoquer un scandale chez Clémence…

— Il y a longtemps que je vous cherche, Wagram. Des semaines que cette maison est sous surveillance. Je savais que vous reviendriez mais je ne pensais pas que ce serait si long.

— Vous êtes venu m'arrêter ? Finissons-en. Je ne vous demande qu'une chose : éviter le bruit qui pourrait éclabousser cette maison et ses habitants d'un scandale qu'ils ne méritent pas.

— Il n'est question ni de bruit, ni d'arrestation. J'ai une offre à vous faire qui pourrait satisfaire tout le monde. Et épargner à votre mère le chagrin de voir son fils en prison.

Wagram tressaillit violemment. Si Vidocq connaissait ce secret, que savait-il d'autre ? Le policier sourit, ôta son manteau qu'il jeta négligemment sur un fauteuil, prit une chaise et s'y assit à califourchon, appuyant au dossier des bras impressionnants. Du menton, il désigna le canapé à son antagoniste qui obtempéra, fasciné par cette assurance.

— En fait, je suis venu vous proposer de travailler pour moi.

— Vous voulez rire ?

Cela lui paraissait à ce point absurde qu'il toisait Vidocq comme s'il avait affaire à un fou. Sans se départir de son calme, celui-ci sourit et plongea ses yeux dans ceux du voleur.

— Dites-moi, connaissez-vous mon histoire ?

— Dans les grandes lignes mais…

— Alors vous savez que ce que je vous propose n'est pas si déraisonnable.

— Ce n'est pas parce que vous avez changé de camp que je le ferai.

— Effectivement, il vous faut une meilleure raison. J'ai *changé de camp* comme vous dites parce que j'ai compris que j'avais plus d'avenir en mettant mes talents au service de ceux qui payaient de manière régulière. Parce qu'il valait mieux servir et se servir que de passer des années au bagne. Parce qu'il est plus agréable de rentrer chez soi le soir en sécurité que de craindre sans cesse l'arrivée des argousins avant de fuir sans savoir où aller, de subir la faim et le froid… Si ces arguments ne suffisent pas, pensez à votre mère qui aimerait tant que vous meniez une vie honnête…

— Ma mère n'aimerait pas pour autant que je trahisse mes amis. Je ne ferai pas partie de votre police, monsieur Vidocq…

— J'ai besoin d'un homme intelligent pour mener diverses missions.

— Pourquoi moi ?

— Je vous surveille depuis longtemps. Vous n'êtes pas fait pour ce métier de rapines et de dissimulations. Vous jouez petit, ne cherchez pas le gros coup qui vous mettrait à l'abri pour de bon. Aucune violence. Pas d'attaque sur les vivants. Vous ne vous en prenez qu'aux maisons vides, aux hôtels endormis. À ce jeu, vous ne risquez pas grand-chose mais vous finirez par vous ennuyer. Je vous offre une autre vie. Une vie plus passionnante, plus enrichissante, dans tous les sens du terme. Et pour vos compagnons, la liberté, la certitude de n'être jamais arrêtés. L'impunité pour les faits passés. À condition, bien sûr, qu'ils ne fassent plus parler d'eux…

— Vous ignorez qui ils sont et où les trouver.

— Croyez-vous ? Vous n'êtes tout de même pas naïf à ce point ? Commençons par votre second, Antoine Malofert, dit Malo, à l'origine fermier mais brisé par la mort prématurée de sa femme et de sa fille. Il a renoncé à la terre après une dernière récolte calamiteuse et vous a rejoint, en vous offrant d'utiliser sa maison à votre guise. Ce que vous avez fait sans hésiter. Ensuite, votre compagne, Anastasia Pavlovka, venue de Russie. Je continue...

— Comment... comment pouvez-vous savoir ?

— J'ai des yeux et des oreilles partout. Y compris dans votre bande. Je connais l'identité de chacun de vos compagnons.

Et Vidocq d'énumérer un à un, les noms des membres de la bande, les nommant ensuite par leur surnom. Il n'omit personne, hormis Julie qu'il ne mentionna même pas.

— Cotillon vous a bien renseigné.

Au tour du policier d'être surpris.

— Vous saviez qu'elle...

— Je ne savais rien mais vous l'avez nommée en dernier. J'ai joué.

— Et vous avez gagné. Bravo.

Un silence pesant s'installa entre les deux hommes. Wagram était tenté mais refusait de céder au chantage. Vidocq souriait, attendant la réponse dont il ne doutait pas. Il dardait ses yeux froids sur le chef des voleurs. Wagram se leva, arpenta longuement la pièce. Il s'appuya à la cheminée, le dos tourné, pour ne pas voir son adversaire triompher.

— Soit. J'accepte. Mais je ne vous fais pas confiance.

— Je ne vous en demande pas tant.

— Qu'attendez-vous de moi ?

— Pour l'heure, vous allez rencontrer M. de Talleyrand. Il vous attend.

— Je vais rencontrer Talleyrand ?

— Impressionné ?

— On le serait à moins. Je me demande quelle surprise cette soirée me réserve encore.

Vidocq sourit. Cet homme lui plaisait décidément beaucoup. Il était intuitif, intelligent. Jeune encore, il ne se laissait pourtant pas manipuler tout en conserver une fraîcheur d'âme qui ne se rencontrait plus guère.

— Vous faites le bon choix. Votre père serait fier de vous.

— Vous avez connu mon père ?

— Il était mon ami. L'une des rares personnes en qui j'aie vraiment eu confiance. Il s'inquiétait de votre avenir et n'aurait pas aimé le chemin que vous avez choisi. Votre mère est également inquiète. Que cela au moins vous donne une bonne raison d'accepter mon offre.

Les deux hommes échangèrent une solide poignée de main pour sceller leur alliance et quittèrent ensemble la pension de famille. Un fiacre les conduisit à l'hôtel Saint-Florentin où les attendait le puissant diplomate. Vidocq lui serra une nouvelle fois la main :

— C'est ici que nous nous séparons. On va vous mener jusqu'à lui. Je pense que nous nous reverrons très vite.

De sa canne, il frappa le toit de la voiture qui disparut dans la nuit. Presque aussitôt un valet en livrée surgit à ses côtés pour le conduire auprès de Talleyrand.

7

D'un geste, le diplomate congédia son secrétaire. D'un regard perçant, il détailla son visiteur sans que le moindre trait bougeât ou manifestât le moindre sentiment. Stoïque, Wagram attendait. L'examen dura quelques instants, une éternité pour le jeune homme qui refusait pourtant de briser le silence. Enfin, Talleyrand arrêta son regard dans le sien et prit la parole d'une voix claire :

— Vidocq a prétendu pouvoir vous faire confiance, sans même vous avoir rencontré. Je n'ai pas comme lui le culte de la rédemption. Je ne crois pas qu'un bandit puisse devenir un honnête homme. Il vous a jugé à l'aune de sa propre histoire mais je ne pense pas que les voleurs puissent tous faire de bons enquêteurs. Pourquoi devrais-je vous faire confiance ?

— M'autoriseriez-vous une question, Excellence ?

— Pourquoi pas ? Allez-y, interrogez. Je vous en accorde même trois…

— Vidocq vous a-t-il souvent adressé d'anciens bandits ?

— J'avoue que vous êtes le premier.

— Dans ce cas, je ne pense pas que l'on puisse parler d'un culte de la rédemption. Mais Vidocq a connu mon père et cela a pu influencer son jugement. Vous vouliez me voir et je ne suis pas ici de son seul fait. Pourquoi suis-je ici ?

— Vidocq vous l'a dit : nous avons besoin d'hommes de valeur pour le seconder.

— Si je ne me trompe pas, Monsieur, la police ne dépend pas de vous mais de M. Savary. Vidocq n'avait aucune raison de me mener à vous à moins que vous ne lui ayez demandé de le faire. Et il n'est pas en position de refuser son aide à un homme tel que vous.

— Vous pensez qu'il vous a menti ?

— Je pense qu'il ne m'a pas tout dit. Et qu'il ne sait pas tout lui-même.

— En effet, je n'ai pas tout dit à Vidocq. Il sait ce qu'il doit savoir, ce qui lui est utile. Plus pourrait se révéler dangereux.

— Donc si je travaille pour vous, je ne saurai pas tout non plus.

— C'est votre troisième question ?

— Non, une certitude. Voici ma question : quelle sera désormais ma mission ?

Talleyrand s'autorisa un bref sourire. Cet homme lui plaisait ; il devinait sa finesse, son intelligence et une certaine audace qui convenait à l'emploi auquel il le destinait.

— Vous êtes donc persuadé de travailler pour moi.

— Si ce n'était pas le cas, je serais déjà hors de ce bureau. Vous le savez, je le sais. Et même si Vidocq ne sait pas tout, il ne m'aurait pas envoyé ici s'il ne pensait pas que je pouvais vous être utile.

— Soit. Sachez que votre tâche ne sera pas simple. Et qu'il convient avant tout de garder le plus grand secret autour de tout ce qui sera dit ici. Il s'agit peut-être de sauver l'Empire…

Wagram se sentit vaciller à ces mots. *Sauver l'Empire…* Dans quoi venait-il de s'engager ?

— … donc je n'hésiterai pas à faire disparaître définitivement celui ou celle qui me trahirait. Est-ce clair ? Voulez-vous toujours travailler pour moi ?

— Oui

— Vous pouvez encore renoncer.

— Je ne renoncerai pas. Qu'attendez-vous de moi au juste ?

— Depuis quelques mois, je soupçonne un complot visant la famille impériale. Le petit Roi de Rome serait particulièrement visé afin d'anéantir tout espoir dynastique. Je n'exerce plus de ministère et je ne suis donc pas libre d'agir. Par ailleurs, je ne dispose pas des ressources naguère à ma disposition. Il est à craindre que des complices se trouvent dans l'entourage immédiat de l'Empereur ; je ne peux donc faire appel à mes réseaux habituels pour me renseigner aux risques de donner l'alerte.

— C'est pourquoi vous souhaitez que je mène discrètement une enquête : personne ou presque ne me connaît.

— Vous saisissez parfaitement la situation. Je soupçonne les Bourbons ou leur entourage proche d'être à l'origine du complot.

— Et en quoi puis-je me rendre utile ?

— Vous irez à Londres. Deux de mes agents sont déjà sur place et ont de précieux renseignements à me donner. Ils sont malheureusement surveillés et ne peuvent me donner les résultats de leur enquête. Je veux que vous les retrouviez et que vous me communiquiez tous les renseignements qu'ils ont glanés. Personne ne vous connaît là-bas et je compte sur votre anonymat pour nous aider dans cette enquête.

— Quand dois-je partir ?

— Dans quelques jours seulement. Pour l'instant, je veux que vous restiez ici afin que je puisse vous informer de différents détails. Il faudra également établir les détails de votre voyage. Vous devez être insoupçonnable.

— Quelques jours ? Ne perdons-nous pas un temps précieux ?

— En effet, mais ce délai est nécessaire. Si vous partiez demain, vous représenteriez un danger pour nous. Dès que vous serez prêt, vous irez les rejoindre. Cependant, vous pouvez encore renoncer. Dans ce cas, vous sortirez d'ici librement mais je ne vous protégerai pas. Vous serez à nouveau traqué, comme voleur, déserteur et assassin. Si j'enlève ma main de sur votre tête, vous serez seul. Et vos amis…

— N'en dites pas plus, Monsieur. Il est inutile de faire peser une menace sur mes compagnons. Je vous ai donné mon accord et je ne reviendrai pas en arrière.

— Je peux donc compter sur vous ?

— Oui, Excellence. Ce sera un honneur.

Talleyrand fit conduire son invité à une chambre. Resté seul, il ouvrit l'une des larges fenêtres pour respirer un instant l'air frais de la nuit. Il ne pleuvait plus et un léger vent soufflait, chassant les derniers nuages et dévoilant les étoiles. Cette nuit lui en rappelait une autre, bien des années auparavant… Il avait alors échoué à protéger un enfant et n'avait pas pu rattraper sa faute. Surtout, il avait négligé, oublié cette responsabilité et ne s'en était souvenu que trop tard… Le sort lui permettait maintenant, peut-être, d'éteindre ses remords… Il soupira, ferma les yeux, laissa le vent effleurer son visage. Il était las et n'aspirait plus qu'au repos. En se retournant, il poussa du coude un vase rempli de fleurs qui chancela. Il le retint d'un geste machinal, toujours absorbé dans ses pensées. Trois roses d'un rouge profond s'envolèrent toutefois et tombèrent avec grâce sur l'épais tapis. Négligeant d'appeler, il se baissa pour les ramasser. À chaque fleur qu'il saisissait, il murmurait un mot :

— Le voleur, l'étudiant, le petit paysan… Je tiens leur destin entre mes mains. Espérons que je ne me trompe pas une fois de plus et que la jeune fille est en sécurité…

Il glissait les roses dans le bouquet lorsqu'il s'égratigna le doigt à une épine. Une goutte de sang perla et s'écrasa sur la blancheur immaculée de l'unique lys de la composition. Il frissonna, incapable de préciser s'il était davantage troublé par la fraîcheur de la nuit ou par cette irréparable souillure. Il observa longuement la fleur gâtée et une larme perla à sa paupière ridée. Il soupira.

— Mauvais présage… Bien mauvais présage…

***

Sébastien passa les jours suivants à étudier la carte de Londres, à apprendre à coder des documents et à s'informer sur le prétendu complot menaçant l'Empire. La veille de son départ pour Londres, il rendit une rapide visite à Malo pour le prévenir de son changement de vie. Inquiet de la réaction de son second, il fut rassuré par ses propos encourageants :

— C'est mieux ainsi. Cela ne pouvait pas durer longtemps. Tu es quelqu'un de bien. De trop bien pour cette petitesse dans laquelle nous vivions. Quant à moi, je vais reprendre une vie paisible qui me correspond bien d'avantage.

— Autre chose, j'ai promis à Julie que tu veillerais sur elle pendant mon absence.

— Et tu as bien fait. J'irai la voir aussi souvent que possible. Tu sais à quel point je tiens à elle. Pars en paix, fils, je veille sur les nôtres.

Il ne revit pas Ana. Volontairement. Pour ne pas affronter sa colère. Il savait bien qu'elle n'accepterait pas facilement cette nouvelle orientation et surtout qu'elle n'apprécierait pas de devoir l'attendre sagement. Lâchement, il lui écrivit quelques lignes qu'il demanda à un valet de Talleyrand de porter. Il pensait partir quelques jours. Il ignorait qu'il se passerait de longues semaines avant qu'il ne puisse revoir ses amis.

Il resta quelques jours à Londres, retrouva les agents de Talleyrand, rapporta leur message. Satisfait de cette première mission, le puissant homme d'État lui en confia d'autres. Sébastien retourna à Londres, gagna Bruxelles, galopa jusqu'à Rome et sillonna la France, porteur de message, de lettres, d'informations. Malgré l'hiver, il parcourait les routes, à cheval autant qu'il le pouvait, en diligence lorsque le froid ou l'état des routes l'imposaient. Enfin, à la mi-janvier 1812, il s'effondra presque aux pieds de Talleyrand, épuisé mais tenant à la main une ultime dépêche. Le diplomate décacheta lentement le pli, le lut et un pâle sourire éclaira son visage.

— Je suis content de vous, Monsieur.

— Excellence ?

— Votre célérité et votre dévouement m'ont permis de faire arrêter plusieurs individus mêlés de près ou de loin à notre complot. Tout n'est pas encore résolu certes mais nous avançons à grands pas et j'ose croire que nous freinons certaines velléités.

— Je suis heureux d'avoir pu vous servir.

— Vous avez servi votre pays avant tout. Il nous manque encore la tête pensante des conspirateurs. Je vais faire interroger ceux qui ont été arrêtés. En attendant, reposez-vous.

Vous l'avez mérité. Je ne manquerai pas de faire appel à vous très bientôt.

***

Le printemps autrichien souriait décidément à Sébastien après le détestable hiver passé à sillonner l'Europe sur ordre de Talleyrand et les semaines à espérer une prochaine mission. Au mois de mars, enfin, il avait été envoyé à Vienne, où il retrouverait Maubert, un agent du diplomate qu'il avait rencontré à Londres. Avant de partir, ils avaient eu une dernière entrevue.

— Pardonnez ma question, Excellence, mais vous n'exercez actuellement aucun ministère et vous ne vous cachez pas de désapprouver certaines décisions de l'Empereur. Pourquoi vous opposez-vous à un retour des Bourbons ?

— Le temps n'est pas encore venu pour eux, mon jeune ami. Et surtout, la méthode n'est pas bonne. Si les Bourbons doivent revenir, il faut que cela soit de manière franche et ouverte, pas par l'entremise d'un petit complot.

— Cependant, je suis persuadé que les Bourbons ont encore beaucoup de soutiens en France et que beaucoup de soldats les serviraient sans rechigner du moment que leur solde était payée.

— Savez-vous que vos paroles pourraient vous envoyer en prison pour trahison ? Vous vous permettez bien des libertés…

— Excellence, je…

Talleyrand chassa l'objection de Sébastien d'un revers de la main. Il prenait un vrai plaisir à ces joutes verbales et il appréciait la franchise et l'audace de son agent qui ne pliait pas devant lui comme tant d'autres le faisaient.

— Les soldats ne sont pas des mercenaires, jeune homme. Je sais que vous n'avez pas une belle image de l'armée depuis la mort de votre père à Wagram. Vous étiez soldat, sous ses ordres et vous avez déserté juste après la bataille. Il est pourtant mort en héros…

— J'étais à ses côtés lorsqu'il a été frappé par la mitraille. Il est tombé entre mes bras, encore vivant et il n'a expiré que le lendemain dans des souffrances telles que je ne saurais les décrire. Il ne pouvait pas parler mais tout son corps exprimait sa douleur. Il n'y a rien de noble à périr de cette façon. Voilà pourquoi j'ai déserté. Je n'ai pas voulu connaître cette fin, mourir pour un homme qui n'était rien pour moi.

— Pour vous, il ne représente rien. Mais pour bon nombre de soldats, L'Empereur est un père ou un héros. Ils ne serviront pas facilement les représentants de l'ancienne monarchie. Croyez-moi, ce n'est pas le moment de créer une armée dans l'armée. Plus tard peut-être… Faites-moi confiance. Je n'ai à l'esprit que l'intérêt de notre pays.

Sébastien éprouvait à chaque fois un étrange sentiment de reconnaissance envers cet homme d'État si intelligent qui lui prodiguait ses conseils et son temps, reconnaissance mêlée d'inquiétude lorsqu'il constatait que Talleyrand dénouait facilement les liens qui l'attachaient à un passé qu'il connaissait parfaitement. Et s'il n'y avait eu que le passé… Le diplomate semblait tout savoir de lui… Il enrageait cependant de ne pas percer les ténèbres qui environnaient chaque parole de Talleyrand qui ne parlait que par énigmes et laissait planer le doute sur ses intentions.

— Maubert vous donnera vos instructions quand vous serez à Vienne. Il se charge de vous trouver un logement. Vous pouvez vous fier à lui sans crainte. Une dernière chose : pour cette fois, vous ne partez pas seul.

— Vous m'imposez un compagnon de route ? Pour me surveiller ?

— Plutôt une compagne. Que vous choisirez judicieusement. Un couple en voyage attire moins l'attention qu'un homme seul.

— Et je suis libre de ce choix ?

— Bien entendu.

Un bref instant, le visage de Julie flotta devant ses yeux mais il le chassa vite de ses pensées. Ana serait ravie de cette escapade et était suffisamment solide et endurante pour supporter les fatigues d'un voyage.

***

Pourtant, chaque jour, lorsqu'il s'en retournait vers la petite maison qu'il occupait au cœur de Vienne, c'était Julie qu'il allait retrouver. La présence à ses côtés de la jeune fille avait sur lui un étrange pouvoir d'apaisement. Sa douceur, la confiance qu'il lisait dans ses yeux était un véritable réconfort lorsqu'il rentrait chaque soir après avoir sillonné Vienne à la recherche des deux comploteurs qu'il devait arrêter.

Elle ne posait pas de questions sur les motifs de leur séjour. Il s'en était tenu au strict minimum : il voyageait pour Talleyrand. Elle avait aussitôt accepté de le suivre, trop heureuse de quitter Paris et ses mauvais souvenirs. Elle n'avait pas non plus demandé pourquoi Ana ne l'accompagnait pas et de cela surtout, il lui savait gré. Il n'avait nulle envie de lui expliquer qu'à son arrivée à Paris, il avait surpris Ana avec un autre homme…

— Vous souriez aux anges ?

Maubert venait de s'asseoir face à lui et d'interrompre le fil de ses pensées. Sébastien serra la main qu'il lui tendait en souriant plus largement. Il aimait bien cet homme mais ce jour-là, il lui en voulut un peu… Oui, il souriait aux anges. À un ange. Julie. Il chassa l'image charmante de la jeune femme pour s'occuper de son interlocuteur.

— Des nouvelles ?

— Ils seront demain soir à l'auberge de maître Worsteiner. Il me l'a affirmé. Ils ont pris une chambre chez lui et ont confirmé leur présence pour demain. Ils ont commandé un repas pour cinq personnes.

— Des complices ?

— Sans nul doute possible. J'ai fait le tour de tous mes contacts à Vienne pour que nous soyons nombreux. Il y aura un joli coup de filet à faire.

— Donc le moment est venu ?

— Nous n'aurons pas de meilleure occasion. Et nous prenons des risques à trop attendre. Ils sont dangereux et intelligents.

Ils devisèrent encore quelques minutes puis mirent au point leur intervention du lendemain. Rendez-vous fut pris au milieu de l'après-midi à l'auberge de maître Worsteiner.

— Si vous avez des dispositions personnelles à prendre, faites-le dès à présent. Nous ne reviendrons peut-être pas.

Sébastien frémit à ces propos pessimistes. Il connaissait la peur et le danger, les côtoyant depuis des années, mais il pensait surtout à Julie. Que deviendrait-elle, seule à Vienne, s'il lui arrivait malheur ? Il pensait à Ana aussi. Malgré l'absence, le temps et la trahison, sa compagne lui manquait et il regrettait la façon dont ils s'étaient quittés. Mais était-ce Ana qui lui manquait ou sa façon sans pareil – et sans pudeur – d'apaiser toutes les tensions ?

— Vous avez l'air bien soucieux ce soir.

Il sourit. Malgré ses demandes réitérées, Julie refusait toujours de le tutoyer, maintenant entre eux une barrière qu'il ne pouvait franchir.

— Je suis juste fatigué.

— Et inquiet. Je le vois bien. Et Ana vous manque.

Il tressaillit. La perspicacité de Julie l'étonnait et sa franchise le désarmait.

— Pourquoi me parles-tu d'elle ? Et comment…

— Comment puis-je savoir qu'elle vous manque ? C'est évident. Elle devrait être à vos côtés ce soir. Elle était votre compagne bien avant que je ne sème la pagaille dans votre vie.

— Disons plutôt que tu m'as aidé à remettre certaines choses en ordre.

Elle haussa les épaules, désabusée. Elle ne le croyait guère. Depuis toujours, elle avait la sensation d'être la source de bien des problèmes. Son père, les Findroy, Wagram et sa bande…

— Ne renoncez pas à Ana. Je sais que vous tenez à elle.

— Sans doute. Mais je ne crois pas que ce soit réciproque. Elle m'a oublié. Et remplacé.

— C'est peut-être un moment d'égarement. Cela ne signifie rien…

Touché, il la serra dans ses bras avec tendresse.

— Tu es gentille, petite, vraiment. Mais je n'y crois plus.

Il la repoussa avec douceur, sentant monter en lui un désir qu'il refusait d'assouvir. Il déposa un baiser sur son front et monta se coucher. Ignorant qu'il la laissait désappointée et amère. Elle gardait de ces instants passés en sa compagnie un triste goût d'inachevé. Ses sentiments étaient plus forts chaque jour et il ne voyait en elle qu'une gentille petite fille. *Petite*… Ce mot tendre, elle le détestait autant dans sa bouche qu'elle l'appréciait dans celle de Malo. Elle regarda le feu qui brûlait dans la cheminée, les braises rougeoyantes, les bûches noircies et tordues. Une unique larme roula sur sa joue.

Le lendemain, ils se promenèrent longuement dans Vienne. Sébastien ne montrait rien de son inquiétude et Julie fit semblant de ne rien remarquer. Ils profitaient ensemble de l'instant présent. Ils passèrent un long moment chez une modiste où Julie s'amusa à essayer des chapeaux tous plus extravagants les uns que les autres, avant que Sébastien ne choisisse une charmante toque de soie bleue, ornée d'une plume blanche.

Il la raccompagna chez eux avant de repartir. Maubert l'attendait.

— Ne m'attends pas ce soir, je rentrerai tard. Et si jamais je n'étais pas là demain matin, tu trouveras une enveloppe à ton nom dans ma chambre. Tu sauras ce que tu dois faire.

Elle ne posa pas de question, fidèle à son habitude, mais se hissa sur la pointe des pieds et frôla ses lèvres d'un léger baiser.

— Vous reviendrez. Je sais que vous reviendrez. Parce que j'ai besoin de vous.

***

L'auberge de maître Worsteiner résonnait des coups de feu échangés, du fracas de vitres brisées, du craquement sourd des meubles fracassés. Les comploteurs avaient sorti leurs armes dès l'irruption des hommes de Maubert. Blessé au début de l'assaut, ce dernier ne reculait pas d'un pouce. Il galvanisait ses hommes de la voix et du geste. Rapidement, un des factieux avait été abattu, un autre blessé mais il se défendait encore. Deux autres, moins courageux, s'étaient rendus presque sans résistance et considéraient leurs assaillants d'un œil apeuré. Des seconds couteaux qui ne devaient pas connaître tous les enjeux du complot. Un homme, un seul, masqué, demeurait solidement campé sur ses jambes, les dévisageant d'un regard brillant à travers son masque.

Maubert s'approcha de lui, un pâle sourire aux lèvres. Du sang trempait sa manche gauche depuis l'épaule jusqu'au poignet et coulait de sa main au sol.

— Je vous tiens enfin…

— Croyez-vous ?

L'homme se précipita sur Maubert qu'il heurta violemment à l'épaule, lui arrachant un gémissement de douleur. Il en profita pour lui arracher son arme et, d'un même mouvement, sortit de sa ceinture un pistolet que personne n'avait encore vu. Maubert avait néanmoins réussi à lui arracher son masque et l'on distinguait désormais parfaitement son visage glacial aux traits presque parfaits. Il fixa ses adversaires, recula lentement jusqu'à la porte, les fixant tour à tour de ses armes.

— Tire ! Il ne doit pas s'échapper.

Maubert hurlait, refusant que son ennemi lui échappe. Sébastien n'hésita qu'un instant. Un instant de trop. Au moment où il pressait la détente, l'un des sbires de cet homme redoutable, celui qui n'avait cessé de se défendre malgré ses blessures, se plaça devant son chef. Il reçut la balle en pleine poitrine et s'effondra face contre terre. L'homme pointa alors son arme vers Sébastien, un sourire froid aux lèvres.

— Votre tour viendra. Oui, votre tour viendra bientôt. Mais, en attendant…

Avec une précision et une vélocité stupéfiantes, il tira deux coups. Deux hommes s'effondrèrent. Ses deux derniers complices. L'homme ne laissait rien au hasard. D'un bond, il franchit le seuil et fut happé par l'obscurité.

— Poursuivez-le !

Maubert trouvait encore la force de haranguer ses hommes mais il était trop tard. La surprise avait cloué ses compagnons sur place et on entendait déjà le galop d'un cheval qui s'éloignait. Trois hommes se jetèrent néanmoins à sa poursuite tandis que Sébastien portait secours à Maubert. La blessure n'était pas grave mais avait provoqué une importante perte de sang. Maître Worsteiner, appelé à la rescousse, aida à panser la plaie et leur servit un verre d'eau-de-vie qu'ils avalèrent d'un trait en silence. Ils observèrent les corps étendus au sol.

— Quel gâchis, murmura Maubert. Tout ça n'aura servi à rien. Il nous échappe encore une fois…

— Qui est-ce au juste ? Vous ne semblez pas surpris de l'avoir vu ici.

— Le comte de Verteuil. Nous le cherchons depuis longtemps. Il nous échappe toujours et ne laisse jamais de témoins. Talleyrand sait qu'il est à l'origine d'un trafic de fausse monnaie mais il ne soupçonne sans doute pas qu'il est lié à cette affaire. Il nous le faut vivant et encore une fois…

— Je suis navré. J'aurais dû réagir plus vite.

— Je suis aussi responsable que vous. Je l'ai vu à ma portée et je ne me suis pas assez méfié. Maintenant, prenez garde à vous. Vous savez qui il est. Tôt ou tard, il voudra se débarrasser de vous.

— Et vous ?

— Moi aussi. Heureusement, il n'y a qu'un seul homme qui connaisse nos véritables identités et Verteuil n'ira pas le trouver. Je suppose qu'après ce fiasco, nous serons l'un et l'autre envoyés sur d'autres missions. Je ne pense pas que nous nous reverrons.

— Talleyrand va nous retirer l'affaire ?

— Nous chercherons des complices, des seconds couteaux. Verteuil nous connaît et nous devenons dangereux pour la sécurité des nôtres. Je vais envoyer mon rapport à son Excellence. Il vous enverra sans doute des instructions très prochainement. Adieu, mon ami. Prenez garde à vous. Et surtout… veillez sur Julie.

Maubert disparut, laissant Wagram perplexe. Pourquoi cette soudaine allusion à Julie ? La connaissait-il personnellement ? La recommandation venait-elle de Talleyrand ? Pourquoi l'influent diplomate s'intéressait-il au sort d'une petite campagnarde ?

Il fut surpris de voir le salon éclairé en rentrant. Elle l'avait donc attendu, malgré ses recommandations. Il en fut touché et regretta de lui avoir sans doute causé bien des inquiétudes. Il la trouva endormie sur l'immense canapé qui faisait face à la cheminée. Parfaitement immobile. Sa poitrine soulevée régulièrement par le rythme lent de sa respiration. Sa peau et ses cheveux dorés par les reflets des flammes. Il demeura muet, troublé de la découvrir ainsi, son peignoir couvert de dentelles laissant deviner les courbes de son corps. Il détailla longuement l'échancrure du décolleté, la naissance de la gorge, la finesse de sa taille, la ligne de ses cuisses, la rondeur du genou et la petitesse des pieds qui émergeaient de la soie blanche.

Il s'approcha sans bruit ; ses yeux s'attardèrent sur le visage dont il remarqua pour la première fois la beauté, la finesse de sa peau satinée, son nez droit et fin, ses lèvres pleines et rouges à souhait. Il s'assit sur le bord du canapé sans la déranger, écarta de son front une mèche de cheveux soyeux et posa ses lèvres près de sa tempe, descendit le long de sa joue, jusqu'à la commissure des lèvres. Il la désirait ardemment et voulait voir ses magnifiques yeux bleus s'ouvrir pour lui ; il voulait y lire sa joie de le revoir, cette douceur qu'il aimait tant.

Elle cilla légèrement, l'observa un instant avec surprise et lui sourit. Toujours silencieux, penché vers elle, il posa ses lèvres sur les siennes. Sa main posée sur sa taille, il la sentit trembler. Son baiser se fit alors plus exigeant jusqu'à ce qu'elle y réponde fébrilement. Elle leva une main qu'elle glissa dans ses cheveux.

Il se redressa, ôta sa propre chemise, dénoua les liens de son peignoir qu'il fit glisser le long de ses épaules. Il ne restait plus entre eux que sa fine chemise de dentelle. Il voulut observer son visage. Elle avait les yeux fermés et ses lèvres se contractaient légèrement.

— Ouvre les yeux, Julie.

Elle obéit. Il lut dans son regard un mélange d'envie et d'appréhension. Il était conscient que le moindre geste brusque de sa part pouvait tout gâcher.

— Tu as peur ?

— Oui.

— Ne crains rien, ma douce Julie. Aie confiance en moi. Et si tu trouves que je vais trop vite, que je suis trop exigeant, tu n'as qu'un mot à dire et tout sera fini. C'est toi qui décides, tu comprends ?

Elle hocha la tête, se souleva pour l'aider à se débarrasser complètement de son peignoir et de sa chemise. Entièrement nue, elle s'offrait à lui. Il la contempla, sourit à cette beauté qu'il n'avait même pas soupçonnée jusqu'alors. Il recommença à la caresser, à l'embrasser. Ses lèvres impatientes parcoururent le corps de la jeune fille, insistant sur les pointes roses des seins. Ses mains frôlaient ses hanches, ses cuisses. Il chercha sa bouche, ses doigts caressèrent son intimité. Elle tressaillit violemment à ce contact, s'agrippa à lui. Il sentit ses ongles pénétrer la peau de ses bras.

Il l'embrassa encore avec tendresse puis plus intensément. Elle relâcha son étreinte pour caresser à son tour ses épaules et son dos. Ses mains hésitantes remontèrent le long de son corps, se glissèrent dans ses cheveux, se firent plus fermes pour lui signifier qu'elle voulait prolonger ce baiser.

Alors, très doucement, il entra en elle. Elle gémit et, d'instinct, se cambra pour aller vers lui. Il posa une main au creux de ses reins pour la maintenir contre lui et elle enroula ses jambes autour de sa taille. Lorsque le plaisir les enveloppa et que leurs cris se perdirent dans un ultime baiser, il roula légèrement sur le côté, l'entraînant avec lui, la gardant contre sa poitrine. Il ne voulait pas s'abattre sur elle comme les autres avaient dû le faire. Il la caressa encore longuement, jusqu'à ce que son souffle s'apaise et qu'elle se blottisse contre lui. Bientôt, le silence de la pièce ne fut plus troublé que par le crépitement des braises dans la cheminée.

Il l'étreignait doucement, heureux comme il ne l'avait pas été depuis longtemps, étonné de cette situation, comprenant soudain qu'il la désirait depuis une éternité, depuis ce matin où elle s'était présentée à lui les pieds nus et les cheveux en bataille mais sans s'en laisser conter. Quel courage dans ce petit bout de femme en apparence si frêle… Et pourtant, à cet instant précis, il la sentait trembler contre lui…

— Tu as froid ?

Elle secoua la tête sans répondre mais elle tremblait de plus en plus. Ce qu'il avait pris pour des frissons se transformait en brusques sursauts. Il s'alarma, parvint à se redresser. Elle levait vers lui des yeux où il put lire une infinie tristesse. Et de la peur aussi. Il en fut bouleversé. Il avait voulu être le plus attentif des amants ; avait-il échoué à la satisfaire ? Dans l'assouvissement de son propre désir, avait-il été trop brusque ?

Elle baissa le regard devant l'insistance du sien. Il lui prit alors le menton et la força à le regarder.

— Qu'as-tu, ma douce ? Est-ce que tu regrettes ?

Elle secoua la tête, hésita quelques secondes.

— Est-ce que… Je ne voudrais pas que maintenant… Ô, dites-moi que vous ne me méprisez pas.

— Pourquoi dire une chose pareille ? Voyons, Julie, comment peux-tu imaginer que…

— C'est que je me sens si sale, si vile depuis…

— Non, Julie, tu ne dois pas penser ainsi. Ces monstres t'ont fait beaucoup de mal, je ne peux même pas imaginer ce que tu as dû ressentir. Tu as été blessée et ils sont les seuls coupables. Tu ne dois te faire aucun reproche.

— Mais vous devez être déçu. Je ne sais rien de ce qu'il faut faire pour donner du plaisir à un homme. Pied-de-Biche… il me disait que j'aurais dû être contente qu'il veuille de moi parce que je n'étais qu'une fille sans attrait et sans intérêt.

— Tu ne dois rien croire de ce qu'ils t'ont dit. Ils ne cherchaient qu'à t'humilier. Crois-moi, ma douce, tu m'as donné beaucoup de plaisir. Vraiment.

Il posa ses lèvres sur les siennes très doucement et la serra contre lui, la caressa encore avec autant de délicatesse que possible. Elle s'écarta légèrement sans le repousser. Il lut dans ses yeux un désir analogue au sien. Un reste d'appréhension aussi. Et de la joie. Une joie qui illuminait son visage tout entier.

— Et si… Je voudrais…

— Dis-moi.

— Je voudrais que nous allions dans ma chambre.

Elle rougissait de sa propre audace. Il lui caressa la joue en souriant.

— Viens.

Il se leva, la prit par la main. Au bas des marches, il la souleva dans ses bras, la porta jusqu'à la chambre, jusqu'à son lit où le désir les emporta aussitôt. Ils s'endormirent à l'aube, serrés l'un contre l'autre, épuisés et heureux. Avant de sombrer, Julie respira longuement l'odeur suave des fleurs de jasmin disposées dans un vase et sourit. Elle savait qu'elle n'oublierait jamais le parfum de sa première nuit d'amour.

Ils passèrent les jours suivants à se découvrir et à s'aimer. Julie, qui n'avait connu des hommes que perversité et violence, apprenait avec émerveillement le désir et la sensualité. Elle apprivoisait peu à peu son propre corps entre les mains expertes du jeune homme. Assoiffée de tendresse et d'amour, elle s'abandonnait au plaisir dans les bras de son amant et s'endormait, blottie contre lui, heureuse et confiante. Sébastien était ému de la voir avide d'apprendre, de s'offrir à lui. Il goûtait au bonheur de caresser ce corps charmant avec lenteur, avec douceur, avec une attention qu'il ne se connaissait pas. Pour la première fois, il faisait passer les désirs et les besoins de sa partenaire avant les siens et y prenait un plaisir nouveau, une joie sans cesse renouvelée lorsqu'il voyait les yeux bleus de Julie se fermer sous ses baisers ou son corps se tendre vers lui avec allégresse. Loin des étreintes fugaces et passionnées qu'il avait jusqu'alors connues, il était content de la satisfaire et passait des heures à la regarder dormir, écoutant le souffle léger de sa respiration, se délectant du sourire qui flottait sur ses lèvres au cœur du sommeil. Il aurait voulu pouvoir tout effacer, toutes les souffrances qu'elle avait endurées, toute sa douleur qu'il savait encore si proche, même lorsqu'elle s'abandonnait à la jouissance. Même lorsqu'elle lui souriait avec confiance. Même lorsqu'elle chantait en brossant ses cheveux. Il demeurait au fond de ses yeux une ombre qu'il ne pouvait effacer.

***

Pendant que Julie et Sébastien se découvraient l'un l'autre, un messager galopait à bride abattue vers Talleyrand pour lui transmettre l'échec de la mission. À Paris, il tomba à genoux aux pieds de l'homme d'État en lui tendant le billet écrit par Maubert. Talleyrand le congédia d'un geste avant de lire les quelques lignes griffonnées à la hâte. Il ferma les yeux un instant, froissa la missive et soupira.

— Verteuil… Il fallait donc que ce soit lui. Je le croyais à Londres et je les avais tous éloignés. Fatalité !

8

Leur retour était éprouvant mais les ordres étaient stricts : ne s'arrêter que pour relayer et dormir jusqu'à la frontière. Dans la berline légère que Talleyrand leur avait envoyée, ils brûlaient les étapes, épuisés, n'échangeant plus que de rares paroles. Le soir, Julie s'endormait parfois en soupant. Sébastien la portait alors jusqu'à leur lit où il s'allongeait à son tour mais il tardait à trouver le sommeil, préoccupé par la prochaine entrevue avec Talleyrand. Celui-ci était sans doute furieux de l'échec de cette mission et le jeune homme trouvait son avenir étonnement sombre. Il s'était pris à cette vie tumultueuse malgré les embûches et les difficultés. Que ferait-il si son mentor ne voulait plus de ses services ? Il ne pouvait retourner à la vie militaire, encore moins à celle de voleur et de déserteur... Son esprit ne trouvait aucun apaisement et il ne s'endormait souvent que fort avant dans la nuit, encore était-ce d'un sommeil agité et léger que venait troubler le moindre bruit.

Il ne se confiait pas à Julie qui ne posait pas de question. Elle demeurait silencieuse la plupart du temps, se contentant de le suivre, de s'asseoir à ses côtés dans la berline et de partager cet éreintant cheminement. Il aurait voulu lui épargner ce calvaire mais il ne pouvait la laisser en arrière et continuer la route seul. Enfin, au soir du dixième jour, ils franchirent la frontière et posèrent le pied en France. Au premier relais de poste, un nouveau messager les attendait. Il se fit reconnaître de Sébastien par un signe convenu et le prit à part quelques instants :

— Vous avez fait vite. Son Excellence sera satisfaite. Voici les instructions pour la suite de votre voyage. Vous allez pouvoir ralentir et prendre un peu plus de temps pour vous reposer. Je crois que vous en avez besoin. Et elle aussi…

Du menton, il désigna Julie dont le profil pâle apparaissait à la vitre de la voiture. Elle n'était pas encore descendue, attendant que Sébastien lui offre son bras pour entrer dans l'auberge.

— Nous avons besoin de repos, c'est certain. Mais son Excellence ne désire-t-elle pas que je vienne au plus vite lui faire mon rapport ?

— Elle connaît déjà les résultats de votre mission. Elle voulait surtout que vous quittiez l'Autriche. Vous êtes restés trop longtemps à Vienne et vous n'étiez plus en sécurité. Prenez cette bourse : elle contient la somme nécessaire à la poursuite de votre voyage. Dorénavant, vous prendrez la malle-poste, c'est plus discret. Je m'occupe de votre berline et du cocher. Bonne chance.

L'homme s'éloigna sans attendre de réponse et se dirigea vers le cocher. Sébastien, sourire aux lèvres, rejoignit Julie. Si Talleyrand s'inquiétait de sa sécurité, son avenir n'était finalement peut-être pas si sombre. Il ouvrit la porte de la voiture et prit la jeune femme dans ses bras.

— Viens, ma douce. Tu vas enfin pouvoir te reposer. Notre cavalcade est finie.

Julie profita enfin, le lendemain, d'un repos bien mérité. Sébastien avait décidé d'une halte bienvenue et elle put dormir une partie de la journée, se restaurer et reprendre des forces. Le soir venu, après le souper, alors qu'elle s'attendait à ce qu'ils profitent ensemble du lit et de la nuit à venir, il posa un chaste baiser sur son front et la laissa seule.

— Ne m'attends pas. Je vais boire un peu avec des marchands que j'ai rencontrés tout à l'heure. Nous allons sans doute jouer aux dés une partie de la nuit. Profites-en pour te reposer encore. Nous reprenons la route demain.

Attristée par cette attitude, elle s'allongea mais ne put trouver le sommeil. L'été venait et le soleil n'était pas encore couché.

Elle se leva, arpenta la chambre de long en large, hésitant sur la conduite à tenir. Elle ne pouvait décemment aller le rejoindre et lui sauter au cou. Elle décida de l'attendre, comme à Vienne, et de s'apprêter pour lui plaire. Elle changea de chemise, se recoiffa et s'assit sur le bord du lit, décidée à ne pas s'endormir avant son retour. Depuis leur départ d'Autriche, elle avait été privée de sa tendresse et son corps réclamait celui de son amant.

Il faisait chaud cependant dans la petite chambre. L'obscurité s'étendant peu à peu, elle songea qu'elle ne courait aucun risque à faire quelques pas le long de la galerie en bois qui desservait chaque chambre et entourait la cour du relais de poste. Elle s'appuya à la rambarde, ferma les yeux et aspira l'air tiède de la nuit qui tombait doucement. Elle sentait sur son visage la caresse d'un vent léger, chargé de l'odeur si familière de l'écurie qui la ramenait à son enfance, à Landry. Le souvenir de son ami disparu la ramena à l'instant présent, aux bruits de la salle commune, rires avinés et verres qui se choquaient. Elle sourit en entendant le hennissement étouffé d'un cheval un peu plus loin. Elle laissa son regard errer sur la cour, éclairée de lanternes dans les angles. C'est alors qu'elle les vit et qu'elle se figea, de stupéfaction et de dégoût. À demi renversée sur une barrique, la fille avait le corsage ouvert et les jupes remontées jusqu'à la taille, les jambes nues et écartées. Debout devant elle, une main sur sa taille et l'autre sur sa cuisse blanche et charnue, Sébastien la possédait avec ardeur. Julie pouvait percevoir les gémissements de plaisir de la fille et la respiration saccadée de son amant. Pétrifiée, elle demeura silencieuse à les observer, incapable de détourner le regard de l'odieux spectacle. Comment pouvait-il besogner ainsi une servante de l'auberge, au risque de se faire surprendre par n'importe qui et d'ajouter encore à l'humiliation qu'il lui infligeait ? Elle le vit se pencher pour embrasser sa poitrine et son propre cri d'horreur couvrit celui de jouissance de la fille. Sébastien, surpris, l'entendit et se redressa. Leurs regards se croisèrent. Il poursuivit cependant sa tâche, agrippant la taille de la servante dont les mains se posèrent soudain sur les siennes.

Anéantie, Julie tourna les talons, s'engouffra dans sa chambre et s'adossa à la porte, cherchant à reprendre son souffle. Elle comprit qu'elle avait retenu sa respiration depuis l'instant précis où elle l'avait reconnu. Tremblante, ses jambes la soutenant à peine, elle gagna le lit, s'y allongea, serrant ses bras autour d'elle. Elle avait attendu cette nuit avec impatience, pressée de s'offrir à lui, de sentir son corps se tendre sous ses caresses et elle venait de le surprendre à posséder cette fille. Il ne s'était même pas arrêté lorsqu'il l'avait vue. Il ne ressentait donc aucune culpabilité, aucun remords. Et elle avait cru compter pour lui… Elle se recroquevilla dans le lit. Perdue. Meurtrie. Un peu plus tard, alors que la nuit était complète, elle entendit la porte s'ouvrir et sentit le lit s'affaisser lorsqu'il s'allongea à côté d'elle. Elle pouvait encore reconnaître sur lui le parfum de l'autre. Une fragrance de sueur et de stupre.

— Je vais demander deux chambres au prochain relais. Je pense que c'est mieux.

Ils s'apprêtaient en silence, juste avant le départ de la diligence. Julie n'avait pas fermé l'œil et n'avait pas ouvert la bouche depuis qu'elle était levée. Elle se tourna vers lui, se retenant de crier.

— Ce n'est pas nécessaire.

— Allons, Julie, nous n'allons pas faire semblant. Tu m'as vu cette nuit. Nous n'allons pas faire comme s'il ne s'était rien passé.

— Je ne prétends pas ignorer ce que j'ai vu. Mais tu ne m'as pas touchée depuis que nous avons quitté Vienne. Alors nous pouvons bien partager une chambre encore quelques jours.

— Bon sang, Julie, je ne t'ai rien promis. Nous n'avons aucun engagement. D'ailleurs j'ai pris la décision d'aller retrouver Ana dès notre retour à Paris. J'espère qu'elle voudra encore de moi. Tu n'avais pas oublié Ana ?

— Non, bien sûr que non. Tu as raison, tu ne me dois rien.

— Bien, dépêchons-nous. La diligence ne va pas tarder à partir.

Julie mentait. Elle avait oublié Ana dès que les lèvres de Sébastien s'étaient posées sur les siennes.

***

Les jours suivants, ils voyagèrent en silence. Julie ne montrait pas sa peine à Sébastien qui cachait qu'il était plus qu'embarrassé par la situation. Le soir, ils s'allongeaient côte à côte, évitant même de s'effleurer, et tardaient l'un et l'autre à trouver le sommeil. Ils repartaient au matin, assis l'un près de l'autre, dans la lourde voiture, n'échangeant que quelques mots lorsque la situation l'exigeait. Julie songeait avec soulagement au jour tout proche où ils seraient à Paris et ne seraient plus obligés de supporter cette douloureuse situation.

Ils approchaient de Fontainebleau, dernière étape avant le terme du voyage. Dans la diligence, six passagers se serraient. Julie, assise entre Sébastien et un sympathique militaire qui revenait d'une courte permission, faisait face à une jeune fille d'à peu près son âge, assise entre ses parents. Le trajet était pour une fois agréable, le militaire ne cachant pas qu'elle lui plaisait et s'ingéniant à l'amuser en lui montrant ce qu'il voyait au bord de la route. Elle soupçonnait l'agacement de Sébastien à ses côtés mais prenait plaisir à l'ignorer encore davantage. Elle observait de temps à autre la famille face à elle, envieuse des attentions qu'ils se portaient les uns aux autres, mais trouvant charmant de voir la mère tenir tendrement la main de sa fille.

Une première embardée de la voiture les surprit tous et arracha des petits cris de surprise aux voyageuses. Julie se contenta d'agripper le bras du militaire qui pressa doucement ses doigts.

— Ne craignez rien. Juste un chaos de la route.

Elle lui sourit mais une deuxième secousse la projeta en avant et elle ne fut retenue que par les bras vigoureux de Sébastien qui l'enlacèrent soudain pour la maintenir fermement contre lui. Elle lui adressa un sourire de remerciement auquel il répondit d'un regard plein de tendresse. Ils n'eurent pas le temps d'échanger le moindre mot. La voiture se renversa soudain sur le côté et fut traînée encore sur quelques mètres par les chevaux terrifiés que le cocher ne pouvait plus retenir. Le postillon parvint à les arrêter et courut à la voiture. Le cocher s'était relevé, miraculeusement indemne après avoir été jeté à terre lors de l'accident. À l'intérieur régnait un épouvantable chaos. Projetés les uns sur les autres, les passagers criaient, pleuraient ou gémissaient. La jeune fille appelait désespérément sa mère qui ne lui répondait pas. Le père de famille implorait du secours et le jeune militaire gémissait sans que l'on puisse savoir s'il était dangereusement blessé. Sébastien tenait toujours Julie enlacée et murmurait sans répit son prénom. Elle non plus ne répondait pas, inconsciente, du sang coulant sur son visage.

— Nous allons vous aider à sortir, tendez les bras !

Le cocher se penchait au-dessus d'eux, tentant de les atteindre. Le jeune homme comprit alors qu'il se devait de l'aider tant qu'il pouvait. Lui et Julie étaient tombés entre les deux banquettes et se trouvaient directement en contact avec le verre brisé des vitres. Il allait devoir être plus que prudent pour ne blesser personne mais il savait qu'il était sans doute le plus apte à mener le sauvetage de ses compagnons.

— Vous d'abord Monsieur, vous êtes le plus proche. Ensuite je pourrai aider ces dames.

Le père de famille acquiesça et leva les bras. Il fut rapidement hissé hors de l'habitacle et tendit les mains vers sa fille.

— À vous, Mademoiselle. Regardez, votre père vous attend.

— Ma mère…

— Vous ne pouvez rien pour elle en restant allongée sur elle. Je vous promets de m'occuper d'elle ensuite.

À son tour, elle fut extirpée de la voiture. Sébastien pouvait désormais se redresser mais le corps inerte de Julie lui interdisait tout mouvement. Malgré sa réticence à la confier à un autre, il se tourna vers le militaire.

— Êtes-vous gravement blessé ?

— Je ne le pense pas. J'ai sûrement un bras cassé, mais je peux me servir de l'autre. Comment puis-je vous aider ?

Il avait réussi à s'asseoir mais semblait étourdi.

— Je dois me lever. Tenez Julie à l'abri des morceaux de verre.

Doucement, il fit glisser sa compagne contre le militaire qui passa son bras valide autour d'elle. Au même moment, la mère de famille soupira légèrement et remua. Elle reprenait conscience. Elle n'était pas grièvement blessée et put se mettre debout avec l'aide et l'encouragement des deux hommes. Elle fut hissée près de son époux et tous deux allèrent rejoindre leur fille. Leur joie bruyante de se retrouver à peu près sains et saufs serra le cœur de Sébastien. Julie n'avait toujours pas repris conscience et, bien qu'il eût senti son souffle léger lorsqu'elle était dans ses bras, il craignait le pire. Doucement, il la reprit dans ses bras, la souleva et la passa aux mains vigoureuses du cocher. Il aida ensuite le jeune militaire et sortit seul de la voiture, à la force de ses bras.

Dehors, la mère et la fille s'empressaient autour de Julie, tentant de la ranimer. La mère, dont le front était orné d'une monumentale bosse, pressait un mouchoir rouge de sang au-dessus de l'oreille droite de la malheureuse, tandis que sa fille lui épongeait le visage. La femme sourit à Sébastien, rassurante.

— Ne vous inquiétez pas. Les blessures à la tête saignent toujours beaucoup mais ce n'est pas très profond.

— Elle aurait dû reprendre connaissance…

— Laissez-la se remettre du choc et de la perte de sang. Si quelqu'un avait un peu d'alcool…

Le cocher tendit aussitôt une flasque d'eau-de-vie que la matrone glissa entre les lèvres de sa patiente. Presque aussitôt, celle-ci toussa, gémit et ouvrit les yeux. Ils rencontrèrent aussitôt ceux de Sébastien qui s'était agenouillé près d'elle et lui tenait les mains. Elle parvint à lui sourire, malgré l'étrange brouillard dont elle avait l'impression d'être entourée.

— Dieu merci, ma douce, tu es en vie. J'ai cru t'avoir perdue…

— Alors, tu tiens un peu à moi ?

— Idiote… Comme si tu l'ignorais…

Elle gémit doucement et sa tête roula sur son épaule. Elle était à bout de forces.

On s'occupa ensuite du jeune militaire qui avait attendu avec stoïcisme que Julie reprenne conscience et on envoya le postillon chercher de l'aide. Heureusement, ils étaient à moins d'une heure de Fontainebleau et ils furent rapidement secourus. Le soir même, rassurés et réconfortés, ils dormaient tous au relais de poste. Seul Sébastien demeura éveillé. Il resta au chevet de Julie, gardien vigilant de son sommeil agité. Il était hanté par les mots du cocher au maître de poste : « C'est une roue qui s'est brisée. Grâce au ciel, nous allions au trot et en montée. Sinon nous serions tous morts… »

Dès le lendemain, la famille reprit son chemin. Ils embrassèrent chaleureusement Julie et Sébastien et leur transmirent leur adresse à Paris, les invitant à venir les voir dès qu'ils le voudraient. Le jeune militaire les accompagnait, le bras en écharpe mais le sourire aux lèvres, heureux lui aussi que l'accident, si terrifiant fût-il, n'ait occasionné que de légères blessures. Les jeunes gens les regardèrent s'éloigner, côte à côte, à l'entrée du relais. Julie s'était étonnée de ne pas partir avec eux mais Sébastien avait insisté pour qu'elle se repose quelques jours. Il ne lui avait pas avoué qu'il s'inquiétait pour sa santé. Son évanouissement prolongé et la mauvaise nuit qu'elle avait passée l'alarmaient. Julie cependant se remettait vite. Elle insista le lendemain pour aller se promener en forêt, grimpant sur les blocs de granit avec légèreté. Elle rayonnait, les joues rougies par l'effort mais le sourire aux lèvres. Elle éclata même de rire en constatant qu'il avait du mal à la suivre. Elle retrouvait soudain la candeur et la spontanéité de sa jeunesse. Et Sébastien songeait avec soulagement qu'il avait bien fait de mettre un terme à leur liaison. Elle était si jeune, avait tant à découvrir ! Il ne pouvait pas continuer à l'entraîner dans la vie mouvementée qu'il menait.

Il décida de quitter Fontainebleau le surlendemain et ils profitèrent encore ensemble d'une belle journée de printemps. Le soir venu, ils s'allongèrent côte à côte en silence. Julie, très doucement, vint se blottir contre lui et déposa un léger baiser sur ses lèvres. Il se redressa légèrement, surpris de ce geste si tendre. Il la fixa un instant, l'interrogeant du regard. Elle leva une main hésitante, lui caressa la joue, appuyant l'autre sur sa poitrine. Il était troublé mais une part de lui refusait de céder à la tentation.

— Julie…

— Aime-moi encore une fois. Juste cette nuit. Demain nous serons à Paris et tout sera fini.

— Il ne faut pas. Tu le sais.

— Non, je ne le sais pas. Je sais juste que j'en ai envie. Et que tu en as envie aussi. Je l'ai lu dans tes yeux cet après-midi pendant que nous nous promenions. Et je sais que tu le veux encore.

Elle l'embrassa encore, s'assit et ôta sa chemise. Il hésitait toujours mais elle était si belle, la lueur de la bougie dorant son corps d'une lumière douce… Il l'observa longuement en silence, jusqu'à ce qu'elle rougisse sous l'insistance de son regard.

— Fais quelque chose… ou dis quelque chose mais ne me laisse pas comme ça.

Il se leva, quitta le lit et se tourna vers elle en souriant.

— Très bien, j'ai compris…

Elle tendit la main vers sa chemise mais il arrêta son geste. À son tour, il l'embrassa. Longuement. Il caressa la pointe de ses seins et prit son menton dans sa main, levant vers lui son visage étonné.

— Il n'y a pas assez de lumière dans cette pièce. Je veux te voir tout entière…

— Nous n'aurions pas dû…

— Tu n'avais pas l'air mécontent cette nuit…

Elle vint se blottir contre lui. Il finissait de s'habiller ; elle était encore nue. Il passa un bras autour d'elle, appuya son menton dans ses cheveux.

— Je ne veux pas te donner de faux espoirs, Julie. Je n'ai pas changé d'avis pour nous deux.

— Je sais. Ce soir nous serons à Paris et tu iras retrouver Ana.

— Et tu l'acceptes ?

— Tu ne m'as pas forcée. Ni cette nuit, ni les autres fois. Je l'ai voulu. Et je savais que tu n'étais pas libre. Mais j'ai aimé chaque instant passé dans tes bras. Tu m'as appris la douceur, le plaisir. Grâce à toi, je sais que j'ai le droit de dire non et celui d'être traitée avec respect. Je te dois d'avoir retrouvé une peu d'estime pour moi-même. Alors, je serais mal avisée de te réclamer quoi que ce soit. Je te souhaite juste d'être heureux.

— Regarde-moi, Julie.

Elle leva vers lui un regard serein et limpide. Il pouvait cependant encore y déceler une ombre qu'il n'avait pas su effacer.

— Tu dois avoir *beaucoup* d'estime pour toi-même. Tu es la jeune femme la plus droite et la plus courageuse que je connaisse. Tous ceux qui te sous-estiment aujourd'hui le regretteront un jour. Tu dois être fière de celle que tu es.

Il l'embrassa tendrement et, soudain, la repoussa et se redressa.

— Pardonne-moi d'être brusque mais je ne veux plus être tenté. Je finirais par ne plus pouvoir me passer de toi et il ne le faut pas… Prépare-toi, je vais t'attendre en bas.

Il sortit de la chambre et elle se laissa tomber sur le lit avec un soupir de satisfaction. Elle comprenait les réticences de Sébastien, leurs dix années d'écart, son choix de vie qu'il ne voulait pas lui imposer et les sentiments qu'il portait encore à Ana. Mais elle savait qu'il tenait à elle, bien plus qu'il ne voulait l'admettre. Elle savait qu'il n'était pas encore prêt à s'engager plus avant avec elle. Elle savait que, tôt ou tard, il reviendrait à ses côtés.

Ils arrivèrent à Paris en début de soirée. Julie avait somnolé durant tout le trajet, appuyée contre l'épaule de Sébastien. Il souriait de la voir si fatiguée songeant que c'était la conséquence logique de la nuit précédente… Il l'aida à descendre de la voiture et la mena à l'écart des autres voyageurs.

— Ma mère n'habite pas si loin. Veux-tu que nous finissions le chemin à pied ? Ou que j'appelle un fiacre ?

— Marchons. La promenade sera agréable.

Il donna rapidement quelques ordres pour que leurs bagages soient portés chez Clémence. Il lui prit ensuite le bras et se pencha doucement vers elle :

— Tu es sûre de ne pas être trop fatiguée ?

Elle se sentait lasse mais refusa de l'admettre. Elle aimait trop l'idée de le garder encore près d'elle, rien qu'à elle, pendant quelques minutes. Ils se mirent en marche, lentement, échangeant des regards tendres. Ni l'un ni l'autre ne virent Ana, figée de stupeur, à l'entrée de la cour, qui les observait avec jalousie.

Clémence reçut Julie à bras ouverts, ravie de la retrouver mais déçue de ne pas voir son fils. Celui-ci, craignant le regard perçant de sa mère, avait prétexté devoir se rendre immédiatement chez Talleyrand. Il avait promis de lui rendre visite le lendemain. La jeune fille répondait distraitement à son hôtesse qui lui posait cent questions sur son voyage. Debout, devant la fenêtre, elle fixait le coin de rue où Sébastien avait disparu. Il lui manquait déjà et elle songeait avec amertume qu'elle allait devoir passer la nuit seule pour la première fois depuis des semaines. Et que, cette même nuit, il allait retrouver les bras d'Ana… Elle se retira dans sa chambre avant le souper, désireuse d'être seule pour penser à lui et pour se reposer. Elle se laissa tomber sur son lit, se demandant comment échapper à Clémence et à ses questions. Elle ne voulait pas lui avouer qu'elle aimait son fils et elle craignait de laisser échapper quelque allusion à leur aventure.

***

Finalement, l'entrevue avec Talleyrand s'était plutôt bien déroulée. Certes, le diplomate ne lui confiait pas de nouvelle mission pour l'instant mais il lui avait enjoint de rejoindre au plus vite les rangs de la Sûreté générale sous les ordres de Vidocq.

— Je préfère vous éloigner un peu de mes services, pour votre sécurité.

— Ai-je perdu votre confiance, Excellence ?

— Absolument pas, mon jeune ami. Et je ferai encore appel à vous. Sans doute prochainement.

— Et pour ce qui est de cet homme, ce Verteuil…

— Tous ses complices sont morts ou arrêtés. Son complot est mort dans l'œuf. En ce qui le concerne, nous ne pouvons l'arrêter pour l'instant. Les preuves directes contre lui manquent et il ne peut y avoir de procès public. Je ne veux pas attirer l'attention sur lui. Mais je le garde à l'œil. Je sais qu'il a rejoint une de ses résidences et l'un de mes agents le surveille. Au moindre faux pas, nous serons là.

— J'aimerais vous y aider. Cet homme m'a tenu en échec et…

— Il ne s'agit pas de vous venger de cet affront. Mais je ne vous oublierai pas. Le moment venu, vous me serez sans doute utile. Croyez-moi, nous n'en avons pas fini d'avoir affaire à lui. Il est prêt à tout pour son profit personnel…

Il marchait désormais vers l'auberge où travaillait Ana. Il avait hâte de la rejoindre. Et pourtant il ne pouvait s'empêcher de songer à Julie. Il y avait de la tristesse dans ses yeux quand il l'avait quittée devant la pension de famille. Il était lui-même un peu nostalgique des moments qu'ils avaient passés ensemble. Pour autant, il ne regrettait pas son choix. Il allait retrouver sa compagne et tout rentrerait dans l'ordre. Lorsqu'il entra dans la salle enfumée et bruyante, il ne la vit pas. Il se faufila jusqu'à l'une des servantes pour se renseigner. La fille avait les joues rougies par la chaleur et l'énervement. Elle toisa le jeune homme avec insolence et lui désigna la chambre d'Ana avec un sourire équivoque.

— Elle a prétendu être trop fatiguée pour travailler ce soir. Si elle ne peut pas vous recevoir, venez me trouver.

Il y avait un sous-entendu déplaisant dans les propos de la fille mais il préféra ne pas relever. Le couloir était sombre et désert. Il gardait un mauvais souvenir de sa dernière visite en ces lieux, le jour où il avait surpris sa compagne avec un autre homme. Il espérait ne pas faire une rencontre similaire. Il s'approcha d'un pas lent, toqua et ouvrit aussitôt à la porte. Ana était seule. Assise devant la table, la tête dans les mains, les cheveux épars, elle semblait véritablement à bout de forces.

— Ana ?

Elle releva la tête, le fixa d'un regard stupéfait et la laissa retomber avec un sourire. Il avait eu le temps de voir qu'elle avait pleuré et qu'elle était toujours aussi belle. Il ne se précipita pourtant pas vers elle. Quelque chose en lui le retenait. Le sentiment étrange qu'il n'aurait pas dû se trouver là.

— Qu'est-ce que tu viens faire ici ? Me faire part de ton bonheur tout neuf ? M'expliquer que c'est fini entre nous ? Que tu es amoureux de Julie ?

Les mots le frappèrent douloureusement. Non parce qu'ils lui révélaient la peine d'Ana. Mais par leur véracité, leur justesse. Et surtout parce qu'il trouvait terriblement injuste pour Julie que ce soit une autre femme qui expose ainsi les sentiments qu'il ne s'était pas avoués.

— Je n'ai jamais voulu te blesser, Ana. Il fallait juste que je te voie, que je te parle.

Elle se redressa encore, l'observa longuement et un pâle sourire se dessina sur ses lèvres.

— Le pire, c'est que tu dis vrai. Tu n'es même pas là pour me punir.

— Je ne ferais jamais ça, tu le sais. Je te devais cette visite. Nous nous sommes trop aimés pour ne pas nous parler franchement. Dis-moi, comment as-tu compris pour Julie ? Est-ce si évident ?

— J'étais au relais de poste quand vous êtes arrivés. Nous y allons régulièrement pour récupérer des marchandises. Aujourd'hui, c'était mon tour... Lorsque je t'ai vu, pendant un instant, j'ai été si heureuse. J'avais encore l'espoir de te retrouver. Et puis, tu l'as aidée à descendre. J'ai vu de quelles attentions tu l'entourais. J'ai vu ta douceur à son égard. Et j'ai vu ton regard.

— Mon regard ?

— J'ai toujours su que tu ne m'étais pas totalement fidèle. Cela ne me dérangeait pas parce que tu ne regardais les autres femmes que comme des amusements. Tu les jaugeais et tu t'amusais avec elles mais à la fin, c'était vers moi que tu revenais. Tout à l'heure, la façon dont tu regardais Julie... Cela m'a brisé le cœur. Je connaissais depuis longtemps ses sentiments pour toi mais je ne pensais pas que tu les partagerais. Pourtant, tu n'as jamais eu ce regard-là pour moi ni pour aucune autre.

— Je suis désolé.

— Je te crois. Et je te remercie d'être venu dès ce soir. Mais j'ai encore une question, une seule. Est-ce que tu te serais tourné vers elle si je ne t'avais pas trompé ?

— Je n'ai pas agi en voulant me venger de toi. Je t'en ai voulu, c'est vrai mais mes sentiments pour Julie sont sincères.

— C'est exactement ce que je voulais entendre. Je te souhaite d'être heureux. C'est étrange, je pensais me mettre en colère. Il y a deux heures, je voulais t'arracher les yeux pour que tu ne puisses plus la regarder ainsi. Maintenant, j'espère juste rencontrer quelqu'un pour qui je compterai autant que Julie pour toi.

Elle se leva, posa les mains sur ses épaules et les lèvres sur les siennes. Elle l'embrassa tendrement puis recula en souriant.

— Elle ne m'en voudra pas pour si peu.

— Si tu as besoin de quelque chose, si je peux t'aider en quoi que ce soit...

Elle secoua la tête.

— Prends soin d'elle et sois heureux mais ne reviens pas ici. Je ne veux plus te revoir.

***

— Ainsi, mon fils a fait de vous sa maîtresse.

Ce n'était pas une question. Plutôt une simple constatation. Julie serra les poings, agacée d'être aussi transparente. Elle avait cru échapper à Clémence en allant souper dans la salle commune avec les habitants de la pension de famille. Elle était à peine revenue dans l'appartement privé de madame Girault que celle-ci l'avait désarçonnée en quelques mots...

— Ne le niez pas, c'est inutile. Vous avez mûri pendant ces quelques semaines et votre visage change d'expression dès que j'évoque mon fils.

— Cela ne vous...

— Allons, allons, ne vous emportez pas. Je ne vous fais aucun reproche. Je vous aime comme si vous étiez ma propre fille et je veux vous voir heureuse.

— Et vous pensez que je ne le serai pas avec Sébastien.

— Mon enfant, écoutez-moi. J'aime mon fils plus que tout au monde mais je le connais aussi mieux que personne. Et je sais que…

— Vous ne savez rien. S'il est vrai que j'ai été sa maîtresse lors de notre voyage, c'est désormais terminé. Il n'y a plus rien qui nous lie l'un à l'autre.

— Je suis désolée d'entendre cela.

Julie sursauta au son de la voix grave et se retourna vivement. La silhouette rassurante de Sébastien s'encadrait dans la porte. Il souriait. Clémence voulut s'élancer vers son fils mais il ne la regardait pas. Il admirait la jeune fille, ébloui par ses propres sentiments. Il se précipita vers elle, la prit dans ses bras et la serra contre lui.

— Je t'aime, Julie. Je t'aime. Je veux vivre avec toi, me réveiller à tes côtés chaque jour. Ma douce…

Il s'écarta d'elle, la dévisagea avec anxiété. Et si elle ne partageait pas ses sentiments ? Mais dans les yeux de Julie, il pouvait lire désormais tant de choses… Son amour pour lui, qu'il n'avait jusqu'alors pas voulu voir, de la surprise, de la fierté et surtout, cette joie qui les faisait briller comme des pierres précieuses. Il restait encore un peu de cette ombre qui les embrumait parfois mais Sébastien se promit à cet instant de tout faire pour qu'elle disparaisse.

— Julie ?

— Je t'aime aussi. Je ne veux plus que nous nous quittions.

Ils s'enlacèrent tendrement. Elle ne s'était jamais sentie à ce point en sécurité. Cependant, Clémence toussa discrètement pour interrompre leurs effusions. Sébastien se détacha à regret des bras de Julie pour embrasser sa mère.

— Pardonne-moi, mère. Je manque à tous mes devoirs. Mais j'espère que nous avons ta bénédiction.

— Mon fils, je veux vous voir heureux l'un et l'autre mais tu sais pourquoi je ne peux pas vous la donner.

— Je la rendrai heureuse, je te le promets. Et je suis certain de ne pouvoir être heureux sans elle. Et tu aimes Julie alors que tu détestais Ana.

— C'est pourquoi je suis d'autant plus réticente. Tu le sais. Maintenant, je vais te demander de partir. Je ne pourrai pas vous empêcher de vivre ensemble mais ce ne sera pas sous mon toit.

— Vous n'allez pas nous séparer.

Julie s'était approchée, pâle de colère. Sébastien dévisagea sa mère avec tristesse. Il savait qu'elle demeurerait inflexible. Il passa un bras autour des épaules de Julie, l'embrassa doucement sur la tempe, respirant le parfum de ses cheveux puis lui prit la main et déposa un baiser au creux de sa paume.

— Ce ne sera que pour quelques jours, ma douce. Je vais nous trouver un endroit où vivre et je viendrai te chercher. Ma mère a raison sur un point : nous ne pouvons pas vivre ici. Il nous faut un endroit à nous, à nous seuls. Maintenant, si tu veux bien, je voudrais parler à ma mère. S'il te plaît…

Elle se hissa sur la pointe des pieds pour l'embrasser.

— Je t'aime. Reviens vite me chercher. Je ne veux plus rester ici.

Avec un regard de défi, elle tourna les talons et gagna sa chambre dont elle claqua la porte avec rage. Sébastien et sa mère s'observèrent un instant en silence. Le regard de Clémence était dur. Inflexible. Ils n'eurent pas le temps d'échanger un mot. Un hurlement de terreur leur glaça le sang et ils se précipitèrent ensemble vers la chambre de Julie.

Ils ne virent pas tout de suite la jeune fille. Au premier abord, la pièce semblait vide mais un gémissement rauque leur parvint. Sébastien la découvrit alors, tapie de l'autre côté du lit, recroquevillée, tremblante. Il voulut la relever mais elle ne parut pas le reconnaître. Ses yeux hagards demeuraient fixes, ses membres étaient agités de soubresauts convulsifs. Elle poussa un cri de frayeur lorsqu'il effleura son bras.

— Julie, ma douce, c'est moi. Julie, regarde-moi.

Il lui parlait très doucement pour l'apaiser, pour la ramener dans la réalité. Enfin, il parvint à l'atteindre. Elle le dévisagea, le reconnut et se jeta dans ses bras en gémissant. Il reconnut à peine sa voix, tant la peur la déformait :

— Je l'ai vu… Il était là… Derrière la vitre… Il m'a souri…

— Qui as-tu vu, ma Julie ? Qui t'a fait si peur ?

— Son visage était défiguré, effrayant mais c'était lui, je sais que c'était lui…

— Qui ?

Il lui caressait les cheveux très doucement, la tenait étroitement enlacée. Elle se calmait lentement entre ses bras. Il sentait ses tremblements qui faiblissaient peu à peu. Néanmoins, il n'était lui-même pas prêt à entendre les mots qui jaillirent soudain de la bouche de la jeune fille :

— Pied-de-Biche…

Elle s'effondra soudain contre lui. Il la releva avec difficulté puis la porta sur le lit. Il s'assit à ses côtés, lui prit les mains et la fixa gravement.

— Il est mort, tu le sais bien.

— Il était là, derrière la vitre. Je voulais prendre un peu d'air, j'ai ouvert le rideau et je l'ai vu. C'était lui, je ne mens pas.

— Je suis sûr que tu ne mens pas, ma douce. Mais c'est impossible. Tu as dû voir une ombre et ton imagination…

— Mon imagination ? Il apparaît dans chacun de mes cauchemars. Lorsque je me réveille, je sens son odeur sur moi. Je l'entends rire de la honte qu'il m'inflige. Il m'arrive même de ressentir la douleur. Et tu crois que je pourrais me tromper ?

Elle vibrait maintenant de colère et il était atterré de découvrir à quel point elle souffrait encore de ce qui était arrivé. Il songeait à toutes les nuits où il l'avait regardée dormir, s'inquiétant parfois de son sommeil agité. Il savait qu'elle y pensait encore, c'était inévitable, mais il n'imaginait pas ce qu'elle pouvait ressentir.

— Écoute-moi, ma Julie. Je vais aller examiner le mur et le sol sous ta fenêtre. Il a plu aujourd'hui et le passage d'un homme laisse forcément des traces. Si je ne trouve rien, tu voudras bien croire que tu as pu te tromper ?

Elle hésita puis hocha la tête.

— Et toi, tu me croiras si tu trouves quelque chose ?

— Bien sûr. Je reviens très vite. Je t'aime.

Il déposa un tendre baiser sur son front et fit signe à Clémence de prendre sa place. Julie s'apaisait lentement mais il ne voulait surtout pas la laisser seule. En passant dans le salon, il entendit des coups frappés à la porte de l'appartement. Il ouvrit et se trouva face à un élégant jeune homme. Il reconnut l'un des étudiants qui louaient une chambre à sa mère.

— Pardonnez mon intrusion mais j'ai entendu crier. J'ai reconnu la voix de Mlle Julie et je me suis inquiété. Tout va bien ?

— Très bien. Elle a fait un cauchemar. Je vous remercie.

Il descendit l'escalier sans prêter plus attention au garçon, irrité de savoir que Julie allait vivre quelques jours sans lui sous le même toit que des jeunes gens qui pouvaient accéder à sa chambre la nuit.

— Excusez mon insistance mais vous avez l'air soucieux. Êtes-vous certain que…

Sébastien eut un instant l'idée de le renvoyer à ses études mais il n'avait aucune envie de le voir s'arrêter auprès de Julie. Autre détail : le jeune homme portait un chandelier pour s'éclairer et il faisait nuit.

— Elle dit avoir vu un homme derrière ses rideaux. J'ai promis d'aller vérifier sous sa fenêtre pour faire taire son inquiétude.

— Et vous rassurer vous aussi par la même occasion.

— Si vous le dites…

Il était donc si transparent ? Son inquiétude était-elle à ce point visible ? Il était certes impossible que Pied-de-Biche soit vivant mais Julie avait peut-être vraiment vu quelqu'un… Ils étaient parvenus sous la fenêtre de la jeune fille. Il prit le chandelier des mains du jeune homme. Et se figea. Des feuilles du lierre qui courait sur la façade étaient éparses au sol. L'herbe au bas du mur était piétinée. Et sur l'allée de terre qui circulait autour la maison, des empreintes de pas. Nettes et fraîches. Et étranges aussi. Il n'y avait qu'un pied, le droit. À la place du gauche, une étrange marque ronde.

— Une jambe de bois…

Il sursauta. Il avait oublié l'étudiant. Il acquiesça. Ils suivirent les empreintes jusqu'à la haie qui séparait la pension du jardin voisin. Là, d'autres branches brisées marquaient le passage du fuyard. Impossible de le suivre plus avant. L'homme était sans doute loin. Ils repartirent en silence vers la maison et se séparèrent sur le seuil de l'appartement.

— Je vous serais reconnaissant de garder le silence. Julie est fragile et ce n'était sans doute qu'un vagabond.

— Bien, si vous pensez que c'est mieux… N'hésitez pas à faire appel à moi si je peux vous aider. Je m'appelle Charles Dubois-Mareuil. J'étudie le droit.

— Merci. Bonsoir.

Il entra dans le salon sentant une sueur froide couler le long de son dos. C'était impossible et pourtant… Un visage défiguré… Une jambe de bois… Un an auparavant, il avait logé une balle de pistolet dans le genou gauche de Pied-de-Biche et l'avait abandonné dans une maison en feu…

9

Julie goûtait pour la première fois au bonheur. Depuis presqu'un an, elle vivait avec Sébastien et aucune ombre ne venait entacher leur vie commune. Il travaillait désormais avec Vidocq à la Sûreté générale et appréciait cette nouvelle activité. Sa seule condition avait été de ne jamais avoir à arrêter un ancien membre de sa bande, ce qui ne représentait pas une grosse difficulté : Cotillon et Ana travaillaient dans des auberges ; Rossignol n'était pas revenu du Sud et n'avait pas donné signe de vie ; Compas s'était engagé dans l'armée ; Malo avait vendu la ferme de Charonne et travaillait pour Clémence. Il avait remplacé son cocher et s'occupait de tous les travaux indispensables à la tenue de la maison. Seul Bel-Œil semblait avoir renoué avec ses activités de voleur et s'était fait remarquer à plusieurs reprises. Sébastien avait essayé d'entrer en contact avec lui pour le mettre en garde mais il avait échoué à le trouver. Julie travaillait également : elle avait retrouvé un emploi chez une couturière qui lui confiait des travaux de broderie. Son compagnon avait d'abord refusé mais Julie ne supportait pas de passer ses journées à l'attendre et elle était heureuse d'avoir repris cette activité qui lui avait permis de vivre à son arrivée à Paris.

Il n'avait rien dit à Julie de ses soupçons après l'événement chez Clémence. La jeune femme avait fini par se convaincre qu'elle avait été victime d'une illusion et semblait ne plus y penser. En l'absence de tout autre incident, lui-même n'y songeait plus guère. Malo, seul informé de ce qui s'était passé, n'avait rien remarqué de nouveau. La frayeur de Julie avait sans doute été causée par quelque vagabond qui cherchait à s'introduire dans les demeures un peu importantes pour les voler. Il était impossible que Pied-de-Biche ait survécu à l'incendie. Il n'aurait jamais pu s'en sortir seul, pas avec un genou détruit par une balle. Il était mort, piégé par les flammes, au premier étage de cette maison maudite. Il ne restait plus rien de ceux qui avaient fait tant de mal à Julie.

Ils étaient allongés l'un près de l'autre au petit matin. Sébastien, éveillé depuis longtemps, se plaisait à la regarder dormir. Elle était si sereine, si paisible, un mince sourire dessiné sur ses lèvres… Il s'était absenté durant trois jours, appelé sur une mission dangereuse par Vidocq. L'affaire avait été mouvementée, s'était achevée par un succès total mais la violence de son nouveau métier lui rappelait quotidiennement la chance qu'il avait de retrouver une si charmante compagne lorsqu'il rentrait chez lui. Julie s'inquiétait, il le savait, mais elle ne se plaignait jamais de ses absences, ne lui faisait aucun reproche. Elle avait compris très vite qu'il avait besoin de cette existence tumultueuse, qu'il n'était pas homme à mener une vie trop tranquille. Depuis quelque temps, cependant, il avait des projets d'avenir. Il imaginait un futur heureux, une maison, des fleurs…

— À quoi penses-tu ?

Elle le regardait en souriant depuis quelques instants et il ne s'était pas aperçu qu'elle était réveillée. Il l'embrassa doucement, leva son visage vers lui, plongea dans ses yeux :

— À toi, comme toujours.

— Pas seulement. Je sais bien que tu penses à autre chose depuis quelques jours. Qu'est-ce que c'est ?

Il hésita. Devait-il parler maintenant ? Attendre encore ? Était-elle prête à entendre ces mots ?

— Je voulais te demander… Je voudrais… Eh bien, cela fait un an que nous vivons ensemble maintenant et j'aimerais que nous allions plus loin.

Aller plus loin ? Elle sentit son cœur battre plus fort. Était-ce une demande en mariage ? Elle en rêvait depuis qu'ils avaient franchi le seuil de leur appartement. Elle aimait vivre à ses côtés, passer ses jours et ses nuits près de lui et ne doutait pas de ses sentiments mais elle n'était pas toujours très à l'aise avec le caractère illégitime de leur couple…

— Je veux un enfant de toi, Julie. Je sais que nous ne pouvons pas décider quand cela arrivera mais je rêve d'une petite fille. Elle te ressemblera et je lui donnerai tout ce que…

Il s'interrompit. Elle était blême et venait de s'écarter de lui brusquement. Elle quitta leur lit, passa sa chemise et revint vers lui. Elle semblait avoir du mal à respirer et dans ses yeux, l'ombre qu'il n'avait jamais pu effacer prenait désormais toute la place.

— Il fallait bien que tu en parles un jour. J'ai tellement craint que cet instant n'arrive. J'aurais voulu que tu ne dises rien…

— Julie, ma douce, qu'y a-t-il ? Tu me fais peur.

— Tu te rappelles le jour où tu es venu me dire au revoir chez Clémence ? Quand je t'ai supplié de m'emmener, de ne pas me laisser seule ?

— Bien sûr. Tu étais très triste, très tendue et…

— J'ai fait une fausse couche deux jours plus tard. Non, laisse-moi parler, je t'en prie. Si tu m'interromps, je n'irai jamais au bout de mon histoire. Cela a été très difficile, très douloureux. J'ai perdu connaissance et j'ai été très malade. J'avais beaucoup de fièvre et je ne me souviens pas de tout. Clémence m'a dit qu'elle avait eu peur pour ma vie. Il paraît que j'ai déliré pendant trois jours… Quand je me suis sentie mieux, j'ai vu le médecin qui s'était occupé de moi. Il m'a dit que mon corps avait beaucoup souffert et que…

Elle s'interrompit, fermant les yeux pour évoquer l'image du praticien qui lui avait parlé avec beaucoup de douceur, lui tenant les mains pour essayer de la rassurer. Elle n'avait pas pris la mesure, alors, de l'impact que ses mots auraient sur sa vie.

— Il faudrait un miracle pour que je sois enceinte à nouveau. Et si jamais cela arrivait, il en faudrait un second pour que je mène la grossesse à son terme. Je n'aurai probablement jamais d'enfant, Sébastien. J'espère juste que tu pourras me pardonner de ne pas te l'avoir dit plus tôt.

Elle attendit un instant sa réaction. Constatant qu'il demeurait muet de stupeur, elle poussa un faible gémissement et s'enfuit hors de la chambre. Il resta immobile un long moment, bouleversé de découvrir cette souffrance qu'elle endurait encore. Pourquoi le drame qu'elle avait vécu devait-il ainsi briser toute sa vie ? Puis, soudainement, il comprit qu'elle avait besoin de lui, qu'elle avait attendu qu'il réagisse et qu'elle était seule dans la pièce voisine. Il se leva d'un bond et courut la rejoindre. Elle était debout, devant la fenêtre, regardant le soleil se lever. Il vint derrière elle, passa ses bras autour d'elle et la serra contre lui. Il n'avait pas les mots pour la réconforter mais il se devait d'être présent, de lui montrer qu'il était là. Doucement, elle posa ses mains sur ses bras. Il la sentait trembler, si frêle, si fragile. Il ne put empêcher les larmes de jaillir de ses yeux. Il ne pleurait pas sur l'enfant qui ne viendrait sans doute jamais mais sur cette détresse qui émanait d'elle, sur cette blessure qu'il ne pouvait panser.

— Une femme qui ne peut pas être mère, ce n'est pas vraiment une femme, tu ne crois pas ?

— Cela ne change rien pour moi. Je t'aime. Je suis heureux avec toi.

— Cela change tout au contraire. Je ne peux pas te donner ce que tu veux. Pour l'instant, tu prétends l'accepter mais dans six mois, dans un an, un jour ou l'autre…

Elle lui prit la main et la posa sur son ventre.

— … tu m'en voudras. Tu me regarderas différemment. Je ne serai qu'un ventre vide, un arbre sans fruit. J'ai souvent voulu avoir la force de te dire la vérité mais j'avais si peur de te perdre… J'espérais que cela t'était indifférent, que tu ne m'en parlerais jamais… Je sais maintenant que j'avais raison d'avoir peur.

— Julie, ma douce, ma merveilleuse Julie. Tu ne vas pas me perdre. Je tiens beaucoup trop à toi. Tu es mon trésor, ma joie de vivre. Chaque instant passé à tes côtés est un instant de bonheur. C'est vrai, j'ai fait le beau rêve d'avoir un enfant avec toi. Mais c'est toi qui comptes avant tout. Ou plutôt, c'est nous deux, toi et moi.

— J'ai peur de l'avenir.

— Alors, vivons le présent et prenons chaque jour comme il vient. Et puis, qui sait ? Tu n'as vu qu'un seul médecin. Nous irons en voir d'autres, ils sauront peut-être nous aider. Et les miracles existent. Pourquoi n'y en aurait-il pas un pour nous ?

— Tu crois vraiment aux miracles ?

— Bien sûr. C'est déjà un miracle que tu sois entrée dans ma vie et que tu m'aimes, je n'en méritais pas tant.

— Idiot !

Il la sentit se détendre et la serra un peu plus fort contre lui. Il devinait qu'il lui faudrait encore du temps et beaucoup de tendresse pour la rassurer complètement. La blessure était profonde et ne guérirait pas mais il allait devoir la partager avec elle autant qu'il le pourrait.

— Et s'il n'y a jamais de miracle ?

— Eh bien je ne devrai te partager avec personne. J'aime aussi cette perspective.

— J'ai besoin de toi, Sébastien. Tellement besoin de toi

***

Julie avait convaincu Malo de l'accompagner au Carreau du Temple pour y faire quelques emplettes de tissus et de colifichets. Sébastien étant en mission pour Vidocq, son ancien lieutenant avait ordre de veiller sur elle pendant son absence. Elle avait protesté pour la forme, comme à chaque fois, mais au fond elle appréciait la présence de son ami. Il savait la distraire et elle devait avouer qu'elle n'aimait pas rester seule. Clémence ne s'opposait pas aux absences de Malo. Elle avait proposé à Julie de s'installer chez elle lorsque son fils devait partir mais la jeune femme avait préféré décliner. Sébastien ne pardonnait pas à sa mère de ne pas accepter leur relation et refusait de l'inviter chez eux. Il lui rendait visite régulièrement, Julie en faisait de même mais ils n'y allaient pas ensemble et les conversations demeuraient tristement lisses, tant ils évitaient tous trois d'aborder certains sujets.

— Malo, crois-tu que je pourrai convaincre Clémence un jour ?

— Non, petite. Elle est persuadée d'avoir raison. Mais cela ne l'empêche pas de vous aimer et de ne vouloir que votre bonheur.

— Si seulement elle voulait bien comprendre à quel point nous sommes heureux ensemble, elle changerait d'avis, j'en suis sûre.

— Elle pense que cela ne peut pas durer, qu'un jour ou l'autre, vous finirez par en souffrir et cela lui fait peur.

— Mais toi, Malo, tu vois bien que nous sommes heureux...

— Je suis comme elle, je ne veux que votre bonheur.

— Et tu ne penses pas que ça va durer, toi non plus ?

— Mais si, bien sûr que si... Cesse de t'inquiéter et allons voir ces taffetas. Tu pourrais te faire une jolie robe, qu'en dis-tu ?

Elle hocha la tête sans écouter la fin de sa phrase, troublée. Malo ne semblait pas très sûr de sa réponse et avait trop rapidement changé de sujet. Elle était déçue de sa réaction et se demandait d'où lui venaient ses doutes. L'influence de Clémence ? Sébastien lui-même et son désir d'enfant qu'il ne concrétiserait pas ? Ou considérait-il qu'elle n'était pas à la hauteur pour conserver l'amour de son compagnon ? Elle chassa ces idées sombres quand il lui désigna les tissus qui lui plaisaient.

— Celui-ci est parfait. Il a exactement la couleur de tes yeux.

— Malo, je suis venue pour les rideaux et les coussins. Pas pour une robe.

— Je n'y vois aucune contradiction. Tu sais à quel point il aime te voir porter du bleu. Prends ce tissu, je te l'offre. Ensuite nous irons au Carré du Palais-Royal pour choisir les rubans assortis.

Il avait l'air tellement sûr de lui et tellement amusé par la situation qu'elle se mit à rire avant d'accepter son offre, oubliant ses doutes. Malo voulait qu'elle plaise à Sébastien, pas qu'ils se séparent. Elle se baissa pour regarder les autres tissus, tandis qu'il s'éloignait pour payer le marchand. Alors qu'elle effleurait un joli satin pour en apprécier la douceur, une main affreuse, couverte de cicatrices, se posa sur la sienne et serra vigoureusement ses doigts. Elle se redressa et se figea soudain devant l'homme qui se tenait tout près d'elle. Sa joue droite était défigurée par une trace de brûlure qui se perdait ensuite sous ses vêtements.

— Tu te souviens de moi, ma belle, n'est-ce pas ? Je suis heureux de te revoir. Tu es encore plus jolie qu'avant. Je ne peux malheureusement pas en dire autant…

Il s'interrompit pour porter ses doigts à ses lèvres et les embrasser ardemment. Elle était muette de terreur. Le cri qu'elle aurait voulu pousser restait dans sa gorge et ses lèvres ne laissaient passer qu'un souffle court.

— Je dois partir maintenant, mais tu me reverras très vite, je te le promets. Et tu seras à moi.

Il disparut aussi rapidement qu'il était apparu, se noyant dans la foule. Cela s'était déroulé si vite que personne n'avait rien vu. Julie émit un gémissement sourd, elle sentit ses jambes lui manquer et s'effondra brutalement. Avant de perdre connaissance, elle eut le temps d'apercevoir, se perdant parmi la foule, un homme à la jambe de bois. Malo se précipita vers elle et tenta de la ranimer. Elle ouvrit des yeux terrifiés et voulut s'agripper à lui mais ses forces la trahissaient.

— Que s'est-il passé, petite ?

— Je l'ai vu, il était là.

— Qui, petite, qui t'a fait peur ?

— Pied-de-Biche. Il m'a touchée, il m'a parlé… Il a dit qu'il allait revenir.

— Mais c'est impossible.

— Je ne suis pas folle, je n'ai pas rêvé. Il était là !

Elle tendit le bras devant elle, observant ses doigts comme s'ils portaient les stigmates des lèvres de l'homme. Malo regardait autour de lui pour y trouver une trace du scélérat mais il avait disparu au milieu de la foule et il savait vain de le chercher. Et impensable de laisser Julie seule. Il parvint à la relever, la tenant fermement contre lui et la guidant vers la sortie. Elle vacillait à chaque pas, roulant des yeux effarés. Il héla un fiacre et donna l'adresse de Clémence. Elle s'insurgea aussitôt.

—Non, je veux rentrer chez moi. Sébastien doit rentrer ce soir.

—Il te rejoindra chez Clémence, elle veillera sur toi en attendant.

—Non, je ne veux pas la voir. Sébastien, il faut que je le voie, que je lui parle. Il saura ce qu'il faut faire. Je ne veux que vous deux, lui et toi. Je t'en prie.

Elle était au bord de la panique. Il céda et monta à sa suite dans la voiture. Elle avait raison. Elle trouverait sans doute chez elle un meilleur réconfort et son compagnon serait près d'elle plus tôt.

Sébastien rentra tard. Dès qu'il franchit le seuil de l'appartement, il comprit que quelque chose n'allait pas. Trop impatiente, Julie était incapable de rester assise et arpentait le salon nerveusement, crispant les poings, saisissant des objets au hasard et les reposant n'importe où sans même s'en rendre compte. Accablé, Malo était assis dans un fauteuil, la tête entre les mains. Le jeune homme s'approcha de sa compagne, inquiet. Elle s'arrêta devant lui, le fixa un instant, le visage fermé, dur. Soudain, elle le gifla violemment. De toutes ses forces. La colère avait supplanté la peur. Elle n'était plus que rage.

—Menteur ! Comment as-tu pu ?

—Mais, Julie, que…

—L'année dernière chez Clémence. Tu as prétendu que j'avais rêvé, que c'était mon imagination. Mais il était là, bien là, n'est-ce pas ? Tu le savais, tu ne m'as rien dit. Comment as-tu pu me mentir tout ce temps ?

Il la regardait, figé devant cette fureur soudaine qu'il ne comprenait pas. Malo s'approcha, lui posa la main sur le bras pour le sortir de sa stupeur.

—Il s'est passé quelque chose aujourd'hui. Julie a vu Pied-de-Biche. Il lui a parlé.

—C'est impossible. Il est m…

—Ne me redis pas qu'il est mort, Sébastien. L'homme qui m'a parlé aujourd'hui, qui m'a touchée, n'était pas un fantôme. Il était vivant, bien vivant !

—Il t'a touchée ? Qu'est-ce qu'il...

—Oh, juste la main, ne t'en fais pas. Mais il m'a promis de faire mieux la prochaine fois. Et, tu peux me croire, je sais à quoi m'attendre.

Il voulut s'approcher d'elle pour la réconforter mais elle recula d'un pas et lui lança un tel regard qu'il préféra rester à distance. Il la devinait à la fois terrorisée et furieuse et comprenait que le moindre geste maladroit de sa part mènerait à une explosion. Il se laissa tomber sur le canapé tandis qu'elle continuait à arpenter la pièce

—Julie, je te promets que j'ai cru agir pour le mieux. C'est vrai, j'ai compris qu'il y avait vraiment quelqu'un mais j'ai voulu penser qu'il ne s'agissait que d'un vagabond qui cherchait une maison à voler. Et comme il n'y a pas eu d'autres incidents par la suite, j'étais convaincu d'avoir raison. Je ne voulais pas que tu aies peur.

—Je suis... terrifiée.

Elle s'était arrêtée devant lui, hésitante. Elle aurait voulu qu'il la prenne dans ses bras mais une part d'elle-même refusait de céder, de pardonner cette trahison. Il tendit la main vers elle, paume ouverte, attendant qu'elle y pose la sienne. Elle leva la main, esquissa un geste puis renonça. Elle reprit sa marche, plus lentement, sa rage s'apaisant dans ce continuel mouvement. Il l'observait en silence. Malo vint s'asseoir à côté de lui, lui donna une légère bourrade dans les côtes en lui adressant un clin d'œil rassurant. Julie allait se calmer, elle avait besoin de temps. Cependant, une question taraudait encore Sébastien. Il avait refusé d'y répondre un an auparavant mais il avait besoin de réponse :

—Je n'arrive pourtant pas à comprendre. Comment peut-il être vivant ? Nous l'avons laissé dans une maison en flammes, incapable de marcher...

—Elle était peut-être là ce soir-là. Cette femme...

Julie avait parlé d'une voix blanche. Elle était soudain immobile, face à eux, mais son regard était étrangement fixe et absent. Sous le choc de ces mots, Sébastien voulut se lever mais Malo l'arrêta. Elle ne semblait plus les voir, plongée dans ses douloureux souvenirs.

— Quelle femme, petite ? Tu n'en as jamais parlé.

— Je ne pouvais pas. Je n'avais pas la force de raconter ce qui m'était arrivé. Et je voulais oublier. Mais tout revient depuis tout à l'heure, depuis qu'il a posé sa main sur la mienne.

Elle s'assit enfin dans un fauteuil mais elle demeurait lointaine.

— Julie, ma douce, tu peux nous en dire plus ? C'est peut-être important. Tu as entendu un nom ? Un prénom ? Tu peux la décrire ?

— Elle portait un masque avec une voilette qui lui cachait tout le visage. Je sais juste qu'elle était brune et plus grande que moi. Ils n'ont jamais dit son nom. Je crois qu'elle était la maîtresse de l'Espagnol mais je ne peux pas en être certaine. Elle était là quand je suis arrivée avec Pied-de-Biche.

Elle serra ses mains l'une contre l'autre et y appuya son front. Elle était repartie très loin en arrière et la souffrance qui rejaillissait de ses souvenirs se lisait sur son visage.

— Alors, c'est elle, cette fille qu'il a recueillie ? Et tu dis qu'elle lui plaît ?

— Oui, ça se voit quand il la regarde. Il n'a encore rien fait avec elle parce qu'Ana les garde à l'œil.

— Je vois... Dommage que cette garce ne soit pas là aussi. C'est elle que je voulais surtout. Mais nous nous contenterons de cette gamine. Lorsqu'il la reverra, Wagram oubliera toute envie de la mettre dans son lit.

La femme s'approcha de Julie, prit son visage dans ses mains, l'observa longuement puis lui caressa le cou, la naissance de la poitrine. La jeune fille, les mains liées, rendue muette par un mouchoir que son ravisseur lui avait fourré dans la bouche, ne pouvait se dérober à ces gestes...

— Elle est bien jeune mais il paraît que les gamines ont du vice. Alors qui sera le premier à en profiter ? Pied-de-Biche, mon ami, je crois que cet honneur te revient. Tu t'es donné du mal pour nous l'amener.

Ils l'emmenèrent dans une chambre où ils la dépouillèrent de ses vêtements avant de lui attacher les poignets aux barreaux du lit. La femme se pencha vers elle, arracha le bâillon.

— Je veux l'entendre crier. Viens, laissons-leur un peu d'intimité. Tu auras ton tour après.

Julie ne relevait pas la tête, les mots s'échappaient de sa bouche sans qu'elle puisse s'arrêter. Ni Sébastien ni Malo ne firent un geste vers elle. Ils comprenaient qu'elle avait besoin de cet isolement.

— J'aurais voulu perdre connaissance mais je n'ai pas eu cette chance. Ils ont abusé de moi l'un après l'autre. J'avais tellement mal, tellement honte, tellement peur… J'avais beau crier et me débattre, ils n'ont pas arrêté. Ils m'ont laissée là pendant des heures. J'ai perdu la notion du temps. La chambre était sombre, je ne savais plus si c'était le jour ou la nuit. J'avais les mains attachées avec juste assez de longueur pour que je puisse aller jusqu'à un vase de nuit. Ils entraient parfois dans la pièce, souvent c'était juste pour me faire peur. Les autres fois… Et puis, Pied-de-Biche est venu me chercher. Il m'a emmenée dans l'autre pièce. Elle était là. Elle avait toujours son masque. Elle s'est approchée de moi, m'a observée très longtemps et m'a demandé si j'avais faim. J'étais affamée, je n'avais rien avalé depuis qu'il m'avait enlevée. Alors elle m'a dit qu'il fallait que je gagne mon pain. Elle m'a forcée à me mettre à genoux et, pendant que l'Espagnol me tenait, elle m'a coupé les cheveux. Je ne comprenais pas pourquoi elle faisait ça, je sentais les lames sur ma tête… Et puis, elle a brandi les ciseaux au-dessus de moi. D'une main. De l'autre, elle tenait mes cheveux. Et elle riait, riait si fort. Je croyais qu'elle allait me tuer. C'était atroce. Mais elle a dit qu'elle ne voulait plus me voir et ils m'ont fait sortir. C'est là qu'ils m'ont emmenée dans la cave. Ils m'ont laissé du pain et de l'eau. Je n'ai plus revu la femme ni l'Espagnol après ça. Juste Pied-de-Biche. Parfois, il me faisait remonter dans la chambre mais le plus souvent, il restait avec moi dans la cave… Un moment, j'ai voulu arrêter de manger le peu de pain qu'il me donnait. Je pensais qu'il valait mieux mourir que de vivre comme un animal. Mais, au fond de moi, je savais que tu viendrais me chercher alors j'ai résisté encore…

Elle releva la tête, chercha le regard de son amant. Sa colère semblait s'être éteinte, remplacée par une très grande lassitude.

— Je t'aime, Sébastien. Avant toi, je ne savais même pas ce que cela signifiait. Mais je préfère mourir que de revivre cet enfer. Je ne le supporterais pas. Et je ne te le pardonnerais pas si tu me cachais encore quelque chose d'aussi grave.

Il se laissa tomber à genoux du canapé jusqu'à elle et lui prit les mains. Il était bouleversé par sa détresse, par son récit.

— Je ne te mentirai plus, ma douce. Je n'étais sûr de rien et je ne voulais pas t'effrayer. C'était une erreur.

— Non, tu avais raison.

Ils tressaillirent ; Malo venait d'intervenir, troublant leur intimité. Il se pencha en avant, sourit à Julie qui lui lançait un regard noir.

— Il avait raison, petite, et tu ne peux pas le nier. S'il t'avait tout dit, tu aurais passé tout ce temps dans la peur. Nous n'entendrons peut-être pas parler de lui avant longtemps. Je pense que la rencontre d'aujourd'hui est un hasard. Il ne nous suivait pas. Sinon, tu ne serais pas avec nous ce soir.

Elle gémit, ses mains tremblant dans celles de son amant qui, à son tour, jeta un regard furibond à son ancien lieutenant.

— Petite, je ne remets pas en cause toutes tes raisons d'avoir peur. Pied-de-Biche reste très dangereux mais s'il pouvait agir, il l'aurait déjà fait. Quelque chose l'arrête. Il sait sans doute où vous vivez tous les deux et il n'a rien tenté, à part te menacer aujourd'hui. Ce qui est sa première erreur.

— Il sait où nous sommes ?

— Bien sûr, Julie. Il lui suffit de surveiller la maison de ma mère, de nous suivre quand nous la quittons. Nous ne nous cachons pas. Malo a raison. Il a commis une erreur aujourd'hui en te parlant. Nous sommes sûrs maintenant qu'il est dans les parages et nous savons de quoi il est capable. Mais nous sommes aussi capables de nous défendre. Et n'oublie pas avec qui je travaille.

— Vidocq ?

— C'est le meilleur des enquêteurs. Je suis sûr qu'il nous aidera à retrouver ce monstre et à le mettre hors d'état de nuire. Et nous trouverons sa complice aussi. Ils ne t'approcheront pas, ni l'un ni l'autre, je te le promets.

— Quant à moi, je vais tâcher de faire revenir Rossignol pour qu'il nous donne un coup de main. Et il faut trouver Bel-Œil aussi. Avec l'aide de la police et de quelques voleurs, il ne peut pas nous échapper.

Julie parvint à sourire. L'assurance des deux hommes la réconfortait. Sébastien se redressa et l'aida à se lever. Il l'embrassa tendrement et la guida vers la chambre.

— Tu es épuisée, ma Julie. Viens, il faut te reposer. Malo, tu veux bien rester ici cette nuit ?

Il n'attendit pas la réponse. Lorsque Julie fut allongée, il se coucha près d'elle et la prit dans ses bras. Elle se serra contre lui avec un soupir de soulagement et s'endormit presque aussitôt. Il demeura éveillé, veillant sur elle, resserrant son étreinte et lui murmurant des mots tendres quand elle s'agitait. Il n'avait aucun mal à imaginer de quels cauchemars était ponctué son sommeil. Dès le lendemain, il parlerait à Vidocq. Il irait aussi voir Talleyrand qui l'honorait toujours de son amitié et lui confiait parfois quelque message qui ne devait pas passer par les voies officielles. Le diplomate lui posait régulièrement des questions sur sa compagne et Sébastien était persuadé que ce n'était pas juste par politesse…

Il se leva quelques heures plus tard. Julie s'agita contre lui et gémit. Il posa un baiser sur sa tempe et murmura à son oreille :

— Dors, ma douce. Il est très tôt. Je reviens vite.

Elle hocha la tête dans son sommeil et il fut une fois de plus touché de son absolue confiance en lui. Pourvu qu'il n'ait jamais à la trahir…

Malo était déjà réveillé. Debout devant la fenêtre, il observait la rue et les passants, guettant chaque visage. À sa mine abattue, il était évident qu'il n'avait pas plus dormi que Sébastien. Ils échangèrent un regard entendu et quelques mots à voix basse avant le départ du jeune homme. Il se rendit aussitôt chez Vidocq qui l'assura de son aide tout en ayant la délicatesse de ne pas poser beaucoup de questions. Il était pourtant évident qu'il n'était pas dupe et que la théorie selon laquelle Julie avait été menacée sans raison par un ancien membre de sa bande ne le satisfaisait pas.

Il n'eut pas à attendre longtemps pour être reçu par Talleyrand. L'ancien ministre savait qu'il ne s'agissait pas d'une visite de courtoisie, Sébastien ne se présentant jamais sans être convoqué. Il lui signe de s'asseoir, l'examina longuement, les mains jointes sous le menton. S'il avait déjà plus de soixante ans, Charles-Maurice de Talleyrand-Périgord n'avait rien perdu de son acuité.

— Un problème, n'est-ce pas, mon jeune ami ?

— Excellence, vous m'honorez de votre confiance depuis plus deux ans et vous m'avez toujours autorisé à être franc et à vous poser toute question sans retenue. Puis-je vous demander que cela soit le cas encore aujourd'hui ?

— Diable, jeune homme, ce préambule ne me dit rien qui vaille. Soit, je vous autorise à demander mais qu'il me soit permis de taire ce qui concerne la sûreté de notre pays.

— Je ne veux rien savoir qui concerne les derniers courriers dont vous m'avez chargé récemment. Ma demande est plus personnelle : j'aimerais savoir pourquoi vous vous intéressez à ma compagne, Julie Chesnay ?

Talleyrand tressaillit. La question le désarçonnait. Il hésita, cherchant ses mots mais conscient qu'il devait répondre vite pour ne pas susciter plus d'interrogations.

— Eh bien, disons que je m'intéresse de manière générale à l'entourage de ceux qui travaillent pour moi.

— Allons, Excellence, je sais que cela va plus loin. Vous m'avez plusieurs fois interrogé sur sa santé et vous me conseillez régulièrement de veiller sur elle. Pourquoi ?

— Je vous ai conseillé de veiller sur elle et sur vous.

— Et Maubert ? À Vienne, il m'a dit lui aussi de prendre soin de Julie. Le message venait de vous ?

— Non. Maubert a agi de son propre chef et pour des raisons qui lui sont propres. Je comprends cependant vos interrogations. Soit. Je vois que je ne m'en tirerai pas avec vous à si bon compte. C'est le risque lorsque l'on travaille avec des hommes intelligents. Ils perçoivent bien des nuances.

Sébastien remercia d'un signe de tête mais ne répondit pas. Il attendait la suite.

— En effet, je m'intéresse particulièrement à cette enfant, et ce depuis longtemps. Je ne peux pas tout vous dire mais sachez que j'ai connu sa mère et que je me suis promis de veiller sur la fillette dès que j'ai su son existence. Je l'ai cherchée longtemps avant de la trouver à Paris. Le hasard a voulu qu'elle soit proche d'un homme qui m'intéressait aussi et que j'envisageais d'employer : vous. Votre rapprochement a servi mes intérêts : je pouvais garder un œil sur elle à travers vous. Je n'ai pourtant pas su être assez discret. Vous m'avez percé à jour.

— Je suppose que vous ne me direz pas pourquoi sa mère vous tenait tant à cœur ?

— Effectivement. Cela ne vous concerne en rien. Sachez simplement que cette femme n'a jamais été ma maîtresse et que, par conséquent, Julie ne peut…

— Excellence, je ne me permettrais pas de…

— Je sais que je ne vous donne que très peu d'informations et que vous vous poserez d'autres questions. C'est inévitable mais je ne veux pas que votre imagination s'emballe.

— J'accepte de me contenter de si peu pour l'instant mais je suis heureux de ne pas m'être trompé sur votre bienveillance à l'égard de Julie. Si je suis venu aujourd'hui, c'est parce qu'elle a hier été menacée et que je crains pour sa sécurité.

— Quel genre de menace ?

Le diplomate avait froncé les sourcils, visiblement inquiet. Sébastien lui raconta précisément son histoire et celle de Julie avec Pied-de-Biche. Il pouvait dissimuler devant Vidocq mais devait la vérité à Talleyrand. Il devinait que l'intérêt du vieil homme était plus profond qu'il ne l'avouait et qu'il pourrait l'aider plus efficacement en sachant tout. Il était sombre, désormais.

— Vous avez bien fait de venir me voir. Vous n'avez aucune idée de l'identité de cette femme mystérieuse ?

— Pas la moindre, hélas.

— Et cet homme que vous appelez l'Espagnol, son vrai nom ?

— Je l'ignore tout autant. Je ne m'en suis jamais préoccupé. Sa mort me semblait suffisante.

— Quoi qu'il en soit, il faut prendre ces menaces au sérieux. Pour autant, je me range à l'avis de votre ami Malo. Si cet homme avait pu agir, il l'aurait fait hier, il n'aurait pas attendu. Je pense aussi qu'il est empêché, que quelque chose l'arrête et que nous avons un peu de temps devant nous. Je vais faire mener une enquête sur ce qui s'est passé à Pantin, j'obtiendrai peut-être des informations… Quant à vous, redoublez de prudence lorsque vous vous déplacez et lors de vos enquêtes. Vous êtes un rempart qui se dresse devant votre compagne. Si jamais un changement survenait, prévenez-moi aussitôt. Je prendrais les mesures nécessaires pour qu'elle soit en sécurité.

***

L'hiver se déroula sans autre incident notable. Pied-de-Biche semblait avoir disparu. Plusieurs hommes à la jambe de bois avaient été arrêtés et questionnés. Sébastien, appelé à chaque fois, n'avait pas encore retrouvé leur ennemi. La surveillance autour de Julie ne se relâchait pas. Des agents de Vidocq circulaient régulièrement dans la rue. Rossignol et Bel-Œil apparaissaient également de temps à autre, échangeant quelques signes. Malo servait de relais avec eux et venait toujours veiller sur la jeune femme lorsque Sébastien n'était pas là.

Le jeune homme s'assombrissait malgré tout de jour en jour. Ses absences se multipliaient et il demeurait souvent distant, songeur. Julie le surprenait parfois à la regarder avec, au fond des yeux, une infinie tristesse. Lorsqu'il se savait observé, il s'efforçait alors de sourire. Elle devinait néanmoins qu'il n'était pas heureux et que la menace qui pesait sur eux n'était pas seule en cause. Il s'inquiétait également pour son avenir. Le monde autour d'eux changeait ; l'Empire vacillait et semblait tout prêt à s'effondrer. Quel régime viendrait remplacer celui de Napoléon ? Vidocq conserverait-il sa position ? Quel serait le pouvoir de Talleyrand ? Toutes ces questions le minaient, elle le sentait même s'il ne s'en ouvrait pas très souvent à elle. Et elle s'inquiétait de le sentir si souvent lointain, comme ailleurs.

Elle avait pris l'habitude de travailler chez elle pour ne pas avoir se déplacer trop souvent. Pour l'instant, elle se contentait de cette situation sans se plaindre. Elle s'estimait chanceuse de pouvoir garder son activité. Ce jour-là, elle brodait le bas d'une ravissante robe blanche, ajoutant sur la jupe de multiples petites fleurs ton sur ton dont le cœur était symbolisé par une perle. C'était un travail très long et très précis mais le résultat serait admirable. Elle ajusta la robe sur le mannequin pour en observer l'effet. C'était une merveille de taffetas et de satin. Elle passa derrière le mannequin pour régler la taille et interpella son compagnon qui lisait, assis dans son fauteuil. Ou plutôt qui tenait un livre : il y avait longtemps qu'il n'avait pas tourné une page.

— On dirait une robe de mariée, tu ne trouves pas ?

Il sursauta et l'observa. Elle ne s'était pas rendu compte que, de la manière dont elle se tenait, on aurait dit qu'elle portait la robe. Avec ses longs cheveux blonds juste retenus par un ruban sur la nuque et ses yeux de saphir, elle ressemblait à un ange. Il secoua la tête.

— Non, le jour où tu te marieras, ta robe sera blanche, toute brodée de fleurs bleues, de la même couleur que tes yeux. Tu auras un large ruban bleu autour de la taille, bien serré pour montrer à quel point elle est fine. Et tu auras des fleurs, bleues aussi, dans les cheveux. Des myosotis. Tu seras si belle que…

Il s'interrompit, conscient soudain qu'il évoquait un sujet qu'ils n'avaient jamais abordé ensemble. Il détourna la tête avec un grognement, voulant échapper à la tristesse qu'il lisait dans ses yeux. Julie l'avait écouté sans mot dire, sans l'interrompre mais elle avait perçu une nuance qui l'avait blessée. *Le jour où TU te marieras*... Il n'envisageait donc pas être celui qui serait à ses côtés ce jour-là ? Elle s'avança vers lui, s'assit à ses pieds et posa sa tête sur ses genoux. Par réflexe, il lui caressa les cheveux. Ils demeurèrent silencieux quelques instants.

— Tu m'en veux parce que je n'arrive pas à tomber enceinte ?

— Quoi ? Qu'est-ce que tu racontes ? Bien sûr que non. Je t'ai dit que cela ne me…

— Tu voulais un enfant. Tu m'as dit que tu en rêvais. Je ne crois pas que tu aies pu y renoncer si facilement.

— Julie… J'ai accepté la situation. Et je crois toujours qu'un miracle peut advenir.

— Mais tu ne me désires plus. Cela fait des semaines que…

— Je suis inquiet à cause de tout ce qui se passe mais je tiens à toi plus que je ne peux le dire ou le prouver. Je t'aime, Julie. J'aime tout de toi, ta grâce, ta douceur, ta force, tes maladresses. Tout, tu entends ? Tout, absolument tout.

Il l'avait attirée à lui, prise ses genoux et ponctuait ses paroles de baisers tendres sur ses joues, ses lèvres, son cou…

— Quant à ne plus te désirer… Je pense que je peux te prouver le contraire tout de suite.

Il était convaincant et elle répondit à ses caresses avec ferveur. Elle posa ses lèvres sur les siennes, se serra contre lui. Elle sentait ses mains qui montaient le long de ses jambes sous sa robe. Elle gémit lorsqu'il effleura son intimité, impatiente de le sentir en elle, pressée d'être à lui.

— Allons dans la chambre, s'il te plaît…

— Tu es tout pour moi et je ne veux plus que tu en doutes.

Il se leva sans la lâcher, la gardant dans ses bras, étroitement serrée.

***

Quelques semaines plus tard, Julie rendit visite à Clémence. Elle ne se confia pas à la vieille dame sur ses incertitudes et ses craintes. Malgré sa tristesse, elle craignait trop de s'entendre répondre qu'elle avait été prévenue. Elle n'avait pas oublié les réticences de la mère de Sébastien, deux ans auparavant, ses doutes à les voir heureux ensemble. Elle apprécia pourtant ces quelques heures sereines à évoquer des sujets sans importance. Elle rentra au bras de Malo, ravie de passer aussi quelques instants avec ce fidèle ami. Elle trompait ainsi la tristesse des heures passées avec un Sébastien toujours plus morose. Malgré l'élan qui les avait unis quand Julie avait formulé ses doutes, il demeurait inquiet et elle le ressentait à tout instant, y compris la nuit lorsqu'il la prenait dans ses bras. La peur de le perdre lui serrait le cœur…

Dès qu'ils franchirent le seuil, constatant que le jeune homme était rentré, Malo embrassa Julie sur le front.

— À bientôt, petite. Fais bien attention à toi.

Il l'étreignit rapidement et disparut dans l'escalier qu'il dévala sans un regard en arrière.

— Notre Malo est bien pressé ce soir. Cela ne lui ressemble pas.

— C'est ma faute. Je lui ai dit que je voulais une soirée rien qu'à nous à mon retour.

— Mais il ne t'a même pas salué.

— Ce n'est rien. Ce soir, je veux juste être avec toi.

Il lui tendit un verre de vin et lui montra la table qu'il avait préparée pour eux. De la vaisselle fine. Des mets délicats. Et des fleurs. Des roses qui embaumaient.

— C'est magnifique. Mais pourquoi ?

— Je ne me suis pas assez occupé de toi ces derniers temps. Ce soir, il n'y a que nous deux.

Elle se jeta dans ses bras, il la tint un moment enlacée puis lui désigna la table. Elle s'assit, se laissa servir, attendrie de le voir si attentif. Elle se régala d'un potage aux huîtres, d'un morceau de poularde et de délicieuses mignardises. Ils parlèrent peu mais échangèrent tant de regards et de sourires qu'elle sentit renaître leur belle complicité. Elle était grisée par l'alcool et le plaisir de le retrouver enfin.

— C'est merveilleux. Tu as pris mes plats préférés. Comment as-tu fait ?

— J'avais tout commandé au restaurant où nous étions allés cet automne. Je me souvenais de ce que tu avais aimé. Mais te voilà bien émue…

— Je m'y attendais si peu. Et te voilà tellement attentionné…

— Je n'aurais pas dû cesser de l'être. Je suis désolé.

— Oublions les mauvais moments. Pardon d'avoir douté de toi.

Il se leva et posa un baiser brûlant dans la paume de sa main.

— La soirée ne fait que commencer, ma douce. Accorde-moi quelques minutes et rejoins-moi dans la chambre. Ce soir, je suis tout à toi.

Elle acquiesça et profita de ce bref instant pour rectifier sa coiffure et mettre quelques gouttes de parfum, qu'elle conservait heureusement dans sa boîte à ouvrage. Elle avait pris l'habitude d'en mettre quand elle entendait le bruit de ses pas dans l'escalier. Elle savait qu'il aimait cette fragrance et espérait toujours éveiller ses sentiments lorsqu'elle le portait… Il l'appela quelques instants plus tard et elle fut éblouie par ce qu'elle vit. D'innombrables bougies illuminaient la pièce. Des pétales de rose étaient parsemés sur le sol et sur le lit. Elle porta une main à sa bouche, bouleversée.

— C'est si beau… Merci… Merci…

Il passa derrière elle, embrassa sa nuque et commença très lentement à la dévêtir, faisant glisser sa robe sur ses épaules, dénouant les liens de son corset. Il l'embrassait, la caressait sans fin, avec cette douceur qui lui rappelait tant de délicieux souvenirs.

— Tu sens bon, ma douce. Sais-tu pourquoi j'aime tellement le parfum du jasmin ? C'est parce qu'il y en avait à Vienne, notre première nuit, dans le salon. Tu t'en souviens ?

Elle secoua la tête. Elle ignorait tout ce qui n'était pas l'instant présent. Lorsqu'il ne lui resta plus que ses bas et ses souliers, il s'agenouilla devant elle et les lui ôta très lentement. Puis il resta un long moment à ses pieds, la contempla, posa ses lèvres sur son ventre, se relevant doucement sans que ses lèvres quittent le corps qu'elle lui offrait. Il se dévêtit à son tour rapidement et bascula avec elle sur le lit où ils s'abandonnèrent tous deux au désir qui les submergeait…

Elle s'était endormie à l'aube, comblée et épuisée tout à la fois. La nuit avait été merveilleuse, Sébastien semblant ne pouvoir se rassasier d'elle. Elle s'éveilla tard dans la matinée, seule dans le lit, mais elle ne s'en alarma pas. Il était sans doute parti travailler et rentrerait dans la soirée. Elle demeura blottie sous les draps, délicieusement chatouillée par les pétales de rose, rougissant au souvenir de cette nuit. Elle songeait avec joie qu'aucune nuit de noces n'aurait été si parfaite. Comment avait-elle pu douter de lui et de ses sentiments ? Seul un homme totalement épris pouvait ainsi donner autant de plaisir à sa compagne…

Elle se leva un peu plus tard, voulant rendre l'appartement accueillant pour son retour. Il serait sans doute épuisé. En fredonnant gaiement, elle passa dans le salon, sourit devant le désordre. Son sourire s'élargit encore lorsqu'elle aperçut devant le bouquet de roses un billet soigneusement plié où Sébastien avait écrit son prénom. Il avait même pensé à lui laisser quelque mot tendre avant de partir. Elle s'assit dans le fauteuil qu'il préférait et déplia la feuille. Mais cela n'était pas ce qu'elle attendait. Chaque mot de la courte lettre lui parut contenir un poison qui pénétrait en elle pour l'anéantir.

Julie,
Cette nuit était la dernière.
J'ai cru pouvoir t'aimer, je me suis trompé. Je sais que tu attends de moi que je t'épouse. C'est impossible puisque

je suis déjà marié. Mon épouse et moi, nous nous sommes mariés très jeunes, trop jeunes sans doute. Je l'ai quittée pour vivre la vie d'aventures que tu connais. Lorsque je t'ai connue, j'ai sincèrement cru à un nouvel amour mais ce n'était qu'un leurre. Il y a quelques semaines, j'ai revu ma femme par hasard et j'ai compris que je tenais à elle bien plus que je ne le pensais. J'ai passé beaucoup de temps avec elle. Mais cela n'était juste ni pour elle ni pour toi ni pour moi. Je vous trompais l'une et l'autre. J'ai fini par comprendre que je l'aimais éperdument et que ma place était auprès d'elle, d'autant plus qu'elle m'a annoncé porter mon enfant. J'aurais voulu éviter de te blesser et je n'ai pas pu me résoudre à te parler. Je ne te demande ni de me comprendre ni de pardonner ma lâcheté, simplement de tâcher de m'oublier. C'est mieux pour chacun de nous. Je te souhaite de trouver le bonheur que tu mérites. L'appartement est payé pour trois mois, tu peux y demeurer.
Adieu, Julie.
Adieu.

Elle demeura prostrée durant des heures, la lettre à la main, le regard fixe, brisée de douleur et de stupéfaction. Le soir venu, elle quitta enfin le fauteuil, alluma une bougie et relut la lettre à cette faible lueur. Elle sentit alors une violente colère l'envahir. Contre Sébastien et contre tous ses mensonges. Contre Clémence qui savait et n'avait rien dit. Elle comprenait maintenant pourquoi celle-ci lui avait dit qu'elle ne trouverait pas le bonheur avec son fils mais elle l'avait laissée jouer avec ses sentiments. Quelle femme était-ce là, qui regardait une jeune fille se faire briser le cœur sans intervenir ? Et contre Malo. Malo qui savait lui aussi bien sûr. Malo qui l'avait embrassée la veille plus tendrement encore qu'à l'accoutumée. Malo qui avait refusé de croiser le regard de Sébastien parce qu'il connaissait ses projets. Malo qui prétendait l'aimer comme un père et qui l'abandonnait lui aussi.

Elle regarda la table encore encombrée des assiettes de la veille. Qu'elle était laide, cette fête, à la lueur blafarde d'une seule petite bougie… Avec un cri de rage, elle saisit l'une des assiettes, la jeta au sol violemment, trouvant une joie sauvage à détruire ce qui avait fait sa joie la veille. Et les autres assiettes suivirent puis le vase qui explosa dans un impressionnant vacarme répandant eau et fleurs un peu partout. Son regard se posa enfin sur une console où se tenait la ravissante statue d'une baigneuse. Elle adorait cet objet, le premier qu'ils avaient acheté ensemble pour décorer leur appartement. Elle s'en empara et la jeta au milieu des débris de porcelaine.

— Mensonge ! Mensonge ! Mensonge ! Tout n'était que mensonge…

Elle se jeta sur le canapé, mordant les coussins pour ne pas hurler de rage. Elle finit par s'y endormir, écrasée de fatigue et de chagrin. Elle se réveilla, le corps meurtri, brisée comme si elle avait été rouée de coups. Elle se dirigea vers sa chambre, en poussa la porte avec appréhension. Là aussi, les merveilles de l'avant-veille s'étaient transformées ; les pétales de rose ressemblaient à des feuilles mortes ; les bougies avaient fondu, n'étaient plus que de petits lacs de cire informe. Elle ouvrit le coffre où Sébastien rangeait ses affaires. Il était vide. Il avait donc pris le temps de préparer sa fuite de bout en bout. Et il lui avait accordé une dernière nuit. Une merveilleuse dernière nuit. Avant de disparaître en ne lui laissant que sa solitude, sa colère et un profond sentiment de désarroi. Qu'allait-elle devenir sans lui ? Elle s'assit sur le bord du lit, évitant de regarder les draps froissés où elle sentait encore sa présence. Et comprit qu'elle allait devoir partir. Elle n'attendrait pas les trois mois qu'il lui donnait dans sa lettre. Il fallait qu'elle s'éloigne de lui pour qu'il ne puisse pas la retrouver si jamais l'envie lui en prenait. Elle ne reverrait aucun de ceux qu'elle avait aimés à Paris.

Au milieu de l'après-midi, elle finissait de boucler un sac contenant quelques vêtements et les rares objets auxquels elle tenait. La broche de sa mère. La poupée de bois et de chiffon offerte par Paul Findroy, il y avait si longtemps. Son nécessaire de couture. Elle hésita devant une paire de pendants d'oreilles que Sébastien lui avait offerte pour son anniversaire l'été précédent et choisit de les laisser sur la table de chevet, sur le dernier livre qu'il avait lu et qu'il avait négligé d'emporter. Elle y ajouta son flacon de parfum. Elle n'aurait plus besoin de sentir le jasmin pour lui plaire désormais. S'il revenait, il les trouverait. Et s'il ne venait pas en personne, ce serait peut-être Malo…

Elle ferma les volets mais ne rangea pas le désordre de la pièce. Ce n'était pas à elle de le faire. Dans le salon, elle n'eut pas un regard pour la vaisselle brisée qui jonchait le sol mais ramassa la lettre qu'elle avait laissée tomber dans sa colère. Elle la glissa dans son sac, pour se souvenir toujours de ne se fier à personne. Elle sursauta soudain en entendant frapper à la porte. Elle ne voulait voir personne… On insistait cependant. Elle posa son sac et son manteau et ouvrit.

Lentement, Landry Findroy entra dans la pièce, les larmes aux yeux, un sourire ému sur les lèvres.

— Bonjour, petite Julie. Je suis venue te chercher. Prends tes affaires et suis-moi. M. de Talleyrand veut te voir.

10

— Me marier ? Dès ce soir ?

— Oui, mon enfant. Je pense que cela est devenu nécessaire…

Julie baissa la tête. Elle se sentait paralysée, comme écrasée par tout ce qui lui arrivait en si peu de temps. Par la fatigue et la douleur. Par les dorures superbes de la pièce. Par cette immense table de travail en acajou verni. Par la prestance de l'homme qui la recevait et qui semblait si intéressé par son avenir. Tout, jusqu'au fauteuil dans lequel elle était assise, lui paraissait si grand… Même la présence de Landry à ses côtés ne la rassurait pas. Il avait disparu si longtemps… Pouvait-elle encore se fier à lui ? Il lui avait brièvement raconté son histoire sur le chemin, la bagarre dans la taverne avec des ivrognes, sa blessure à la tête quand il avait involontairement dévié le coup destiné à un autre. Celui-ci, par reconnaissance l'avait emmené chez lui et soigné. Sa longue inconscience entre la vie et la mort… Lorsqu'il était revenu à lui, Julie avait disparu. L'homme de la taverne l'avait alors présenté à Talleyrand dont il était devenu un fidèle agent sans trop comprendre pourquoi. Et ce soir, c'était lui qui avait été chargé d'aller chercher Julie et de l'escorter. Sa main était posée sur l'épaule de la jeune femme, se voulant rassurante.

— Pourquoi ? Pourquoi vous intéressez-vous à moi et à mon avenir ? Je ne suis rien, je ne suis personne.

— Il ne m'appartient pas de tout vous dire aujourd'hui mais sachez que j'ai connu votre mère et que je me suis promis de veiller sur vous dès que j'ai su votre existence.

— Félicitations, vous avez parfaitement réussi. Préférez-vous évoquer mon enfance ou ce qui m'est arrivé à Paris ?

— Julie, voyons, tu ne dois pas manquer de respect à…

— Laissez, mon cher. Mademoiselle a raison : je n'ai pas été à la hauteur de ma tâche. Mais j'ai l'occasion aujourd'hui de vous aider. J'avais chargé Wagram de veiller sur vous, il a dû renoncer à sa mission. Je veux que vous soyez en sécurité, loin de Paris.

Julie ferma les yeux, gagnée par un insondable vertige. Une mission ? Elle avait été une mission pour Sébastien ? Avait-il été un jour sincère avec elle ? Et qui était vraiment cette mère qui laissait derrière elle des bijoux hors de prix et connaissait des personnages aussi influents ?

— De quoi voulez-vous me protéger au juste ?

— Vous avez reçu des menaces très récemment. Des menaces qu'il nous faut prendre au sérieux.

— Eh bien, retrouvez cet homme et faites-le pendre. Alors, je ne risquerai plus rien.

— Ce n'est pas si simple. Personne ne sait où il ne se trouve ni à quel moment il va intervenir. Je refuse de vous voir courir le risque de vous promener dans la rue jour après jour. Par ailleurs, d'autres dangers vous guettent dont vous n'avez pas conscience…

— Lesquels ? J'ai le droit de savoir. Je veux savoir.

— Je comprends et j'aimerais pouvoir tout vous dire mais, encore une fois, le secret ne m'appartient pas. Et vous ne gagneriez rien à connaître toute la vérité. Faites-moi confiance…

— Vous faire confiance ? Alors que j'apprends que vous tirez les fils de ma vie, que vous manipulez les rares personnes qui comptent pour moi, que vous en savez sans doute plus sur moi que je n'en sais moi-même ? Et vous voulez que j'aie confiance…

— Tout ce que je peux vous dire, c'est que le retour des Bourbons sur le trône constitue pour vous une véritable menace.

— Qu'ai-je à voir avec ceux qui gouvernent ? Je ne me suis jamais occupée de politique...

— Malheureusement votre mère y a été mêlée de trop près autrefois pour que cela ne rejaillisse pas sur vous. Croyez-moi, mon enfant, j'aurais aimé vous proposer une meilleure alternative mais il faut que vous disparaissiez de Paris. Un mariage discret vous permet également de changer de nom et de vous fondre dans une famille. Il ne sera pas impossible de vous retrouver mais cela sera difficile et je me charge de brouiller les pistes. Donc, à moins de vous envoyer dans un couvent...

— Un couvent ? C'est une possibilité que je peux envisager ?

— Ce n'est pas impossible mais voulez-vous vraiment vous ensevelir, à même pas vingt ans, dans l'austérité d'un cloître ? Faire vœu de silence ? Ne plus jamais revoir ceux que vous avez connus ? Choisir le couvent, c'est renoncer à tout espoir, songez-y.

— Cependant, pour se marier, il faut un mari et vous qui savez tout n'êtes pas sans savoir que...

— Que votre compagnon vous a abandonnée parce qu'il était marié. En effet, je le sais. Mais j'ai déjà pallié ce petit inconvénient. Connaissez-vous un jeune homme appelé Charles Dubois-Mareuil ?

Julie secoua la tête. Le rappel de la trahison de Sébastien avait ravivé sa douleur. Cette conversation énigmatique l'épuisait. Elle n'avait pas la force de rappeler ses souvenirs même si ce nom résonnait étrangement dans sa mémoire.

— Il s'agit pourtant d'un jeune étudiant qui loge à la pension Girault. Il a terminé son droit depuis quelques mois et restait à Paris à ma demande.

— Ne me dites pas que lui aussi travaille pour vous ? Vous avez donc des agents partout...

— Partout où c'est utile et nécessaire. Lui devait surveiller la pension et m'avertir des visites du bandit Wagram. Un jour il m'a prévenu de la présence d'une inconnue. J'ai été stupéfait de découvrir que cette jeune fille était celle que je faisais chercher dans Paris depuis des mois.

— Et il serait d'accord pour devenir mon mari ? S'engager pour toujours avec une femme qu'il connaît à peine ?

— Il est d'autant plus consentant qu'il est épris de vous. Maintenant, vous savez tout ce que je peux vous révéler. Et vous avez le choix : ce mariage ou le couvent le plus strict et le plus éloigné. M. Dubois-Mareuil attend dans ma bibliothèque votre bon vouloir. Il est cinq heures. Le souper sera servi à huit heures et votre mariage, célébré à minuit si vous l'acceptez. Je ne vous demande pas de répondre maintenant. Après le souper, c'est à votre prétendant que vous donnerez votre réponse. En attendant, ma nièce, Mme la comtesse de Périgord, va s'occuper de vous et vous aider à vous préparer.

— Puis-je passer quelques instants seule avec mon ami Landry, s'il vous plaît ?

— Je reviens dans quelques minutes avec ma nièce.

Lorsqu'il fut sorti, Julie se tourna vers Landry qui était demeuré silencieux pendant toute la conversation, se contentant de lui serrer l'épaule de temps à autre pour marquer sa présence.

— Tu penses qu'il a raison ? Que je dois accepter ce mariage ?

— J'ai discuté avec le jeune homme. Il parle de toi en termes très élogieux.

— Mais j'ai dû échanger deux mots avec lui chez Clémence ; je le connais à peine.

— Eh bien, ces deux mots ont touché son cœur. C'est quelqu'un de très bien. Il sera avocat, aux côtés de son père. Et je n'arrive pas à t'imaginer dans un couvent. C'est trop définitif. Au moins, par ce mariage, tu auras encore beaucoup de choses à vivre.

— Et si nous demandions à M. de Talleyrand que ce soit toi qui…

— Petite Julie, je n'ai rien à t'apporter. Je suis sur les routes six mois de l'année depuis que je travaille pour lui.

— Tu l'apprécies vraiment, n'est-ce pas ?

— Je l'admire et le respecte. Il est brillant et étonnamment clairvoyant. Grâce à lui, je travaille aussi pour un journal quotidien. C'est vrai que j'en profite pour le renseigner sur ce que j'apprends mais il me donne aussi quelques informations. Et j'aime cette vie trépidante.

— Sébastien en parlait comme toi. Lui aussi aimait ces missions malgré les dangers…

— Et Dubois-Mareuil t'en dira autant. Talleyrand donne l'impression de tous nous manipuler, et c'est en grande partie vrai. Mais nous en tirons aussi avantage.

Talleyrand revint quelques instants plus tard avec une charmante jeune femme qu'il présenta comme sa nièce. Celle-ci conduisit Julie à une chambre immense, richement décorée.

— Vous êtes ici chez vous. Mon oncle m'a chargée de vous offrir réconfort et repos avant le souper, ainsi que de vous trouver des vêtements. Je crois que nous faisons à peu près la même taille. Je vais chercher dans mes armoires ce qui pourrait vous aller. En attendant, je vais vous envoyer une servante et vous faire préparer un bain. Reposez-vous sur moi.

Julie hocha la tête et remercia d'une voix faible, étourdie par ce flot de paroles. Quelques minutes plus tard, elle se laissa conduire dans une charmante salle de bains et se glissa avec délices dans l'eau brûlante et parfumée de la baignoire. Les yeux clos, elle essaya de réfléchir, de prendre une décision. Elle avait peur de l'avenir et du passé tout à la fois. Qu'avait fait cette mère qu'elle n'avait pas connue qui influait autant sur son destin ? Quel lien avait-elle pu créer avec un homme aussi puissant que Talleyrand pour qu'il s'intéresse à sa fille ? Comment une telle femme avait-elle pu à la fois être liée au sort des Bourbons et épouser un être aussi fruste que Gustave Chesnay ? Elle soupira… Quelle importance au fond que tout cela ? Elle devait d'abord songer à elle, au danger immédiat qu'elle courait. Elle frissonna en songeant que Pied-de-Biche était peut-être là, tout proche, à attendre son heure…

La comtesse de Périgord lui prêta pour le souper une superbe robe de soie écrue, brodée d'un motif feuillage rose pâle, posa sur ses épaules un châle en gaze de soie blanche tissée de motifs floraux et lui montra comment le porter avec élégance. Étiennette, la femme de chambre mise à son service, avait longuement brossé la chevelure blonde de Julie qu'elle avait ensuite relevée et bouclée, dégageant l'ovale presque parfait de son visage et faisant ressortir le bleu éclatant de ses yeux. La comtesse s'extasia longuement sur l'élégance naturelle de son invitée mais décréta bientôt qu'il manquait un détail. Elle s'esquiva et revint vite avec un écrin de velours noir. Un instant plus tard, Julie fut parée de pendants d'oreilles, d'un collier et d'un bracelet en or sertis de saphir. Elle demeura muette devant la psyché, reconnaissant à peine la femme qu'elle découvrait en face d'elle.

Les deux femmes se rendirent ensemble à la salle à manger où les attendaient les autres convives. Si le diplomate sut taire sa stupeur, Landry ne put contenir son admiration :

— Tu es tellement belle, Julie. Tu es rayonnante. On dirait que tu étais faite pour porter cette robe.

— Je suis d'accord avec vous, Monsieur. Cette robe et cette demoiselle sont faites l'une pour l'autre. Vous la garderez, je le veux.

— Madame, je ne peux accepter…

— Bien sûr que vous le pouvez. Je ne tolérerai aucun refus.

— Maintenant, mon enfant, laissez-moi vous présenter M. Dubois-Mareuil qui partagera notre souper.

Julie salua avec grâce le jeune homme qui s'inclina devant elle. Elle le connaissait pour l'avoir rencontré chez Clémence mais elle apprécia pour la première fois son élégance. Grand, la taille mince et les épaules larges, les cheveux sombres, il lui rappelait douloureusement Sébastien. Le visage en revanche était bien différent. Un sourire charmant sous une fine moustache, des yeux d'un beau bleu… Il lui tendit le bras pour la conduire à table ; elle y posa une main tremblante qu'il pressa brièvement d'un geste rassurant.

Le souper était exquis. Julie parlait avec grâce à Talleyrand et souriait à Charles assis à ses côtés. Si elle n'avait pas les connaissances et le savoir de ses hôtes, elle essayait de répondre avec bon sens, se permettant quelques questions sur les sujets abordés. La littérature l'intéressait particulièrement mais elle regrettait de ne pas en savoir plus.

— Vous me semblez aimer les livres, mon enfant.

— Oui, Excellence, mais je ne suis pas une grande lectrice. Je n'en ai guère l'occasion. Et j'avoue ne pas savoir les choisir. J'en ai lu quelques-uns au hasard parmi ceux de Mme Girault mais j'y ai vu davantage un divertissement ponctuel qu'une source de connaissance…

— C'est que les livres ne vous convenaient pas. Il faudra remédier à cela…

Elle inclina la tête avec un sourire, un peu embarrassée mais reconnaissante de cette bienveillance qu'il lui portait, échangea un regard complice avec Landry. Quand le reverrait-elle après cette soirée ? Elle sursauta soudain. La pendule venait de marquer la demie de onze heures et Talleyrand s'adressait à Charles, tout en lui jetant un regard acéré…

— Je crois, jeune homme, que vous avez une question à poser à Mademoiselle. Je pense qu'il est grand temps…

— Merci, Excellence.

Charles se tourna vers Julie, posa sa main sur la sienne. Troublée, elle baissa les yeux. Elle connaissait la question et savait que sa réponse engageait le reste de sa vie.

— Mademoiselle, je sais que nous nous connaissons très peu mais mes sentiments sont sincères. Me feriez-vous l'honneur de devenir mon épouse ?

— Oui, Monsieur, j'en serai très heureuse.

Elle releva vers lui un regard humide. C'était décidé. Elle allait épouser un homme qu'elle connaissait à peine et dire adieu à celui qu'elle aimait. Il lui souriait, tout aussi ému…

— Bien, passons donc dans la bibliothèque. J'ai fait venir un officier civil qui célébrera votre mariage. Je suppose que vous ne verrez pas d'inconvénient à ce que nous soyons tous trois vos témoins ?

Les deux jeunes gens acquiescèrent et tous se levèrent pour gagner la bibliothèque. Landry interrompit Charles qui offrait déjà son bras à Julie pour la conduire.

— Permettez-moi, Charles, d'avoir cet honneur. Dans un instant, vous serez l'époux et la famille de Julie. Pour l'heure, il est de mon devoir de frère de l'accompagner avant de vous la confier.

La comtesse s'approcha aussitôt et entraîna le fiancé, faisant en même temps signe à son oncle. Elle avait deviné que Landry voulait quelques instants d'intimité avec Julie.

— Tu as bien fait d'accepter. C'est quelqu'un de bien.

— J'ai peur, Landry. Terriblement peur. Je ne sais rien de lui, ou si peu. J'ai compris qu'il venait d'une famille bourgeoise et je crains de ne pas être à la hauteur…

— Tu seras à la hauteur. Regarde ce soir. Tu as été parfaite alors que tu dînais avec un homme qui influe sur le destin de tout un pays.

— Mais toute ma vie avec lui, jour après jour alors que…

— Il faut que tu l'oublies, Julie. Il est parti. Il ne reviendra pas. Tu vas épouser Charles et il fera tout pour te rendre heureuse, j'en suis sûr. Donne-lui sa chance, pour lui mais surtout pour toi. Ne t'interdis pas d'être heureuse.

— Je sais que je ne devrais pas mais… j'ai l'impression de trahir…

— En effet, tu ne devrais pas, c'est stupide. C'est lui qui a trahi ta confiance et l'amour que tu lui portais. Tu crois qu'il pense à toi en ce moment ? Demande-toi donc où il est et surtout avec qui.

— Landry !

Elle semblait soudain désespérée. Elle ôta sa main de son bras et fit un pas vers la porte opposée. Il la saisit brutalement par le bras, lui arrachant un petit cri de surprise et de douleur, et la força à se tourner vers lui.

— Pardon, Julie, je te fais de la peine mais tu sais que j'ai raison. Tu dois te tourner vers l'avenir.

— Tout va trop vite. Je ne suis pas prête.

— Tu ne peux plus reculer, petite Julie. Il t'attend.

— Est-ce que je te reverrai après ?

— Je ne sais pas. Un jour peut-être… Qui peut savoir ?

Elle hocha la tête, se dirigea vers un grand miroir qui surplombait la cheminée. Elle arrangea quelques boucles de ses cheveux, essuya ses yeux humides et revint vers Landry, un orgueilleux sourire sur les lèvres.

— Est-ce que je suis assez jolie ?

— Tu es magnifique.

Ils passèrent ensemble dans la pièce voisine où les attendaient leurs convives. Il était tout juste minuit. L'heure fixée par Talleyrand pour le mariage. Julie, déterminée à ne pas fléchir, prononça d'une voix ferme son consentement. Sa main ne trembla pas lorsque Charles passa à son doigt un bel anneau d'or. Mais ses lèvres demeurèrent froides lorsqu'il l'embrassa tendrement…

La comtesse de Périgord la raccompagna jusqu'à sa chambre et l'étreignit tendrement avant de la laisser aux mains de sa femme de chambre.

— Soyez heureuse, ma chère. Je regrette de ne pas avoir le temps de vous connaître davantage. Vous serez toujours la bienvenue chez moi. Et gardez ces bijoux en souvenir de moi. Disons que ce sera votre cadeau de mariage…

— Madame, comment vous remercier de toutes vos bontés ?

— Simplement en étant heureuse. Et en me donnant de vos nouvelles. Mon oncle en sera ravi également. Bonne nuit, très chère.

Julie entra dans sa chambre, émue par tant de générosité et terrifiée à l'idée que Charles ne tarderait pas à la rejoindre. Étiennette l'attendait et s'empressa de l'aider à se dévêtir et à se préparer pour la nuit. Julie se laissait faire avec joie, fatiguée par les dernières heures, un peu grise du vin bu au cours du repas. Elle enfila avec joie une chemise fraîche et s'assit devant la coiffeuse pour que la jeune femme défasse sa coiffure.

— Laissez Étiennette, je vais finir.

Julie sursauta. Elle n'avait pas entendu Charles entrer. Il se tenait debout derrière elle et l'observait en souriant. Étiennette s'esquiva discrètement tandis que le jeune homme s'approchait. Très lentement, il ôta les épingles et les rubans qui retenaient les longs cheveux de son épouse et commença à les brosser. Il s'appliqua longtemps, avec une grande douceur, jusqu'à ce qu'ils crépitent sous le mouvement répété de la brosse. Il les laissa retomber, tel un halo de lumière autour du visage pâle de Julie. Il glissa les doigts sous les cheveux, décrocha le collier qu'il posa délicatement sur la coiffeuse, lui ôta ses pendants d'oreilles. Il se baissa vers son poignet et détacha son bracelet.

— Ce soir, je ne vous veux pas d'autre parure que votre alliance et votre magnifique chevelure. Vous étiez superbe tout à l'heure, vous l'êtes encore plus maintenant et je suis heureux car il n'appartiendra qu'à moi de contempler votre beauté. Mais vous êtes bien silencieuse, Madame. Ma présence est-elle si déplaisante ?

— Pardonnez-moi. Je suis juste fatiguée et sans doute un peu ivre. Un peu perdue aussi, je dois l'avouer.

— Je comprends. Venez.

Il la prit par la main, la conduisit jusqu'au lit ouvert où il la fit asseoir. Sur le chevet, une bouteille de champagne et deux verres les attendaient. Il lui tendit un verre en souriant.

— Buvez, cela vous fera du bien.

Elle s'exécuta docilement, tandis qu'il s'écartait un peu. Elle avait déjà trop bu et le savait mais l'alcool coulant dans sa gorge lui procurait un léger réconfort. Derrière elle, elle entendit le bruit de vêtements ôtés et des souliers qui tombaient au sol. Elle frissonna et but une autre gorgée en sentant le lit s'affaisser sous le poids de Charles. Il l'entoura de ses bras, écarta les cheveux pour l'embrasser dans le cou.

— Cela ne vous dérange pas que je ne sois pas… Enfin que j'aie déjà…

— Vous n'aviez jamais été mariée avant ce soir, n'est-ce pas ?

— Non, bien sûr que non.

— Alors, à mes yeux, il ne s'est rien passé avant. J'ai connu une jeune fille à la pension de famille où je logeais, j'en suis tombé amoureux et elle a accepté de m'épouser. Il n'y a rien d'autre à savoir. Allongez-vous maintenant, voulez-vous ? Tout va bien se passer…

Il lui ôta son verre et l'attira à lui. Il était très doux mais elle se sentait incapable de se donner à un autre homme que Sébastien.

— Ne pouvons-nous pas attendre un peu ? Laissez-moi quelques jours, s'il vous plaît…

— Non, notre mariage doit être consommé pour être valide. S'il m'arrivait malheur avant que ça ne soit fait, vous ne pourriez prétendre à la protection de ma famille. Et vous ne seriez pas plus en sécurité qu'il y a une heure…

— Alors, au moins, soufflons les bougies, je vous en prie.

— Je ne veux pas me priver du bonheur de vous regarder. Fermez les yeux, Julie, si cela peut vous aider. Je ne vous en voudrai pas.

Il ponctuait ses paroles de baisers tendres sur son front, ses joues, ses lèvres, son cou. Elle baissa les paupières, le souffle court. La tête lui tournait sous l'effet de la fatigue, de l'alcool et des caresses de Charles. Soudain, elle entendit Landry, quelque part, très loin dans un coin de sa tête. « *C'est lui qui a trahi ta confiance et l'amour que tu lui portais. Tu crois qu'il pense à toi en ce moment ? Demande-toi donc où il est et surtout avec qui.* » Un sanglot lui étreignit la gorge ; elle parvint à l'étouffer et émit un gémissement rauque. Elle sentit Charles se pencher sur elle et ses mains qui soulevaient sa chemise, caressant très lentement ses jambes, puis son ventre. Elle s'agrippa à lui sans plus savoir si elle le désirait ou si elle voulait le repousser, enfonçant ses ongles dans la peau de ses épaules solides. Et lorsqu'elle le sentit en elle, elle éprouva à la fois un profond désespoir et le plaisir de se venger de l'affront subit.

L'aube n'était pas encore levée lorsqu'il la réveilla en lui pressant doucement l'épaule. Ils devaient quitter Paris le plus vite possible. Étiennette aida la jeune femme à se préparer. Julie fut une fois de plus embarrassée par les largesses de ses hôtes : elle portait désormais une ravissante tenue de voyage à l'anglaise et un charmant toquet à plume. Elle sourit à son reflet et prit le bras de Charles pour descendre l'escalier. Ils entrèrent dans la bibliothèque où les attendaient Talleyrand et la comtesse.

— Madame, encore une fois je ne peux que vous remercier pour votre générosité.

— Vous ne pouviez vous présenter à votre nouvelle famille sans une garde-robe digne de votre nouvelle situation.

J'ai demandé à ma nièce d'y pourvoir. Vos malles sont dans la voiture.

— Excellence, je ne sais que dire…

— Alors, ne dites rien, mon enfant. Et prenez garde à vous. Pardonnez-moi de ne pas vous raccompagner : j'ai beaucoup de travail. Ma nièce me remplacera. Permettez-moi…

Talleyrand s'approcha de Julie et posa un baiser sur son front. Puis il s'inclina devant elle et lui fit le baisemain. Elle rougit, gênée de cet hommage qu'on lui rendait pour la première fois.

— Monseigneur, vraiment, il n'était pas nécessaire… Je ne mérite pas de…

— Vous le méritez et vous honorez ma maison par votre présence et votre charme. Adieu, Madame. Soyez heureuse.

— Au revoir, Excellence. Je vous rends grâce de toutes vos bontés.

Julie et Charles suivirent la comtesse et montèrent dans une élégante voiture de voyage attelée de quatre cheveux bruns. À l'intérieur, une autre surprise les attendait : Étiennette, assise confortablement, leur souriait avec joie.

— Il vous fallait une femme de chambre. Étiennette sera ravie de garder cette fonction près de vous.

Les deux jeunes femmes s'étreignirent et échangèrent encore quelques mots. Talleyrand cependant sortait de la bibliothèque et gagnait un petit cabinet à l'entresol plongé dans la pénombre. Il posa une main réconfortante sur l'épaule tremblante du jeune homme, debout devant la fenêtre, qui observait d'un œil avide ces adieux.

— Vous avez fait ce qu'il fallait, mon jeune ami. Vous le savez, n'est-ce pas ?

— Le savoir ne rend pas les choses plus faciles, Excellence. Me jurez-vous qu'elle sera heureuse ?

— Elle sera en sécurité. Quant à être heureuse, cela dépendra de sa volonté à vous oublier.

— Vous veillerez sur elle ?

— C'est pour cette raison que vous êtes venu me trouver. Alors, n'en doutez pas. Vous allez maintenant rentrer chez vous et vous occuper de votre épouse. Nous savons tous les deux ce que nous avons à faire.

Le claquement du fouet dans la cour fit sursauter les deux hommes. Ensemble, ils regardèrent la berline s'ébranler et volter dans la cour. Lorsque la porte cochère se ferma sur Julie et son avenir, Sébastien tourna vers Talleyrand un visage sillonné de larmes :

— Oui, Excellence. Je sais ce que je dois faire.

***

Julie trouvait le voyage plutôt agréable. La voiture prêtée par Talleyrand était des plus confortables et chaque étape, parfaitement organisée. Ils dormaient chaque soir dans des auberges accueillantes et chaleureuses où leurs chambres, toujours adjacentes, étaient réservées. Ils soupaient ensemble dans celle de Charles puis Julie se retirait dans la sienne où Étiennette l'attendait. La porte de communication demeurait entrouverte et la femme de chambre dormait sur un lit de sangle jeté en travers de la porte principale, si bien que nul ne pouvait arriver jusqu'à elle sans passer devant son époux. Lui-même ne franchissait le seuil de la pièce que le matin pour la saluer. Pas une seule fois, il ne lui imposa sa présence la nuit et Julie lui en était reconnaissante. Elle gardait de sa nuit de noces le souvenir embrumé d'une étreinte rapide et ne se sentait pas prête à l'accueillir de nouveau. Elle frissonnait par ailleurs à l'idée de leur destination qu'elle n'avait sue qu'après leur départ. Nantes… Si près des lieux de son enfance… Et si jamais elle rencontrait un habitant du village ? Elle s'en était ouverte à Charles qui avait tenté de la rassurer. Il y avait peu de chances de les croiser dans le quartier où ils vivraient et, quand bien même, qui irait reconnaître la petite paysanne en sabots qui s'était enfuie du village quatre ans auparavant ?

Leur dernière halte eut lieu chez Charlotte Lefort, la tante et marraine de Charles, qui possédait une magnifique propriété aux portes de Nantes sur les bords de l'Erdre. Julie fut charmée autant par le petit manoir blanc à deux étages que par son hôtesse qui se trouvait être la plus accueillante des femmes. Elle avait été prévenue en même temps du mariage et de l'arrivée de son filleul et les reçut à bras ouverts, s'empressant de prendre le bras de Julie pour la guider et lui expliquer à quel point elle tenait à son neveu. Elle prit à peine le temps de lui présenter sa fille, Louise, une ravissante brune de seize ans, qui semblait effacée par le tempérament exubérant de sa mère.

Ils passèrent ensemble une soirée délicieuse. Louise annonça son mariage pour la fin du mois suivant, auquel Julie et Charles furent bien sûr conviés. Après le souper, ils s'installèrent dans le petit salon. Les deux jeunes femmes prirent place côte à côte sur une banquette, Louise évoquant tous les détails de son mariage à venir. Charlotte et son neveu se lancèrent dans une partie d'échecs et Julie demeura bouche bée en voyant sa tante par alliance fumer un cigare. Celle-ci surprit son regard ébahi et sourit.

— Vous trouvez sans doute choquant de voir une femme fumer. C'est une vieille habitude que j'ai prise à la mort de mon mari. J'aimais l'odeur de ses cigares et je la retrouve chaque soir. Il est ainsi toujours un peu avec moi. Je compte aller me promener à cheval demain matin. M'accompagnerez-vous ?

— C'est que… je ne suis pas très bonne cavalière.

— Peu importe, je serai à vos côtés et vous prendrez le cheval le plus docile de l'écurie. Nous partirons à neuf heures, soyez prête. C'est à toi de jouer, mon neveu.

Julie demeura muette devant la manière abrupte qu'avait Charlotte de passer d'un sujet à l'autre. Charles et Louise semblaient y être habitués et reprirent calmement leur occupation. Elle écouta distraitement les babillages de la jeune fille, se demandant si les parents de Charles l'accepteraient aussi facilement que les deux femmes. Ils regagnèrent leur chambre peu après et elle constata avec appréhension que Charles partageait la sienne.

— Madame Lefort m'a fait prévenir et j'ai préparé votre tenue d'amazone pour demain. Je viendrai à huit heures si cela vous convient.

— Ce sera parfait, Étiennette, merci.

Julie se laisser aller aux mains expertes de la femme de chambre qui l'avait déjà aidée à ôter son corset et s'occupait maintenant de dénouer ses cheveux. Cette fois encore, Charles lui prit la brosse des mains et la congédia. Ils demeurèrent un instant silencieux. Julie fermait les yeux, trouvant ce contact agréable, et cherchait comment expliquer à Charles qu'elle espérait ne pas aller plus loin ce soir-là.

— Je vous remercie de m'avoir laissée seule durant notre voyage. J'avais besoin d'un peu de solitude.

— Ce n'est pas l'envie qui m'a manqué de vous rejoindre mais je n'aime pas les auberges. Même les plus confortables manquent singulièrement d'intimité. Par ailleurs, la présence d'Étiennette dans votre chambre était pour moi assez embarrassante.

Il se pencha vers elle et l'embrassa doucement sur la tempe puis sur la joue jusqu'à la commissure des lèvres.

— Mais ce soir, nous ne sommes pas dans une auberge. Et Étiennette n'est pas là...

Il l'avait prise par la main pour qu'elle se lève et devenait plus entreprenant. Il dénoua sa chemise, voulant l'entraîner vers le lit.

— Notre nuit de noces n'a pas été une réussite, nous devrions y remédier. Et ce soir, je veux que nous ne soyons que deux dans ce lit.

— Que voulez-vous dire ?

— Vous étiez ivre et vous n'étiez pas prête. Je ne vous en veux pas mais c'est assez blessant d'entendre son épouse prononcer le prénom d'un autre.

— Je n'ai pas pu...

— Si vous avez pu. Juste avant de vous endormir alors que je vous embrassais. Je savais que vous pensiez à un autre, je vous l'avais permis en vous disant de fermer les yeux. Mais ce soir, il n'y a que vous et moi...

Il continuait à l'embrasser et à la dévêtir. Ils étaient debout devant le lit et il s'apprêtait à la renverser. Mortifiée à la pensée de l'avoir blessé sans même s'en souvenir, Julie était prête à céder, à s'offrir mais soudain tout en elle se révolta. Elle tenta de le repousser faiblement d'abord puis presque violemment lorsqu'il souleva sa chemise. Elle s'écarta, bouleversée, secouée de frissons.

— Je ne peux pas, je ne suis pas prête.

— Pardonnez-moi. Comme vous me laissiez faire, je pensais que… Je suis navré.

Il n'osait pas la toucher mais elle s'effondra soudain contre lui en sanglotant. Elle pleurait comme elle ne l'avait jamais fait, épuisée d'avoir sans cesse à lutter, à subir le joug et les choix des autres. Elle ne se souvenait même pas d'avoir pris un jour une véritable décision importante dans sa vie. Elle avait obéi à son père, à Charron, à Sébastien, à Talleyrand. Maintenant, elle avait un époux dont elle ne savait rien… Elle essayait de le lui expliquer tant bien que mal au milieu de ses larmes. Tendrement, il la serra contre lui, la porta jusqu'à son lit. Il hésita à rester près d'elle ou à passer la nuit dans un fauteuil. Elle s'agrippa à ses bras.

— Restez près de moi, Charles. Je vous en prie, restez. Je me sens si seule…

— Vous ne serez plus jamais seule, je vous le promets. Je serai votre époux et votre ami. Il faut juste que vous m'accordiez un peu de votre confiance.

Elle hocha la tête. Et les larmes, trop longtemps contenues, continuaient à ruisseler.

Lorsque Charles s'éveilla, Il était seul dans le lit. Julie tenait devant elle sa tenue d'amazone, coupée dans un beau velours vert sombre, et s'observait devant le miroir. Elle était pâle mais semblait déterminée à ne plus montrer sa détresse.

— Vous n'êtes pas obligée d'y aller. Ma tante a tendance à prendre les décisions pour les autres.

— J'irai. J'aime bien votre tante. Je n'ai jamais connu personne qui lui ressemble.

— J'en suis heureux. Tant que vous ne décidez pas de l'imiter. En revanche, ne le dites pas à mère quand vous la rencontrerez. Toutes deux se détestent cordialement. Ou plutôt ma mère déteste Charlotte qui s'en moque éperdument.

— Je saurai m'en souvenir. À propos d'hier soir…

— N'en parlons plus, je vous en prie.

— Oh, si, parlons-en au contraire. Je suis désolée de mon comportement et de mon ingratitude. Je n'ai rien à vous reprocher. Vous avez renoncé pour moi à un mariage bien plus honorable qui vous aurait comblé et aurait fait la joie de votre famille. Je serai votre épouse, je vous le promets. Laissez-moi juste un peu de temps.

Il s'était levé et approché. Il l'embrassa tendrement sur le front et lui prit le menton, l'obligeant à lever les yeux vers lui.

— Sachez que je n'ai aucun regret en ce qui concerne notre mariage. Vous m'avez plu dès le premier jour, à la pension. Vous étiez si timide, vous rougissiez et vous baissiez vos si jolis yeux dès que quiconque vous parlait. Cela m'a touché. Et je vous ai vue prendre confiance en vous, devenir plus sereine. J'ai envisagé de vous faire la cour. Puis, je vous ai vue heureuse, alors j'ai accepté que vous deviez ce bonheur à un autre et je me suis tu. Aujourd'hui, je me trouve lié à vous, sans être passé par les étapes habituelles d'une union et je regrette que nous n'ayons pas davantage pris le temps de nous connaître. Mais votre sécurité et Talleyrand exigeaient que tout aille si vite… Je tiens réellement à vous, ma belle amie, et j'espère qu'un jour vous répondrez aux sentiments que je vous porte.

— Je ne peux pas vous le promettre…

— Je le sais et je le comprends. J'espère pourtant que le jour où vous viendrez à moi, ce ne sera pas par devoir.

***

Le mariage de Louise eut lieu quelques semaines plus tard. Julie, Charles et ses parents étaient conviés à la noce qui avait lieu chez Charlotte. La jeune femme appréciait cette bouffée d'air amenée dans son quotidien. Elle s'était réellement attachée à son époux bien que leur vie intime n'ait pas évolué. Ils dormaient dans deux chambres séparées par un petit boudoir qui leur permettait de se retrouver sans passer par le couloir. Pour donner le change à ses parents et aux domestiques, Charles venait régulièrement la rejoindre. Ils passaient alors des nuits singulières, allongés côte à côte sans dire un mot ou en profitant au contraire pour bavarder longtemps, apprenant ainsi à se connaître. Elle avait conscience qu'il n'attendait qu'un geste d'elle pour aller plus loin mais était incapable de s'y résoudre. Elle ressentait parfois le désir de se donner à lui mais le visage de Sébastien revenait trop souvent la hanter pour qu'elle puisse se laisser aller.

Elle s'entendait plutôt bien avec son beau-père, Hubert, brillant avocat qui lui avait témoigné tout de suite de l'affection et de la gentillesse. Il avait décidé de lui apprendre les échecs et lui laissait accès à sa bibliothèque. Il avait été impressionné par l'un des cadeaux de Talleyrand, trouvé dans ses malles, une sélection soigneuse de romans, de pièces de théâtre et de traités philosophiques, et lui conseillait à son tour des lectures variées. Avec sa belle-mère, les relations étaient plus difficiles. Clotilde Dubois-Mareuil était née noble, fille d'un comte guillotiné pendant la Révolution. Si elle aimait sincèrement son époux, elle n'avait jamais accepté sa condition bourgeoise et avait envisagé pour son fils unique un mariage bien plus avantageux. Le voir revenir de Paris marié à une femme sans naissance, dont elle ignorait tout, avait été pour elle un véritable camouflet. Elle scrutait Julie, la reprenait sur ses manières, cherchait à la piéger sur ses connaissances en art ou en littérature et avait été choquée d'apprendre qu'elle ne savait jouer d'aucun instrument de musique.

Julie se sentait cependant en sécurité. Charles lui avait expliqué que Talleyrand avait fait dater leur mariage de trois mois plus tôt et que l'acte avait été enregistré dans la commune de Valençay où le diplomate possédait un château. Si quelqu'un faisait des recherches, il aurait bien du mal à retrouver une trace de leur mariage et de la nouvelle identité de Julie. Elle s'était bien inquiétée aussi d'avoir pu être suivie au moment de leur départ. Là aussi, Talleyrand avait tout prévu : deux autres voitures avaient quitté sa maison dans la nuit. Dans l'une d'elles, Landry était accompagné d'une femme dont le capuchon baissé laissait néanmoins apparaître assez de cheveux blonds pour que l'on puisse croire qu'il s'agissait de Julie. Et si jamais ses tourmenteurs parvenaient jusqu'à Nantes, ils devraient encore pénétrer dans une maison où elle était entourée d'une famille et de domestiques.

Ce soir-là, elle était avec Charles dans la chambre qu'ils avaient déjà occupée lors de leur première visite. Ils avaient passé une agréable journée à essayer de suivre Charlotte qui vérifiait tous les détails de la cérémonie prévue le lendemain. Ils avaient ri ensemble en observant Clotilde dont les lèvres se pinçaient dès qu'elle constatait que sa belle-sœur ne se conduisait pas en dame, ce qui avait commencé dès le matin puisque Charlotte s'était présentée à eux vêtue d'une culotte et d'une chemise d'homme… Les jeunes époux en avaient ri toute la journée. Julie venait de renvoyer Étiennette qui tombait de sommeil et dénouait ses cheveux. En jetant un coup d'œil dans le miroir, elle aperçut Charles qui l'observait, assis dans un fauteuil, et lui tendit la brosse.

— Voulez-vous ?

Il s'approcha en souriant. Depuis leur mariage, il prenait un plaisir extrême à brosser sa chevelure, passant de longues minutes à l'admirer et à l'étirer entre ses mains. Il avait obtenu qu'elle ne paraisse jamais en public que les cheveux noués en chignon ou bouclés très haut. La véritable nature de cette parure, cette soie claire et brillante, n'appartenait qu'à lui.

Elle se mit soudain à rire pendant qu'il s'appliquait à sa tâche. Il s'arrêta, interloqué.

— Je suis navrée. Je ne devrais pas rire mais je ne cesse de penser aux yeux de votre mère lorsque Charlotte nous a accueillis. Elle était tellement horrifiée.

— Ne soyez pas désolée. J'en ai ri autant que vous toute la journée.

De fait, il était de nouveau hilare, au point que sa main en tremblait. Julie se tourna vers lui et lui prit la brosse des mains.

Lorsque leurs doigts s'effleurèrent, elle frissonna, redevenant soudain sérieuse. Elle avait pensé plusieurs fois ce jour-là à l'instant où ils seraient seuls dans leur chambre. Et, loin de l'effrayer, cette perspective avait éveillé en elle certaines sensations qu'elle croyait endormies à jamais. Elle se leva, posa une main sur sa joue. Se hissant sur la pointe des pieds, elle posa sur ses lèvres un baiser léger.

— Vous voulez bien me prendre dans vos bras ?

— Vous êtes sûre que…

— J'en ai envie depuis des heures.

Alors il se pencha vers elle, l'enlaça et l'embrassa à lui couper le souffle, bouleversé de sentir qu'elle lui répondait, de sentir ses mains qui caressaient son dos, de sentir son corps tout entier plaqué contre le sien. Ils s'écartèrent un instant, le temps de se dévêtir, et se serrèrent à nouveau l'un contre l'autre. Il la souleva légèrement. Elle comprit son intention et noua ses jambes autour de lui. Il la porta ainsi jusqu'au lit où il la renversa doucement.

Un peu plus tard, allongé sur le côté, s'appuyant sur un coude, il la contemplait tandis qu'elle reprenait son souffle. Elle rougit et voulut se couvrir du drap. Il arrêta son geste.

— Ne vous cachez pas. J'ai attendu si longtemps et vous êtes si belle…

Elle se dressa légèrement, l'embrassa et passa son doigt sur son front où elle lisait un pli soucieux.

— Pourquoi être aussi inquiet ? Qu'y a-t-il, Charles ?

— J'ai peur d'avoir goûté au paradis et d'en être maintenant privé. Je crois que je finirais par y perdre la raison.

— Alors, il faut empêcher cela…

Elle jeta son bras autour de son cou et l'attira à elle, le caressant, s'offrant. Elle l'embrassa puis fit glisser ses lèvres sur sa joue, de manière à pouvoir murmurer à son oreille, et prononça son prénom plusieurs fois. Il soupira de joie et chuchota à son tour.

— Julie, ma belle Julie, ma belle amie Julie….

***

Le lendemain, jour de fête, Charles ne pouvait détacher ses yeux de Julie au point qu'elle en rougissait et devait cacher son trouble derrière son éventail. Elle était heureuse de le voir si comblé et en même temps embarrassée de ne pas être la seule à le remarquer. Heureusement, Louise était ravissante dans sa toilette de mariée et attirait tous les regards. Le temps était resplendissant, le ciel, d'un azur sans nuage et les invités en profitaient pour s'égailler sur les pelouses autour de la maison. Julie profita d'un court moment d'absence de Charles pour descendre jusqu'à la rivière, à l'ombre d'un grand saule pleureur. Il faisait très chaud et elle ne se sentait pas très bien. La peau moite, elle frissonnait et une légère nausée l'incommodait, lui faisant tourner la tête.

— Tout va bien, ma fille ?

Elle sursauta, n'ayant pas entendu Hubert arriver. Elle le rassura d'un mouvement de tête mais ce simple geste suffit à aggraver son malaise. Elle appuya sa main sur le tronc de l'arbre, effrayée de sentir ses jambes se dérober sous elle. Aussitôt, il lui prit le bras et voulut l'entraîner vers la maison.

— Je vous ai vue vous éloigner et j'ai compris à votre démarche que quelque chose n'allait pas. Venez, je vous raccompagne à votre chambre.

— Non, s'il vous plaît. Je ne veux pas attirer l'attention. Laissez Louise profiter de cette journée sans la troubler. Cela va déjà mieux. J'ai dû boire trop de champagne sans y prêter attention et avec cette chaleur…

En effet, elle sentait les effets du malaise se dissiper aussi vite qu'il était apparu. Elle accepta toutefois le bras d'Hubert et fit quelques pas avec lui le long de la berge.

— Vous rendez mon fils heureux, Julie. Je vous en suis reconnaissant. Votre présence à tous les deux a redonné un peu de vie dans notre famille.

— Merci, Monsieur. Vos mots me touchent beaucoup. Je ferai tout pour que Charles soit heureux, je vous le promets. Et j'aimerais tant que votre épouse en soit convaincue aussi…

— Ne soyez pas trop dure avec elle. Ce n'est pas une femme méchante. Nous n'avons malheureusement eu qu'un seul enfant et elle l'aime plus que tout. Elle avait commencé à arranger un beau mariage pour lui et votre arrivée l'a contrariée. Si vous faites le bonheur de Charles, elle vous aimera. Laissez-lui du temps…

Ils reprirent doucement la direction de la maison. Le malaise de Julie s'était totalement dissipé et, lorsqu'elle aperçut Charles venir à leur rencontre, elle eut soudain très envie d'être dans ses bras. Hubert s'écarta aussitôt pour laisser place à son fils. Celui-ci se pencha vers son épouse ; elle en profita pour lui voler un léger baiser et murmurer à son oreille.

— Retirons-nous de bonne heure ce soir, voulez-vous ?

Il lui rendit son baiser et pressa ses doigts posés sur son bras avec un sourire entendu.

— Je voudrais pouvoir le faire tout de suite…

Ils repartirent pour Nantes le lendemain malgré un nouveau malaise de Julie à son réveil. Elle souffrait d'une violente nausée mais refusait de se plaindre devant la jeune mariée. Dans la voiture, elle renversa sa tête en arrière, une main sur la bouche avec une légère grimace. Clotilde Dubois-Mareuil se montra à la fois acerbe et extrêmement perspicace…

— Allons, Madame, un peu de tenue. Que diable, vous n'êtes pas la première femme enceinte de la création.

Julie la fixa d'un œil rond. Elle y pensait depuis la veille mais ne voulait pas y croire. Instinctivement, elle posa la main sur son ventre. Était-elle vraiment enceinte ? Le miracle qu'elle avait tant espéré s'était-il produit ? Et surtout, si c'était le cas, quand cela avait-il eu lieu ? Lors de sa brève nuit de noces avec Charles ? Ou bien, deux jours plus tôt, lors des adieux de Sébastien ?

11

Le miracle avait bien eu lieu. Julie voyait chaque jour son ventre s'arrondir et son corps se transformer. Elle essayait de ne pas s'interroger sur la paternité de son enfant. Charles n'émettait aucun doute et était fou de joie. Il ne cessait de parler de son fils à venir, de leur avenir commun et elle se laissait peu à peu gagner par son enthousiasme. Sa plus grande peur était désormais de ne pas mener sa grossesse à terme, de ne pas connaître le bonheur d'être mère maintenant qu'elle sentait l'enfant bouger. Elle s'alarmait pour un rien, restait assise pendant des heures, guettant chaque sensation nouvelle, ce qui attendrissait Charles et agaçait Clotilde. Elle s'en moquait. L'enfant qu'elle portait concentrait toute son attention, son amour et ses inquiétudes.

Il restait un peu moins de trois mois avant le terme et ils recevaient ce jour-là la visite de Louise et de sa mère. Martin, l'époux de la jeune femme, n'était pas là. Ancien officier de l'armée de Napoléon, il était parti à Paris avec le maigre espoir de se faire payer un arriéré de solde. Une foire aux chevaux se tenait sur les bords de Loire et Charlotte insista pour que Charles et Julie se joignent à elles.

Louise lui avait pris le bras et les deux jeunes femmes marchaient ensemble, quelques pas devant Charlotte qui s'arrêtait régulièrement devant les chevaux. Elle avait en tête une nouvelle acquisition et discutait pied à pied avec les marchands. Charles demeurait à ses côtés, s'assurant que nul ne trouve à redire à l'attitude ou au franc-parler de sa tante.

— Vous êtes bien gaie aujourd'hui, Louise. Votre époux ne vous manque pas ?

Elles s'étaient arrêtées devant une belle jument alezane et Julie, retrouvant les habitudes de son enfance, flattait l'encolure lustrée de la bête. Elle jeta un regard en coin à sa cousine par alliance qui avait baissé les yeux.

— J'apprécie un peu de solitude. Vous savez mon mariage ne ressemble pas au vôtre…

— Quoi ? Vous n'êtes donc pas heureuse ?

Elle avait parlé un peu trop fort et plusieurs personnes s'étaient retournées. Louise sourit.

— Ni heureuse ni malheureuse. J'ai accepté une union qui était dans l'intérêt de tous. Ma mère et Martin attendent de moi que j'aie un fils qui héritera de leurs biens.

— Vous vous contentez de n'être que…

— Nous n'avons pas toute votre chance, ma cousine. Au moins, maintenant j'ai une amie, n'est-ce pas ?

— Oui, Louise et vous savez que vous pouvez vous fier à moi.

Elle se retourna vers la jument qui tendait sa belle tête vers elle et se figea soudain. Près de l'animal, un homme venait d'apparaître, sans doute attiré par le son de sa voix, et la dévisageait avec stupeur. Elle ne pouvait se tromper ni sur la silhouette massive, ni sur le visage buriné. Il s'agissait bien du redoutable Marcel Charron, son ancien maître, qu'elle avait fui quatre ans auparavant après avoir laissé pour mort son fils Clovis. Elle parvint à rester maîtresse d'elle-même et tourna un visage souriant vers Louise.

— Je crois que nous nous sommes un peu éloignées de votre mère. Allons la rejoindre, voulez-vous ?

Elle l'entraîna rapidement, cherchant instinctivement la protection de Charles. Elle avait une envie folle de s'enfuir, loin, très loin. Charron l'avait reconnue, c'était évident, et il pouvait détruire toute sa vie et celle son époux. Un court instant, elle se demanda si elle serait pendue enceinte ou si la justice attendrait son accouchement… Elle aperçut Charles et trouva un mince réconfort dans ses yeux bleus qui s'éclairèrent en la voyant approcher puis s'assombrirent en la voyant si pâle.

— Vous êtes souffrante, Julie. L'enfant ?

— Je me sens fatiguée. Pouvons-nous rentrer ?

— Ma tante n'a pas fini ses négociations mais je vais vous reconduire à la voiture. Rentrez avec Louise et nous prendrons un fiacre.

Elle hocha la tête. Elle aurait voulu qu'il reste à ses côtés mais, plus que tout, elle souhaitait s'éloigner de Charron. S'il ne l'avait pas suivie, il ne la trouverait peut-être pas... Mais elle entendit sa voix derrière elle alors qu'il écartait la foule pour la rejoindre. Elle se retourna et le vit, tout proche, ombre menaçante du passé qui ressurgissait. Elle choisit alors la seule solution qu'elle entrevit : elle poussa un gémissement et fit semblant de s'évanouir dans les bras de Charles. Elle sentit qu'il la prenait dans ses bras et l'emportait. Elle entrouvrit les yeux et eut le temps d'apercevoir Charron qui s'approchait du marchand et de Charlotte. Elle était terrifiée et se retenait de hurler. Les yeux clos, elle se laissa emporter, se concentrant sur la voix de Charles qui essayait de la ranimer. Elle avait honte de lui mentir mais elle n'avait pas la force d'affronter la réalité. Elle reconnut le tissu doux de leur voiture lorsqu'il la déposa sur les coussins. Il l'embrassait, lui serrait les mains. Soudain, une main ferme lui souleva la tête et lui fit respirer des sels. Elle éternua et n'eut pas d'autre choix que d'ouvrir les yeux. Penchés sur elle, son époux et sa tante la fixaient. Mais si le visage de Charles révélait son inquiétude, celui de Charlotte exprimait surtout de l'incompréhension et de la suspicion...

Le jeune homme s'assit à ses côtés et lui passa un bras autour des épaules. Elle s'appuya contre lui, reprenant son souffle. Elle sentait son cœur battre violemment dans sa poitrine et n'aspirait qu'à s'éloigner de cette foire.

— Vous m'avez fait si peur, ma belle amie. Nous allons rentrer et vous pourrez vous reposer.

— Vous n'avez pas besoin de moi, je pense. Louise ira avec

vous. Pour ma part, je tiens à ce cheval que j'ai vu. J'y retourne. Je rentrerai seule.

Ils n'eurent pas le temps de retenir Charlotte qui avait sauté de la voiture pour s'élancer vers la foule. La voiture s'ébranla aussitôt et Julie essaya vainement de se convaincre que cette femme impétueuse ne partait pas à la recherche de réponses à ses questions.

Un peu plus tard, dans la pénombre de sa chambre dont on avait clos les volets pour qu'elle se repose, Julie ne parvenait pas à trouver la paix. Depuis qu'elle se savait enceinte, elle croyait que le bonheur était possible. Si tout allait bien, elle allait devenir mère, Charles était un époux charmant et attentionné et elle découvrait le plaisir nouveau d'avoir une famille. Même le caractère revêche de sa belle-mère n'éteignait pas cette joie qui réchauffait son cœur. Et là, tout près, une menace se profilait, qui pouvait tout détruire. Elle sursauta lorsque la porte s'ouvrit soudain sur Charlotte qui entrait sans attendre d'y être invitée. Elle s'approcha du lit où Julie s'était étendue et lui tendit un billet soigneusement plié.

— Je ne sais pas qui est cet homme ni pourquoi il vous effraie au point que vous avez fait semblant de vous pâmer. Mais il m'a remis ceci pour vous.

— Vous lui avez parlé ?

— Juste quelques mots. Rassurez-vous, il ne m'a rien dit de compromettant. Il veut vous parler.

— Vous l'avez lu ?

— Pour qui me prenez-vous ?

Elle s'écarta d'un pas, le visage fermé. Julie demeurait muette et immobile, le billet à la main. Elle n'osait pas l'ouvrir devant Charlotte mais comprit que cette dernière ne partirait pas. Alors, elle le déplia. Il n'y avait que quelques mots, griffonnés à la hâte.

Nous devons parler. Viens demain à onze heures à la cathédrale. Je t'attendrai.

Elle se sentit pâlir. Charlotte se rapprocha, s'assit sur les bords du lit et lui prit la main.

— Je ne vous connais pas depuis longtemps mais je vous apprécie vraiment. Que puis-je pour vous ? Je ne sais pas ce qui vous arrive mais j'ai envie de vous aider…

— Cet homme à la foire… il peut détruire toute ma vie. Tout ce que je construis avec Charles. Je ne veux pas que Charles soit blessé. Et s'il parle…

— Que dit-il dans ce billet ?

Julie le lui tendit. Elle ne savait pas si elle pouvait se fier à Charlotte mais elle avait désespérément besoin d'aide.

— Il n'y a rien de bien menaçant. Et je ne l'ai pas trouvé non plus bien terrible tout à l'heure. Il paraissait plutôt surpris et embarrassé. Quand je lui ai demandé ce qu'il vous voulait, il n'avait pas l'air sûr de lui. Je ne suis pas certaine qu'il vous veuille du mal…

— Il va me détruire, je le sais. S'il n'y avait que moi, quelle importance ? Mais Charles… Je ne veux pas…

Elle s'agitait nerveusement ; Charlotte posa sa main sur son ventre.

— Calmez-vous. Demain, je vous accompagnerai.

— Je n'irai pas.

— Vous irez. Je ne sais pas ce qui vous lie à cet homme et je ne vous poserai pas de question. Vous tenez à mon filleul, c'est tout ce qui m'importe. Mais si vous n'allez pas à ce rendez-vous, il viendra peut-être ici. Vous voulez prendre ce risque ?

Épouvantée à cette perspective, Julie secoua la tête. Elle verrait Charron. S'il le fallait, elle le supplierait. Elle devait gagner du temps. Peut-être aurait-elle le temps de demander de l'aide à M. de Talleyrand. Son intérêt lui avait paru sincère ; il accepterait peut-être…

— Soit, je vais le rencontrer. Mais j'irai avec Étiennette. Je ne veux pas lui montrer qu'il me fait peur.

— Emmenez Étiennette si vous le voulez mais je viens également. Et vous me connaissez assez pour savoir que je ne changerai pas d'avis. Reposez-vous. Je dirai à mon frère et à ma belle-sœur que vous n'êtes pas remise. Votre visage est un livre ouvert, ils sauraient tout de suite que vous cachez quelque chose.

***

Le lendemain, les trois femmes se rendirent à pied à la cathédrale. Étiennette suivait ces dames, tenant contre elle un livre de prières. Elles s'arrêtèrent quelques instants devant le château, partiellement détruit par l'explosion d'une poudrière une quinzaine d'années plus tôt. L'ancienne demeure des ducs de Bretagne avait été convertie en arsenal et en prison. Julie eut des frissons en songeant qu'elle pourrait y être enfermée dans quelques heures. Elle prit le bras de Charlotte et l'entraîna vers la cathédrale Saint-Pierre toute proche. Encore inachevé et également endommagé par l'explosion, l'édifice était cependant superbe et imposant. Son caractère solennel, la représentation du Jugement dernier ornant le portail principal ne rassurèrent pas Julie. Elle fit un pas en arrière, pensant à s'enfuir, loin, très loin, là où personne ne la retrouverait. Ni les Charron, ni Pied-de-Biche. Mais c'était compter sans Charlotte qui la poussa vers la cathédrale avec un geste du menton.

— Vous n'avez pas le droit de fuir. Et puis, pensez qu'on ne donne pas rendez-vous dans un édifice religieux pour faire un scandale. Ayez confiance en l'avenir.

Julie obtempéra. Plongeant sa main dans le bénitier, elle se signa avec ferveur mais renonça à prier. Elle n'avait pas assez de temps pour cela. Elles longèrent quelques instants le bas-côté, le bruit de leurs pas résonnant dans le silence de la cathédrale. Elles aperçurent vite Charron, en admiration devant un tableau de saint Jean-Baptiste. Il sourit en voyant la jeune femme et lui offrit son bras.

— Je suis heureux que tu sois venue, petite. J'ai obtenu l'autorisation d'utiliser la sacristie. Tu veux bien m'y accompagner ?

Elle hésitait. Il n'avait pas l'air menaçant mais elle le craignait plus que tout. Il laissa retomber son bras en constatant qu'elle ne le prenait pas. Il lui parlait doucement pour ne pas l'effaroucher davantage.

— Je ne te veux aucun mal, petite. Juste parler. Et je ne t'ai jamais menti, n'est-ce pas ?

Elle secoua la tête, essaya de lui sourire en retour, légèrement rassurée, et lui emboîta le pas. Charlotte s'engagea à leur suite mais Charron sembla contrarié.

— Si tu le permets, petite, je crois qu'il vaut mieux que tu sois seule. Ne vous inquiétez pas, Madame, il ne lui sera fait aucun mal, je vous le promets.

Charlotte alla s'asseoir, dubitative, en dardant sur Charron un regard qui se voulait menaçant. Julie échangea coup d'œil entendu avec Étiennette. Elle l'avait prévenue avant de partir. « *S'il m'arrive quelque chose aujourd'hui, préviens Monsieur de Talleyrand ou sa nièce...* »

Elle suivit Charron jusqu'à la sacristie dont il referma la porte sur eux.

— Je suis heureux de te revoir, petite.

Elle ne répondit pas à Charron, figée de terreur. César, son fils aîné, lui souriait, appuyé sur le chasublier. Elle voulut reculer mais le père se tenait entre elle et la porte. Elle se précipita néanmoins, tentant de le contourner pour s'enfuir. Il la retint facilement, en posant sa large main sur la porte. Elle était prisonnière, à la merci des deux hommes. Elle ne reverrait jamais Charles.

— Voyons, n'aie pas peur. Je t'ai dit que tu n'avais rien à craindre.

— C'est de moi que Julie a peur, Papa. Pas de toi. N'est-ce pas, Julie ?

Elle hocha la tête, lançant des regards désespérés autour d'elle.

— Qu'est-ce que vous allez faire de moi ?

— Rien du tout. Nous voulons juste te parler, je te l'ai dit tout à l'heure.

— Nous devrions tous nous asseoir. Tiens, Julie, prends cette chaise.

En s'asseyant, elle remarqua qu'il avait placé les sièges à bonne distance les unes des autres. Ni l'un ni l'autre n'avaient l'air menaçants mais elle ne pouvait s'empêcher de trembler. Charron prit la parole en premier.

— Tout d'abord, petite, il faut que tu saches que Clovis va bien.

— Il s'est donc remis ?

— Il est resté presqu'un mois entre la vie et la mort, mais mes fils ont la tête dure.

— Et la première chose qu'il a faite en reprenant conscience, c'est de te réclamer. J'ai cru qu'il voulait te dénoncer mais c'était tout juste le contraire. Il ne voulait pas qu'on te fasse de mal. Il disait que c'était sa faute…

— Il a voulu…

— Je sais. La même chose que moi quelques jours auparavant. Lorsque mon père m'a dit qu'il t'avait vue hier et qu'il t'avait donné ce rendez-vous, j'ai aussitôt demandé à l'accompagner. Je ne te demande pas de pardonner ma conduite mais je veux te présenter toutes mes excuses pour ce que j'ai fait.

— Vous avez menti à votre frère, n'est-ce pas ? Vous lui avez dit que j'avais cédé ?

— Oui, et je l'ai beaucoup regretté. Je le regrette encore. Clovis était sincèrement amoureux de toi mais je ne le savais pas. Quand mon père nous a surpris, j'étais tellement embarrassé que j'ai voulu te salir. Je lui ai dit des horreurs sur toi. Pas un mot de vrai, évidemment. Mais Clovis m'a cru et il en a été blessé très profondément. Bien plus que je ne le pensais. Il était très jeune.

— J'étais encore plus jeune que lui. Je n'étais qu'une enfant et vous avez voulu me forcer. Tous les deux. L'un après l'autre. Et vous voulez que je vous trouve des excuses ?

— Pas à moi. Mais à Clovis, oui. Il voyait en toi une jeune fille idéale et n'avait jamais douté de ton honnêteté avant que je lui parle. Il voulait te faire la cour. Il m'a même dit qu'il avait pensé à t'épouser mais qu'il craignait notre père.

— Pourtant, j'aurais sans doute accepté. Pas à cette époque-là, vous étiez trop jeunes mais un peu plus tard, pourquoi pas ?

— Quand j'ai menti à Clovis, je ne savais pas le mal que je lui faisais. Il avait toujours eu une confiance aveugle en moi.

J'ai détruit la belle image qu'il avait de toi et sali son amour. Le soir du bal, il avait un peu bu. Tu étais plus ravissante que jamais. Alors, il a pensé que si tu avais été à d'autres, tu pouvais bien être à lui aussi, que tu ne méritais pas le respect qu'il avait pour toi. Il pensait que tu céderais facilement. Vois-tu, si je suis venu aujourd'hui, c'est pour te demander de lui accorder ton pardon. Tu ne crois pas qu'il a été bien assez puni comme cela ? Il a failli mourir et il a eu le cœur brisé. Il n'a jamais cessé de s'inquiéter pour toi et il n'a plus jamais eu confiance en moi. Il y a quelques semaines encore, nous sommes passés devant le lavoir, j'ai vu des larmes dans ses yeux. Il ne se pardonne pas ce qui est arrivé alors que j'en suis le principal responsable.

— Vous voulez que je lui pardonne ? Pourtant ce soir-là, vous ne lui avez pas dit de me frapper et de me violer. Il l'a bien fait de sa propre initiative.

— Parce qu'il m'a trop fait confiance. Alors, oui, Julie, je te demande de lui accorder ton pardon. Pas le mien. Juste le sien. Pour qu'il retrouve un peu de paix. Et avec un peu de chance, il me rendra un peu son affection.

La voix de César était plus rauque et ses yeux brillaient anormalement. Julie détourna la tête vers Charron.

— Clovis est vivant, mais je peux être condamnée pour les coups que je lui ai infligés. Et il reste le vol. Je suppose que c'est à César que je dois aussi ces belles accusations.

— J'ai voulu protéger mon frère. Je me doutais bien de ce qu'il avait fait mais je ne pouvais pas l'accuser. Ni dire pourquoi il avait fait ça. J'avais honte. Et j'avais peur.

— Peur ? Non, vous ne savez pas ce que c'est que la peur. La peur, ça rend malade, ça empêche de dormir. La peur, ça rend presque fou, ça transforme les billets en menaces, les rêves en cauchemars. Et vous voulez me faire croire que vous avez connu tout ça ? Vous n'avez pas idée de l'enfer que j'ai vécu après tout ça. La fuite, la solitude, les violences, les trahisons. Tout ça parce qu'un jour, vous, le fils du maître de maison, vous vous êtes dit que vous aviez le droit de culbuter une petite bonne dans le foin où elle se reposait après des heures de labeur et que personne ne trouverait rien à y redire. Et vous venez me parler de pardonner ? Comment pouvez-vous oser prononcer ce mot ? Jamais, vous entendez ? Jamais ?

— Petite, pour les blessures de Clovis, comme pour le vol, j'ai fait arrêter toutes les recherches et toutes les poursuites. Tu ne seras jamais inquiétée. C'est pour ça que je voulais te parler. Tu peux être tranquille et vivre sereinement auprès de ton époux et avec ton petit qui arrive. Quant à moi, je te demande pardon de n'avoir pas su te protéger autrefois.

— C'est certain, je ne risque pas d'être arrêtée ? C'est fini ?

— Fini. Et bien fini. Tu peux être en paix, petite. Par contre, il ne faut pas que tu reviennes au village. Jamais. Tu y serais en danger.

— Je vois. Vous ne m'avez pas innocentée auprès des villageois, n'est-ce pas ? Ils croient toujours que je vous ai volé et que j'ai voulu tuer Clovis.

— Je ne pouvais pas dire ouvertement ce que mes fils avaient fait. Tu étais loin et je ne pensais pas te revoir un jour.

— Dites-moi au moins comment vont mon père et mon grand-père. Puisque je ne pourrai jamais les revoir.

— Ton grand-père vit chez les Findroy. Il a frappé à leur porte un soir. Ton père s'était enfermé dans sa maison et refusait de lui ouvrir. Il a trouvé refuge chez eux et il y est bien même si nous savons tous que sa maison lui manque. Mais au moins, il ne risque pas de passer la nuit dans la cour ou de se casser quelque chose parce que Chesnay ne se rend pas compte de ce qu'il fait...

— Mon père boit toujours autant ?

— Plus que jamais. Je lui ai racheté une partie de ses champs...

— Mais pourquoi ? C'était son seul bien, son seul revenu...

— On gagne de l'argent quand on exploite sa terre, petite. Ton père laissait ses champs à l'abandon, tu le sais. Il a vécu sur tes gages quand tu travaillais chez moi. J'ai repris ses champs avec la condition que le prix de la vente serait placé chez un notaire et qu'il en toucherait les intérêts chaque mois. De cette manière, je suis sûr qu'il ne mourra pas de faim et qu'il ne se fera pas voleur.

— Je comprends. Merci de faire ça pour lui. Vous ne lui devez rien…

— Ton père et moi avons été amis autrefois et j'ai de la peine de le voir se détruire ainsi.

— Puis-je encore vous poser une question ?

— Bien sûr, petite. Tout ce que tu voudras.

— Je voudrais savoir… Ma mère… au village, on disait que j'étais comme elle. Je sais que c'est pour ça que tout le monde me détestait, mais pourquoi ? Qu'a-t-elle fait ? Qu'ai-je à voir avec une femme dont je ne me rappelle pas et qui est morte peu après ma naissance ?

— Morte ? Qui t'a dit que ta mère était morte ? Ton père ?

— Bien sûr. Qui d'autre ? Il m'a affirmé qu'elle était morte et qu'il ne voulait plus jamais entendre parler d'elle. Personne ne m'en a jamais parlé.

— Ta mère n'est pas morte. Elle s'est enfuie quand tu étais toute petite, tu ne devais pas avoir deux ans. Je suis navré. Je pensais que tu le savais.

— Racontez-moi. Dites-moi tout ce que vous savez d'elle.

Marcel Charron hésita un instant, rassemblant ses souvenirs. Puis il expliqua à Julie ce qu'il connaissait de l'histoire de ses parents.

— Ton père et moi avons longtemps été les meilleurs amis du monde. Que la ferme de mes parents soit plus importante que celle de ton grand-père n'avait aucune importance. Il avait perdu sa mère très jeune et venait souvent chez nous où mes parents et mon frère lui donnaient beaucoup d'affection. Il était un peu le troisième fils de la maison. Évidemment, comme nous étions toujours ensemble, il a fallu que nous tombions amoureux de la même fille. Cela a été notre première dissension… Elle m'a choisi et nous nous sommes mariés. Je crois que Gustave ne me l'a jamais pardonné. Lorsque notre région s'est soulevée contre la Révolution, en 93, nous nous sommes ralliés à Charette contre les armées de la République. Nous avons combattu côte à côte. Malgré les dangers et mes inquiétudes pour ma femme qui était enceinte, j'étais heureux de me battre pour mes convictions et de retrouver mon ami. En avril, juste après la bataille de Machecoul, mon frère et moi sommes repartis pour la ferme. Mon frère était blessé et je voulais le mettre en sécurité. En route, nous avons été arrêtés par une patrouille de soldats bleus. Les nôtres sont venus à notre secours mais il était trop tard pour mon frère et c'est son corps que j'ai ramené à mes parents… J'ai aussitôt repris le chemin de l'armée mais je n'ai pas retrouvé ton père. Il était parti un jour avant moi et ne nous a jamais rejoints.

Julie frissonna à cette évocation. Elle se souvenait de la menace de son grand-père au moment de sa fuite. « *Tu vas la laisser partir et ne pas la poursuivre. Sinon, tout le village saura dès demain pourquoi tu es parti en 93. Je n'hésiterai pas.* » Son père avait-il trahi son ami puis pris la fuite dans la crainte d'être découvert ? Devait-elle en parler à Charron ? Elle choisit de garder le silence. Le sort de Gustave Chesnay dépendait en partie de Charron qui veillait sur lui à sa façon. Et aussi brutal et mauvais qu'il avait été, il restait son père.

— Ton père est revenu au début de l'année 96. Les conflits étaient presque éteints. Il n'était pas seul. Il avait maintenant une femme et une fille sans que personne sache quand il s'était marié exactement ni où. Ta mère était une jeune femme magnifique, elle attirait tous les regards. Mais, rapidement, tout le village a pu voir que ce n'était pas une femme heureuse. Pourquoi elle avait épousé Gustave, c'était un mystère mais elle ne l'aimait pas. C'était évident. Cet été-là, comme chaque année, les fermiers du village, ceux qui restaient après la guerre, se sont réunis pour les moissons. Nous commencions par les fermes les plus pauvres, celles où les hommes manquaient le plus. Nous comptions ceux qui restaient, le soir, nous pleurions les morts, nos amis, nos frères…

Il s'interrompit, les yeux humides, perdu dans des souvenirs à la fois lointains et si proches. Julie lui laissa quelques instants puis posa une main sur son bras.

— Pardonnez-moi. Mais, ma mère ?

— Excuse-moi, petite. J'ai toujours de la peine à évoquer ceux qui sont partis même si je ne regrette pas de m'être battu…

Enfin, c'est loin tout ça… Donc, un soir, nous étions tous réunis dans la cour d'une ferme. Les hommes se reposaient de leur journée pendant que les femmes s'occupaient du repas et des petits. Nous avons entendu un bébé qui pleurait parce qu'il avait faim. C'était toi, petite. Tu pleurais à fendre l'âme et personne ne trouvait ta mère. Une autre femme a heureusement pu te nourrir mais ton père s'est mis en colère et il s'est mis à la recherche de la mère. Il l'a trouvée à l'arrière d'une charrette, avec un gars du village. Je n'ai pas besoin de t'expliquer ce qu'ils faisaient. C'est là que le scandale a commencé et que la réputation de ta mère a basculé. Ton père l'a insultée, lui reprochant de se faire besogner au lieu de s'occuper de son enfant. Tout aurait pu s'arrêter là si elle avait accepté la remontrance qu'elle méritait mais elle a refusé… Elle a hurlé, elle vociférait comme une damnée. C'était un drôle de spectacle de la voir comme ça, avec la poitrine nue, toute rouge de la lueur des flammes. Elle a crié à ton père qu'il fallait bien qu'elle trouve ailleurs ce qu'il ne savait pas lui donner chez elle. Elle l'a humilié sciemment en public, d'abord en le trompant, ensuite avec ses mots. Il était fou de rage. Il l'a prise par les bras, il la secouait. Nous avons cru qu'il allait la jeter dans le feu. Quelques hommes ont voulu s'approcher pour l'arrêter et nous avons tous entendu ce qu'elle lui disait : « *Tu ne peux rien contre moi, Gustave Chesnay. Et tu le sais. Si tu me fais du mal, tu mourras. Tu entends, tu mourras...* » C'est ce soir-là que, pour la première fois, certains l'ont qualifiée de sorcière, d'autres de garce et d'autres horreurs encore. Ensuite, dans les semaines qui ont suivi, elle a plusieurs fois été surprise avec d'autres hommes. Certains se sont vantés de l'avoir eue sans que l'on sache si c'était vrai mais à chaque fois, elle était un peu plus salie et ton père, un peu plus humilié. Le pire de tout, c'est qu'après ce soir-là, elle t'emmenait avec elle. Elle disait que puisque ton père voulait qu'elle s'occupe de toi, elle n'avait pas le choix. Dans le village, on racontait qu'elle t'apprenait le vice.

— Mais c'était donc un monstre que cette femme ? Une…

— Non, petite, ne dis pas de ces mots en parlant de ta propre mère. Je pense qu'elle était profondément malheureuse et que sa peine la poussait à se détruire et à détruire ceux qui l'entouraient. Et puis, un jour, elle est partie. Elle a tout abandonné. Et personne ne l'a revue. Tu n'avais pas deux ans et tu as grandi comme tu as pu avec juste le vieux qui veillait sur toi et puis les Findroy. Les villageois te craignaient d'une certaine manière parce que tu ne parlais presque jamais, tu ne baissais pas les yeux. Tu fixais les gens avec tes grands yeux bleus, sans ciller, au point que certains détournaient leur regard pour éviter le tien. On a commencé à dire que tu étais la fille de la sorcière. Peut-être sorcière toi-même. Ton père disait que tu serais comme elle. Alors les villageois t'ont rejetée et t'ont accusée des mêmes maux que ta mère, surtout que plus tu grandissais, plus tu devenais belle et plus les garçons te regardaient.

— Alors, elle m'a abandonnée ? Ma mère m'a abandonnée… Et mon père, il ne l'a pas cherchée ?

— Il disait que c'était le plus grand service qu'elle pouvait lui rendre. Et que son seul regret était qu'elle ne t'ait pas emmenée avec elle.

— Tout à l'heure, vous m'avez dit de ne jamais revenir au village. Vous n'avez rien à craindre. À part mon grand-père, il n'y a personne pour me regretter et du moment que je le sais en sécurité…

— J'y veillerai, je te le promets.

— Merci. Et merci de m'avoir raconté tout ça, même si c'est dur à entendre. Est-ce que je peux vous demander de me faire prévenir si jamais il arrivait quelque chose à mon père ou à mon grand-père ? S'il vous plaît ? Je crois que j'ai le droit de savoir si…

— Je te préviendrai. Je peux faire autre chose ?

— Oui. J'ai encore une question. Comment s'appelait ma mère ? Je ne sais même pas son prénom.

— Philippine. Elle s'appelait Philippine. Je n'ai jamais su son nom de jeune fille.

— Merci. Je dois rentrer maintenant. Adieu, maître Charron.

— Adieu, petite. Sois heureuse.

Elle se leva, fit les deux pas qui la séparaient de la porte. La main sur la poignée, elle hésita puis se tourna brusquement vers César. Il était assis, la tête basse.

— Oh, César, une dernière chose. Allez porter son pardon à Clovis. Vous aviez raison sur un point, il a été suffisamment puni.

— Merci, Julie. Et bonne chance.

Elle parvint à lui sourire en hochant la tête. Le regard du jeune homme s'était illuminé et elle était fière d'être capable de commencer à pardonner. Elle retrouva Charlotte et Étiennette, côte à côte, les mains jointes, priant avec ferveur. Elle leur prit une main à chacune et les entraîna à sa suite. Elle s'arrêta devant le tableau de saint Jean-Baptiste et admira un instant la beauté de l'œuvre, ses couleurs chatoyantes et les traits purs du visage du saint. Il lui semblait qu'il la protégeait de son beau regard bienveillant.

Sur le chemin du retour, elles repassèrent devant le château. Cette fois, elle n'avait plus peur. Elle redressa la tête avec orgueil et toisa la vieille forteresse. Ce n'était pas encore aujourd'hui qu'elle renoncerait à se battre. Charlotte lui prit le bras, inquiète. Elle la rassura d'un regard et d'un sourire.

Elles marchèrent en silence quelques minutes. Sur le pont de la Paix, elles s'arrêtèrent pour admirer les bras de la Loire qui enserraient l'île Feydeau et ses belles maisons encore récentes. Julie mesura la chance qu'elle avait d'habiter là, de jouir des avantages d'une famille bourgeoise aisée, elle qui avait connu une si triste enfance. Son cœur se gonflait de reconnaissance et de tendresse en pensant à Charles à qui elle devait tant et elle eut soudain très envie de le voir. Charlotte interrompit ses pensées :

— Je vous admire, ma nièce. Vraiment. Vous avez en vous une telle force, une telle volonté d'aller de l'avant. J'aimerais que ma fille soit comme vous. Elle est si…

— Ne lui souhaitez pas de me ressembler, Madame. Ma force me vient des épreuves endurées.

***

Bouleversée, Julie tenait entre ses bras le magnifique petit garçon qu'elle avait mis au monde quelques heures auparavant. Malgré la peur des deux derniers mois qu'elle avait dû passer alitée, malgré la fatigue des dernières heures, malgré les souffrances endurées, elle refusait de prendre du repos. Ses yeux ne pouvaient se détacher du petit visage, de la bouche minuscule. Son doigt caressait les petits poings fermés. Elle était émerveillée par ce trésor tout neuf, stupéfaite de découvrir qu'elle pouvait aimer à ce point. Elle n'avait jamais rien éprouvé de tel, ne connaissait rien de comparable. Son petit garçon. Son fils. Son enfant.

— Allons, il est temps. Étiennette va conduire notre petit Hubert chez sa nourrice.

Julie ne releva même pas la tête, ne jeta pas un regard à sa belle-mère. Cette dernière pouvait parler tant qu'elle voulait, elle s'en moquait éperdument. Elle ne laisserait pas partir son bébé.

— Il s'appelle Baptiste. Et il n'ira nulle part. Je vais le nourrir moi-même.

— Vous perdez la tête, ma fille. Il est de tradition dans notre famille de donner le prénom du grand-père au premier-né. Tout comme il est impensable de le garder ici. Il sera bien mieux à la campagne.

— Il ne sera mieux nulle part qu'auprès de ses parents. Je suis sa mère. Vous ne me le prendrez pas. Et je vous le répète, il s'appelle Baptiste. Charles est d'accord avec moi et vous le savez depuis longtemps.

— Mais je n'ai jamais donné mon accord.

— Je ne pense pas que le prénom de mon enfant vous regarde, ma chère belle-mère.

— Comment osez-vous ?

Charles, qui demeurait jusque-là silencieux, assis au chevet de son épouse, se leva en souriant. Il prit sa mère par le bras et la raccompagna à la porte. Gentiment mais fermement.

— Laissez-nous, mère. Je vais parler à Julie. S'il vous plaît…

Elle sortit en maugréant tandis qu'il reprenait sa place près du lit. Le sourire de Julie était ce qu'il avait vu de plus beau jusqu'à présent. Et était contagieux…

— Julie, ma belle amie, nous sommes d'accord sur le prénom, depuis que vous me l'avez suggéré. Nous donnerons satisfaction à mes parents en choisissant Hubert comme deuxième ou troisième prénom, si vous le voulez bien.

— Je n'ai aucune objection. Tant qu'on ne me prend pas mon enfant.

— Vous savez pourtant que toutes les dispositions sont prises. Et vous avez approuvé.

— C'était avant de le prendre dans mes bras. Avant de poser les yeux sur lui.

— Nous irons le voir très souvent. Il sera heureux à la campagne.

— Il ne sera pas plus heureux qu'auprès de ses parents et aimé par eux chaque jour. Nous l'emmènerons chez votre tante de temps à autre pour lui montrer les chevaux. Si vous l'emmenez loin de moi, je partirai. J'irai avec lui.

— Julie, vous savez que c'est inévitable. Nous avons des obligations, des dîners à donner, des invitations à rendre. Comment ferez-vous ?

— J'aurai le temps qu'il faut pour lui. Je ne changerai pas d'avis.

— Vous n'êtes pas raisonnable.

— Charles, je vous aime. Mais maintenant…

Elle s'interrompit brusquement. Charles semblait frappé par la foudre. Il lui prit la main dont elle caressait l'enfant.

— Qu'avez-vous dit ? J'ai du mal comprendre.

— Je vous aime, Charles. Je n'en avais pas conscience, j'avais peur de me l'avouer mais la naissance de Baptiste change toutes mes perceptions. Je vous en prie, ne me l'enlevez pas. Je ne supporterais pas d'être séparée de lui. Je veux le voir grandir.

Il s'assit près d'elle sur le lit et l'entoura de son bras. Il hésitait, presque vaincu par sa détermination. L'enfant s'agita dans les bras de sa mère et commença à pleurer. Julie le guida doucement vers son sein et le regarda avec tendresse. Elle demeura quelques instants silencieuse puis releva la tête vers Charles dont les yeux brillaient anormalement.

— Charles, je sais bien ce que nous avions prévu et je regrette de vous contrarier. Mais ma mère m'a abandonnée et je ne me souviens même pas d'elle. Je n'ai jamais prononcé le mot « maman ». Je refuse de prendre le risque que Baptiste puisse donner ce nom à une autre. Je veux entendre ses premiers mots, le voir faire ses premiers pas. Je veux que nous soyons tous les trois. Toujours.

— Qu'il en soit comme vous le souhaitez, mon amour. Je veux votre bonheur avant tout. Pourvu que vous me disiez encore…

— Je vous aime, Charles. Et vous épouser a été la meilleure chose qui me soit arrivée.

Très lentement, il lui leva le menton et l'embrassa. Contre elle, Baptiste s'endormait paisiblement. Il ne put retenir les larmes de bonheur qui gonflaient ses paupières depuis que Julie avait avoué ses sentiments. Ils allaient enfin former une vraie famille.

***

Julie regardait avec joie Baptiste grandir et s'épanouir chaque jour un peu plus. Déjà trois ans… Elle aurait pu être parfaitement heureuse si l'enfant avait ressemblé à Charles. Mais plus le temps passait, plus elle voyait s'affirmer les traits de son fils, moins elle pouvait nier les similitudes entre son garçon et son premier amant. Il n'y avait qu'à regarder ses yeux noirs, si doux ordinairement et qui pouvait s'embraser à la moindre contrariété, pour en être convaincu. Heureusement que Charles avait une chevelure aussi sombre que son ancien compagnon pour que personne ne doute de sa paternité. Une part d'elle-même en voulait à cet homme de lui avoir joué ce mauvais tour au moment de leur séparation. Mais elle lui était bien plus souvent éperdument reconnaissante d'avoir permis qu'elle devienne mère. Elle ignorait si Charles se rendait compte que l'enfant ne lui ressemblait pas. Refusait-il de l'admettre ou bien d'en parler pour ne pas altérer leur bonheur ? C'était un père admirable, attentif, concerné. Elle adorait les voir ensemble. Deux à trois fois par mois, ils rendaient ensemble visite à Charlotte et faisaient de longues promenades à cheval, le petit garçon juché devant son père, riant de plaisir durant ces paisibles chevauchées.

Baptiste, délaissant sa toupie, se leva et vint s'accrocher à sa robe. Elle le prit aussitôt dans ses bras et le serra contre elle avec tendresse. Si seulement elle pouvait très vite lui donner un frère ou une sœur ! Mais elle devait admettre que le miracle avait eu lieu et ne se reproduirait sans doute pas…

— Encore en train de le cajoler. Vous n'en ferez donc jamais un homme.

— Je ne veux pas en faire un homme mais un petit garçon heureux. Que puis-je pour vous, Madame ?

Avec sa belle-mère, rien ne changeait. Elle n'avait pas su gagner son cœur et ne faisait d'ailleurs aucun effort pour se faire apprécier. Cette femme froide et tranchante la rebutait.

— Laissez votre fils à Étiennette et venez avec moi. Hubert a quelque chose à nous dire et nous attend dans la bibliothèque.

Julie dénoua à regret les petits bras passés autour de son cou et fit signe à Étiennette qui s'approcha. L'enfant se mit à pleurer, s'agrippant à sa mère. Clotilde, agacée, l'arracha presque des bras de Julie pour le poser entre ceux de la femme de chambre.

— Allons, assez de caprices. Votre mère a à faire, laissez-la.

— Madame, je ne vous permets pas de…

— Heureusement que vous vous avérez incapable d'en faire un autre. Il y a assez d'un petit capricieux sous ce toit. On voit bien qu'il ne tient pas de mon fils.

Elle quitta la pièce sans un regard, laissant Julie désemparée. Ce n'était pas la première fois que Clotilde lui lançait une remarque cinglante mais elle devenait de plus en plus acerbe. Avait-elle compris que Baptiste n'était pas vraiment son petit-fils ? Elle embrassa la petite joue humide et gagna à son tour la bibliothèque. Elle croisa le regard sévère de sa belle-mère et y lut une haine sourde qu'elle n'y avait encore jamais perçue. Elle s'assit près de Charles qui lui baisa la main et la serra contre lui.

— Mon père a une bonne nouvelle à nous annoncer. Il voulait que nous soyons tous réunis.

— En effet. Mon fils, vous vous souvenez bien sûr de maître Boissière, mon ami et confrère parisien pour lequel vous avez travaillé pendant vos études à Paris ? Eh bien, il me convie à l'assister sur une importante affaire d'homicide. Maître Boissière me demande de l'aider à la fois pour cette affaire et pour gérer les autres dossiers de son cabinet. Je lui ai répondu que nous allions venir ensemble lui prêter main-forte. J'ai bien fait, n'est-ce pas ?

— Bien entendu. Maître Boissière m'a beaucoup appris et je serais ravi de lui rendre un peu de ses bienfaits. De plus, si nous gagnons ce procès, le bruit s'en répandra et nous amènera des clients. Mais, il y a autre chose, n'est-ce pas ?

— Vous avez vu juste. En fait, je pense à une association à long terme. D'autant plus que maître Boissière est âgé et envisage de prendre une retraite bien méritée à l'issue du procès. Il lui faut un successeur et il a pensé à vous. Si vous vous montrez brillant durant notre séjour, ce dont je ne doute pas une minute, vous serez un des plus jeunes avocats à posséder son propre cabinet. Qu'en dites-vous ?

— Père, c'est inattendu mais c'est une très bonne nouvelle.

— Et vous, chère Julie, qu'en pensez-vous ? Vous avez habité Paris. Vous serez sans doute heureuse d'y retourner.

— Je serai heureuse tant que je serai aux côtés de mon mari. J'aime la ville de Nantes mais je le suivrais avec joie à Paris.

— Parfait. Puisque tout le monde est d'accord, nous partons demain. Maître Boissière nous attend pour la fin de la semaine.

— Demain ? Vous n'y songez pas, mon ami. Il y a des dispositions à prendre. Il faut savoir qui gardera l'enfant. Je suppose que votre sœur…

— Mère, qu'il soit clair entre nous une bonne fois pour toutes que, là où je vais, ma femme et mon fils m'accompagnent. Nous partons sans doute pour plusieurs semaines et je ne me séparerai pas aussi longtemps de mon garçon.

Tard dans la nuit, alors que le calme était revenu dans la maison, Julie se pencha sur le petit lit de Baptiste. L'enfant dormait sur le ventre, son petit poing fermé à hauteur de son front. Elle le caressa doucement, faisant naître un léger sourire sur le visage de son fils. Ce geste si simple avait depuis toujours le même pouvoir apaisant sur elle et sur lui. Pourtant, à cet instant précis, elle était terrifiée. Revenir à Paris... Prendre le risque de le revoir, d'être retrouvée par Pied-de-Biche, de chambouler la vie paisible de Charles et de sa famille... Elle sursauta en sentant les bras de son mari s'enrouler autour d'elle et l'étreindre.

— Il va falloir que nous en parlions, ma belle amie.

— Parler de quoi ?

Ils chuchotaient pour ne pas réveiller le petit garçon mais il lui semblait que les battements de son cœur résonnaient dans toute la pièce. Elle savait depuis longtemps que cet instant viendrait mais elle avait refusé de s'y préparer.

— Allons, Julie, je ne suis pas idiot et je l'ai déjà rencontré. Je sais que Baptiste lui ressemble.

— J'aurais tellement voulu...

— Pas autant que moi. Quand nous avons su que vous étiez enceinte, j'ai voulu me convaincre que si vous ne l'aviez pas été pendant votre vie commune avec lui, cela voulait dire que c'était moi qui... C'était aussi pour ça que j'avais insisté pour consommer notre mariage si vite. Pour que le doute me profite le cas échéant. Si l'enfant vous ressemblait, ce serait plus simple mais là...

— Charles, je me suis posé cette question mille fois quand j'ai su... Qui de vous deux m'avait fait ce bébé ? J'avais peur de savoir, peur de ne jamais savoir, peur d'affronter votre regard. Et puis Baptiste est né et vous l'avez pris dans vos bras. Vous l'avez aimé tout de suite et la réponse n'a plus eu d'importance. C'est vous qui êtes à ses côtés pour le guider, pour prendre soin de lui. Vous vous levez la nuit quand il pleure, vous vous promenez à cheval avec lui. Vous êtes son père et rien ne changera cela.

— Vous en êtes certaine ? C'est si simple ? Et si vous le revoyez à Paris, qu'adviendra-t-il de nous ?

— Vous croyez que je suis capable de faire ça ? Prendre mon fils et aller le donner à un autre homme pour qu'il me reprenne ? Charles, je suis votre épouse et je suis heureuse de l'être.

— Moi, vous ne m'avez pas choisi. Talleyrand m'a imposé à vous.

— Mais j'ai accepté. Et je n'ai eu qu'à m'en féliciter.

— Êtes-vous sûre de ne plus l'aimer ? Vous étiez si malheureuse quand il vous a quittée...

— Il m'a brisé le cœur, m'a blessée, humiliée... Trouvez tous les mots que vous voulez, cela n'a plus d'importance. Je vous aime, Charles. Vous êtes le meilleur des époux, le plus tendre des pères. Personne d'autre n'existe.

— Promettez-moi que je serais toujours le père de Baptiste. Que vous ne me l'enlèverez pas. Vous êtes tous les deux ma raison de vivre. Si je vous perdais, je n'y survivrais pas.

— Je vous le promets.

Elle était toujours dans ses bras. Ils étaient restés immobiles, parlant à voix basse, tout proches du petit garçon innocent qui leur était si précieux. L'instant avait de ce fait une étrange gravité, un caractère solennel. Elle se tourna vers lui, noua ses bras autour de son cou. Elle le fixait, cherchant son regard dans la pénombre.

— Je voudrais que vous me fassiez une promesse vous aussi.

— Tout ce que vous voulez.

— Vous savez que je souhaite ardemment un autre enfant et que je souffre de ne pas vous donner ce nouveau bonheur. Mais si un jour cela arrive, promettez-moi que vous n'aimerez pas moins Baptiste, qu'il restera votre enfant.

— Julie, vous l'avez dit. Je suis son père. Il est mon enfant. Je vous promets de l'aimer chaque jour de ma vie autant qu'aujourd'hui, quel que soit le nombre d'enfants que nous aurons.

Ils scellèrent leur accord d'un tendre baiser. Il l'entoura ensuite de ses bras et ils demeurèrent longuement silencieux, observant l'enfant endormi. Julie, cependant, se sentait un peu coupable.

Elle aimait Charles de tout son cœur mais il lui arrivait trop souvent de penser aux yeux de braise d'un autre homme dont elle refusait de prononcer le prénom de peur de ne plus pouvoir cesser de penser à lui.

***

Ils étaient à Paris depuis trois jours lorsque l'invitation leur parvint. Julie n'était presque pas sortie mais avait écrit à la comtesse de Périgord, devenue duchesse de Dino, pour lui demander d'obtenir pour elle une audience de son oncle. Elle avait besoin de savoir si la ville était sûre pour elle, si elle pouvait s'y promener sans risquer de mauvaises rencontres. Elle espérait aussi qu'il lui confirme que l'un de ses agents était très loin et y resterait.

La duchesse lui répondait donc par une invitation à souper le surlendemain, arguant que son oncle ne pourrait lui refuser quelques instants et qu'il serait ravi de la revoir. Elle lui avait également fait porter une nouvelle robe pour l'occasion, la priant d'accepter ce modeste présent. Charles fut ravi de son initiative. Il cherchait également l'occasion de rencontrer le Grand Chambellan de France pour lui témoigner sa reconnaissance et le caractère informel d'un souper lui convenait davantage qu'une audience privée. Et puis, comment refuser une telle offre de briller devant le monde ? La jeune femme accepta donc à la fois l'invitation et la robe, soulagée d'avoir la tenue idéale pour se présenter à l'hôtel de Saint-Florentin. Si ses propres toilettes étaient élégantes, elles n'étaient pas assez apprêtées pour une telle occasion.

Le soir dit, elle s'abandonna aux mains expertes d'Étiennette qui l'avait suivie à Paris. Julie éprouvait une véritable tendresse pour sa femme de chambre qui ne l'avait pas quittée depuis quatre ans. Elle n'avait pas son pareil pour la coiffer, choisir les tenues adaptées à chaque circonstance, les agrémenter d'un bijou ou d'un colifichet qui apportait à l'ensemble un charme indiscutable. Par ailleurs, Étiennette était la seule à qui elle pouvait confier Baptiste sans crainte. La jeune femme raffolait de l'enfant qui l'adorait en retour. Les yeux fermés, elle se laissa coiffer. Elle savait que le résultat serait au-delà de ses attentes.

Lorsqu'elle descendit l'escalier un peu plus tard pour rejoindre Charles, elle s'amusa de son expression éblouie et plus encore de celle, stupéfaite, de sa belle-mère. La robe d'un bleu azuré en harmonie avec ses yeux soulignait la grâce de sa taille et découvrait la peau blanche et satinée de ses épaules et de son cou où brillait le collier offert par la duchesse au moment de leur mariage. Ses cheveux étaient bouclés, relevés au sommet de sa tête. Quelques mèches savamment étudiées encadraient son visage, laissant apparaître les pendants d'oreilles assortis au collier. De délicats souliers de satins bleus accentuaient la finesse de ses pieds et de ses chevilles et complétaient idéalement l'ensemble.

Charles s'approcha d'elle, lui baisa la main. Il était très ému de la voir si élégante et gracieuse.

— Mon Dieu, Madame, je crois que vous n'avez jamais été si belle que ce soir, hormis le jour où j'ai eu la chance de devenir votre époux. Je crois que ce soir, il n'y aura pas un homme qui n'enviera pas mon bonheur.

La cour débordait de voitures diverses, du carrosse extravagant au simple cabriolet. L'hôtel était somptueusement éclairé et des valets en livrée accueillaient et guidaient les nombreux convives. Un peu perdus au cœur de cette foule chamarrée, Charles et Julie échangèrent un regard effrayé. Pourraient-ils aborder Talleyrand dans cette effervescence ? Et ils priaient tous deux pour ne pas commettre d'impair devant cette brillante assemblée.

— Charles, mon ami, c'est peut-être une opportunité pour vous ce soir. Si ces gens vous apprécient et qu'avec votre père, vous gagnez le procès en cours, votre fortune est faite.

— Et si nous faisons un faux pas, nous n'aurons plus qu'à courir nous réfugier à Nantes en espérant que la ville ne sera pas au courant.

Ils étouffèrent un rire complice et pénétrèrent dans la magnifique demeure du chambellan. Presque aussitôt, la voix cristalline de Dorothée de Courlande, duchesse de Dino, retentit à leurs oreilles.

— Mes chers amis, quelle joie de vous revoir. Cela faisait si longtemps. Venez avec moi, mon oncle sera ravi.

Elle les guida à travers les salons, les présentant à ses invités. Dans ce tourbillon de paroles et de couleurs, Julie ne retint que peu de noms mais elle salua avec distinction chaque convive, soulagée de voir que personne ne s'offusquait de ses manières ou de sa présence. La petite fille qui avait grandi pieds nus dans la cour d'une ferme pouvait donc faire illusion lors d'une grande réception. La duchesse les mena ainsi jusqu'à Talleyrand qui, malgré son sang-froid, se figea en les voyant.

— Mon très cher oncle, j'ai voulu vous faire cette surprise. Vous ne vous attendiez pas à voir ce soir M. Dubois-Mareuil et sa ravissante épouse, n'est-ce pas ? Je suis sûre que vous êtes heureux de les revoir.

— Très heureux, ma nièce. Quelle belle surprise ! Madame Dubois-Mareuil, le temps n'a pas de prise sur vous et vous êtes plus radieuse que jamais.

Il s'inclina sur la main de Julie avec galanterie et salua Charles avec aménité. Il s'était rapidement recomposé un visage serein. D'un mouvement de tête, il indiqua le salon voisin.

— Le souper sera servi dans quelques minutes, le temps d'accueillir encore quelques invités. En attendant, n'hésitez pas à vous faire servir un verre de champagne. Il est excellent.

Charles et Julie s'inclinèrent et suivirent un couple qui avançait vers la pièce indiquée. La duchesse se tourna vers Talleyrand. Elle le connaissait assez pour avoir compris aussitôt qu'elle avait commis une erreur. Son regard s'était assombri et sa main serrait nerveusement le pommeau de sa canne.

— Ai-je eu le malheur de vous déplaire, mon ami ? Je pensais vraiment que vous auriez plaisir à les revoir.

— Et vous aviez raison. Mais une audience privée aurait été préférable.

— Je suis navrée. Je…

Il l'interrompit d'un geste agacé.

— Accueillez donc nos autres invités et priez pour que votre malheureuse initiative n'ait pas de catastrophiques conséquences.

Il se détourna pour saluer une dame qui s'approchait mais son œil ne quittait pas l'éclat bleu de la robe de Julie. Il était trop tard pour qu'il puisse agir et empêcher l'inévitable. Les deux jeunes gens, un verre à la main, observaient tout autour d'eux avec joie et timidité à la fois.

— J'avais raison, ma belle amie, vous êtes la plus belle ce soir.

— Êtes-vous vraiment objectif ?

— Bien entendu.

Il la contemplait avec émotion. Elle était naturellement à l'aise, bien plus que lui, dans ce monde si différent et si loin de leur vie quotidienne. Elle répondait aux sourires avec discrétion, inclinait la tête avec élégance. Mais soudain, tout changea. Julie pâlit affreusement et son verre trembla violemment dans sa main crispée. Hagarde, les yeux agrandis par l'épouvante, elle fixait l'entrée du salon. À son tour, il se figea et n'eut que le temps de reposer son verre sur un plateau avant de le laisser tomber.

Au bras d'une superbe femme brune vêtue d'une éblouissante robe écarlate, Sébastien venait de faire une entrée remarquée.

12

Le souper était un véritable supplice pour Julie. Heureusement, elle était assise à côté de Charles qui lui serrait tendrement la main dès qu'il le pouvait. Sous la table, elle pressait sa jambe contre la sienne, éprouvant le besoin de sentir la force de son corps. Elle avait voulu partir mais le regard du Grand Chambellan l'en avait empêchée. Si bien qu'elle mangeait ce qui lui était servi sans savoir ce que c'était, buvait le vin de son verre sans en apprécier la saveur. Sébastien était assis un peu plus loin, la mine sombre, et évitait soigneusement de croiser son regard. Il n'avait pas paru surpris de les voir et avait fait mine de ne pas les connaître lorsqu'ils avaient été présentés par la duchesse de Dino. Baron Mirbeau… Où et comment avait-il acquis ce titre et ce nom ? Une fois de plus, elle était perplexe face à son étrange personnalité. Elle avait connu Wagram, chef d'une petite troupe de voleurs et déserteurs puis agent secret de Talleyrand. Elle avait aimé Sébastien Girault, le fils de la gouvernante d'une modeste pension de famille. Elle retrouvait un baron inconnu dont elle ne savait rien. Elle jetait de temps à autre un regard sur son épouse, fascinée par cette femme splendide qui lui paraissait pourtant froide et dure.

Après le dessert, les convives gagnèrent les salons où étaient dressées des tables de jeu. Julie fut séparée de Charles qui dut suivre son voisin de table, avocat comme lui, qui l'entraînait vers le fumoir où quelques hommes se réunissaient. La duchesse de Dino lui prit le bras familièrement.

— Venez ma chère. Je veux tout savoir de vous. Je disais à mon oncle que vous étiez encore plus jolie que lors de notre précédente rencontre. Et il est d'accord avec moi.

— Madame la Duchesse...

— Appelez-moi Dorothée, voyons. Alors, dites-moi...

L'interrogatoire fut interrompu par un valet qui s'inclina devant la duchesse. Son oncle la demandait. Elle s'excusa et s'éloigna, promettant de revenir au plus vite. Julie en profita pour s'esquiver. S'assurant que personne ne la voyait, elle se faufila derrière un rideau, se glissa entre les portes-fenêtres et se trouva seule sur un balcon. L'air était frais sur sa peau rendue brûlante par le repas, les vins, les pièces surchauffées par la présence de nombreux convives et surtout celle, si proche, de Sébastien. Elle n'avait pas vu où il était allé après le dessert et espérait qu'il n'était pas au fumoir. Elle craignait les réactions de Charles dont elle avait perçu la colère dès l'arrivée des époux Mirbeau. Pourvu qu'ils ne s'affrontent pas...

Pour l'heure, la solitude du lieu lui convenait. Elle s'absorba dans la contemplation de l'obscurité, de ce vide immense de la nuit qui la rassurait. La main sur la poitrine, elle essayait d'apaiser les battements de son cœur. Elle ne savait plus où elle en était. Elle aimait Charles, c'était une certitude. Mais Sébastien avait été son premier amour, le premier homme en qui elle avait eu confiance, le seul qui avait tout su d'elle jusqu'au jour où il l'avait quittée. Elle aimait Charles mais elle en voulait à Sébastien de se présenter avec une autre qui était sa femme. Elle aimait Charles mais elle avait mis au monde l'enfant de Sébastien...

— Tu vas prendre froid, ma douce.

Elle tressaillit en entendant le son de sa voix mais elle en fut à peine surprise. Elle pensait tellement à lui que cela semblait inévitable. Elle avait la bouche sèche, était incapable de lui répondre. Elle sentait qu'il s'approchait lentement. Elle aurait voulu lui dire de partir mais n'en trouvait pas la force. Elle aurait voulu rester stoïque, ne pas réagir à sa présence. Mais elle sentait son souffle sur sa nuque et soudain ses mains se posèrent sur ses épaules, glissèrent le long de ses bras. Il s'empara de sa main, la leva jusqu'à lui et déposa un baiser dans le creux de sa paume. Elle ne put retenir un gémissement. Ce baiser… Leur baiser… Le geste tendre qui les liait intimement et dont il la comblait si souvent.

— Tu as peur ?

Il lui avait déjà demandé autrefois si elle avait peur, juste avant de la faire sienne la première nuit à Vienne. Pourquoi éveillait-il ainsi tant de souvenirs ? Elle s'appuya au balcon, fébrile. Il vint s'accouder près d'elle. Elle ne distinguait pas son visage mais cela ne rendait pas la situation plus facile.

— Je suppose que tout le monde t'a dit que tu étais merveilleuse ce soir. Ton mari a de la chance, ma douce.

— Ne m'appelle pas ainsi. Et ne parle pas de Charles. Tu n'en as pas le droit.

Elle éprouvait de la colère soudain à l'évocation de celui qui partageait sa vie. Elle n'avait pas le droit d'éprouver ce trouble en présence d'un autre. C'était déjà le trahir.

— Pardon. Je ne voulais pas t'embarrasser.

— Tu ferais mieux de partir. Mon époux doit venir me retrouver ici. Il n'appréciera pas de t'y trouver.

— Vraiment ? Je l'ai vu au fumoir en grande conversation avec l'un de ces messieurs. Il n'avait pas l'air pressé de te rejoindre.

— Tu ne sais pas de quoi tu parles. Nous sommes convenus de ne pas nous esquiver en même temps pour être discrets.

— Discrets ? Un couple qui se retrouve pour se retirer chez lui ?

— Qui te dit que nous voulions rentrer chez nous ? Tu ne le sais sans doute pas mais c'est ici même que nous avons passé notre nuit de noces. Et nous nous demandions si notre chambre était disponible.

Il posa sa main sur la sienne et la serra à lui broyer les os.

— Ne me provoque pas, Julie. Ma douce…

Il l'enlaça soudain, sans brutalité, avec au contraire une grande tendresse. Il l'étreignit longuement sans qu'elle puisse lui résister, bouleversée par cet aveu muet de sa faiblesse, d'une certaine détresse qu'elle devinait sans pouvoir se l'expliquer.

— Il faut que nous parlions, Julie. C'est important. Je serai chez nous demain matin, jusqu'à midi.

— Chez nous ?

— J'ai conservé notre petit appartement. J'y vais quand j'ai besoin d'être seul. Tu viendras ?

— Non. Je n'en ai ni le droit ni l'envie.

— Je veux juste te parler, je te le jure. Il y a des choses que tu dois savoir. Demain jusqu'à midi. Si tu ne viens pas, j'y serai tous les jours aussi longtemps qu'il le faudra. Tu n'as rien à craindre de moi, Julie.

Il l'embrassa encore dans le creux de la main et disparut sans bruit, la laissant seule. Elle ne pouvait plus s'empêcher de trembler. Il avait été si proche d'elle pendant un instant qu'elle avait senti renaître en elle une flamme qu'elle croyait éteinte à jamais. Ces deux baisers, cette étreinte fugace, si tendre… Il n'avait pas essayé de la séduire ni d'aller plus loin. Elle songea avec amertume qu'elle aurait sans doute eu du mal à lui résister.

— Je l'ai vu quitter ce balcon et alors j'ai su où vous trouver. Que faisiez-vous ici ensemble ? Que voulait-il de vous ? Est-ce qu'il vous a touchée ?

— Ne soyez pas jaloux, Charles. Notre rencontre ici n'a pas été préméditée et nous avons juste échangé quelques mots.

— Et je dois vous croire ?

— Oui, si vous m'aimez autant que vous le dites. Je ne vous ai jamais menti et vous le savez.

Elle avait honte de lui parler si sèchement et surtout de ne pas lui dire toute la vérité. Elle ne pouvait pourtant pas le blesser en toute conscience.

— Pouvons-nous rentrer maintenant ? Je suis lasse et je voudrais être seule avec vous. S'il vous plaît…

Elle s'approcha, s'appuya contre lui, se serra contre lui. Il referma ses bras autour d'elle avec force.

— Mais vous êtes glacée, ma belle amie. Retournons à l'intérieur. Ce soir, nous ne rentrons pas chez nous. M. de Talleyrand nous a offert une chambre et j'ai accepté. Je dois avouer qu'il ne m'a guère laissé le choix.

— Et Baptiste ?

— Étiennette et mes parents veilleront sur lui, ne vous inquiétez pas. Je vais vous accompagner jusqu'à notre chambre et je vous laisserai un moment seule. La soirée n'est pas encore finie.

— Restez avec moi, Charles. Je vous en prie. Je ne veux pas être seule.

— Vous préférez rester avec ces dames ? La duchesse de Dino en serait ravie.

— Je veux être avec vous.

Elle posa ses lèvres sur les siennes et glissa ses bras sous son frac. Elle avait besoin de lui, de sa présence rassurante. Besoin de se prouver que ce que Sébastien avait éveillé en elle n'était que de lointains souvenirs.

***

— J'ai beaucoup réfléchi à notre avenir depuis que nous sommes à Paris, Julie. Je ne pense pas m'établir ici. Je n'aurai jamais l'habileté de maître Boissière ni le talent d'orateur de mon père. Il y a trop d'avocats à Paris pour que je tire mon épingle du jeu. Ce serait une erreur.

— Alors, nous rentrons à Nantes à la fin du procès ?

— Dans un premier temps. Il me faut prendre quelques mesures, dire au revoir à quelques amis et bien sûr à ma chère marraine.

— Je ne comprends pas, Charles. Vous voulez donc quitter également le cabinet de votre père ? Où souhaitez-vous vous établir ?

— J'ai pensé à l'Angleterre. Je ne veux pas être avocat toute ma vie. J'ai voulu suivre les traces de mon père mais je ne crois pas avoir fait le bon choix. Je veux faire autre chose.

— Vous avez déjà votre idée, n'est-ce pas ?

— En effet. Cela fait longtemps que j'y pense. Mon oncle, le mari de Charlotte, élevait des chevaux et j'ai beaucoup travaillé avec lui avant sa mort. Ensuite ma tante a poursuivi son activité.

J'aimerais reprendre le flambeau. Elle m'y encourage depuis des années et, grâce à son aide, j'aurai déjà des contacts.

— Pourquoi partir en Angleterre ? Vous pourriez sans doute travailler avec elle et ainsi ne pas vous éloigner de vos parents. Je sais à quel point vous tenez à eux.

— Je ne veux pas dépendre d'elle, je veux que nous soyons indépendants. Et c'est vrai, j'aime mes parents. Mais je tiens encore plus à vous et à notre fils et je sais que si vous continuez à vivre sous le même toit que ma mère, vous allez finir par vous entretuer. Par ailleurs, je pense qu'il est bon de s'éloigner d'elle pour Baptiste également. Elle a des doutes sur ma paternité.

— Et sur ma capacité à vous donner un autre enfant.

— Que voulez-vous dire ?

— Oubliez cela. C'est juste une remarque qu'elle m'a faite avant notre départ. Je ne m'en souvenais presque plus.

— Presque… C'est bien ce qui me dérange. Elle vous a blessée, une fois de plus, et je ne veux pas que cela continue. Que dites-vous de mon projet ?

— J'en dis que c'est une idée merveilleuse et que je suis toute prête à vous suivre quand vous le voudrez. Une nouvelle vie à créer, rien que nous deux… Quand voulez-vous partir ?

— Dès que mon père en aura fini ici, ce qui ne saurait tarder. Ensuite nous rentrons à Nantes quelques semaines pour prendre nos dispositions et je pense que nous serons en Angleterre à l'été.

— Dans ce cas, permettez-moi d'aller rendre une dernière visite cet après-midi à Mme Girault, à la pension de famille. Il y a quatre ans, nous sommes partis sans que je la salue. J'étais en colère parce qu'elle m'avait menti. Aujourd'hui, je la comprends un peu mieux. Je voudrais la remercier de ses bienfaits à mon égard. Je ne la reverrai sans doute jamais après cela.

— Bien entendu. Vous verrez, nous allons être heureux, Julie, très heureux.

— Je le suis déjà. Mais il ne tient qu'à nous de l'être encore plus.

Charles rejoignit son père pour travailler et Julie se prépara à partir en promenade avec Étiennette et Baptiste. Cela faisait cinq jours que le souper chez Talleyrand avait eu lieu. Celui-ci les avait assuré qu'ils étaient en sécurité. Pied-de-Biche n'avait pas été retrouvé ; il était sans doute loin. Elle n'était pas allée au rendez-vous fixé par Sébastien. Elle ne voulait plus le revoir. Elle était heureuse avec Charles et rien ne devait troubler leur quiétude.

Elle se rendit seule à la pension de famille mais en fut assez satisfaite. Elle savait qu'il était inévitable que Sébastien soit mentionné et préférait éviter d'embarrasser Charles. Elle n'avait pas prévenu de son arrivée mais fut accueillie à bras ouverts. Clémence, ravie de la revoir, ne lui fit aucun reproche et lui posa des dizaines de questions sur sa nouvelle vie. Elle répondait sereinement à toutes, évitant toutefois d'évoquer Baptiste. Elle ne voulait pas éveiller les soupçons. Elles évitèrent aussi de mentionner Sébastien. Mais tout changea lorsqu'un vieil ami fit son apparition dans le petit salon de Clémence.

— Petite, c'est bien toi ? Vrai ?

— Malo, quel plaisir de te revoir. Mon cher Malo…

Elle se jeta dans ses bras et il la souleva, la faisant tournoyer. Il riait du bonheur de la revoir mais son regard était triste quand il la reposa. Lui tenant les mains, il la dévisagea longuement.

— Que tu es jolie… Tu as l'air heureuse. Mais pourquoi n'as-tu jamais donné de tes nouvelles pendant tout ce temps ? Je ne savais pas où tu n'étais ni si tu allais bien. Je me suis tellement inquiété. J'avais tellement de peine. Tu me manquais tellement…

— Je suis désolée, Malo. Tout est allé si vite. Je me suis mariée et je n'habite plus à Paris. J'étais très en colère contre toi. J'avais l'impression que tu m'avais trahie. Et je ne voulais plus voir personne de ma vie ici.

— Parce que nous ne t'avions jamais dit que Sébastien était marié ?

— Comment aurais-je pu l'accepter ? J'avais une confiance absolue en lui. Et en toi. Et tout a été brisé en quelques secondes.

— Je sais. J'ai essayé à de multiples reprises de le convaincre de te dire la vérité. Je t'ai considérée comme ma fille dès le premier jour. Et je l'ai toujours vu comme mon garçon aussi. Je ne pouvais pas le trahir et je ne voulais pas être celui qui te ferait du mal. Pardonne-moi, petite.

— C'est fait. J'ai une nouvelle vie maintenant. Je suis heureuse de te revoir pour te le dire. Je voulais vous revoir tous les deux pour vous remercier de tout ce que vous aviez fait pour moi et vous dire que j'étais désolée d'être partie sans un mot.

— Vous revenez donc vivre à Paris ?

— Non, Clémence, je ne suis là que pour quelques jours. J'accompagne mon mari.

— Quel dommage… J'aurais aimé passer du temps avec vous.

Ils s'installèrent tous trois autour d'une petite collation et bavardèrent longuement. Julie remarqua avec joie la complicité qui unissait ses amis. Il était évident que ces deux-là avaient une relation bien plus profonde que celle d'une maîtresse de maison et d'un cocher. Lorsqu'un peu plus tard Malo lui proposa une promenade, elle accepta avec plaisir, heureuse de passer encore un peu de temps avec son ami. Ils empruntèrent la calèche de Clémence et elle choisit de s'asseoir à ses côtés. Julie s'appuya familièrement contre l'épaule de Malo et glissa son bras sous le sien. Ils échangèrent un regard complice et demeurèrent un instant silencieux.

— Tu es sûre de ne pas vouloir rester à Paris, petite ?

— Certaine. Je ne serai jamais en paix ici. Et Charles non plus. Nous avons rencontré Sébastien il y a quelques jours et cela n'a été facile pour aucun d'entre nous. Je ne veux pas vivre dans une ville où je risque de le croiser chaque jour. Je vais partir avec mon mari et mon fils.

— Tu as un fils ? C'est merveilleux. Pourquoi ne l'as-tu pas dit tout à l'heure ?

— Je ne voulais pas que Clémence…

Elle s'interrompit, consciente que le moindre mot au sujet de Baptiste pouvait éveiller des soupçons. Mais Malo avait déjà compris.

— Je vois…

— S’il te plaît, ne lui dis rien. Cela ferait des histoires. Nous allons partir et tout sera fini.

— Je n’aime pas mentir à Clémence. Tu as dû remarquer que nous sommes devenus assez proches.

— Vous vivez ensemble ?

— Non, mais nous le voudrions. Je veux l’épouser mais ce n’est pas possible. Pas sans le consentement de son fils.

— Pourquoi s’opposerait-il à votre mariage ? Il a de l’estime pour toi.

— Il en avait. En fait, nous ne nous entendons plus très bien depuis un certain temps. Depuis quatre ans.

— Depuis que je suis partie…

— Je lui ai reproché ton départ. Il m’a dit de ne pas me mêler de ce qui ne me regardait pas. Nous nous sommes querellés assez violemment et depuis, rien n’est plus pareil.

— Malo, je suis désolée. C’est ma faute.

— Non, uniquement la sienne. Lui et ses mensonges. Je ne dirais rien à Clémence au sujet de ton petit. La situation lui pèse déjà suffisamment. À condition que tu me donnes régulièrement de tes nouvelles. Même si tu ne viens plus jamais nous voir, je veux savoir que tu vas bien.

— Je te le promets. Mais tu devrais essayer de te réconcilier avec lui. Pour Clémence. Et puis, l’autre soir, quand je l’ai vu, j’ai senti qu’il n’allait pas très bien.

— Tu t’inquiètes pour lui ?

— Non, mais je m’interroge. Il m’a été présenté comme le baron Mirbeau. Tu sais d’où lui vient ce titre ?

— C’était le titre de son père. Ses parents n’ont jamais été mariés. Il a toujours préféré porter le nom de sa mère. Je suppose que sa femme a insisté pour qu’ils portent leur titre.

— C’est une femme magnifique.

— Je suis sûr qu’elle est moins belle que toi.

Julie se mit à rire et se serra un peu plus contre lui.

— Le soir ne va pas tarder à tomber. Je devrais peut-être te raccompagner ?

— Oh, mon Dieu, oui. Charles va s'inquiéter. Attends, prends cette rue s'il te plaît.

— Ici ? C'est là que vous viviez tous les deux.

— J'ai envie de revoir cet endroit. Ne me demande pas pourquoi, je n'en sais rien.

Ils s'arrêtèrent devant l'ancienne adresse de Julie et Sébastien. Sans savoir pourquoi, elle ressentait soudain le besoin de revoir son appartement. Il lui avait dit qu'il y serait le matin. Il était tard, Sébastien serait sans aucun doute parti. Elle monta l'escalier d'un pas hésitant, poursuivie par les images du passé. Elle n'en éprouvait pas de colère, juste une certaine nostalgie. Arrivée devant la porte, elle secoua la tête. Évidemment, elle n'avait pas la clé. Son voyage dans ses souvenirs s'arrêtait là. À moins que... Elle avança la main vers le bouton de la porte qui s'ouvrit sans bruit. Elle fit un pas dans la pièce et se figea. Assis dans son fauteuil, la tête entre les mains, Sébastien était là, immobile, plongé dans ses pensées. Il ne l'avait pas entendue. Elle voulut reculer mais heurta la porte. Il sursauta, se redressa et son regard s'éclaira.

— Julie, ma douce, tu es venue. Tu es là.

Il se leva d'un bond, marcha jusqu'à elle et poussa la porte. La prenant par la taille, il la serra contre lui et l'embrassa. Surprise, elle le laissa faire mais le repoussa soudain lorsqu'il essaya de l'entraîner vers le canapé.

— Pardon, ma douce. Je n'aurais pas dû. Mais je pensais à toi. Et tu es apparue. Si belle, si...

— Tais-toi. Ne m'appelle plus comme ça. Je ne veux rien entendre.

— Mais tu es venue. Pour moi.

— Je pensais que tu ne serais pas là. Je voulais voir une dernière fois cet endroit, dire enfin adieu à mes souvenirs, à mon passé.

— Nous devons parler. Je veux t'expliquer...

— Je ne croirai plus jamais le moindre mot venant de toi. Je sais maintenant pourquoi je pensais encore à toi. Parce que je n'avais pas pu te dire au revoir. Parce que tu m'as quittée de la plus lâche des manières. J'espère que c'est la dernière fois que je te vois. Adieu, Sébastien.

Elle fit volte-face et se précipita vers la porte. Elle eut juste le temps de l'entendre prononcer son prénom dans un sanglot avant de dégringoler l'escalier. Elle se réfugia auprès de Malo, se serra contre lui.

— Ramène-moi chez moi. Vite.

La nuit tombait lorsqu'ils arrivèrent devant la demeure de maître Boissière, faubourg Saint-Germain. Elle n'était pas descendue de la calèche qu'une Clotilde furieuse et échevelée se précipitait vers elle.

— Où étiez-vous passée ? Et qui est cet homme ? Charles est parti vous chercher il y a deux heures et ne vous a pas trouvée. Il est en train de sillonner Paris à votre recherche.

***

Elle attendait depuis des heures, le front collé à la fenêtre. Elle ne se déplaçait que pour s'assurer que Baptiste ne se réveillait pas. Elle entendait Clotilde aller et venir dans la pièce voisine et partageait son inquiétude. Où était Charles ? Il était allé la rejoindre chez Clémence, ne l'avait pas trouvée : elle venait de partir avec Malo. Croyant qu'ils s'étaient croisés, il avait pris le chemin du retour. Comme elle n'était pas encore rentrée, il était reparti à sa recherche. Et depuis, rien. Pas de nouvelles. Malo le cherchait mais ne revenait pas non plus. Que s'était-il passé ? Elle serra ses mains l'une contre l'autre pour les empêcher de trembler et sursauta lorsque la comtoise du rez-de-chaussée sonna douze coups. Minuit. Et toujours pas de nouvelles.

Elle tendit soudain l'oreille. Une voiture approchait. Le roulement était encore lointain mais se faisait plus précis. Elle se précipita vers l'escalier, heurtant presque Clotilde qui s'élançait également. Dans l'entrée, des silhouettes se dessinaient, émergeant de l'obscurité de la rue. Lorsque les nouveaux arrivants furent enfin dans la lumière, un cri s'étrangla dans sa gorge. Malo et Sébastien portaient le corps inerte de Charles. Clotilde hurla. Hubert donna des ordres et indiqua la chambre de son fils où le malheureux fut porté. Julie s'approcha de lui, la gorge sèche, la démarche chancelante :

— Est-il… ?

— Non, petite. Mais il a été poignardé plusieurs fois. J'ai fait prévenir un médecin en chemin. Il ne va pas tarder.

Elle ne jeta pas un regard aux deux hommes. Elle ne voyait que Charles, couvert de sang et inconscient. Elle n'entendit pas leurs pas s'éloigner, ni la porte d'entrée se refermer sur eux. Elle écoutait le souffle rauque de son mari, à peine perceptible derrière les bruyants sanglots de Clotilde. Doucement, elle commença à nettoyer son visage avec une serviette mouillée. La fraîcheur du linge ranima le jeune homme qui soupira faiblement. Il ouvrit les yeux et rencontra le regard de Julie. Il parvint à lui sourire.

— Ma belle amie…

— Ne parlez pas, Charles. Ne vous fatiguez pas. Ça va aller…

Julie sentit la main ferme de son beau-père se poser sur son épaule.

— Le médecin est là, ma fille. Laissez-le faire.

Elle regarda le praticien ouvrir l'habit et la chemise de Charles. Les vêtements du jeune homme étaient couverts de sang, répandant dans la chambre une affreuse odeur métallique. Le médecin passa quelques minutes à nettoyer les plaies du blessé qui avait refermé les yeux. L'homme leur fit un signe discret et ils le rejoignirent sur le palier.

— Je ne peux plus rien. Il a reçu huit coups de couteau. L'intestin a été touché ainsi que le poumon droit. Et il a perdu beaucoup de sang.

— Mais un chirurgien pourrait…

— Non, Madame, il ne supporterait pas une telle opération et nous n'avons plus le temps. Tout sera fini dans quelques heures.

Clotilde s'effondra dans les bras de son mari. Julie, muette, retourna dans la chambre, s'assit sur le bord du lit et prit la main de Charles entre les siennes. Elle ne pouvait pas y croire. Quelques heures auparavant, ils parlaient ensemble de leur avenir, ils avaient des projets et tout s'effondrait parce qu'elle avait tardé à rentrer. Elle porta la main de Charles à ses lèvres. Il ouvrit des yeux infiniment tristes.

— Vous m'avez trahi.

— Jamais. Je vous le jure.

— Je vous ai cherchée… À la pension…

— J'ai flâné avec Malo. Nous avons dû nous croiser.

— Vous n'étiez pas… avec lui ?

— Bien sûr que non.

Clotilde et Hubert entrèrent dans la pièce. Elle s'était recomposé un visage à peu près calme mais s'appuyait sur son époux. Elle prit place de l'autre côté du lit et s'empara de la seconde main du jeune homme.

— Mon fils, tout va bien se passer. Nous allons vous soigner et nous rentrerons bientôt chez nous.

— Non, mère… Ne me mentez pas, je vous en prie… Laissez-moi avec Julie. Je veux être seul avec ma femme.

— Mais, mon enfant…

— S'il vous plaît, ma mère. Vous savez à quel point je vous aime. Accordez-moi cette dernière faveur.

Hubert s'approcha de Clotilde et la fit sortir. Charles remua légèrement, dégagea sa main de celles de Julie et passa son bras autour de sa taille.

— Ne faites pas d'effort. Faites attention.

— Il n'est plus temps. Et je veux vous sentir contre moi le plus longtemps possible. Ma Julie.

Il la fixait de ses yeux clairs. Il leva sa seconde main, lui caressa la joue, y laissant une traînée sanglante. Il respirait difficilement, une mousse rougeâtre au coin des lèvres. Il essayait encore de lui sourire cependant.

— Il faudra veiller sur notre fils…

— Charles, ne parlez pas comme ça. Vous n'allez pas… Nous avons des projets. Cet autre enfant que nous voulons. L'Angleterre…

— De beaux rêves… Vous m'avez rendu heureux, Julie. Serrez ma main, je n'en ai plus la force.

Elle pressa les doigts de Charles de toutes ses forces pour qu'il sache qu'elle était là pour lui. Son univers s'effondrait encore une fois mais elle devait rester droite.

— Je ne veux pas que vous partiez. Restez près de moi. Ne me laissez pas, j'ai tellement besoin de vous. Charles, mon Charles… Je ne veux pas… Ne me laissez pas. Ne me laissez pas…

Il ouvrit la bouche pour parler mais il commençait à suffoquer. Il ferma les yeux un instant, rassemblant ses dernières forces.

— Ne pleurez pas, Julie. Je vous aime tant… Je veux vous voir sourire encore. C'est l'image que je veux emporter de vous.

Elle se pencha sur lui, effleura ses lèvres d'un baiser puis se redressa en plongeant ses yeux dans les siens. Elle lui souriait doucement, serrant toujours ses doigts dans sa main.

— Si vous saviez Charles à quel point je vous suis reconnaissante pour tout ce que vous avez fait pour moi. Je vous aime…

Il parvint à sourire encore mais les forces lui manquaient. Sa poitrine se soulevait à un rythme irrégulier. Le souffle court. La douleur contractant ses traits. Il étouffait. Il souffrait. Il continuait à darder sur Julie un regard plein de douceur qui se voila soudain. Il eut un dernier soubresaut. Un mince filet de sang coula à la commissure de ses lèvres. Et son bras retomba, inerte, sur les jambes de la jeune femme. Et les doigts qu'elle serrait désespérément perdirent leur dernière force.

Elle poussa un cri de douleur. Presque aussitôt la porte s'ouvrit et les parents de Charles pénétrèrent dans la pièce. Clotilde sanglotait, criait. Elle s'était jetée de l'autre côté du lit et appuyait sa tête sur l'épaule de son fils mort en l'appelant. Très doucement, Hubert se glissa à côté de Julie et ferma les yeux de son fils. Puis il ôta le bras de Charles, força Julie à se lever. Elle le laissa faire, comprenant qu'elle devait leur laisser un peu de place. Elle tituba jusqu'à une chaise où elle se laissa tomber.

— Je veux que vous partiez.

— Je comprends, Madame. Je reviendrai un peu plus tard.

— Non, vous ne comprenez pas. Je veux que vous partiez de cette maison. Que vous emportiez votre bâtard et que vous disparaissiez de nos vies.

— Clotilde, ma chère, vous déraisonnez. Julie est notre belle-fille et…

— Je veux qu'elle parte tout de suite.

Clotilde se leva soudain et, avec une force incroyable chez une femme si frêle, elle prit le bras de Julie et la projeta sur le seuil.

— Prenez vos affaires et partez. Je vous donne dix minutes. Il était mon fils unique et il est mort par votre faute. Je ne vous ai jamais aimée. Vous avez brisé tous ses espoirs d'un beau et riche mariage. Vous lui avez mis votre bâtard dans les bras en prétendant qu'il en était le père. Vous m'avez pris son affection et vous venez de me voler ses derniers instants. Partez. Si vous osez vous présenter devant moi, je vous ferai chasser comme la fille de rien comme vous êtes. Retournez au ruisseau dont mon fils vous a sortie pour son malheur.

Elle tourna les talons et rentra dans la chambre en claquant la porte. Julie l'entendait sangloter. Elle leva la tête vers Hubert qui demeurait stupéfait.

— Il vaut mieux que vous partiez, ma fille. Sachez que je ne partage pas la rancœur de mon épouse mais je me dois de la soutenir dans cette épreuve. Nous venons de perdre notre fils unique.

Elle baissa la tête, passa près de lui. Il posa une main tremblante sur son bras.

— Je vous en prie, essayez de comprendre.

— Et vous, essayez de penser à ce que dirait Charles s'il pouvait voir ce que vous me faites.

Elle se dégagea, entra dans sa chambre, poursuivie par les sanglots bruyants de Clotilde. Baptiste dormait dans son petit lit près du sien, inconscient du drame qui se jouait. Étiennette était là, le visage ravagé de larmes, un sac en tapisserie posé sur le lit. Elle y entassait tout ce qu'elle pouvait des effets de Julie.

— J'ai tout entendu, Madame. J'ai commencé à préparer vos affaires.

— Tu n'as pas perdu de temps.

Elle était blessée par la dextérité d'Étiennette qui semblait elle aussi bien pressée de la voir partir.

— Si cela ne vous dérange pas, Madame, je mets mes affaires avec les vôtres pour que nous ayons moins de bagages.

— Tes affaires ? Tu pars donc avec moi ?

— Je suis à votre service et à celui de votre fils. S'ils ne veulent pas de vous, ils ne veulent pas de moi.

Incapable de répondre, Julie prit sa femme de chambre dans ses bras et l'étreignit de toutes ses forces. Ensemble, elles remplirent le sac et une petite malle, sans échanger un mot, unies par une même douleur. Elles réveillèrent l'enfant et l'habillèrent. Il se laissait faire, sans comprendre, tout engourdi de sommeil. Elles se regardèrent et hochèrent la tête d'un même mouvement. Julie souleva Baptiste qui noua ses petites mains autour de son cou et le cala contra sa hanche. De sa main libre, elle s'empara du sac tandis qu'Étiennette prenait la petite malle. Sur le seuil, elle s'arrêta devant la porte close de la chambre où son mari gisait, hésita à y entrer mais renonça à cette provocation. Elle n'avait pas la force d'en subir plus.

— Je vais essayer de trouver un fiacre. Nous ne pouvons pas aller à pied. Où irons-nous, Madame ?

— Je ne sais pas.

— Moi, je sais. Viens, petite. Je t'emmène au seul endroit qui sera toujours un refuge pour toi.

— Malo ? Tu es encore là ?

— Je me suis dit que tu aurais peut-être besoin d'aide.

Il tendit les bras pour lui prendre Baptiste mais elle resserra son étreinte autour de son fils. Personne ne lui prendrait son petit. Ils se dirigèrent ensemble vers la voiture qu'il avait gardée toute la nuit. Elle s'arrêta devant les traces de sang à l'arrière et vint silencieusement s'asseoir aux côtés de son ami. Étiennette s'installa sur l'une des banquettes avec les bagages, essayant de ne pas poser le pied sur les larges traînées rouges. Des larmes silencieuses coulaient sur ses joues.

***

Malo informa Clémence en quelques mots et elle offrit aussitôt son ancienne chambre à la jeune femme. Si elle était étonnée de l'apparition d'un enfant dont elle n'avait jamais entendu parler, elle ne le montra pas. Elle voulut décharger Julie de son doux fardeau mais celle-ci se raidit aussitôt.

— Allons, petite, il faut le coucher. Regarde, il dort et il fait encore nuit. Il sera bien ici. Il n'y a que nous.

Très doucement, Malo dénoua les petites mains nouées au cou de la jeune femme et prit le garçonnet qu'il allongea dans le grand lit. Clémence ne put retenir une exclamation de surprise en découvrant le visage de l'enfant endormi qui lui en rappelait tant un autre qu'elle avait bercé autrefois. Malo lui fit signe de se taire et demanda à Étiennette d'aider Julie à retirer sa robe tachée de sang et à se nettoyer. Il posa un baiser paternel sur son front.

— Repose-toi, petite. Tu en as bien besoin.

Julie se laissa dépouiller de ses vêtements et passa un déshabillé sans même s'en rendre compte. Guidée par sa femme de chambre, elle s'allongea près de son fils mais elle ne ferma pas les yeux. Tournée sur le côté, elle posait sur lui un regard vide et fixe.

— Elle n'a pas dit un mot.

— Elle n'a pas ouvert la bouche depuis qu'elle est montée dans la calèche. Je suppose qu'il va lui falloir du temps. Elle est très choquée.

— Cet enfant, c'est…

— Celui de Julie. Nous n'avons rien à dire à ce sujet et aucune question à poser. Julie nous donnera les réponses qu'elle voudra le moment venu.

Plus tard dans la journée, Baptiste jouait avec Étiennette avec des cubes en bois que Clémence avait retrouvés dans son grenier sous l'œil vigilant de Julie. Elle n'avait pas dormi, n'avait pas ouvert la bouche, avait refusé d'un geste toute nourriture. Elle demeurait impassible, ne quittant pas son fils, hébétée de chagrin et de regrets. Clémence et Malo s'inquiétaient de cette résistance, de cette immobilité. Ils pressentaient tous deux que cela ne pouvait pas durer longtemps.

Sébastien se présenta dans la soirée et marcha droit au canapé où Julie se tenait toujours, droite comme une statue. Il s'agenouilla près d'elle, sans la toucher. Elle se leva alors, fit un signe à sa femme de chambre qui prit le petit garçon par la main pour l'emmener. Julie les suivit mais, quand elle fut près de la porte, Sébastien l'arrêta soudain :

— Julie, écoute-moi. Je suis navré, vraiment, de ce qui est arrivé à ton mari. Je veux que tu saches que je suis là pour toi, pour t'apporter mon aide si tu m'en fais la demande. Si tu as besoin de quoi que…

Elle le dévisagea et s'agrippa soudain au revers de son manteau.

— Je ne veux plus jamais te revoir. C'est uniquement ta faute si Charles est mort. Si nous ne t'avions pas vu l'autre soir, si ta présence ne l'avait pas alarmé, il serait près de moi. Tu entends, c'est ta faute. Va-t'en, va-t'en, je ne veux plus te voir…

Elle gémit soudain et ses mains crispées lâchèrent le manteau. Malo la recueillit dans ses bras alors qu'elle s'effondrait.

— Pars, garçon, cela vaut mieux. Elle a besoin de calme et de repos.

Le jeune homme acquiesça. Il embrassa brièvement sa mère et quitta les lieux sans insister. Il avait encore une visite à rendre ce soir-là. Et il avait lu tant de douleur et de colère dans les yeux de Julie qu'il voulait faire quelque chose pour elle. Il avait besoin d'aide.

***

— Alors, Excellence, que faisons-nous ? Il faut la protéger.

Talleyrand, enfoncé dans son fauteuil, caressa d'un geste distrait le bord du verre qu'il venait de vider. Il soupira longuement et regarda l'homme qui arpentait nerveusement son bureau.

— Vous êtes sûr, mon jeune ami, de ne pas vous être trompé ? D'avoir bien entendu ?

— Nous avons retrouvé ce malheureux couvert de sang, poignardé à mort dans une ruelle, tout près de chez lui. Il m'a reconnu, je l'ai vu à son regard. Il s'est accroché à moi et m'a parlé à l'oreille. Je l'ai entendu distinctement malgré sa faiblesse. « *L'homme à la jambe de bois. Veillez sur elle...* »

— À votre avis, votre *ami* Pied-de-Biche a-t-il échappé à tout contrôle ? Ou bien a-t-il été manipulé ?

— Il n'a pas agi seul, j'en suis certain. Charles était un homme jeune, en bonne santé, et qui avait toutes les raisons de vouloir vivre. Pied-de-Biche avait forcément un complice. Seul, il ne serait pas arrivé à ses fins. Et nous savons, vous et moi, qui a armé son bras.

— Ce qui remet en cause les accords passés il y a quatre ans. Vous l'aimez toujours n'est-ce pas ?

Sébastien s'arrêta devant une magnifique composition florale. Il porta à son nez une délicate branche de jasmin qui entourait les roses rouges. Le parfum entêtant des petites fleurs blanches lui évoquait toujours les mêmes images. Julie à Vienne, allongée sur le canapé. Julie, chez eux, endormie, le sourire aux lèvres, les cheveux en bataille, plus belle que jamais alors qu'il quittait l'appartement après leur dernière nuit.

— J'ai cru que je pourrais l'oublier si je ne la voyais plus. Mais il a suffi d'un regard lors de ce souper pour ranimer mes sentiments.

— Et il a fallu que vous alliez lui parler. Vous savez que c'est sans doute ça qui a tout déclenché ?

— Je sais, Excellence. Et je ne me le pardonne pas. Je porte la responsabilité de la mort de cet homme, presque autant que celui qui tenait le poignard et que celle qui a donné l'ordre.

— Avez-vous confiance en votre ami Malo ?

— Plus qu'en moi-même. Il considère Julie comme sa fille.

— Parfait. Dites-lui toute la vérité sur cette ténébreuse affaire. Il pourra veiller sur elle avec plus de discernement. Concernant l'autre personne, que pensez-vous faire ?

— Je vais échanger sa liberté contre celle de Pied-de-Biche. Soit elle me dit où il est et comment l'arrêter, soit elle finit en prison. Je ne pense pas qu'elle hésitera à vendre son homme de main.

— Et elle resterait libre ?

— Vous savez pourquoi je répugne à la faire emprisonner et condamner. Je ne peux m'y résoudre.

— Je sais mais vous n'ignorez pas qu'elle demeurera une menace.

— Avez-vous une autre solution ?

— Il faut lui faire peur et la contrôler. J'ai une idée. Asseyez-vous et écoutez-moi…

***

À l'heure même où Talleyrand exposait son projet à Sébastien, François Vidocq, chef de la Sûreté, pénétrait dans un ravissant salon tendu de rouge où rien n'avait changé depuis sa dernière visite. Mêmes meubles délicats. Mêmes tapisseries aux couleurs vives. Mêmes vases sur la cheminée. Même femme, magnifique, étendue sur un canapé.

— Monsieur Vidocq ? Quelle bonne surprise ! Il y a bien longtemps…

— Sept ans, Madame.

— Pourquoi avoir attendu ? Vous n'aviez donc pas envie de me revoir ?

Elle dénoua lentement le ruban de soie qui retenait la dentelle de son déshabillé. Elle le provoquait à dessein, tentant de le déstabiliser. Mais Vidocq pouvait aimer les femmes et les désirer tout en demeurant maître de lui. Il eut un sourire narquois.

— Vous êtes très séduisante, Madame mais je ne suis pas venue pour me distraire.

— Que puis-je donc pour vous ?

— Je ne joue pas, Madame. Et je vous conseille d'en faire autant. Un homme est mort poignardé dans une ruelle hier soir. Je sais que vous le fîtes assassiner.

— Prouvez-le.

— Pour l'heure, cela m'est impossible et vous le savez. C'est pourquoi vous en profitez pour me narguer comme vous le faites. Mais je ne me trompe pas. En revanche, laissez-moi vous donner un petit conseil.

— Je suis tout ouïe, mon cher monsieur Vidocq…

Il inclina sa haute taille vers elle pour plonger ses yeux dans les siens.

— Ne vous approchez pas d'une certaine jeune femme à laquelle tient beaucoup l'un de mes bons amis. Il a ses raisons de vouloir vous ménager que je ne partage pas. Et j'ai plus de pouvoir que lui. Alors, s'il arrivait malheur à cette jeune personne, je vous emmènerais moi-même à Saint-Lazare.

— À Saint-Lazare ? Avec les prostituées ? Rien que cela ?

— Avec les prostituées. À leur contact, vous gagneriez peut-être un peu d'humanité et de cœur.

— Monsieur Vidocq, je ne sais pas de qui vous parlez et je m'en moque. Votre outrecuidance dépasse tout ce que j'envisageais venant de vous. Veuillez sortir, s'il vous plaît.

— Avec joie, Madame. Au plaisir de ne jamais vous revoir. Cela voudra dire que vous avez suivi mon conseil.

Il pirouetta vers la porte et sortit sans un regard. Elle demeura immobile, se mordillant nerveusement la lèvre inférieure. Sept ans auparavant, elle avait cru le berner. Elle comprenait maintenant qu'il n'avait rien fait faute de preuve. Il attendait son heure, cynique et sournois. Un frisson de peur la parcourut.

Vidocq donna sa destination au cocher du fiacre qui l'avait attendu et s'installa confortablement sur la banquette. Il posa sereinement sa canne et son haut-de-forme à côté de lui et ses jambes sur le siège opposé et sourit, parfaitement à l'aise.

— J'ai fait ma part et je pense avoir plutôt bien joué mon rôle. Maintenant, cher monsieur de Talleyrand, à vous de jouer et de convaincre le jeune homme.

13

Le lendemain, Julie était de nouveau assise dans le canapé, une tasse de tisane refroidissant entre ses mains, sous l'œil inquiet de Clémence. Celle-ci avait espéré que le bref éclat provoqué par l'apparition de Sébastien aiderait la jeune femme à sortir de sa léthargie mais Julie s'était repliée sur elle-même dès son départ. Elle ne parlait presque pas, se contentant de répondre aux questions qui lui étaient posées. Clémence doutait qu'elle ait même fermé les yeux depuis son arrivée et se demandait à quel moment la résistance physique de Julie allait s'émousser.

— Qu'est-ce que vous faites ici ?

Malo, assis devant la remise, graissait les cuirs de l'attelage. Il apprécia peu de voir surgir Hubert Dubois-Mareuil dans l'allée de la pension, tout de noir vêtu, chapeau sous le bras, un sac en cuir à la main.

— Je suis venu voir ma belle-fille. Je suppose qu'elle est ici.

— Elle n'avait nulle part ailleurs où aller quand vous l'avez chassée de chez vous comme une fille de rien. Je ne pense pas qu'elle tienne à vous revoir.

— Elle peut sans doute en décider elle-même. Je n'ai pas de leçon à recevoir d'un cocher.

— Je ne vous permets pas…

Malo se plaça devant Hubert pour l'empêcher d'avancer mais Julie avait entendu la conversation par la fenêtre ouverte. Elle fit signe à son beau-père de monter. Malo lui emboîta le pas malgré son regard courroucé. Il ne la laisserait pas seul et se tiendrait prêt à jeter l'intrus à la porte s'il importunait son amie.

— Que puis-je pour vous, Hubert ?

Elle s'était levée et se tenait droite devant lui. Entendre le son de sa voix avait éveillé sa colère et détourné la pensée obsédante de son chagrin.

— Je vous ai apporté les quelques affaires que vous avez laissées en partant. Je vous ferai apporter ici ce qui est resté à Nantes. Et je voulais vous demander si vous aviez besoin de quelque chose, si je pouvais vous aider…

— Après m'avoir chassée en pleine nuit, alors que je venais de perdre un mari qui a fait mon bonheur pendant quatre ans ? Vous plaisantez, Monsieur ?

— Ma fille, tâchez de comprendre… Clotilde…

— … s'est conduite de manière abjecte et vous ne pouvez le nier. Ne m'appelez pas votre fille, Monsieur. Vous ne savez pas ce que ce mot veut dire. Il y a deux jours, il était en votre pouvoir de me préserver et de faire en sorte que nous pleurions Charles tous ensemble. Et aujourd'hui, vous me proposez de m'aider ? En ne daignant même pas regarder ce petit garçon qui vous tend les bras parce que vous êtes le seul grand-père qu'il connaisse ? Je ne veux rien de vous, Monsieur. Dites-moi juste où et quand Charles sera inhumé, que je puisse lui rendre un dernier hommage, et partez. Je vous promets qu'après cela, vous n'entendrez plus parler de moi.

— Nous repartons pour Nantes aujourd'hui même. Nous enterrerons Charles là-bas. Et il serait préférable que vous ne veniez pas. Nous dirons que le chagrin vous a brisée et que vous repartez dans votre famille. C'est mieux pour chacun de nous.

— Comment pouvez-vous me faire encore cet affront ? Je ne vous savais pas cruel, Monsieur. Partez, partez d'ici ! Et si vous l'osez, priez pour être pardonné.

Elle lui tourna le dos, prit Baptiste dans ses bras. L'enfant pleurait, ne comprenant pas l'indifférence d'Hubert. Celui-ci comprit que congé lui était donné et quitta les lieux sans ajouter un mot. Lorsqu'elle entendit la porte se fermer, Julie soupira bruyamment et tendit l'enfant apaisé à Étiennette.

— Malo, peux-tu me trouver une voiture légère pour un voyage de quelques jours ? Je pars pour Nantes. Personne ne m'empêchera de dire adieu à l'homme que j'aime.

— Tu l'auras dans moins d'une heure, je te le promets. Mais, tu es sûre de toi ?

— Vois-tu, Malo, je pouvais admettre d'être rejetée et méprisée par Clotilde, ce n'est pas nouveau. Mais que Hubert ose même éviter de regarder ce petit garçon qu'il prétendait aimer avant-hier, c'est intolérable. Je ne les laisserai pas faire. Je ne laisserai pas mon fils penser que je ne me suis pas battue pour lui.

Malo s'approcha d'elle et l'embrassa sur le front. Il la retrouvait telle qu'il l'aimait. Combative et déterminée. Il lui faudrait encore bien du temps pour surmonter son chagrin mais la colère qui l'animait désormais l'aiderait indubitablement.

***

Le trajet vers Nantes se déroula dans le silence le plus absolu. Malo avait engagé un cocher pour tenir les rênes, ne se sentant pas la force de mener les chevaux sur une si longue distance et préférant surtout ne pas quitter Julie des yeux un seul instant. Sa résistance physique l'impressionnait et l'inquiétait tout à la fois. Elle dormait peu, trop peu, cherchant son fils du regard à tout moment, semblant craindre de le voir disparaître. Malo craignait qu'elle ne s'effondre soudain, pensait que c'était inévitable. À sa demande, ils firent halte peu avant Nantes, chez Charlotte. Julie espérait que la marraine de son époux et sa fille ne lui avaient pas retiré toute leur affection et qu'elles accepteraient de lui donner la date et le lieu des obsèques. Dans le cas contraire, elle enverrait Étiennette chez ses beaux-parents pour obtenir les renseignements des autres domestiques. Devant la maison, la femme de chambre fut chargée de demander l'autorisation pour sa maîtresse d'entrer. La réponse ne se fit pas attendre. Charlotte ouvrit elle-même la porte de la voiture.

— Qu'il soit bien clair, mon enfant, une fois pour toutes entre nous que cette maison est la vôtre et que je considère comme blessant que vous me demandiez un quelconque sauf-conduit pour y entrer.

— Mais, Madame, vous ignorez sans doute…

— Tatata ! Ma sotte de belle-sœur m'a écrit et sa lettre vous précède de peu. Descendez, venez avec moi. Nous parlerons plus agréablement autour d'une collation. Monsieur, vous êtes également le bienvenu.

La conversation fut brève et sans détour. Oui, Charlotte savait. La mort tragique de Charles. Les soupçons de Clotilde sur la naissance de Baptiste. Ses accusations envers Julie. Elle lui lut la lettre entièrement, sa voix se brisant à l'évocation de son neveu et s'enflant de colère lorsqu'il s'agissait de la jeune femme. Quand elle eut fini, elle regarda Julie droit dans les yeux. Elle attendait sa version. Et sa franchise.

Julie échangea un regard avec Malo qui l'encouragea d'un signe de tête.

— Il y a du vrai dans les propos de Clotilde, malheureusement. Baptiste n'est pas le fils de Charles. J'ai aimé un autre homme avant lui et j'ignorais être enceinte quand j'ai épousé votre neveu. Je ne l'ai su qu'au mariage de Louise. Il est également vrai que je n'étais pas éprise de Charles au moment où nous nous sommes mariés. Mais il le savait ; je ne lui ai jamais menti. Pourtant, je l'ai aimé peu à peu. J'ai appris à le connaître, à apprécier toutes ses qualités, sa droiture, sa générosité, son amour immodéré pour sa famille. Je l'ai aimé. Sincèrement. Du plus profond de mon cœur. Et je l'aimerai toujours, quel que soit mon avenir désormais. Il restera mon mari et je n'oublierai rien…

La voix de Julie se brisa soudain, le roc commençait à se fissurer. Malo esquissa un geste que Charlotte arrêta d'un mouvement de tête. Julie avait besoin de parler, de briser le mur dont elle s'était entourée.

— Est-ce qu'il savait ? Pour Baptiste ?

— Oui. Il avait compris. Il ne m'en a jamais tenu rigueur. Il aimait *son fils*. Baptiste était son fils. Peu lui importait qu'il ne soit pas de son sang. Il l'aimait plus que tout. Il nous aimait, nous, notre famille. Il m'a fait promettre d'être toujours le père de ce petit garçon.

Un frisson la parcourut, elle ferma les yeux un instant. L'épuisement commençait à avoir raison d'elle.

— Je peux comprendre la colère de Clotilde concernant l'enfant. Encore que… si mon neveu l'acceptait, elle n'avait rien à y redire. Ce que je ne comprends pas, c'est qu'elle vous accuse de sa mort. Pourquoi ?

Julie évoqua alors la dernière journée de Charles, leurs beaux projets. Sa visite à Clémence, son retour tardif et l'inquiétude de son mari. Sa jalousie.

— Si je n'étais pas sortie ce jour-là, si j'avais attendu le lendemain, alors…

— Cessez de vous flageller. C'est une attitude que je méprise. Ce qui est fait est fait. Charles est mort et ne reviendra pas. Vous n'avez pas tenu le poignard qui l'a tué. Vous n'êtes responsable en rien. Hubert et Clotilde le savent et tout se passera bien demain.

— C'est donc demain que les obsèques auront lieu ?

— Vous l'ignoriez ?

— Mes beaux-parents ont été très clairs : ils ne souhaitent pas ma présence. J'espérais que vous pourriez m'informer. C'était, je vous l'avoue, le but de ma visite.

— Très bien. Je vais demander à faire préparer votre chambre. Demain, nous irons ensemble dire adieu à mon neveu.

— Non, Charlotte, ne vous donnez pas cette peine. Je ne veux pas vous importuner et encore moins vous embarrasser devant Hubert et Clotilde.

— Ma belle-sœur est une idiote. Je veux bien lui trouver l'excuse de son chagrin. Mais, pour autant, il n'est pas question que vous n'assistiez pas aux obsèques de votre époux. Quant à m'embarrasser, tranquillisez-vous. Il y a belle lurette que je ne m'intéresse pas à ce que l'on pense de moi. Je vous ai toujours aimée et je ne renierai pas mon affection. Et tant pis si mon frère n'est pas satisfait.

Elle n'eut pas le temps de remercier Charlotte pour son accueil. Louise venait d'arriver et se jetait dans ses bras en pleurant. Julie était touchée par la sincère amitié des deux femmes et en éprouvait un réel soulagement. Celui de savoir qu'elle n'était pas seule. Que Charlotte croyait en son amour pour Charles. Que l'amitié de Louise était sincère et sans condition.

***

Le lendemain soir, Julie marchait, apaisée, au bord de l'Erdre. La journée avait été éprouvante. L'arrivée à l'église. Le premier mouvement de rejet de Clotilde. La main rassurante de Charlotte posée sur la sienne tout au long de la messe. Et l'arrivée d'Hubert peu après leur retour. Il avait présenté ses excuses et offert de nouveau son aide et, surtout, son amitié. Il avait même demandé à voir Baptiste et avait passé un long moment avec lui. Ils s'étaient séparés en bons termes, Julie comprenant parfaitement qu'elle ne pouvait pas habiter chez ses beaux-parents, qu'il lui fallait trouver son propre chemin, mais rassurée de savoir qu'elle pourrait se tourner vers Hubert en cas de besoin, que Baptiste ne manquerait pas d'affection s'il lui arrivait quelque chose.

Elle sursauta en entendant une branche craquer. Une ombre se dessinait sous un saule pleureur. Pourtant, elle s'attendait bien à le voir tôt ou tard. Elle marcha jusqu'à lui lentement.

— Ton déguisement était inutile. Je t'ai reconnu dès notre départ de Paris.

— Comment…

— Je te connais par cœur, Sébastien. Je n'ai pas oublié que tu t'exerçais à te grimer devant moi lorsque tu as commencé à travailler avec Vidocq. Alors, qu'est-ce que tu fais ici ?

Elle parlait sans animosité, sans colère, sa voix révélant juste sa grande lassitude.

— Malo avait besoin de quelqu'un de confiance et peu de temps pour le trouver. Je me suis proposé. Je me suis grimé pour que tu ne sois pas incommodée par ma présence. Je me suis trompé une fois de plus.

— Ta présence ne me dérange pas. Sinon tu serais resté à Paris.

Il sourit dans l'ombre sans qu'elle le voie. Ils demeurèrent silencieux quelques secondes, profitant de cette accalmie soudaine. Le vent s'était levé pourtant et Julie frissonna. Il s'en aperçut et s'approcha prudemment.

— Tu as froid. Tiens, mets ça.

Il ôta sa veste de cocher et la drapa sur ses épaules avec beaucoup de douceur.

— Merci. Tu veux bien faire quelques pas avec moi ?

Il lui offrit son bras qu'elle accepta. Ils longèrent la rivière en silence, un peu embarrassés de cette promiscuité soudaine.

— Je suis désolée de t'avoir accusé comme je l'ai fait l'autre soir. Je n'aurais pas dû. Charlotte m'a fait comprendre que le meurtrier était celui qui tenait le poignard. Ni toi. Ni moi. Mais je voulais un coupable et tu étais une cible idéale. Je t'en demande pardon.

— Je ne t'en ai pas voulu un seul instant. Depuis que j'ai retrouvé Charles dans cette ruelle, je n'ai pas cessé de me dire que si je ne t'avais pas approchée chez Talleyrand, il serait encore en vie…

— C'est vrai, c'est toi qui me l'as ramené ce soir-là, avec Malo… Est-ce qu'il t'a dit quelque chose ? Il t'a parlé ?

— Il était très faible… Mais il m'a dit de veiller sur toi.

Un silence gêné s'interposa. Sébastien hésitait à parler de Pied-de-Biche. Il avait promis autrefois de ne plus lui mentir mais il la devinait trop vulnérable encore. À quoi bon l'effrayer davantage en réveillant tous ces souvenirs ? Et Vidocq devait avoir résolu le problème désormais… Quant à Julie, elle songeait avec émotion à l'abnégation de Charles. Il l'avait confiée à son premier amant, au père de Baptiste. Savait-il qu'il allait mourir ? Probablement. Et ses dernières pensées avaient été pour elle, pour la protéger en permettant à un autre de revenir à ses côtés. Charles avait compris bien avant elle. Il avait sans doute toujours su. Et il lui donnait sa permission. Elle étouffa un sanglot que Sébastien entendit pourtant.

— Tu es épuisée. Viens, je te raccompagne.

Elle acquiesça, s'appuyant un peu plus sur lui. Elle retrouvait la même sensation de sécurité qu'autrefois, ce sentiment si fort que rien ne pouvait lui arriver tant qu'il était là. Elle avait aimé Charles. Mais elle comprenait aussi qu'elle n'avait jamais oublié Sébastien.

Malo les attendait devant la maison, inquiet de l'absence de Julie. S'il fut étonné de les voir revenir ensemble, il n'en montra rien.

— Tout va bien, petite ?

Elle hocha la tête.

— Juste un peu de fatigue.

Elle les salua brièvement et monta rapidement à sa chambre où Étiennette l'attendait en somnolant.

— Où avez-vous eu cette veste, Madame ? C'est affreux sur vous.

Julie sourit sans répondre. Sébastien ne la lui avait pas réclamée. Elle l'ôta et la posa sur une chaise et envoya sa femme de chambre se coucher. Une fois seule, elle reprit la veste et la serra contre elle. Le vêtement sentait le cuir, le foin et la poussière. Mais elle y retrouvait aussi la présence réconfortante de Sébastien.

— Je t'interdis de la faire souffrir.

Malo était sec. Tranchant. Il s'inquiétait de voir Julie malheureuse encore une fois à cause de Sébastien.

— Tu sais bien que ce n'est pas mon intention.

— Elle paraissait pourtant embarrassée et elle portait ta veste.

— Elle avait froid. Rien de plus. Allons, Malo, tu sais à quel point je tiens à elle.

— Justement, tu pourrais…

— Non. Je souffre à chaque fois que je suis à ses côtés. De ne pas pouvoir la toucher, la prendre dans mes bras. Ne pas savoir où elle était ces dernières années a été un supplice. Je ne prendrai pas le risque de la voir disparaître à nouveau.

— Elle est fragile et…

— Elle est bien plus solide que tu ne le penses. C'est la femme la plus courageuse que je connaisse.

— Tu l'aimes toujours ?

— Je n'ai jamais cessé de l'aimer. Mais si elle veut juste un ami, je m'en contenterai. Je veux juste pouvoir la voir et veiller sur elle.

Malo sourit dans l'ombre. Il n'avait aucun doute concernant la sincérité de son ami et il espérait que la jeune femme pourrait répondre à ses sentiments quand le temps serait venu.

Julie décida de quitter l'asile confortable qu'elle avait trouvé chez Charlotte trois jours plus tard, malgré les offres de cette dernière de rester aussi longtemps qu'elle le voudrait. La jeune femme ne voulait pas interférer dans ses relations avec son frère et sa belle-sœur. Clotilde ne pardonnerait pas. Elle n'accepterait jamais sa présence. Et il lui fallait faire enfin ses propres choix.

***

La douleur et les regrets s'apaisaient lentement grâce à la gentillesse de ses proches, Malo et Clémence en tête. Si elle n'oubliait pas Charles, Julie se surprenait souvent à penser à Sébastien. Elle ne lui avait rien dit concernant Baptiste et elle en éprouvait du remords. Lui se conduisait en ami idéal, lui rendant visite plusieurs fois par semaine. Il l'accompagnait au Luxembourg, aux Tuileries. Il demeurait cependant étrangement distant, se contentant de lui offrir son bras pour marcher mais évitant tout autre contact physique. Surtout, il ignorait Baptiste, n'esquissant pas un geste vers l'enfant, ne le regardant même pas.

— Tu ne crois pas que tu devrais lui dire la vérité ?

Malo venait de lui poser une main sur l'épaule. Sébastien venait de partir et elle contemplait avec tristesse la porte qu'il venait de franchir. Une fois de plus, il était resté lointain…

— Ton fils grandit. Il va avoir besoin d'un père. Et c'est le mieux placé pour assumer ce rôle, non ?

— Je ne peux pas. J'ai promis à Charles qu'il serait toujours le père de Baptiste.

— Tu ne crois pas que sa mort te délie de cette promesse ?

— Peut-être… Quoi qu'il en soit, je ne veux pas devenir une charge pour Sébastien. Je suis veuve avec un enfant. Il est marié à une autre. Je ne veux rien lui imposer.

Malo hésita quelques instants. Julie était perdue dans ses pensées, ses souvenirs. Pouvait-il l'aider à y voir plus clair, à apaiser sa conscience tourmentée par la promesse faite à Charles et ses sentiments pour Sébastien ?

— Écoute-moi, petite. Tu ne sais pas tout. Je ne sais pas si j'ai le droit de te parler, si c'est mon rôle mais…

— Non, Malo, mon ami, ce n'est pas ton rôle. C'est le mien.

— Sébastien ? Je te croyais parti.

— Je l'étais. J'ai oublié mon chapeau. Peux-tu nous laisser ? Je dois parler à Julie.

Malo et la jeune femme échangèrent un regard. Elle lui demandait ce que Sébastien avait entendu de leur conversation. Il lui signifiait qu'il était temps de tout dire. Il sortit néanmoins, gratifiant son ami d'une tape amicale sur l'épaule pour l'encourager. Le jeune homme répondit d'un sourire et s'assit sur un fauteuil près de la cheminée. Il fixa l'âtre quelques instants, ne sachant trop par où commencer.

— J'ai entendu la fin de votre conversation, je suis désolé. Je ne voulais pas être indiscret. Tu as dit que tu ne voulais pas être une charge pour moi parce que j'étais marié. Tu ne seras jamais un fardeau, Julie. Jamais.

Elle soupira de soulagement. Il ne savait donc rien au sujet de Baptiste.

— Quant à mon prétendu mariage… Je suis divorcé. Grâce à Talleyrand, le lien qui m'unissait à Inès est brisé depuis bientôt trois ans.

— Mais, chez Talleyrand, l'autre soir, tu étais avec…

Sa voix s'étrangla à ce souvenir. Elle demeurait persuadée que si Charles ne les avait pas surpris ensemble ce soir-là, il ne serait pas autant inquiété peu après…

— Elle ignorait tout de notre divorce. Je l'ai gardé volontairement secret le plus longtemps possible. Je lui ai tout dit peu après la mort de ton mari.

— Je ne comprends pas… Pourquoi taire un divorce et continuer à vivre avec elle ? Pourquoi ces mensonges *encore* ?

Elle appuya volontairement sur le dernier mot, agacée de sa propension naturelle à mentir aux femmes de sa vie. S'il lui expliquait qu'il y en avait une autre, elle préférait ne pas le savoir.

— Ce n'est que la fin de l'histoire. Je vais tout te raconter. Mais sois tranquille, je n'ai pas menti à Inès pour protéger une autre liaison.

Elle rougit, embarrassée d'être si transparente face à lui. Il la connaissait par cœur et savait déchiffrer le moindre haussement de sourcil, le plus petit mouvement des lèvres… Elle lui fit signe de continuer.

— Tu sais que mes parents, même s'ils s'aimaient profondément, n'ont jamais été mariés. Cela leur a été impossible parce que mon père avait déjà une famille. Une femme et trois filles. Je sais, ce n'était pas l'exemple à suivre, et pourtant je l'ai fait.

Il ne pouvait s'empêcher de sourire de sa mine offusquée. Il poursuivit néanmoins tandis qu'elle demeurait silencieuse.

— Après trois filles, sa femme perdit un fils à la naissance. Il en souffrit beaucoup. Sa femme étant épuisée et malade, il se consola dans les bras de sa femme de chambre et il tomba éperdument amoureux d'elle. Elle l'aidait à surmonter cette terrible perte, lui apportait la douceur d'un nouvel amour. Elle lui rendit le sourire au moment où il perdait espoir. Pour elle, il était son premier amour et elle l'adorait. Elle n'avait pas cherché à se faire aimer ni à trahir la femme pour laquelle elle travaillait. Lorsqu'elle découvrit qu'elle était enceinte et qu'ils ne purent dissimuler leur liaison plus longtemps, l'épouse de mon père se comporta avec beaucoup de dignité. Elle refusa bien sûr de nous garder sous son toit, ma mère et moi, mais elle accepta que mon père assume ses responsabilités envers nous. Il continua à vivre avec elle mais nous rendait souvent visite dans cette maison qu'il avait achetée grâce à un héritage et aida ma mère à en faire une pension de famille florissante. Pour le voisinage, elle était une jeune veuve avec un enfant et lui, un cousin compatissant qui veillait sur elle. Seule Bertille était au courant et l'aidait à entrer discrètement la nuit. Il était déjà militaire et contraint à s'absenter très souvent. À chacun de ses retours, il se partageait entre ses deux familles.

— Clémence a dû beaucoup souffrir. Je comprends encore mieux pourquoi elle ne voulait pas nous donner sa bénédiction.

— Ma mère t'aime comme sa fille et elle ne voulait pas que tu connaisses la même vie qu'elle, même si elle ne regrette rien. Je suis heureux qu'elle retrouve un peu de bonheur avec Malo et qu'elle cesse enfin de pleurer mon père… Mais je m'égare. Donc mon père était soldat. Très tôt, il s'est enflammé pour la cause bonapartiste, bien avant qu'il ne soit empereur. Il a fait la campagne d'Égypte à ses côtés et il est revenu de là-bas avec un nouvel ami, un Espagnol qui lui avait sauvé la vie. Cet homme est mort à Paris peu après leur retour, confiant à mon père son bien le plus précieux, sa fille Inès. Mon père l'a remise à son épouse, qui se sentait très seule depuis le mariage de ses filles et s'est occupé d'elle avec beaucoup de tendresse. Puis il a décidé de faire de moi un soldat, comme lui. Il m'avait déjà fait donner une solide instruction militaire mais il a franchi une nouvelle étape, au grand désespoir de ma mère. J'ai dû le suivre en Italie, j'avais à peine quinze ans. J'étais heureux d'être aux côtés de mon père mais je détestais l'armée. Pas par peur, non. Parce que je haïssais cette violence et que tuer me répugnait. J'ai suivi mon père partout. Marengo, Austerlitz, Iéna, Eylau. Il a été fait baron d'Empire à Eylau après un coup d'éclat. Alors, il a voulu un héritier. Lui, petit bourgeois, militaire par vocation, voulait que ce titre si durement acquis perdure après lui. Il a décidé que j'hériterais de tout, de son titre, de ses biens. À l'unique condition que j'épouse Inès et que je lui donne un petit-fils.

— Pourquoi elle ? Il aurait pu t'offrir un meilleur mariage.

— Probablement, mais il portait à Inès des sentiments très paternels. Il la voulait heureuse et en sécurité au cas où il lui arriverait malheur. Il savait qu'elle me plaisait. Je ne me suis pas opposé à ce projet. La fiancée était plus que charmante et mon père m'offrait en cadeau de noces son nom et une place enviable dans la société. J'ai tout accepté. Mais nous ne nous connaissions pas vraiment et nous n'en avons pas eu le loisir. Quelques semaines après le mariage, je suis reparti en campagne. Inès m'a écrit qu'elle était enceinte et j'ai eu peur pour la première fois de ma vie. Je n'étais pas prêt. Ni à être père, ni à rester lié à une seule personne pour le reste de ma vie… J'ai rencontré Ana. C'était la fille d'une cantinière russe, elle aidait sa mère. Elle gardait le sourire en toutes circonstances et je la trouvais merveilleusement belle et désirable. Elle était franche, n'avait pas de manières et portait des vêtements d'homme mais je la trouvais incroyable. Elle est devenue ma maîtresse et plus je passais du temps avec elle, plus je comprenais que mon mariage était une erreur, que je n'aimais pas Inès et que je ne l'aimerais sans doute jamais, mais c'était trop tard.

Inès a eu des jumeaux, deux beaux garçons. J'ai voulu renoncer à Ana pour eux, pour Inès aussi qui ne méritait pas ce comportement. Et je suis reparti à l'armée une nouvelle fois. Une fois de trop. Wagram. Il fallait tuer ou être tué. J'étais ivre de sang, de l'odeur de poudre, de toute cette fureur. Et soudain tout s'est arrêté. Je ne voyais plus que mon père qui venait d'être blessé, je n'entendais plus que le râle de sa respiration. Il ne pouvait plus parler. Il me regardait fixement, je voyais sa souffrance dans ses yeux. Je l'ai tenu dans mes bras pendant des heures ; je l'ai regardé agoniser. Crois-moi, il n'y a rien de beau, rien d'héroïque dans la mort. Mon père est parti, la poitrine et le ventre criblés de mitraille, s'étouffant dans son propre sang, dans une puanteur que tu ne peux même pas imaginer. Après sa mort, j'ai décidé de quitter l'armée, de fuir, de ne jamais revenir à cette vie. J'ai déserté. Ana s'est enfuie avec moi, ainsi que Bel-Œil. Nous avons regagné la France en nous cachant des deux armées. Bel-Œil nous a conduits à la ferme de Malo qui a accepté de nous cacher, de nous aider.

— C'est à ce moment que tu es devenu le bandit Wagram ?

— En effet. Les autres nous ont rejoints peu à peu. Je n'ai pas osé rentrer chez moi pendant des mois puis j'ai fini par m'y résoudre. J'ai expliqué à Inès ce que j'étais devenu. Elle ne m'a pas rejeté, ne m'a pas interdit de voir mes fils. Elle a promis de ne jamais me dénoncer tant que je prendrais soin d'eux. Je ne lui ai pas dit clairement que je ne l'aimais plus, que je vivais avec Ana, je n'en suis pas fier. Il m'arrivait de coucher avec elle quand je rendais visite aux garçons. Je ne savais pas qu'elle m'aimait réellement. Et puis Malo, un soir, nous a ramené une petite fille perdue qui a changé notre vie à tous.

Julie sourit à l'évocation de leur rencontre. Elle avait ressenti immédiatement ce sentiment de sécurité qu'elle éprouvait toujours en sa présence.

— J'avais quitté Inès pour de bon quelques semaines auparavant. Je me croyais tellement sûr de moi et de ma relation avec Ana. Et tu as tout bouleversé. À Vienne, je suis tombé fou amoureux de toi, peut-être même avant. Tu m'étais devenue indispensable.

— Alors, tu m'aimais vraiment.

— Tu en doutes, ma douce ?

— Talleyrand m'a dit qu'il t'avait chargé de veiller sur moi…

— C'est vrai. Mais il a profité des sentiments que je te portais pour joindre l'utile à l'agréable.

— Pourtant tu as renoué avec elle pendant que nous vivions ensemble. Quand est-ce arrivé ?

— Jamais.

— Mais… Tu m'as quittée pour elle. Elle était enceinte.

— Elle ne l'était pas. J'ai menti. Elle essayait bien de m'attirer dans son lit quand je rendais visite à mes fils mais je n'ai jamais cédé. Tu étais la seule qui comptais, dont j'avais besoin. Je profitais de mon travail avec Vidocq pour justifier mes absences. Un jour, Inès m'a empêché d'entrer dans leur chambre. Elle m'a menacé de me les retirer pour toujours si je ne revenais pas vivre avec elle. J'ai refusé durant plusieurs semaines et elle m'a dit qu'elle les enverrait à l'étranger et qu'elle te ferait enfermer à Saint-Lazare. Je n'ai plus eu le choix…

Il s'était tu, la tête entre les mains. Il évitait de croiser son regard. Il ne voulait pas voir le reflet du chagrin qu'il lui avait infligé.

— Pourquoi ne m'as-tu rien dit ? J'aurais pu comprendre.

— Je ne voulais pas que tu gâches ta vie à m'attendre. Je voulais que tu vives ta vie, sans moi. Je suis allé trouver Talleyrand ; il m'a promis de veiller sur toi et de m'aider à obtenir le divorce pour que je puisse partir dès que possible. Je me suis comporté comme le dernier des derniers avec toi. J'ai détesté chaque mot que je t'ai écrit, j'en avais honte. Mais je voulais que tu ne pleures pas, que tu me méprises, que tu me détestes pour que tu puisses oublier.

— Et tes fils ? Tu as pu veiller sur eux autant que tu le voulais ?

— Oui. Ils sont merveilleux. Mais, aujourd'hui, je ne sais pas où ils sont.

— Comment est-ce possible ?

— Inès me les a pris. Elle a mis sa menace à exécution. Le lendemain du souper chez Talleyrand.

— Parce que tu m'avais revue ?

— Elle n'a pas hésité un seul instant. Elle savait qu'elle allait me perdre pour de bon. Je n'ai pas supporté de vivre seul avec elle dans cette maison vide. Je lui ai annoncé notre divorce, je l'ai quittée. Avec l'aide de Talleyrand, je l'ai fait enfermer dans un couvent. Je lui ai dit que je lui rendrais sa liberté le jour où elle me rendrait mes fils. Mais elle est restée muette. Je ne sais pas où sont mes garçons. J'espérais qu'ils lui manqueraient, qu'elle leur écrirait, qu'elle les ferait revenir. Elle est inflexible. Je n'ose même pas imaginer leur désarroi, leur peine. Ils sont seuls, sans leurs parents, sans nouvelles, sans moyen d'en donner. J'ai peur qu'elle les ait séparés et qu'ils n'aient même pas la consolation d'être ensemble. Ni Vidocq ni Talleyrand ne parviennent à m'aider et je ne sais plus où j'en suis.

Sa voix s'enroua. Des larmes coulaient sur ses joues. Bouleversée, Julie se leva, s'accroupit devant lui et lui prit les mains.

— Je suis désolée que tu doives traverser tout cela à cause de moi.

— Inès est la seule coupable. Pas toi…

— Sans ce maudit souper, rien ne serait arrivé, tu le sais. Est-ce que tu ne peux pas envisager de renouer avec Inès ? Pour tes fils ?

— C'est impossible, elle me répugne. Et encore plus maintenant que je t'ai revue. Je t'aime encore, Julie. Je n'ai pas cessé de t'aimer. Pas un seul instant. Pendant quatre ans, j'ai vécu l'enfer en ne sachant pas où tu étais. Mais j'avais promis à Talleyrand de ne pas te chercher. Je t'aime, je t'aime tant.

Leurs lèvres se joignirent soudain et il l'enlaça fébrilement. Leur baiser avait le goût amer des larmes versées, du passé brisé, du présent douloureux et de l'avenir incertain. Il la renversa au sol, l'écrasant sous son poids. Elle ne résista pas tout d'abord mais s'effraya soudain de cet amour, de ce désir. Elle se souvint qu'il y avait encore des non-dits, un mensonge qu'elle devait révéler avant d'aller plus loin. Elle ne supporterait pas d'être encore rejetée.

— Non, arrête. Je ne veux pas. Pas comme ça.

Elle le repoussait désormais. Il se redressa légèrement, étonné de sa résistance, et l'interrogea du regard. Du menton, il désigna la porte de la chambre. Elle secoua la tête, se releva, lissant machinalement les plis de la robe qu'il avait commencé à soulever dans sa précipitation. Il se redressa à son tour.

— Je ne comprends pas. Je sais que tu en as autant envie que moi.

— Cela ne suffit pas. Je ne veux pas être juste la maîtresse d'un seul instant…

Il recula d'un pas, pâlissant. Dans ses yeux, elle lisait à la fois sa tristesse, sa déception et son désir. Et autre chose qu'elle ne pouvait encore définir. Elle était troublée, maladroite, ne sachant comment lui dire.

— Tu vas comprendre… Baptiste…

Il l'interrompit, fondant sur elle comme un oiseau de proie. Il saisit ses poignets, la tenant prisonnière entre ses mains puissantes, la secouant avec brutalité.

— Pas toi, Julie ! Pas toi ! Toi que j'avais mise plus haut que toutes les autres. Toi en qui j'avais confiance plus qu'en quiconque. Alors, tu es comme les autres ? Maintenant que tu sais que je suis baron, tu veux te faire épouser ? Et ton fils ? Tu crois qu'il va remplacer ceux que j'ai perdus ? C'est ça que tu attends de moi ? Hein, c'est ça ?!

Elle ne répondait pas, choquée par sa colère, par ses soupçons, suffoquant de douleur et de crainte. Pour la première fois, elle avait peur de lui. Il ne la lâchait pas, resserrant encore l'étreinte autour de ses poignets. Elle gémit. Il continuait cependant, fou de rage et de chagrin. Il voulait la blesser autant qu'il l'était.

— Mais ce n'est pas comme ça que va le monde, Julie. Ton bâtard ne remplacera pas mes garçons. Tu ne seras pas baronne. Je ne veux plus te voir. Jamais.

D'une secousse, il l'envoya sur le canapé où elle s'effondra. Elle n'avait pas pu répondre, pas eu la force de lui tenir tête. Elle entendit comme dans un brouillard la porte qui claquait et ses pas qui s'éloignaient. Hoquetant, suffoquant, elle n'avait pas la force de le retenir.

— Petite, petite, c'est moi, c'est Malo, parle-moi, je t'en prie.

Elle ne l'écoutait pas, ne le voyait pas. Il avait entendu Sébastien partir et venait aux nouvelles. Effrayé de la voir dans cet état, il l'embrassa au front, lui prit les mains pour la réconforter. C'est alors qu'il les vit, les deux lignes déjà bleues à ses poignets, là où Sébastien avait serré si fort. Il sentit monter en lui une colère sourde qu'il ne contiendrait pas longtemps.

— Que se passe-t-il ? Je viens de croiser Sébastien. Il avait l'air…

Clémence s'interrompit en découvrant l'état de Julie que Malo poussa doucement dans ses bras.

— Je te la confie. Je dois dire quelques mots à ton fils.

Il n'eut pas à aller très loin pour retrouver le jeune homme qui s'était laissé tomber sur les marches du perron.

— Je t'avais interdit de lui faire du mal.

— Cesse donc de la voir comme une petite fille pure et innocente. Elle est comme toutes les autres. Non, pire que les autres. Sais-tu ce qu'elle attendait de moi ?

— Malo, viens vite !

Le cri de détresse de Clémence l'empêcha de répondre. Il se précipita, Sébastien sur ses talons. Julie était étendue sur le canapé et se tordait dans de douloureux spasmes. Elle gémissait, les yeux révulsés, et Clémence, penchée sur elle, avait du mal à maîtriser les mouvements convulsifs de ses membres. Des mots désordonnés lui échappaient qui achevèrent de briser le cœur de Sébastien.

— Baptiste… Charles… J'ai promis…

***

Julie avait frôlé la mort et ne devait qu'à sa volonté de vivre son retour parmi les vivants. Sébastien, rongé de remords et d'angoisse, ne l'avait pas quittée un instant. Des heures durant, il lui avait tenu la main, essuyé la sueur qui coulait sur son visage blême, lui avait parlé doucement à l'oreille pour la convaincre de vivre. Il avait combattu avec elle la fièvre qui la consumait. Enfin, elle reprenait conscience après des jours de lutte, un peu perdue, ne comprenant pas ce qui lui était arrivé. Elle sentit sur sa main le poids inerte d'une autre main et vit Sébastien renversé dans le fauteuil à ses côtés, endormi, les joues dévorées par une barbe de plusieurs jours.

Elle agita légèrement les doigts pour se dégager. Instinctivement, il resserra les siens, sans s'éveiller. Alors, elle demeura de longues minutes à l'observer. Les cernes sombres sous ses yeux. La ligne noire de ses sourcils froncés. Ses traits tirés. Depuis combien de temps était-il là près d'elle ? Elle frissonna en se rappelant ses dernières paroles. Il ne voulait plus la revoir. Il était là pourtant. Allait-il disparaître ? L'abandonner encore ? Elle parvint à prononcer son nom très doucement, d'une voix rauque qu'elle ne se reconnut pas. Cela suffit cependant. Il ouvrit des yeux infiniment tristes qui s'éclairèrent en la voyant éveillée.

— Ma douce, enfin, j'ai eu si peur.

Il s'assit au bord du lit, l'aida à boire quelques gorgées d'eau en la soutenant et en lui tenant la main. Elle soupira de soulagement et se laissa aller contre les oreillers qu'il redressa pour elle.

— Que s'est-il passé ? Combien de temps ?

— Une semaine. Nous avons failli te perdre.

— Tu ne voulais plus me voir. Jamais. C'est ce que tu as dit…

— J'étais malheureux. Et déçu. Et en colère. J'ai dit n'importe quoi. J'ai fait n'importe quoi. Je n'arrive pas à vivre sans toi.

Il caressait doucement ses poignets, là où se lisaient encore les traces de sa colère. Elle lui sourit un peu tristement.

— Je n'ai jamais voulu devenir baronne. Je m'en fiche. J'ai rêvé de t'épouser quand nous vivions ensemble. Je sais maintenant pourquoi c'était impossible. Je t'ai dit que je ne voulais pas être juste ta maîtresse. En fait, je ne veux pas d'une heure à la va-vite sur un tapis. Si c'est tout ce que tu attends de moi, oublie-moi. Je ne supporterai pas d'être abandonnée encore.

— Je n'ai jamais eu l'intention de t'abandonner. Je veux que tu sois à mes côtés pour toujours. Je n'ai pas été assez clair avec toi sur mes sentiments.

— Et pour Baptiste…

Il l'interrompit d'un geste de la main.

— Pardonne-moi mais je ne suis pas sûr de parvenir à l'aimer. Je sais que ce n'est qu'un enfant. Mais je suis jaloux, Julie. Bêtement sans doute mais terriblement jaloux. J'ai du mal à admettre qu'un autre ait réussi à te donner l'enfant dont nous avions tant rêvé. Et je crois que j'aurais l'impression de trahir mes garçons pour le fils d'un autre.

— Il est de toi.

C'était dit. Elle aurait voulu le faire plus délicatement, le préparer mais les mots lui avaient échappé. Il la regardait, figé de stupeur.

— Qu'est-ce que tu as dit ?

— Baptiste est ton fils.

— Comment ? Quand ?

— Notre dernière nuit. J'en suis certaine.

— Comment en être sûrs, Julie ? Tu t'es mariée deux jours après.

— Si tu le regardais, ne serait-ce qu'un instant, tu verrais ce qui crève les yeux de tout le monde. Tu crois vraiment que je te donnerais de faux espoirs si j'avais le moindre doute ? Je ne voulais pas y croire quand j'ai découvert que j'étais enceinte. J'espérais qu'il était de Charles. Et puis les derniers mois, je m'en fichais. J'ai dû les passer allonger pour ne pas le perdre, je voulais juste avoir un enfant en bonne santé qui ne serait rien qu'à moi. Mais plus Baptiste grandit, plus il te ressemble...

— Pourquoi n'avoir rien dit ? Tous ces mois depuis que nous nous sommes revus...

— Je voulais que tu me reviennes pour moi, par amour, pas par devoir. Et je ne voulais pas trahir Charles : je lui avais promis qu'il serait toujours le père de Baptiste.

— Alors, il savait ?

— Il n'était pas stupide. Il savait depuis le début qu'il y avait peu de chances...

— Vous n'aviez pas contracté un mariage blanc. Je sais par Talleyrand qu'il a été consommé dès la première nuit. Ça m'a anéanti. Je comprenais mieux que personne l'urgence de votre union. Mais j'espérais que tu attendrais un peu pour te jeter dans ses bras.

Elle ferma les yeux. Le souvenir flou de sa laborieuse nuit de noces lui revenait avec amertume.

— Je ne le voulais pas vraiment. Charles a insisté pour que notre mariage soit légitime. Je pense aussi qu'il voulait pouvoir dire qu'il était le père si jamais j'étais enceinte. La suite lui a donné raison. Mais il ne m'a pas forcée. J'étais ivre. Je me demande si j'ai été poussée à boire pour que ce soit plus facile ou si j'ai voulu t'oublier dans un verre de vin... Je me souviens à peine de cette nuit. J'étais à peine consciente, je me suis endormie juste après. Charles m'a dit que j'avais prononcé un autre prénom que le sien et qu'il en avait souffert, même s'il comprenait.

— Un autre prénom... Le mien ?

— Tu crois qu'il y avait combien d'hommes dans ma vie à ce moment-là ?

Elle était plus sèche qu'elle ne l'aurait voulu. Elle essayait de lui expliquer ses sentiments et il répondait par une question stupide. Il sourit, penaud.

— Pardon. Je ne m'attendais pas à ce que tu me dises tout ça. Talleyrand m'a dit que le mariage avait été consommé et que tu étais parfaitement consentante. Il voulait sans doute que je comprenne que ton mariage était solide et que je ne devais plus t'approcher. Si tu savais comme j'ai eu mal en te voyant partir le lendemain, sans savoir où tu allais, si tu serais heureuse… J'avais tellement peur pour toi.

— Tu étais là ? Chez Talleyrand ? Cette nuit-là ?

— J'ai assisté à ton mariage, caché dans un cabinet. J'ai cru mourir quand tu as dit oui. J'ai même signé ton certificat de mariage. J'étais ton quatrième témoin.

— Comment Talleyrand a-t-il pu t'infliger cela ? Quelle cruauté !

— Il voulait que je t'oublie comme tu devais m'oublier, que nous passions tous les deux à autre chose. Il n'imaginait pas que nous allions nous revoir et surtout pas que ce serait chez lui… Si seulement j'avais su que tu portais mon enfant, tout aurait été différent. Je ne t'aurais pas laissé t'éloigner.

— C'était peut-être mieux ainsi. Nous aurions été malheureux à vivre ainsi sans pouvoir nous voir. J'ai été heureuse avec Charles, tu sais.

— Pas moi. J'ai failli devenir fou. S'il n'y avait pas eu mes fils…

— Inès n'aurait pas pu te retenir… N'essaie pas de réécrire l'histoire, cela ne sert à rien. Je sais que Baptiste n'atténuera pas ta peine de ne pas savoir où ils sont. Mais il a besoin d'un père. Et je crois que tu as besoin de lui, toi aussi.

— J'ai besoin de toi, Julie. De ta douceur et de ta force. Je sais que tu n'es pas prête encore mais je t'attendrai le temps qu'il faudra.

— Tu en es sûr ? Je ne veux pas que tu te sentes d'obligation. Je n'ai pas encore oublié Charles, je te l'avoue. Pour l'instant, j'aurais l'impression de le trahir. Même si ce que j'éprouve pour toi est bien réel. Mes sentiments sont sincères et profonds, je ne t'ai jamais oublié.

— J'attendrai, Julie. Je ne veux pas d'autre femme que toi pour partager ma vie. C'est vrai que Charles devait être un homme admirable pour susciter une telle loyauté. Je n'aurai pas son abnégation.

— Que veux-tu dire ?

— S'il a pu admettre que tu prononces mon nom lors de votre nuit de noces, je ne tolérerai pas que tu aies la moindre pensée pour lui pendant la nôtre. J'attendrai jusque-là le temps qu'il faudra mais je te veux tout à moi. Corps et âme.

— La nôtre ? Tu veux dire…

— Notre nuit de noces, oui. Je veux t'épouser, Julie, si tu le veux aussi. Je veux que la première nuit que nous passerons ensemble soit celle qui suivra notre mariage. Tu avais raison. Il n'y aura plus d'amour caché ni de liaison secrète. Je veux pouvoir dire à tous que tu es ma femme et que Baptiste est mon fils. Je veux que vous portiez mon nom. Je veux que notre couple soit légitime et indiscutable. Julie, veux-tu devenir ma femme ?

14

« *Le jour où tu te marieras, ta robe sera blanche, toute brodée de fleurs bleues, de la même couleur que tes yeux. Tu auras un large ruban bleu autour de la taille, bien serré pour montrer à quel point elle est fine. Et tu auras des fleurs, bleues aussi, dans les cheveux. Des myosotis. Tu seras si belle que...* »

Ils n'avaient ni l'un ni l'autre oublié les paroles qu'il avait lancées de manière inconsidérée presque cinq ans auparavant. Cinq ans… C'était le temps qu'il leur avait fallu pour se retrouver, pour être libres de s'aimer. Le temps qu'il leur avait fallu pour se marier, pour avoir une maison à eux où ils allaient désormais vivre ensemble… Son regard s'attarda sur la superbe robe, véritable œuvre d'art confectionnée tout entière par Julie, posée sur une bergère. Combien d'heures avait-elle passées à broder chaque minuscule fleur bleue sur la jupe et la pièce de poitrine ? Quels trésors de patience avait-elle déployés pour obtenir ce merveilleux résultat ? Elle était exactement telle qu'il l'avait imaginée… Le modèle était délicieusement suranné, inspiré d'une gravure du siècle précédent, mais il allait merveilleusement à sa jeune épouse, marquant sa taille fille, faisant ressortir l'éclat de saphir de ses yeux. Elle les avait tous éblouis en apparaissant en haut des marches chez Clémence.

— On dirait la reine Marie-Antoinette lorsqu'elle était jeune à Versailles. C'est incroyable à quel point tu lui ressembles.

Malo savait de quoi il parlait – son père avait servi à Versailles et il avait vu les anciens souverains au faîte de leur splendeur – et avait parfaitement résumé la situation : Julie, heureuse et aimée, avait véritablement un port de reine.

Il la regarda dormir le plus longtemps possible, croyant à peine à ce bonheur qu'ils partageaient enfin. Sa Julie. Sa douce Julie. Sa merveilleuse Julie qui était enfin devenue sa femme la veille. Elle avait voulu un mariage à la lumière du printemps et lui avait demandé quelques mois d'attente. Le temps pour lui et Baptiste de se connaître et de s'apprivoiser. Impatient, il se pencha vers elle, posa un baiser sur ses lèvres et promena ses mains sur son corps nu. Elle soupira, battit des cils et ouvrit les yeux en souriant. Il lui prit la main, déposa un baiser au creux de sa paume.

— Ma douce, promets-moi une chose : ne disparais plus jamais.

— Promis. Mais ne me laisse plus jamais partir.

Elle avait coiffé ses cheveux en une longue tresse qui descendait le long de son dos. Sébastien, le visage fermé, passa derrière elle et commença à les dénouer.

— Je n'aime pas cette coiffure. Tu as des cheveux magnifiques, ne les cache pas.

Ils se sourirent dans le miroir de la coiffeuse. Il parvenait à conserver son calme, à dissimuler la colère qui jaillissait en lui au souvenir que cette coiffure avait éveillé…

« Si tu ne reviens pas vivre avec moi, elle est morte. »

Il tenait dans ses mains la lourde tresse dorée et chatoyante de cheveux qu'il venait de découvrir dans le tiroir d'une commode. Il connaissait trop bien cet écheveau soyeux pour douter. Anéanti, un goût de cendres dans la bouche, il la dévisagea sans vouloir y croire. Inès. La mère de ses fils. Elle était à l'origine de tout. Elle était la mystérieuse femme qui avait participé à l'enlèvement et au calvaire de Julie. Il s'était toujours demandé pourquoi sa magnifique chevelure avait ainsi été mutilée. Pour la revendre à un perruquier et gagner quelques louis ? Pour priver Julie de cette part de sa féminité et l'humilier un peu plus ? Il n'avait jamais soupçonné qu'Inès les conservait tel un terrible trophée ni qu'elle était impliquée dans l'enlèvement de la jeune fille. Il en avait vomi de dégoût et éprouvait encore une sensation de nausée en y songeant. Il aurait voulu pouvoir la dénoncer, la punir, la faire enfermer... Il avait développé à son égard une haine viscérale, une répugnance qu'il ne pouvait dominer. Mais elle était la mère des jumeaux et il n'avait pu se résoudre à leur infliger ce déchirement, leur imposer l'opprobre qui couvrirait leur nom, les laisser grandir avec le souvenir d'une mère infâme. Il l'avait questionnée longuement, crispant ses poings pour éviter de la frapper. Le sourire aux lèvres, elle avait fini par tout admettre. Sa première cible était Ana, elle avait dû se contenter de Julie. L'Espagnol n'était pas son amant mais son cousin. En revanche, elle prétendait ignorer ce qu'était devenu Pied-de-biche.

Il avait tout raconté à Talleyrand qui avait rapidement organisé le mariage de Julie avec Charles, le départ pour Nantes. En s'engageant à ne pas essayer de retrouver Julie, Sébastien lui permettait encore d'échapper aux poursuites d'Inès. Il avait accepté de revenir vivre avec elle à la condition qu'elle ne tenterait plus rien. Talleyrand avait réussi à lui obtenir un divorce discret. Il voulait pouvoir fuir avec les garçons au premier faux pas d'Inès. Le souper chez le diplomate avait tout bouleversé, tout précipité. Il avait retrouvé Julie mais il avait perdu ses fils.

— À quoi penses-tu ? Tu as l'air si triste.

Le son de sa voix le ramena au présent. Elle l'observait toujours dans le miroir et semblait soucieuse. Il ébaucha un sourire.

— À mes garçons. Ils me manquent.

Elle se tourna vers lui, l'enlaça tendrement.

— Tu les reverras bientôt, j'en suis certaine. Aie confiance en l'avenir.

Elle posa ses lèvres sur les siennes, plaqua son corps contre le sien. Il la souleva ; elle s'enroula autour de lui. Il la déposa sur le lit ; elle resserra l'étreinte de ses jambes. Un instant plus tard, le silence de la pièce n'était plus troublé que par leurs soupirs qui se répondaient, leurs souffles qui s'emmêlaient, leurs murmures qui se croisaient.

***

Quelques semaines après leur mariage, Malo arriva chez eux, essoufflé, un billet froissé à la main qu'il tendit à Julie.

— De la part de ton ancien beau-père…

Sébastien serra les poings. Malgré l'évidence des sentiments de Julie, il demeurait jaloux de son passé avec Charles. Elle prit la lettre d'une main tremblante, elle en contenait une seconde envoyée par Marcel Charron. Gustave Chesnay se mourait. Les deux amis la serrèrent dans leurs bras. Elle tremblait d'émotion, troublée malgré toute la rancœur qu'elle éprouvait encore pour lui. Il l'avait frappée, abandonnée à son sort et vendue à Charron pour toucher ses gages. Après l'histoire avec Clovis, il avait été le premier à la poursuivre et à vouloir la dénoncer. Mais il demeurait son père. Lui et son grand-père étaient les seuls liens qui la reliaient à ses origines.

Ils prirent la route le lendemain. Ana les accompagnait. Elle avait assisté à leur mariage à la demande de Sébastien qui avait pu compter sur son soutien et son amitié durant l'absence de Julie. Étrangement, les deux jeunes femmes, toute ambiguïté levée, s'entendaient à merveille. Baptiste avait également adopté la nouvelle venue qui lui rendait son affection. Ils ne s'arrêtèrent pas chez Charlotte bien que Julie regardât avec regret la longue allée de peupliers qui menait au domaine. Sébastien serra tendrement sa main. Peut-être au retour…

Ils firent une halte en fin de journée sur la place du village, les routes devenant trop étroites pour la voiture. Julie se couvrit le visage d'un voile pour ne pas être reconnue des villageois. Des regards suspicieux se posèrent néanmoins sur eux. Effrayée, elle se serra contre Sébastien. Elle avait conscience du risque qu'elle courait à revenir mais son devoir était là, au chevet de son père. Une main se posa sur son bras, la faisant sursauter.

— Il fallait vraiment que tu viennes, n'est-ce pas ?

— Landry ?

Elle se jeta dans ses bras avec joie, rassurée par sa présence inattendue.

— Quelle folie d'être venue ici ! C'est trop dangereux.

— Mon père est mourant.

— Je sais. Je comprends. Cependant…

Son regard croisa soudain celui de Sébastien et il s'interrompit, stupéfait. Il ignorait tout de la mort de Charles et de ses conséquences.

— Rassure-toi, mon ami, je n'ai pas l'intention de disparaître une fois de plus. Nous sommes mariés.

Julie présenta rapidement Ana et Landry qui échangèrent un regard scrutateur. Satisfaits de cet examen mutuel, ils hochèrent la tête et se sourirent.

— Hé, Landry, tu ne nous présentes pas tes amis ?

Julie tressaillit. Elle connaissait cette voix, celle du maire. Il approchait à grands pas. Landry se retourna pour lui faire face, masquant son amie.

— Des amis de Paris que je n'attendais pas. Ils vont rester quelques jours, tu auras l'occasion de les rencontrer plus tard. Il vaut mieux que nous y allions : la nuit tombe vite et ces dames ne connaissent pas nos chemins. Je n'ai pas envie d'avoir à porter la première qui se foulera la cheville.

Le regard de l'homme, par-dessus l'épaule de Landry, jaugeait les visiteurs et s'attarda longuement sur Julie. Il hésitait encore à le reconnaître. Profitant de ce moment de flottement, Landry s'empara de la petite malle de voyage posée à ses pieds.

— Allons, mes amis, suivez-moi. J'ouvre le chemin.

Ils marchèrent en silence quelques minutes. Julie, terrifiée, sentait son cœur battre à tout rompre. Elle s'appuyait sur Sébastien qui la soutenait d'un bras, portant de l'autre Baptiste qui somnolait contre lui. Lorsqu'ils passèrent près du lavoir, elle ne put retenir un gémissement et sentit ses jambes fléchir sous elle. Son époux la redressa, posa un baiser sur sa tempe.

— Tout ira bien, ma douce. Je suis là, je ne te quitterai pas.

Elle ferma les yeux un court instant puis releva fièrement la tête. Quoi qu'il arrive, personne ne la verrait faible ou abattue. Sébastien et Baptiste étaient à ses côtés ; elle voulait qu'ils soient fiers d'elle. Elle s'écarta de lui et se rapprocha de Landry qui profitait de cette halte bienvenue pour surveiller les alentours.

— Tu es rentré depuis longtemps ?

— Hier, pour quelques jours. Drôle de coïncidence, hein ?

Elle comprit à son regard et au ton de sa voix que ce n'en était sûrement pas une.

Les Findroy accueillirent Julie avec émotion, heureux de la revoir après tant d'années sans nouvelle. Ils avaient su par Landry qu'elle s'était mariée cinq ans auparavant mais demeuraient depuis dans l'expectative. Ils s'inquiétaient néanmoins de sa venue et du danger qu'elle courait. Landry était persuadé que le maire avait des doutes.

— Maître Charron sait que je n'ai fait que me défendre.

— Cela ne suffit pas, petite. Pour tout le village, tu as voulu tuer Clovis et tu as volé les Charron avant de t'enfuir. Landry, mon garçon, tu devrais aller chercher Marcel. Son aide sera peut-être bientôt nécessaire.

Landry obtempéra et quitta la maison. Peu après son départ, une rumeur sourde se fit entendre dans la cour. Ce fut d'abord comme un souffle puis un murmure qui s'amplifia peu à peu. Paul se leva, écarta le rideau et soupira. Ce qu'il craignait était en train d'arriver. Des villageois envahissaient la cour de la ferme, certains portant des flambeaux, d'autres des fourches. Quelques-uns avaient aussi apporté des fusils.

— Seigneur, il y a presque tout le village. Au moindre problème, ils vont mettre le feu à la ferme.

Julie se serra un peu plus contre Sébastien. Elle tenait Baptiste tout contre elle. Elle avait peur et se sentait coupable de mettre ses amis en danger.

— Findroy ! On sait qu'elle est là ! Donne-nous la fille de la sorcière !

Paul leur fit signe de se taire et sortit. S'adossant à la porte, il défia les villageois du regard.

— Je ne sais pas de qui vous parlez. Des amis de mon fils sont venus nous rendre visite, rien de plus. Rentrez chez vous.

— Allons, Paul, je l'ai reconnue à son arrivée. Elle n'a pas tant changé que ça. Livre-la nous et on te laissera tranquille. On veut juste la fille. Faut qu'elle paye pour ce qu'elle a fait.

La porte s'ouvrit soudain derrière Paul et Julie sortit. Elle tenait toujours son fils dans ses bras et Sébastien la suivait de près. Ignorant Paul, elle avança de quelques pas. Sa robe gris ardoise se moirait des reflets dorés des torches et du soleil couchant. Un murmure impressionné et étonné parcourut la foule qui s'écarta légèrement devant elle. Puis des cris de fureur s'élevèrent.

— À mort !

— Pas d'enfant !

— Elle seulement !

Elle se retourna, posa Baptiste dans les bras de son père et affronta fièrement ses ennemis, sans un mot, se contentant de les défier du regard. En un instant, elle fut entourée, prise au piège de ces hommes et de ces femmes qui n'osaient encore l'approcher. Elle entendit encore le cri de rage de Sébastien, pria pour qu'il ne soit rien arrivé au petit garçon. Elle frissonnait, sachant que son attitude pouvait aussi bien la sauver ou la condamner. Elle brisa le silence, craignant que son mutisme soit perçu comme une provocation.

— De quel droit prétendez-vous me juger et me condamner ? Comment osez-vous me menacer devant mes amis et mon enfant ?

Il y eut quelques murmures hésitants, puis des ricanements. Et soudain une voix de femme s'éleva.

— Demande plutôt au fils Charron si tu avais le droit d'essayer de le tuer comme tu l'as fait, garce !

Des cris de haine fusèrent alors, terrifiants.

— Il faut la mener aux Charron !

— À mort la traînée !

— Une corde pour la prendre !

Le cercle se resserra. Elle n'entendait plus rien, les visages se confondaient devant ses yeux en un flot indistinct. Des mains l'agrippèrent, s'accrochèrent à sa robe, à son châle, à ses cheveux. Elle ne criait pas, ne pleurait pas, n'implorait pas. Terrorisée, elle songeait qu'elle allait mourir là, de manière stupide, parce que quelques années plus tôt elle avait refusé de se laisser violer. Dans un brouillard, elle vit une lourde main velue qui s'approchait d'elle et sentit qu'on lui passait une corde au cou. C'était donc fini. Toute sa pensée se concentra sur Baptiste – pourvu qu'il ne la voie pas mourir – et sur Sébastien qu'elle ne voyait ni n'entendait. L'avait-on déjà tué pour avoir voulu la défendre ?

Chahutée de toutes parts, elle tomba sur un genou, se releva tout aussitôt, tenta encore de s'échapper en donnant tête baissée dans la masse compacte de ses assaillants qui se referma aussitôt sur elle pendant que quelqu'un tirait sur la corde.

La foule s'écarta soudain, poussée par le poitrail vigoureux d'un cheval qui vint se placer à ses côtés, la protégeant. Elle s'appuya un instant contre l'encolure brune et soyeuse, puisant un infini réconfort dans la présence de l'animal. Une main se posa sur son épaule, robuste et possessive, tandis qu'une voix forte résonnait dans la cour.

— Misérables, qu'êtes-vous en train de faire ? À trente contre une femme, comment osez-vous ?

— On voulait te la donner, Charron. À toi et tes fils. Vous avez le droit de vous venger.

— Me venger d'une femme, moi ? Y songez-vous vraiment ? Et dans ce cas, pourquoi ne pas être venus me chercher ?

— Qu'est-ce que ça change ? Faut qu'elle paye !

— À mort !

— Qu'on la pende !

— À mort !

— À mort !

Julie se redressa pour les affronter du regard. Elle refusait de s'incliner, de s'avouer vaincue. S'ils voulaient la tuer, ils devraient la regarder bien en face. Charron cependant avait laissé sa main posée sur son épaule. Elle entendit le cliquetis métallique du chien d'un pistolet.

— Personne ne la touchera. Elle est innocente de ce que vous lui reprochez. Mes fils ont menti et je me suis tu parce que je ne pensais jamais la revoir. Aujourd'hui, elle revient dire adieu à son père et elle est libre d'agir comme elle le souhaite. Libre de parcourir nos chemins, les rues du village. Libre d'aller chez elle comme il lui plaira. Elle est sous ma protection et quiconque lui manquera encore de respect aura affaire à moi et à mes fils.

Telles deux statues, Clovis et César, parfaites copies de leur père, juchés sur leurs montures et l'arme au poing, gardaient l'entrée de la cour.

— Maintenant, misérables lâches que vous êtes, que l'un d'entre vous ôte cette corde infâme de son cou. Ou je tire au hasard.

Un mouvement se fit malgré les rumeurs et les protestations qui agitaient encore les villageois. Deux femmes s'approchèrent en hésitant. Julie recula, se plaqua contre le cheval, sentant dans son dos la botte de Charron. Après la peur qui faisait encore battre son cœur lui venait le dégoût.

— Non. Personne ne la touchera plus.

Elle reconnut à peine la voix de Sébastien tant elle était déformée par la rage et la terreur. Il s'avança, le regard braqué sur Julie. Sa veste et sa chemise étaient déchirées. Il avait reçu plusieurs coups au visage. Du sang coulait de sa lèvre inférieure écorchée. Mais il ne la quittait pas des yeux. Elle y lut une indicible colère et sa détermination à mourir aussi s'il l'avait fallu. Pour elle. Il parcourut les quelques mètres qui les séparaient et, un court instant, liés l'un à l'autre par la seule force de leur regard, ils furent seuls au monde. Elle baissa la tête ; il lui ôta la corde qu'il jeta au sol. Il passa un bras autour de ses épaules, elle glissa le sien autour sa taille et, ensemble, ils affrontèrent la foule qui les entourait. Toujours la tête haute.

Lentement, hommes et femmes se dispersèrent, passant entre Clovis et César. Quelques-uns hésitaient encore, partagés entre la crainte inspirée par Charron et leur soif de sang. Après tout, c'était la fille de la sorcière… Mais l'imposant fermier fit avancer son cheval vers eux et les poussa vers la sortie. Sa voix tonna encore une fois dans l'obscurité.

— Et dites bien partout autour de vous que cette jeune femme est désormais sacrée et que celui qui lui fera du tort m'en fera à moi aussi. Vous savez ce que cela implique.

Ils s'éloignèrent tous lentement, jetant de temps à autre des regards dubitatifs à Julie, toujours droite entre Sébastien et Charron. Celui-ci mit pied à terre, ramassa la corde que Sébastien avait jetée au sol et se dirigea vers la maison. Paul était sur le seuil, immobile, très pâle, adossé à la porte. Lui aussi avait reçu des coups et la jeune femme en fut bouleversée. Landry, revenu avec les Charron, le prit par le bras pour le faire entrer.

— Baptiste ?

La pointe de panique dans la voix de Julie n'échappa à personne. Paul la rassura aussitôt.

— À l'intérieur, avec Ana. Je les ai fait entrer dès que possible. Ils m'auraient cloué à cette porte que pas un seul ne serait entré. Pas question qu'on touche à ton petiot.

Il retrouvait un peu d'assurance mais dut s'écarter pour laisser Ana se précipiter en pleurant dans les bras de Julie et l'étreindre avec force.

— J'ai eu tellement peur pour toi. Pourquoi a-t-il donc fallu cette épreuve pour que je comprenne à quel point je t'admire et tiens à toi ?

Elles demeurèrent un long moment enlacées, toutes deux conscientes qu'après cette nuit, elles étaient plus proches que jamais et que cela ne changerait plus. Sans dire un mot, Charron marcha jusqu'à l'âtre et y lança la corde qu'il avait ramassée dans la cour. Tous la regardèrent se consumer en silence. Puis, il s'apprêta à partir. Sur le pas de porte, il se tourna une dernière fois.

— Petite, demain je t'accompagnerai auprès de ton père. Je ne veux pas que tu y ailles seule, on ne sait jamais. Paul, tu devrais sortir une bouteille d'eau-de-vie : vous en avez tous besoin. Bonne nuit.

***

Gustave Chesnay ne ressemblait plus guère à l'homme dont Julie gardait le souvenir. Autrefois robuste et imposant, les épaules larges et carrées, il semblait inébranlable. Aujourd'hui, rongé par l'alcool et la maladie, il n'était plus que l'ombre de lui-même. Le cheveu rare et blanchi, le visage émacié, les yeux cernés de noir, le teint jaunâtre, il posait autour de lui un regard terne et sans expression. Son corps amaigri soulevait à peine le drap qui l'ensevelissait déjà comme un linceul. Un instant intimidée, Julie s'avança, s'assit à ses côtés et prit sa main aux longs doigts osseux, cette même main qui lui avait fait si peur autrefois. Elle sourit à son grand-père, assis de l'autre côté du lit et qui ne semblait pas s'apercevoir de sa présence.

— Mon père, c'est moi, Julie. Est-ce que tu m'entends ?

Il soupira faiblement, tourna la tête vers elle. Son visage se durcit et une lueur de haine brilla un instant dans son regard. Il la reconnaissait.

— Qu'est-ce que tu fais là, foutue garce ? J'espérais bien ne jamais te revoir.

Il fut pris d'une longue quinte de toux et reprit difficilement son souffle. Sur le visage du vieux, de grosses larmes roulaient, se perdant dans sa barbe blanche.

— Mon fils, tu ne peux pas…

— Je veux qu'elle parte.

— Je suis ta fille. J'ai le droit d'être à tes côtés.

— Je n'ai pas de fille. Je n'en ai jamais eu. Disparais.

— Je ne veux pas te laisser seul.

Il haussa les épaules et détourna le regard. Il n'avait plus la force de la repousser. Un silence pesant s'installa dans la pièce, troublé seulement par les soupirs du vieux et les râles de Gustave. Julie regardait son père partir sans savoir que dire. Elle avait des questions à lui poser mais n'osait pas. Il s'était endormi, la bouche entrouverte, la poitrine se soulevant au rythme irrégulier de sa respiration. Le vieux parvint à lui sourire.

— Il reste mon fils, mon seul enfant. Je n'arrête pas de me dire que ce n'est pas son tour.

Elle hocha la tête sans répondre, incapable de secourir cette détresse, se sentant aussi perdue que lui. Son père ouvrit les yeux une heure plus tard, tourna la tête et ne sembla pas surpris de la voir.

— Toujours là, hein, sale peste ? Aussi tenace que ta traînée de mère.

Elle se pencha vers lui, s'efforçant de rester sereine. Une part d'elle-même le haïssait mais elle ne parvenait pas à oublier qu'il restait son père.

— Père, que t'ai-je donc fait pour que tu me détestes ainsi ?

— Je ne suis pas ton père.

Un frisson la parcourut. Elle sonda son regard, à la recherche de la vérité. Elle y lut la confirmation de ses propos. Elle regarda le vieux qui semblait aussi surpris qu'elle. Effondré sur sa chaise, il fixait son fils d'un air hébété.

— Que veux-tu dire ?

— C'est la vérité. Je ne suis pas ton père. Quand j'ai épousé cette garce, tu étais déjà née. J'ai été payé pour l'épouser et me faire passer pour ton père. Vous avez détruit ma vie.

Il s'interrompit secoué par une nouvelle quinte de toux. À la recherche de son souffle, il battait des bras. Julie et son grand-père l'aidèrent à se redresser, attendirent qu'il s'apaise. Elle tremblait de colère et d'appréhension. Qu'allait-elle encore découvrir ?

— Peux-tu m'en dire plus ? S'il te plaît… J'ai le droit de savoir.

— J'ai quitté la région pendant notre guerre contre les républicains. J'ai commis un acte ignoble, impardonnable. Un jeune homme est mort à cause de moi.

— Le frère de Marcel Charron…

— Comment le sais-tu ?

— Il m'a expliqué ce qu'il savait de ton histoire. J'ai immédiatement soupçonné ta trahison mais je ne lui ai rien dit.

— Dis-lui tout quand je serai mort. Lui aussi doit savoir. La mort de son frère est le remords de toute ma vie. Cela m'a hanté chaque jour. Marcel était mon ami. Je l'ai trahi parce que j'étais amoureux de sa femme, je la voulais pour moi.

Julie aurait voulu l'apaiser, lui dire de se reposer mais le temps leur était compté. Elle n'aurait plus jamais l'occasion de savoir.

— Que s'est-il passé après ? Tu as rencontré ma mère ?

— Je suis allé en Angleterre. Le hasard a voulu que je rencontre un homme qui vivait dans la région autrefois. Un comte. Personne ne l'avait vu depuis la Révolution et personne ne savait ce qu'il était devenu. Il m'a offert de travailler pour lui, j'ai accepté. Je faisais un peu de contrebande, je passais des messages. Je l'ai accompagné à Paris à l'été 94. J'ai continué à transmettre son courrier. L'hiver suivant, il m'a envoyé en Courlande, auprès du frère de notre roi Louis XVI. Je n'ai jamais eu aussi peur. Je ne connaissais pas la teneur des lettres que je portais mais si j'étais pris, c'était la guillotine.

Il s'interrompit pour reprendre son souffle. Une nouvelle quinte de toux le secoua, plus violente que les précédentes. Du sang coulait de sa bouche sur son menton que Julie essuya avec douceur. Étonné, il la dévisagea longuement.

— Pourquoi es-tu aussi gentille avec moi ? J'ai fait de ta vie un enfer. Volontairement.

— Tu es le seul père que j'aie. Et finalement, j'ai toujours eu un toit pour dormir.

Il acquiesça d'un signe de tête. Il trouvait un étrange réconfort dans sa présence et dans le fait de se confier à elle.

— À mon retour à Paris, il fallait déjà repartir. Le comte disait que c'était devenu trop dangereux pour lui. Nous sommes retournés en Angleterre. Un peu plus tard, il s'est absenté. Lorsqu'il est revenu, ta mère l'accompagnait. Et tu étais dans ses bras, pas plus grosse que mon poing... Il a dit vouloir vous protéger toutes les deux, vous cacher mais ne pas pouvoir vous garder près de lui. Il m'a proposé de l'argent pour regagner la France avec vous si je voulais bien épouser ta mère et devenir ton père. Il a promis de m'envoyer de l'argent chaque année. J'ai accepté.

— Tu es rentré en France avec une femme et une fille que tu ne connaissais pas. Cet homme, ce comte, tu penses qu'il était...

— J'en suis presque sûr. Mais la seule qui sache vraiment, c'est cette putain blonde de Philippine.

— Que s'est-il passé ensuite pour qu'elle nous abandonne ?

— Tu sais cela aussi ? Pour l'argent, j'en ai reçu les premières années, puis plus rien. Ta mère était belle, je la désirais même si je n'étais pas amoureux. Elle se refusait à moi. Elle se moquait de moi, de ma condition de paysan. Elle disait qu'elle valait mieux qu'un gros lourdaud et qu'elle ne voulait pas prendre le risque d'avoir un enfant aussi laid que moi. Un soir, j'avais bu, j'ai insisté, je la voulais. Elle s'est débattue, m'a frappé et m'a repoussé. Elle disait qu'elle me ferait payer. Peu après, elle a commencé à me tromper au vu de tous. Elle a fait de moi la risée de tout le village.

Julie lui caressa doucement la main. Elle connaissait déjà cette partie de l'histoire par Charron. Malgré sa faiblesse, il parvint à la gratifier d'une étreinte.

— Elle a fini par partir. Elle a quitté la région et je ne l'ai jamais revue. Elle n'a jamais demandé de tes nouvelles. J'ai éprouvé pour toi la colère que j'avais envers elle. Je pensais que tu allais devenir comme elle. Une garce, prête à s'allonger pour n'importe quel homme. Je voulais la détruire à travers toi.

Il s'interrompit, la fixant d'un regard infiniment triste, plein de remords. Des larmes roulaient sur ses joues mais il ne parvenait pas à prononcer les mots qu'elle attendait depuis toujours. Pourtant, il semblait l'implorer. Elle comprit, se pencha vers lui et posa un baiser sur son front.

— Je te pardonne.

Il la remercia d'une nouvelle pression de la main. Le ton de sa voix était presque tendre lorsqu'il reprit :

— Tu veux savoir autre chose ? Dépêche-toi tant qu'il est temps...

— Ma mère, peux-tu me dire son nom ?

— Beaulieu... Philippine Beaulieu. Mais je ne sais pas où elle est.

— Et cet homme, le comte ? Son nom ? Quel est son nom ?

Il essaya encore de répondre mais une autre quinte de toux, plus violente encore que les précédentes, le laissa sans force, la tête renversée sur son oreiller taché de sang. Il jeta un regard, déjà terne, sur Julie. Elle y lut sa peur de mourir, son désespoir d'une vie gâchée par le remords et la solitude. Elle s'assit au bord du lit sans lui lâcher la main, espérant lui apporter un peu de réconfort et qu'il trouverait encore la force de lui parler. Elle comprit vite que c'était trop tard. Jusqu'à la fin de la journée, elle demeura près de lui, écoutant son souffle s'éteindre peu à peu, sentant la pression de ses doigts s'affaiblir, essuyant l'écume rougeâtre au bord de ses lèvres.

Lorsqu'elle sortit de la maison un peu plus tard, Sébastien et Charron l'attendaient, l'un assis sur une pile de bûches, l'autre devant la maison, tous deux s'ignorant superbement. Elle adressa un signe de tête à Charron et marcha jusqu'à son époux pour se blottir dans ses bras. Tout son corps, sous le choc des diverses émotions éprouvées en si peu de temps, était parcouru de frissons. Sébastien la garda contre lui un long moment, le nez enfoui dans ses cheveux.

— Ça va aller, ma douce ?

— J'ai besoin d'être un peu seule. Je t'expliquerai plus tard, ne t'inquiète pas pour moi. J'ai grandi ici, je connais tous les chemins.

Elle marcha longuement, sans trop faire attention où elle allait, longeant les champs, contournant les fermes. De temps à autre, des villageois l'apercevaient et la montraient du doigt. Aucun cependant ne l'aborda. Elle ne les voyait pas, continuait à avancer sur ces chemins qu'elle avait si souvent arpentés et où elle se sentait maintenant étrangère. Gustave Chesnay avait été, malgré sa brutalité et sa méchanceté, son seul point d'ancrage durant toute son enfance. Il était son père, ses origines. Elle ne savait plus qui elle était, d'où elle venait. Sa mère s'appelait Philippine Beaulieu et vivait peut-être encore quelque part. Son père était probablement un comte de l'ancienne cour qui avait fui la Révolution et elle ignorait jusqu'à son nom.

Une idée jaillit soudain. Un homme connaissait la vérité et avait tenu pour cela à la protéger. Un homme qui avait connu sa mère. Un homme qui l'avait mise en garde contre le retour des émigrés de l'Ancien Régime, peut-être contre son père lui-même. Un seul homme. Charles-Maurice de Talleyrand-Périgord ne s'était pas intéressé par hasard au sort d'une petite paysanne. Il ne l'avait pas protégée et mariée par grandeur d'âme. Il n'avait pas demandé à sa nièce de lui préparer un trousseau, ne lui avait pas offert tous ces présents par simple générosité. Il savait qui elle était, qui étaient ses parents. Il lui avait dit autrefois que le secret ne lui appartenait pas. C'était vrai, sans doute. Mais ce secret, celui de sa naissance, elle avait le droit de le connaître.

***

Ils prirent le chemin du retour quelques jours plus tard, après l'enterrement. Elle avait une dernière fois embrassé son grand-père, espérant qu'il comprenne à quel point elle tenait à lui.

— *Tu savais tout ?*

— *Pour le frère de Marcel, oui. C'est moi qui ai dit à Gustave de fuir quand j'ai compris ce qu'il avait fait. Je me doutais bien que son mariage avec ta mère n'était pas heureux mais je n'imaginais pas... J'étais tellement fier d'avoir une petite-fille.*

— *Tu seras toujours mon grand-père. Toujours. Je te dois peut-être d'être toujours en vie aujourd'hui. Tu m'as si souvent protégée de sa colère. Viens vivre avec moi...*

— *Ma place est ici, petite. Je suis né sur cette terre et je veux y mourir quand le moment sera venu. Ma femme repose ici et mon fils aussi maintenant. Je ne les quitterai pas.*

La tête posée sur l'épaule de Sébastien, Julie se souvenait avec tendresse de leurs adieux. Elle le savait heureusement en sécurité avec les Findroy. Face à elle, dans la voiture, Ana était assise à côté de Landry, qui rentrait à Paris avec eux, et rougissait à chaque fois que le jeune homme effleurait sa main. Julie sourit. Où était passée l'intrépide maîtresse du voleur Wagram ? Elle semblait intimidée par la présence du journaliste... C'était peut-être le début d'une belle histoire.

Ils posèrent avec soulagement pied à terre au terme de leur voyage, rythmé par une pluie battante lors de la dernière étape. Ils étaient tous assommés de fatigue ; le tambourinement de l'averse avait rendu toute conversation impossible ; l'humidité transperçait leurs vêtements, les faisant grelotter. Julie sourit néanmoins à sa maison, ravie de la retrouver après cette absence et d'y accueillir ses amis. À sa grande surprise, les fenêtres du rez-de-chaussée étaient toutes éclairées. Elle se tourna vers Sébastien qui lui souriait avec malice. Elle ne put retenir un cri de joie en entrant et se jeta dans les bras d'Étiennette, comprenant à quel point elle lui avait manqué depuis qu'elle était repartie travailler pour Talleyrand peu après la mort de Charles. Elles avaient partagé les premiers pas de Baptiste, ses premiers mots, la perte de Charles et ses conséquences. Étiennette était devenue bien plus qu'une femme de chambre. Sébastien les rejoignit et passa un bras autour de sa femme.

— J'ai voulu te faire cette surprise. Talleyrand a accepté sans difficulté qu'Étiennette revienne à ton service.

— Et j'ai tout de suite dit oui quand M. Sébastien me l'a proposé. Je suis tellement contente d'être à vos côtés et à ceux de votre fils.

— Soyez la bienvenue, Étiennette. Cette maison est désormais la vôtre.

— Merci, Monsieur. Vous avez reçu ce billet hier, de la part de M. Vidocq, avec la recommandation de vous le remettre dès votre arrivée.

Elle lui tendit un pli qu'il prit d'une main mal assurée. Il brisa le cachet de cire, déplia le billet. Son visage s'éclaira soudain et il passa le papier à Julie qui lui retourna un sourire radieux.

Viens dès que possible. Inès a disparu mais j'ai retrouvé tes garçons. Ils t'attendent. Vidocq

Assise devant sa coiffeuse, Julie tenait au creux de sa main la broche de sa mère. C'était son seul lien avec son passé, avec ses origines. Elle se demandait si Philippine Beaulieu la lui avait laissée à dessein pour qu'elles puissent un jour se reconnaître grâce à elle ou si, plus prosaïquement, elle l'avait oubliée dans sa précipitation à fuir son mari. Un rubis à facettes taillé en losange sur une fine monture en or. Le bijou était assez simple mais trop riche cependant pour des paysans. Il venait sans doute du comte. Mais ne donnait aucun indice sur son nom ou sa provenance. Elle soupira tristement. Elle n'avait pas la moindre idée de la façon dont elle devait s'y prendre pour commencer ses recherches.

Sébastien entra dans leur chambre. Il avait l'air épuisé mais trouva cependant la force de lui sourire dans le miroir.

— Tes garçons se sont endormis ?

— Oui, ils étaient à bout de forces. Je suis désolé qu'ils aient été aussi froids avec toi. J'espère qu'ils comprendront à quel point je tiens à toi.

— Laisse-leur du temps. Ils viennent de traverser une période difficile et tout est nouveau ici pour eux.

— Je leur ai proposé d'avoir chacun leur chambre. Ils préfèrent dormir ensemble. Je suppose que ça les rassure.

— Ils ont été séparés pendant un an. Ils ne s'étaient jamais quittés auparavant. Ils ont besoin de retrouver leur complicité.

— Je ne comprends pas comment Inès a pu être aussi cruelle. Les séparer. Les laisser seuls sans aucun point de repère…

Guillaume et Séverin avaient été envoyés dans deux écoles différentes autour de Paris, sous de faux noms, sans possibilité de communiquer entre eux. Il avait fallu toute la sagacité de Vidocq et de ses agents pour y découvrir l'inscription simultanée des deux garçons et l'intervention de Sébastien pour les en faire sortir. Dans la voiture qui les amenait chez leur père, les deux garçons étaient demeurés silencieux, assis l'un contre l'autre. À leur arrivée, ils avaient refusé d'adresser la parole à Julie et avaient demandé à se coucher aussitôt. Elle ne s'en offusquait pas. Ils auraient tout le temps nécessaire pour apprendre à se connaître.

Elle rangea la broche dans le tiroir de sa coiffeuse en soupirant.

— Tu crois que Talleyrand voudra m'aider ?

— S'il avait voulu te dire la vérité, il l'aurait déjà fait. J'ai peur qu'il ne refuse.

— Pourquoi ferait-il cela ? De quel droit ?

— Je l'ignore, ma douce. J'imagine qu'il a des raisons impérieuses pour agir ainsi. Nous irons cependant lui demander audience dès que possible. Et s'il refuse, nous irons voir Vidocq.

— Tu es sûr ?

— Je sais que tu ne l'apprécies guère mais c'est le meilleur des enquêteurs. Sans lui, je ne saurais toujours pas où sont mes garçons.

Elle vint s'allonger près de lui, posa la tête sur son épaule.

— Merci de vouloir m'aider.

— Si c'est important pour toi, c'est important pour moi.

Elle se blottit un peu plus contre lui avec un soupir de bien-être. Elle avait tellement confiance en lui qu'il en éprouvait des remords. Qu'adviendrait-il si elle découvrait l'implication d'Inès dans son enlèvement ? Accepterait-elle encore de veiller avec lui sur ses fils ?

Dans la chambre voisine, les jumeaux chuchotaient, allongés dans le noir, sans se voir. Séverin semblait hésitant.

— Tu es certain que nous devons faire ça ?

— Tu veux que nous redevenions une famille, oui ou non ?

— Bien sûr. Mais Julie a l'air gentille. Et il y a Baptiste. Après tout, c'est notre…

— Lui, ce n'est qu'un bâtard. Je suis sûr qu'elle retient notre père en lui mettant son enfant sous le nez. Maintenant que nous sommes là, tout va changer.

— Je la trouve très jolie.

— Elle est moins belle que notre mère.

— Tu crois qu'elle reviendra ?

— C'est évident. Je l'ai entendue dire un jour que si cette traînée n'était pas là, notre père ne nous aurait jamais quittés.

— Alors, tu penses qu'il faut la faire partir.

— C'est le seul moyen. Elle part, elle emmène son fils et notre mère revient. Tout sera pour le mieux.

— Mais comment s'y prendre ?

— Compte sur moi. Je vais faire de sa vie un cauchemar.

15

— Je vais aller dormir dans l'autre chambre pendant quelques jours.

— Mais… Pourquoi ?

— Les jumeaux sont un peu perdus depuis qu'ils sont ici. Ils m'ont avoué qu'ils ont du mal à comprendre que je ne fasse pas chambre à part comme c'était le cas avec leur mère.

— Mais la situation est très différente. Tu la leur as expliquée ?

— J'ai essayé mais c'est encore difficile à assimiler pour eux. Ils ne sont là que depuis une semaine. Laisse-leur du temps. Ce n'est que provisoire.

Sébastien posa un baiser dans la paume de sa main avant de regrouper quelques effets. Il n'aimait pas plus qu'elle cette situation mais il voulait préserver les garçons. Depuis leur arrivée, ils étaient taciturnes, renfermés. Ne se quittant guère, ils évitaient de se trouver seuls avec Julie et de passer du temps avec Baptiste. Il essayait de les mettre à l'aise, leur proposait des jeux, des promenades, des sorties à cheval mais ils demeuraient sur la défensive. Après un an d'isolement presque total, il ne pouvait que les comprendre mais souffrait cependant des conséquences de la situation et envisageait avec angoisse la tristesse qu'il causait à Julie.

— Je sais. Je comprends. Mais je n'aime pas dormir sans toi.

— Dès que nous les aurons apprivoisés, tout se passera bien. Mais pour l'heure, je suis encore dans cette chambre, non ?

En riant, il jeta ses vêtements au sol, la renversa sur le lit et commença à l'embrasser. Elle l'aida à se débarrasser de sa chemise, répondant à ses caresses, à ses baisers. Elle s'offrait avec ferveur, rassurée par son étreinte. La présence de ses fils n'entamait pas son amour pour elle.

— Père, où es-tu ? Nous avons besoin de toi.

Contrit, Sébastien se redressa, déposa un dernier baiser sur ses lèvres et gagna la porte.

— Ne t'inquiète pas, ma douce. Dans quelques jours, tout sera comme avant.

Elle hocha la tête, essuyant une larme de frustration qui perlait au coin de sa paupière. Elle pressentait confusément que *quelques jours* ne suffiraient pas à Guillaume et Séverin et que son mariage serait troublé par leur présence.

Ce soir-là, elle ne put trouver le sommeil. Se tournant et retournant sans cesse, elle trouvait son lit trop grand et trop vide, ses mains se posant sans arrêt là où Sébastien aurait dû se trouver. Elle enfouit son visage dans son oreiller à la recherche de sa présence, de son odeur. En vain. Il lui manquait. Et elle détestait ce besoin qu'elle avait de lui, cette dépendance devenue plus forte encore depuis les révélations de Gustave Chesnay. Épuisée, elle sombra dans un sommeil agité alors que les rayons dorés de l'aube pointaient sous les persiennes.

Sébastien passa la tête dans l'encadrement de la porte et l'observa quelques instants. Elle dormait en travers du lit, dans le désordre des draps, le visage enfoncé dans son oreiller qu'elle serrait dans ses bras. Il comprenait. Lui aussi avait eu du mal à trouver le sommeil sans elle. Il remarqua les cernes sous ses yeux et referma doucement la porte, renonçant à la promenade qu'il était venu lui proposer. Il irait seul avec Séverin et Guillaume.

Les jours suivants, Julie perdit peu à peu confiance en elle et en l'avenir. Talleyrand avait refusé de les recevoir, prétextant un manque de disponibilité. Vidocq, lui, acceptait de les aider mais se montrait pour le moins pessimiste. Ils n'avaient qu'un nom et un prénom, aucune idée de l'endroit où trouver Philippine Beaulieu. Elle pouvait avoir quitté la France, changé de nom, s'être remariée, être morte… Les chances de la retrouver étaient faibles et ils en savaient encore moins au sujet du supposé père de Julie.

Sébastien était harassé. Il passait ses journées à Paris, aux côtés de Vidocq, à la poursuite de voleurs, de bandits ou d'escrocs de tout acabit. Le soir, il était accaparé par les jumeaux qui insistaient pour connaître le détail de ses péripéties. Il s'amusait à leur mimer des poursuites, des filatures, des scènes cocasses, imitait l'accent gouailleur des marchandes, mêlait ses récits de mots d'argot qu'il apprenait avec le chef de la Sûreté. Ils partageaient tous trois des moments privilégiés où les rires fusaient bruyamment. Julie ne participait pas à ces jeux. Presque chaque soir, elle devait rassurer Baptiste que le vacarme éveillait en sursaut et qui pleurait dans son lit.

— Ton autre fils te réclame.

Elle n'était pas parvenue à rendormir l'enfant qui, entendant la voix de son père, l'avait demandé avec insistance, refusant le tendre refuge des bras de sa mère.

— J'irai le voir un peu plus tard.

— Plus tard ? Quand ? Il y a trois jours qu'il ne t'a pas vu. Tu lui manques.

Il la prit fermement par le bras et la mena près de la fenêtre pour lui parler seul à seule.

— Qu'est-ce qui te prend de me parler comme ça devant les garçons ? Nous devons nous montrer unis si nous voulons qu'ils acceptent notre mariage.

— Il me prend que je suis fatiguée. Fatiguée de t'attendre. Tu pars à l'aube, tu rentres tard. Baptiste est trop petit, il ne te voit plus. Je sais que tu travailles dur pour nous, pour notre famille. Mais tu lui manques. Et tu me manques. Nous avons besoin de toi. Tous.

— Qu'est-ce que cela veut dire ? Pourquoi dis-tu *tous* sur ce ton insistant ? Tu penses que je ne m'occupe pas assez de Baptiste ? Ou de toi ?

— J'aimerais que tu passes un peu plus de temps avec nous. J'ai l'impression que tu nous oublies.

— C'est absurde, voyons ! Tu es ma femme, Baptiste est mon fils ; j'en suis pleinement conscient.

— Je voudrais juste que tu le prennes dans tes bras de temps à autre, qu'il sache que tu es là pour lui. Et je voudrais aussi que tu ne me laisses pas si seule.

— Alors, nous en sommes là. Tu es jalouse. Sottement jalouse. De deux enfants qui ne demandent qu'à être protégés et aimés.

Le ton de sa voix marquait sa déception, sa tristesse. Elle cherchait les mots pour lui expliquer, lui faire comprendre à quel point elle était désemparée depuis l'arrivée des jumeaux, à quel point ses nuits étaient terrifiantes depuis qu'elle ne pouvait plus se blottir dans ses bras pour apaiser les cauchemars qui la hantaient. Elle se sentait seule. Désespérément seule. Et ne parvenait pas à l'exprimer. Elle demeurait muette face à lui, blessée par son indifférence à sa détresse, par son manque de compréhension. Il la dévisageait froidement, comme insensible.

— Je vais monter voir Baptiste même si je suis certain qu'il s'est déjà rendormi et que tu as cédé à un caprice. Et je ne veux plus entendre parler de mon soudain désintérêt pour ce petit garçon. Je ne fais aucune distinction entre mes enfants.

Il s'éloigna, la laissant perplexe et plus triste que jamais. Son regard se posa sur les deux garçons assis côte à côte sur la méridienne. Ils n'avaient pas pu entendre la dernière partie de leur conversation, prononcée à voix basse. Pourtant, elle trouvait leur attitude étrange. Si Séverin, embarrassé, baissait la tête, Guillaume la fixait insolemment, sourire aux lèvres. Un instant, elle crut voir briller dans ses yeux une lueur de triomphe...

Quelques semaines plus tard, un nouvel incident survint qui confirma les soupçons de la jeune femme. Elle se coiffait dans sa chambre lorsque le bruit sourd d'une chute dans l'escalier, aussitôt suivi de pleurs et de cris, la fit se précipiter sur le seuil. Elle se sentit défaillir en voyant Baptiste étendu en bas des marches, hurlant de douleur. Séverin se tenait non loin de lui, pâle et effrayé. Guillaume, au milieu des degrés, observait l'enfant, les yeux agrandis de stupeur. Julie passa près de lui sans le regarder et s'agenouilla près de son petit garçon dont les joues ruisselaient de larmes. Il sembla légèrement rassuré par la présence de sa mère et ses cris s'apaisèrent. Mais il hoquetait, suffoqué par la douleur inconnue qui le traversait. Julie lui caressait le front, les joues, les mains, affolée à l'idée de lui faire encore plus de mal.

— Où as-tu mal, mon trésor ? Dis-moi... Chut, ça va aller, ça va passer... Dis-moi où tu as mal...

Elle lui parlait très doucement, espérant qu'il parvienne à se concentrer sur sa voix assez longtemps pour lui parler. Elle avisa Séverin, toujours immobile, dont le visage se contractait sous l'effet de la peur.

— Trouve Étiennette. Qu'elle aille chercher un médecin. Vite !

Il déguerpit sans souffler un mot. Elle écouta décroître le bruit de ses pas. Doucement, elle tâtait le corps de Baptiste, à la recherche d'une éventuelle blessure.

— Parle-moi, trésor... Explique-moi...

Elle caressait les petites mains, les poignets, les bras. Il ne semblait pas souffrir davantage...

— Mal à la jambe... Guillaume... Il m'a poussé...

Elle se figea, muette d'effroi, puis leva lentement la tête vers le garçon, toujours figé sur l'escalier.

— Ce n'est pas vrai. Je...

— Je ne veux rien entendre pour l'instant.

— Mais tu vas le croire. Parce que c'est ton fils et que mon frère et moi...

— Assez ! Je veux juste soigner Baptiste. C'est tout ce qui m'importe. Pour le reste, nous verrons plus tard. Disparais.

Elle avait à peine haussé le ton mais il obtempéra sans oser insister. Elle parvint à asseoir Baptiste, à lui faire bouger les bras. Un peu rassurée, elle craignait néanmoins que sa jambe gauche ne soit brisée et résolut d'attendre, assise à ses côtés sans cesser de lui parler pour le réconforter. Il s'apaisait peu à peu et n'était plus secoué que de brefs sanglots lorsque le médecin arriva quelques minutes plus tard. C'était un homme jovial et rassurant. Il fit quelques grimaces pour détourner l'attention de l'enfant et lui arracher un sourire puis réfuta l'opinion de Julie. L'enfant souffrait de contusions, d'hématomes et d'une foulure. Rien de bien grave en somme. Il serait vite sur pied.

— Vous en êtes certain ? Il n'a rien de cassé ?

— Tout à fait certain. Il a surtout eu très peur et il n'avait sans doute jamais éprouvé une telle douleur. Dans quelques jours, il recommencera à courir. Il a juste besoin de repos. Il va dormir une partie de la journée, ne vous en inquiétez pas.

Il aida Julie à porter l'enfant dans sa chambre où il s'endormit presque aussitôt. Rassérénée, elle posa un baiser sur son front et suivit le médecin.

— Et vous-même, Madame ? Allez-vous bien ? Vous êtes très pâle et vous avez l'air épuisée.

— J'ai eu très peur et je ne dors pas très bien. Rien d'important.

Elle le remercia de sa visite assez brièvement, soucieuse de pas dévoiler sa propre lassitude, et partit à la recherche des jumeaux. Sans surprise, elle les trouva ensemble, assis côte à côte dans le salon. Elle ne put s'empêcher de leur trouver un air de conspirateurs qui l'inquiéta. Cette fois encore, toutefois, Séverin lui parut plus sensible que son frère à la situation.

— Comment va Baptiste ?

— Il se remettra vite, merci Séverin. Guillaume, au sujet de ce qu'a dit Baptiste tout à l'heure…

— Je n'ai rien fait. C'était un accident. Il courait derrière moi dans l'escalier et il est tombé. Mais je suppose que tu ne vas pas me croire.

— Je n'ai rien dit de tel. Je veux juste comprendre.

— Je sais bien que tu nous détestes. Comme tu détestes notre mère.

— Je ne vous déteste pas.

— Bien sûr que si. C'est évident. Mais nous te détestons tout autant. Donc cela ne nous gêne pas.

— Qu'ai-je donc fait pour que vous m'en vouliez autant ?

— C'est très simple. Tu n'es pas notre mère. Tu prends la place qu'elle devrait avoir dans la vie de notre père. Et tu n'es pas à la hauteur. Elle, c'est une dame, elle est élégante, elle est bien plus belle que toi, elle sait organiser des réceptions, monter à cheval avec grâce. Elle savait rendre notre père heureux. Il souriait tout le temps quand nous vivions ensemble. Toi, tu n'es qu'une paysanne. Notre mère nous a dit qu'il t'avait ramassée dans la rue, qu'il avait eu pitié de toi et que tu le retenais en couchant avec lui, comme une fille…

— Arrête, Guillaume. Vous ne savez rien tous les deux. Nous allons attendre votre père et nous parlerons tous ensemble. Vous comprendrez.

— Comprendre quoi ? Qu'il est revenu avec toi à cause de ton fils ? Pfff… Heureusement que nous sommes arrivés pour qu'il retrouve le sourire. Avec nous, il passe de bons moments. Toi, tu passes ton temps à le regarder bêtement en espérant qu'il vienne dans ta chambre. Mais, pauvre idiote ! Tu ne vois pas qu'il ne veut plus de toi et qu'il s'ennuie ?

La gifle coupa la dernière remarque mais Guillaume ne fit qu'en sourire. Elle savait déjà qu'elle venait de commettre une erreur. Posant ses doigts sur la marque rouge de ceux de Julie, il la dévisagea avec arrogance.

— Personne n'a le droit de lever la main sur nous. Père ne le tolérera pas. Quand je vais lui dire que tu m'as frappé sans raison, il sera furieux.

Julie tourna les talons sans répondre. Elle était en colère. Contre elle-même et son geste irréfléchi. Contre Guillaume et son arrogance. Contre Séverin et sa passivité. Contre Sébastien et son aveuglement. Elle passa voir Baptiste, s'assura qu'il dormait profondément et gagna sa propre chambre où elle se laissa tomber sur son lit, à bout de nerfs. Elle n'en pouvait plus. Elle était épuisée. Par-dessus tout, elle avait peur. Peur pour son fils. Peur de la réaction de son époux. Peur pour son mariage. Peur de ces deux enfants qu'elle ne comprenait pas.

Lorsqu'elle entendit le roulement des sabots sur l'allée, elle resta figée. Elle ne descendit pas l'escalier, refusant de l'affronter devant eux. Elle savait déjà que la scène serait douloureuse. Elle écouta la porte claquer, le murmure étouffé des voix.

Elle les imaginait sans difficulté. Les jumeaux racontant leur version des faits, insinuant qu'elle les accusait parce qu'elle ne les aimait pas. L'indignation de Sébastien. Sa main solide qui leur ébouriffait les cheveux pour les rassurer. Ses pas pressés qui montaient les marches quatre à quatre. La porte de sa chambre qui s'ouvrait…

— Comment as-tu pu ?

— Je suis navrée. Il m'a poussé à bout.

Elle n'avait même pas sursauté. Elle demeurait assise au même endroit, brisée de fatigue, de peine et d'angoisse. Elle lui en voulait aussi. De ne pas songer à Baptiste. De ne pas s'inquiéter en premier lieu de sa santé. De ne pas être allé le voir tout de suite.

— Bon sang, Julie, il a la marque de tes doigts sur la joue. Ce sont des enfants. Ils cherchent à pousser les limites, à les franchir. Tu dois te maîtriser.

— Ce n'était pas un accident. Pour Baptiste, ce n'était pas un accident.

— Tu te rends compte de ce que tu avances ? Guillaume m'a juré le contraire. Ils couraient tous les deux dans l'escalier. Il s'est retourné et Baptiste a perdu l'équilibre. Il ne pense même pas l'avoir touché.

— Baptiste ne ment pas.

— Il peut avoir mal interprété la situation. La peur l'a égaré. Il n'a que cinq ans.

— Et c'est aussi ton fils, je te le rappelle.

— Tu crois que je l'oublie ?

— J'en ai l'impression, oui. Depuis plusieurs semaines, tu ne passes pas beaucoup de temps avec lui. Tu ne prends même pas de ses nouvelles après ce qui lui est arrivé aujourd'hui.

— Je n'en peux plus de tes scènes de jalousie !

Il frappa violemment du poing sur la coiffeuse. Quelques flacons de cristal tombèrent sur le parquet où ils explosèrent dans un mélange écœurant de senteurs diverses. Sébastien braquait sur Julie un regard furibond qu'elle ne lui connaissait pas.

— Tu ne peux pas supporter que j'aie besoin de temps avec mes garçons. Qu'ils aient besoin de moi.

— Baptiste et moi aussi avons besoin de toi. Je croyais que tu le savais.

— Tu me l'as déjà dit. C'est juste une question de temps, Julie.

— Combien de temps, Sébastien ? Tu ne vois donc pas que je me sens seule, que tu me manques ? Combien de temps avant que nous ne puissions pas nous en remettre ?

— Ne me pose pas d'ultimatum, Julie. Ne me demande pas de choisir.

— Ce n'est pas ce que je veux. Je veux juste retrouver mon mari. Ce sont tes fils qui nous séparent depuis qu'ils sont ici.

— Comment oses-tu ? Comment peux-tu être aussi vindicative et méchante ?

— Et toi, comment peux-tu être aussi sourd et aveugle ?

Elle s'était dressée et ils s'affrontaient debout, face à face, envahis par une colère similaire qu'ils ne parvenaient plus à contrôler.

— Tu ne comprends rien, Julie. Rien du tout. Je ne renoncerai pas à mes fils pour toi.

— Mais tu renonceras à moi s'ils te le demandent, n'est-ce pas ? Crois-moi, ils ne tarderont pas à le faire.

Il la saisit par les poignets, la secoua rudement avant de la laisser choir sur le lit.

— Tu deviens complètement folle ! Je ne veux plus rien entendre. Nous parlerons quand tu seras plus raisonnable. Et ne t'avise pas de lever encore une fois la main sur l'un de mes garçons.

— Sinon quoi, tu me rendras les coups ?

Il la dévisagea rudement, les poings serrés, mais n'ajouta pas un mot. Il sortit en claquant la porte si violemment qu'une gravure tomba du mur sur la commode, entraînant dans sa chute un vase rempli de fleurs. Il se brisa à son tour, les roses s'écrasèrent de manière dérisoire dans les débris et l'eau renversée. Julie contempla le désastre sans réagir et se recroquevilla sur son lit. Elle savait bien que quelque chose venait de se briser et ce n'était ni des flacons de cristal, ni un vase de porcelaine…

***

Quelques jours après l'orageuse discussion avec Sébastien, elle avait profité de son absence et de celle des garçons pour partir avec Étiennette et Baptiste. Incapable de s'expliquer, refusant de s'excuser, elle n'avait même pas laissé un billet. Elle fuyait pour se protéger, protéger son fils, protéger tout l'amour qu'elle éprouvait encore pour Sébastien avant qu'il ne se flétrisse. Elle n'était pas très fière de son attitude mais pensait qu'elle avait agi au mieux. Elle avait trouvé refuge chez Charlotte qui l'avait accueillie à bras ouverts, sans poser de question, lui laissant le temps de panser ses blessures, attendant qu'elle soit prête à se confier.

— Ainsi vous avez fui. Cela ne vous ressemble guère. J'avoue que cela me déçoit un peu de votre part.

— Que voulez-vous dire ?

Elle venait de tout raconter, depuis l'arrivée des jumeaux jusqu'à son départ.

— Vous m'avez habituée à vous battre, à ne jamais vous laisser faire. Rappelez-vous, je vous ai accompagnée à la cathédrale lorsque vous avez dû rencontrer cet homme. Vous n'avez pas laissé ma belle-sœur vous empêcher d'assister aux obsèques de mon regretté neveu. Vous avez tenu tête à mon frère. Et vous vous laissez faire par deux enfants ?

— Vous ne comprenez pas.

— Je comprends surtout que votre mari n'a pas tort lorsqu'il vous accuse de jalousie. Admettez que vous auriez voulu être la seule à lui donner un enfant.

— Peut-être… Je ne sais pas… Mais je vous assure que j'ai vraiment voulu que nous soyons heureux tous ensemble. Je mesurais la chance que c'était pour Baptiste d'avoir des frères. Mais rien n'a tourné comme il le fallait.

— Parce que vous avez refusé de vous battre dès le départ. Parce que vous n'avez pas su vous imposer comme vous l'auriez dû. Je ne minimise pas le comportement de ces garçons, il est inexcusable et votre époux a une grande part de responsabilité. Il n'a pas su concilier les deux parties de sa famille. Mais ils ont trouvé une brèche et s'y sont engouffrés. Il est normal qu'ils vous comparent à leur mère, qu'ils veuillent la voir revenir. Vous ne devez pas leur en vouloir pour cela.

— C'est à Sébastien que j'en veux.

— Il s'est laissé happer par la joie de les retrouver et avait suffisamment confiance en vous pour penser que vous comprendriez et que vous l'aideriez. Je suppose qu'il se sentait aussi coupable de vous avoir épousé pendant qu'ils étaient totalement isolés. Mais il n'a pas vu votre désarroi, pas plus que celui de ses fils. Aucun d'entre vous n'était prêt à vivre cette situation.

— Vous pensez que je n'aurais pas dû partir ?

— Je pense que vous avez eu peur et que vous ne saviez plus comment faire. Je pense surtout que vous aimez profondément votre mari et qu'il vous aime également, sinon nous n'aurions pas cette conversation. J'espère que vous saurez tous deux vous donner une autre chance.

Julie hocha la tête, les larmes aux yeux. Charlotte avait raison. Elle ne s'était pas battue, était restée passive. Elle avait eu peur de perdre Sébastien et n'avait pourtant pas su rester assez proche de lui. Et il lui manquait terriblement.

— Que dois-je faire d'après vous ?

— C'est à vous de choisir, je refuse de vous influencer. Quoi qu'il en soit, vous êtes la bienvenue aussi longtemps que vous le souhaitez. Ne vous précipitez pas. Mais faites attention, le temps perdu ne se rattrape pas.

Les jours s'écoulaient lentement, étirant inexorablement l'ennui de Julie. Elle ne parvenait pas à prendre une décision, partagée entre la peur d'affronter Sébastien et celle de le perdre si la séparation se prolongeait. Ni les leçons d'équitation dispensées par Charlotte, ni les longues promenades avec Louise au bord de l'Erdre ne parvenaient à lui rendre le sourire. Elle avait finalement écrit à Ana pour lui dire qu'elle allait bien, lui précisant où elle était et lui demandant de garder le secret. Pour autant, elle espérait que son amie parlerait à Sébastien…

— Madame, Monsieur est là !

Julie tressaillit violemment. Étiennette venait d'entrer avec fracas dans sa chambre, le souffle court d'avoir monté l'escalier si rapidement. Elle avait bien entendu le roulement d'une voiture mais n'avait pas bougé, pensant qu'il s'agissait d'un ami de son hôtesse.

— Où est-il ?

— Dans la bibliothèque. Il vous attend.

Julie se renfrogna. Pourquoi diable n'était-il pas monté la voir ? Pourquoi cette solennité ? Elle ne put toutefois s'empêcher de se considérer dans le miroir avant de descendre, arrangeant une boucle de cheveux, un pli de sa robe de soie bleue, se félicitant d'avoir choisi cette couleur, la préférée de Sébastien... Elle dégringola l'escalier le cœur battant, pressée de le retrouver. Elle lui en voulait mais il était là, il était venu. Elle avait tellement envie de se réfugier dans ses bras. Elle se raidit cependant en franchissant le seuil de la bibliothèque. Sébastien était debout dans l'embrasure d'une porte-fenêtre, tourné vers l'extérieur, regardant s'ébattre les chevaux de Charlotte. Assis sur un divan, Guillaume et Séverin patientaient en silence. Elle frissonna en les voyant. Elle avait espéré de chaleureuses retrouvailles et se trouvait face à un silence embarrassant que ne venait troubler que le tic-tac régulier de l'horloge. Elle nota pourtant que les garçons avaient perdu de leur superbe. Ils semblaient gênés, intimidés. Séverin lui adressa même un petit sourire désolé. Elle ferma la porte derrière elle, un peu plus brutalement qu'elle ne l'aurait voulu, et le claquement les fit tous quatre sursauter. Sébastien se tourna, esquissa un faible sourire mais demeura cloué à la même place. Elle lui trouva les joues creusées et les yeux cernés. Elle songea qu'il ne devait pas dormir beaucoup plus qu'elle et ne put s'empêcher d'en éprouver de la satisfaction.

— Te voilà ?

Il parlait d'une voix basse, pleine d'angoisse. Il redoutait sans doute autant qu'elle ces retrouvailles. N'osant pas avancer, elle lui répondit d'un simple hochement de tête.

— Je craignais que tu ne veuilles pas me voir.

— Pourquoi êtes-vous venus ?

— Je vais laisser Guillaume et Séverin s'expliquer les premiers. Mon tour viendra après. Sache juste qu'ils ont tenu à venir, que je ne les ai pas contraints.

— Je vois.

Elle parlait sèchement sans le vouloir et ne comprenait pas du tout. Sébastien avait repris son observation et semblait fasciné par l'activité des chevaux. Était-il venu en simple spectateur, regarder ses fils la tourmenter une nouvelle fois ?

— Nous avons insisté pour venir. Père voulait être seul.

Légèrement rassurée, elle ne put s'empêcher de sourire à Séverin qui lui paraissait depuis le début plus conciliant que son frère.

— Je… Je vous écoute.

— Nous voulions te demander pardon, Julie. Sincèrement. Nous nous sommes… ou plutôt je me suis comporté de manière odieuse avec toi. Et je le regrette. Séverin n'a fait que m'écouter.

— Je suis aussi coupable que toi. Je n'ai rien dit. J'aurais dû…

— Tu n'aurais rien empêché. Je voulais que tu t'en ailles, Julie. Pour que notre mère revienne. Mais la vérité, c'est qu'elle ne reviendra pas. Elle nous a séparés, mis dans des écoles différentes où nous avons été très malheureux. Nous n'avions aucune nouvelle. J'avais peur de ne jamais revoir mon père et ma mère.

Sa voix s'étrangla dans un sanglot, il lança à Julie un regard plein de détresse. Il redevenait soudain un garçon de douze ans, l'enfant qu'il n'aurait jamais dû cesser d'être. Elle sentit son cœur se serrer devant cette tristesse et toute sa colère s'évanouit. Charlotte avait raison, elle n'avait pas compris à quel point ces deux enfants étaient perdus. Elle était partie pleine de rancœur et n'éprouvait désormais plus du tout l'envie de les voir s'excuser. Guillaume poursuivait cependant :

— Nous ne savions de toi que ce que notre mère nous avait dit avant qu'elle nous envoie dans ces écoles. Elle nous avait promis que cela ne durerait que quelques semaines, le temps qu'il faudrait à notre père pour revenir à la raison. Mais cela a duré des mois. Et quand notre père est venu nous chercher, elle n'était pas là et il était marié avec toi. Nous avons pensé que nous devions te détester, pour notre mère. Mais nous savons que nous nous sommes trompés sur tout.

— Quand avez-vous compris tout ça ?

— Juste après ce qui est arrivé à Baptiste. Je te promets que je n'ai pas voulu ce qui est arrivé. Il courait derrière moi et j'ai voulu lui faire peur. Je me suis retourné un peu trop vite et je l'ai heurté avec mon bras. Il a perdu l'équilibre. J'ai eu très peur en le voyant tomber. Et puis, je me suis dit que ça pouvait te faire partir alors je t'ai poussée à bout autant que j'ai pu. J'ai regretté dès le lendemain mais je ne savais pas comment te le dire. Tu es partie et notre mère n'est pas revenue. Nous n'avons pas reçu une seule lettre. Et notre père était très triste. Je te demande pardon, Julie. Nous voudrions que tu reviennes vivre avec nous, s'il te plaît.

— Nous te promettons de bien nous comporter, avec toi et avec Baptiste. C'est notre petit frère. Reviens à la maison.

Elle se sentait incapable de répondre. Des larmes silencieuses roulaient sur ses joues. Ces enfants la touchaient. Séverin et Guillaume étaient juste deux gamins qui n'avaient pas su gérer une situation qui les dépassait. Ils n'étaient pas si différents d'elle.

— Ne leur réponds pas tout de suite, Julie. Je voudrais que nous parlions d'abord.

Elle acquiesça d'un signe de tête. Sébastien ouvrit la porte-fenêtre et leur fit signe. Ils se levèrent d'un même mouvement et se dirigèrent vers la sortie. Juste avant de franchir le seuil, Séverin s'arrêta, se précipita vers elle et l'étreignit maladroitement.

— Tu sais, c'est vrai, nous voulons que tu reviennes.

— Allez, Séverin, rejoins ton frère et ne faites pas de bêtise tous les deux. Je vous appellerai quand j'aurais parlé à Julie.

Il s'approcha d'elle lentement, peu sûr de lui. Son regard l'interrogeait. Elle hocha la tête pour l'encourager à parler mais elle demeurait très droite, très stricte, refusant de céder trop rapidement.

— Quand ils m'ont tout dit, j'étais effondré. Je ne pensais pas que des enfants pouvaient agir ainsi. Je regrette tellement de ne pas t'avoir crue. J'espère que tu ne leur en veux pas trop. C'est à moi que…

— Chut, tais-toi…

Elle posa ses mains sur ses épaules et un baiser léger sur ses lèvres. Elle ne voulait plus d'excuses, plus d'explications. Elle ne voulait que son mari, sa tendresse, ses bras autour d'elle, leur complicité.

— J'ai besoin de toi, Julie. Lorsque j'ai vu que tu étais partie, je ne pouvais pas y croire. Je pensais que cela n'arriverait jamais. Je prenais comme un fait acquis que tu serais toujours à mes côtés.

— Je t'avais promis de ne plus jamais partir.

— Et je ne devais pas te laisser t'en aller. Et je n'ai pas su prendre soin de toi. Je n'ai rien compris. Ni toi, ni les enfants. Je suis désolé.

Il la serra contre lui sans qu'elle lui oppose la moindre résistance. Elle se blottit contre lui, la tête sur son épaule, retrouvant avec joie le refuge de ses bras.

— Ma douce…

Elle ne put retenir un sanglot de bonheur en entendant ces deux mots que lui seul savait prononcer avec autant de tendresse. Il y avait si longtemps qu'il ne l'avait pas appelée ainsi…

— Tu devrais aller voir Baptiste. Il réclame son père.

— Je veux ton accord pour le voir. Je ne t'ai pas encore tout dit.

Il l'avait légèrement écartée, devenant plus grave. Elle se raidit, inquiète de cette tension nouvelle.

— Je dois partir pour Vienne dans deux jours. Talleyrand m'envoie en mission. Je ne veux pas donner de faux espoirs à notre fils pour repartir ensuite. Tu comprends ?

Elle s'éloigna brusquement de lui, blessée.

— En revanche, me donner, à moi, de faux espoirs, ce n'est pas grave, n'est-ce pas ? C'est pour ça que tu es venu ? Pour que je m'occupe de tes fils pendant ton absence ?

— Je voulais les confier à ma mère pour ne pas te les imposer. Ce sont eux qui ont voulu m'accompagner. Et je ne pouvais pas partir sans connaître tes sentiments, sans savoir si j'avais une bonne raison de revenir.

— Ce sera dangereux, n'est-ce pas ? Tu pourrais ne pas…

Elle s'interrompit, terrifiée par cette incertitude.

— Talleyrand pourrait envoyer quelqu'un d'autre. Pourquoi toi ?

— Parce que je suis le seul à connaître le visage de celui qu'il veut arrêter. Je voudrais pouvoir rester, ma douce, mais je ne peux pas me dérober.

— Pourquoi cet homme ne te laisse-t-il pas tranquille ? Tu ne travailles plus pour lui. Et lui ne fait rien pour nous.

— Je sais que tu lui en veux à cause de ta mère mais je dois y aller. Ce sera ma dernière mission pour lui, je te le promets. Et je serai prudent.

— Tu dois voir Baptiste avant ton départ. Il doit savoir que tu tiens à lui. Si jamais…

Elle était incapable de poursuivre, imaginant le pire. Il la prit dans ses bras pour la réconforter.

— Je sais que tu reviendras. Nous serions perdus sans toi.

Des rires d'enfants en cascade leur parvinrent soudain. Guillaume et Séverin passèrent la porte-fenêtre en courant et s'interrompirent en voyant Julie et Sébastien enlacés. Baptiste les suivait de près, ainsi que Charlotte qui essayait de les rattraper.

— Les enfants, allons, laissez votre père…

Elle fut interrompue par le hurlement de joie de Baptiste qui se précipita dans les jambes de son père au risque de le faire tomber. Celui-ci le souleva en riant et le serra contre lui. Séverin s'approcha de Julie, anxieux.

— Tu as décidé ? Tu veux bien rester avec nous pendant que notre père sera en voyage ? S'il te plaît…

— C'est d'accord, nous l'attendrons ensemble.

Les cris de joie des jumeaux dominèrent ceux de Baptiste. S'ensuivit une joyeuse cacophonie à laquelle Charlotte mit fin.

— Allons, dehors maintenant. Laissons-les se retrouver.

Elle attrapa Baptiste et poussa les trois garçons vers l'extérieur. Sur le seuil, elle s'arrêta, considéra un instant Sébastien qui avait passé un bras autour des épaules de Julie.

— Vous êtes le bienvenu. J'ai déjà donné des ordres pour qu'une chambre soit préparée pour vos garçons.

— Il faudra deux chambres, Charlotte.

— Pourquoi ? Séverin et Guillaume sont habitués à partager la même.

Charlotte était déjà partie. Julie se tourna vers son mari, le regard un peu triste.

— Je pensais à toi.

— Tu ne veux pas que je dorme avec toi ?

— Mais… Les garçons…

— Ils s'habitueront. Ils n'ont pas à nous dicter notre façon de vivre. Et nous n'avons que deux nuits, Julie, avant d'être séparés encore une fois. Je veux les passer avec toi.

***

Il n'avait pas fermé l'œil de la nuit, la regardant dormir, écoutant son souffle régulier. Ils s'étaient aimés avec tendresse, prenant un plaisir infini à se redécouvrir, puis, enlacés dans la pénombre de la chambre, ils avaient parlé du passé, de l'avenir surtout, de leurs projets. Elle avait fini par s'assoupir, blottie contre lui, et il avait veillé sur son sommeil, profitant de ces derniers instants privilégiés, songeant avec amertume que c'étaient peut-être les derniers…

Sa mission serait pour le moins périlleuse… Le mystérieux comte de Verteuil venait de réapparaître à Vienne. Un de ses complices, capturé, avait parlé. Le comte ourdissait une conspiration contre le trône. Il en ignorait les arcanes mais savait que les conséquences seraient terribles, inéluctables. Talleyrand avait été alarmé surtout par la description de l'entourage de l'homme qui agissait d'habitude en solitaire. Une mystérieuse femme brune toujours voilée. Et un homme à la jambe de bois…

L'idée qu'Inès – dont il était toujours sans nouvelle depuis sa disparition – et Pied-de-Biche soient mêlés à un complot politique était absurde en soi mais la coïncidence était flagrante. L'association de ces trois êtres infâmes avait quelque chose de vertigineux. Sébastien était le seul à les connaître tous trois et partait naturellement à leur recherche. Grâce à Vidocq, il avait appris l'art de se grimer et savait passer inaperçu. Un agent du chef de la Sûreté l'attendait à Nantes pour l'accompagner.

Julie s'agita légèrement contre lui, soupira dans son sommeil, les sourcils froncés. Il se demanda si elle était sensible à la tension de son propre corps, alors qu'elle n'était pas gênée le moins du monde par le vent qui secouait violemment les croisées et le crépitement de l'averse qui s'abattait autour d'eux. Il allait devoir voyager sous la pluie. Il sursauta en entendant une horloge sonner cinq heures quelque part dans la maison. L'heure était venue. Il écarta doucement Julie, espérant ne pas l'éveiller. Ils s'étaient dit au revoir durant la nuit et il lui avait dit qu'il serait parti à son réveil. Il sourit en la voyant si paisible et s'habilla à la faible lueur d'une chandelle sans la quitter des yeux. Il aurait voulu pouvoir emporter avec lui chaque instant de cette dernière nuit…

Il s'approcha du lit, se pencha vers elle et effleura son front d'un baiser. Elle se redressa à ce léger contact et passa un bras tremblant à son cou.

— Ne pars pas, je t'en prie. Ne pars pas…

— Julie, voyons… Ma douce…

— Je ne veux pas. J'ai peur. J'ai si peur.

— Je te promets de faire attention. Je serai vite auprès de toi. Tu es ma plus belle raison de revenir.

— Il nous arrivera malheur si tu pars, je le sens. Il ne faut pas.

— Il n'arrivera rien, ma douce. Veille sur les enfants pour moi.

Il posa un baiser sur ses lèvres et défit difficilement les bras qu'elle avait noués à son cou. Elle ne put retenir un sanglot.

— Allons, ma douce, il le faut.

Elle lui tourna le dos. Il remonta le drap sur ses épaules nues secouées de sanglots, le cœur brisé de la voir si bouleversée. Il embrassa encore ses cheveux au hasard.

— Je t'aime, Julie. Je penserai à toi à chaque instant et je te promets de revenir.

Anéantie, elle ne put répondre. Elle ne supportait pas de le perdre encore, même quelques semaines. Rongée par un sombre pressentiment, elle éprouvait une terreur indicible qu'elle ne parvenait pas à s'expliquer. Sans pouvoir faire un geste, elle l'écouta passer ses bottes et son manteau, ouvrir la porte. Il était sur le seuil, prêt à partir. Il y eut un silence, comme s'il attendait quelque chose. Puis il souffla la chandelle et referma la porte, la laissant seule dans l'obscurité. Elle se redressa soudain. Le souffle court et les yeux écarquillés. Elle bondit hors de son lit.

Dans le vestibule, Charlotte faisait les cent pas, les mains croisées derrière le dos. Sébastien fut surpris de la trouver là, d'autant plus qu'elle portait les mêmes vêtements que la veille. Elle lui sourit et attendit qu'il la rejoigne.

— Vous m'attendiez ? Il est très tôt…

— Je dors peu en général et encore moins cette nuit. Votre départ m'inquiète. Et inquiète votre épouse.

— Je le sais, Madame. Je ne l'ai jamais vue si triste. Aussi suis-je heureux de vous voir ce matin. Je veux vous remercier pour votre hospitalité et vous recommander ma femme et mes enfants. Je suis rassuré de les confier à votre bienveillance.

— Charles était comme un fils pour moi. Lorsqu'il est venu ici avec son épouse, j'ai aussitôt adopté cette charmante jeune femme. La mort de mon neveu m'a brisé le cœur et j'ai eu du mal à accepter que Julie se remarie. Quand elle est arrivée ici, je me suis dit qu'elle avait fait le mauvais choix. Mais dès votre arrivée, j'ai vu votre regard sur elle, puis votre complicité évidente et j'ai compris que vous aviez retrouvé à ses côtés votre place légitime. Julie est une jeune femme courageuse mais vous et son fils êtes ses seules faiblesses. Revenez vite. Je ne crois pas qu'elle supportera un second veuvage.

— Merci de votre franchise. J'aurais voulu ne jamais être séparé d'elle. Grâce à elle, je suis un homme meilleur. Je serai bientôt de retour.

Il s'inclina, baisa la main de Charlotte et lui adressa un sourire plein de tendresse.

— Je vous confie plus que ma vie, Madame. Ma femme et mes fils. Je sais qu'ils ne pouvaient trouver un meilleur refuge.

Il franchit rapidement le seuil, ému par la dignité de cette femme. Il marchait à grands pas vers l'écurie lorsque la porte s'ouvrit derrière lui. Il se retourna, pensant voir encore Charlotte, et reçut dans ses bras une Julie échevelée, pieds nus et en chemise, qui lui adressait le plus beau des sourires.

— Julie, tu vas être trempée ! Rentre vite.

— Je t'aime, Sébastien. Je t'aime. Je vais t'attendre, je penserai à toi tout le temps et quand tu reviendras, nous aurons un autre enfant. Alors, ne me fais pas attendre trop longtemps…

Il la souleva dans ses bras en riant et l'embrassa fougueusement.

— Tu es merveilleuse.

Ils devaient presque crier pour se faire entendre tant les éléments se déchaînaient autour d'eux mais pour un instant, un instant seulement, ils décidèrent d'oublier tout ce qui n'était pas eux. Ils s'étreignirent et s'embrassèrent à en perdre le souffle. Mais Julie frissonnait dans sa seule chemise que la pluie collait à son corps. Il la reconduisit au perron où Charlotte l'enveloppa dans son châle. Il n'ajouta pas un mot et courut à l'écurie. Une minute plus tard, il s'éloignait dans les premières lueurs de l'aube.

Charlotte enroula son bras autour des épaules de Julie et la reconduisit à l'intérieur. La jeune femme tremblait de tous ses membres. Des larmes ruisselaient sur son visage.

— Vous avez été très courageuse.

— Je n'ai pas voulu qu'il parte avec l'image d'une femme qui sanglote dans son lit. Je veux que le souvenir qu'il garde de moi lui donne envie de revenir très vite.

***

Les jours et les semaines s'étaient écoulés sans que Sébastien donne signe de vie. Julie s'efforçait de garder le sourire devant les enfants. Séverin et Guillaume, déjà fragilisés par l'absence prolongée de leur mère, n'avaient pas besoin de savoir qu'elle était terrifiée, que chaque jour sans nouvelle était une nouvelle épreuve. Heureusement, elle recevait régulièrement les visites de Landry et Ana, parfois en couple, parfois séparément. À leur dernière visite, ils avaient annoncé leur projet de se marier. Mais lorsque la fiancée avait fait part de sa volonté d'attendre le retour de Sébastien, Julie n'avait pu s'empêcher de se demander si le mariage pourrait avoir lieu un jour.

Elle regardait les garçons descendre en courant l'escalier pour se rendre à l'écurie. Ils partaient en promenade avec Charlotte. Julie, fatiguée, avait ce jour-là renoncé à les suivre.

— Vous ne changerez pas d'avis, ma chère ?

Charlotte arrivait, tenant par la main Baptiste, qui arborait fièrement une toute nouvelle tenue de cavalier. Attendrie, elle embrassa son fils et arrangea une mèche de ses cheveux indisciplinés. Sa ressemblance avec son père et ses frères s'accentuait chaque jour.

— Non, je suis lasse et je vais plutôt profiter de votre magnifique bibliothèque. Merci pour cette tenue que vous avez offerte à Baptiste. Il en est si fier. J'aimerais tellement que son père le voie ainsi…

— Bientôt, ma chère, bientôt.

— Mais oui, Julie. Notre père sera bientôt là, tu verras, et nous retournerons chez nous.

Guillaume, impatient de partir, était venu voir où était Charlotte et avait surpris leur conversation.

— Bien sûr, Guillaume. Je suis juste impatiente de le revoir. Tu sais que je trouve le temps long sans lui.

— Oui, mais nous sommes tous ensemble.

Elle lui sourit avec tendresse. L'absence de Sébastien avait eu au moins cela de bon que les jumeaux s'étaient beaucoup rapprochés et attachés à elle. Elle avait réussi à gagner leur confiance. Ce jour-là, elle regrettait bien un peu de ne pas les accompagner mais ils allaient rendre visite à Louise et elle n'avait pas envie de voir son amie qui affichait avec joie sa seconde grossesse et son bonheur conjugal depuis que son époux, Martin, avait quitté l'armée pour se consacrer à sa famille. Au moins, pendant quelques heures, elle ne serait pas obligée de se forcer à sourire. Elle avait même accordé sa journée à Étiennette qui était déjà partie pour Nantes faire quelques emplettes.

Plus tard dans l'après-midi, étendue sur une méridienne, un livre ouvert à la main, Julie somnolait lorsque le valet de Charlotte lui annonça un visiteur.

— Il dit que c'est important, Madame. Qu'il s'agit de Monsieur.

D'un geste, elle accepta la visite et se leva pour accueillir le visiteur. Un instant plus tard, elle se trouvait en présence de Vidocq, le chapeau à la main et la mine sombre. Elle sut aussitôt qu'il était arrivé quelque chose de grave.

— Où est mon époux, monsieur Vidocq ? Pourquoi êtes-vous ici ?

— Hélas, Madame, je suis porteur d'une bien triste nouvelle. Sébastien a été arrêté presque dès son arrivée en Autriche. Il a été grièvement blessé en voulant se défendre et…

— Voilà donc pourquoi il n'écrivait pas. Il était trop souffrant. Il va mieux, n'est-ce pas ?

— Madame, je suis au désespoir… Faute de soins, votre époux est mort des suites de ses blessures. Vous perdez votre époux et moi un ami. Si je puis vous aider…

Julie avait reculé, épouvantée. Terrifiée. Incapable d'assimiler ce qu'elle venait d'entendre.

— Vous mentez. Ou alors on vous a menti. Il ne peut pas être mort. C'est impossible. Je… Je… Je refuse de vous croire.

— Je viens de recevoir une lettre de Vienne. D'un agent que j'ai là-bas. Il a accompagné son envoi de ceci. Reconnaissez-vous cette bague ?

— Sa chevalière… Il la tenait de son père. Il ne s'en séparait jamais.

— Mon agent a pu s'introduire dans la prison juste après sa mort. Il a pu prendre ce bijou et me l'a fait parvenir. Je suis venu aussitôt vous trouver. Je suis navré. Vraiment.

— Je ne vous crois pas. Où sont son alliance et sa montre ? Il y tenait encore plus qu'à sa chevalière. Dans le couvercle de sa montre, il y avait une mèche de mes cheveux. Il l'avait coupée lui-même au soir de notre mariage.

— On les lui aura volées…

— Taisez-vous. Vous ne savez rien. Il reviendra. Je sais qu'il reviendra. Allez-vous-en. Partez. Je ne veux plus jamais vous revoir. Vous et ce maudit Talleyrand ! Vous avez fait le malheur de mon époux ! Partez !

Elle hurlait. Les mots de Vidocq se frayaient un chemin jusqu'à son âme, jusqu'à son cœur et elle commençait à éprouver une douleur effroyable. Vidocq recula jusqu'à la porte, lentement. Très lentement. Leurs regards se croisèrent une dernière fois et la colère de la jeune femme explosa :

— Disparaissez ! Que je ne vous revoie jamais !

Il hocha la tête, les yeux brillants, et posa un billet sur une console près de la porte.

— Voici l'adresse de votre mère. Je l'ai trouvée juste avant de savoir. Si un jour…

— Sortez !

Elle était tombée à genoux, les bras noués autour de sa poitrine. Elle pouvait à peine respirer tant le choc était violent.

— Il ne peut pas être mort. Il est vivant quelque part. Sébastien, où es-tu ? Que s'est-il passé ?

16

Elle ne supportait plus son absence. Le silence. La solitude. Elle ne supportait plus le regard des enfants. La tristesse dans les yeux de Séverin. L'espoir dans ceux de Guillaume. L'innocence dans ceux de Baptiste. Lorsqu'ils l'avaient trouvée là où Vidocq l'avait laissée, à genoux sur le sol du salon, Charlotte avait fait sortir Baptiste, relevé Julie pour qu'elle raconte. La visite de Vidocq. La mort présumée de Sébastien. Elle se souvenait du cri de Séverin, mélange de douleur et d'incompréhension, de ses gros sanglots d'enfant, de la main de Charlotte sur son bras, et de la froide affirmation de Guillaume.

— Je n'y crois pas. Moi, je sais que ce n'est pas vrai. Il faut l'attendre, il va revenir.

— Monsieur Vidocq dit que votre père est mort, mon garçon. Et il ne l'aurait pas annoncé si…

— Je sais que j'ai raison, Madame. Notre père tiendra sa promesse de revenir.

Julie n'avait pas eu la force de le reprendre. D'autant plus qu'elle éprouvait le même sentiment, la même certitude inexplicable sans pouvoir le dire. Son regard avait rencontré celui de Guillaume. Il avait hoché la tête et esquissé un faible sourire. Il avait compris.

Mais, le temps passant, les émotions de chacun étaient devenues étouffantes pour Julie. Baptiste l'interrogeait sur la mort et réclamait son père. Séverin, inconsolable, se jetait à tout moment dans ses bras en sanglotant. Guillaume demeurait froid et dévalait l'escalier à chaque visite, espérant l'impossible.

Charlotte lui enjoignait de dire la vérité au jeune garçon, à briser ses espoirs. De quelle vérité parlait-elle ? Celle qu'elle-même refusait d'admettre ? Elle ne parvenait pas à accepter, voulait se persuader qu'il reviendrait bientôt combler ce vide affreux qui s'était ouvert en elle. Elle était convaincue que Vidocq ne savait pas tout. L'absence de sa montre et de son alliance ne cessait de la hanter. De tels objets n'avaient pas pu disparaître. L'illustre chef de la Sûreté avait laissé entendre qu'ils avaient été volés. C'était bien possible. Elle préférait croire qu'il les portait encore et qu'il caressait son alliance au moment même où elle effleurait la sienne.

Elle avait décidé de s'éloigner quelques jours et de partir à la recherche de sa mère. Elle n'avait rien dit et juste laissé un billet dans sa chambre. « *Je serai absente quelques jours. Ne m'en veuillez pas.* » Elle avait même renoncé à emmener Baptiste, préférant le laisser à l'affection de ses frères et de Charlotte. Ainsi, pour la première fois, elle voyageait vraiment seule, un peu gênée d'être dévisagée aux relais, effrayée de passer ses nuits solitaire dans des chambres inconnues...

Elle arriva à Paris par une froide soirée de novembre, passa la nuit dans une modeste auberge. Elle aurait aimé voir Clémence et Malo mais ne trouvait pas le courage de les affronter. Elle dormit peu, appréhendant la rencontre qu'elle ferait le lendemain. Celle qui l'avait abandonnée alors qu'elle n'était qu'une petite fille. Philippine Beaulieu. Sa mère. À l'aube, elle était debout, changeant plusieurs fois de robe et de coiffure, se demandant ce qu'elle dirait. Elle aurait voulu que Sébastien soit près d'elle, l'encourageant, lui tenant la main. Elle caressa l'anneau d'or qui n'avait pas quitté son annulaire depuis son mariage, songeant qu'ils n'avaient pas eu assez de temps. Trop peu d'instants de bonheur pour que cela soit déjà fini. Elle refusait d'être veuve une seconde fois à tout juste vingt-six ans.

Arrivée sur le seuil d'une belle maison à deux étages de la rue Saint-André-des-Arts, Julie hésita. Aurait-elle dû rencontrer Vidocq pour qu'il lui en dise plus ? Cependant revoir le chef de la Sûreté la rebutait et elle préféra y renoncer. Il lui avait donné son adresse, elle se débrouillerait pour la suite. Restait à savoir si cette femme qui l'avait autrefois abandonnée s'intéressait à son existence… D'une main tremblante, elle souleva le heurtoir et le laissa retomber maladroitement. Quelques secondes durant, seul le silence lui répondit. Elle considéra les volets clos des étages, songea qu'elle allait devoir rebrousser chemin… La porte s'ouvrit alors sur un homme d'une quarantaine d'années, grand et massif, l'oreille percée d'un anneau, entièrement vêtu de noir. Il la détailla d'un œil inquisiteur, de la tête aux pieds, et hocha la tête.

— Vous voulez quoi ?

— Je voudrais voir Madame…

— Elle ne reçoit jamais le matin. Et on n'a besoin de personne.

Il voulut refermer la porte mais Julie, opiniâtre, la retint, glissant son pied dans l'ouverture. Sa mère était là, tout proche. Elle ne pouvait plus reculer.

— C'est important, je dois la voir.

Elle pesait sur la porte tant qu'elle pouvait. L'homme, surpris de sa résistance, sembla hésiter. Son visage se fendit d'un sourire narquois.

— Coriace, hein ? Après tout, ça peut plaire. Attendez là.

Il la laissa dans la pénombre du vestibule, fermant la porte derrière elle. Elle observa les lieux. Les murs tendus d'un rouge sombre. Les appliques dorées. Les statues de stuc en bas des escaliers à la rampe ouvragée. Un faune dansant, un satyre tenant une femme nue et lascive dans ses bras. Il y avait là quelque chose de luxueux, de tape-à-l'œil et de factice qui la mettait mal à l'aise. À gauche et à droite, des portes hermétiquement fermées. Et le silence. Pesant. Embarrassant. Elle dut patienter de longues minutes avant que l'homme ne revienne.

— Suivez-moi.

Il s'engagea le premier par la porte de gauche, la précéda dans un boudoir et la laissa dans un bureau austère.

— Attendez ici.

Elle ne se donna pas la peine de répondre tant le ton était condescendant. Elle patienta donc encore, refusant de s'asseoir.

La pièce était sombre, les volets clos comme tous ceux de la façade. Elle distinguait des meubles en bois verni, un bureau, des chaises, une petite bibliothèque peu garnie, un tapis épais qui étouffait le bruit de ses pas, des tentures dont quelques taches vives ressortaient dans la pénombre. Elle sentit son cœur battre plus fort lorsqu'une porte s'ouvrit soudain sur une femme entre deux âges, un peu plus grande qu'elle, les cheveux blonds et bouclés coupés court. Sa mère. Elle était là devant elle et pourtant, elle demeurait muette, incapable d'esquisser le moindre geste.

La femme ouvrit l'un des volets, s'assit et lui désigna une chaise. Julie prit place dans le rai de lumière tandis que le reste de la pièce demeurait dans l'ombre.

— Donc vous cherchez une place. Je n'ai rien pour vous en ce moment.

— Je ne cherche pas un emploi, Madame. C'est vous que je suis venue voir.

— Je ne comprends pas.

— Vous êtes bien Philippine Beaulieu ? Ou peut-être devrais-je dire Philippine Chesnay ?

La femme tressaillit violemment et se pencha vivement vers elle. Julie put alors voir son visage en pleine lumière. Les lèvres pleines et trop rouges et les yeux d'un vert clair aux paupières tombantes étaient entourés d'un réseau de fines ridules. Une mouche était posée sur sa joue fardée. Elle avait dû être très belle mais sa beauté s'était étiolée, fanée, et l'abus de fards soulignait bien plus sa décrépitude qu'il ne la masquait.

— Qui êtes-vous ? Comment connaissez-vous ce nom ?

— Je suis Julie. Julie Chesnay.

— Que me voulez-vous ?

Julie ne s'attendait pas à être accueillie à bras ouverts mais elle espérait un geste de reconnaissance. Elle se raidit sur sa chaise, lui jeta un regard glacial.

— Des réponses à mes questions. Je veux savoir pourquoi j'ai été abandonnée. Pourquoi ma prétendue mère n'a jamais trouvé bon de revenir me voir ou de prendre de mes nouvelles.

— Je n'ai jamais voulu d'enfant. Et je n'en veux pas plus aujourd'hui.

— Je ne suis donc pas la bienvenue.

— Votre démarche est surtout parfaitement inutile. Il y a vingt-cinq ans, j'ai changé de nom, de vie. J'ai quitté un homme que je méprisais. J'ai effacé cette partie de ma vie. Et je ne tiens pas à y revenir.

Julie, blessée, baissa les yeux. Ses derniers espoirs s'effondraient. Elle n'aurait donc jamais de mère. Philippine se radoucit cependant devant son désarroi.

— Je suis brusque, pardonnez-moi. Votre visite est pour le moins inattendue, vous le comprenez. Je ne vous veux aucun mal mais il est trop tard pour nous.

— Vous n'avez donc jamais eu aucun regret ? Aucun remords ?

— Cela m'est arrivé. Juste après mon départ. Je savais que je laissais une toute petite fille aux mains de deux hommes incapables de s'en occuper. Mais je n'avais guère le choix...

— C'était donc si terrible de vivre là-bas, avec mon... je veux dire avec Gustave Chesnay ?

— Cet homme me faisait peur. Mais vous savez donc ?

— Qu'il n'était pas mon père ? Il me l'a dit sur son lit de mort.

— Il est mort ? Je suis donc veuve. Je suis surprise de le savoir, bien que je vive sans penser à lui depuis des années.

— Me permettez-vous quelques questions ? Je ne serai pas longue et je ne vous importunerai plus.

— Bien sûr. Je crois que vous avez le droit de comprendre. Je vous écoute.

— Vous avez dit ne jamais avoir voulu d'enfant. Et vous m'avez laissée à un homme qui n'était pas son véritable père. Vous auriez pu me confier à quelqu'un d'autre. Quelqu'un de votre famille...

— Je n'avais plus personne. Quand je suis partie, j'avais encore moins à offrir que cette brute de Chesnay. J'ai fui avec un homme qui m'avait juré son amour et qui s'est vite lassé de moi. Arrivée à Paris, je n'avais rien. Pas le moindre sou pour me loger ou me nourrir. Pour rien au monde je ne serais retournée vers mon mari et d'ailleurs, je n'en avais pas les moyens. Alors, j'ai vendu la seule chose qui m'appartenait encore…

— Vous voulez dire… Je suis navrée de…

— Ne le soyez pas. Je n'ai pour ma part aucun regret. Certes, les galeries du Palais-Royal en hiver sont ouvertes à tous les courants d'air. Mais on y fait aussi des rencontres intéressantes. J'ai plu à un homme de pouvoir. Il m'a installée ici. J'étais une fille parmi d'autres mais au moins, je n'avais ni faim ni froid. Petit à petit, j'ai eu une clientèle régulière et je suis entrée dans les bonnes grâces de la tenancière de l'époque. Elle m'a intéressée aux bénéfices et m'a laissé sa place quand elle s'est sentie trop vieille pour continuer, à condition que je lui verse une rente. Voilà, vous connaissez toute l'histoire. Avec la vie que j'ai choisie, la présence d'une enfant aussi jeune que vous l'étiez était impensable.

— Si je comprends bien, ici, nous sommes dans un… dans une…

Elle ne parvenait pas à le formuler. Les pièces du puzzle s'assemblaient soudain. Les statues dans l'entrée. Les volets clos. L'homme lui disant qu'il n'y avait pas d'emploi à pourvoir et la jaugeant du regard. Il avait donc cru qu'elle venait pour… Ses joues s'empourprèrent soudainement à cette pensée tandis que Philippine s'amusait de son embarras et éclatait d'un joli rire cristallin.

— Un bordel, oui. Ou une maison de tolérance si vous préférez. Vous n'aviez donc pas compris ? Grands dieux, votre naïveté et votre fraîcheur sont si rares.

— L'homme qui m'a ouvert pensait que je voulais un emploi. Et il m'a laissée arriver jusqu'à vous, pensant que vous seriez intéressée…

— Ne soyez pas gênée. Vous êtes faite à ravir et bien des hommes voudraient de vous pour quelques heures mais je suppose que cela ne vous tente guère

— Madame !

Julie s'était levée, écarlate et scandalisée. Philippine se contenta de sourire.

— Tout doux, ma chère. Allons, ne vous emballez pas. Je n'ai pas voulu d'enfant mais vous ne pouvez pas me reprocher d'essayer. De toute façon, je vois que vous êtes mariée. Et monsieur votre époux ne serait sans doute pas d'accord pour vous partager.

— Je suis veuve.

Elle retomba sur sa chaise, abasourdie par ses propres paroles. C'était la première fois qu'elle le formulait, qu'elle prononçait les mots. Et pour la première fois également, elle admettait que cela pouvait être vrai, qu'il ne reviendrait pas.

— Vous m'en voyez désolée. Mais vous êtes donc libre. N'hésitez pas à en profiter et surtout ne vous remariez pas. Toutes les possibilités s'ouvrent à vous dans votre situation. Puis-je répondre à une autre question ?

— Mon père ? Mon véritable père. Qui est-il ? Pourquoi n'a-t-il pas voulu de moi ?

— Je ne sais si je peux vous parler de lui. Je ne pense pas qu'il souhaite dévoiler son identité.

— Mais j'ai le droit de savoir !

— Il m'est arrivé de le revoir mais il n'a jamais parlé de vous ni demandé ce que vous étiez devenue. Je ne pense pas qu'il tienne à vous voir surgir dans sa vie.

— Je veux juste savoir qui il est, d'où je viens. Je n'attends rien de lui. Je vous en prie.

— Je lui dois beaucoup. Lorsque je l'ai revu, il aurait pu me dénoncer et m'obliger à retourner auprès de Chesnay. J'étais mariée et donc sous la responsabilité de mon mari. Je n'avais pas le droit de mener la vie que je voulais. Mais il ne m'a fait aucun reproche et m'a aidée en faisant venir ici des amis fortunés qui ne regardaient pas à la dépense. Je lui suis redevable.

— Alors vous ne me direz rien ?

— Je n'en ai pas le droit. Cependant… Je vais lui envoyer un billet pour lui dire que vous le cherchez. J'ignore s'il est à Paris actuellement et je ne peux savoir quand il le recevra ni s'il y donnera suite. Je ne peux rien faire de plus.

— Je suppose que je n'ai pas le choix… Je ne reste à Paris que quelques jours. Ensuite, je retourne auprès de mon fils.

— Donnez-moi les deux adresses. Je vous ferai connaître sa réponse, si réponse il y a.

Julie quitta les lieux quelques minutes plus tard, un peu étourdie. Un peu déçue aussi. Pas tant de découvrir que sa mère était une maquerelle mais surtout de ne pas avoir reçu d'elle le moindre geste de tendresse ou d'affection. Elle reprit en soupirant le chemin de l'auberge. Philippine Beaulieu la regarda s'éloigner, cachée derrière ses persiennes mi-closes, et revint ensuite à son bureau où elle acheva un bref billet. « *… fait exactement ce que vous vouliez. Elle ne sait rien. À vous maintenant de tenir vos promesses. Philippine.* »

Elle sabla la lettre, la plia, ajouta le nom du destinataire et sonna. Elle confia son pli au portier.

— À l'adresse indiquée, le plus vite possible. Il n'y aura pas de réponse.

Elle le laissa partir, écouta le bruit de ses pas étouffé par les épais tapis, celui de la porte qui se fermait et se laissa retomber sur sa chaise. Elle passa une main tremblante sur ses yeux humides.

— Pauvre enfant… Puisse-t-elle un jour me pardonner le rôle que je joue dans son destin. Mais je n'avais pas le choix. Je ne l'ai jamais eu…

***

— Bon Dieu, ce n'est pas possible. Je vous l'ai confiée. Elle ne devait rien savoir.

Il frappa du poing sur la table, faisant sursauter ses interlocuteurs qui ne disaient mot, attendant que l'orage passe.

— Je t'ai écrit, François. Pour te prévenir. Et pour que tu la protèges le cas échéant. Ne me dis pas que ma lettre n'est pas arrivée.

— Je n'ai rien reçu. Rien du tout. À part la triste nouvelle que tu sais. J'ai alors préféré la prévenir moi-même pour pouvoir lui apporter mon soutien. Qu'elle a refusé.

— C'est impensable. Impensable. Un courrier de cette importance ne devrait pas pouvoir s'égarer. Seigneur… elle a dû être dévastée.

— Elle a refusé d'y croire. Elle n'admettait pas que tu ne reviendrais plus.

— Je pars immédiatement pour Nantes. Talleyrand peut attendre. Pas elle. Pas les enfants.

Sa colère était légèrement retombée mais il continuait à arpenter le bureau de long en large, les poings serrés et les sourcils froncés. Vidocq savait cependant que sa fureur exploserait quand il saurait. Sa fureur et sa peur. Il n'admettrait pas l'incertitude.

— Elle n'est pas à Nantes.

— Comment ça, pas à Nantes ? Elle est donc rentrée chez nous ? Ou alors chez ma mère pour y trouver du réconfort ?

— Non, elle a quitté Nantes, il y a plus d'un mois. Et je ne sais pas où elle est. Personne ne le sait. Elle a disparu… je suis désolé, mon ami…

Abasourdi, il fixa Landry d'un regard incrédule.

— Qu'est-ce que tu dis ?

— Elle a quitté la maison de Charlotte en laissant un mot disant qu'elle s'absentait quelques jours. Au début personne ne s'est inquiété. Et puis, Charlotte m'a écrit pour me demander si j'avais des nouvelles. Je suis allé voir Clémence et Malo, ils ne l'avaient pas vue. Nous avons commencé à nous alarmer. François et moi, nous l'avons cherchée durant des jours. Nous avons pu la suivre jusqu'à Paris. Une auberge rue Montorgueil. Et là plus rien. Personne n'a pu nous dire quand elle est partie.

— Bien que nous refusions tous d'y croire, il faut songer qu'elle n'aurait peut-être pas eu la force de… enfin qu'elle ait pu vouloir en finir…

— Je refuse cette éventualité. Elle ne serait pas allée à Paris pour cela. Et on aurait retrouvé son corps.

— Pas forcément. Si elle…

— Assez ! Je vous en prie, assez… Il faut la retrouver. Il le faut. Je dois savoir.

Anéanti, Sébastien s'effondra dans un fauteuil, la tête entre les mains. Depuis son départ, il n'avait pas cessé de penser à elle. Pas un seul jour. Rien ne s'était passé comme prévu. L'agent de Vidocq, censé le retrouver à Nantes, l'avait fait attendre durant deux jours. À Vienne, il ne s'était pas passé deux heures qu'il avait été pris à partie par des sbires du comte de Verteuil. Trahi par celui qui l'accompagnait, il avait été blessé au visage, assommé et s'était réveillé en prison, accusé de faux monnayage. Après des jours de solitude, un agent de Talleyrand l'avait contacté et ils étaient convenus de faire croire à sa mort. En soudoyant des gardiens, ils avaient placé dans sa cellule le corps d'un inconnu. Il avait reproduit ses blessures sur le mort, passé sa chevalière à son doigt, conservant sa montre et son alliance. Puis il avait été libéré quelques heures plus tard, sur demande de l'ambassadeur de France, sous un autre nom… Officiellement, Sébastien Girault, baron Mirbeau, était mort dans une sordide prison autrichienne. Sa mission pouvait se poursuivre. Et, pour protéger Julie, il avait envoyé à Vidocq un message codé l'informant qu'il était en vie, lui enjoignant de faire taire toute autre information contraire. Il n'avait pas osé lui écrire à elle directement pour la prévenir, craignant que le message soit intercepté et qu'un lien soit fait entre eux. Il avait eu peur de la mettre en danger…

Rien n'avait tourné selon le plan prévu. Il n'avait trouvé ni Verteuil, ni Inès. Julie le croyait mort. Et elle avait disparu.

Il redressa la tête quelques instants plus tard et fixa durement les deux hommes.

— A-t-elle emmené Baptiste avec elle ?

— Non, elle est partie seule. Baptiste est avec Guillaume et Séverin, chez Charlotte.

Un fin sourire se dessina sur les lèvres de Sébastien, bien que son regard demeure froid et son visage, empreint de tristesse.

— Dans ce cas, vous pouvez être sûrs qu'elle n'a pas disparu de son plein gré. Et qu'elle n'a pas mis fin à ses jours. Elle n'aurait jamais privé son fils de sa mère volontairement. Elle n'envisageait pas de partir très longtemps. François, tu m'as dit que tu lui avais donné l'adresse de sa mère.

— Que j'ai interrogée. Et qui assure ne l'avoir jamais vue.

— Tout comme l'aubergiste prétend ne rien savoir. Je n'y crois pas. Julie voulait savoir d'où elle venait. Je pense que c'est pour ça qu'elle a quitté les enfants. Sinon, elle serait allée chez ma mère. Je vais aller voir cette femme et l'interroger à nouveau. Et je saurai si elle nous cache quelque chose. Je suis sûr que c'est le cas. Vous deux, rendez-moi service. Retournez voir cet aubergiste et insistez. Julie a passé au moins deux nuits chez lui. Il doit se souvenir d'elle.

— Si cela peut te rassurer, j'irai. Mais je pense sincèrement que c'est inutile. Pardonne-moi d'être brusque, Sébastien, mais je pense que si nous ne l'avons pas retrouvée, c'est parce que la Seine ne nous a pas rendu son corps.

— François, tu as beau être le meilleur des enquêteurs, tu ne connais pas ma femme. Julie est bien plus solide qu'il n'y paraît. Jamais elle n'aurait fait cela. Je te le répète, rien que pour son fils, elle continuera à se battre et à aller de l'avant. Et si par hasard, je tenais compte de ton avis, dis-moi pourquoi elle serait venue jusqu'à Paris ?

Le même fin sourire s'affichait sur son visage. Il était déterminé à savoir ce que Julie était devenue et à la retrouver. Landry décida de se fier à lui. Vidocq demeurait sceptique.

Sébastien mit aussitôt son projet à exécution et se rendit chez Philippine ; le soir était tombé et l'activité de la maison close battait son plein. Il entra le plus naturellement du monde, comme n'importe quel client, et adressa un clin d'œil à l'hôtesse qui l'accueillit dans l'entrée. D'emblée, il remarqua que les tentures étaient neuves, de même que les tapis qu'il foulait. Les dorures étincelaient, les peintures chatoyaient agréablement. Des travaux venaient d'être réalisés : Philippine avait donc eu une jolie somme d'argent à sa disposition.

Dans le salon, il reconnut immédiatement la maîtresse des lieux au portrait que lui en avait dressé Vidocq. Elle discutait avec l'un de ses clients et fit venir à elle une jeune femme brune au décolleté largement ouvert sur des courbes généreuses. L'homme l'observa un instant, hocha la tête et quitta la pièce avec elle. Sébastien en profita pour s'approcher de Philippine tout en armant son visage d'un sourire contrit.

— Bonsoir. Je vois que vous êtes nouveau ici. Que pouvons-nous pour votre plaisir ? Que préférez-vous ? Brune ? Blonde ? Rousse ?

— Blonde, Madame. En fait, je cherche une seule femme. La mienne. Votre fille, Julie.

Il avait baissé la voix et plongeait les yeux dans les siens, à la recherche d'une réaction. Son tressaillement lui disait assez qu'elle savait quelque chose…

— J'ai déjà dit aux policiers qui sont venus ici que je ne l'avais jamais vue. J'ignore pourquoi vous imaginez le contraire.

— Je pense que nous devrions en parler dans un endroit plus calme, voulez-vous ? Ou bien tenez-vous à ce que nous ayons cette discussion devant vos pensionnaires ?

— Je tiens surtout à ce que vous partiez. Vous n'avez rien à faire ici.

— Permettez-moi d'insister…

Conservant son sourire, il lui serra fortement le bras, la faisant pâlir. Son homme de confiance s'approcha d'un pas. Elle l'arrêta d'un regard et s'adressa à Sébastien dans un murmure.

— Suivez-moi dans mon bureau. Mais autant vous prévenir, votre démarche est vaine.

— Pourquoi ne pas me laisser ne juger par moi-même ?

Il la suivit hors du salon et l'accompagna jusqu'au bureau où Julie avait découvert peu auparavant les activités de sa mère. Elle alluma plusieurs chandeliers, révélant à ses yeux la décrépitude de la pièce que la jeune femme n'avait pas remarquée, dissimulée alors par la pénombre où elle avait été maintenue. Des lézardes couraient sur le plafond, les tentures étaient élimées, les meubles, éraflés… La récente rentrée d'argent n'avait pas suffi. Il ferma lui-même le battant derrière eux et poussa le verrou.

— Que faites…

Il ne la laissa pas achever. L'empoignant par le bras, il la projeta contre le mur, où il la maintint, s'appuyant contre elle, son avant-bras appuyé contre sa gorge. Une lame effilée glissa le long de sa manche dans sa main libre et il en appliqua la pointe contre sa joue.

— Vous n'oserez pas. Si je crie, Célestin viendra à mon secours.

— Vous croyez qu'il aura le temps d'intervenir ?

— Il vous tuera.

— Je n'ai plus rien à perdre. Dites-moi ce que vous savez ou j'abîme votre visage. Pour commencer.

Il répugnait à maltraiter une femme et n'envisageait pas un instant de lui faire du mal. Mais il avait appris de Vidocq les méthodes d'intimidation les plus persuasives. Et il n'avait ni le temps ni l'envie de dialoguer ou de négocier. Il soupçonnait par ailleurs que cette femme ne se laisserait pas impressionner par des mots ou des menaces.

— Où est Julie ? Je sais qu'elle est venue à Paris pour vous voir.

— Je ne l'ai pas vue depuis que je l'ai laissée à Chesnay lorsqu'elle était enfant. Elle n'est pas venue ici.

— Je répète ma question : où est-elle ?

— Vous me faites mal…

— Et ce sera bien pire si vous ne parlez pas.

Il resserra son étreinte. Un filet de sang perla sous la pointe du poignard. Elle gémit de peur et de douleur. Il songea soudain qu'une autre puissance, bien plus forte que la sienne, l'effrayait encore davantage.

— Parlez. Il ne vous arrivera rien. Je ferai en sorte que vous soyez protégée, je vous le jure. Dites-moi ce que vous savez. Dites-moi ce que vous savez de ma femme.

— Je croyais qu'elle était veuve…

Elle s'arrêta, les yeux exorbités, consciente de sa bévue. La menace physique qui pesait sur elle avait eu raison de sa volonté de ne rien dire.

— Donc vous l'avez vue.

— À peine quelques minutes. Je lui ai dit de partir. Je ne voulais pas d'elle… Rien de plus, je vous le jure.

— Pourquoi n'avoir rien dit quand les policiers sont venus vous interroger ?

— Je ne voulais pas qu'ils s'immiscent dans mes affaires. Figurez-vous que police et prostitution ne font pas toujours bon ménage.

— Que savez-vous d'autre ?

— Rien, je vous le jure. Rien.

— Vous mentez !

Il le voyait à son regard fuyant, à ses lèvres tremblantes, aux perles de sueur qui roulaient de ses tempes à ses joues. Elle était terrifiée, et pas seulement par sa présence…

— Qui d'autre sait qu'elle est venue ici ? À qui en avez-vous parlé ?

— À personne. Personne.

Il appuya un peu plus sa lame sur la joue pâle, malgré sa répulsion. Elle avait parlé d'une voix trop aiguë pour être sincère…

— Qui ?

— J'ai écrit à son père. Il savait qu'elle viendrait – je ne sais pas comment – et tenait à en être informé. C'est tout, je le jure. Quand elle est partie d'ici, elle allait bien.

— Son nom. Je veux le nom de son père.

Un nouveau filet de sang jaillit sous sa lame. Il la sentit défaillir contre lui.

— Son nom.

— Le comte de Verteuil. C'est le comte de Verteuil. Je ne sais pas ce qui lui est arrivé ensuite…

Il la relâcha avec stupeur, décontenancé. C'était impossible.

— Quel nom avez-vous dit ?

— Le comte de Verteuil.

Elle avait glissé le long du mur, massant sa gorge endolorie d'une main tremblante. Il la fixa avec dégoût.

— Ne parlez de ma visite à personne. Sinon, c'est la fermeture et Saint-Lazare pour vous et vos filles. Je n'aurai aucune pitié. Je ne sais dans quel piège vous avez jeté Julie mais je vous conseille de prier pour qu'elle aille bien.

Il s'éloigna d'elle et quitta la pièce et la maison en se rendant à peine compte de ce qu'il faisait. Verteuil, le père de Julie ? Il ne pouvait y croire… Et pourtant, quelque chose lui disait que c'était vrai. À commencer par le refus de Talleyrand d'aider Julie dans ses recherches. Sa volonté de taire ce qu'il savait. Une idée lui vint soudain, effroyable. Le puissant diplomate voulait qu'il tue le père de sa propre femme ou, tout au moins qu'il parvienne à s'en débarrasser. Révolté, écœuré, il sentit une sueur froide perler à ses tempes et dut s'appuyer à un mur pour vider son estomac. Un mouchoir plaqué contre sa bouche pour tenter de maîtriser les nausées, il repartit d'un pas nerveux vers l'hôtel Saint-Florentin. Qu'il le veuille ou non, Talleyrand le recevrait et lui donnerait les pièces manquantes du puzzle.

Il bouscula sans vergogne un valet en livrée qui voulait l'empêcher d'entrer et arpenta les salons bien connus de l'hôtel jusqu'au bureau dont il força la porte juste avant que deux autres domestiques ne l'arrêtent. Sur le seuil, empoigné par deux hommes vigoureux, il se débattit avec énergie, envoyant l'un d'eux au sol. L'autre, agrippé à lui, cherchait à l'entraîner. Il parvint à croiser le regard de Talleyrand qui le fixait d'un œil sombre sans prendre de décision.

— Excellence, je dois vous parler. Il y va de ma vie. Excellence…

Le valet s'était relevé et l'étranglait. Il entendait derrière lui d'autres qui venaient. Bientôt, submergé par le nombre, il ne pourrait plus rien dire.

— Excellence ! Ma femme ! Verteuil l'a enlevée…

À ces mots, l'interpellé tressaillit violemment et fit signe à ses domestiques.

— C'est bon, Monsieur, je vais vous recevoir mais vos manières ce soir sont inacceptables.

Les valets lâchèrent leur proie à regret. Sébastien fit un pas vers le bureau, le souffle court, le visage bouleversé par la peur. Talleyrand était impressionné par la violence de cet homme d'ordinaire si courtois et si agréable. Il lui désigna un fauteuil que Sébastien négligea. Il appuya ses mains tremblantes sur le bureau, dominant le vieil homme de toute sa hauteur.

— Maintenant, Excellence, vous allez tout me dire. Que savez-vous de la naissance de Julie, de ses liens avec Verteuil et avec cette maquerelle ? Je veux retrouver ma femme et je ne reculerai devant rien.

— Il me semble, mon jeune ami, que vous osez me menacer.

— Je menace, j'implore... Qu'importe le moyen, Monsieur. Je veux comprendre, je dois savoir. Je sens que ma femme est en danger et que vous savez pourquoi... Aidez-moi.

Il sentit une nouvelle vague de nausée monter en lui mais il eut assez de maîtrise pour ne pas le montrer. Il fixa le diplomate d'un œil hagard. Ses idées se brouillaient, ses souvenirs se confondaient. Des images de Julie. Rayonnante le jour de leur mariage. Perdue après la mort de Chesnay. Inquiète au chevet de Baptiste. Endormie et apaisée au matin de leur nuit de noces. Lui souriant sous la pluie pour le rassurer au moment de leur séparation...

Talleyrand le fixait toujours en silence. Il lui avait dit autrefois qu'il avait connu la mère de Julie. Il l'imaginait mal frayer avec une prostituée... Et quel secret pouvait donc le lier à cette femme qui mette Julie en danger si elle savait ? Quel rapport avec le retour des Bourbons qui semblait tant l'alarmer quelques années auparavant ? Il était évident que bien des zones d'ombre subsistaient autour de sa femme et de ses origines.

— Cette femme, cette Philippine Beaulieu, ce n'est pas la mère de Julie, n'est-ce pas ? Qui protégez-vous, Excellence ? Que me cachez-vous depuis toutes ces années ?

— Je vous l'ai déjà dit, le secret ne m'appartient pas.

— Mais vous savez. Vous savez pourquoi Verteuil l'a enlevée, pourquoi elle a disparu.

— En êtes-vous certain ?

Sébastien raconta brièvement ce qu'il savait, son entrevue avec la maquerelle. Talleyrand se contenta de hocher la tête, tournant et retournant dans ses doigts un presse-papiers d'albâtre que le jeune homme eut envie de lui abattre sur le crâne pour l'obliger à se départir de son calme.

— Oui, de toute évidence, elle est partie avec lui, que ce ne soit ou non de son plein gré. Rassurez-vous, il n'y a pas de danger immédiat pour elle.

— Qu'appelez-vous immédiat, Monsieur ? À quel moment dois-je donc m'inquiéter de l'absence prolongée de mon épouse selon vous ? Croyez-vous que je puisse aller trouver notre fils et lui dire de ne pas s'alarmer pour l'instant car *il n'y a pas de danger immédiat pour elle* ? Parlez, Excellence, dites-moi la vérité, je vous en conjure. Pour Julie. Pour ce petit garçon qui attend sa mère depuis des semaines. Ce secret que vous cachez vaut-il la peine de la mettre en péril, immédiatement ou plus tard ? Car s'il n'y a pas danger immédiat, cela ne sera pas toujours le cas, n'est-ce pas ? Vous craignez Verteuil, je le sais. Sinon, vous ne me lanceriez pas sur sa piste régulièrement depuis des années. Et s'il n'était pas aussi redoutable, il serait tombé entre nos mains il y a longtemps. Que pourra faire une jeune femme contre lui ? Comment se défendra-t-elle ? Aidez-moi à la retrouver, Excellence. Vous l'avez protégée pendant des années. Ne renoncez pas…

Sa voix se brisait. Les yeux humides, il maîtrisait difficilement sa peine. Il avait l'impression d'étouffer. Il fixait Talleyrand qui demeurait silencieux, indécis. Enfin, il agita la petite cloche qui servait à appeler ses valets. Sébastien crut un instant qu'il allait être congédié et raccompagné sans ménagement mais l'homme lui adressa un sourire bienveillant.

— Je ne veux pas être dérangé jusqu'à ce que je sonne à nouveau. Est-ce clair ?

— Mais, Monseigneur, l'ambassadeur d'Espagne attend…

— Qu'il attende ou qu'il revienne plus tard. Je ne le recevrai pas pour l'instant.

Le majordome sortit à reculons en s'inclinant. Talleyrand se leva, s'appuya sur sa canne au pommeau d'or incrusté de rubis. De sa démarche claudicante, il marcha jusqu'à la porte qu'il ferma à clé avant de se diriger vers l'un des murs lambrissés. À la surprise de son interlocuteur, il ouvrit une autre porte parfaitement invisible et désigna l'étroit escalier qu'elle dévoilait.

— Après vous, mon ami. Pour ce que j'ai à vous dire, personne ne doit entendre et cette pièce sera parfaite pour cela. Comptez treize marches et poussez la porte devant vous.

Sébastien s'engagea dans le passage obscur dont il touchait les deux parois de ses larges épaules. Du bout du pied, il tâtait les marches, avançant lentement. Derrière lui, il entendit le pas irrégulier de Talleyrand et la porte qui se refermait avec un cliquetis métallique. Il se demanda un instant s'il n'était pas tombé à son tour dans quelque piège. Sa main rencontrant la poignée de la porte indiquée, il la poussa, pénétra dans une pièce plongée dans l'obscurité et s'effaça pour laisser entrer le diplomate. Celui-ci alluma alors une lampe à huile et lui désigna une chaise. Dans l'angle d'une petite table étaient posés une carafe contenant un liquide ambré et des verres. Des documents, couverts de l'écriture allongée de Talleyrand, y étaient soigneusement empilés. Il les désigna à Sébastien d'un geste de la main.

— Mes mémoires… Toute ma vie passée au service de mon pays. Pourtant, si vous les lisez un jour, vous n'y trouverez pas un mot sur ce que je vais vous révéler. Personne ne doit savoir. Jamais. Hormis vous et votre épouse, qui doit désormais être au courant ou qui le sera bientôt selon les desseins de Verteuil. Ai-je votre parole ?

— Vous l'avez, Excellence.

— La couronne du roi Louis XVIII pourrait vaciller si ce que je vous dis venait à se savoir. J'ai prié pour que Verteuil ne retrouve pas votre épouse et qu'il ne sache rien d'elle. Cependant, sans le savoir, lorsque je vous ai envoyé à Vienne il y a quelques années, je les ai presque amenés à se croiser… Lorsque j'ai compris qu'il était impliqué dans ce complot, j'ai vu quelle arme redoutable cette enfant serait entre ses mains. Vous connaissez la suite… J'ai voulu la protéger, la soustraire à toute recherche en la mariant, en l'éloignant… Votre mariage et l'absence de nouvelles alarmantes de Verteuil ont apaisé mes craintes et m'ont offert l'assurance que tout allait bien. Je me suis trompé. Lourdement trompé. Et nous allons peut-être tous devoir en payer le prix.

— Vous m'effrayez, Excellence.

— Et vous ne savez rien encore. Tenez, servez-nous deux verres de cet excellent cognac. Nous allons en avoir besoin.

Sébastien s'exécuta, trempa ses lèvres dans le liquide doré dont la chaleur se répandit agréablement en lui tout en lui brûlant douloureusement l'estomac. Puis il observa Talleyrand. Renversé sur sa propre chaise, les yeux clos, les mains jointes sous le menton, celui-ci était plongé dans ses souvenirs. Ses paupières se crispèrent soudain et son front se plissa sous l'effet de la réflexion. Puis il se redressa, plongea ses yeux sombres dans ceux du jeune homme.

— Croyez-moi, mon jeune ami, vous n'êtes pas prêt à entendre ce que je sais. Mais il le faut. Et si nous sommes assez adroits, vous et moi, nous sauverons à la fois la couronne de Louis XVIII et la vie de votre épouse…

17

Julie se sentait terriblement vulnérable. Elle devait bien s'avouer qu'elle avait peur. Elle avait rencontré le comte de Verteuil le lendemain de sa visite à Philippine. Il avait envoyé à sa rencontre un valet distingué, porteur d'une lettre bien tournée l'invitant à le rejoindre chez un glacier proche du Palais-Royal. Elle avait accepté, encouragée par la neutralité du lieu désigné, intimidée cependant de rencontrer cet homme dont elle ignorait tout. Il l'avait accueillie aimablement, le sourire étincelant, le regard doux et attendri. Il lui avait pris les mains, les avait serrées entre les siennes, le visage éclairé par la joie.

— Vous êtes encore plus belle que je ne l'imaginais. Vous ressemblez à votre grand-mère.

Ils s'étaient assis ; il avait choisi les consommations puis s'était excusé, les yeux humides.

— Si vous saviez comme je regrette que nous n'ayons pas plus de temps…

— Que voulez-vous dire ?

— Je pars dès ce soir pour l'Angleterre où des affaires importantes m'appellent. Je ne peux différer mon départ. Mais c'est sans nul doute déjà une grande chance de vous rencontrer aujourd'hui…

Elle avait baissé les yeux, attristée. Elle aurait voulu du temps. Elle ne savait rien de lui mais il lui plaisait. Son émotion la touchait. Elle aimait sa douceur, son sourire bienveillant, la joie qu'elle lisait dans ses yeux.

— Vous ne pouvez vraiment pas rester ?

— Et si vous m'accompagniez ?

Ils avaient parlé en même temps et se dévisagèrent quelques secondes avec étonnement.

— Je suis sérieux. Venez avec moi en Angleterre. Je ne reste là-bas que quelques semaines.

— J'ai un petit garçon. Je dois aller le retrouver.

— Alors quelques jours seulement. Le temps que nous fassions connaissance. Puis je vous ferai raccompagner ou je viendrai avec vous si je le peux. Qu'en dites-vous ?

— Je préfère attendre votre retour. Nous aurons tout le temps. Et je pourrai vous présenter Baptiste.

— Je vous en prie, venez. Je n'ai pas envie d'attendre pour vous connaître. Il y a déjà plus de vingt ans que je vous regrette et que je me demande ce que vous êtes devenue.

Elle avait cédé à sa demande, écrit une courte lettre à Charlotte et était partie pour l'Angleterre. Elle se demandait encore comment elle avait pu se décider aussi facilement, comment elle avait renoncé à voir Baptiste, comment elle avait accepté de suivre cet homme dont elle ne savait rien… Depuis, les quelques jours étaient devenus des semaines et elle ne le connaissait pas davantage. Isolée dans son manoir perdu sur les côtes anglaises, elle se sentait prise au piège. Certes, il ne lui était interdit ni de sortir ni de se promener dans la vaste demeure où, à l'exception de la chambre et du bureau du comte, toutes les pièces lui étaient ouvertes. Mais, ne connaissant pas la région et sans personne pour la guider, elle n'avait nulle part où aller. Elle n'avait pour compagnie qu'une femme de chambre qui ne parlait qu'anglais et cet étrange père que le sort lui avait donné et qui lui rendait visite de temps à autre pour savoir si elle allait bien. Elle voyait pourtant passer bien des hommes dans ce château isolé mais n'avait aucun contact avec eux. D'ailleurs, si elle les apercevait régulièrement, ils étaient la plupart du temps cantonnés à l'extérieur. Ils n'entraient qu'à la demande du comte et restaient avec lui au rez-de-chaussée. De sa fenêtre, elle les voyait parfois partir et revenir au grand galop, sans pouvoir dire s'il s'agissait des mêmes individus. Elle ignorait combien ils étaient au juste, tant ils se ressemblaient tous, avec leurs carrures massives et leurs vêtements sombres…

— Vous me semblez bien songeuse, ma fille…

Elle ferma le livre qu'elle tenait depuis plusieurs minutes sans le lire et jeta à Verteuil un regard froid.

— Je veux rentrer chez moi au plus vite.

— Vous n'y songez pas.

— J'y songe d'autant plus que, depuis plusieurs jours, et contrairement à ce que vous m'aviez promis, je ne vous vois jamais. Je suis venue ici pour apprendre à vous connaître et je passe mes journées seule, à m'ennuyer, sans personne à qui parler. Je veux rentrer et retrouver mes garçons.

Il s'accroupit devant elle et lui prit la main.

— Je suis navré, vraiment, de ne pas avoir plus de temps à vous consacrer mais je vais être plus présent très bientôt. Je vous le promets.

— Eh bien, quand vous serez prêt, vous viendrez me voir. Je monte de ce pas dans ma chambre préparer mes bagages.

Elle s'était redressée, furieuse. Elle supportait de moins en moins ses manières douces, son air de fausse contrition. Elle voulait partir, retrouver les enfants qui ne devaient rien comprendre à son absence prolongée. Elle leur avait écrit mais aucune réponse ne lui était parvenue. Avaient-ils seulement reçu ses lettres ? Verteuil, cependant, la retint fermement par le bras.

— Lâchez-moi.

— Vous ne partirez pas. Pas maintenant. Et pour plusieurs raisons.

— Puis-je savoir lesquelles ?

— Tout d'abord, le temps. Nous sommes en décembre. Il fait terriblement froid sur nos routes et c'est pire en mer. Je vous rappelle en outre que vous avez mal supporté notre précédente traversée.

Elle serra les dents, humiliée qu'il lui rappelle qu'elle avait souffert d'un violent mal de mer dès qu'elle avait posé le pied sur le navire qui les avait conduits en Angleterre. Pour autant, elle ne se laissa pas convaincre par ce premier argument.

— Nous sommes venus en novembre et le temps n'était guère plus agréable. Je ne tiens pas à rester prisonnière de ce château jusqu'au printemps.

— Prisonnière ? Quel vilain mot ! Voyons, vous ne le pensez pas sérieusement…

— Bien sûr que si. Comment appelez-vous une personne qui ne quitte pas la demeure qu'on lui a assignée ? Qui ne peut sortir seule ? Et d'ailleurs, pour aller où ? Je ne connais rien ni personne ici… Alors, prison dorée, si vous le voulez, mais prison malgré tout.

— Tout cela va changer. Dès demain, si le temps le permet, je vous emmène faire une longue promenade à cheval. Sinon, nous prendrons une voiture. Nous partons à la découverte de mes terres. Et après-demain, je donne ici un grand souper pour vous présenter quelques amis proches. Ensuite, j'ai encore quelques détails à régler, puis nous irons ensemble à Londres. Je veux que vous connaissiez cette ville. Je vous l'ai dit, je ne vous laisserai pas partir si facilement. Je veux vraiment passer du temps avec vous, vous connaître. Et, dès que le temps sera plus clément, j'enverrai chercher mon petit-fils.

— Pourquoi pas dès maintenant ? Vous ne pouvez concevoir à quel point il me manque.

— S'il vous manque comme vous m'avez manqué durant toutes ces années, je conçois votre chagrin. Mais vous ne voudriez pas imposer un tel voyage à un enfant si jeune, n'est-ce pas ? Par ailleurs, je suis sincère lorsque je dis vouloir vous connaître. Dans deux jours, je serai tout à vous. Il faut me croire. Si vous savez ma fierté de donner ce repas en votre honneur…

— Ce souper sera vraiment pour moi ?

— Bien sûr, demain, après notre promenade, vous essaierez la robe que j'ai fait venir pour vous de Londres. Je voulais vous en faire la surprise mais puisqu'il faut vous convaincre… J'ai également fait venir un coiffeur, juste pour vous. Alors, consentez-vous à rester ?

Il plongeait ses yeux dans les siens. Elle y lisait de nouveau cette douceur qu'elle détestait. Mais également une flamme plus vive qui l'effraya, comme une colère mal contenue, une rage dont elle ignorait la cause… Elle allait rester, elle n'avait guère le choix, mais demeurerait vigilante. Elle soupçonnait que, sous ses dehors affables de gentilhomme, se dissimulait un grand fauve prêt à bondir.

Un valet entra dans le salon et fit un signe au comte qui hocha la tête.

— Je dois vous laisser. J'ai de la visite. Puis-je vous raccompagner à votre chambre ? Vous avez l'air las…

— Je vous remercie, ce ne sera pas nécessaire. Je vais lire encore un peu.

Il posa un baiser sur son front et la quitta. Elle reprit sa place dans le fauteuil en soupirant. Ce geste paternel si simple était pourtant si froid venant de lui… Elle regrettait amèrement la tendresse de Malo qui savait si bien la consoler et deviner ses tourments. Ce Verteuil n'avait pas grand-chose d'un père, elle le découvrait jour après jour… Elle frissonna. Le temps était humide et le feu dans la cheminée menaçait de s'éteindre. Elle s'approcha de l'âtre pour ranimer les flammes et se raidit soudain. De l'autre côté du mur se trouvait le bureau du comte et elle entendait distinctement sa voix qui lui parvenait par une porte mal fermée à côté de la cheminée. Julie n'était pas de nature indiscrète mais elle céda à la curiosité et tendit l'oreille.

— Vous êtes sûr que tout sera prêt à la date prévue ?

— Tout à fait sûr. J'attends encore trois cargaisons. La première cette nuit même. La suivante dans deux jours et la dernière vendredi, dans six jours. Tout va bien. Nous pourrons nous embarquer pour la France dans dix jours. Et de votre côté ?

— Nos amis font ce qu'ils ont à faire. Des troupes se rassemblent. Nous rallions la bourgeoisie. Et la fille ?

Julie tressaillit. Ils allaient sûrement parler d'elle.

— Elle nous suivra. Ne vous inquiétez pas.

— Elle sait ?

— Pas encore.

— Parlez-lui. Elle doit savoir. Avant le souper. Il faut qu'elle soit prête. Vous êtes certain qu'elle acceptera ?

— Ne vous en faites pas. J'ai des arguments pour la convaincre si la colère légitime qu'elle éprouvera ne suffit pas. Et cette colère devrait exploser quand elle saura tout de ses origines. Croyez-moi, mon cher, nous allons enfin faire vaciller le trône des Bourbons.

Les deux hommes éclatèrent de rire et Julie se redressa, le souffle court et le cœur battant. Dans quel traquenard s'était-elle fourrée ? Quel complot tramaient son père et ses amis ? D'ailleurs, était-il vraiment son père ? Il avait parlé de la vérité sur ses origines... Qu'est-ce que cela voulait dire ? Et pourquoi voudrait-elle l'aider à faire « vaciller le trône des Bourbons » ? Elle se souvint soudain des mises en garde de Talleyrand au moment de son mariage avec Charles. Avec le retour des Bourbons, des dangers la menaçaient... Que savaient-ils donc tous qu'elle ignorait ?

Elle entendit les pas des deux hommes dans la pièce voisine et se dépêcha de s'éloigner de la cheminée. Inutile d'être surprise à écouter. Elle se laissa tomber sur un fauteuil, son livre ouvert sur les genoux, et ferma les yeux, simulant le sommeil. Heureusement, ils n'entrèrent pas dans le salon et elle les entendit sortir. Elle soupira de soulagement et se dépêcha de gagner sa chambre pour envisager la conduite à adopter.

Ce soir-là, elle voulut veiller pour tenter de savoir quelle était la cargaison qu'attendait Verteuil. Elle avait décidé de ne pas confronter le comte à ses mensonges. Elle voulait en savoir plus et se savait en sécurité tant qu'elle se taisait. Elle ne sut rien cependant de ce qui se tramait dans le château durant la nuit. À peine eut-elle regagné sa chambre après le repas qu'elle ressentit un besoin irrépressible de dormir. Elle s'allongea, bien décidée à s'éveiller un peu plus tard pour guetter mais n'ouvrit les yeux que le jour levé. Elle se sentait étourdie, la tête lourde, la bouche sèche. Buvant à longs traits, elle songea avec inquiétude que son sommeil si profond n'était pas naturel. La droguait-on pour qu'elle ignore ce qui se passait la nuit ? À bien y réfléchir, c'était plus que probable... Elle se souvenait s'être plusieurs fois réveillée avec cette même sensation d'engourdissement. Elle avait mis cela sur le compte de la fatigue et des copieux repas que se faisait servir le comte. Elle découvrait maintenant les faits d'un œil neuf, dessillé. Il y avait sans doute eu d'autres cargaisons et le comte avait fait en sorte qu'elle ignore tout.

Ce jour-là, comme prévu, Julie et son père firent une longue promenade à cheval aux alentours. Elle en profita pour tenter de s'orienter, réfléchissant au meilleur moyen de s'enfuir si l'occasion se présentait. Mais elle ne vit nul village où demander secours, tout au plus quelques fermes éparses sur la lande. L'isolement de son manoir protégeait sans doute mieux les activités illicites du comte que les meilleures défenses armées. Avec amertume, elle songea que personne ne viendrait la chercher et qu'elle ne pouvait compter que sur elle-même.

Dans sa chambre, elle se changea avec l'aide de la silencieuse Janet, sa femme de chambre anglaise, et attendit. Il allait venir. Et parler. Enfin, elle saurait. De sa fenêtre, elle contempla le paysage sauvage. Les landes mornes et silencieuses, nappées de brume le soir tombant. En se penchant un peu, elle distinguait l'étroit sentier qui partait vers la falaise et la mer qu'elle entendait mugir non loin. Les lieux étaient effrayants, désolés, comme un écho à la peur qui grandissait en elle. Elle aurait tout donné pour ne s'être jamais éloignée de la chaleureuse demeure de Charlotte. Elle ne put réprimer un frisson lorsque, après avoir brièvement frappé, Verteuil ouvrit la porte, le visage armé du plus charmant sourire.

— Puis-je entrer ? J'aimerais vous parler, c'est important.

Elle hocha la tête, lui désigna les deux fauteuils encadrant la cheminée. Un valet le suivait, qui déposa sur un guéridon une assiette de biscuits, deux verres et une carafe remplie d'un alcool à la belle couleur ambrée. Julie frissonna en s'asseyant, resserra son châle sur ses épaules. Mais elle avait froid jusqu'au fond de son cœur et savait que le feu brûlant dans l'âtre ne la réchaufferait pas. Demeurés seuls, ils s'observèrent un instant dans un silence pesant. La jeune femme était résolue à ne pas parler la première. Elle n'avait pas cessé de songer à ce qu'elle avait entendu, à ce qui s'était passé depuis son départ de Nantes. Elle était persuadée que rien n'était dû au hasard, que tout était prévu. La révélation de l'identité de sa mère au moment précis où Sébastien disparaissait. Sa visite à Philippine Beaulieu, sa rencontre avec Verteuil. Leur départ et leur arrivée en Angleterre où sa chambre et sa garde-robe étaient prêtes. Sans doute, si elle avait refusé de le suivre de son plein gré, aurait-il usé de la force. Elle lui avait facilité les choses à l'envi. Elle se maudissait d'avoir été si naïve, fragilisée par la perte de son époux. Sa soif d'affection, son besoin de comprendre qui elle était avaient eu raison de son bon sens.

Verteuil s'éclaircit la voix et lui prit la main en s'asseyant à ses côtés. Elle retint un mouvement de répulsion à son contact, puisant dans son orgueil la force de ne rien montrer de sa colère et de sa peur. Elle agissait ainsi autrefois avec Chesnay pour ne pas lui dévoiler ses sentiments. Il n'avait jamais soupçonné la peine qu'il lui infligeait. Verteuil n'en saurait pas plus. Aucun de ces hommes ne méritait ses larmes.

— J'ai d'importantes révélations à vous faire et j'ai très peur de vous choquer et de vous effrayer, mon enfant. J'espère que vous voudrez bien me pardonner l'ignorance où je vous ai tenue quant à votre naissance et le mensonge que je vous ai fait à ce sujet. Je cherchais le moment idéal pour vous parler.

— Ne seriez-vous donc pas mon père ?

Elle l'espérait sincèrement. Elle souhaitait rompre tout lien avec cet homme effrayant de froideur et de cynisme. Il lui sourit et serra un peu plus sa main.

— Je le suis et j'en suis très fier. Malgré les embûches qui ont jalonné votre vie, vous êtes restée droite et solide. Vous êtes sincèrement admirable. Non, mon mensonge n'est pas celui-là, et si je tiens à vous dire la vérité aujourd'hui, c'est que je ne veux pas que vous rougissiez si on vous demande qui est votre mère. Rassurez-vous, ma chère fille, vous n'êtes pas la fille d'une putain du Palais-Royal…

— Philippine Beaulieu…

— N'est pas plus votre mère que Gustave Chesnay n'était votre père. Dieu merci !

Il souriait largement et Julie ne put s'empêcher de répondre à son sourire. Elle était plutôt soulagée de n'avoir aucun lien avec la femme froide et antipathique rencontrée quelques semaines auparavant. Pour autant, cette nouvelle recélait un autre mystère…

— Alors, qui est ma mère ?

Il serra encore un peu plus ses mains entre les siennes.

— Vous êtes la fille naturelle de la duchesse d'Angoulême.

— Vous vous moquez ?

— Je ne me le permettrais pas. Vous êtes née le 1er août 1795 dans la tour du Temple, à Paris. Vous êtes le fruit de brèves étreintes entre celle que l'on appelait alors l'Orpheline du Temple et votre serviteur. J'étais très épris d'elle et j'ai pu remplacer, à plusieurs reprises, un de ses gardiens à une époque où la vigilance s'était quelque peu relâchée dans cette affreuse prison. Elle était alors désespérément seule et, à force de vouloir lui témoigner mon estime et mon affection, je me suis rapproché d'elle. Elle était très jeune et je n'ai pas pris assez conscience de la portée de mes actes… Mais je l'aimais, je le jure. Puis des soupçons ont commencé à peser sur moi. J'ai dû fuir, quitter Paris. J'ignorais tout de son état. Et elle n'en savait sans doute rien non plus à cet instant…

— Je ne peux vous croire. Si la duchesse d'Angoulême avait eu un enfant en captivité, le scandale aurait éclaté.

— Le secret a été bien gardé. Des membres du Comité de salut public ont su sans doute. Mais il était alors question de sa libération, de l'échanger contre de prisonniers politiques détenus en Autriche. Il fallait donc conserver le silence… Sa dame de compagnie, Mme de Chanterenne, savait. L'un des gardes aussi, d'après ce que j'ai compris par la suite. Mais personne ne sait ce qu'il est devenu. Et Mme de Chanterenne a été étroitement surveillée après la libération de la princesse…

— Et vous, comment avez-vous pu savoir ? Qui me dit que vous n'inventez pas cette histoire de toutes pièces ?

— Je suis revenu en France juste avant la libération de la princesse. J'avais toujours des sentiments pour elle et j'ai tenté de la revoir. Je l'ai vue le jour de son départ, à l'instant même où elle montait en carrosse. J'ai réussi à lui faire signe. Elle a paru troublée, a adressé quelques mots à Mme de Chanterenne qui secouait la tête… Elle est cependant venue me trouver quand la princesse a été partie et m'a appris votre existence. Vous aviez été confiée à un membre de sa famille à Paris. Je suis allé vous prendre et j'ai quitté la France avec vous. Mon rang m'interdisait de rester dans mon pays. Et je devais vous mettre en sécurité…

— Et pour ce faire, vous m'avez confiée à Gustave Chesnay. Et à Philippine Beaulieu. Excellent choix.

— Je pensais sincèrement pouvoir leur faire confiance. Je comptais sur eux. Ils travaillaient pour moi à cette époque. Chesnay possédait une ferme. Je pensais faire pour le mieux. Et je ne croyais pas partir si longtemps. Je n'ai cessé de voyager à travers l'Europe, à la demande de celui qui allait devenir notre roi, portant ses lettres, m'efforçant d'établir des contacts en France. Quand je le pouvais, j'envoyais de l'argent à Chesnay. Je croyais qu'il prenait soin de vous. Mais je n'ai rien fait pour m'en assurer… et j'ai laissé passer le temps. Beaucoup de temps…

— Des années…

— Quand je suis revenu, vous aviez disparu. Personne ne savait où vous étiez. Vous n'imaginez pas à quel point je le regrette.

— Il est trop tard pour les regrets. Bien trop tard. Rien n'effacera le mal qui m'a été fait. Rien ne guérira les blessures. Et elle, la duchesse d'Angoulême, vous l'avez revue ?

— J'ai voulu la revoir. Pour lui dire où vous étiez et lui demander de prendre soin de vous si elle le pouvait un jour. Elle a toujours refusé de me recevoir.

— Elle ne sait donc rien de moi.

— Rien. À moins qu'elle n'ait fait mener ses propres recherches. Mais j'en doute.

Julie était bouleversée. Elle se sentait piégée, étouffée. Elle voulut se lever mais ses jambes ne la portaient pas et elle tomba en arrière. Le comte lui offrit un verre qu'elle avala d'un trait. L'alcool la fit tousser. Des larmes lui piquèrent les yeux.

— Je n'arrive pas à y croire. C'est impossible. Vous devez vous tromper. Je ne suis pas celle que vous cherchez.

— Vous devez me croire. Tout ce que je vous ai dit est vrai. Vous êtes ma fille et celle de la duchesse d'Angoulême, que l'on appelait autrefois Mme Royale. Vous êtes la petite-fille de la reine Marie-Antoinette et du roi Louis XVI. Vous devriez avoir droit aux honneurs et au respect de la famille royale. Tout ce qui vous a été refusé jusqu'à présent.

— Laissez-moi, je vous en prie. Je veux être seule. S'il vous plaît.

— Je suis navré mais nous n'en avons pas terminé. Vous devez savoir pourquoi vous êtes ici.

— Je ne veux rien entendre de plus. Assez ! Assez !

— Vous allez m'écouter.

Elle l'observa avec stupeur. Il semblait soudain animé d'une colère noire. Et, au fond de ses yeux, elle discernait quelque chose qui ressemblait à de la folie. Terrifiée, elle s'enfonça dans son fauteuil, espérant en finir vite avec cette douloureuse conversation.

— Vous et moi allons nous venger des Bourbons qui nous ont fait tant de tort. De cette princesse sans cœur qui n'a jamais rien voulu savoir de vous. Qui a rejeté mes sentiments. Nous venger de ce roi ingrat qui, après avoir fait appel à moi durant son exil, m'a oublié quand les beaux jours sont revenus pour lui. Oui, nous allons leur faire payer leur indifférence.

— À quoi bon ? Qu'espérez-vous donc obtenir ?

— Leur humiliation publique pour commencer. Je veux montrer au monde que cette si vertueuse princesse, confite en dévotion, est la mère d'une enfant qu'elle a feint d'oublier toute sa vie. Même si elle ne pouvait vous garder à ses côtés, elle aurait pu veiller sur vous. Au lieu de ça…

Julie l'arrêta d'un geste de la main. Elle n'avait pas envie de ressasser ses souvenirs.

— Je ne peux rien pour vous. Je ne veux rien d'eux. Je veux juste rentrer auprès de mon fils.

— Vous devez et vous allez m'aider. Si vous voulez le revoir.

— Que voulez-vous dire ?

— Rien d'autre que ce que vous avez entendu. Dans quelques jours, nous retournons en France. Nous allons nous présenter dans tous les salons et nous raconterons la vérité. Vous n'en avez pas conscience mais vous ressemblez étonnamment à la défunte reine. Tout le monde nous croira. Le scandale sera énorme.

— Qu'est-ce que mon fils a à voir dans tout ça ? Vous comptez l'exhiber lui aussi ?

— Non. Mais je ne vous laisserai le rejoindre que quand nous aurons réussi. Et si vous refusez…

— Ne lui faites pas de mal ! Il est innocent, il…

— Tout doux, mon enfant. Allons, il s'agit de mon petit-fils. Je ne lui ferais jamais aucun mal. Non, je compte lui offrir le meilleur. Des études. Des voyages. Tout ce qu'il faudra pour faire de lui un homme digne de son rang.

— Sans moi.

— Sans vous, en effet. Et vous n'êtes pas sans savoir qu'un enfant de cet âge oublie vite ce qu'il a connu auparavant… *Tout* ce qu'il a connu.

Julie, brisée, demeura silencieuse. Perdre Baptiste était au-dessus de ses forces. Pas après ce qu'elle avait déjà enduré. Il s'en prenait à sa plus grande faiblesse. Et en était conscient. Elle fixa son père d'un œil hagard.

— Et si j'accepte ?

— Tout ira pour le mieux. Vous retrouverez votre vie dès que nos projets auront abouti.

— Vous ne me laissez pas le choix.

— En effet. Mais au lieu d'y voir une contrainte, songez à tout ce que vous avez à y gagner. Vous serez reçue dans les plus riches salons, vous deviendrez une idole à adorer pour les nostalgiques de l'ancienne monarchie. Vous serez sans doute courtisée par les plus beaux partis, désireux de s'unir à une descendante de la reine martyre. Si vous êtes suffisamment habile, et je vous y aiderai, dans quelques mois, vous serez couverte d'or et d'honneurs.

— Et mariée, si je vous suis bien. Je n'ai pas l'intention de…

— Pour l'instant. Mais vous êtes jeune, belle. Vous aimez la vie et vous avez une nature passionnée. Vous ne resterez pas longtemps seule. Reposez-vous maintenant, mon enfant. Cette longue conversation vous a épuisée. Nous reparlerons de tout ça demain.

Julie ne put trouver le sommeil cette nuit-là. Elle s'ensevelit sous ses couvertures, incapable de contrôler les tremblements convulsifs qui l'agitaient. Elle essayait vainement de tout comprendre, d'admettre les révélations de Verteuil. La fille de la duchesse d'Angoulême. La petite-fille de la défunte reine Marie-Antoinette. Elle refusait d'y croire, et pourtant… Les pièces du puzzle s'emboîtaient parfaitement avec celles fournies par Talleyrand et Chesnay et dessinaient le visage grave de la Princesse. « *On dirait la reine Marie-Antoinette lorsqu'elle était jeune à Versailles. C'est incroyable à quel point tu lui ressembles.* » Involontairement, Malo lui avait lui aussi donné un indice sur sa naissance le jour de son mariage avec Sébastien. Elle se recroquevilla dans le lit trop grand, serra ses bras autour d'elle. Seule. Désespérément seule. Sans personne à qui se confier. Personne pour l'aider, pour la guider.

***

À l'aube cependant, un étrange sourire se dessinait sur ses lèvres lorsqu'elle se leva. Elle avait les traits tirés par cette nuit de veille mais elle était plus déterminée que jamais à se battre. Baptiste l'attendait et elle entendait le rejoindre au plus vite. Elle accepta sans maugréer la présence de Janet qui était chargée de la préparer pour le souper. La journée se passa donc en essayages et retouches de la superbe robe que Verteuil avait fait coudre à Londres pour l'occasion. À l'heure convenue, le comte frappa à sa porte pour la conduire auprès de ses invités. Elle avait entendu toute la journée les fers des chevaux et le roulement des voitures qui arrivaient. Combien seraient-ils donc ce soir à l'observer, à l'épier, à chercher sur son visage une ressemblance avec ses illustres aïeules ?

Verteuil entra et se figea en la voyant. Elle était exactement comme il l'avait souhaité. Il s'inclina galamment sur sa main et lui offrit son bras.

— Personne ne pourra douter, en vous voyant, que vous êtes celle que vous prétendez. Vous êtes superbe.

— Vous y êtes pour beaucoup. Cette robe embellirait toute femme qui la porterait.

— Je suis heureux de vous voir si rayonnante. Je craignais que vous ne vous montriez rétive à mes projets.

— À quoi bon ? Vous avez raison de vouloir obtenir ce qui nous est dû. Je suis prête à me battre à vos côtés.

— Qu'est-ce qui vous a décidé ?

— Mon fils. Pas parce que vous m'avez menacée de me séparer de lui, même si je vous en veux d'avoir songé à vous en prendre à lui. Mais parce qu'être mère est ce qui est le plus important pour moi. Et que je ne peux comprendre qu'une femme qui a porté un enfant, qui l'a mis au monde, puisse se détourner de lui sans plus jamais s'en préoccuper. Je veux affronter cette femme et lui montrer à quel point elle a eu tort de me compter pour quantité négligeable.

— Vous êtes surprenante. Vraiment…

— Vous ne savez pas encore à quel point…

Elle posa une main ferme sur son bras et releva la tête avec orgueil. Ils descendirent ensemble l'escalier. Un brouhaha confus leur parvenait. Des voix graves d'hommes, des rires féminins haut perchés. Verteuil posa une main qui se voulait rassurante sur celle de sa fille.

— Vous allez les éblouir.

Elle haussa légèrement les épaules, avec une désinvolture qu'elle n'éprouvait pas. Elle était en réalité terrifiée. Ils franchirent ensemble le seuil du salon et un silence soudain les accueillit. Un silence stupéfait et pesant. Les regards convergèrent vers Julie, détaillant sa coiffure et sa robe. Tous avaient en mémoire le portrait de *Marie-Antoinette à la rose* peint par Élisabeth Vigée Le Brun au temps de la splendeur de la reine. Il se matérialisait soudain devant eux, tant Verteuil avait apporté de soins à la présentation de Julie. Elle portait une robe à la française en satin brillant bleu-gris, un nœud rayé posé sur sa poitrine et de fines dentelles brodées sur la jupe. De triples manchettes de dentelle tombaient sur ses bras. À son cou gracieux et à ses poignets, tremblaient des rangs de perles qui soulignaient la pâleur de son teint. L'ovale de son visage était encadré par ses cheveux soigneusement relevés et légèrement poudrés pour les rendre plus clairs encore qu'à l'accoutumée.

Julie était somptueuse, inconsciente de sa beauté et de l'émoi qu'elle suscitait. Le premier étonnement passé, un cercle étroit se forma autour d'elle et elle se trouva soudain soumise à des dizaines de questions qui se mêlaient sans qu'elle ait le loisir d'y répondre. D'où venait-elle ? Où avait-elle grandi ? Pourquoi son père ne l'avait-il pas présentée auparavant ? Verteuil les interrompit d'un geste impérieux et posa un bras protecteur sur ses épaules.

— Allons, mes amis, un peu de calme. Nous répondrons à vos questions en temps voulu. Sachez simplement que ma très chère fille sera à nos côtés à Paris. Plus qu'aucun d'entre nous, elle mérite qu'on lui rende justice. Cher ami, voulez-vous bien être son chevalier servant, ce soir ?

— Ce sera un honneur, mon ami. Mademoiselle ?

Un homme d'une quarantaine d'années offrait désormais son bras à Julie qui interrogea son père du regard.

— Ma fille, je vous présente le comte de Chaumont, l'un de mes plus chers amis. Vous pouvez vous fier à lui comme à moi-même.

Il s'approcha d'elle et posa un baiser paternel sur sa tempe, en profitant pour lui glisser quelques mots à l'oreille.

— Ménagez-le. C'est un fat mais il est riche et j'ai besoin de lui.

Elle hocha la tête, signifiant qu'elle avait compris. Elle prit le bras de son cavalier et se laissa guider vers l'immense table où le couvert était dressé. Il s'assit en bout de table, face à son père, et la fit asseoir à sa gauche. Les autres invités prirent place à leur tour, selon le plan de table établi. Elle se trouva alors à côté d'un vieux prêtre anglais qui la salua d'un mouvement de tête avant de lui débiter un long discours auquel elle ne comprit pas un mot. Elle jeta un regard au comte de Chaumont qui lui sourit.

— Vous ne parlez pas anglais ?

— À peine quelques mots que je viens d'apprendre mais bien insuffisants pour comprendre ou soutenir une conversation.

— Alors, je crois que vous allez devoir vous contenter de ma conversation. Ma voisine est Lady Emily Edgeworth. Elle se targue d'un vague lien de parenté avec l'abbé Edgeworth de Firmont qui assista le roi Louis XVI dans ses derniers instants. Elle ne parle pas un mot de français et c'est mieux ainsi. À l'entendre, elle était elle aussi au pied de l'échafaud…

Julie ne put retenir un petit rire. Verteuil avait tout calculé pour que le comte l'accapare entièrement. Celui-ci posait déjà une main familière sur la sienne. Et la dévorait du regard.

— J'espère que, à la fin de cette soirée, je pourrai compter au nombre de vos amis.

— J'en suis persuadée, Monsieur.

Contre toute attente, elle passait une excellente soirée. Elle éprouvait un véritable plaisir à se sentir entourée après ces dernières semaines de solitude. Et il n'était pas désagréable d'être courtisée par un homme séduisant. Henri de Chaumont était animé d'un esprit vif et acéré. Il passa une grande partie du repas à lui décrire les petits travers des autres convives. Très peu d'entre eux semblaient trouver grâce à ses yeux. Elle s'en étonna ouvertement.

— Je ne comprends pas, monsieur le Comte… Nous sommes tous réunis ici pour la même raison et pourtant je vous trouve bien cynique et plutôt sévère avec chacun de… nos amis.

— Vous avez hésité, à juste titre. Ces gens-là ne sont pas mes amis. Pas plus qu'ils ne sont ceux de votre père. Nous sommes réunis parce que chacun d'entre nous a une bonne raison d'en vouloir à ceux qui occupent le trône de France. Ils sont tous là pour obtenir quelque chose. De l'argent. Un titre. Un ministère… Que sais-je encore ?

— Et vous, Henri, quel est votre souhait ?

— Rassurez-vous, je ne demanderai pas votre main à votre père. Il me prend pour un idiot et vous imaginez tous les deux qu'en usant de vos charmes, vous aurez ma fortune à votre disposition. Je ne suis pas dupe.

— Vous vous trompez. Je n'ai jamais voulu…

— Allons, j'ai vu qu'il vous avait glissé quelques mots tout à l'heure. Ce n'était pas très adroit de sa part : il aurait pu vous prévenir avant. Alors, jusqu'où devez-vous aller pour me séduire ?

— Je ne tiens pas à vous séduire le moins du monde. Je n'ai nul besoin d'un mari. Et encore moins d'un amant. Vous l'avez dit, nous sommes tous ici pour des raisons différentes. Et vous ne faites pas partie de mes motivations.

— Mon argent non plus ?

— Mon père est riche. Et mes besoins ne sont pas grands. N'ayez pas l'outrecuidance de penser que vous êtes si séduisant que je puisse succomber à vos charmes en quelques minutes.

— Je ne le pense pas. Je me méfie cependant de ce cher Verteuil et de ses ambitions.

Julie jeta un coup d'œil à son père qui devisait gaiement avec son voisin de table tout en lui lançant des regards insistants. Elle le salua d'un mouvement de tête avant de se tourner vers Henri.

— Ses ambitions ne sont peut-être pas les miennes.

— Bien, ne parlons plus de tout cela. Vous comprendrez que je veuille être prudent. Profitons de cette soirée, voulez-vous ?

Elle acquiesça mais le charme était rompu. Les considérations mercantiles de Verteuil et Henri l'avaient ramenée à une triste réalité. Après le souper, ils s'égaillèrent tous dans le grand salon où des tables de jeux avaient été dressées. Assise sur un sofa entre les deux hommes, Julie fut de nouveau soumise à un feu roulant de questions plus ou moins délicates. Elle répondait selon les volontés de son père. Ses instructions étaient strictes : insister sur son enfance malheureuse, la disparition successive de ses parents adoptifs, son mariage avec un bourgeois nantais, victime d'un tragique accident peu après leur union. Il lui avait interdit de parler de Baptiste et de son mariage avec Sébastien. Il fallait taire tout ce qui avait fait son bonheur et souligner son courage face aux épreuves… Réécrire ainsi sa vie était une torture mais elle l'endurait avec abnégation. Avec un seul objectif : faire croire à Verteuil qu'elle partageait ses opinions et retourner très vite chez elle pour prendre son fils dans ses bras. Et si, chemin faisant, elle pouvait glaner des informations compromettantes sur lui, elle se ferait un plaisir de les transmettre à Talleyrand. Elle n'avait pas beaucoup de sympathie pour les Bourbons ou pour sa prétendue mère mais elle en éprouvait encore moins pour ce père que le sort lui avait donné. Elle ne voulait rien d'autre que retrouver les fils de Sébastien et pleurer avec eux sa disparition. Et reconstruire sa vie avec eux. À travers eux. Elle avait besoin d'eux. Et ils avaient besoin d'elle.

Elle parvint à s'esquiver quelques instants dans la bibliothèque. Elle avait la tête en feu et le cœur brisé. Penser aux enfants était à la fois une force et une terrible souffrance. *Un mal nécessaire*, aurait sans doute dit Talleyrand… Le front appuyé contre le froid de la vitre, elle contemplait les ténèbres, tentant de retrouver un peu de sérénité avant de reprendre sa place dans le salon. Elle tressaillit lorsque des mains se posèrent soudain sur ses épaules. Elle se trouva soudain face à Henri qui lui souriait.

— Tout va bien ? Je m'inquiétais de votre absence…

— Juste un peu de fatigue.

Ils étaient très proches. Trop proches sans doute. Elle n'avait qu'un geste à faire pour être dans ses bras. Et elle en eut soudain furieusement envie. Elle voulait qu'il la serre contre lui, ne serait-ce qu'un instant, pour décharger ses épaules du poids qu'elles portaient, qu'il l'embrasse. Elle voulait se sentir aimée… Elle posa les yeux sur ses lèvres, esquissa un mouvement. Sans la repousser, il s'écarta d'elle mais prit ses mains dans les siennes, déposa un baiser sur chacune d'elles.

— Ce serait une erreur, vous le savez...

— Je ne le sais pas. Et vous non plus. Je sais juste que j'en ai envie.

— C'est très flatteur pour moi. Mais ce n'est pas à moi que vous pensez. Vous êtes malheureuse, cela se voit.

— Vous vous trompez, vous ne savez rien de moi. Les femmes n'ont-elles pas le droit de s'amuser comme le font les hommes ?

— Sans doute. Mais vous ne voulez pas vous amuser. Vous voulez distraire votre peine. Venez, je vous raccompagne à votre chambre. Vous devez vous reposer. J'expliquerai à votre père que vous ne vous sentiez pas bien. Cela ne sera qu'un demi-mensonge.

Il lui prit le bras, l'accompagna dans l'escalier. Elle demeurait silencieuse, blessée d'avoir été repoussée. Elle lui indiqua sa chambre, gardant encore l'espoir qu'il resterait près d'elle. Sur le seuil, il l'attira brièvement contre lui, posa un baiser sur son front.

— Vous ne voulez vraiment pas...

— Vous me flattez. Mais ce serait une très mauvaise idée.

— Je suis si seule.

— Vous ne l'êtes plus. Gardez espoir. Bientôt tout ira mieux. Très bientôt...

***

La nuit suivante, Julie veilla. Elle avait pris garde à peu manger lors du souper pour être certaine de rester éveillée. Allongée dans l'obscurité, elle guettait les bruits du manoir. Les domestiques qui vaquaient à leurs occupations, qui montaient à l'étage pour se coucher, le carillon de l'horloge. Puis le silence, à la fois apaisant et inquiétant. Enfin, des pas dans le couloir. Verteuil sortait comme elle l'avait prévu. Il s'arrêta devant sa porte ; sans doute s'assurait-il qu'elle dormait. Elle demeura immobile, parfaitement silencieuse. Il s'éloigna. Elle attendit quelques instants puis se précipita à sa poursuite dans l'obscurité. Heureusement, des flambeaux demeuraient allumés pour la guider. Elle entendit la porte d'entrée qui se fermait, la franchit à son tour quelques instants plus tard. Sur le seuil, le froid vif de décembre la transperça. Elle se maudit de ne pas s'être vêtue chaudement. Janet l'avait aidé à se préparer pour la nuit et elle ne portait qu'une chemise et un peignoir de soie.

Quelle idiote ! J'avais pourtant le temps de mettre un manteau...

En maugréant contre son inconséquence, elle se dirigea vers la mer. Elle aperçut le comte qui s'éloignait et hésita. Si elle faisait le moindre bruit ou s'il se retournait, tout était perdu. Elle décida de poursuivre son chemin que la lune éclairait heureusement. Le chemin descendait de manière abrupte vers la mer et Verteuil dévalait la pente avec assurance. Visiblement, ce n'était pas la première fois. Elle aperçut plusieurs hommes, vêtus de noir, qui allaient et venaient en contrebas. Elle allait s'engager sur l'étroit sentier lorsque des bras puissants s'emparèrent d'elle. Une main se posa sur sa bouche, tandis qu'une autre enserrait sa taille. On l'entraîna derrière les rochers. Pourtant, malgré la soudaineté de l'attaque, elle n'était pas effrayée. Elle tremblait, mais ce n'était que de froid. L'inconnu la força à se baisser et lui désigna une anfractuosité de la roche, par laquelle ils distinguaient la plage en contrebas. Ils se penchèrent légèrement, côte à côte. Il ne la bâillonnait plus mais elle ne prononça pas un mot, n'éleva pas la moindre protestation. Elle ne pouvait pas distinguer son visage mais se sentait en confiance. Elle savait qu'elle était en présence d'un allié.

Le froid lui piquait le visage et un vent glacial la fit frissonner. Elle grelottait. L'homme drapa alors sa lourde cape sur eux en la tenant par les épaules. Elle s'appuya contre lui, trouvant du réconfort dans sa chaleur. Il sentait le cuir et le cheval. Le foin aussi. Du doigt, il lui désigna Verteuil sur la plage qui agitait de haut en bas une lanterne. Un peu plus loin sur la mer, un signal identique lui répondit. Une voile blanche se découpa alors dans la clarté de la lune. Un cotre s'approchait lentement. Julie vit alors des barques recueillir les caisses qui en étaient déchargées rapidement. En quelques minutes, tout fut terminé. Les barques regagnèrent la plage et le navire disparut aussi vite qu'il était venu. Aussitôt Verteuil et ses hommes commencèrent à remonter la marchandise. Le comte ouvrait le chemin et ses hommes le suivaient. Certains portaient de petites caisses, d'autres d'étranges paquets enveloppés de toile de jute. L'un d'eux trébucha. Dans l'écart qu'il fit pour se rattraper, la toile glissa légèrement et la lune se refléta un bref instant sur un long canon rutilant.

— Des fusils…

Son compagnon hocha la tête en signe d'assentiment et la força soudain à s'aplatir un peu plus dans les rochers. Il rabattit sa cape sur sa tête pour la dissimuler entièrement aux regards. Ils demeurèrent immobiles de longues minutes, attendant que la procession d'hommes s'éloigne. Julie sentait le poids du bras de l'inconnu peser sur ses épaules et sa main qui étreignait fortement son bras. Elle savait qu'elle aurait dû avoir peur. À la fois de Verteuil et de cet inconnu, mais il n'en était rien. Elle se sentait soudain invulnérable. Le silence autour d'eux se fit pesant. Le comte et ses sbires étaient assez loin. Ils se relevèrent péniblement, engourdis par le froid et l'immobilité. La tenant par la main, il la guidait vers le château. Elle l'entraîna pourtant dans la direction prise par les hommes. Puisqu'ils étaient là, autant savoir où ils conservaient leur butin. Il comprit son intention et le lui fit comprendre d'une pression de la main.

Après quelques minutes de marche, ils distinguèrent une ancienne chapelle que Julie avait aperçue en se promenant avec son père. Elle n'était plus utilisée depuis longtemps selon lui. Assurément, si elle ne servait plus à la prière, elle pouvait encore être utilisée pour entreposer des armes. Sa situation était idéale, à la fois très proche du château et suffisamment éloignée pour qu'aucun invité trop curieux n'ait l'idée de s'en approcher… Ils en savaient assez et ils s'éloignèrent ensemble sans se concerter. Mais la lune qui avait éclairé leur avancée se dissimulait désormais derrière les nuages et ils devaient avancer lentement pour ne pas tomber. Julie, chaussée de fins souliers, ne cessait de glisser et de trébucher sur l'herbe humide. Son compagnon la soutenait d'une main solide, la redressait à tout instant. Enfin, ils reconnurent la masse sombre du château et des communs qui se découpait dans l'obscurité mais n'eurent pas le loisir de s'en réjouir. Derrière eux, des voix et des pas approchaient à vive allure. Mieux préparés et éclairés, les hommes les avaient presque rejoints.

L'inconnu attira alors Julie dans une remise à voitures et se plaqua avec elle contre le mur. Verteuil passa sans les voir, le faisceau de sa lanterne les effleurant cependant. Julie, le visage enfoncé dans la poitrine de son sauveur, sentait son cœur battre à tout rompre. Soudain, il souleva son menton, leva son visage vers le sien et s'empara de ses lèvres. Il l'embrassait fébrilement, ardemment, la serrant contre lui. Pas un instant elle ne songea qu'elle ne savait rien de lui, qu'elle n'avait pas pu voir son visage, qu'elle était à sa merci, qu'il pouvait faire d'elle ce qu'il voulait sans qu'elle puisse appeler à l'aide. Elle répondait à ce baiser exigeant, sans aucune crainte. Elle leva la main pour caresser sa joue, rencontra le cuir d'un masque qui lui couvrait une partie du visage. Elle s'en moquait. Elle se sentait aimée, désirée pour la première fois depuis des mois.

L'homme la repoussa soudain mais sans brusquerie. Il lui reprit la main et l'entraîna vers le manoir. Il avait raison. Elle ne devait pas être surprise dehors. Il l'accompagna jusqu'à une porte de service. Là, il l'embrassa encore une fois, plus tendrement. Sur les lèvres et sur le front. Il ouvrit la porte devant elle, s'empara de sa main et posa un dernier baiser, brûlant, dans le creux de sa main. Elle tressaillit à ce contact intime, si personnel. Un seul homme l'avait embrassée ainsi… Elle chercha encore à deviner ses traits dans l'obscurité, sentit qu'il lui glissait un papier au creux de la main. Elle resserra machinalement les doigts. Lorsqu'il s'écarta pour partir, elle se souvint soudain de la discussion qu'elle avait surprise entre Verteuil et son complice.

— Vendredi. Il y aura une autre cargaison vendredi.

Puis elle s'engouffra dans l'escalier, le cœur battant, priant pour ne rencontrer personne avant d'avoir regagné sa chambre. Elle atteignit le premier étage, sourit en constatant que couloir était vide et courut à sa chambre. Elle referma la porte et s'y adossa en poussant un long soupir de soulagement, consciente des risques qu'elle avait pris. À tâtons, elle alluma une bougie. Elle déplia le papier que l'inconnu lui avait laissé. Ce n'était qu'un dessin, tracé d'une main malhabile… Un oiseau aux ailes ouvertes, prêt à s'envoler, tenant une petite branche fleurie dans son bec… Quiconque aurait trouvé ce dessin l'aurait jeté au feu en haussant les épaules, croyant à une tentative maladroite. Julie, elle, y vit une alouette tenant une branche de jasmin. Et la voix de Sébastien résonna soudain au plus profond de son cœur. « *Tu sens bon, ma douce. Sais-tu pourquoi j'aime tellement le parfum du jasmin ? C'est parce qu'il y en avait à Vienne, notre première nuit, dans le salon. Tu t'en souviens ?* » Oui, elle se souvenait. Elle ferma les yeux, une larme roula sur sa joue. Elle observa très longuement le dessin et un sourire éclaira son visage. Sous les ailes ouvertes de l'oiseau, elle put lire deux mots, écrits en lettres minuscules. *Courage* et *Bientôt.*

Henri de Chaumont lui avait dit qu'elle n'était plus seule et que tout irait mieux très bientôt. Elle savait désormais qu'il avait raison.

18

Debout dans la nuit aux côtés de son père, Julie grelottait. La pluie battante noyait le paysage, dissolvait les hommes dans une épaisse brume. Elle aurait été incapable de reconnaître qui que ce soit dans cette opacité. Elle posa une main sur le bras du comte pour attirer son attention. Les sourcils froncés, la main en visière sur le front, il observait tant bien que mal le déchargement d'une nouvelle cargaison.

— Pourquoi m'avez-vous demandé de vous accompagner ? Que faisons-nous ici ?

Elle avait presque dû crier pour se faire entendre. Une rafale lui porta les voix confuses des hommes qui luttaient contre les éléments. Elle devinait plus qu'elle ne le voyait le cotre sans doute en difficulté. Verteuil lui fit signe d'attendre, se pencha vers l'étroit passage entre les rochers et se redressa avec un hochement de tête satisfait. Il lui prit le bras fermement pour la faire pivoter. Elle soupira de soulagement, songeant qu'ils allaient enfin retrouver la chaleur bienvenue d'une cheminée, mais elle constata à regret qu'il l'entraînait vers la chapelle. Un homme leur ouvrait le chemin, tenant à la main un fanal pour les éclairer. Son manteau trempé pesait sur ses épaules. Elle se prenait les jambes dans le tissu alourdi de sa robe et trébuchait à tout instant. Verteuil la redressait d'une main ferme mais elle ne retrouvait pas la touchante compassion de celui qui l'avait aidée de la même manière trois jours auparavant. L'attitude de son père avait quelque chose d'effrayant. Il la traînait presque vers la chapelle, semblant s'impatienter du temps qu'elle lui faisait perdre.

Enfin, ils arrivèrent à la porte de l'édifice. Le comte désigna l'entrée à l'homme. Celui-ci fit un signe de tête pour indiquer qu'il avait compris et lui tendit sa lanterne. Julie et son père pénétrèrent ensemble dans la chapelle dont il referma la porte sur eux. Elle entendit le bruit sourd de l'homme qui s'adossait brusquement à la porte, cherchant l'abri tout relatif du minuscule porche. Julie frissonna en observant les lieux. Des dizaines de caisses. Des paquets enveloppés de toile de jute. Elle ne savait que trop bien ce qu'ils contenaient mais elle devait feindre la surprise, jouer l'innocence. Il ne devait pas savoir ce qu'elle avait découvert.

— Me direz-vous enfin pourquoi vous m'avez fait sortir par ce temps ? Et ce que nous faisons...

— Taisez-vous.

Il n'avait pas l'air furieux. Plutôt froid et déterminé. Calmement, il s'approcha d'une caisse, l'ouvrit et en sortit un long pistolet qu'il arma et tendit vers elle. Elle s'efforça cependant de sourire.

— Que faites-vous donc ?

— Je vous ai dit de vous taire. Ce pistolet est chargé. Je suis venu tout exprès cet après-midi pour qu'il soit prêt à vous accueillir comme vous le méritez. Dire que pendant un instant, j'ai cru vous avoir gagné sincèrement à mes idées. J'ai cru pouvoir me fier à vous.

— Mais c'est évident...

— Cessez de m'interrompre. Sachez, ma chère, que lorsque l'on a votre blondeur, on évite de sortir la nuit vêtue de blanc. Je vous ai vue l'autre soir. Vous m'avez espionné. Vous m'avez suivi. Ne niez pas, c'est inutile. Et si j'avais eu le moindre doute, Janet l'aurait effacé à l'instant même où elle m'a montré vos souliers, sales et mouillés. Maintenant je veux savoir une chose, une seule. Avec qui êtes-vous en contact ? À qui avez-vous raconté ce que vous avez vu ?

Julie éprouva un léger soulagement en constatant qu'il n'avait pas idée qu'un homme avait été à ses côtés. Un homme qui emplissait ses pensées depuis trois jours, qui l'empêchait de trouver le sommeil. Il lui semblait sentir encore la caresse brûlante de ses lèvres au creux de sa main. Son billet, plié et glissé sous son corset, lui rappelait qu'elle n'était plus seule, qu'il était là, tout proche… Même si c'était impossible, si Sébastien était mort en Autriche plusieurs mois auparavant, elle voulait y croire. Elle refusait d'admettre qu'il ne pouvait s'agir que d'une coïncidence. Ce fragile espoir lui donnait de la force. Elle refusait de le briser.

— Je vous ai dit que je vous accompagnerai de mon plein gré. Je n'ai pas changé d'avis. J'avoue volontiers vous avoir suivi mais par simple curiosité. Je vous ai entendu passer devant ma chambre et j'ai voulu voir où vous alliez. Mais il faisait si froid que je ne suis pas restée dehors très longtemps.

— Dans ce cas, pourquoi ne pas m'avoir parlé ? Vous auriez pu m'interroger… Vous avez préféré vous cacher…

— J'aurais dû. Mais ne l'ayant pas fait immédiatement, j'ai craint votre réaction. Je suis navrée, vraiment. J'espère que vous n'en voudrez pas…

— Alors, c'était de la curiosité et rien d'autre ?

— Rien d'autre, je vous le jure. Vous savez que notre projet me tient à cœur.

— Et vous n'avez parlé à personne de ce que vous avez vu ? Pas même à Henri de Chaumont ?

— Vous savez bien que je n'ai de contact avec personne. Comment serait-ce possible ? Et je ne sais rien de cet homme ; pourquoi lui ferais-je confiance ?

— Vous aviez l'air proches cependant…

— Mais c'est vous qui m'avez demandé de le ménager. J'admets qu'il est assez séduisant et que ce n'est pas désagréable de se laisser un peu courtiser par un homme charmant. Il ne s'est rien passé de plus.

Il y avait un tel accent de vérité dans ces paroles que Verteuil hésita et baissa légèrement son arme. Julie tenta de prendre un ton léger pour achever de le convaincre.

— Allons, mon père, vous n'allez pas me tenir rigueur d'une fantaisie qui aurait pu me valoir un bon coup de froid. Rentrons au manoir. Ou plutôt, avant, expliquez-moi ce qui se passe ici. Cela a un rapport avec notre avenir, n'est-ce pas ?

Était-elle trop enjouée, trop souriante ? Se trahit-elle par un mouvement involontaire ? Le son de sa voix, qu'elle jugea soudain trop aigu, éveilla-t-il la méfiance du comte ? Elle n'eut guère le temps de se poser plus de questions. Il la saisit soudain par le bras, la forçant à se tourner, le canon de son pistolet contre sa tempe. Elle gémit tandis que, forçant sur son bras qu'il tenait plié dans son dos, il la plaquait contre une caisse, la joue contre le bois rugueux.

— Vous me faites mal. Mon bras.

— Je peux vous le casser si vous ne vous tenez pas tranquille. Je n'ai pas confiance en vous. J'aurais pu prendre une autre fille pour jouer votre rôle et vous faire disparaître. Mais il se trouve que vous ressemblez à Marie-Antoinette et que nulle mieux que vous ne saurait raconter vos malheurs avec un tel accent de vérité. Lorsque j'aurai obtenu ce que je veux, je vous ferai épouser un homme qui saura vous mater…

— Je ne vous trahirai pas, je vous le promets. Si seulement vous m'expliquiez ce que vous attendez au juste…

— Je veux un roi de mon goût qui récompensera dignement les services que je lui ai rendus. Les Orléans attendent leur tour depuis très longtemps. Louis-Philippe me fera ministre. J'aurai enfin le pouvoir auquel j'aspire depuis des années. Dans quelques jours, nous sommes à Paris. Je fais éclater le scandale de votre naissance et surtout de votre abandon. Puis, j'arme des bourgeois, des hommes du peuple, des mécontents du régime en place pour qu'ils encerclent les Tuileries au moment que je choisis. Louis XVIII est vieux, podagre, affaibli. Il se laisse déborder par son frère et ses idées d'un retour à la monarchie absolue. Le peuple n'en veut pas… Nous allons les faire céder, les pousser à quitter le pouvoir. Ils partiront sous les injures, plus humiliés que jamais.

Il s'enflammait à son propre discours, convaincu de sa réussite, la maintenant étroitement serrée contre la caisse en bois. Elle essaya encore de le convaincre.

— Je vous aiderai de mon mieux. Je veux juste revoir mon fils. Ne serait-ce que quelques heures.

— Vous n'avez aucune condition à poser. Si vous voulez le revoir un jour, il faudra faire exactement ce que je veux.

— Tout ce que vous voulez… Je le jure.

Il la redressa, la força à se tourner pour lui faire face.

— Nous partons dans trois jours. En attendant, vous allez rester ici et attendre bien sagement.

— Ici ? Pourquoi pas au manoir ?

— Je dois recevoir encore quelques amis avant notre départ. Je ne veux pas prendre le risque que vous leur parliez. Je dirai que vous êtes souffrante, obligée de garder la chambre. Mais ne vous inquiétez pas, vous ne serez pas seule. Un de vos vieux amis vous tiendra compagnie. Maintenant, marchez !

Le bras toujours tordu dans le dos, elle avança dans la direction qu'il lui indiquait. Il ouvrit une petite porte et la poussa dans une pièce minuscule, sans fenêtre, qui avait sans doute servi de sacristie. Un homme les attendait, assis sur une chaise, jouant avec un poignard qu'il lançait et rattrapait avec adresse. Il avait un regard dur et un sourire narquois. Un visage défiguré par une ancienne brûlure. Et une jambe de bois.

Pied-de-Biche.

En le voyant, Julie voulut reculer mais son père la poussa dans la pièce sans ménagement.

— Vous n'allez pas me laisser seule avec lui ? Vous ignorez sans doute…

— Je n'ignore rien. Et je sais ce que je fais. Vous allez attendre ici que le moment du départ soit venu. Je vous ferai porter vos repas. En attendant, tenez-vous tranquille. Maintenant, ôtez votre manteau et vos souliers.

— Pourquoi ?

— Pour que je sois assuré que vous ne puissiez pas vous enfuir très loin si jamais vous arriviez à franchir cette porte.

Elle s'exécuta en silence et il sortit en riant. Julie entendit le bruit de la clé qui tournait dans la serrure. Elle fut un instant tentée de se jeter sur la porte pour implorer Verteuil de la laisser rentrer avec lui mais se ravisa rapidement. Elle savait que cela serait inutile et ne voulait pas montrer à quel point elle avait peur. Elle sentit contre sa peau le contact du billet. *Courage. Bientôt.* Mais *bientôt*, est-ce que cela ne serait pas déjà trop tard ?

Pied-de-Biche n'avait pas bougé, n'avait pas prononcé une parole. Elle se dirigea vers l'angle opposé de la pièce pour être le plus loin possible de lui. Un lit de sangle, deux chaises et une table composaient tout l'ameublement. Et aucune autre issue. Elle était prise au piège avec un homme qu'elle craignait et qu'elle détestait.

— Je suis heureux de te revoir, ma belle. Tu m'as manqué, tu sais.

Elle ne répondit pas. Elle peinait à respirer. Elle croisa les bras pour ne pas lui montrer les tremblements de ses mains. D'un habile mouvement de sa jambe valide, il poussa vers elle la seconde chaise.

— Tu ferais mieux de t'asseoir. Nous sommes là pour un moment. À propos, le lit est pour toi. Et rassure-toi, je n'ai pas le droit de te toucher, sauf si tu tentes de t'enfuir. Je dois juste te surveiller. Et te tenir compagnie.

Elle resta debout, préférant l'ignorer.

— À ta guise, ma belle. Mais tu vas vite être fatiguée. Allons, ne fais pas ta mauvaise tête. Puisque nous sommes là, autant tuer le temps en discutant comme de vieux amis. Ce que nous sommes, finalement. Tu n'as pas oublié à quel point nous avons été intimes.

Il éclata d'un rire sonore. Julie, sentant qu'elle allait s'effondrer, prit la chaise et s'assit. Sans le regarder. Elle aurait voulu éviter de lui parler mais elle devait savoir comment il connaissait son père.

— Qu'est-ce que tu fais ici ?

— Le comte paie bien. Et avec un peu de chance, j'aurai droit à une prime.

Il lui lança un clin d'œil qu'elle fit mine d'ignorer, les poings crispés dans les plis de sa robe.

— Ne te moque pas de moi. Je veux savoir comment tu te trouves lié à cet homme. Vous n'avez rien en commun.

— Nous avons une connaissance commune. Une amie proche. C'est elle qui nous a présentés l'un à l'autre. Je travaille pour elle depuis plus de dix ans. J'ai toujours travaillé pour elle. Toujours.

Il la fixait d'un regard étrange, guettant sa réaction, comme si ces nouvelles devaient la faire réagir. Elle demeura muette, répugnant à l'interroger pour en savoir plus. Et pourtant, elle soupçonnait quelque chose d'important dans ses paroles. Quelque chose qu'elle devait savoir. À moins qu'il ne veuille seulement la blesser une fois de plus…

— Tu ne vois vraiment pas de qui je veux parler ?

— Comment le saurais-je ? Ta vie ne m'intéresse pas le moins de monde.

— Ton cher mari ne t'a donc rien dit ?

— Qu'est-ce que Sébastien a à voir là-dedans ?

— Il était décidément très adroit. Ménager la chèvre et le chou… Il fallait y songer… Il vous ménage toutes les deux…

— De qui veux-tu parler à la fin ?

— Mais de sa première, magnifique et séduisante épouse, Inès. Il ne t'a jamais raconté ? C'est vrai qu'il était tellement amoureux d'elle : il n'a pas dû vouloir lui porter préjudice…

— Tu travailles pour elle ? Depuis quand ? Pourquoi ?

— Je te l'ai dit : depuis toujours. Avant même de te connaître…

En un instant, dans l'esprit de Julie, deux images se superposèrent pour n'en faire qu'une. Une mystérieuse femme masquée brandissant une paire de ciseaux. Une magnifique femme brune au bras de Sébastien, un soir chez Talleyrand. Son épouse, la mère des jumeaux. La splendide Inès. Elle tenta de conserver son calme mais ressentit soudain une brusque nausée. Elle ferma les yeux, attendant que le malaise passe. Lorsqu'elle les ouvrit, Pied-de-Biche lui souriait sournoisement.

— Eh oui, ma belle, c'est Inès qui a voulu que je t'amène à elle. Pour être sincère, c'est Ana qu'elle voulait. Toi, tu étais ma récompense. Si cet idiot de Rossignol n'avait pas eu ses stupides scrupules, nous vous aurions emmenées toutes les deux. J'ai fait ce que j'ai pu... Mais ce qui m'étonne, c'est que ce cher Wagram ne t'ait jamais rien dit.

— Il l'ignorait certainement. Sinon, il... il... il aurait...

— Il aurait quoi ? Jeté sa femme en prison ? Il lui aurait coupé les cheveux ? Voyons, Julie, tu ne comprends pas qu'il n'a jamais cessé de l'aimer et qu'il ne fera jamais rien pour lui nuire ?

— Tais-toi. Tu mens. Il ne savait pas. Il ne pouvait pas savoir. Il ne m'aurait pas menti.

— Vraiment ? Il ne t'a jamais menti ? Bien sûr, tu savais qu'il était marié lorsqu'il a commencé à coucher avec toi.

Elle ne répondit pas. Le doute s'insinuait en elle et la déchirait. L'idée que Sébastien ait pu lui mentir en toute conscience la révulsait. Laisser cette femme jouir de sa liberté. Imposer ses enfants dans sa vie. Ne rien dire... Elle en éprouvait une douleur inconnue jusqu'alors. Elle refusait de se fier à Pied-de-Biche et pourtant, il avait l'air sûr de lui. Et, une autre question la hantait. Les mots franchirent ses lèvres avec difficulté.

— Cela n'explique pas ta présence ici. Le comte connaissait donc Inès ?

— Pas personnellement. Mais il avait besoin d'elle. Ils avaient des intérêts communs. Ils se sont rencontrés et mis d'accord sur un plan. Éloigner ton mari en l'envoyant sur une fausse piste en Autriche pour t'isoler. Acheter des agents de Vidocq pour qu'ils transmettent en temps voulu des indications sur ta mère. Le comte savait que tu ne résisterais pas, que tu voudrais en savoir plus. Tu lui as juste facilité la tâche en allant seule à Paris. Ensuite, de gré ou de force, tu devais venir ici pour qu'il ait le temps de tout préparer. La suite, je ne la connais pas encore. Nous la découvrirons ensemble...

Il se leva, s'approcha d'elle en tirant sa chaise après lui. Il s'assit à ses côtés et lui prit la main qu'elle ne chercha pas à retirer tant elle était abasourdie par l'ampleur du piège dans lequel elle avait foncé tête baissée.

— Pourquoi me racontes-tu tout ça ? Ne me dis pas que mon père t'a donné l'autorisation de tout me révéler ?

— Certes non. Mais je voudrais que tu me fasses confiance. Que tu me regardes autrement. Je ne suis pas ton ennemi, ma belle.

— Te faire confiance ? Après ce que tu m'as fait ? Maintenant que je sais que tu as pris ta part dans tout ce qui m'est arrivé ces derniers mois ?

— Je n'y ai pris qu'une part modeste si tu y réfléchis bien. Songe que Wagram est peut-être plus coupable que moi. S'il avait été honnête avec toi… S'il avait fait en sorte qu'Inès ne puisse plus te nuire…

Il ponctuait ses phrases de baisers sur sa main qu'elle lui avait abandonnée sans s'en rendre compte. Il avait déboutonné la manche de sa robe et glissait doucement ses doigts sous le tissu, caressant la peau douce du poignet.

— Et il était nécessaire pour vous de le tuer ? Vous ne vouliez pas commettre la même erreur que lui… Le laisser en vie pour qu'il puisse se mettre en travers de vos projets…

— Non, ce n'était pas prévu. Il fallait le laisser loin de toi assez longtemps. Inès voulait retrouver sa famille. Elle n'aurait pas eu trop de mal à y parvenir. Il n'a jamais cessé de la voir, tu sais. Il était même revenu vivre auprès d'elle après ta disparition…

— Par obligation. Il n'y avait rien entre eux.

— C'est ce qu'il t'a dit ? Allons, ma belle, tu n'es pas si naïve ? Tu le connais mieux que moi. Tu le crois capable de résister à une telle beauté ? Il n'a jamais pu se passer de femme très longtemps… Quoi qu'il en soit, il est mort en prison des suites des blessures qu'il a reçues lors de son arrestation. Il devait juste être neutralisé quelque temps, pas tué. Je te le jure.

Il avait murmuré les derniers mots à son oreille. Il était tout près d'elle. Ses lèvres effleurèrent son menton, son cou. Il se risqua à poser une main sur sa taille. Ce mouvement fit bouger légèrement le tissu de la robe et, avec lui, le billet qui y était dissimulé. Ce contact éveilla la conscience de Julie qui sentit soudain l'haleine avinée de Pied-de-Biche tout près de son visage, ses doigts qui caressaient son poignet et son autre main qui montait lentement vers sa poitrine. *Courage. Bientôt.* Elle n'avait pas le droit de se laisser aller. Elle se redressa, le repoussa d'un mouvement brusque. Il chancela sur sa chaise mais parvint à se tenir droit.

— Misérable ! Tu crois sans doute m'endormir avec tes mensonges. Tu penses qu'en salissant un homme admirable, je vais te céder facilement. Éloigne-toi ! Tu es répugnant.

— Tout doux, ma belle… Tu ne me crois pas ? Dommage qu'il ne puisse plus te dire la vérité là où il est. Tu devras vivre toute ta vie avec ces soupçons…

— Assez. Tu ne sais rien. Tu inventes pour me faire du mal…

— C'est lui le coupable, pas moi. Tu n'as donc pas envie de te venger ? Ce n'est pas parce qu'il est mort que tu n'en as pas le droit. Imagine tout ce qu'il faisait avec Inès, avec Ana, avec toutes les autres. Ses mains sur leurs corps, sa bouche sur leurs seins, sur leurs cuisses… Imagine, ma belle… On pourrait faire la même chose tous les deux. Ça l'aurait rendu fou de te savoir avec moi…

— Tais-toi. Tu es immonde. Je ne serai jamais à toi. Jamais.

— Tu m'appartiens déjà. Tu es à moi depuis la première fois et tu le sais.

Il se leva, renversa sa chaise et la força à se lever pour l'étreindre brutalement et l'embrasser. Elle se débattit, tenta de le gifler. Il arrêta sa main, y déposa un nouveau baiser.

— Inutile de t'emporter, ma belle.

— Tu n'as pas le droit. Tu l'as dit. Mon père…

— Je ne te ferai rien, sois tranquille. Pas maintenant. Mais j'aurais mon tour quand…

Il fut interrompu par des bruits de lutte. On se battait dans la chapelle. Quelques coups de feu retentirent. Il y eut des cris, des gémissements, un bruit de verre brisé. Pied-de-Biche s'écarta d'elle et se dirigea vers la porte aussi vite que sa jambe de bois le lui permettait. Elle se recroquevilla dans un angle, en tremblant de tous ses membres, serrant sa robe autour d'elle, ultime et dérisoire rempart contre cet homme infâme. Un coup sourd fut frappé contre la porte qui résista à cet assaut. Quelqu'un s'acharnait cependant, secouait la poignée. Enfin, un coup de feu fut tiré qui fit sauter la serrure et la porte s'ouvrit. Un homme entra, pistolet à la main, menaçant et terrible. Pied-de-Biche, qui attendait son adversaire le couteau à la main, pâlit étrangement en reconnaissant le nouvel arrivant et recula d'un pas.

— Toi ? Non, c'est impossible… Tu es mort.

— Je peux te retourner la remarque. Mais c'est bien la dernière fois que nous nous voyons. Je vais en finir avec toi.

Sébastien pointa son pistolet vers la poitrine de son ennemi et appuya sur la détente mais le coup ne partit pas. Pied-de-Biche profita de ce court répit et se précipita, la lame en avant. Sébastien parvint à lui écarter le bras. Un corps-à-corps s'engagea alors, silencieux, violent. Les deux ennemis savaient que l'un d'entre eux ne sortirait pas vivant de ce combat et que Julie serait le trophée du gagnant. Le jeune homme était plus vigoureux. Le bandit compensait l'absence de sa jambe par une force accrue de tous les autres membres. Sébastien donna un coup dans le pilon de bois pour le faire tomber mais l'autre s'attendait à cette manœuvre. Il entraîna son adversaire dans sa chute, roula avec lui sur le sol. Un instant plus tard, il le dominait et lui appliquait son poignard sur la gorge avec un sourire mauvais.

— Cette fois, tu ne reviendras pas. Et ta garce sera à moi.

Sébastien rugit de colère, lui empoigna de nouveau le bras. La lame effleura son cou, creusant un mince sillon sanglant, mais il parvint peu à peu à la dévier, à l'éloigner. À son tour, il roula sur le misérable, l'immobilisa en posant un genou sur sa poitrine. En un instant, tout fut fini. Un cri de douleur résonna puis ce fut le silence. Le jeune homme se releva et contempla le cadavre, le poignard enfoncé jusqu'à la garde sur le flanc gauche. Une flaque de sang se répandait lentement sous le corps immobile tandis que le mort le fixait encore de ses yeux étonnés. Du pied, il repoussa le bras tendu qui était sur son chemin et se précipita vers Julie toujours blottie dans l'angle de la pièce. Il s'accroupit près d'elle, prit son visage entre ses mains. Elle était hagarde, hébétée, et ne réagit pas.

— Julie, ma douce, mon amour, c'est moi, je suis là. Je suis venu te chercher. Julie ! Réponds-moi, je t'en prie. Julie…

Il embrassait son front, ses joues, ses lèvres mais elle demeurait pantelante, incapable du moindre mot ou du moindre mouvement. Il se redressa en la tenant par la taille pour l'entraîner mais elle ne fit pas un pas. Elle restait là, poupée de chiffon sans volonté et sans force… Alors, il la prit dans ses bras, sans cesser de lui parler, terrifié de la voir ainsi, espérant la faire revenir à la réalité. Il traversa la chapelle obscure où les combats avaient cessé. Il sursauta en voyant une silhouette se dessiner dans l'encadrement de la porte. Il se savait incapable de se défendre s'il était attaqué. Il fit un pas en arrière, cherchant du regard un relatif abri…

— Tout va bien, c'est moi, Landry…

Il soupira de soulagement et accéléra le pas. À l'extérieur, la pluie tombait, toujours plus violente. De violentes bourrasques lui fouettaient le visage. Il entendit des cris, des coups de feu, le galop des chevaux qui s'enfuyaient dans la nuit. Landry posa les yeux sur le couple, un pâle sourire sur les lèvres, les larmes au bord des yeux…

— Dieu merci, tu ne m'as pas écouté lorsque je t'ai dit qu'il fallait faire sauter la chapelle…

— J'avais vu deux ombres se diriger dans cette direction. Et j'ai aperçu Verteuil qui revenait seul. Il fallait vérifier.

— Est-elle blessée ?

— Je ne crois pas. Je pense qu'elle est épuisée… Où en sommes-nous ?

— Ici tout est fini. Il n'y a plus personne pour garder la chapelle. Ernest et Martigues ont été tués. J'ai envoyé Marchand, Robin et Paulet à la poursuite de Verteuil mais je crois bien que c'est en vain. Vidocq et Talleyrand seront furieux.

— Je m'en moque. Le plus important est là.

Il posa un baiser sur le front de Julie et la serra un peu plus contre lui. Trois hommes s'avancèrent vers eux à cheval, tenant deux montures en bride. Ils semblaient accablés.

— Nous sommes poursuivis. Il faut fuir, vite !

— Pars devant avec Julie. Nous vous suivrons et vous protégerons.

Landry l'aida à se mettre en selle, la jeune femme dans les bras, puis jeta encore quelques instructions à ses hommes.

Sébastien partit au galop, il voulait protéger Julie, l'éloigner de ce chaos. La mission était un échec indéniable. Ils devaient capturer Verteuil et détruire ses réserves d'armes, non affronter ses sbires et le laisser s'enfuir. Mais il serrait contre lui la meilleure raison de ne pas s'en être tenu au plan initial. Il entendit derrière lui quelques coups de feu mais continua son chemin. Non loin de là, une felouque les attendait pour les ramener en France. Il espérait cependant ne pas se perdre dans cette nuit de cauchemar, le vent et la pluie lui fouettant le visage. Il essayait pourtant de parler à Julie, de la faire réagir… Il se rappelait trop douloureusement une autre nuit où il l'avait tenue ainsi, contre lui, si faible et si fragile.

Un cheval arriva à sa hauteur et il reconnut la chevelure blonde de Landry. Il lui fit signe de la main, lui indiquant de prendre un peu plus sur la gauche. Ils galopèrent encore quelques instants botte à botte et Robin les rejoignit. Il s'approcha de Landry et hurla pour se faire comprendre. Le jeune homme sourit, fit signe à Sébastien de s'arrêter et fit volter son cheval, imité par ses compagnons. Une explosion, énorme, immense, fantastique, couvrit tous les bruits de la nuit et une lueur rouge embrasa le ciel, déchirant le voile sombre du ciel.

— La réserve d'armes ?

— J'ai ordonné de la faire sauter la chapelle avant de partir. Nous n'avons pas eu Verteuil mais lui n'a plus aucune arme.

Ils échangèrent un sourire mais ils aperçurent dans la lueur des flammes plusieurs cavaliers. Les deux premiers étaient leurs compagnons mais les autres étaient lancés à leurs trousses. Des coups de feu retentirent à nouveau.

— Ils sont trop nombreux. Il faut rejoindre la felouque, vite.

Sébastien acquiesça. Ils repartirent au galop mais les hommes de Verteuil se rapprochaient. Un cri de douleur leur parvint, puis d'autres détonations. Enfin, ils aperçurent la plage où une barque les attendait. Un homme leva une lampe pour leur indiquer le chemin. Landry, déjà à terre, se précipita vers lui, et jeta le fanal à l'eau – autant ne pas devenir des cibles trop évidentes – puis il aida ses amis, les chevaux continuant leur course désordonnée au hasard de la nuit. Robin et Paulet poussaient déjà la barque à l'eau. Ils firent monter Marchand, blessé, puis tous se précipitèrent. Leurs poursuivants tirèrent encore quelques coups mais la plupart des balles ne touchèrent que l'eau.

— Imbéciles ! Visez correctement ! Il me faut cette garce… Elle ne doit pas s'enfuir !

À la lueur d'un éclair, les fuyards reconnurent Verteuil en personne qui les visait. Landry arma son propre pistolet mais, désavantagé par le mouvement des vagues, il ne put ajuster son tir. Les deux détonations n'en firent qu'une. La balle de Landry rata complètement sa cible, tandis que celle du comte frappait la barque, faisant voler quelques esquilles. Ils étaient désormais trop loin pour être en danger. Quelques paroles leur furent encore portées par le vent…

— Ce n'est pas fini, vous m'entendez ? J'aurais ma revanche… Et elle paiera cette garce, elle paiera…

Sébastien resserra son étreinte autour de la jeune femme. Il avait peur, il avait froid. Et son épouse, dans ses bras, demeurait toujours sans réaction…

La barque heurta la felouque, une échelle de corde leur fut jetée et ils grimpèrent difficilement à bord du navire. Sébastien avait lié les mains de Julie avec une corde et la portait sur son dos, suivi de près par Landry qui s'assurait que la jeune femme ne tombait pas. Le vent les faisait vaciller, les couvrait de paquets d'eau de mer qui les glaçaient et rendaient leurs mouvements maladroits. Enfin, suffoquant et crachant, ils franchirent le garde-corps, aidés par les mains vigoureuses des matelots. Leurs autres compagnons furent hissés à bord à leur tour. Un soupir de soulagement s'échappa de toutes les poitrines : ils étaient saufs… Du moins pour l'instant…

— Bon Dieu, que s'est-il passé ? Où est Verteuil ?

— Il s'est échappé, François. Nous avons échoué. Et Ernest et Martigues sont morts, nous n'étions pas assez nombreux…

— Vous étiez sept pour vous emparer d'un seul homme.

Vidocq était furieux. Il s'était entretenu avec Talleyrand juste avant leur départ de Paris et l'avait assuré de la réussite de la mission, à condition qu'il la dirige en personne. Il avait engagé sa réputation. Ses ordres avaient été précis. S'emparer de Verteuil dès que la livraison d'armes était terminée, détruire les munitions et ramener Julie s'il était possible d'arriver jusqu'à elle. Si elle était enfermée dans le château, Sébastien devait rester à terre avec l'un des hommes pour la secourir ultérieurement. Apparemment rien ne s'était passé comme prévu… Sébastien ne prit pas la peine de lui répondre, laissant Landry se charger des explications. Il porta Julie dans la cabine, suivi comme son ombre par Malo, qui s'était joint à l'expédition dès qu'il avait su que la vie de la jeune femme était en jeu. Il avait accepté à contrecœur de ne pas descendre à terre et de les attendre sur la felouque…

La jeune femme avait tout à fait perdu connaissance. Les yeux clos, le visage d'une pâleur effrayante encadré de ses longs cheveux mouillés, elle ne réagissait ni aux caresses ni aux paroles des deux hommes. Des larmes coulaient sur les joues de Sébastien qui ne cessait de répéter son prénom.

— Pourquoi est-ce qu'elle ne se réveille pas, Malo ? Qu'est-ce qu'elle a ? Julie, Julie, reviens… réponds-moi, je t'en supplie.

— Elle est glacée. Il faut absolument la réchauffer.

Il frictionnait les mains froides et bleuies de Julie sans parvenir à les réchauffer.

— Ses vêtements sont trempés. Il faut les lui enlever.

Sébastien hocha la tête et commença à déboutonner sa robe. Malo l'aida de son mieux, soulevant la jeune femme quand il le fallait. Rapidement, il ne lui resta plus que sa chemise, ses bas et son corset. Le jeune homme s'acharna quelques instants sur les liens trop serrés puis décida de les couper avec un poignard effilé. En ôtant le corset, il vit tomber le billet qu'il avait laissé à Julie trois jours auparavant. Le morceau de papier était humide mais intact. Attendri, il le mit dans sa poche. Les deux hommes enveloppèrent ensuite la jeune femme dans une couverture rugueuse mais épaisse. Sébastien s'assit sur la couchette, la tenant contre lui, posant ses lèvres sur son front pendant que Malo tentait de réchauffer entre ses mains ses pieds nus et glacés. Enfin, elle soupira doucement, entrouvrit les yeux et vit le visage de son époux penché vers elle.

— Sébastien…

— C'est moi, mon amour. Je suis là. Ça va aller.

— Je suis si fatiguée…

— Repose-toi tant que tu veux. Je ne te quitte pas. Je reste près de toi.

Elle semblait lutter cependant contre le sommeil qui la gagnait. Elle dardait des yeux implorants sur lui, à la recherche d'une réponse sans pouvoir formuler la moindre question. Malo comprit néanmoins ses craintes et la rassura.

— Tout va bien, petite. Tu peux dormir tant que tu veux. Il sera près de toi quand tu ouvriras les yeux.

— Je te le promets, ma douce. Dors. Et ne t'inquiète de rien. Tout va s'arranger…

Elle ferma les yeux, un léger sourire sur ses lèvres, et retomba dans le sommeil.

***

Talleyrand, les coudes sur son bureau et le menton appuyé sur ses mains jointes, observait depuis un long moment le jeune couple face à lui. Julie avait pris place dans un fauteuil et Sébastien s'était assis sur l'accoudoir, lui tenant la main avec tendresse. Depuis qu'il l'avait retrouvé, il avait du mal à la quitter des yeux et éprouvait le besoin d'un contact presque constant avec elle. Il s'inquiétait pourtant. De sa pâleur extrême. De sa constante nervosité. De ses nuits agitées et peuplées de cauchemars. Elle avait brièvement expliqué ce qu'elle savait du plan de Verteuil mais n'avait rien dit de ce qui s'était passé dans la chapelle avec Pied-de-Biche. Et Sébastien ne pouvait s'empêcher d'imaginer le pire…

— Ainsi, ma chère, Verteuil a prétendu que votre mère n'avait jamais cherché à vous retrouver ni à savoir ce que vous étiez devenue.

— C'est ce qu'il m'a dit, Excellence. Il aurait eu connaissance de ma venue au monde par Mme de Chanterenne et m'aurait sauvée de l'orphelinat où j'avais été abandonnée…

— Il vous a menti. Sur toute la ligne. Il n'y a pas un mot de vrai. Il a su je ne sais comment – sans doute par l'un des rares gardiens au courant que Mme Royale était enceinte. La sage-femme devait remettre l'enfant à Mme de Tourzel et à sa fille, Pauline, la plus proche amie de votre mère. Elles ont attendu en vain. Le corps de la sage-femme a été retrouvé flottant au fil de la Seine quelques jours après la naissance. L'enfant avait disparu sans qu'il en reste la moindre trace.

— Il a également prétendu avoir cherché à rencontrer la duchesse d'Angoulême. Elle l'aurait éconduit à plusieurs reprises.

— Elle ne l'a jamais vue. Il voyageait bien pour le futur roi mais n'a jamais demandé à la rencontrer.

— Et elle, la duchesse ? A-t-elle voulu me retrouver ?

— Elle a demandé aux Tourzel de tout mettre en œuvre. Elle-même ne pouvait pas faire grand-chose depuis son exil. Elle n'avait personne à qui confier son secret. Et ne pouvait surtout pas s'ouvrir à ses oncles qui l'auraient sans doute oubliée dans un palais d'Europe au gré de leurs pérégrinations. Or, elle voulait à toute force rentrer en France.

— Pardonnez-moi, Excellence, mais vous-même, comment vous êtes-vous trouvé mêlé à tout cela ? Je ne pense pas vous offenser en disant que vous n'étiez pas proche de l'ancienne cour et que notre roi Louis XVIII se défie de vous…

— Vous avez parfaitement raison, mon jeune ami. Je n'étais même pas en France lorsque votre épouse est venue au monde. Mais les Tourzel sont venus à moi. Elles savaient que je connaissais le comte de Verteuil et voulait mon aide pour vous retrouver. Elles ont fini par tout me dire et je suis parti à votre recherche à mon tour, en envoyant quelques agents sur les traces de ce vieil ennemi. J'avoue avoir failli à cette mission. Par manque de volonté de la mener à bien. Je ne voyais guère d'intérêt pour moi à rechercher le rejeton perdu d'une famille exilée qui ne reviendrait jamais. C'était du moins ce que je pensais durant les premières années de l'Empire.

— Vous avez changé d'avis par la suite ?

— Lorsque j'ai compris que l'Empire allait s'effondrer et que les Bourbons seraient appelés à régner de nouveau. J'ai pensé qu'il serait judicieux pour moi d'avoir un as dans ma manche.

— Je n'étais donc que cela ? Une carte dans votre jeu ?

— Au début, je le confesse. Puis je vous ai retrouvée, rencontrée. J'ai fait la connaissance de votre époux – qui ne l'était pas encore – et j'ai apprécié cette rencontre. Votre dignité, votre grâce naturelle, votre noblesse innée ont forcé mon respect et mon admiration. Et j'ai tenté de vous protéger tant que je le pouvais. De votre père et des Bourbons. Des complots qui entourent le secret de votre naissance. J'ai échoué et je le regrette infiniment. J'espère que vous pourrez pardonner à un vieil homme ses erreurs de jugement.

Julie hocha la tête sans répondre. Toutes les émotions et toutes les révélations se mêlaient douloureusement. Elle ne s'était jamais sentie aussi lasse. Doucement, Talleyrand fit le tour de son bureau, lui prit la main et la força à se lever. Il la guida vers l'une des fenêtres et lui désigna le palais des Tuileries, au bout des jardins plongés dans l'obscurité. Les fenêtres illuminées éclairaient la nuit, semblaient les appeler, les guider à travers la nuit.

— Votre mère est là qui vous attend. Elle m'a ordonné de vous conduire à elle dès votre arrivée.

— Dès ce soir ?

Talleyrand acquiesça en souriant doucement.

— Elle y tient absolument. Je l'ai fait prévenir tout à l'heure de votre arrivée.

— Est-ce indispensable, Excellence ? Julie est épuisée et éprouvée par ce long voyage. Ne pourrions-nous attendre quelques jours ?

— J'irai. Je veux quitter cette ville dès que possible. Plus vite nous en aurons fini, mieux ce sera. Je n'attends rien de cette rencontre. J'ai cessé d'espérer…

Il y avait une nuance de défi dans ces mots qui n'échappa pas à Sébastien. Il comprit que c'était à lui qu'elle s'adressait, qu'elle s'opposait davantage à lui qu'aux circonstances et en fut blessé. Elle érigeait entre eux un mur qu'il n'avait pas le droit de franchir.

— Bien. Ma voiture nous attend. Une dernière question cependant : possédez-vous toujours certaine broche...

— Celle-ci ?

Julie écarta son châle et révéla le bijou qui ornait son corsage. Le rubis brillait de mille feux et reflétait la lueur vive des candélabres. La jeune femme avait deviné avant de rencontrer Talleyrand qu'il serait question de ce souvenir.

— Celle-là même. Je vous l'emprunterai à notre arrivée aux Tuileries. Elle sera notre sésame.

Quelques minutes plus tard, Talleyrand et Julie se présentaient à une porte dérobée des Tuileries. Sébastien avait refusé de les attendre à l'hôtel Saint-Florentin et patientait dans le carrosse. Le diplomate tendit l'étui de velours noir contenant la broche de Julie à un valet de sa connaissance :

— Pour Son Altesse Royale la duchesse d'Angoulême.

Ils furent conduits à un petit salon plongé dans la pénombre. Sur un geste de Talleyrand, Julie releva le voile qui dissimulait son visage tendu. Le vieil homme sourit.

— N'importe où ailleurs, cet accessoire ne serait pas indispensable. Ici, trop de gens ont un jour vu le visage de votre illustre aïeule pour ne pas soupçonner quelque chose.

Ils n'eurent pas à attendre très longtemps. Des pas claquèrent sur les planchers cirés et le murmure soyeux d'une robe bruissa doucement quand la porte s'ouvrit sur une femme d'un peu plus de quarante ans, belle encore malgré les années et les épreuves endurées. Son visage aux traits affirmés, aux yeux rougis tant par les larmes versées que par une conjonctivite persistante, à la bouche dédaigneuse, était de marbre. Nul sourire n'égayait cette physionomie sévère. Intimidée, Julie demeurait immobile tandis que Talleyrand s'inclinait avec déférence devant la princesse. Elle lui tendit sa main à baiser et, d'un geste volontaire, l'invita à se retirer dans la pièce voisine.

— Je suis aux ordres de votre Altesse, aujourd'hui comme toujours et j'attendrai vos instructions.

Elle sourit froidement, montrant qu'elle n'était pas dupe de la duplicité du vieil homme d'État. Demeurées seules, les deux femmes s'observèrent dans un silence lourd que Julie n'osait briser. Comment devait-elle se comporter ? Que dire à cette femme inconnue ?

— Monsieur de Talleyrand m'avait dit que vous ressembliez à ma mère. Il avait raison. Elle était cependant bien plus belle que vous. Et vous n'avez ni son allure ni son charme.

Blessée, la jeune femme ne répondit pas. La duchesse d'Angoulême tournait lentement autour d'elle, détaillant chaque détail de sa tenue, de sa coiffure, de son visage. Elle s'arrêta soudain pour lui faire face, plongeant son regard dans celui de Julie.

— Je suppose que vous me haïssez.

Il s'agissait là d'une froide affirmation, d'un simple constat. Julie soutint son regard avec calme malgré le chagrin qui l'envahissait un peu plus à chaque instant. Une fois encore, elle avait espéré un geste de tendresse qui n'était pas venu.

— Je ne vous hais ni ne vous aime, Madame. Je ne sais rien de vous et, il y a quelques jours encore, je n'imaginais pas me trouver dans la même pièce que vous.

— Qu'attendez-vous de moi ?

— Ce que j'attends ? Mais je…

Prise au dépourvu, Julie balbutiait. Impatiemment, Marie-Thérèse reformula sa question.

— Je veux savoir ce que vous voulez. Une charge à la cour ? Une reconnaissance publique ? De l'argent ? Un régiment pour votre époux ? Allons, parlez !

Elle avait frappé du pied en prononçant ces derniers mots et Julie eut l'impression d'être prise au piège. Elle refoula les larmes qui lui brûlaient les yeux.

— Je ne veux rien, Madame. Je n'ai pas même demandé à vous rencontrer.

— Vous vous êtes pourtant précipitée ici dès que vous le pouviez.

— Escortée par M. de Talleyrand qui m'a fait connaître votre volonté. Aurais-je dû refuser de venir ? J'avoue avoir cédé aux instances de mon hôte mais aussi à une légitime curiosité.

— De la curiosité, rien de plus ?

— Il y a encore quelques jours, j'ignorais tout de vous et de ma naissance. Je n'ai guère eu le temps…

— De vous demander ce que vous pourriez obtenir de moi. Cela viendra donc plus tard, n'est-ce pas ?

— Ce n'est pas ce que je voulais dire. Ce soir, je n'ai fait que répondre à votre invitation. Pourquoi avoir demandé à me voir ? Vous n'en avez de toute évidence aucune envie.

Julie était au supplice. Elle refoulait difficilement ses larmes et sentait ses jambes trembler sous elle. Elle craignait de s'effondrer et refusait de s'humilier devant cette femme glaciale. Sa mère ? Cette femme-là n'avait rien d'une mère…

— Je ne suis pas dupe, Madame. Je suis l'objet des sollicitations de tous ceux qui ont connu ma malheureuse famille. Certains ont même voulu me faire croire qu'ils étaient mon pauvre frère… J'ai appris à me défier de tous. Je vous ai fait venir pour une seule raison, pour que vous sachiez que vous n'aurez rien. Ce terrible secret que je porte depuis vingt-cinq ans n'éclatera pas.

De froide, elle devenait menaçante. Une colère sourde envahit soudain Julie. Elle ne se laisserait pas rabaisser si facilement.

— Je ne veux rien de vous, Madame, je vous le répète. Je n'aspire qu'à quitter cet endroit et retrouver mon fils qui me manque affreusement depuis des semaines. Car voyez-vous, moi je suis mère et je suis fière, heureuse de l'être et rien ne compte plus à mes yeux. Je vais quitter ce palais pour n'y jamais revenir et j'oublierai vous avoir rencontrée. Vous n'entendrez plus parler de moi, soyez tranquille.

— Vous vous y engagez ?

— Je n'ai pas à m'engager. Je vous ai dit ce qu'il en serait et je n'ai rien à ajouter.

Soudain le visage de la duchesse se transforma et un large sourire, franc et doux, illumina ses traits. Elle s'empara des mains de Julie et les serra avec tendresse.

— Que voici des mots dignes de votre grand-mère ! Si le sort avait voulu vous placer sur les marches d'un trône, comme je le suis, vous auriez accompli de grandes choses. Ne regrettez rien cependant. Vous jouissez d'une liberté que je n'ai jamais connue et ne connaîtrai jamais. Et vous l'avez dit, vous êtes mère. Ce bonheur-là aussi m'a été interdit.

Elle dévisageait maintenant Julie avec aménité, recherchant dans ce visage pâli par la fatigue l'empreinte qu'y avaient laissée ceux qu'elle avait tant aimés et tant pleurés.

— Je ne comprends pas…

— Pardonnez mon attitude première. J'avais si peur de vous rencontrer… Si peur de vous entendre pleurer sur votre sort, sur ce que vous auriez dû obtenir. Si peur que vous ne soyez là que pour réclamer. Dieu merci, vous ne ressemblez en rien à ceux que je rencontre chaque jour.

On gratta discrètement à la porte. Le bruit, léger, fit pourtant tressaillir Julie qui recula d'un pas. La duchesse gardait cependant ses mains dans les siennes et ne tourna même pas la tête lorsqu'une dame d'honneur l'interpella doucement.

— Madame, le roi vous attend et s'impatiente.

— J'arrive dans un instant. Allez !

Des larmes coulaient désormais sur ses joues mais elle souriait fièrement à la jeune femme.

— Je ne peux vous accorder plus de temps et nous ne nous reverrons sans doute pas. Votre place n'est pas ici, nous le savons toutes les deux. Je suis fière de voir quelle belle jeune femme vous êtes devenue. Et tellement heureuse d'avoir pu passer ce court instant avec vous.

— J'en suis heureuse également. Mais j'aurais voulu plus de temps. J'ai tant de questions…

— Je n'ai, hélas, pas le temps d'y répondre. Sachez simplement que vous n'êtes pas le fruit d'un acte violent mais d'un moment de solitude et de désespoir. J'ai cédé à une inclination que je n'aurais pas dû éprouver mais M. de Verteuil m'a apporté son réconfort et son affection au moment où j'en avais le plus besoin. Sans lui, j'aurais peut-être perdu la raison. Pour cela, et malgré ce qu'il est devenu, ce qu'il a fait, je lui serai toujours reconnaissante. Je n'ai pas eu le droit d'être votre mère ni de vous aimer mais je ne vous ai jamais oubliée. Jamais. À mon retour en France, M. de Talleyrand m'a donné de vos nouvelles. Vous alliez bien, vous étiez en sécurité, cela devait me suffire. Je ne voulais pas que vous sachiez, je ne voulais pas bouleverser votre vie. Les événements des dernières semaines ont mené à cette rencontre, ce soir. Je chérirai ce moment jusqu'à mon dernier souffle.

Elle posa un baiser sur le front de Julie et la tint un instant embrassée.

— Deux choses encore avant de vous quitter. Une demande et un conseil, si vous le permettez.

— Je vous en serais reconnaissante.

— Cette broche… Conservez-la, je vous en supplie. C'est le fragment d'un collier qui appartenait à ma mère. Mme de Tourzel l'a fait monter en broche et me l'a donnée quelques semaines avant votre naissance. Je n'avais que cela à vous offrir. Promettez-moi de ne pas la vendre.

— Je vous le promets. Votre conseil maintenant ?

— Acceptez d'être fragile, d'être vulnérable. Si vous avez quelqu'un sur qui vous appuyer, laissez-le vous aider. M. de Talleyrand m'a raconté votre histoire. J'admire votre force et votre courage. Mais ne commettez pas la même erreur que moi. J'ai voulu être invulnérable, ne jamais montrer mes faiblesses.

— Vous êtes pourtant admirée pour votre courage…

— Mais je suis seule. Prenez soin de vous, Julie. Et si, un jour, vous avez besoin de moi, faites-moi parvenir cette broche. J'accourrai. Adieu, mon enfant, adieu…

Elle s'éloigna rapidement, laissant Julie dans ce petit salon tristement éclairé. La jeune femme, incapable de répondre, de réagir, demeura longuement immobile, les yeux braqués sur la porte qui venait de se refermer. Une larme roulait lentement sur sa joue lorsque le bruit caractéristique d'une canne heurtant le sol la tira de sa torpeur. Talleyrand lui prit le bras et la guida dans les couloirs. Elle demeura muette durant le trajet du retour, ne prononça pas un mot dans la chambre. Et lorsque Sébastien voulut la prendre dans ses bras, il sentit tout son corps se tendre en un rejet silencieux de sa présence. Il en fut infiniment attristé mais n'insista pas. Toujours ce mur autour d'elle.

***

Ils quittèrent l'hôtel Saint-Florentin dès le lendemain. Sébastien avait rendu une visite rapide à Clémence à l'aube. Julie ne voulait voir personne. Toujours silencieuse, elle monta dans le carrosse et s'assit dans le coin opposé à celui où son époux avait pris place et tourna la tête vers l'extérieur, lui signifiant ainsi sa volonté de ne pas lui parler. Landry, qui les accompagnait, s'étonna de cette attitude, de ce mutisme. Il lança un regard interrogateur à Sébastien, assis face à lui, qui lui répondit d'un geste fataliste de la main et d'un demi-sourire plein de tristesse.

Le lendemain, juste avant le départ de l'auberge où ils avaient passé la nuit, les deux hommes marchaient côte à côte dans la cour. Landry rompit le silence pesant, osant poser la question qui le taraudait depuis la veille.

— Que se passe-t-il entre toi et Julie ?

— Rien. Absolument rien, justement. Elle me fuit et j'ai l'impression qu'elle supporte de plus en plus mal ma présence. Elle ne me dit plus un mot.

— Elle semblait pourtant heureuse de te revoir.

— Je le croyais aussi. La nuit où je l'ai retrouvée, alors que j'espionnais Verteuil, je l'ai embrassée sans lui dire qui j'étais. J'ai senti qu'elle me faisait confiance, qu'elle me reconnaissait. J'ai cru que notre lien était si fort qu'il suffisait que nous soyons ensemble pour que tout recommence comme avant. Je me suis trompé.

— J'ai du mal à y croire. Je pense qu'il lui faut juste du temps. Elle a été très ébranlée ces dernières semaines.

— J'ai peur de la perdre, Landry. Elle s'éloigne de plus en plus de moi. Peut-être que nous avons été séparés trop longtemps, que notre mariage n'est pas aussi solide que je le pensais.

— Laisse-lui du temps. Pour l'instant, elle ne pense qu'à Baptiste. Elle ira mieux quand elle l'aura retrouvé.

— J'espère…

Ils firent encore quelques pas et regagnèrent la salle commune. Un tableau touchant s'offrit alors à eux. Un garçonnet jouant avec un chaton, agitant devant lui un brin de paille que le petit animal maladroit essayait vainement d'attraper. Julie, assise sur un banc, les regardait avec tendresse, un doux sourire illuminant son visage. Sébastien songea qu'il ne connaissait rien de plus beau, rien de plus pur que ce sourire. Mais au bruit que les deux hommes firent en entrant, elle se tourna et son visage se ferma aussitôt. L'instant était passé. Ce mur. Encore plus haut.

***

Allongés l'un près de l'autre dans la pénombre, Julie et Sébastien conservaient le silence. Ils avaient retrouvé les enfants en fin de journée. La jeune femme, submergée par l'émotion, avait eu un léger malaise et il l'avait portée jusqu'au salon où elle avait passé le reste de la soirée, assise dans un fauteuil, serrant Baptiste contre elle. Il avait d'ailleurs été difficile de convaincre le petit garçon de gagner son lit l'heure venue… Julie avait également étreint tendrement Ana, Charlotte et Étiennette. Ses yeux brillaient de joie de les retrouver. Néanmoins, elle avait gardé une attitude distante vis-à-vis des jumeaux, semblant les englober dans l'aversion qu'elle éprouvait pour leur père. Sébastien avait tenté de sauver les apparences en restant auprès d'eux, en leur promettant une sortie à cheval pour le lendemain… Mais les enfants avaient été blessés et il en était bouleversé.

Il se pencha vers Julie. Elle lui tournait le dos mais il savait qu'elle ne dormait pas plus que lui. Il essaya de l'approcher encore une fois, espérant que sa joie de retrouver ses proches lui aurait fait baisser la garde. Il posa une main sur son épaule, un baiser tendre sur sa nuque.

— Je t'aime tant, ma Julie…

De nouveau, il la sentit se raidir mais elle ne le repoussa pas. Il déposa d'autres baisers dans son cou, laissa glissa sur son bras jusqu'à ses doigts qu'il entremêla aux siens.

— Ma douce…

— Je t'en supplie. Ne me force pas. Ne m'oblige pas.

Il reconnut à peine sa voix dans laquelle perçait la peur et en fut anéanti. Qu'était-il arrivé dans cette chapelle pour qu'elle soit si bouleversée ? Il serra un peu plus ses doigts entre les siens.

— Tu crois vraiment que j'en serais capable ?

— Je ne sais pas, je ne sais plus.

— Julie, il faut que je sache… Dans la chapelle, avant que j'arrive, est-ce que… Pied-de-Biche…

Elle ne le laissa pas finir, s'écarta brutalement. En un instant, elle fut debout, s'éloignant du lit vers la fenêtre. À la faible lueur de la lune, il distingua son visage. Blafard. Empreint de chagrin.

— Rassure-toi. Il ne m'a pas violée. Il n'en a pas eu le temps. Mais cela aurait peut-être été moins douloureux que ce que tu m'as infligé.

Bien qu'un peu soulagé, il avait soudain très peur. Contre quel autre fantôme allait-il devoir se battre ?

— Alors tu penses que tout est fini entre nous ? Que nous avons été séparés trop longtemps ? Que nous n'avons pas d'avenir ?

Elle resta coite quelques instants. Elle n'avait pas de réponses à ces questions. Elle ne ressentait que de la colère et une peine immense qui la dévorait. Pied-de-Biche n'avait pas abusé d'elle physiquement mais elle se sentait comme empoisonnée. Elle explosa soudain, ne pouvant plus retenir toutes les émotions qui la rongeaient.

— Depuis quand savais-tu qu'Inès était à l'origine de mon enlèvement ? Quand as-tu su ? Tu le savais déjà quand tu es venu me sauver ? Ou à Vienne, quand nous avons fait l'amour la première fois ? Quand je t'ai parlé de cette femme brune et voilée qui donnait les ordres à ces monstres, tu savais ? Depuis quand me mens-tu ? Y a-t-il jamais rien eu de sincère entre nous ? Parle ! Je veux savoir.

Elle tremblait de tous ses membres. De peur. De froid. De colère. Sa voix se brisait. Sébastien n'osa pas faire un pas vers elle et préféra rester assis au bord du lit. Toujours ce mur qui les séparait.

— Après ton mariage avec Charles. Avant je ne savais rien. Je te le jure.

— Elle te l'a avoué ? Vous avez du bien rire tous les deux.

— Comment peux-tu imaginer cela ? Non, Julie, elle ne m'a rien dit. J'ai trouvé… quelque chose…

Il revoyait la longue tresse de cheveux dorés qu'Inès conservait tel un trophée de chasse. Comment le lui avouer sans éveiller encore d'autres souffrances ?

— Quoi ? Qu'est-ce que tu as trouvé ?

— Tes cheveux. Elle les gardait dans un tiroir de sa commode. Je suis allé la rejoindre un soir dans sa chambre et…

— Je croyais que tu n'avais jamais recouché avec elle. Encore un mensonge ?

— Non. Il ne s'est rien passé. Ni ce soir-là, ni aucun autre jour. J'ai pensé renouer avec elle après ton mariage. Je me disais que je pourrais peut-être t'oublier… Une seule fois. Le soir où j'ai fait cette découverte. Je n'ai plus jamais mis les pieds dans sa chambre après cela.

— Je voudrais tellement te croire mais je ne peux pas. Je ne peux m'empêcher de penser que tu dois l'aimer éperdument pour la protéger depuis tout ce temps, pour ne m'avoir jamais rien dit. Je ne sais même pas pourquoi tu m'as épousée. C'était pour me prendre Baptiste ?

— Comment peux-tu penser…

Il s'était levé d'un bond et s'approcha d'elle. Elle recula encore, l'arrêtant d'un regard. Elle semblait si triste, si lasse qu'il ne savait que faire pour l'aider.

— Toute notre vie commune n'est que mensonges, Sébastien. Tu m'as caché être marié et avoir des enfants. Tu savais tout et tu ne m'as jamais rien dit. Tu prétendais m'aimer et tu protégeais cette femme. Tu as fait entrer ses enfants dans ma vie et tu m'as demandé de les aimer.

— Les garçons n'y sont pour rien, je t'en prie, ne leur fais pas porter ce poids. C'est pour eux que j'ai menti. Je ne voulais pas qu'ils subissent les conséquences des actes de leur mère. Je ne voulais pas qu'ils aient honte d'elle.

— Tu l'as laissée vivre librement. Sans rien dire, jamais.

— Elle m'a menacée de s'en prendre à toi et de me prendre mes fils si je parlais. Tu étais mariée. Alors, j'ai accepté son chantage. Et elle n'a pas toujours été libre. Rappelle-toi, je l'avais fait enfermer dans un couvent quand nous nous sommes retrouvés. Je n'ai jamais su comment elle s'en était échappée…

— De toute façon, tu n'aurais pas pu l'y laisser à tout jamais. En fait, je t'ai mis dans l'embarras en revenant à Paris. Tu aurais sans doute préféré ne jamais me revoir et ne rien savoir de Baptiste…

— Tu ne penses pas ce que tu dis ? Tu es la seule qui compte et j'adore cet enfant. Il faut que tu me croies…

— Je n'y arrive pas. Depuis que je sais, je ne cesse de me dire que c'est avec elle que tu voudrais être, que tu dois regretter de m'avoir épousée. Que tu ne l'as fait que pour mon fils…

Elle semblait s'apaiser un peu. Parler, mettre des mots sur sa souffrance, sur ses doutes, la soulageait. Des larmes coulaient silencieusement sur ses joues. Il s'approcha encore sans qu'elle cherche à le fuir, cette fois. Elle s'accrochait à son regard, pour y trouver la vérité et il crut lire dans ses yeux bleus une lueur d'espoir. Il comprit que le mur commençait à se lézarder. À lui, maintenant, de le renverser totalement.

— C'est vrai, Julie, je regrette parfois de t'avoir épousée. Pour une seule raison : je ne pourrai plus jamais demander ta main ou t'entendre me dire oui. Écoute-moi, ma douce, je suis fier d'être ton époux et je n'ai jamais aimé que toi. Tu es la seule qui compte. C'est vrai, j'aurais dû tout te dire. Mais j'ai été lâche une fois de plus. Je n'ai pas trouvé le bon moment. Quand je t'ai retrouvée, tu étais dévastée par la mort de Charles. Puis tu as été malade. Il y a eu la mort de Chesnay, l'arrivée des garçons… Je ne voulais pas te blesser encore. Je t'en prie, dis-moi que tu me crois…

Il avait pris une de ses mains dans les siennes et déposa un baiser dans le creux de sa paume. Elle ne put retenir un sourire.

— Tu ne me caches rien d'autre ? Tu me le promets ?

Il hésita un instant puis se décida. S'il ne parlait pas maintenant, il ne pourrait sans doute jamais le faire.

— Charles… Ce n'étaient pas de simples bandits. Je n'en suis pas sûr, mais je crois que c'était Pied-de-Biche. Et donc Inès. Il m'a parlé d'un homme à la jambe de bois juste avant de me demander de veiller sur toi. J'imagine qu'elle voulait encore te faire du mal…

Elle s'effondra soudain contre lui, secouée de sanglots. Il referma ses bras autour d'elle, remarqua qu'elle grelottait de froid. Il la découvrait plus fragile que jamais. Elle releva la tête vers lui, le fixant de ses beaux yeux noyés de larmes…

— Je suis si fatiguée, Sébastien. Je n'aurai plus la force de me battre encore. Je n'en peux plus. J'ai affronté tellement d'épreuves. Je ne supporterai pas de…

— J'ai trop compté sur ton courage. C'est à moi de veiller sur toi et notre famille maintenant. Je ne partirai plus. Je vais rester auprès de toi. Tu pourras t'appuyer sur moi.

Il la prit dans ses bras, la porta jusqu'au lit et s'allongea tout contre elle. Elle sanglotait toujours. Il lui parla doucement jusqu'à ce qu'elle s'apaise. Enfin, les pleurs cédèrent la place à un sommeil troublé mais il resta attentif, veillant sur elle, resserrant son étreinte lorsqu'elle s'agitait un peu trop. Il savait qu'il faudrait du temps pour que les blessures guérissent, pour que la vie reprenne son cours mais il n'y avait plus de non-dits. Et il savait que rien ne les séparerait plus.

Pas même les ombres menaçantes de Verteuil et d'Inès qui voudraient sans doute un jour prendre leur revanche sur leur dernier échec…

19

Gracieux et élégant, le poulain trottait allègrement dans son nouvel enclos. Il virevoltait gaiement, le vent soulevant sa crinière. La robe luisante, d'un noir de jais, les jambes fines, la tête étroite et bien découpée, il avait fière allure. Julie s'approcha de la barrière, y posa les mains et l'admira en silence. Elle sourit en sentant la présence de Sébastien derrière elle. Il l'entoura de ses bras, l'emprisonnant d'une douce étreinte. Se penchant en arrière, elle s'appuya contre lui, la tête sur son épaule. Elle releva les mains, caressa avec tendresse les avant-bras nus de son mari. Il sentait le foin, le cuir. L'écurie, un peu, également. Mais cela ne la dérangeait pas. Elle ferma les yeux un instant, se serrant un peu plus contre lui, et soupira. Un long soupir de bonheur. Il lui répondit d'un baiser léger sur la tempe et resserra son étreinte. Ils étaient heureux. Tout simplement heureux. Et ils n'avaient pas besoin de mots pour se le dire.

Depuis bientôt quatre ans, ils étaient revenus chez eux et rien n'était venu assombrir leur joie d'être enfin ensemble. Sébastien avait tenu parole. Il ne travaillait plus ni avec Talleyrand ni avec Vidocq. S'il leur arrivait de recevoir le chef de la Sûreté chez eux, c'était à titre purement amical. Et s'ils rencontraient parfois Talleyrand, il s'agissait de visites informelles ou d'invitations adressées par la duchesse de Dino à Julie. Les deux jeunes femmes étaient restées amies et correspondaient avec régularité. Et Julie ne manquait pas de lui rendre visite à chaque fois qu'elle allait à Paris.

— Charlotte m'a fait un présent magnifique. Je ne saurais trop la remercier.

— Elle a remarqué la manière insistante dont tu regardais son étalon. Tu n'étais guère discret.

Sébastien éclata d'un rire franc et sonore, attirant un instant l'attention du cheval qui cessa de caracoler pour l'observer. Jugeant qu'il n'y avait pas de danger, il reprit sa course.

— Il me rappelait Bayard, en plus beau, plus élégant. Et celui-là le sera encore plus.

Julie repensa avec nostalgie au premier cheval de Sébastien, qu'il montait lorsqu'ils s'étaient croisés un soir à Paris. Sur lequel il l'avait emportée après l'avoir sauvée des griffes de ses ennemis. Il l'avait vendu, le cœur brisé, quelque temps plus tard lorsque le besoin d'argent s'était fait impérieux, alors qu'il se cachait pour ne pas être arrêté. Elle était chez Clémence, se remettant trop lentement de ses blessures et avait su bien plus tard le destin du beau destrier. Elle s'en était toujours sentie coupable mais ne doutait pas, désormais, que ce nouveau poulain lui apporterait autant de joie que Bayard.

— Je craignais tant que Charlotte ne m'en veuille d'avoir refusé son offre.

— Elle n'est pas rancunière, je te l'ai dit. Et elle est assez fine mouche pour comprendre ton choix.

Il hocha la tête, la serrant un peu plus fort encore dans ses bras. À leur retour d'Angleterre, Charlotte leur avait proposé de définitivement s'installer chez elle et de faire de lui son bras droit. Le rôle qu'elle aurait voulu voir endosser à son cher neveu. Sébastien avait refusé de vivre dans l'ombre d'un homme envers lequel il éprouvait toujours une certaine jalousie. Après quelques jours de repos, ils avaient regagné leur demeure, savourant enfin une vie commune trop longtemps contrariée. Plusieurs fois par an, ils se rendaient cependant chez Charlotte ; Sébastien sélectionnait quelques chevaux qu'il se chargeait ensuite de revendre à Paris. Ils partageaient ensuite le bénéfice de ces ventes. À leur dernière visite, Charlotte avait réitéré son offre de les voir s'installer chez elle. Ils avaient de nouveau décliné. Le ton était monté et Sébastien était parti furieux, craignant d'avoir perdu la confiance et l'estime de Charlotte. L'arrivée, la veille, du magnifique poulain était un gage d'amitié et de paix. Mme Lefort présentait ses excuses dans une lettre et leur proposait même de les aider à installer un élevage chez eux. Elle annonçait également sa visite dans un avenir proche pour discuter des termes de cet accord. Le futur semblait réserver de beaux espoirs...

— Comment vas-tu l'appeler ?

— Bucéphale. Et ce sera le premier d'une belle lignée.

Julie se retourna et ils s'embrassèrent tendrement. Il laissa ses mains descendre le long de son dos tandis que ses lèvres effleuraient doucement ses joues, son cou, la naissance de sa poitrine. Elle soupira de plaisir, tenta doucement de le repousser :

— On pourrait nous voir...

— Je m'en fiche. Tu sens bon, ma douce...

Il continuait à l'embrasser, très tendrement, la serrant contre lui. Elle sourit de le voir toujours si empressé, heureuse d'être à ce point aimée et désirée. De nouveau, elle voulut se dégager de son étreinte mais il la plaqua contre la barrière, ses lèvres et ses mains étant de plus en plus exigeantes. Elle répondait à ses baisers, une main passée autour de son cou, l'autre appuyée contre sa poitrine, tout près de son cœur qu'elle sentait battre la chamade.

— Rentrons...

— C'est trop loin. Allons dans l'écurie.

Elle rit tandis qu'il l'entraînait jusqu'à l'écurie dont il ouvrit la porte avec le pied. Main dans la main, ils montèrent dans le grenier à foin. Sébastien tira à lui l'échelle qu'il posa le long du mur pour que personne ne puisse les surprendre. Puis il l'enlaça de nouveau, dégrafant sa robe, se réjouissant qu'elle ne porte pas de corset, et la renversa dans le foin, tandis qu'elle s'agrippait à lui, le souffle court, pressée de lui appartenir...

— C'était peut-être le bon moment. Je suis sûre que nous allons y arriver...

— Julie...

— J'en suis certaine, te dis-je… Il le faut. Nous nous aimons trop pour que cela n'arrive pas.

Il avait la tête posée sur sa poitrine nue, caressant doucement sa peau satinée. Il se redressa avec inquiétude, plongea ses yeux dans les siens.

— Tu sais bien que cela peut ne jamais…

— Non, je refuse cette idée. Je veux un autre enfant de toi. Prends-moi encore, fais-moi un enfant, Sébastien. Je le désire tellement.

Elle avait noué ses bras autour de son cou, cherchant à l'attirer vers elle. Délicatement, il se défit de cette étreinte, posa un baiser au creux de sa main. Il aurait voulu ne pas voir ses yeux s'embuer de larmes mais il ne pouvait échapper à cette douleur. Il s'écarta légèrement, s'assit dans le foin et la prit sur ses genoux, rajustant pudiquement sa robe. Ce n'était pas la première fois qu'il percevait sa détresse mais il s'inquiétait de plus en plus de la savoir à ce point obsédée par ce manque, ce désir d'enfant inassouvi qui la rongeait.

— Julie, il te faut accepter que nous n'aurons peut-être jamais d'autre enfant. Tu sais que la naissance de Baptiste était déjà un miracle.

— Alors, il peut bien y en avoir un deuxième. Je le veux tellement. Et je sais que toi aussi. Tu me l'as dit autrefois. Tu voulais une petite fille.

— C'est vrai, je te l'ai dit. Et je serais le plus heureux des hommes si ce grand bonheur nous arrivait. Mais j'aime notre vie telle qu'elle est. Je suis heureux. Et je veux que tu le sois aussi.

— Même si je ne te donne plus jamais d'enfant ?

— Même. Tu fais mon bonheur, Julie. Chaque matin où je me réveille à tes côtés est une bénédiction. Je ne veux que toi, pour toujours. Nous avons été si souvent séparés que je n'ai pas besoin d'autre chose. Toi et les garçons, vous êtes toute ma vie.

Elle se blottit contre lui, en soupirant. Il savait qu'elle n'était pas encore convaincue, qu'il faudrait du temps pour qu'elle accepte la situation. Elle souffrait de ce manque d'enfant.

Heureusement, il y avait Baptiste qui grandissait près d'eux et les jumeaux qui adoraient Julie et la comblaient de leur affection, d'autant qu'ils n'avaient jamais reçu la moindre nouvelle de leur mère. Ils devenaient des hommes, peu à peu, acceptant désormais que leurs chemins se séparent. Guillaume étudiait le droit à Paris, vivait chez Clémence et leur rendait fréquemment visite. Séverin avait choisi une carrière militaire et intégré l'école de Saint-Cyr. Sébastien, qui tremblait pour son avenir tant il gardait d'atroces souvenirs de son passage dans l'armée napoléonienne, l'encourageait cependant de son mieux. Son seul regret était de ne pas le voir plus souvent…

***

Quelques jours plus tard, Sébastien arpentait nerveusement le petit salon de Clémence sous l'œil amusé de Julie. Pour la dixième fois en un quart d'heure, il jeta un regard impatient à la pendule qui égrainait trop lentement les secondes et soupira. Il s'arrêta un instant devant la fenêtre, sortit sa montre, vérifia l'heure une nouvelle fois et reprit sa marche.

— Cesse donc de t'agiter ainsi, mon fils. Ils ne vont plus tarder.

— Je sais mais il y a longtemps maintenant que je n'ai pas pu réunir mes trois garçons et j'ai hâte.

Il s'arrêta près de sa mère, assise devant son secrétaire et posa un baiser sur son front.

— Si tu savais à quel point cela me rassure que Guillaume vive chez toi.

— Comme tu me le dis à chacune de tes visites, je commence à te croire.

Julie éclata d'un joli rire cristallin tandis que Sébastien se laissait tomber à ses côtés sur le canapé, croisant les bras d'un air faussement offusqué. Son sourire et l'éclat de ses yeux démentaient pourtant son attitude. Un instant plus tard, le bruit d'une voiture dans la rue perça le silence, bientôt suivi par le grincement de la grille et de joyeux éclats de voix. Sébastien bondit du canapé et se précipita vers la porte. Il dégringolait déjà l'escalier que Julie et Clémence n'avaient pas encore eu le temps d'esquisser un geste. Il revint peu après, accompagné de deux beaux jeunes garçons. Presque aussi grands que leur père, ils affichaient le même sourire radieux et un identique regard brillant de joie. Séverin, sanglé dans son uniforme, paraissait pourtant plus vigoureux encore que son jumeau.

Malo parut à son tour et, à la suite des garçons, serra tendrement Julie dans ses bras et déposa un paternel baiser sur son front.

— Comment vas-tu, petite ? Il y a longtemps que tu n'es pas venue nous voir. Tu nous délaisses.

— Voyons, Malo, nous étions là le mois dernier.

— C'est bien ce que je dis : tu nous délaisses.

Ils rirent et s'étreignirent encore. Le compagnon de Clémence conservait pour Julie une tendresse qu'elle lui rendait bien. Ni Chesnay ni Verteuil n'avaient pu prétendre au titre de père. Seul l'ancien brigand avait toujours posé sur elle ce regard bienveillant et complice. Malo et Clémence étaient en réalité les seuls parents qu'elle eût jamais eus.

Les jumeaux s'excusèrent un instant pour passer des vêtements plus confortables et se débarrasser de la poussière du trajet. Malo, le bras toujours posé sur les épaules de Julie, les regarda partir, un pli soucieux barrant soudain son front.

— Je suis persuadé que ces deux-là nous cachent quelque chose. Ils sont inquiets.

— Allons, Malo, ne vois pas le mal où il n'est pas. Ils sont radieux, répliqua Sébastien.

— Je sais ce que je dis, garçon. Tes fils sont préoccupés. D'ailleurs pourquoi Guillaume a-t-il voulu m'accompagner aujourd'hui pour aller chercher Séverin ? D'ordinaire, il attend notre arrivée avec vous.

— Il était pressé de le revoir ; cela n'a rien d'étonnant. Ils ne s'étaient presque jamais séparés avant l'entrée de Séverin à Saint-Cyr. Tu déraisonnes.

— Ils n'ont pas cessé de chuchoter pendant tout le chemin. Et ils n'avaient pas l'air de plaisanter.

— Ils ont dix-sept ans, Malo. Ils n'ont peut-être pas envie de te confier leurs émotions. Ne le prends pas mal mais, à leurs yeux, tu es un vieillard.

— C'est ça. Dis aussi que je radote et que je perds la tête. Je croyais que tu avais confiance en moi.

— Pas quand tu gâches des instants aussi précieux.

— Assez, tous les deux ! Voici trois mois que nous n'avons pas tous été réunis. Si ces garçons ont quelque chose à dire, nous le saurons. Pour l'instant, il est l'heure de souper et Bertille a préparé un festin. Je vous conseille d'y faire honneur.

Clémence foudroyait les deux hommes du regard, les obligeant à baisser les yeux comme des enfants pris en faute. Julie sourit, prit le bras de Sébastien et la main de Malo. Ils marmonnèrent quelques mots qui pouvaient ressembler à des excuses tandis que les deux femmes échangeaient un sourire complice. Elles connaissaient leurs hommes : ces querelles n'étaient pas rares et étaient aussi vite oubliées qu'elles survenaient. Le souper se déroula cependant dans un silence embarrassé. Sébastien s'en voulait et Malo ruminait sa mauvaise humeur. Navrées, Julie et Clémence tentèrent vainement d'animer la conversation. Pendant ce temps, Guillaume et Séverin échangeaient des regards inquiets, des froncements de sourcils et des hochements de tête qui échappèrent à tous. Du moins le croyaient-ils…

En regagnant le salon, Sébastien s'approcha de Malo, lui posa une main amicale sur l'épaule et lui adressa un demi-sourire.

— Pardonne-moi, mon ami.

— Non, c'est à moi de te présenter des excuses. Tu connais mieux tes fils que moi.

— Tu avais pourtant raison. Ils nous cachent vraiment quelque chose. Je les ai observés ce soir. Séverin, surtout, est inquiet.

— Rejoignons-les alors. Ils vont peut-être vouloir se confier.

Sébastien s'assit à côté de Julie et enroula son bras autour de sa taille. Elle appuya sa tête contre son épaule avec un soupir de bien-être. Clémence et Malo leur faisaient face dans le canapé. Les garçons avaient pris des chaises, chacun à une extrémité des sièges, et s'observaient en silence. Ils espéraient tous deux ne pas être le premier à prendre la parole… Séverin, finalement, se décida après avoir jeté un regard noir à son frère. Il se tourna vers son père qui fronçait déjà les sourcils.

— Nous avons à vous parler de quelque chose d'important.

— Qu'y a-t-il Séverin ? Que vous arrive-t-il à tous les deux ?

— Guillaume et moi avons chacun reçu une lettre. Une lettre de notre mère.

Julie redressa aussitôt la tête et Sébastien la sentit se raidir contre lui. Il resserra aussitôt son étreinte autour d'elle.

— Et que nous veut cette chère Inès ?

— Nous revoir. C'est magnifique !

Guillaume souriait, ses yeux sombres éclairés d'une belle lueur d'espoir. Séverin demeurait plus circonspect. Il fit taire son frère d'un regard impérieux et se chargea des explications.

— Elle est revenue. Elle est à Paris et a rouvert l'hôtel des Mirbeau. Elle dit qu'elle compte s'y installer durablement et elle nous a envoyé un billet à chacun pour toi.

Il tendit à Sébastien deux plis cachetés que celui-ci ouvrit d'une main tremblante. Contre lui, il sentait le corps de Julie secoué de frissons. Les deux billets étaient identiques. Inès avait sans doute craint que l'un des garçons ne délivre pas le message.

— Elle veut me rencontrer. Dimanche…

Dans son cou, le souffle de Julie s'accéléra. Il resserra encore son étreinte autour de sa taille. Il la devinait terrifiée et ne pouvait rien faire pour la réconforter.

— Elle pourra venir ici ?

— Non, Guillaume. C'est hors de question.

Il foudroya son fils du regard, irrité qu'il ait pu avoir une telle pensée. Le jeune garçon cependant insistait.

— Tout de même, c'est notre mère. Nous avons le droit de la voir. Toi et Julie, vous…

— J'ai dit non.

— Nous irons la voir chez elle, Guillaume. Elle nous le propose dans ses lettres. Ce sera mieux pour tout le monde.

Sébastien remercia Séverin d'un coup d'œil.

— Je vous accompagnerai et je verrai ce qu'elle a à me dire mais en aucun cas elle ne viendra ni ici ni chez nous. Et je ne reviendrai pas là-dessus. Sur ce, il est tard. Je crois qu'il est temps pour nous tous d'aller nous coucher.

Il voulait accorder ce répit à Julie dont les tremblements s'accentuaient. Séverin les salua avec tendresse tandis que Guillaume sortait sans les regarder, le regard froid.

Dans leur chambre, quelques instants plus tard, les jumeaux discutaient des événements de la soirée. Guillaume fulminait. Séverin, plus réfléchi, essayait de le tempérer.

— C'est tout de même impensable. De quel droit nous empêche-t-on de voir notre mère où nous le voulons ? Julie n'a pas le droit…

— Nous devons aussi essayer de la comprendre.

— Et elle, alors ? Il s'agit de notre mère. Notre mère ! Nous ne l'avons pas vue depuis des années…

— Justement. Soyons prudents.

— Prudents ? Je ne veux pas être prudent. Je veux voir ma mère. J'en ai le droit et Julie, par jalousie…

— Elle n'est pas jalouse. Elle a peur.

— Peur ? Mais peur de quoi, bon sang ? Tout de même pas que Père la quitte pour notre mère. Ils sont mariés et…

— C'est plus profond que ça si tu veux mon avis. J'ai vu son regard quand j'ai parlé des lettres. Elle a réellement peur. J'aime notre mère, je suis heureux de la revoir mais je ne veux pas qu'elle fasse de mal à Julie. Elle ne le mérite pas. Elle a été merveilleuse avec nous. Elle nous a soutenus quand cela n'allait pas et ce, malgré notre attitude première. Tu ne peux pas dire le contraire.

Refusant de s'avouer vaincu, Guillaume grommela quelques paroles inintelligibles. Tournant le dos à son frère, il gagna son lit et souffla la bougie, plongeant la pièce dans l'obscurité

***

Le surlendemain, Sébastien se leva avant l'aube, après un dernier regard à Julie endormie. Elle avait trouvé le sommeil tardivement après un début de nuit agité et peuplé de cauchemars. Il sourit en trouvant Malo là où il l'espérait : debout près de la fenêtre ouverte, le regard plongé dans l'obscurité, il fumait sa pipe comme il le faisait chaque matin avant le réveil de Clémence. Il ne se retourna pas, se contentant de tirer énergiquement sur son brûle-gueule.

— Déjà debout, garçon ?

— Je voulais te parler. Te demander...

— De veiller sur Julie pendant ton absence. C'est inutile. Tu sais que je le ferai.

— Elle a peur et je ne sais pas la rassurer.

— C'est compréhensible. La présence d'Inès si proche d'elle ne peut que raviver des blessures qui n'ont jamais vraiment guéri. Je suis inquiet moi aussi.

— Inès est revenue pour les garçons. Une mère reste une mère, je suppose.

— Cette femme a toujours un but, un objectif à atteindre et elle se donne les moyens d'y parvenir. Sois prudent et méfie-toi.

— Sois tranquille.

— Je le serai lorsque tu me diras qu'elle quitte Paris. Quoi qu'il en soit, tu sais que j'aime Julie comme si elle était ma fille. Compte sur moi : je veillerai.

— Merci. Essayez de ne pas la laisser seule si vous le pouvez.

— Nous ferons tout pour la distraire mais tu sais aussi bien que moi qu'elle n'oubliera pas où tu es. Et surtout avec qui tu es.

Sébastien hocha la tête avec un demi-sourire. Lui-même avait hâte d'être débarrassé de cette corvée. Dès que possible, il rentrerait chez lui avec Julie et Baptiste. Ensemble, ils oublieraient Inès et ses manigances. Il avait menti à Malo en se montrant optimiste. Il était persuadé qu'Inès n'était pas revenue sans raison. Il entra dans la chambre et observa longuement Julie. Elle s'était recroquevillée et s'agitait, secouée de mouvements convulsifs. Doucement, il s'allongea à ses côtés et l'entoura de ses bras. Instinctivement, sans se réveiller, elle se tourna vers lui et se blottit contre sa poitrine, légèrement détendue. Attendri, il sourit en constatant à quel point elle se fiait à lui. Cela l'inquiétait aussi. Parviendrait-il à la protéger de la haine de cette autre femme qui avait jadis failli la détruire ?

Juste avant de partir, Guillaume et Séverin embrassèrent Julie avec tendresse. Si le premier trépignait d'impatience, le second s'attarda quelques instants auprès de la jeune femme.

— Ce n'est pas parce que notre mère revient que nous t'aimerons moins. Tu comptes beaucoup trop pour nous.

— Et vous savez que je vous aime infiniment. J'ai déjà hâte de vous revoir. À très bientôt.

— Nous nous verrons sans doute moins à partir de maintenant. Nous passerons notre temps libre avec notre mère.

La maladresse de Guillaume, malgré le coup de coude que lui infligea son frère, blessa Julie. Elle craignait de perdre leur affection, leur tendresse et la joyeuse complicité qui les unissait. Il lui faudrait attendre plusieurs semaines avant de revoir Séverin qui regagnait Saint-Cyr le soir même sans repasser par la pension de famille. Guillaume, quant à lui, ne reviendrait que le lendemain. Il passait la soirée et la nuit chez un camarade. Et elle savait déjà que tout serait différent quand elle les reverrait... Sébastien la serra à son tour contre lui, lui soulevant le menton pour plonger ses yeux dans les siens.

— Quand tu seras avec elle, n'oublie pas à quel point je t'aime et...

Il la fit taire d'un baiser léger.

— Je lui rends visite. Je ne serai pas avec elle. Dans quelques heures, je serai près de toi. Tu n'as rien à craindre et tu le sais.

Sébastien, malgré sa méfiance, assista néanmoins avec émotion aux retrouvailles de ses fils avec leur mère. Guillaume surtout ne contenait pas sa joie. Un sourire béat sur les lèvres, il ne quittait pas Inès des yeux. Séverin, bien que plus réservé, avait les yeux brillants de plaisir. Avec discrétion, il s'installa dans un fauteuil et les écouta se raconter. Il préférait rester silencieux. Inès lui dirait ce qu'elle voudrait un peu plus tard. Cet instant ne lui appartenait pas. Il n'avait pas vu ses fils aussi heureux depuis si longtemps... Il en profita pour observer la pièce qu'il connaissait bien. Ses sourcils se froncèrent soudain. Depuis qu'il était arrivé, quelque chose le tourmentait et cela lui sautait soudain aux yeux : tout était trop parfait, trop confortable. Les tapis épais. Les fauteuils bien agencés. Les tableaux aux murs. Les plantes vertes luxuriantes dans leurs pots et les bouquets de fleurs dans leurs vases sur la cheminée. Et la cour, parfaitement propre malgré les années passées sans entretien. Cet hôtel n'avait pas été rouvert quelques jours auparavant comme Inès le prétendait. Il lui avait fallu bien davantage de temps pour recréer la beauté de ces lieux. Elle était sans doute à Paris depuis bien plus longtemps qu'elle ne le prétendait…

Les heures s'écoulèrent rapidement, ponctuées de rires et de joyeux éclats de voix. Les garçons rayonnaient, se coupaient sans cesse la parole, évoquaient leurs souvenirs. Inès ne cessait de leur prendre la main, de leur ébouriffer les cheveux. Elle était fière de les voir si grandis, si beaux, si sûrs d'eux. L'heure de la séparation sonna soudain. Séverin se leva le premier. Une voiture devait le ramener à l'école militaire. Guillaume soupira tristement en constatant qu'il allait devoir partir aussi.

— Je pourrais rester encore. Je peux annuler cette invitation et…

— Non, mon Guillaume, nous allons nous revoir très vite. Tu t'es engagé et tu dois t'y tenir. Et je dois parler avec ton père. Tu m'accorderas bien quelques instants avant de partir, Sébastien ?

— Bien entendu. Je suis là pour ça. Guillaume, nous nous voyons demain. Conduis-toi bien chez ton ami et n'oublie pas de remercier ses parents.

Le jeune garçon étreignit ses parents avec affection. Inès le raccompagna jusqu'au seuil de la demeure comme elle l'avait fait quelques minutes auparavant avec Séverin. Sébastien, resté seul, observa en silence le ballet des domestiques qui nettoyaient la pièce. L'un d'eux déposa une carafe de vin et deux verres sur un guéridon et se retira en s'inclinant. Sébastien n'aimait pas ce qui se préparait et n'avait aucune envie de se retrouver en tête à tête avec sa première épouse. La jeune femme revenait justement et il ne put s'empêcher de constater que, malgré les années, elle était toujours très séduisante. Ses yeux bruns, immenses, soulignés par l'arc délicatement dessiné de ses sourcils noirs, éclairaient joyeusement un visage à l'ovale parfait, encadré par des cheveux de jais coupés court. Elle était belle, c'était incontestable. Elle avançait vers lui, tout sourire, d'une démarche souple et gracieuse. Il n'éprouvait cependant pour elle qu'aversion et méfiance. Elle posa une main sur sa manche, inclinant doucement la tête.

— Détends-toi, Sébastien. Je ne te veux aucun mal. Je veux juste te parler de nos fils. Je voudrais passer du temps avec eux. J'imagine que tu peux le comprendre.

— Je le comprendrais davantage si tu avais demandé de leurs nouvelles ces dernières années. Tu les as abandonnés. Et tu reviens, sans vergogne, comme si tu pouvais effacer ton absence avec une lettre et quelques caresses. Je refuse de les voir encore souffrir par ta faute, Inès…

— Ne t'emporte pas. Je ne prétends rien effacer, encore moins me justifier. Mais je reste leur mère…

— Et où étais-tu pendant qu'ils grandissaient sans toi ? Quel endroit pouvait être si loin d'eux que tu ne puisses pas leur écrire ?

— J'ai beaucoup voyagé. Et j'avais peur de leur écrire. Je craignais que tu leur aies parlé. Qu'ils sachent…

— Qu'ils sachent quel monstre tu es ? Rassure-toi, je n'ai rien dit. Je te l'avais juré. J'ai tenu parole. Je ne veux pas qu'ils aient honte de toi. Mais tu ne les mérites pas et je ne te laisserai pas leur faire de mal.

— Ils sont ce que j'ai de plus précieux même si je n'ai pas su veiller sur eux. Tu en as fait de magnifiques garçons. Presque des hommes… Je voudrais juste les avoir avec moi cet été. Les emmener en voyage. Peut-être en Espagne. J'y ai un peu de famille. Ils pourraient connaître leurs racines. Ou ailleurs, si tu préfères. J'ai besoin de les retrouver, s'il te plaît…

Il sentit trembler sa main sur son bras. Il ne se départit pas pour autant de sa méfiance.

— Je ne peux te donner de réponse sans y réfléchir auparavant. Il me faudra des certitudes. Notamment celle qu'ils n'approchent pas de ton bon ami, le comte de Verteuil…

— Ton beau-père ? Cela pourrait créer de beaux liens familiaux entre nous tous… Je plaisante, voyons. Je n'ai pas revu cet homme depuis des années.

— Depuis que vous êtes allés ensemble à Vienne ? Et que tu as laissé à son service ton cher ami Pied-de-Biche ?

— Je ne savais rien de ses intentions, je te le jure. Il m'a abordée un jour à Vienne, lors d'une réception, et m'a dit que nous avions des connaissances communes. Lorsqu'il s'est expliqué, je lui ai opposé une fin de non-recevoir. Quant à Pied-de-Biche, il m'a quittée quelques semaines plus tard en me disant qu'il allait achever un vieux projet. J'ai supposé qu'il rejoignait le comte mais sans avoir de réelles certitudes. Je ne sais rien d'eux, je te le jure.

— Tu ne savais donc rien des projets de Verteuil ? Pied-de-Biche a prétendu que tu étais sa complice…

— Il a menti. Je lui ferai payer ça si un jour je le revois.

— Il est mort. Tu l'ignorais ?

— Mort ? Je l'ai supposé parfois, n'ayant aucune nouvelle mais, encore une fois, je ne pouvais être sûre de rien. Je dois t'avouer que cela me soulage. Il en savait trop sur moi et me le faisait comprendre régulièrement. Je ne savais rien… Il faut que tu me croies… S'il te plaît…

— Tu comprendras que cela m'est difficile après tout ce que tu as fait par le passé…

— Je veux juste retrouver mes fils. C'est mon seul souhait. Je ne suis pas venue pour m'en prendre à toi ou à ta gentille petite épouse blonde.

— Ne parle pas d'elle ainsi. Je t'interdis de…

— Pardonne-moi. C'est que je suis jalouse d'elle encore. Je l'ai toujours été, je l'avoue sans honte. Parce que je n'ai jamais pu t'oublier. Parce que tu me manques chaque jour qui passe depuis que tu m'as quittée. Ne me repousse pas…

Elle leva la main vers son visage pour lui caresser la joue mais il lui saisit le poignet. Il la dévisagea avec étonnement. Il ne comprenait pas qu'elle prétende avoir des sentiments pour lui après tout ce temps, après toutes les souffrances infligées. L'image du corps torturé de Julie lui revint en mémoire. Ses larmes encore quelques jours auparavant à l'idée de ne plus avoir d'enfant. Une vague de haine l'envahit et il l'écarta sans ménagement.

— Que tu es dur… Je te répugne donc à ce point ?

— Je ne pourrai jamais oublier. Ni te pardonner.

— Nos fils seraient tellement heureux si… Ne pourrais-tu envisager…

— Nos fils sont heureux. Je te ferai connaître ma réponse au sujet de ce voyage que tu projettes. Je ne t'empêcherai pas de les voir, c'est entendu, mais il est temps pour moi de partir.

Il fit un pas vers la porte pour sortir, s'efforçant de la contourner sans même la frôler. Sa colère bouillonnait en lui, prête à exploser.

— Je t'en prie, ne pars pas comme ça. Je ne voulais pas te mettre en colère. Je voudrais te parler encore des garçons. S'il te plaît… Tu n'as rien pris de l'après-midi. Veux-tu partager un verre de vin avec moi ? Juste un verre pour nous apaiser tous les deux…

Il acquiesça d'un hochement de tête. Elle remplit deux verres du liquide sombre qui prit une teinte sanglante lorsqu'elle leva son verre dans un éclat de lumière pendant que Sébastien buvait le sien d'un trait, la main crispée sur le cristal.

— À ta santé, Sébastien. Et à l'oubli…

***

La pluie tombait depuis des heures, cinglait les vitres qui tremblaient sous les assauts du vent. Malo se leva avant l'aube, comme chaque jour, et tressaillit en trouvant Julie là où il l'avait laissée la veille au soir. Debout, près de la fenêtre, les yeux plongés dans l'obscurité. Elle ne se tourna pas vers lui, parfaitement immobile.

— Tu ne t'es pas couchée du tout, petite ?

— Je n'aurais pas pu trouver le sommeil. Où est-il, Malo ? Où est mon époux ?

— Avec cette pluie, il s'est peut-être arrêté dans une auberge pour s'abriter et….

— Sachant à quel point je craignais cette rencontre ? L'hôtel des Mirbeau n'est pas si loin. Il serait rentré quel que soit le temps. Il s'est passé quelque chose et tu le sais…

— Veux-tu que nous allions là-bas pour nous renseigner ?

— J'y ai pensé toute la nuit… S'il était arrivé quoi que ce soit dont je dusse être informée, il m'aurait prévenue. Je ne supporterai pas l'humiliation de savoir qu'il a passé la nuit chez elle. Peut-être de le surprendre dans ses bras…

— Voyons, que vas-tu imaginer, petite ? Tu sais à quel point il t'aime…

— J'ai tout imaginé cette nuit, Malo… Je n'ai qu'une certitude : mon mari est allé rendre visite à sa première femme et il n'est pas rentré.

— Alors, laisse-moi envoyer chez elle. Un messager…

— Qui reviendra la tête basse en me disant que mon mari va très bien ? Cela me terrifie. S'il préfère rester près d'elle, que puis-je faire ?

Malo s'approcha d'elle, la prit par les épaules et la força à se tourner vers lui.

— Tu es glacée, Julie. Va te coucher quelques heures et cesse de t'inquiéter inutilement. Sébastien est ton mari. Il ne va pas tarder et pourra tout t'expliquer. Repose-toi, petite. Je te préviendrai dès qu'il sera là. Ou plutôt, il te préviendra lui-même. Va, petite ! Je ne veux plus te voir près de cette fenêtre.

Il la poussa vers la chambre, doucement mais fermement. Elle obtempéra, les épaules voûtées, et lui jeta un dernier regard avant d'entrer dans sa chambre.

— J'ai peur, Malo. Je ne veux pas le perdre.

— Va dormir au lieu de dire des sottises.

Il se tourna à son tour vers la fenêtre pour masquer son propre trouble. Il bourra sa pipe, l'alluma et darda son regard sur l'allée et la grille d'entrée, priant pour que Sébastien apparaisse le plus vite possible.

La journée se déroula de manière interminable pour Julie, Malo et Clémence. La jeune femme avait été incapable de trouver le sommeil et restait assise, les mains à plat sur les genoux, parfaitement immobile durant des heures, se levait soudain, brusquement pour rester de longues minutes près de la fenêtre. Elle ne prononçait pas un mot, à part pour rejeter les propositions de ses amis qui voulaient envoyer quelqu'un chez Inès. Elle refusa de s'alimenter, de se reposer, anéantie par la peur qui la rongeait. À la tombée du jour, ils entendirent soudain claquer la porte d'entrée et des bruits de pas dans l'escalier. Un vague espoir au cœur, Julie se redressa, le cou tendu, les mains en avant. Elle retomba sur le canapé avec un gémissement sourd en reconnaissant Guillaume qui rentrait de ses cours.

— Ce n'est que toi…

— Quel accueil ! Je suis habitué à mieux. Que se passe-t-il donc ici pour que vous fassiez tous une telle mine ?

— Ton père n'est pas rentré depuis votre départ hier. Et Julie est très inquiète. Nous le sommes tous les trois.

— Qu'est-ce que tu racontes, Malo ? C'est impossible.

— Guillaume, hier, ton père est bien parti en même temps que toi de chez ta mère, n'est-ce pas ? Il savait que je l'attendais…

— Eh bien, non. Notre mère a demandé à lui parler et il est resté chez elle. Mais je suis certain que…

Il fut interrompu par un gémissement de Julie qui se leva soudain et leur tourna le dos pour de nouveau se poster près de la fenêtre.

— Il aura donc suffi qu'il la revoie une fois. Une seule fois… Je veux être seule. S'il vous plaît, laissez-moi.

Guillaume fit un pas vers elle mais Clémence l'arrêta en le prenant par le bras. Elle l'entraîna vers la salle à manger. Malo leur adressa un sourire et s'approcha de Julie. Il posa ses larges mains sur ses épaules. Elle n'eut pas la force de le repousser.

— J'ai dit que je voulais être seule, Malo.

— Et moi, je pense que c'est une mauvaise idée. Je te connais mieux que personne, petite. Je sais quand tu as besoin de moi.

— Je ne vais pas m'effondrer et pleurer, ne t'en fais pas. Ce n'est pas dans mes habitudes.

— Je sais. Je ne doute pas de ton courage. Je t'ai toujours admirée pour cela. Mais tu dois savoir que tu n'es pas seule. Tu ne le seras jamais. Je serai toujours là pour toi. Et ce soir, je te demande de ne prendre aucune décision précipitée. Demain, j'irai chez Inès et je saurai de quoi il retourne. Si Sébastien est là-bas…

— Tu en doutes encore ?

— S'il est là-bas donc, il devra s'expliquer. Mais, pour l'heure, nous ne sommes sûrs de rien. Tu m'entends, petite ? De rien… Sauf de l'amour qui vous lie depuis toujours…

— Merci, Malo…

Le lendemain, Guillaume proposa à Julie de rester près d'elle ou d'accompagner Malo. Ils refusèrent tous deux et le persuadèrent d'assister à ses cours comme si rien ne s'était passé. Il obtempéra à regret et les quitta, les épaules basses. Il était parti depuis quelques minutes et Malo s'apprêtait à en faire autant lorsque Julie poussa un cri.

— Le voilà… Il revient. Mais… il est ivre ?

Sébastien était dans la rue, s'accrochant à la grille. Il marchait d'un pas hésitant, chancelant. Malo dévala les marches pour aller à sa rencontre et le cueillit littéralement alors qu'il s'engageait dans l'allée. Il passa un bras sous ses épaules pour le soutenir et le porta presque jusqu'à l'étage. Julie fulminait.

— Tu aurais dû laisser cet ivrogne se débrouiller, Malo. Il ne mérite pas que tu te donnes du mal pour lui.

— Je ne crois pas qu'il soit soûl. Il a plutôt l'air malade. Aide-moi à l'allonger.

Ensemble, ils portèrent Sébastien sur son lit. Il respirait avec difficulté, les yeux révulsés et injectés de sang, les pupilles étrangement dilatés. Sa main droite se crispait sur sa poitrine. Il semblait souffrir terriblement. Julie constata effectivement qu'il ne sentait pas l'alcool. Elle prit sa main libre entre les siennes et l'appela doucement. Il ne sembla pas l'entendre mais sa respiration se fit plus saccadée encore. Son souffle franchissait ses lèvres, irrégulier et sifflant. Bouleversée, oubliant sa colère et sa jalousie, elle lui caressa le visage, soulevant les mèches sombres qui tombaient, désordonnées, sur son front blême. Craignant le pire, Malo se précipita à la recherche d'un médecin.

— Le cœur… L'alerte est sérieuse.

— Mais il va se remettre ?

— Nous ne pouvons que l'espérer…

— Je ne comprends pas, Docteur. Il a toujours été en excellente santé. Comment est-ce que cela a pu arriver ainsi, sans raison ?

— Peut-être pas sans raison, Madame. Votre époux a-t-il l'habitude de prendre de l'opium ? Ou du laudanum peut-être ?

— Non, bien sûr que non. Que devons-nous faire pour le soigner ?

— Veillez à ce qu'il soit au calme complet, c'est essentiel. Je reviendrai ce soir pour voir comment il va.

Le médecin referma sa trousse et adressa un regard éloquent à Malo qui se proposa aussitôt pour le raccompagner. Avant de sortir, il posa un baiser sur le front de Julie, assise dans un fauteuil au chevet de son époux endormi. Sa respiration était irrégulière et s'exhalait entre ses lèvres entrouvertes et légèrement bleuies. Ses traits étaient crispés. Malo pressa l'épaule de la jeune femme qui lui sourit en retour. Un sourire bien pâle, bien triste, empreint de fatigue. Mais un sourire tout de même. Il accompagna le médecin jusqu'à la grille, échangeant avec lui dans l'allée. Ils discutèrent quelques instants avant que le vieil homme fasse volte-face pour retourner auprès des siens, les épaules voûtées. En revenant, il aperçut Julie qui le guettait par la fenêtre du salon. Il se mordit les lèvres en songeant qu'il allait devoir s'expliquer avec elle. Il l'aborda pourtant en souriant.

— Tu l'as donc laissé seul ?

— Si je peux le confier à quelqu'un, c'est bien à sa mère. Mais n'essaie pas de détourner mon attention, Malo. Je veux savoir ce que le médecin t'a dit. Il est plus inquiet qu'il ne me l'a prétendu, n'est-ce pas ?

— Il pense que Sébastien devrait déjà avoir repris connaissance. Et il a insisté pour savoir s'il pouvait consommer de l'opium à ton insu.

— Bien entendu, tu lui as répondu que c'était impossible…

— Il est impensable qu'il prenne de l'opium de manière régulière, je suis d'accord. Pour autant, nous ne pouvons écarter l'hypothèse qu'il ait pris quelque chose durant cette absence que nous n'expliquons pas.

— Tu veux dire… à son insu ? Tu crois que cette garce l'aurait drogué ?

— Je ne sais pas, petite. Peut-être était-il consentant. Ou elle l'a forcé pour le garder près d'elle et te torturer encore…

— C'est donc un monstre que cette femme… J'aurais dû m'y attendre. Après ce qu'elle m'a fait subir…

— Nous ne savons pas ce qu'il s'est passé, Julie.

— Allons, Malo, ne cherche pas à minimiser sa responsabilité ou à tergiverser. Tu n'y crois pas plus que moi.

— Sans doute pas. Mais nous ne saurons la vérité que lorsque Sébastien s'éveillera.

— S'il s'éveille, Malo. S'il s'éveille…

Il hocha la tête et lui passa un bras autour des épaules pour retourner dans la chambre du malade. Il n'avait pas osé lui parler des poudres aphrodisiaques évoquées par le médecin… Poudres qui, prises en trop grandes quantités ou mal préparées, pouvaient s'avérer fatales…

Sébastien demeura dans un état de profonde léthargie durant deux jours entiers, inquiétant à la fois ses proches et son médecin qui se relayaient en permanence pour veiller sur lui. De temps à autre, il s'agitait soudainement, le souffle accéléré, tremblant de tous ses membres et retombait inerte et parfaitement immobile. Julie, épuisée, terrifiée, dormait par intermittence à son chevet dont elle ne s'éloignait que pour s'occuper de Baptiste. L'enfant, sensible à une situation qu'il comprenait mal, réclamait sa présence à tout instant. À bout de forces, la jeune femme réservait pourtant à son fils son plus doux sourire et, à son époux, ses paroles de soutien et de réconfort, espérant que ses mots, prononcés à voix basse, parfois dans un souffle, trouvent le chemin de son cœur.

Au soir du deuxième jour, il se redressa brutalement dans son lit, les yeux écarquillés, criant de douleur et de peur, ses jambes violemment agitées de soubresauts convulsifs. D'un brusque mouvement du bras, il repoussa Julie qui s'approchait et qui tomba dans le fauteuil, terrorisée. Malo était à cet instant dans le salon, échangeant avec le médecin qui venait de visiter le malade. Les deux hommes se précipitèrent en entendant les cris, se figèrent devant le spectacle offert par un Sébastien hagard que son épouse essayait vainement d'approcher.

— Sortez, Madame, je vous en prie.

— Mais…

— Sortez ! Vous, Monsieur, aidez-moi. Tenez-le fermement.

Julie n'entendit pas la suite. Clémence l'avait prise de force par le bras et l'avait fait sortir de la chambre malgré sa résistance

— Pourquoi ? Pourquoi ne me laisse-t-il pas être auprès de lui ?

Malo posait au même instant la même question au médecin qui s'efforçait de maintenir Sébastien dont le corps semblait tout entier incontrôlable.

— Pour ne pas lui imposer ce spectacle. Aidez-moi à le mettre sur le côté.

Ils durent déployer toutes leurs forces pour le faire rouler au bord du lit. Soudain, Sébastien agrippa l'épaule de son vieux compagnon et parvint à fixer son regard sur le sien. Malo y lut une détresse extrême qui le bouleversa.

— Qu'est-ce qu'il m'arrive, Malo ? Qu'est-ce que j'ai ? Qu'est-ce…

Il fut interrompu par une violente nausée qui lui tordit l'estomac. Le médecin s'était attendu à cette éventualité et eut le temps de soutenir son patient au bord du lit tandis qu'il vomissait une étrange substance blanche. Le jeune homme retomba allongé, le corps soudain relâché, le visage inondé de sueur et de larmes. Le praticien l'essuya doucement. Sans quitter son patient des yeux, il réclama à Malo des linges frais et sa trousse de soins. S'emparant d'un petit flacon ambré, il le glissa entre les lèvres de Sébastien et lui en fit avaler une gorgée. Docilement, le patient se laissa faire, reprenant peu à peu son souffle et ses esprits. Bien que faible, il se fit violence pour parler, malgré les exhortations du médecin à rester calme et silencieux. Encore ne put-il prononcer qu'un seul mot. Mais il l'accompagna d'un regard qu'il voulait impérieux et qui n'était qu'implorant.

— Julie…

— Je ne suis pas sûr que…

— Laissez-la venir, Docteur. Il ne se calmera pas tant qu'elle ne sera pas à ses côtés.

Un instant après, Julie était auprès de son époux et lui tenait la main. Il parvint à lui sourire et à presser doucement ses doigts entre les siens. Il la fixa tant qu'il put jusqu'à ce que ses paupières se fassent trop lourdes. Il s'endormit alors, apaisé. La jeune femme leva un regard inquiet vers le médecin qui lui sourit avec bienveillance.

— Il s'en sortira. À condition qu'il se repose et évite toute émotion violente dans les prochains jours. Nous venons de franchir un seuil capital. Prenez soin de vous également, Madame, vous êtes à bout de forces. N'allez pas tomber malade à votre tour.

Elle hocha la tête, s'enfonça un peu plus dans son fauteuil. Elle ne trouvait pas la force de répondre mais l'unique larme qui roulait lentement sur sa joue disait mieux que les mots son soulagement et son émotion. Malo la recouvrit d'une couverture, lui caressa doucement les cheveux.

— Dors, petite. Tu n'as plus rien à craindre. Clémence et moi, nous veillons.

Bien qu'épuisé lui-même, il raccompagna ensuite le médecin jusqu'à l'entrée. À la grille, il lui pressa l'épaule, tant pour lui manifester sa reconnaissance que pour le retenir un instant.

— Je vous remercie infiniment, Docteur. Cependant, quelque chose m'intrigue… Tout à l'heure, ces vomissements… Ce n'est pas lié au cœur. Vous saviez ce qui allait arriver et vous avez voulu épargner Julie.

— Effectivement, je m'attendais à ce que cela arrive. J'avais déjà vu ce phénomène chez des patients. Je m'étonnais juste que cela ne se soit pas encore produit.

— Ces patients, ils prenaient des drogues, n'est-ce pas ?

Le médecin acquiesça et Malo demeura un long moment devant l'entrée, à le regarder s'éloigner. Il était à la fois troublé et inquiet. Il savait que Sébastien avait fumé de l'opium, à une seule et unique occasion, peu après la mort de son père sur un champ de bataille. Il avait affirmé avoir détesté les sensations provoquées et n'avait jamais retenté l'expérience. Malo le croyait. Quelque chose s'était passé chez Inès. Quelque chose qui avait failli le tuer. Et le vieil homme savait que cette femme n'agissait jamais sans avoir une idée précise. Quoi qu'il en soit, il était prêt à tout pour protéger Julie et ceux qu'il aimait.

***

— Mais enfin, je ne comprends pas pourquoi je ne peux pas vous accompagner. Je vais très bien.

Clémence sourit. Deux semaines plus tard, Sébastien se remettait plus vite que prévu et il devenait de plus en plus difficile d'obtenir qu'il reste tranquillement assis dans un fauteuil ou allongé sur son lit. Ses souvenirs cependant restaient flous concernant son absence. Il se souvenait d'avoir discuté avec Inès, bu un verre de vin et c'était tout. Le reste se noyait dans une succession d'images vagues dont il ne savait si elles étaient réelles ou le fruit de son imagination. Depuis de longues minutes, tandis que Julie se préparait dans la chambre voisine, Malo essayait de le convaincre.

— Ton médecin a été formel. Pas de sortie pour l'instant.

— Je vais devenir fou à rester enfermé ici. Je ne risque rien à accompagner ma femme et mes fils en promenade.

Julie sortait à l'instant de sa chambre, vêtue d'une ravissante robe de mousseline blanche, bordée d'une fine dentelle grège. Elle avait posé sur ses épaules une étole de cachemire beige à motifs floraux verts et roses. Ses cheveux étaient retenus par des rubans assortis. Elle s'agenouilla devant lui, le fixant de ses grands yeux pleins de tendresse.

— Reste ici tranquillement, s'il te plaît. Si tu ne le fais pas pour obéir au médecin, fais-le pour moi.

— Tu ne veux donc pas que je vienne.

— J'en serais heureuse mais j'ai failli te perdre. Je ne serais pas sereine en sachant que tu vas à l'encontre des conseils que tu as reçus. Ne compromets pas ta guérison pour une simple promenade. Si tu préfères, je reste ici et…

— Non, ma douce, profite de cette belle journée. Il ne me fallait pas d'autre argument que ce beau regard que tu lèves sur moi. Promets-moi juste que nous serons bientôt chez nous.

Elle n'eut pas le temps de répondre. Des voix résonnaient dans le couloir. Julie reconnut celle de Séverin, de retour pour quelques jours. Une femme l'accompagnait et le ton de la conversation semblait tendu. Clémence s'avança pour savoir qui arrivait. Ouvrant la porte, elle ne trouva nez à nez avec Inès que le jeune garçon tirait par le bras. Guillaume les suivait en silence. La vieille dame blêmit mais croisa résolument les bras sur sa poitrine.

— Vous n'êtes pas la bienvenue ici et vous le savez. Je vous demanderai de vous retirer.

Sans l'écouter, Inès se glissa entre elle et la porte pour la contourner. Elle sourit sournoisement en observant Julie toujours à genoux devant Sébastien.

— Quel charmant tableau. Je suis désolée de vous interrompre mais vous comprendrez à quel point j'étais inquiète. Apprendre que mon mari a failli mourir…

— Votre mari ? Vous faites erreur, je pense.

Julie s'était redressée brutalement et affrontait courageusement Inès malgré la peur qu'elle éprouvait à la vue de cette femme. Le sourire de cette dernière s'étira sur ses lèvres en considérant la frayeur palpable de sa rivale. Elle jeta un coup d'œil acéré sur la mise si simple de Julie en comparaison avec la sienne. Elle était belle et le savait. Sa robe de soie bordeaux bruissait doucement à chacun de ses mouvements et mettait en valeur sa chevelure de jais.

— Sachez, Madame, que je ne me trompe jamais. Sauf quand je pense à tort qu'une fillette de quinze ans n'a pas assez de vice pour entrer dans le lit d'un homme qui a dix ans de plus qu'elle et détruire sciemment sa famille. C'est bien ce qui s'est passé ?

— Comment osez-vous ?

— Et, non contente d'avoir éloigné cet homme de ses enfants, vous avez voulu lui faire croire que votre fils était de lui. Alors qu'il était né durant votre mariage avec un autre.

— Inès, sors de cette maison tout de suite. Je ne te laisserai pas distiller ton venin plus longtemps.

Sébastien s'était levé, une main sur la poitrine et le visage crispé par la douleur et la colère. Il se tenait à côté de Julie et entremêla ses doigts aux siens, déterminé à ne pas faiblir devant sa première épouse. Celle-ci, imperturbable, poursuivait néanmoins.

— Au moins, ce mariage-là était tout à fait légal. J'en suis heureuse pour vous.

— Que voulez-vous dire ?

— Je suis ravie de voir que vous vous intéressez enfin à ce que je vous dis. Votre prétendu mariage avec mon propre mari n'a aucune valeur. En effet, comment pouvait-il légalement vous épouser tout en étant déjà engagé avec moi ?

— Tu dis n'importe quoi pour faire le mal, Inès. J'ai obtenu le divorce.

— C'est ce que tu crois, mon amour. En réalité, ce divorce n'est pas valide. Il semble que le fait que tu aies oublié de m'en parler et que tu aies continué à vivre avec moi pendant deux ans le rende caduc. C'est du moins ce qu'ont prétendu plusieurs avocats que j'ai consultés. Et voici le jugement rendu par un juge de paix de Paris. J'en ai bien entendu plusieurs copies faites par un notaire assermenté.

Tout en parlant, elle ouvrait un ravissant sac tulipe de velours cramoisi qui se balançait mollement à son bras depuis son arrivée. Elle en sortit une enveloppe cachetée qu'elle tendit à Sébastien. Voyant qu'il restait sans réaction, elle la posa sur un guéridon.

— Je comprends que vous soyez tous surpris mais il faut se rendre à l'évidence. Si nous ne sommes pas divorcés, vous deux, vous ne pouvez être légalement mariés. N'est-ce pas une merveilleuse nouvelle, mes enfants ? Nous allons pouvoir de nouveau former une belle famille. Plus rien ne s'y oppose. Sébastien, je t'attends chez nous dès que tu le souhaiteras et que ta santé te permettra ce déplacement.

Elle sortit, foudroyant Julie d'un dernier regard de triomphe et gratifiant Guillaume d'un baiser sur la joue. Séverin, dont le visage était sillonné de larmes, se détourna d'elle. Elle haussa les épaules et quitta la pièce plongée dans le plus absolu silence.

20

Ils demeurèrent tous sidérés de longues secondes durant. Malo se ressaisit le premier et prit l'enveloppe. Sébastien la lui arracha presque, fit sauter le cachet de cire et déplia les documents. Il commença à lire et pâlit terriblement. Il retomba assis dans son fauteuil. Tous se précipitèrent vers lui, craignant le pire. Il les rassura d'un sourire triste.

— Ça ira. Malheureusement, Inès n'a pas menti.

Il tendit les feuillets à Julie qui les parcourut d'un œil hagard. Elle ne parvenait pas à comprendre ce qu'elle lisait. Les mots dansaient devant elle. Ses doigts tremblaient. Très doucement, Malo lui prit les feuilles et les rendit à Sébastien qui saisit la main de Julie pour l'attirer près de lui.

— Nous n'allons pas nous laisser faire. Nous trouverons une solution, je te le promets.

Elle essaya de parler mais les mots refusèrent de franchir la barrière de ses lèvres. Le choc était d'une violence inouïe, terrifiante. Sébastien se releva et la serra contre lui, tentant vainement de la réconforter. Elle leva les yeux vers lui. Il lut dans son regard une telle détresse qu'il en ressentit encore plus de colère envers Inès. Il ne voyait rien d'autre que cette douleur, il en oubliait qu'ils n'étaient pas seuls dans la pièce.

— Tu es ma Julie, ma femme, ma douce. Tu es la seule qui compte. Elle ne nous détruira pas.

— Il vous faudrait consulter un avocat, mes enfants, pour voir si tout est légal et quels sont vos recours.

Il tressaillit en entendant la voix altérée de sa mère et acquiesça d'un signe de tête, tenant toujours Julie contre lui. Malo reprit d'un air embarrassé.

— Je ne voulais pas vous en parler mais maître Dubois-Mareuil est à Paris en ce moment. Je l'ai rencontré la semaine dernière par hasard. Il vit rue de Varennes…

— Il y a des dizaines d'avocats à Paris, Malo. Je n'ai pas besoin de lui. Nous trouverons quelqu'un d'autre.

— Malo a une bonne idée. Il me connaît et j'ai confiance en lui.

— Très bien, ma douce. Si tu le souhaites, nous irons le voir dès demain.

Il refusait de la bousculer encore malgré son aversion pour tout ce qui touchait à son mariage avec Charles. Son propre passé ne cessait de bouleverser leur vie de manière bien plus douloureuse. Séverin s'avança soudain vers eux, des larmes roulant toujours sur ses joues.

— Je suis désolé. Père, Julie… C'est notre faute. Nous n'aurions pas dû lui permettre de revenir dans nos vies.

Julie se détacha des bras de Sébastien pour prendre la main du garçon entre les siennes.

— Vous n'avez rien à vous reprocher, Séverin. Personne ne peut vous en vouloir d'avoir reçu une lettre ou d'avoir voulu revoir votre mère.

— D'autant que ces documents sont datés de l'automne dernier. Elle a juste attendu pour faire son coup d'éclat. Ne crains rien, fils, ni Julie ni moi ne vous ferons jamais aucune remontrance à ce sujet.

— L'automne dernier ? Il y a six mois ? Elle était à Paris depuis tout ce temps et ne nous a contactés que maintenant. Elle n'est donc pas revenue pour nous ?

La voix de Guillaume se brisait. Découvrir la duplicité de sa mère était une épreuve à laquelle il n'était pas préparé. Séverin se chargea de lui répondre.

— Non, mon frère, elle n'est pas là pour nous. Elle est venue faire le mal et détruire la famille que nous avons construite tous ensemble parce qu'elle n'en faisait pas partie. Tu feras comme bon te semble mais je ne remettrai pas un pied chez elle. Jamais.

Dès le lendemain, Julie et Sébastien se rendirent chez maître Dubois-Mareuil. Il occupait pour quelques mois la demeure de l'un de ses confrères. Avant leur venue, la jeune femme lui avait fait parvenir un bref courrier lui demandant de les recevoir. Elle ignorait quelle serait sa réaction si elle se présentait à l'improviste accompagnée de celui qu'elle avait épousé en secondes noces et qui lui avait retiré tout lien de parenté avec l'enfant qu'il considérait comme son petit-fils… La réponse fut immédiate. Hubert les attendait et les recevrait dès leur arrivée.

Il les reçut sur le perron, étreignant doucement Julie et tendant une main franche à son époux. Sébastien hésita à peine un instant avant de la saisir et la serrer en souriant. L'avocat avait des raisons de lui en vouloir mais l'accueillait avec loyauté et respect.

— Vous n'avez pas amené Baptiste ? J'aurais aimé le revoir.

— C'est-à-dire que…

— Je vois, ma fille. Vous venez trouver l'avocat et non le beau-père. Venez, nous serons mieux dans mon bureau.

Julie fut ébranlée par cet accueil. Ces deux mots, *ma fille*, prononcés avec une affection sincère, lui rappelaient qu'elle n'avait que très rarement pris des nouvelles du père de Charles ces dernières années, se contentant de répondre aux lettres qu'il envoyait régulièrement par de courts billets, plus par politesse et par obligation que par véritable envie de conserver un lien avec son passé. Elle était trop occupée à profiter de son bonheur avec Sébastien.

— J'ai été navrée d'apprendre le décès de Clotilde l'an dernier. Elle doit vous manquer.

— J'ai reçu votre lettre de condoléances. Elle me manque en effet mais elle était loin de moi depuis longtemps déjà. Elle ne s'est jamais remise de la mort de Charles.

— Je suis…

— Je ne vous fais aucun reproche, soyez tranquille. Je sais que vous avez votre vie à vivre, un avenir à bâtir. C'est ce que mon fils aurait souhaité pour vous. Il ne voulait que votre bonheur et n'aurait pas aimé vous voir vous morfondre dans les souvenirs. C'est aussi pour cela que je continue à travailler. Hormis ma sœur, je n'ai plus de famille. Je n'ai donc aucune contrainte et rien ne m'empêche de venir suppléer ou aider l'un de mes confrères et amis lorsqu'il en a besoin. C'est pourquoi vous me trouvez à Paris actuellement.

Tout en parlant, il les avait précédés au premier étage. Il ouvrit la porte d'un grand bureau qui sentait bon le bois ciré. La pièce était confortable, tendue de velours vert sombre, le sol couvert d'épais tapis qui étouffaient le bruit des pas. Hubert leur désigna deux fauteuils Voltaire, tapissés d'un beau velours vert clair à passementerie dorée, et prit lui-même place derrière le bureau en acajou, posant ses mains à plat sur le cuir noir et usé du sous-main.

— Je vous écoute. Que puis-je faire pour vous ?

— Nous aider, je l'espère, Hubert. Nous nous trouvons dans une situation complexe.

Et Julie expliqua avec précision le divorce de Sébastien, leur mariage, la disparition et le retour soudain d'Inès dans leur vie. Elle lui tendit les documents qu'il lut attentivement avant de les poser devant lui, se massant les tempes. Puis il joignit les mains, les coudes posés sur la table, pensif. Il demeura silencieux un long moment et reprit d'une voix basse, très douce et très ferme à la fois.

— La situation est en effet inextricable. Je ne vois pas comment…

— Pardonnez-moi, Maître, mais si Inès a pu trouver un juge pour invalider ce divorce, ne pouvons-nous, à notre tour, en trouver un qui nous donnera raison ?

— Hélas, Monsieur, l'époque n'est plus la même que celle où vous avez obtenu votre divorce. Vous n'êtes pas sans savoir, je suppose, que depuis le retour des Bourbons, le divorce a été interdit. Et ce n'est pas Charles X, notre roi actuel, qui reviendra sur cette décision. Aucun juge ne se risquera à braver les ordonnances royales. D'autant plus que le juge qui a signé ces papiers est réputé avoir l'oreille du ministre de la Justice, le comte de Peyronnet.

— Et si nous nous adressions directement au ministre ? Il pourrait peut-être comprendre ?

— Je vois que vous ne le connaissez pas.

— Je l'ai aperçu brièvement pendant que je travaillais avec Vidocq, à la Sûreté. Mais rien de plus.

— Alors sachez que Peyronnet ignore sans doute à peu près toute idée de tolérance et d'indulgence. Pour lui, le divorce est sans doute l'une des pires atteintes à la religion. Il approuvera ces documents et vous enjoindra de vivre avec votre épouse légitime plutôt qu'avec votre maîtresse.

— Ma maîtresse ? Je vous interdis de… Julie est mon épouse. Je ne laisserai…

— Un peu de calme, je vous prie. À vos yeux, dans votre cœur et votre esprit, Julie est votre épouse et je le comprends. Mais, aux yeux de la loi, si l'on en croit ces documents qui sont on ne peut plus officiels et légaux, Julie est votre maîtresse, votre compagne si vous préférez le formuler plus poliment, mais certainement pas votre épouse.

— Je n'ai jamais rien entendu de plus cruel.

Sébastien, qui s'était levé pour protester, retomba assis. Sans la regarder, il chercha à tâtons la main de Julie, s'en empara et la serra de toutes ses forces. La jeune femme, accablée, demeurait muette.

— Je le sais bien. Croyez bien que j'en suis marri.

— Mais je ne suis pas pour autant obligé de vivre avec Inès, n'est-ce pas ? Nous pouvons poursuivre notre vie. Et si un jour, la loi le permet…

— Je ne pense pas que je verrai ce changement de mon vivant. Et peut-être que vous non plus. Cela dit, vous n'êtes effectivement pas obligé de vivre sous le même toit que votre épouse légitime. La séparation de corps est autorisée. Cependant, je ne vous conseille pas non plus de vivre avec Julie…

— Mais pourquoi ? Qu'est-ce que cela change ?

— Vous ne pouvez légalement vivre avec votre concubine sous le toit conjugal. Vous seriez accusé d'adultère. Ou, pire, de bigamie, si vous persistez à l'imposer comme votre épouse. Dans ce cas, vous seriez condamné aux travaux forcés.

— Vous faites erreur : nous n'avons jamais vécu dans une maison où j'ai pu habiter avec Inès.

— Elle pourrait prétendre à la possession de votre demeure actuelle. Vous ne pourriez l'empêcher de s'y installer.

— Et si nous restons chez ma mère ?

— Cela ne pourrait pas durer très longtemps. Votre situation conjugale serait insoutenable. Et avant que vous ne posiez la question, il vaudrait mieux que Julie ne vive pas du tout avec un autre membre de votre famille ou sous un toit vous appartenant, même si vous n'y résidez pas avec elle.

— Vous ne nous dites tout de même pas que nous n'avons ni le droit de vivre ensemble, ni celui de nous voir ?

— Hélas, j'en ai peur. Cela serait préférable, le temps que nous trouvions une solution ou un recours légal. Évitez de donner une raison à votre épouse de vous attaquer ou de s'en prendre à Julie.

— Et notre fils ? J'ai tout de même le droit de voir l'enfant que nous avons eu ensemble.

— Il se trouve que, légalement, Baptiste n'est pas plus votre fils que Julie n'est votre épouse. Je suis bien placé pour savoir qu'il est né pendant le mariage de Julie avec un autre.

— Mais conçu avant. Vous ne pouvez le nier. Regardez les dates.

— Si je ne me trompe, ma chère enfant, lorsque vous êtes arrivée à Nantes avec Charles, vous nous avez dit être mariés depuis trois mois ?

— Talleyrand… Il a fait modifier la date et le lieu de notre mariage pour que personne ne puisse me retrouver. Ou ne puisse douter de la légitimité d'un enfant que je pourrais porter.

— Vous pouvez dire qu'il a parfaitement réussi. Mon cher, si vous persistez à prétendre à la paternité de Baptiste, vous accusez vous-même Julie d'adultère pendant son mariage avec mon fils. Et elle peut être condamnée pour cela à la prison pour une durée qui oscille entre trois mois et deux ans. Par ailleurs, si jamais vous étiez un jour libre de vous remarier, vous ne pourriez épouser la femme avec laquelle vous étiez complice d'adultère. La loi est aveugle et intransigeante et nous n'y pouvons rien.

Tristement, Hubert Dubois-Mareuil replia les papiers et posa le menton sur ses mains jointes. Un lourd silence pesait soudain sur la pièce. Sébastien et Julie n'osaient pas se regarder. Leurs deux mains toujours jointes se serraient avec force. L'avocat les contempla longtemps avec un sentiment de tristesse mêlée de pitié. Jamais encore, durant sa longue carrière, il n'avait vu un tel accablement, un tel désarroi.

— Je suis absolument navré, croyez-le bien. Vous êtes venus me demander de l'aide et je n'ai pu vous donner que de mauvaises nouvelles.

— Si j'ai bien compris, il nous faut attendre bien sagement qu'Inès meure en faisant semblant de ne pas nous connaître ?

— Vous faites un résumé un peu cynique de la situation mais il est malheureusement rigoureusement exact.

— Je perds ma femme et un fils. J'ai bien le droit à une dose de cynisme. D'ailleurs, je ne suis pas loin de penser que cette situation vous réjouit un peu.

— Sébastien, tu n'as pas le droit…

— Laissez, mon enfant. Sachez que je veux que Julie soit heureuse et que je sais qu'elle l'est à vos côtés. Ma sœur m'a dit à quel point elle vous appréciait et j'ai toute confiance en son jugement. Je comprends votre colère et votre douleur. Je vous pardonne donc vos propos. Il est maintenant essentiel de trouver une solution pour qu'elle soit en sécurité.

— Je n'ai nulle part où aller, Hubert.

— Et il est hors de question que vous viviez dans un appartement que M. Girault ou l'un de ses proches financerait. Cela ferait de vous une femme entretenue…

Un nouveau silence s'abattit sur la pièce. Sébastien avait porté la main de Julie à ses lèvres et y déposait de légers baisers. Elle le laissait faire sans réagir, tellement abattue qu'elle ne pouvait esquisser un geste ni prononcer un mot. C'était toute sa vie qui se brisait, qui se délitait soudain sans qu'elle puisse trouver une solution…

— J'ai peut-être une idée mais je ne suis pas certain qu'elle vous agrée. Mais provisoirement, cela pourrait vous aider…

— Parlez, Maître. Je crois que maintenant nous pouvons tout entendre.

— Julie, vous pouvez vous installer ici. Cet hôtel est immense et j'y suis seul. Si nous considérons les choses sous l'angle légal, vous demeurez la veuve de mon fils et Baptiste est mon petit-fils. Rien ne s'oppose donc à ce que je vous offre un toit. Je dois rester à Paris encore quelques mois. D'ici là, nous trouverons une solution.

— Ce serait une idée, oui mais je ne sais…

Elle glissa un regard à Sébastien dont les épaules s'étaient soudain affaissées. Il lui sourit doucement, les yeux humides.

— Je ne m'y opposerai pas. Je préfère te savoir ici plutôt que dans une auberge ou seule dans un appartement quelconque. C'est mieux pour Baptiste aussi. Merci, Maître.

— Bien. Je vais demander qu'on prépare vos chambres. Vous pouvez vous installer dès ce soir.

— Demain, Maître. Je serai inflexible sur ce point. Laissez-nous encore ces quelques heures.

— Si tôt ? Tout cela est si rapide. Ne pouvons-nous attendre quelques jours ?

— Il le faut, ma douce. Nous n'avons pas le choix. Ici, tu seras en sécurité.

— Et attendre encore n'apaiserait pas votre peine. Je viendrai moi-même vous chercher demain matin à dix heures. Soyez prête.

Ils rentrèrent peu après, épuisés, échangeant des regards pleins de douleur et de peur. Lorsqu'ils annoncèrent la situation à leurs proches, ce fut un véritable concert de protestations. Tous refusaient de laisser partir Julie et Baptiste. Les nerfs à vif, elle finit par s'enfuir dans sa chambre, ne supportant plus d'entendre les uns la supplier de rester et les autres pleurer. Sébastien la rejoignit alors qu'elle arrachait nerveusement ses robes de l'armoire pour les jeter sur le lit.

— Ma douce, allons. Je vais demander à Étiennette de s'occuper de cela… Tu ne dois pas leur en vouloir. Ils sont tous effondrés.

— Ils ne le seront jamais autant que moi. Je vais devoir partir seule avec mon enfant parce que ta première femme est revenue dans notre vie pour la détruire. Tu as entendu Hubert tout à l'heure ? Il nous a parlé de *quelques mois. Quelques mois*, Sébastien… Pas quelques jours. Pas quelques semaines. *Quelques mois*… Qu'est-ce que cela veut dire, d'après toi ?

— Je l'ignore. Il n'a pas de réponse pour l'instant…

— Parce qu'il n'en aura pas. Parce qu'il n'y a pas de réponse. Pas de solution.

— Julie, nous trouverons un moyen. Nous ne pouvons…

— Je te rappelle tes propres mots ? Tu le veux vraiment ? *Il nous faut attendre bien sagement qu'Inès meure…* C'est bien ce que tu as dit ? Eh bien, je vais te dire mieux que cela. Je veux qu'elle meure. Et même ainsi, je ne suis pas certaine qu'elle ne trouverait pas le moyen de me nuire encore.

— Julie…

— Je veux la voir morte, tu entends ? Je veux la voir morte…

Il se précipita vers elle, noua ses bras autour de son corps tremblant de rage et de tristesse. Elle ne prononçait plus un mot intelligible, mais des cris lui échappaient encore, des rugissements de fauve blessé. Soudain, il la sentit s'effondrer. Il desserra légèrement son étreinte et ils tombèrent tous les deux à genoux, dans le flot des tissus jetés au sol, étroitement enlacés.

Ils passèrent cette dernière nuit, étendus l'un contre l'autre, incapables de trouver le sommeil. Tout à fait silencieux parce qu'ils avaient trop à dire, parce qu'un seul mot en aurait entraîné des milliers et qu'ils n'avaient ni le temps ni la force de les affronter. Dans l'ombre, ils distinguaient la forme de la malle contenant les effets de Julie et de Baptiste… À l'aube, Julie se leva la première pour aller faire ses adieux à Malo qu'elle savait trouver à sa place habituelle près de la fenêtre. Elle voulait un instant de solitude avec son vieil ami, quelques minutes pour lui dire à quel point elle tenait à lui, un instant privilégié pour eux seuls, sans témoin, sans interruption.

À dix heures précises, le timbre de l'entrée résonna et tous tressaillirent. Hubert arrivait. La jeune femme serra une dernière fois dans ses bras ceux qu'elle quittait. Les jumeaux se chargèrent de la malle qu'ils portèrent dans la voiture de l'avocat. Sur le seuil, Julie et Sébastien s'étreignirent longuement en silence. Lorsqu'elle s'écarta, il souleva son visage et posa un baiser tendre sur ses lèvres, puis un autre, plus intime, au creux de sa main.

— Ce ne sera pas long. Je ne le permettrai pas.

— Veille sur eux. Sur les garçons, surtout. Ils ne doivent pas se sentir coupables.

— Vous venez, Julie ? Il est temps. Pardonnez-moi de vous brusquer mais de longs adieux ne vous aideront pas…

— Vous avez raison, Hubert. D'ailleurs, à quoi bon de *longs adieux* comme vous le dites, puisque bientôt tout cela sera derrière nous ?

Julie prit la main de Baptiste et se dirigea vers la voiture qui les attendait devant la grille. Soudain, l'enfant remarqua que son père ne les suivait pas et lâcha la main de Julie pour se précipiter vers lui. On lui avait dit la veille qu'il allait passer quelques jours chez son grand-père Hubert. Il en avait été effrayé, ne se souvenant pas vraiment de lui. Il comprenait maintenant qu'il partait uniquement avec sa mère et sa frayeur devenait de la panique. Il se jeta en pleurant dans les bras de Sébastien, nouant ses bras autour de son cou et refusant de le lâcher. Le cœur serré, son père le reposa à terre, mit la petite main dans celle de Julie et fit un pas en arrière. Il tenta vainement de le réconforter mais sa voix était couverte par les hurlements de l'enfant qui se débattait vigoureusement. Il parvint à prendre la main de son père pour l'entraîner à sa suite. Hubert intervint alors. Il posa une main sur l'épaule de Sébastien et saisit Baptiste à bras-le-corps. Il se tourna une dernière fois vers le malheureux père avec un sourire triste.

— Pardon, mais il le fallait… Venez, ma fille.

Il partit aussi vite qu'il le pouvait vers la voiture, l'enfant criant et gesticulant dans ses bras. Il le tendit à Étiennette, déjà assise, et aida Julie à monter. Lui-même avait à peine pris place que la voiture s'ébranla. Bouleversée, Julie n'eut même pas la force de faire un signe d'adieu. Elle voulut prendre Baptiste contre elle mais l'enfant se blottit contre Étiennette. Au milieu de ses pleurs, il lui jeta un regard sombre qui la terrassa.

Sur le perron, Malo et Séverin durent soutenir Sébastien qui vacillait. Sa pâleur soudaine et sa respiration sifflante les inquiétaient. Ce fut pourtant en silence qu'ils gravirent l'escalier. Les cris et les pleurs de Baptiste résonnaient encore à leurs oreilles et emplissaient leurs cœurs de tristesse. En haut des marches, Sébastien s'écarta d'eux, jeta un bref regard à Clémence qui, n'ayant pas eu la force d'assister au départ, sanglotait dans un canapé. Il ne s'approcha pas d'elle, ne trouva pas le courage d'essayer de la consoler. D'ailleurs, à quoi bon ? Aucun mot ne lui rendrait sa bru et son petit-fils. Il regagna sa chambre, encore habitée par le parfum de Julie. Sur le seuil, sans se retourner, il s'arrêta un instant.

— Laissez-moi seul. Je ne veux voir personne pour l'instant. Encore moins parler.

Personne ne lui répondit. Severin et Malo entourèrent Clémence et tous trois demeurèrent étroitement enlacés. Aucun d'entre eux ne prit garde à l'absence de Guillaume qui n'était pas revenu avec eux dans le salon. Tout au contraire, le jeune garçon avait longé l'allée et, parvenu à la grille, il avait regardé disparaître le fiacre qui emportait Julie. Il resta de longues minutes à fixer le vide, le visage inexpressif et les yeux secs. Soudain, un sourire froid étira ses lèvres tandis qu'une résolution naissait lentement en lui. Sa décision prise, il regagna enfin la maison.

***

Durant les semaines qui suivirent, Julie ne quitta guère la demeure de son beau-père. Elle passait presque tout son temps avec Baptiste. L'enfant pleurait souvent et réclamait son père, ses frères et les seuls grands-parents qu'il ait connus. Il rejetait la présence d'Hubert qu'il rendait responsable de cette séparation. Cet homme dont il ne souvenait pas l'avait arraché des bras de Sébastien et il ne le lui pardonnait pas. Chaque soir, la jeune femme restait de longues minutes près de lui, jusqu'à ce qu'il s'endorme. Ces moments étaient les plus difficiles, les plus tristes et le petit garçon sombrait souvent dans le sommeil les joues rouges et sillonnées de larmes.

Quelques jours après son arrivée, Malo était venu lui rendre visite. Passé les premières embrassades pleines de tendresse, il s'était montré un peu gêné, tournant et retournant son chapeau entre ses mains avant de lui avouer que, dès le lendemain de son départ, Guillaume avait pris toutes ses affaires et s'était installé chez sa mère sans donner de raison, sans explication. Sébastien en était anéanti et Julie le fut tout autant en apprenant la nouvelle. Guillaume avait été le seul à ne pas croire à la mort de Sébastien quatre ans auparavant, créant entre eux une complicité nouvelle qui les liait depuis. Néanmoins, sans rien dire, sans une explication, il avait choisi Inès. Julie savait qu'elle demeurait sa mère mais ne pouvait s'empêcher de voir là une certaine trahison et plongeait dans un abîme de perplexité lorsqu'elle songeait à lui. C'était encore le cas ce jour-là lorsqu'Hubert pénétra dans son boudoir et posa un baiser sur son front pour la saluer. Elle tressaillit à ce léger contact, ne l'ayant pas entendu venir.

— Vous étiez encore partie bien loin, ma fille.

— Je suis navrée. Ma compagnie n'est guère réjouissante, j'en ai conscience. Et l'attitude de Baptiste à votre égard n'arrange rien.

— Je savais que l'enfant m'en voudrait de l'arracher ainsi à son père mais il fallait agir avant que cette séparation ne devienne plus douloureuse encore. Et au moins, je me dis qu'il n'en voudra pas à son père.

— Je ne mérite pas votre gentillesse.

— Je ne me suis jamais pardonné la manière dont je me suis comporté à la mort de Charles. J'aurais dû imposer ma volonté à Clotilde. Votre place était à nos côtés…

— Vous veniez de perdre votre fils unique. Personne ne peut juger votre peine à cet instant.

— Et vous aviez perdu un époux que vous aimiez sincèrement, j'en suis convaincu. Nous aurions pu le pleurer ensemble et votre Baptiste aurait aidé à panser nos plaies. Au lieu de cela, je vous ai laissée partir, je vous ai presque jetée dans les bras d'une autre famille.

— Vous m'en voulez ? Pour Sébastien ?

— Non, ma fille. Je ne voulais que votre bonheur et c'est encore le cas. Pourtant…

Il s'interrompit, légèrement embarrassé, ne sachant comment poursuivre. Elle serra sa main dans les siennes et lui sourit doucement pour l'encourager à continuer.

— Pourtant, je pense que vous devez aller de l'avant, vous ouvrir à de nouvelles opportunités. L'avenir vous appartient.

— Hubert, il y a cinq semaines à peine que…

— Vous voyez, vous comptez les semaines. Cela ne peut pas durer. Combien de temps encore allez-vous attendre pour sortir, rencontrer d'autres personnes ? Encore deux semaines ? Ou douze ? Ou cent ?

— Je ne sais pas, c'est trop tôt. C'est trop dur. Vous ne pouvez me demander d'oublier. De ne plus aimer. De dire à mon fils qu'il n'a plus de père.

— Je ne vous demande rien de tout cela. Mais légalement, nous n'avons aucun recours. J'ai qualifié de cyniques les paroles de votre amant lorsque vous êtes venus me voir ensemble. En réalité, j'aurais dû les dire réalistes. Il avait parfaitement raison.

— Mon *amant* ? Il n'est pas mon amant. Il est mon é…

— Il n'est pas votre époux. Plus vite vous l'admettrez, plus vite vous irez mieux.

— Vous ne pouvez pas me demander cela. Je ne peux pas… Je ne veux pas.

— C'est bien là notre problème. Vous ne *voulez* pas accepter la vérité. La vérité, c'est que cet homme n'est pas votre mari. La vérité, c'est que, vous aurez beau compter chaque semaine, il ne pourra pas vous épouser. La vérité, c'est que le seul moyen pour vous de le retrouver, c'est que sa femme légitime meure et le laisse veuf. Or, si j'ai bien compris, elle jouit d'une excellente santé. Oh, bien sûr, un accident peut advenir, dans un jour ou dans dix ans. Donc vous allez attendre ? Vous ensevelir dans votre chambre en espérant qu'à terme, il vous revienne ? Et qu'adviendra-t-il lorsqu'il sera là, changé par le temps, et que vous ne saurez plus rien l'un de l'autre ? Vous pensez que vous vous aimerez encore ? Mais, ma pauvre enfant, je ne vous donne pas un mois pour que vous vous jetiez à la face toutes ces années perdues et gâchées par une trop longue attente. Dans quelques mois, je repars à Nantes, venez avec moi. Vous tiendrez ma maison, vous recevrez qui vous voudrez. Acceptez de reconstruire votre vie. Encore une fois.

— Et que faites-vous de Baptiste dans tout ça ?

— Vous trouverez un arrangement pour qu'il voie son père régulièrement, en dehors de votre présence. Ma sœur pourra nous aider, je suppose. Et dans quelques années, il sera assez grand pour lui rendre visite seul.

— Je vois que vous avez pensé à tout.

— Je ne veux que votre bien, Julie. Et cela me chagrine de vous voir vous morfondre ainsi, jour après jour. Vous méritez mieux que cela.

Elle se leva si brutalement que son fauteuil chancela avant de retomber sur ses pieds dans un bruit sourd qui résonna dans la pièce redevenue silencieuse. Ils sursautèrent tous deux à ce son pourtant anodin. Elle voulut s'enfuir vers sa chambre pour échapper à ces conseils qui lui déchiraient le cœur.

— Vous ne savez pas de quoi vous parlez. Nous nous aimons assez pour…

Il la rattrapa par le poignet alors qu'elle arrivait à la porte. Il la força à se tourner pour lui faire face.

— Oubliez, Julie. Je vous en conjure, acceptez de vivre.

— Jamais.

Elle se dégagea et s'engouffra dans la pièce dont elle claqua la porte avec violence. Puis il n'entendit plus rien que le silence, oppressant et chargé de tristesse et de colère. Il quitta la pièce en soupirant et en hochant la tête. Il souhaitait sincèrement aider Julie mais il comprenait que la tâche serait bien lourde tant que la jeune femme n'accepterait pas la triste réalité.

Trois jours plus tard, Malo rendit une brève visite à Julie. Quelques minutes lui suffirent pour constater le désarroi de la jeune femme qui ne semblait plus vivre que dans le souvenir de son mariage. Il en fut à peine surpris, côtoyant chaque jour un Sébastien qui rejetait tout autant la réalité et parlait sans arrêt de ce qu'il ferait lorsqu'il retrouverait Julie. Il bâtissait tout un avenir, des projets de voyages, le développement de son élevage de chevaux, l'achat de nouvelles terres pour y parvenir… Ils refusaient tous deux d'envisager un futur où l'autre n'apparaissait pas. En sortant de la pièce, Malo trouva Étiennette qui l'attendait, un doigt sur la bouche, et qui lui fit signe de la suivre. Elle le guida jusqu'au bureau de l'avocat qui les accueillit en souriant.

— Pardon de vous déranger, monsieur Malofert…

— Je vous en prie, appelez-moi Malo, comme tout le monde. Personne ne m'a appelé Malofert depuis au moins vingt ans.

— Bien. Je voulais vous parler en toute discrétion sans que Julie soit au courant. Vous avez pu le constater par vous-même, elle ne va pas bien. Pas bien du tout.

— Je sais. Et je n'en suis guère étonné. Chaque jour, je vois mon ami de plus en plus triste et amer. Je ne sais plus quoi faire pour lui redonner courage.

— Et chaque jour, je vois cette jeune femme s'étioler un peu plus. J'espérais que le temps l'apaiserait, que l'envie de vivre et sa jeunesse prendraient le dessus. Mais elle refuse même de sortir et passe la plupart de ses journées dans son boudoir ou dans la chambre de son fils à le regarder étudier, jouer ou dormir. Et je dis bien, *le regarder*. Elle ne joue pas avec lui, ne le prend que rarement dans ses bras, ne l'encourage pas. Elle reste immobile durant des heures, le regard perdu. Je ne le supporte pas. Je veux qu'elle retrouve son sourire. Ou, du moins, sa volonté de vivre.

— J'aimerais vous y aider. Je suppose que vous avez une idée, sinon je ne serais pas là. Que voulez-vous faire ? Connaissez-vous le moyen de les réunir ?

— Pas au grand jour, hélas. Le jugement qui annule le divorce et de fait le remariage de M. Girault est inattaquable. J'essaie de le faire comprendre à Julie mais elle refuse de l'entendre.

— Comment l'en blâmer ? Elle était enfin heureuse après avoir traversé tant d'épreuves et tout a volé en éclats en quelques instants sans qu'elle puisse faire un geste.

— Je sais. Je pensais que, s'ils ne se voyaient pas pendant un certain temps, ils accepteraient la situation et se tourneraient vers l'avenir. Je me suis trompé. Julie est décidée à ne pas oublier et le temps n'y fera rien. Je n'attendrai pas. Dites à votre ami qu'il vienne après minuit. La porte de service sera ouverte et Étiennette sera là pour le guider jusqu'à Julie.

— Êtes-vous certain ? Vous voulez les aider à vivre dans la clandestinité ?

— Ou je me trompe fort, Malo, ou cette situation mettra Julie suffisamment en colère pour qu'elle réagisse enfin. Je ne sais pas quel sera le résultat mais je veux qu'elle sorte de cette torpeur où elle s'enfonce chaque jour un peu plus.

Le soir venu, Étiennette accueillit Sébastien comme convenu et le mena en silence jusqu'à la porte de la chambre de Julie.

— N'oubliez pas que vous devez être parti avant le lever du soleil. Les autres domestiques ne doivent pas vous voir.

Il hocha la tête tandis qu'elle frappait à la porte, l'ouvrait et le poussait à l'intérieur. Elle alla ensuite dans le boudoir où elle passerait la nuit en attendant le moment de le raccompagner. Sébastien demeura immobile. Julie lui tournait le dos. Assise devant sa coiffeuse, la tête entre les bras, elle ne s'était pas retournée. Ses longs cheveux dorés cascadaient sur la soie immaculée d'un peignoir joliment agrémenté de dentelles et de rubans bleus. C'était tout ce qu'il voyait d'elle mais il en était bouleversé de joie.

— Que veux-tu, Étiennette ? Je t'ai dit que je n'avais plus besoin de toi ce soir.

— Ce n'est pas Étiennette. C'est moi, ma douce.

Au premier mot, elle avait relevé la tête. Elle aperçut son reflet dans le miroir de la coiffeuse. En un instant, elle fut debout, se précipita vers lui, s'arrêtant à un pas, comme si elle hésitait encore à croire qu'elle ne rêvait pas.

— Je suis bien là, ma Julie. Je suis là.

Elle se jeta dans ses bras et ils heurtèrent la porte qui rendit un bruit sourd pour protester contre cet impact. Ils échangèrent un sourire amusé et leurs lèvres se frôlèrent d'abord pour se sceller presque aussitôt en un baiser passionné et violent qui leur coupa le souffle. Elle passa un bras à son cou. Il posa sa main au creux de ses reins pour la plaquer contre lui. Il laissa ses lèvres errer sur sa gorge, revint à sa bouche, ses joues, son front, la couvrant de baisers à la fois tendres et exigeants. S'écartant légèrement, elle dénoua son peignoir qui tomba à ses pieds. Elle ne portait plus qu'une légère chemise qu'il se hâta de lui enlever. Elle recula jusqu'au centre de la pièce et resta immobile, voilée simplement par la lumière dorée des candélabres et par ses cheveux. Il l'observa un instant et s'avança vers elle, se défaisant à son tour de ses vêtements. Il l'embrassa de nouveau, explorant son corps de ses mains et de ses lèvres. Il la souleva dans ses bras, la porta jusqu'au lit et l'y déposa avec douceur. Elle ne le quittait pas des yeux, lui souriant avec tendresse. Il embrassa sa paume ; elle soupira de bonheur, posa sa main sur sa joue, lui caressa le visage, souleva les mèches de cheveux qui ombraient son front.

— J'ai tellement de mal à y croire… J'en ai tant rêvé. Et tu es là, tu es là…

— Oui, ma douce, je suis là. Avec toi. Si tu savais comme je t'aime…

Elle ne put répondre que par un gémissement. Il venait de la pénétrer d'un brusque coup de reins. Il s'immobilisa, se redressa légèrement, les mains posées à plat de chaque côté de son corps.

— Pardon… Je t'ai fait mal…

— Oui… Non… N'arrête pas. Aime-moi. Aime-moi.

Elle se cambra, s'enroula autour de lui. Il glissa une main sous son dos, caressa ses fesses et pesa sur elle pour la plaquer sur le lit. Il allait et venait en elle, la possédant avec une joie presque sauvage, la couvrant de baisers, de caresses, mordillant ses lèvres, son cou… Elle s'agrippait à lui, enfonçant ses ongles dans ses épaules, enfouissant ses mains dans ses cheveux. Lorsque le plaisir la submergea, il posa ses lèvres sur les siennes pour étouffer ses cris, s'enfonçant plus profondément encore dans la chaleur de son corps. Elle lui mordit la lèvre soudain. Surpris, il releva la tête avec un cri, mélange de douleur et de jouissance, et se laissa tomber sur elle, écrasant son corps sous le sien, encore secoué de spasmes de plaisir. Ils demeurèrent ainsi de longues secondes, immobiles et silencieux. Puis, Julie lui caressa le dos très doucement et voulut se dégager. Il résista à cette demande muette, se contentant de se soulever pour la dévisager.

— Je t'aime, Julie. Et tu es à moi comme je t'appartiens.

Il recommença à l'embrasser, à la caresser, faisant renaître le désir et il n'y eut bientôt dans la chambre d'autres sons que celui de leurs soupirs et de leurs souffles entremêlés…

Un peu plus tard, Julie se dégagea de la douce étreinte de ses bras. Elle se leva, passa son peignoir et s'assit devant sa coiffeuse. Allongé sur le lit, il la contemplait avec envie.

— Que fais-tu donc ? Reviens donc te coucher.

— Je crois que tu devrais partir maintenant.

— La nuit est encore longue, ma douce. Nous avons le temps.

— Tu ne me comprends pas. Je veux que tu partes. Et que tu ne reviennes pas.

Il demeura muet de stupeur. Elle lui tournait le dos mais il distinguait son visage, pâle mais résolu, dans le reflet du miroir. Il tenta néanmoins de sourire.

— Tu n'es pas sérieuse. Après cette nuit ?

— Justement *après cette nuit*… Tu te rappelles quand nous nous sommes retrouvés, après la mort de Charles ? Je t'avais dit que je ne voulais pas être ta maîtresse. Et c'est bien ce que tu as fait de moi cette nuit.

— Voyons, Julie, aujourd'hui les choses sont différentes. Tu es ma…

— Ne le dis pas. Ne prononce pas ce mot. Nous ne sommes pas mariés.

— Cela ne change rien à mes yeux. Je t'aime tout autant et je sais que c'est pareil pour toi.

— Cela change tout aux miens, je viens de le comprendre. Je ne veux pas d'une liaison, d'une histoire à la sauvette.

— Il ne s'agit pas de cela, Julie, tu le sais. Pas entre nous. C'est plus fort, plus profond.

— C'est pourquoi je ne veux pas vivre ainsi. À espérer chaque nuit que tu puisses me rejoindre. Je ne veux pas avoir à me cacher des domestiques. Ni de nos amis. Je veux pouvoir sortir à ton bras et en être fière.

— Tu verras, nous trouverons une solution. C'est juste une question de temps.

— Combien de temps, Sébastien ? Le sais-tu ? Nous n'avons aucune certitude, si ce n'est celle que tu es marié à une autre et que rien ne peut changer cet état de fait.

— Alors, tu renonces à nous ? À notre amour ?

— C'est pour le préserver que je fais ce choix. Je ne veux pas que nous salissions notre histoire et nos sentiments par des rencontres sordides et…

— *Sordides* ? Quel mot ignoble ! Tu ne me paraissais pas trouver sordide que je te fasse l'amour tout à l'heure.

Il s'emportait. Il s'était levé et commençait à se vêtir. Elle ne voulait pas qu'il parte dans cet état de colère sans comprendre ce qu'elle éprouvait. Elle se tourna vers lui, toujours sans se lever. Elle savait que ses jambes refuseraient de la porter. Elle parvint à saisir sa main lorsqu'il passa près d'elle pour prendre ses souliers.

— Écoute-moi, je t'en prie. Accorde-moi encore un peu de temps…

— Du temps ? J'étais prêt à attendre le temps qu'il fallait pour que nous puissions nous retrouver. Mais je crois que je tiens plus à notre amour que toi.

Serrant sa main de toutes ses forces, il se pencha vers elle et posa ses lèvres sur les siennes. Son baiser était sans tendresse, exigeant et presque brutal. Malgré elle, elle lui répondait, incapable de résister à ses sentiments. Il s'écarta brusquement, la dévisageant avec rage.

— Je ne comprends pas ce que tu veux.

— Je veux protéger notre amour. Et si tu es sincère, tu reconnaîtras que nous allons nous détruire si continuons à nous voir de cette manière. Pas au début, bien sûr. Nous serons heureux de nous retrouver, de nous moquer des autres. Nous rirons d'être ensemble envers et contre tout. Mais dans quelques mois ? Dans un an ? Dans dix ans ? Nous ne saurons plus si nous nous retrouvons par amour ou par habitude. Nous n'échangerons plus rien que ces nuits où tu me prendras sans rien dire. Et j'accepterai parce que je t'aimerai toujours et que je garderai un peu d'espoir. Et pour finir, nous nous en voudrons mutuellement et il n'y aura plus que du désir parce que nous ne nous connaîtrons plus. Est-ce ce que tu veux ?

— Mais nous ne pouvons pas laisser cette garce gagner…

— Elle a déjà gagné, Sébastien. Depuis longtemps… Elle a gagné quand elle a obtenu ce jugement, sauf que nous ne le savions pas. Elle a gagné lorsque tu t'es rendu chez elle et que tu as accepté ce verre de vin. Et elle gagnera encore si je dois vivre cachée, dans l'ombre. Dans *son* ombre… Je dois continuer à vivre.

— Vivre sans moi…

— Avons-nous le choix ? Dis-moi que tu me comprends…

— Et Baptiste dans tout ça ? Je ne veux pas perdre un autre fils. Tu sais que Guillaume est parti chez elle ?

— Je sais. Mais tu n'as pas perdu Guillaume, j'en suis sûre. Pas plus que tu ne vas perdre Baptiste. Hubert m'a proposé de le suivre à Nantes lorsqu'il repartira. Je vais peut-être accepter. Je pense que, dans un premier temps, tu pourras le voir chez Charlotte quand tu iras chez elle.

— Alors, je dois te rendre ta liberté ? Tu en es certaine ?

— Ma liberté ? Je ne serai jamais libre, Sébastien. Et je ne pars pas pour un autre homme. Je t'aimerai jusqu'à mon dernier souffle.

Il la força à se lever, la serra dans ses bras, respirant longuement le parfum fleuri de ses cheveux. Il souleva doucement son menton et parvint à lui sourire.

— Tu comprends ?

— Je peux comprendre. Mais je n'accepte pas. Un beau jour, je viendrai te chercher pour te ramener chez nous. Je me fiche de ce que disent les papiers. Je ne veux pas d'autre femme que toi.

Il quitta l'hôtel quelques minutes plus tard. Avant de partir, il passa quelques instants au chevet de Baptiste. L'enfant dormait profondément et ne s'éveilla pas lorsqu'il posa ses lèvres sur son front. Julie le guida ensuite elle-même jusqu'à la sortie. Ils avaient trouvé Étiennette endormie dans le boudoir et avaient décidé dans un accord tacite de ne pas la réveiller. Ces derniers moments n'appartenaient qu'à eux.

Après son départ, la jeune femme retourna dans la chambre du garçonnet et s'assit sur le bord du lit, caressant la petite main du bout de ses doigts. En le voyant si paisible, elle comprenait soudain qu'elle n'avait pas été à la hauteur avec lui. Qu'avait-il compris à toute cette situation ? Elle avait voulu passer du temps avec lui mais n'avait pas partagé ses jeux ni participé à ses leçons. Elle était demeurée muette, effacée, se contentant de l'observer sans mot dire.

— Je te promets que ça va aller, mon trésor. Je serai toujours là pour toi. Nous serons ensemble, toi et moi, pour toujours.

***

Appuyée au bras de son beau-père, Julie flânait dans les allées du jardin du Luxembourg, savourant la caresse du vent et du soleil sur son visage. Quelques pas devant eux, mais ne s'éloignant guère, Baptiste courait en riant de plaisir. Elle sourit en le voyant si joyeux, songeant avec un brin de mélancolie que l'enfance était un âge heureux où les soucis s'envolaient facilement sous la canopée chantante des arbres.

— Je suis heureux que vous ayez accepté cette promenade, ma fille.

— Je le suis aussi. Vous avez bien fait de m'y pousser. Je suis restée enfermée trop longtemps.

— Je sais que vous craignez certaines rencontres…

— En effet mais si elles ont lieu, je les affronterai. Grâce à votre amitié, je me sens plus forte. Je ne sais comment vous remercier.

— C'est moi qui vous dois des remerciements. Votre compagnie vient briser la solitude dans laquelle je m'enfonçais depuis que Charles et Clotilde ne sont plus là. Et je retrouve un petit-fils.

— Même s'il ne l'est pas vraiment ?

— Parce qu'il n'est pas de mon sang ? J'ai appris à m'en moquer. Mon fils l'aimait et le considérait comme sien, je veux en faire autant. Je ne sais combien de temps je vous aurai tous deux à mes côtés mais j'entends en profiter.

— Justement… Votre proposition de venir à Nantes avec vous… Êtes-vous toujours d'accord pour nous accueillir ?

— Vous acceptez ?

— Avec autant de reconnaissance que d'affection. Je dois apprendre à vivre seule, me reconstruire sans ceux qui comptent tant pour moi. Je n'y arriverai pas ici. Votre amitié, celle de Charlotte me sont précieuses. Et le sont pour Baptiste. Je ne dois plus penser qu'à lui. Où est-il d'ailleurs ?

Elle parcourut du regard l'allée devant elle. L'enfant n'y était pas. Hubert posa la main sur la sienne.

— Ne vous inquiétez pas. Étiennette le surveille. Ils ont dû se diriger vers le bassin pendant que nous parlions.

Elle hocha la tête avec un sourire. Elle avait toute confiance en la jeune femme qui lui était à peu près devenue indispensable au fil du temps. Guidée par Hubert, elle obliqua vers le grand escalier et commença à le descendre, scrutant du regard les autres promeneurs. Elle reconnut avec soulagement la robe grise d'Étiennette près de la margelle. Baptiste était près d'elle et observait le bassin avec intérêt. Julie était presque à ses côtés lorsqu'il poussa un grand cri de joie et se précipita vers d'autres promeneurs.

— Guillaume !

Il se jeta dans les bras du jeune homme qui, surpris par cette irruption, se laissa étreindre avant de le reposer au sol, visiblement embarrassé. Il tourna la tête, aperçut bientôt Julie qui arrivait rapidement. Elle souriait, heureuse de le revoir, prête à le serrer dans ses bras.

— Que se passe-t-il, Guillaume ?

Inès revenait sur ses pas, étonnée que son fils ne la suive pas. Avait-elle entendu le cri de joie de Baptiste ? En tout cas, elle ne prêta aucune attention au garçonnet ni à sa mère. Guillaume se détourna de Julie et de son petit frère. Sa voix était froide et étrangement détachée.

— Rien, mère. C'est Baptiste, l'enfant que cette femme prétend avoir eu de mon père.

— Eh bien, viens et poursuivons notre promenade. Ces personnes ne méritent pas que tu perdes ton temps.

Elle prit son bras et l'entraîna, semblant ne pas entendre les pleurs du petit garçon. Hubert avait tout entendu. Il prit délicatement la main de Julie entre les siennes, remarqua qu'elle frissonnait.

— Quelle cruauté… Je n'imaginais pas que…

Il s'interrompit. Pour une fois, l'avocat qu'il était ne trouvait pas de mots. Pourtant, malgré les larmes qui perlaient au coin de ses yeux, un étrange sourire se dessinait sur les lèvres de Julie. Avant de se détourner, Guillaume avait ostensiblement porté la main à sa cravate et effleuré son épingle. Une épingle en argent sertie d'une améthyste en forme de goutte. Le cadeau qu'elle lui avait offert pour ses dix-sept ans quelques mois auparavant et qu'il avait adoré… Elle aurait juré que ce geste apparemment anodin lui était destiné. Et qu'avant de s'éloigner, lorsque leurs regards s'étaient croisés, il lui avait adressé un bref clin d'œil.

21

Séverin franchit le seuil d'un pas hésitant malgré sa joie de la revoir. Debout sur un tabouret, Julie endurait patiemment les demandes d'une couturière qui retouchait l'une de ses robes. Un sourire illumina son visage lorsque le jeune homme parut dans l'encadrement de la porte.

— Pardon, je crois que je te dérange…

— Nullement. Nous en avons presque terminé. Je redonne un peu de jeunesse à cette robe pour répondre à une invitation de la duchesse de Dino.

— Tu pourrais aussi bien y aller vêtue d'une robe de bure que tu serais toujours la plus jolie.

Elle éclata de rire et Étiennette qui aidait la couturière à trier ses rubans leva la tête avec étonnement. Le rire de Julie lui était à peu près inconnu depuis qu'elle avait emménagé chez son beau-père. Elle bondit du tabouret dans un charmant nuage de dentelles et de jupons pour poser un baiser sur la joue du jeune homme. Le compliment était léger et lui rappelait agréablement Sébastien… Elle s'esquiva quelques instants pour se changer et revint le visage plus grave, le front légèrement plissé par la contrariété.

— Dis-moi, Séverin, que fais-tu ici en pleine semaine ? Tu devrais être à Saint-Cyr.

— Je n'y vais plus. Pour l'instant, je préfère rester auprès de mon père.

— Mais tes projets ? Ton avenir ?

— Il a besoin de moi, Julie. Je ne veux pas l'abandonner maintenant. Il se sent très seul. Et je ne peux pas m'empêcher de me sentir responsable.

— Tu n'y es pour rien et tu le sais.

— Tout de même, ces lettres… Si nous les avions ignorées…

— Cela n'aurait rien changé. Elle avait tout prévu bien avant.

— Mais Guillaume ne serait peut-être pas parti. Il vous a trahis de telle manière que…

— Sa mère lui a manqué, comme à toi. Je comprends qu'il ait voulu passer du temps avec elle.

— Mais, moi, je ne suis pas parti. Je n'accepte pas ce qu'elle a fait. Et je ne pardonne pas à Guillaume.

Il arpentait la pièce de long en large. Julie s'était assise et le regardait avec un peu de mélancolie. Il était celui des trois fils de Sébastien qui lui ressemblait le plus. Il avait ses attitudes, son regard, ses emportements, sa bienveillance… Et la même difficulté à dire ce qui l'embarrassait en évoquant d'autres sujets…

— Tu n'es pas venu ici pour parler de Guillaume, n'est-ce pas ?

Il demeura interdit, gêné d'être percé à jour. Il la fixa un instant, l'œil triste, et reprit sa marche sans parler. Elle attendait, lissant les plis de sa robe d'un air absent. Soudain résolu, il s'arrêta devant elle.

— Ma mère est venue à la pension, il y a deux jours.

Julie haussa les épaules. Elle se moquait bien de savoir ce que faisait Inès et se doutait de la réception qu'elle avait obtenue. Séverin cependant poursuivait.

— Grand-mère a voulu qu'elle parte aussitôt. Père ne voulait pas la voir. Mais elle a insisté.

— Je suppose qu'elle lui a posé un ultimatum pour qu'il retourne vivre avec elle.

— Elle a dit qu'il reviendrait tôt ou tard. Qu'il n'aurait pas le choix.

Julie secoua la tête en souriant tristement. Le toupet de cette femme était incroyable. Cependant, le visage de Séverin se décomposait et elle comprit qu'il y avait quelque chose. Quelque chose de grave qu'il n'osait lui dire. Elle se leva, posa une main sur son bras, se voulut rassurante.

— Tu sais que tu peux tout me dire. Je ne te ferai aucun reproche.

— Elle va avoir un enfant. Et elle prétend qu'il est de mon père. Il dit que c'est impossible mais elle assure que c'est arrivé…

— … ce fameux soir où il n'est pas rentré.

Elle avait achevé d'une voix blanche. Sentant ses jambes se dérober, elle se rassit. Elle avait cru avoir enduré toutes les douleurs mais la souffrance de cette nouvelle la déchirait comme jamais. Elle ne pouvait plus parler, plus bouger. Elle était brisée. Voyant son émoi, Séverin lui prit la main.

— Pardon, j'aurais dû me taire…

— Non, tu as bien fait. Je préfère le savoir plutôt que l'apprendre par inadvertance ou par une personne malveillante.

Ils échangèrent un sourire attristé et demeurèrent longuement silencieux. Le jeune garçon partit quelques minutes plus tard, laissant une Julie désemparée qui tentait tant bien que mal de cacher son chagrin.

***

Elle avait hésité mais s'était finalement décidée à se rendre à l'invitation de la duchesse de Dino. Étiennette l'avait coiffée et légèrement fardée pour dissimuler les conséquences d'une nuit sans sommeil. Malgré son désarroi, elle aspirait à oublier, à profiter quelques instants d'une compagnie agréable, à évoquer autre chose que les malheurs qui la frappaient successivement. À l'hôtel Saint-Florentin, elle se laisserait conter les derniers potins et scandales de la cour. Elle ne portait que peu d'intérêt à cet univers si éloigné du sien mais, pour quelques heures, elle n'aurait pas à parler d'elle…

Elle fut reçue affectueusement par la nièce de Talleyrand qui l'étreignit tendrement avant de lui prendre la main pour la mener dans le bureau du diplomate qui l'attendait. D'un geste impérieux de la main, il congédia son laquais ; d'un sourire tendre, il remercia la duchesse qui s'éclipsa aussitôt après une brève révérence. Talleyrand s'avança ensuite vers Julie et lui offrit un fauteuil avant de prendre place à ses côtés.

— Je suis heureux de vous revoir, mon enfant. Comment allez-vous ?

— Fort bien, Excellence. Je vous remercie.

— Vraiment ?

Il y avait un soupçon d'ironie dans sa voix. Une grande gentillesse aussi. Il s'inquiétait sincèrement pour elle.

— Je dois accepter une situation qui m'est intolérable. Admettre que ma vie a changé radicalement et que je dois la reconstruire. Alors, je le confesse, Excellence, c'est douloureux. Très douloureux. Mais je n'ai pas le choix.

— Savez-vous que je vous admire réellement ? Vous gardez la tête haute et la bonté de votre cœur malgré tous les obstacles. J'ai beaucoup lu, au cours de ma longue existence. De la philosophie, des traités politiques, des romans. Si je racontais à mon tour votre histoire, on dirait certainement qu'il s'agit d'une fable dont la morale insiste sur la force d'âme. Personne ne croirait à la véracité de votre existence… Je gage même que l'on ne vous soutiendrait pas plus – peut-être même moins – que ces imposteurs qui ont voulu faire croire qu'ils étaient le jeune Louis XVII, ce malheureux enfant mort en la prison du Temple, l'année même de votre naissance.

— Pourquoi ne pas me dire que vous vouliez me parler de la duchesse d'Angoulême ?

Talleyrand se renversa sur son siège et eut un rire silencieux.

— Vous auriez fait un excellent diplomate, ma chère. Il est vrai que j'ai vu la duchesse récemment. Elle connaît vos malheurs… Elle aimerait vous avoir plus souvent à ses côtés, aux Tuileries. Elle pense que cela pourrait être possible.

— Comment ? À quel titre ?

— Par un mariage avec un gentilhomme bien en cour. Et en devenant, à terme, une dame du Palais.

Incrédule, Julie écarquilla les yeux. Rien ne l'avait préparée à une telle annonce. Elle secoua la tête.

— Vous n'êtes pas sérieux, Excellence ?

— La proposition n'est pas de moi, ma chère enfant. Je n'en suis que le messager. La duchesse d'Angoulême vous a trouvé un prétendant que vous rencontrerez ce soir, lors du souper.

— Pensez-vous donc que je doive accepter ?

— Le choix vous appartient. Je préfère néanmoins vous préciser que ledit prétendant n'a pas été choisi uniquement par la duchesse. Elle a été… conseillée.

— Me direz-vous qui est ce conseilleur qui s'intéresse tant à moi ?

— Son Altesse me l'a défendu. Cependant, je vous respecte et vous estime trop pour vous le cacher. Le comte de Verteuil est à Paris et de retour en grâce.

— Malgré ce qu'il a voulu faire ? Malgré ses propos sur le roi et la famille royale ?

— Nous avons… ou plutôt vous avez percé à jour ses desseins mais je n'ai jamais eu de preuves tangibles à mettre sous les yeux du roi. Le comte a joué son va-tout, fort intelligemment, je dois l'avouer, et il a réussi à retrouver les bonnes grâces du roi, sans doute en lui rappelant les services rendus, en évoquant des temps de malheurs où lui-même s'est sacrifié. Louis le dix-huitième était un homme intelligent mais, en vieillissant, il s'est laissé convaincre par les ombres de son passé et par son frère qui lui a depuis succédé.

— Mais, la duchesse ? Elle devrait le mépriser.

— Pour être presque reine, en oublie-t-on jamais ses premières amours, l'épaule sur laquelle on s'est appuyé lorsque l'on souffrait ? Verteuil a été le seul réconfort de sa vie à une époque terrible, un rayon de lumière au cœur des ténèbres. Elle lui a conservé un attachement considérable. Peut-être même une forme d'amour.

— Donc vous pensez que le comte de Verteuil veut me voir épouser l'un de ses proches pour espionner la duchesse à loisir ?

— J'ignore quels sont exactement ses projets. Mais, si vous pénétrez l'intimité de celle qui sera peut-être reine un jour, votre potentiel époux et votre père pourraient alors se voir confier de hautes fonctions…

— Je pourrais néanmoins les trahir. Les dénoncer. Accepter ce mariage mais refuser de m'immiscer dans la vie de la cour. Comment peuvent-ils être sûrs que je me plierai à leur volonté ?

— Là encore, je ne peux émettre que des suppositions. J'imagine qu'ils pensent avoir les moyens de vous manipuler à leur gré. N'oubliez pas que Verteuil a déjà voulu utiliser votre fils.

— Et il recommencera s'il le peut, c'est évident. Mais la duchesse entend-elle m'imposer cette union ?

— Certainement pas. Elle ignore tout des visées de Verteuil et souhaite que vous soyez libre de votre choix. C'est là votre chance. Elle sait que la vie à la cour n'est pas celle que vous souhaitez et ne vous contraindra pas. Cependant, elle voudrait sincèrement vous avoir à ses côtés. Tout en sachant que le temps perdu ne se rattrape guère…

— Et lui pense que je vais accepter sans poser de question, c'est insensé…

— N'oubliez pas qu'il y a quatre ans, sous le choc d'une violente émotion, vous avez tout quitté pour essayer de savoir qui vous étiez. Aujourd'hui, il mise à nouveau sur votre désarroi… Il œuvre dans l'ombre et pense que nous ignorons son rôle. Je devais vous présenter l'offre comme venant de la duchesse.

— De sorte que je n'aurais découvert le rôle qu'il voulait me voir jouer que lorsqu'il aurait été trop tard… Le misérable… Votre conseil est donc, Excellence, que…

— … que vous quittiez très vite Paris pour vous éloigner le plus possible de cet homme.

— Je dois partir dans quelques semaines avec maître Dubois-Mareuil. Je vais réfléchir à un moyen de partir plus tôt encore. Je ne tiens pas à rencontrer cet homme par hasard… Et, pour tout vous dire, peu importe de qui vient ce projet, je n'ai nullement l'intention de me marier. Merci, Monsieur, merci de veiller sur moi, même si j'ignore pourquoi vous le faites…

Talleyrand eut un sourire doux qui rajeunit soudain son visage marqué par les ans. Il serra tendrement la main de Julie dans les siennes.

— Je vous l'ai dit, je vous admire. Et vous avez depuis longtemps gagné mon affection et mon estime, ce qui est rare. J'aimerais vous savoir heureuse, même si j'échoue à vous y aider.

— Par ailleurs, vous ne souhaitez pas voir votre vieil ennemi avoir plus d'influence à la cour.

Il éclata d'un rire franc et lui baisa galamment le bout des doigts.

— Décidément, vous êtes adorable. Je sais que vous avez envie de vous retirer mais je tiens à ce que vous restiez souper. Ma nièce vous prêtera tout ce qu'il faut. Et vous passerez la nuit ici, cela sera plus facile et plus sûr.

— Mais Excellence, ce prétendant…

— Il sera là ce soir et je vous le désignerai pour que vous sachiez de qui il s'agit. Vous n'aurez cependant pas à lui parler. Je veux que vous me promettiez de vous amuser, de rire, de profiter de cette soirée et que vous démontriez ainsi que vous n'êtes pas réduite au désespoir. D'ailleurs, je crois que votre voisin de table vous y aidera.

Sans attendre sa réponse, il appuya sur un timbre et la duchesse de Dino se présenta dans l'instant. Elle attendait visiblement ce signal pour veiller à son tour sur son amie. Elle l'entraîna à sa suite, évoquant déjà la robe qu'elle avait choisie pour elle. Sur le seuil, Julie se figea soudain et se tourna vers son hôte :

— Excellence, si vous le permettez, une dernière question… Pensez-vous que la présence à Paris du comte soit liée à celle de la baronne Mirbeau ?

— Je ne saurais vous répondre. Elle est arrivée plusieurs mois avant lui et ils ne semblent pas s'être rencontrés. Pourtant, je vous avoue que je ne crois guère aux coïncidences et que je n'aime pas les savoir dans les parages en même temps…

— Merci de votre franchise.

Elle quitta la pièce ; un souffle d'air effleura alors le bouquet de fleurs posé sur un guéridon. Un lys blanc vacilla un instant avant de s'immobiliser, légèrement courbé. Le vieil homme s'en approcha, caressa le pétale soyeux sans chercher à le redresser pour ne pas le briser et soupira. Comment pouvait-il protéger

Julie et lui éviter encore de souffrir ? Quelle épreuve qu'il ne pouvait prévoir allait encore naître sous ses pas ?

Julie dut se soumettre aux mains expertes des femmes de chambre de son hôtesse de longues minutes tout en subissant son bavardage incessant. Elle ressentait néanmoins un certain plaisir en entendant le flot de paroles de la duchesse de Dino, n'ayant à répondre que par politesse quand celle-ci reprenait son souffle. Elle admirait la facilité de la jeune femme à mêler les nouvelles de la ville et de la cour tout en donnant des ordres précis à ses caméristes. En quelques minutes, Julie fut revêtue d'une robe de soie gris glacé qui se moirait de reflets bleus dans la lumière ; ses cheveux furent relevés, crêpés et retenus par un triple rang de perles, assorties à celles retenant à son cou le ravissant camée en ivoire et topaze qui tremblait sur sa gorge nue. Mme de Dino s'empara elle-même de sa main gauche pour faire glisser de son annulaire l'anneau d'or qu'elle portait depuis son mariage. Julie voulut résister mais son amie, soudain muette, lui sourit en secouant la tête avant de faire signe à une femme de chambre qui lui passa de longs gants de soie blanche, montant au-dessus des coudes et dessinant parfaitement ses bras. Toujours en silence, la duchesse attacha à ses poignets deux autres camées, montés en bracelet sur plusieurs rangs de perles.

— Ce soir, vous devez oublier le passé et ne penser qu'à l'instant présent. Mon oncle le souhaite et moi aussi. Ces bijoux ont été créés pour vous à sa demande et je dois admettre qu'ils vous vont à ravir. Vous serez la plus belle femme de la soirée, profitez-en.

Julie, confuse, baissa les yeux sur ses poignets, sur la ligne parfaite de ses mains. De son index droit, elle caressa doucement son annulaire, bouleversée de ne plus y trouver son alliance. C'était donc aussi simple que cela ? Il suffisait de l'enlever pour que tout soit terminé, pour abolir le passé et se tourner vers l'avenir ?

— Oublier n'est pas si facile, Madame...

— Je le sais, mon amie. Mais vous avez encore tout une vie devant vous. Vous venez de faire un premier pas vers lui. Ce geste n'est pas anodin. Je veux que vous me promettiez de passer une bonne soirée.

Julie tendit la main vers le bijou mais la Duchesse fut plus prompte et s'empara du bijou qu'elle enferma dans sa coiffeuse avec une clé qu'elle portait sur elle.

— Je vous la rendrai plus tard. Ce soir, vous devez vous amuser. Est-ce bien compris ?

La jeune femme hocha la tête, émue aux larmes, tandis que son amie apportait quelques retouches à sa propre coiffure. Elle la fit ensuite venir près d'elle devant la psyché et eut un sourire approbateur.

— Je devrais être jalouse. Vous serez la plus belle femme de l'assemblée. Mais mon oncle a pour vous une tendresse de grand-père et des faiblesses de père. Il tient à ce que vous éclipsiez toutes les autres… même moi.

À table, Julie était assise à la droite de Talleyrand qui avait placé la duchesse de Dino à sa gauche. Le diplomate montrait ainsi que sa protection s'étendait également sur les deux femmes. C'était un message direct envoyé aux convives, en particulier au comte de Saint-Méran, le fameux prétendant… Elle s'efforçait depuis d'oublier sa présence, se contentant de lui jeter de brefs coups d'œil curieux, et se demandait s'il était lui aussi la dupe de Verteuil ou s'il était pleinement complice.

— Vous ne m'écoutez pas, ma chère.

Elle sursauta et sourit à son voisin de table. Henri de Chaumont… Il revenait du passé avec le même sourire, le même charme, la même insolence. Elle ne l'avait rencontré qu'une fois, lors de cette terrible soirée où son père lui avait expliqué le rôle qu'il entendait lui faire jouer. Elle avait dès lors soupçonné Chaumont de travailler pour Talleyrand et en avait désormais la confirmation. Elle ignorerait sans doute toujours son rôle exact et s'en moquait éperdument. Il était pour un soir son chevalier servant et s'ingéniait à la distraire. Elle devait reconnaître qu'il y arrivait fort bien. Délicieusement cynique, délibérément moqueur, il se penchait régulièrement à son oreille pour épingler les travers de l'assistance… Il venait pourtant de décocher une dernière flèche qu'elle n'avait pas entendue, trop occupée à surveiller celui qui se voulait son futur époux.

— Pardonnez-moi, j'étais ailleurs.

— Je ne vous imaginais pas intéressée par les barbons. Il est vrai que celui-ci est remarquable. Enfin, surtout ses oreilles. Je ne sais pas si vous avez vu mais elles ne sont pas symétriques.

Julie étouffa un gloussement. Chaumont posait la question avec le plus grand sérieux alors que l'oreille gauche du comte de Saint-Méran était affreusement mutilée et difforme. Elle décida de jouer le jeu en souriant…

— Je ne l'aurais pas remarqué sans votre intervention, mais maintenant que vous le dites… Savez-vous ce qui lui est arrivé ?

— Il prétend avoir été touché par une balle lors du débarquement de Quiberon en 1795. Mais cet homme a l'air tellement fuyant qu'il a bien pu se blesser tout seul pour ne pas affronter l'ennemi.

— Vous êtes impitoyable…

— Avouez que ce n'est pas pour vous déplaire….

Elle ne répondit pas, soudainement troublée plus que de raison. Le souffle du jeune homme lui caressait la joue, le cou. Elle sentait contre sa jambe, à travers le fin tissu de sa robe, la chaleur de son corps. Elle se souvenait que, naguère, alors qu'elle croyait Sébastien mort, elle avait été tentée. S'il l'avait voulu ce soir-là, elle se serait donnée à lui. Elle tourna la tête vers lui. Il la fixait intensément. Dans ses yeux dansait une étrange lueur. Elle ne put s'empêcher de rougir.

— Essayez-vous de me séduire ?

— Qu'en pensez-vous ?

Il venait de poser sans vergogne sa main sur sa cuisse. Elle frémit à ce contact mais fut dispensée de répondre par l'irruption d'un valet qui s'inclina vers leur hôte pour lui murmurer quelques mots à l'oreille. Visiblement contrarié, le vieil homme fronça les sourcils.

— Dites-lui de revenir demain. Et s'il insiste trop, pas d'esclandre. Qu'il attende dans mon bureau la fin du repas.

— Tout va bien, Excellence ?

— Parfaitement, ma chère enfant. Juste un importun qui peut attendre… La soirée est-elle à votre goût ?

— Je passe un très agréable moment, je vous remercie.

Elle avait dû contraindre sa voix à rester égale. La main d'Henri remontait doucement le long de sa jambe et elle ne savait plus si elle voulait qu'il arrête ou qu'il continue.

— Pour moi aussi, c'est très agréable…

Le souffle caressait de nouveau son oreille. Elle frissonna et posa sa main sur la sienne, avec la volonté de l'interrompre. Pourtant, elle entrelaça ses doigts aux siens et lui sourit. Son corps la trahissait de manière éhontée… Un peu plus tard, dans l'un des salons où les convives jouaient allégrement aux cartes, Julie se dirigea vers le buffet pour se faire servir un verre de vin. Henri s'était excusé pour saluer une connaissance ; elle était donc seule et appréciait ces instants de répit. Elle craignait trop que tous ces inconnus autour d'elle ne devinent ses pensées…

— Me permettez-vous ?

Le comte de Saint-Méran lui tendait un délicat verre en cristal où tourbillonnaient joyeusement les bulles du champagne doré. Elle hésita mais accepta, ne pouvant guère se permettre d'attirer l'attention.

— Notre hôte a dû vous dire pourquoi j'étais ici.

— Et il m'a dit aussi que je n'étais pas obligée de répondre favorablement à votre demande, ni de vous parler.

— Vous ne voulez pas m'écouter, ne serait-ce qu'un instant ?

— Je ne veux pas me marier, Monsieur. Quel que soit le prétendant.

— J'avais prévu cet obstacle. Sachez seulement que la duchesse d'Angoulême a insisté. Elle estime que je suis le meilleur parti pour vous et vous fera dame du Palais dans les semaines suivant notre mariage. Elle s'y est engagée.

— Je ne suis pas intéressée, Monsieur. Veuillez oublier que nous avons eu cette conversation.

Elle se retourna brusquement pour lui signifier qu'elle en avait assez. Il était encore tout près d'elle. Assez pour qu'elle l'entende murmurer :

— Vous avez tort de me repousser. Vous ignorez à quoi vous vous exposez.

Elle parvint à se maîtriser suffisamment pour feindre de ne pas l'avoir entendu. Heureusement, Henri revenait vers elle et lui offrait son bras. Elle choisit de ne pas lui montrer son trouble. Elle avait promis à Talleyrand et à la duchesse de Dino de passer une bonne soirée et avait décidé que le comte de Chaumont allait l'y aider.

***

— Votre visite, ce soir, est pour le moins inattendue et importune, mon jeune ami.

— Je sais, Excellence, et je vous prie de bien vouloir pardonner mon insistance. Mais j'ai une fois de plus besoin de vous.

Sébastien restait debout, chapeau à la main et tête baissée. Le son de la musique, la rumeur des conversations lui disaient assez qu'il arrivait au mauvais moment. Il était cependant loin d'imaginer que Julie était dans la pièce voisine, occupée à éconduire un prétendant indélicat tout en se laissant charmer par son cavalier… Il exposa son dessein à Talleyrand qui l'observait, parfaitement immobile dans son fauteuil, le bout des doigts joints et l'air pensif. Quand Sébastien eut achevé, il demeura silencieux, le front plissé.

— Croyez-vous que ce projet soit réalisable, Excellence ? Pouvez-vous m'y aider ?

Talleyrand n'eut pas le temps de répondre. Trois coups brefs frappés à la porte annonçaient sa nièce. Il désigna d'un geste le balcon à son visiteur qui s'empressa de s'esquiver, tirant derrière lui les lourds rideaux de velours incarnat. L'air de la nuit était très doux, délicatement parfumé des senteurs du printemps et de l'odeur prégnante d'un pot de jasmin dont il effleura les feuilles du bout des doigts avec nostalgie. La lune était pleine et éclairait comme en plein jour. Soudain, il entendit s'ouvrir la porte d'un balcon voisin et une femme apparut. Il voulut reculer discrètement pour se fondre dans l'ombre mais se figea brusquement. Qu'elle était belle. Belle comme une statue antique. Comme une divinité grecque…

Leurs regards se croisèrent l'espace d'un instant mais ils ne prononcèrent pas un mot. Sébastien recula d'un pas ; Julie se tourna vers Henri de Chaumont qui l'accompagnait. Il ne vit pas l'homme qui les observait et enlaça soudain la jeune femme. Il posa ses lèvres sur les siennes, une main posée au creux de ses reins pour la plaquer contre lui. Elle ne le repoussa pas, répondit à son baiser en entrouvrant les lèvres, le laissant s'enhardir à plaisir. Elle se serra contre lui, glissant la main sous son habit pour mieux sentir la solidité de ses muscles. Elle savait que Sébastien la voyait, qu'il était sans doute bouleversé par son attitude mais n'en éprouvait ni remords ni regrets. Elle ne voulait penser qu'à elle, au plaisir qu'elle ressentait, au trouble qui l'envahissait dans les bras de cet autre qui lui avait plu dès le premier instant. Il la poussa contre la vitre dont la fraîcheur la fit frissonner. Il s'écarta légèrement pour laisser l'une de ses mains remonter le long de son buste et empaumer son sein. De l'autre, il soulevait la soie de sa robe.

— J'ai envie de vous.

C'était pour le moins évident mais les mots, prononcés d'une voix rauque, éveillèrent sa conscience et elle le repoussa très doucement en souriant.

— Pas ici. Pas maintenant.

— J'ai eu envie de vous dès l'instant où je vous ai vue, il y a quatre ans.

— Vous m'aviez pourtant repoussée.

Les lèvres d'Henri parcouraient maintenant son cou. Elles descendirent jusqu'à sa poitrine où elles demeurèrent longuement.

— Vous n'étiez pas vraiment libre, je le savais. Et je ne devais pas faire échouer la mission qui m'était confiée. Je devais connaître les noms des complices de Verteuil. Mais si j'avais pu…

Ses mains, de nouveau, devenaient insistantes. Julie se hissa sur la pointe des pieds, effleura ses lèvres d'un baiser léger.

— J'ai pour la nuit une chambre à l'étage. Venez me rejoindre.

— C’est donc la nuit que vous m’offrez ?

— Une nuit… Une heure… Tout dépendra de vous.

Il rit doucement, l’embrassa encore avant de s’écarter.

— Vous avez raison. Vous valez mieux qu’une étreinte sur un balcon. Je vais rentrer le premier, seul. Cela sera plus discret et laissera le temps à votre joli visage de retrouver sa sérénité. Nous devons encore paraître un peu à cette soirée. Ensuite nous aurons tout le temps nécessaire… Mais je vais avoir du mal à patienter.

Il était sûr de lui, un brin arrogant, parfaitement cynique mais elle le désirait ardemment. Elle le laissa s’éloigner, posa une main sur sa poitrine pour apaiser sa respiration saccadée et jeta un coup d’œil sur le balcon voisin. Il était désert.

À l’intérieur, Sébastien, rappelé par Talleyrand qui ne soupçonnait aucunement ce qui venait de se passer, essayait de dissimuler son trouble et de faire bonne figure. Le diplomate lui posait des questions précises pour l’aider à affiner son projet.

— Cela peut aboutir, mon ami. Mais il vous faudra des contacts et de l’argent. Laissez-moi quelques jours pour vous donner ma réponse définitive.

L’entrevue était terminée. Il s’inclina devant le vieil homme et quitta le bureau d’un pas ferme. Il hésitait cependant entre fuir ces lieux le plus rapidement possible et l’envie de retrouver Julie et l’homme qui avait posé ses mains – et ses lèvres ! – sur elle. Il avait brièvement croisé Chaumont en Angleterre, le temps d’échanger quelques informations sur Verteuil et ses manigances. Mais il ignorait que le comte était tombé sous le charme de la jeune femme dès le premier soir.

Il demeura longuement sur le seuil. À sa gauche, Julie et les salons de réception. À droite, l’escalier qui menait à l’étage supérieur ou à la cour de l’hôtel. Il entendit soudain la voix de Talleyrand qui s’approchait. Il raccompagnait lui-même ses invités. Sébastien se mordit les lèvres. Son Excellence exigeait de lui la plus grande discrétion et serait furieuse de le trouver là. Pour ne pas être vu, il se jeta derrière un rideau de plantes vertes qui ornait harmonieusement le bas de l’escalier. Il épia le vieil homme qui reconduisait un couple. Il le vit s'incliner galamment sur la main de la dame avant de faire volte-face. Il le laissa regagner le salon et s'apprêtait à partir sans se faire remarquer lorsque des voix lui parvinrent à nouveau. L'une d'elles lui était plus que familière et lui serra le cœur... Il se tapit de nouveau derrière les plantes pour l'apercevoir ne serait-ce qu'une seconde.

— Vous nous quittez donc, ma chère enfant ?

— Je suis lasse, Excellence. Et je ne suis ni attirée par le jeu ni douée pour cet exercice. J'espère que vous ne m'en voudrez pas.

— Je comprends, j'espère que vous avez néanmoins passé une bonne soirée.

— Bien plus que je ne l'espérais... Je vous remercie de toutes vos bontés.

— Usez de cette maison comme si elle était la vôtre. N'hésitez pas à faire appel à mes domestiques s'il vous manque quoi que ce soit. Monsieur de Chaumont, vous nous quittez également ?

— Je raccompagnais Mme Dubois-Mareuil jusqu'à l'escalier, Excellence, afin de jouir plus longuement de sa charmante présence. Je regagnerai le salon ensuite. J'ai une furieuse envie de délester quelques-uns de ces messieurs de leurs beaux écus.

Talleyrand eut un sourire amical, s'inclina vers la main de Julie et s'éloigna de sa démarche claudicante. Sébastien poussa un soupir de soulagement à l'idée que le couple allait se séparer. Après tout, il était bien permis à une jeune femme blessée d'avoir un moment d'égarement et il avait vu cet homme la prendre dans ses bras. Il avait été à l'initiative de l'étreinte, elle ne l'avait sans doute pas voulue... Ils étaient néanmoins désormais au pied de l'escalier. Il les voyait et les entendait parfaitement et frémit à la voix, singulièrement émue, de Julie. Elle parlait avec une suavité qu'il ne lui connaissait pas.

— Regagnez le salon, Henri. Je ne veux pas que l'on nous surprenne.

— Vous avez raison, belle dame. Prudence et discrétion... Je ne tiens pas à froisser M. de Talleyrand.

— Je vais vous attendre. Y a-t-il quelque chose qui vous plairait ?

— Vous. Nue. Ne portant que ce collier…

— Je pensais plutôt à du vin…

Elle était sur la deuxième marche de l'escalier, parfaitement à sa hauteur et le dévisageait avec amusement, les joues rougies. Il la prit par la taille et posa ses lèvres sur les siennes.

— Ne vous occupez que de vous… Je me charge du reste. À tout à l'heure, belle dame.

— Ne me faites pas trop attendre.

Elle monta l'escalier avec légèreté sans se retourner. Il ne la quitta pas des yeux, songeant déjà aux délices de la nuit à venir, puis regagna le salon pour se mêler aux invités. Sébastien sortit alors de sa cachette. Il était livide. Il posa le pied sur la première marche, déterminé à la rejoindre, à l'empêcher de revoir cet homme, mais n'alla pas plus loin. De toute évidence, elle avait renoncé et tournait le dos au passé. Désespéré, il s'enfuit de l'hôtel Saint-Florentin et s'enfonça dans la nuit.

***

Dans sa chambre, Julie observa longuement les meubles dont elle se souvenait bien. Le grand lit à colonnes sur son estrade de bois. La commode en marqueterie aux fines dorures. La charmante coiffeuse en acajou avec son plateau de marbre vert, son miroir enchâssé dans un cadre orné d'étoiles en bronze doré qui lui renvoyait un visage qu'elle ne se connaissait pas… Plus grave, fermé. Les traits tirés mais le regard fier, étincelant de rage. Elle se força à sourire, secoua la tête pour en chasser les pensées sombres. Elle était déterminée à profiter de cette nuit, de cet homme qui ne cachait pas son désir pour elle. Elle se leva, marcha jusqu'au lit sans oser ni s'y asseoir ni s'y allonger. Elle y avait passé son étrange nuit de noces avec Charles et s'apprêtait à s'y donner à un autre. Elle ne se demanda pas ce que son premier, son seul véritable époux en penserait. Elle voulait tout oublier dans les bras d'Henri de Chaumont.

Il était largement plus de minuit lorsqu'un coup frappé à la porte résonna jusqu'au fond de son cœur. Elle ouvrit la porte après un dernier coup d'œil au miroir pour s'assurer de sa coiffure. Sur le seuil, Chaumont lui souriait, deux verres et une bouteille de champagne entre les mains. Il entra d'un pas lent, referma la porte en la verrouillant soigneusement. Il était passé par sa propre chambre pour se délester dans son habit et portait une ample robe de chambre sur sa chemise immaculée. Il posa verres et bouteille au chevet du lit et s'assit sur la chaise devant la coiffeuse. Il ne souriait plus et affichait même un air désapprobateur.

— Ce n'est pas ce que j'avais demandé.

Il désignait son long peignoir de soie et de dentelle qui l'enveloppait entièrement. Elle sourit, s'approcha de lui, debout entre ses jambes.

— J'ai pensé qu'il vous plairait de me l'enlever.

Il la prit par la taille et la rapprocha encore de lui. Écartant les pans légers du vêtement, il constata avec joie qu'elle ne portait rien d'autre là où il s'attendait à trouver également une chemise. Il posa ses lèvres sur son ventre, tandis que ses mains commençaient une exploration minutieuse de son corps. Elle glissa ses doigts dans ses cheveux, pressa son visage contre elle. Il se leva, ôta sa propre robe de chambre, sa chemise et ses souliers. Il la serra contre lui, l'embrassa avec ardeur. Son baiser était plus exigeant qu'il ne l'avait été plus tôt sur le balcon. Elle rougit en sentant sa main entre ses jambes qui remontait vers son intimité, tressaillit lorsque ses doigts devinrent plus entreprenants.

— Regardez-moi.

Elle obtempéra, leva les yeux vers lui. Il poursuivait son indécente caresse.

— Que les choses soient claires entre nous immédiatement. Je ne cherche pas une liaison suivie, encore moins le mariage. Je prends mon plaisir où bon me semble, avec qui me plaît. Je passe rarement plus d'une nuit avec une femme sauf si elle en vaut la peine. Si vous voulez autre chose, dites-le tout de suite et restons-en là.

Il continuait à la caresser.

— Pour une heure ou pour la nuit, n'est-ce pas ce qui était convenu ?

Sa voix n'était qu'un souffle, tant elle peinait à dissimuler le plaisir qu'il lui procurait déjà. Il s'écarta au moment où elle allait s'appuyer contre lui. Frustrée, elle ne put contenir un gémissement de déception qui le fit sourire.

— Diantre, vous êtes bien pressée…

Il dénoua le ruban de soie bleu qui retenait le peignoir et le fit glisser de ses épaules. Il la contempla longuement, détaillant chaque parcelle de sa peau. À son cou, le camée d'ivoire se soulevait lentement au rythme de sa respiration. Elle pâlit, gênée d'être ainsi observée, embarrassée par ce regard scrutateur qui semblait la juger.

— Ne suis-je donc pas à votre goût ?

— Vous êtes absolument étonnante. Vous êtes une femme superbe et vous n'en avez pas conscience. C'est sans doute ce qui vous rend si attirante.

— Vous ne regrettez donc pas d'être là ?

Pour toute réponse, il pressa ses lèvres sur les siennes et agrippa ses fesses pour la soulever. Elle noua ses bras autour de son cou, ses jambes autour de son bassin. Tout en la couvrant de baisers brûlants, il traversa la pièce en la serrant contre lui pour l'asseoir sur la commode. Il n'interrompit ses impatientes caresses que pour se déboutonner rapidement. Ivre de désir, il entra brutalement en elle en la tenant par la taille. Il sentit ses ongles s'enfoncer dans la peau de ses épaules, tandis qu'elle enfouissait son visage dans son cou et l'enserrait un peu plus de ses jambes, répondant avec plaisir à la puissance de son étreinte…

Henri de Chaumont était un amant exigeant et insatiable. Julie peinait à reprendre haleine alors qu'il venait de s'assoupir à ses côtés. Encore la tenait-il toujours étroitement enlacée, un bras enroulé autour de sa taille et l'autre autour de sa poitrine et ses jambes épousant parfaitement les siennes. Elle s'efforçait de rester parfaitement immobile pour ne pas l'éveiller. Elle savourait ce répit, ce calme après la tempête… Elle était épuisée. Épuisée mais comblée. Elle n'avait jamais connu une nuit comparable à celle-ci. Sans le moindre sentiment, ils recherchaient l'un et l'autre des sensations intenses. Henri lui avait dit prendre son plaisir où bon lui semblait. Elle devait avouer qu'il ne faisait pas que prendre. Il savait également partager et donner. Il ne lui avait rien promis, ne lui demandait aucun engagement, n'exigeait rien d'autre que la jouissance de son corps qu'elle lui avait offert sans regret. Avec un sourire, elle caressa doucement les bras qui l'encerclaient et serra un plus son corps nu contre le sien. Elle n'eut pas à insister longtemps. Presque aussitôt, les mains de son amant s'agrippèrent à elle. Il ne prononça pas un mot mais ses lèvres dans son cou et sur sa nuque parlaient un langage qu'elle comprenait sans peine. Elle ferma les yeux, se concentra sur la chaleur qui l'envahissait, oublia tout ce qui n'était pas eux au creux des draps.

Peu après, il se redressa et quitta le lit. Sans dire un mot, il regroupa ses vêtements et se rhabilla. Julie écouta le son de sa respiration, le bruit des étoffes, puis le claquement de ses pas sur le sol ciré et enfin la clé qui tournait dans la serrure et le grincement de la porte qui s'ouvrait et se refermait. Elle se leva à son tour, gagna la porte d'une démarche mal assurée et la verrouilla de nouveau. Entièrement nue, elle marcha jusqu'à la psyché et resta longtemps debout. Elle frôla du bout des doigts les marques rouges laissées par les morsures de son amant, contempla avec tristesse ses poignets bleuis par les mains qui les avaient trop serrés. Elle était peinée de cette fin de nuit, de ce silence pesant. Elle avait aimé leurs étreintes, cette recherche du plaisir mais elle n'y avait pas trouvé l'oubli tant espéré. Elle n'avait été qu'un corps. Maintenant qu'elle était seule, les blessures de son cœur s'éveillaient, la douleur lui revenait, plus vive encore. Dès qu'elle serait rentrée, elle demanderait à Hubert d'avancer leur départ pour Nantes. S'il refusait, elle partirait avec Baptiste chez Charlotte. Elle voulait s'éloigner, ne plus prendre le risque de revoir Sébastien. Son regard stupéfait allait longtemps la hanter.

***

— Malo, mon ami, quelle joie de te voir ! Si tu savais à quel point tu me manques…

C'était le surlendemain. Elle surveillait depuis l'aube les préparatifs de son départ prochain. Hubert, tenu par ses obligations envers ses clients, restait à Paris jusqu'à l'été. Elle irait d'abord chez Charlotte où il viendrait la rejoindre dès que possible. Elle avait hâte de fuir cette ville bruyante, de retrouver le calme paisible de la campagne, l'amitié sans faille de la tante de Charles. À l'arrivée de Malo, elle adressa un signe à Étiennette qui quitta aussitôt la pièce. Elle constata rapidement l'air triste de son ami et son regard embarrassé. Elle lui prit les mains avec tendresse.

— Qu'y a-t-il, Malo ?

— Qu'est-ce que tu as fait, petite ?

Elle lâcha ses mains, recula d'un pas, les yeux brillants de colère.

— C'est pour cela que tu es venu ? Pour me faire des reproches ? Pour me juger ?

— Je veux juste comprendre.

— Et plaider la cause de ton ami. Il est venu se plaindre auprès de toi ? M'accuser du pire des crimes ? Lui, l'innocent, le malheureux… C'est bien cela, Malo, n'est-ce pas ?

— Il est blessé, en effet. Il t'a vue dans les bras d'un autre et ne conçoit pas que tu l'oublies aussi vite. Il ne pense qu'à toi, Julie.

— J'ai le droit de faire ce que je veux, avec qui je veux. Y compris de passer la nuit avec un homme qui n'est pas Sébastien. Après tout, je ne suis pas sa femme. Je suis libre.

— Tu ne penses pas ce que tu dis. Tu ne peux pas renoncer à lui si vite, cela ne te ressemble pas.

— Ai-je le choix, Malo ? Mon beau mariage n'était qu'une illusion. Je suis la veuve de Charles. Il n'a pas le droit de me reprocher d'avoir un amant. Après tout, il a bien une épouse, lui.

— Tout de même, tu n'as pas de regret ? Tu n'es pas un peu…

Elle l'interrompit brutalement, lui tournant le dos pour se diriger vers la fenêtre et plonger son regard vers l'extérieur.

— Désolée ? C'est bien ce que tu allais dire ? Tu penses que je devrais m'excuser ? Demander pardon pour mon inconduite ? Quelle dérision, Malo… Et à moi, qui me demandera pardon ? Qui me demandera pardon pour mon mariage annulé, pour mes rêves brisés, pour mon enfance volée, pour les tortures que j'ai endurées ? Qui demandera pardon à mon fils, lui qui ne peut plus voir son père et ne pourra plus porter son nom ? Qui demandera pardon à ces enfants que je ne porterai pas, que je ne mettrai jamais au monde ? Qui, Malo ? Toi ? Sébastien ? Cette garce d'Inès ? L'enfant qu'elle attend ?

— Alors, tu sais ?

— Oui, je sais. Elle attend un enfant et prétend que Sébastien en est le père.

— Il est persuadé que ce n'est pas vrai. Tu devrais le croire.

— Mais qu'est-ce que cela change, Malo ? Aux yeux du monde, il portera son nom et sera son fils ou sa fille. Tout ce que Baptiste ne peut plus avoir. Elle peut se promener dans Paris en affichant fièrement sa grossesse. Un bonheur qui m'est à jamais interdit.

— Vous pouvez encore vous retrouver, petite. Vous trouverez bien une solution et…

— Et je n'aurai pourtant pas d'autre enfant. Cela te surprend que je dise cela, n'est-ce pas ? Tu ne t'es jamais demandé pourquoi, depuis tout ce temps, je n'étais jamais retombée enceinte ? Quand vous m'avez confiée à Clémence, autrefois, pour fuir la justice, j'étais grosse. Je portais le fruit de ma honte et de ma flétrissure. Mais j'étais trop fragile, trop affaiblie. Et j'ai prié pour ne jamais le mettre au monde. Une nuit, j'ai été réveillée par une douleur atroce et je l'ai perdu. Le médecin qui m'a soignée, qui m'a sauvée, m'a appris qu'il faudrait un miracle pour que je sois un jour enceinte et que je mène une grossesse à terme. Baptiste est mon miracle, Malo, mais les miracles ne se produisent pas deux fois…

Sa colère était tombée pour laisser place à sa douleur. Le front contre la vitre, elle n'avait plus la force de dissimuler. Elle sentit les mains de Malo se poser sur ses épaules. Il la força à se retourner et la serra longuement contre lui. Il ne pouvait rien faire pour l'aider, mesurait soudain le poids sa solitude. Il s'en voulait d'être venu lui faire des reproches alors qu'elle avait tant besoin que quelqu'un prenne soin d'elle. Il posa ses lèvres sur son front.

— Je suis navré, petite. Je voudrais te voir retrouver ton beau sourire et je ne peux rien faire pour t'aider...

— Si, Malo, tu peux. Ne prends pas parti pour l'un ou l'autre. Reste mon ami, mon père. Je vais partir, quitter Paris dans quelques jours. Nous ne nous reverrons pas avant longtemps mais je trouverai un réconfort en pensant à toi et à ton amitié. S'il te plaît...

— Je te le promets, Julie. Mais, toi, je veux que tu fasses attention à toi et que tu ne perdes pas espoir.

Il partit le cœur serré, inquiet de la voir si triste. Si perdue. Si lasse. Il avait l'impression qu'elle n'avait pas dormi depuis des jours. Lorsqu'il l'avait prise dans ses bras, il l'avait sentie tremblante, fragile. Elle avait toujours cette force qui lui permettait de se mettre en colère, de garder la tête haute. Il n'oublierait pas les mots qu'elle avait prononcés juste avant qu'il ne la quitte. De nouveau, elle lui tournait le dos.

— Tu sais, Malo, je ne suis pas particulièrement fière de ce que j'ai fait cette nuit-là. Mais je n'ai pas de remords non plus. Au moins, pendant quelques heures, je savais que l'homme avec qui je couchais n'était pas mon époux mais bien mon amant. Je ne peux pas en dire autant des années que j'ai passées avec Sébastien.

***

Le lendemain, dans l'après-midi, Sébastien se présenta à son tour chez maître Dubois-Mareuil et eut la désagréable surprise de se voir refuser l'entrée par deux valets implacables lorsqu'il demanda à voir Julie. La consigne était stricte et les deux cerbères ne reculèrent pas d'un pas, malgré ses véhémentes protestations. Le tapage attira finalement l'attention de l'avocat qui daigna paraître en haut de l'escalier.

— Retirez-vous, Monsieur. Vous n'êtes pas le bienvenu ici.

— Quel avocat êtes-vous, Maître, pour refuser la visite de votre client ?

— Vous n'êtes pas ici en tant que client, sinon mes domestiques vous auraient conduit à moi. Vous avez demandé à voir ma belle-fille, n'est-ce pas ?

— En effet, j'ai demandé à voir ma femme. De quel droit comptez-vous me l'interdire ?

L'avocat le dévisagea froidement puis adressa un signe à ses valets. Ceux-ci s'écartèrent pour laisser passer l'intrus mais lui emboîtèrent le pas dans l'escalier. Ils avaient ordre de l'empêcher d'accéder à l'appartement de Julie au deuxième étage. Seul lui était autorisé le cabinet d'Hubert au premier. Comprenant qu'il n'obtiendrait rien par la force, il suivit le vieil homme et attendit qu'ils soient seuls pour insister.

— J'attends votre réponse, Monsieur. De quel droit m'interdisez-vous de rendre visite à ma femme ?

— Je pourrais vous répondre que Julie n'est pas votre épouse mais la veuve de mon malheureux fils et que, à ce titre, elle est sous ma responsabilité. Mais je gage que vous ne vous contenterez pas de cette réponse.

— Effectivement, cela ne me convient guère. Vous savez pertinemment que la loi ne change rien et…

L'avocat l'interrompit d'un geste impérieux de la main et fixa sur lui des yeux pleins de colère.

— Le fait est, Monsieur, que Julie est souffrante. La visite de votre ami Malo, hier, l'a fortement ébranlée, après toutes les émotions déjà subies ces dernières semaines. Elle a besoin de repos, de calme. Je ne vous laisserai pas l'approcher pour lui infliger encore d'autres peines. Dans quelques jours, elle quittera Paris. Accordez-lui la paix, accordez-lui le droit de vous oublier, de vivre une vie où vous ne figurez pas. Cessez de lui rappeler des sentiments qui, pour être sincères – ce dont je ne doute pas un instant –, n'en sont pas moins cruels. Je tiens à elle et je souffre de la voir souffrir. Je vous en conjure, Monsieur :

ne lui imposez pas votre présence, ne vous présentez pas devant elle pour lui faire des reproches.

— Ce n'était pas mon intention, je vous le promets. Je suis venu lui présenter des excuses et lui dire que j'ai trouvé le moyen de nous retrouver. Je vous en prie, laissez-moi la rencontrer. Quelques minutes. En votre présence si vous le souhaitez.

— Je ne peux pas vous laisser lui donner des espoirs qui pourraient être déçus encore une fois. Elle ne s'en remettrait pas.

— Je suis sûr de moi.

— Vous l'étiez déjà en l'épousant. Je vous rappelle que votre première épouse a des droits et compte les faire valoir. Tant qu'elle sera en vie, rien ne sera possible. Et je suppose que vous n'avez pas l'intention de l'assassiner.

Sébastien pâlit et tressaillit violemment à cette pointe d'ironie.

— Bien sûr que non. Je n'ai que mépris et aversion pour elle mais elle demeure la mère de mes garçons. Je vais emmener Julie loin d'ici, en Amérique. Là-bas, nous changerons d'identité, nous reconstruirons une nouvelle vie. J'ai rencontré l'autre soir M. de Talleyrand. Il est prêt à nous aider, à me prêter la somme nécessaire à ce projet et à me fournir des contacts qui nous aideront. Inès ne pourra pas nous retrouver.

— Le projet est beau, je vous l'accorde, mais il y a loin d'ici à l'Amérique et votre épouse a sans doute les moyens de vous faire suivre et de s'en prendre à Julie sur la route. Croyez-vous qu'elle restera inactive en vous voyant partir ensemble ?

— Certes, non. Mais nous ne partirons pas ensemble justement. Nous nous retrouverons seulement une fois à bord du navire. C'est encore une séparation de quelques semaines mais elle est nécessaire et ce sera la dernière. J'ai appris à me grimer en travaillant avec mon ami Vidocq, je pourrai donc voyager sous une autre apparence. Je vous en prie, laissez-moi voir Julie et tout lui expliquer.

— Non, c'est trop tôt. Je veux m'assurer avec vous de chaque détail de ce plan. Je le trouve très incertain. Vous êtes-vous renseigné sur les prochains navires en partance ? Vous ne pouvez rester dans un port et attendre des jours… Avez-vous songé à vos fils ? À votre mère ? Vous ne pourrez les voir avant longtemps, peut-être jamais, et toute correspondance avec eux sera dangereuse. Êtes-vous prêt à ces sacrifices ?

— Très bien, si vous le souhaitez, nous étudierons ensemble chaque infime détail et je ne parlerai pas de mes desseins à Julie aujourd'hui. Accordez-moi quelques instants avec elle. Juste quelques minutes…

Hubert secoua la tête. Il semblait las, extrêmement triste.

— Vous ne me comprenez pas. Je ne veux pas provoquer plus de chagrin. Je veux protéger cette jeune femme que j'aime infiniment. Je ne supporte plus de la voir si malheureuse. Elle a le cœur brisé et vous voir ne peut que raviver sa peine. Je l'ai entendue cette nuit. Elle ne pleurait pas, non. Elle hurlait de douleur et n'est pas parvenue à étouffer ses cris. Elle n'a presque pas dormi depuis la visite de votre fils et est à bout de forces. Dans quelques jours, si je suis certain que votre projet est viable, vous la verrez, mais pas aujourd'hui. C'est trop tôt.

Sébastien ne put qu'acquiescer. Il n'était pas entièrement d'accord avec ce raisonnement mais savait que rien ne ferait fléchir l'avocat. Celui-ci lui fixa rendez-vous dans une auberge le lendemain, préférant qu'ils ne se voient ni chez lui ni chez Clémence, et se leva pour le raccompagner. Sur le palier, ils rencontrèrent Étiennette qui descendait aux cuisines. La fidèle femme de chambre avait les traits tirés. Elle s'arrêta devant eux, fixa Sébastien de ses yeux humides.

— Oh, Monsieur, si seulement…

Elle n'alla pas plus loin. Il y avait un ton de doux reproche dans sa voix. Elle se tourna ensuite vers Dubois-Mareuil qui l'interrogeait du regard.

— Dieu merci, elle s'est enfin endormie. Elle s'est assise au chevet de Baptiste qui faisait la sieste et a sombré presque aussitôt. Je descends en cuisine pour lui faire préparer une collation qu'elle trouvera à son réveil.

Elle les salua d'une révérence rapide et dévala l'escalier. Les deux hommes suivirent plus lentement, silencieusement.

Soudain, Sébastien agrippa le bras de son avocat et lui jeta un regard suppliant.

— S'il vous plaît, quelques secondes… Je ne la réveillerai pas.

Ils montèrent alors ensemble à l'étage supérieur et pénétrèrent doucement dans la chambre du petit garçon, plongée dans la pénombre. Julie était renversée dans un fauteuil, vêtue d'un simple négligé d'intérieur. Sa main gauche reposait sur l'accoudoir, la droite pendait mollement vers le sol que ses doigts à la blancheur diaphane effleuraient. Sébastien remarqua avec tristesse sa pâleur, ses cheveux ternes qui retombaient emmêlés sur ses épaules affaissées, les veinules mauves qui striaient ses paupières closes et les cernes sombres qui lui dévoraient les joues. Elle exhala soudain un long soupir et sa tête roula doucement sur son épaule. Bouleversé, sans attendre qu'Hubert ne le lui demande, il se retira sans dire un mot.

***

Deux semaines plus tard, Julie se rendit à l'hôtel Mirbeau. Elle désirait rencontrer une dernière fois Guillaume. Elle voulait comprendre les raisons du comportement du jeune homme tant qu'elle le pouvait encore. Le départ était fixé trois jours plus tard. Julie, Baptiste et Sébastien quittaient Paris pour toujours. Il lui avait exposé ses projets quatre jours après sa première visite. Tout d'abord réticente à l'idée d'un potentiel échec, elle avait fini par se laisser convaincre par l'enthousiasme de Sébastien et l'assurance de son beau-père. Hubert avait en effet pris une part active à l'organisation de leur fuite. D'ailleurs, il ne les avait pas laissés seuls une seconde, si bien que Sébastien n'avait pu lui faire un seul reproche au sujet de la soirée chez Talleyrand. Mais il n'avait pas non plus pu la prendre dans ses bras ou poser ses lèvres sur les siennes. Tout juste avait-il, avant de partir, déposé un baiser au creux de sa paume. Ce contact, qui leur était si personnel, en disait bien plus qu'un long discours ; cependant, elle savait qu'il lui faudrait attendre encore très longtemps avant de retrouver la chaleur réconfortante de ses bras. Ils ne devaient plus se voir ailleurs que sur le navire qui les emporterait vers le nouveau monde et la liberté.

Elle s'inquiétait seulement du sacrifice auquel il consentait pour partir avec elle. Il laissait derrière lui sa mère, ses amis, ses fils surtout. Ne lui reprocherait-il pas un jour cette séparation ? Elle ignorait encore que Séverin les accompagnerait : pris de remords, Sébastien s'était ouvert de leur projet à son fils et celui-ci n'avait pas hésité une seconde à les suivre et à tout abandonner. Les deux hommes embarqueraient grimés sur le même navire que Julie qui ignorerait tout de leur apparence, d'autant plus qu'elle ne savait pas qu'ils seraient ensemble… Pour l'heure, loin de ces considérations, elle fixait avec appréhension la façade de l'hôtel dont elle n'était plus qu'à quelques toises. Pourrait-elle éviter une confrontation avec Inès ? Elle avait revêtu une modeste tenue de femme de chambre et souhaitait s'annoncer comme une servante chargée par Clémence d'un billet à son petit-fils. Avec un peu de chance, Inès serait absente ou bien elle serait menée directement au garçon et pourrait lui poser les questions qui la taraudaient depuis leur rencontre au Luxembourg.

Elle s'arrêta pour reprendre haleine et pour apaiser les craintes qui l'assaillaient. C'est alors qu'elle vit une silhouette bien connue qui quittait la demeure. L'homme entrevu ne s'attarda pas, semblant résolu à mettre le plus de distance possible entre lui et l'hôtel particulier. Perplexe, Julie se demanda longuement ce que son vieil ami Malo faisait là et pourquoi il paraissait si pressé. Incapable de trouver une réponse, elle haussa les épaules, s'approcha de la porte, souleva le marteau et pénétra chez Inès de Mirbeau.

Quelques minutes plus tard, elle sortait précipitamment et s'engageait dans la rue en courant…

Dans la soirée du même jour, elle eut la surprise de recevoir la visite du chef de la Sûreté. Vidocq affichait un visage sombre et un regard glaçant. Déjà, elle savait qu'un nouveau drame se profilait. Elle l'aborda pourtant avec le sourire.

— Quel heureux hasard a guidé vos pas jusqu'ici, François ? Il y a bien longtemps que nous ne nous sommes vus…

— Ma visite n'est, hélas, pas le fruit du hasard, Madame.

Elle nota qu'il ne l'appelait pas par son prénom comme il avait pris l'habitude de le faire. Il demeurait d'une stricte rigidité. D'un geste de la main, elle l'encouragea à poursuivre.

— Madame, je suis venue vous annoncer l'arrestation de votre amant, Sébastien Girault, il y a une heure.

— Arrêté, Sébastien ? Mais… Pourquoi ?

Elle le fixait d'un regard plein d'incompréhension. Vidocq resta pourtant d'une incroyable froideur.

— Il a été trouvé par les domestiques dans le boudoir de son épouse, tenant à la main le couteau utilisé pour la tuer. Il a été placé au secret et m'a supplié de venir vous informer. Après une telle infamie, je n'ai accepté de le faire qu'au nom de notre ancienne amitié. Vous êtes au courant, je peux donc me retirer. Adieu, Madame.

Il fit un pas en arrière mais elle le retint en s'agrippant à son bras.

— N'êtes-vous donc plus son ami ? Vous ne pouvez le croire coupable. Vous le connaissez, François. Il n'aurait jamais…

— Madame, il la haïssait depuis si longtemps.

— La mère de ses fils, songez-y. Je lui en ai voulu pour cela mais, à ce titre, elle lui était presque… sacrée…

— Madame, elle portait un autre enfant en son sein et cela ne l'a pas arrêté. Il a encore son sang sur ses mains et sur ses vêtements.

— Vous ne pouvez y croire. Pas vous. Moi, je sais qu'il est innocent. Je le sais, vous entendez ?

— Madame, il a avoué.

22

Maître Dubois-Mareuil accepta d'assurer la défense de Sébastien et demanda aussitôt à s'entretenir avec son client. Lorsqu'il rentra, visiblement inquiet, il appela Julie dans son bureau. Elle se précipita en tremblant, se laissa tomber sur un siège. Le visage triste de son beau-père acheva de la consterner.

— Vous l'avez vu ? Est-il revenu sur ses aveux ?

Hubert secoua la tête avec tristesse.

— Alors, je dois le voir, lui parler. Comprendre pourquoi il s'obstine. Je sais qu'il ne ferait pas une chose pareille.

— Vous en êtes certaine ?

— Évidemment. Vous ne le croyez tout de même pas coupable ?

— Julie, ma fille, y a-t-il quelque chose que je doive savoir ?

— Que voulez-vous dire ?

— Sébastien m'a demandé de vous transmettre un message : « Ne dites rien sur ce qui s'est passé ce jour-là. » Pouvez-vous m'éclairer sur ces mots ? Êtes-vous liée d'une manière ou d'une autre à la mort de cette femme ? Est-ce pour cela que vous savez avec tant d'assurance qu'il est innocent ? Est-ce vous qu'il protège, Julie ?

Saisie d'effroi, elle se leva d'un bond et s'enfuit sans qu'il ait le temps d'esquisser un geste pour la retenir. Un instant plus tard, il entendit la porte d'entrée claquer et la vit traverser la cour de l'hôtel en courant. Sans châle ni chapeau, échevelée, elle s'enfuyait comme si elle avait le diable à ses trousses.

Abattu, Hubert revint s'asseoir derrière son bureau, la tête entre les mains. Il ne voulait pas y croire. Et pourtant… La fuite de Julie n'était-elle pas un aveu ?

***

Elle courait à perdre haleine, heurtant sans les voir les passants choqués par l'attitude de cette jolie jeune femme à la chevelure hirsute et aux jupes outrageusement relevées. Elle avait peur. Son cœur battait à tout rompre. Le souffle court, elle s'agrippa soudain à une grille pour ne pas s'effondrer et considéra la maison devant laquelle elle se trouvait. Elle allait enfin savoir… Sans hésiter, elle s'engagea dans l'allée, franchit le seuil et gravit l'escalier. Elle poussa la porte du salon, partagée entre la colère et l'effroi de ce qu'elle allait apprendre.

— Où est Malo ?

Assise sur un canapé, Clémence releva la tête. Son visage ridé était sillonné de larmes. La vieille dame n'avait pas cessé de pleurer depuis qu'elle savait l'arrestation et les aveux de son fils unique. À genoux devant elle, Bertille essayait de la convaincre de boire la tasse de thé fumante qu'elle lui tendait. À l'arrivée de Julie, la fidèle femme de chambre se leva précipitamment, une lueur d'espoir éclairant son visage. Elle s'approcha et lui pressa la main avec tendresse avant de s'esquiver. Elle comptait sur la jeune femme pour rassurer la mère de Sébastien. Embarrassée, Julie fit un pas en avant. Clémence la dévisageait avec angoisse. Elle s'était levée et avançait d'une démarche chancelante.

— Vous l'avez vu ? Comment va-t-il ? Il est revenu sur ses aveux, n'est-ce pas ?

— Je dois voir Malo. Dites-moi où il est.

— Je suis là, petite. Je t'ai vue passer et je t'ai suivie. Que me veux-tu ?

Julie se tourna vers son vieil ami. Elle ne l'avait pas revu depuis leur altercation et fut troublée de le voir si fatigué, les traits tirés, les joues creuses et les yeux humides. Il avait toujours été une force dans sa vie et elle retrouvait soudain un vieil homme usé. Elle s'en voulut de la démarche qu'elle entreprenait, de la question qu'elle allait poser mais l'avenir de Sébastien en dépendait.

— Malo, je dois savoir… Est-ce que c'est toi qui as tué Inès ? Est-ce que c'est pour te protéger que Sébastien a avoué ?

Choqué, il recula, heurta brutalement le chambranle de la porte en sursautant sous l'effet de la douleur. Le bruit de la gifle perça le silence de la pièce. La main sur la joue, Julie fixa un œil hagard sur Clémence. La vieille dame affichait désormais une expression farouche et scandalisée.

— Comment osez-vous ? Antoine est le meilleur des hommes. Le plus doux, le plus avenant. Vous devriez le savoir mieux que quiconque.

Julie comprenait soudain la force du lien qui attachait les deux vieux amants. Clémence vint se poster aux côtés de son compagnon et lui prit la main avec tendresse.

— Vous n'avez pas le droit de douter de lui. Je vous l'interdis.

— Vous préférez douter de votre fils ?

— Antoine n'a pas avoué. Lui, si.

— Pourquoi me poses-tu cette question, petite ? Comment as-tu pu imaginer…

Il ne semblait pas en colère, juste triste. Il s'approcha de Julie, plongeant son regard dans le sien. Il demandait la vérité. Elle s'en voulait d'avoir douté mais elle ne pouvait plus faire marche arrière.

— Avant-hier, le jour où Sébastien a été arrêté, je t'ai vu sortir de chez Inès. Tu avais l'air pressé. Alors j'ai pensé que… Je suis désolée, Malo.

— Je comprends tes doutes. C'est vrai, j'y suis allé. J'ai rencontré Inès. Je voulais la convaincre de rendre sa liberté à Sébastien. Je ne supportais plus de vous savoir si malheureux tous les deux. La conversation a été un peu houleuse mais je ne l'ai pas touchée, je te le jure.

— Cela ne nous dit pas, Julie, ce que toi, tu es venue faire chez ma mère ce jour-là. Ne le nie pas : tu viens de dire que tu avais vu Malo là-bas. Une femme de chambre m'a dit que tu étais là. Le temps que je descende, je t'ai vue partir. Ou plutôt t'enfuir. Peu après, ma mère était retrouvée morte. Poignardée. Tu peux nous expliquer ?

Guillaume avait tout entendu et prenait part à la conversation sans se soucier de blesser ou d'accuser. En quelques instants, il avait perdu sa mère et son père avait été envoyé en prison. Seul, il avait dû quitter la maison où il vivait et se réfugier chez sa grand-mère. Il était anéanti mais son regard flamboyait de rage et de haine. Il avançait résolument vers Julie, la forçant à reculer.

— Mon Guillaume, tu ne penses pas que…

— Bien sûr que j'y pense. Tu as toutes les raisons de la haïr et de la vouloir morte. D'ailleurs, je t'ai entendue le dire, ici, juste avant ton départ. Nous l'avons tous entendu. Tu l'as hurlé assez fort. « *Je veux la voir morte.* » Ce sont bien tes mots ?

— C'est vrai, j'ai dit cela mais…

— Guillaume, Julie ne serait pas venue me poser des questions si elle était coupable.

— Pourquoi non ? C'est peut-être un moyen de faire croire à son innocence. Elle est bien la seule personne pour qui mon père se sacrifierait de cette façon.

— Mon Guillaume…

— Ne m'appelle pas comme ça. Tu n'en as pas le droit. Pas après ce que tu as fait.

— J'ai détesté Inès, j'ai voulu sa mort, je le confesse volontiers. Et crois bien que j'avais de bonnes raisons pour cela. Mais votre père n'aurait pas permis qu'il soit fait du mal à la mère de ses enfants. Crois-moi. Je n'y suis pour rien. Pas plus que lui. Pas plus que Malo.

— Alors qui ? Qui a fait ça, Julie ? Qui ?

Il s'effondra soudain dans ses bras en sanglotant et elle dut faire appel à toutes ses forces pour ne pas choir sous le poids de ce jeune homme plus grand qu'elle qui avouait soudain sa détresse. Elle le serra contre elle avec tendresse.

— Je ne sais pas, mon Guillaume. Mais nous allons le découvrir, j'en suis certaine. Pour l'heure, il faut que nous restions tous unis. C'est comme cela que nous allons y parvenir. Tous ensemble…

***

Elle avait réussi à convaincre Vidocq. Non de rendre lui-même visite au prisonnier : il s'y refusait catégoriquement. Mais de la laisser pénétrer jusqu'à lui. Une fois. Une seule et unique fois. Elle devait se satisfaire de ce modeste résultat mais gardait confiance. À elle, Sébastien se confierait. Elle saurait ce qui s'était réellement passé.

Elle frissonna quand les lourdes portes de la prison de la Force se refermèrent derrière elle. Le bruit des verrous, le cliquetis des clés, le pas lourd des gardiens. Hubert, qui l'accompagnait et lui donnait le bras, appuya doucement sa main sur la sienne en lui souriant pour la rassurer. Il avait également repris confiance, convaincu par la jeune femme que cet entretien serait décisif. Le geôlier qui les accompagnait ouvrit la porte d'une salle devant eux sans dire un mot. Julie sentait son cœur battre trop vite. Elle arma son visage d'un sourire et entra.

— Qu'est-ce que tu fais là ? Je croyais avoir été clair. Maître, raccompagnez Julie hors d'ici, s'il vous plaît. Et ne revenez qu'avec Vidocq. Il est le seul qui pourra m'aider.

Le visage de Sébastien était livide et ses yeux brillaient de fureur. Julie était blessée de se voir ainsi rejetée mais elle souffrait surtout de le voir entravé. Des chaînes à ses poignets et à ses chevilles. Et, comble de l'indignité, ses geôliers avaient poussé le raffinement à sceller la chaîne qui embarrassait ses jambes à un anneau dans le sol. Il était assis sur une chaise, également fixée au sol, sans doute pour qu'elle ne puisse pas être utilisée comme arme, et ne pouvait donc pas se lever. La jeune femme ne pouvait qu'imaginer l'humiliation qu'il éprouvait à être vu ainsi par elle. Elle baissa les yeux un instant puis se redressa résolument. Elle fit un pas, surmontant son émoi et la douleur provoqués par le choc de cette réception.

— Tu ne te débarrasseras pas de moi, Sébastien. Je veux savoir. Je dois comprendre. Pourquoi as-tu avoué ? Je sais que tu n'as rien fait. Pourquoi ? Je veux une réponse.

Il la dévisagea longuement. Son regard s'accrocha au sien, y cherchant un secours, un espoir. Elle le fixait, résolument, sans tendresse. Elle frémissait de rage, à la fois blessée de son rejet et bouleversée par sa situation. Elle s'adoucit néanmoins pour le convaincre de parler.

— Je n'ai rien fait. Tu le sais, j'espère.

Il parvint à lui sourire, les yeux humides.

— Bien sûr. Je n'ai jamais envisagé le contraire.

— Alors, pourquoi, qui protèges-tu ? Explique-moi…

— Pourquoi ? Parce que tu es allée chez elle ce jour-là. Les domestiques t'ont reconnue. Je ne voulais pas que tu sois interrogée. Molestée par des policiers brutaux qui n'auraient eu aucun égard pour toi. Emprisonnée. Peut-être pire… Je ne l'aurais pas supporté. Tant qu'on me croit coupable, tu ne risques rien.

Elle en resta coite, mesurant l'étendue de son sacrifice. Elle devait retenir ses larmes, se faire violence pour ne pas se jeter à son cou. Elle secoua la tête pour briser cette émotion qui l'étreignait.

— Mais, maintenant, comment allons-nous faire ? Il faut te sauver, t'innocenter.

— C'est pour cela que je veux voir Vidocq. J'ai besoin de ses talents. Il nous aidera. Toi, tu ne dois plus venir ici. Tu serais vite accusée de complicité.

— Il refuse de te rendre visite. Il a cru à tes aveux et ne veut pas entendre raison.

— Il faut le convaincre, Julie. C'est mon seul espoir. Retourne le voir. Insiste. Force sa porte, s'il le faut. Aidez-la, maître. Assiégez-le tous les deux mais faites-le venir…

— Je ne pense pas qu'il sera nécessaire d'en arriver à de telles extrémités.

Vidocq venait d'apparaître, arrachant enfin un véritable sourire à Sébastien. Il voulut se lever mais retomba assis, retenu par ses chaînes. Le chef de la Sûreté fronça les sourcils, appela un gardien. Un instant plus tard, les chevilles libérées, le prisonnier put se lever et venir à la rencontre de son ami.

— Tu en as mis du temps, François. J'ai cru que tu ne viendrais jamais.

Vidocq lui saisit les mains avec ferveur.

— J'en suis navré, mon ami. Si seulement, tu m'avais parlé dès le premier jour…

— Je ne le pouvais pas devant tes enquêteurs. J'ignore à qui je peux faire confiance.

— Nous avons perdu trop de temps. J'espère que nous pouvons encore le rattraper. J'ai beaucoup de questions à te poser.

Ils s'assirent tous autour de la table, Julie et Sébastien face à face. Le chef de la Sûreté soumit son ami à un flot ininterrompu de questions. Il admettait volontiers avoir rendu visite à Inès pour lui parler de l'avenir de Guillaume qui voulait devenir avocat. Il avait brièvement croisé son fils qui avait vu partir précipitamment Julie moins d'une heure auparavant. Sans lui avoir parlé alors qu'elle était venue pour lui. Il n'avait eu que le temps de l'apercevoir en train de dégringoler l'escalier.

— J'attendais Guillaume et j'ai entendu Inès dans la pièce voisine. Elle parlait avec un homme. J'ai pris peur. J'ai cru qu'elle allait entrer. Cette femme me terrifiait. Mais je ne l'ai pas vue, je vous le jure.

— Vous êtes sûre que c'était elle ? Vous auriez pu vous méprendre…

— Non, François. Croyez bien que j'ai de bonnes raisons pour ne jamais oublier la voix de cette femme.

Sébastien tressaillit et ses yeux se voilèrent de tristesse. Il retrouvait en Julie une blessure intacte, encore vive malgré les années. La culpabilité le rongeait. La conversation retomba soudain. Le prisonnier ne répondait plus aux questions de Vidocq. Hubert donna une bourrade au policier et lui désigna son client d'un mouvement du menton. Celui-ci dévorait Julie du regard. Elle ne le quittait pas des yeux. Ces deux-là brûlaient de se retrouver seuls… Vidocq se leva soudain, posa une main sur l'épaule de Dubois-Mareuil.

— Maître, voulez-vous sortir avec moi un instant ? J'aimerais vous dire un mot en particulier.

L'avocat se leva aussitôt, remerciant d'un sourire le chef de la Sûreté pour ce prétexte si prestement trouvé. Sébastien ne fut pas dupe et adressa un regard reconnaissant à son ami. Julie, trop lasse, n'avait pas encore compris. À la porte, Vidocq se tourna et leva ses deux mains. Le prisonnier hocha la tête en signe de compréhension. Ils disposaient de dix minutes.

Dès qu'ils furent seuls, il se leva et s'avança vers Julie. Elle secoua la tête, sortant de la vague torpeur où elle était plongée depuis quelques instants, un peu étonnée de voir que les deux hommes étaient partis. Elle se redressa à son tour et se précipita dans les bras de Sébastien. Il parvint à passer ses poignets enchaînés autour d'elle et la serra contre lui avec ferveur. Ils demeurèrent enlacés un long moment puis elle leva la tête et leurs lèvres se frôlèrent doucement avant de se sceller sur un long baiser. Il la sentait trembler entre ses bras et resserra son étreinte. Elle appuya sa tête sur son épaule en soupirant.

— J'ai peur, Sébastien, j'ai si peur…

— Je sais. Il ne faut pas. François est avec nous maintenant. J'ai toute confiance en lui. Il va reprendre l'enquête et me sortir de là.

— Mais s'il échoue ?

— Cela n'arrivera pas, je te le promets.

— Je n'y survivrais pas, Sébastien. Sans toi…

Il l'écarta brusquement de lui en la prenant par les coudes tout en la gardant dans l'espace réduit de ses chaînes. Sa voix vibrait de fureur.

— Je t'interdis de dire cela et encore plus de le penser. Tu dois te battre, Julie. Ne jamais baisser les bras. Mes trois fils ont besoin de toi. Ils n'auront plus que toi. Si tu renonces, qui prendra soin d'eux ?

Il la reprit contre lui et l'embrassa de nouveau, avec brutalité. Elle comprit qu'il était plus effrayé qu'il ne le prétendait, qu'il n'était pas si certain de la réussite de Vidocq. Il avait besoin qu'elle se montre solide, qu'elle garde la tête haute. Elle ne devait pas faillir. Pour lui. Pour eux. Pour qu'il puisse rester serein et se battre pour recouvrer sa liberté. Elle leva les yeux vers lui, affichant une détermination qu'elle était loin d'éprouver…

— Je te promets d'être forte. Pour nous et pour les garçons. Ils pourront toujours compter sur moi. Tu seras fier de moi.

— Je le suis depuis toujours, ma douce.

Quelques minutes plus tard, l'avocat et le policier revinrent. Les deux amants étaient assis l'un près de l'autre, les doigts entrelacés. Sébastien sourit à son ami.

— Tu avais encore des questions, François. Je t'écoute et suis tout prêt à te répondre.

Une heure plus tard, Julie quittait la prison au bras de son beau-père, tandis que Vidocq demeurait auprès du prisonnier qui l'avait retenu d'un signe discret.

— Juste un mot, mon ami. Nous savons toi et moi que ta tâche est ardue, voire impossible. Mais j'ai confiance en toi. Et je ne veux plus voir Julie ici. Jamais. Fais en sorte qu'elle ne revienne pas, s'il te plaît. Je veux la protéger de cet univers dégradant. Et il ne faut pas qu'elle passe pour ma complice. Elle ne doit revenir ici que si tu échoues et que je suis condamné. Alors, je devrai lui dire adieu. Tu comprends ?

Vidocq acquiesça d'un signe de tête et sortit sans ajouter un mot.

***

En sortant de la Force, Julie fut stupéfaite de trouver Landry et Ana qui l'attendaient, sourire aux lèvres. Elle se jeta dans les bras de son ami d'enfance puis dans ceux de son épouse qui la serrèrent contre eux de toutes leurs forces.

— M. de Talleyrand nous a prévenus et nous a demandé de venir. Il a pensé que tu pourrais avoir besoin de nous.

Des larmes jaillirent alors des yeux de Julie sans qu'elle puisse les retenir. Dans le fiacre qui devait les reconduire, elle se laissa aller contre l'épaule de Landry. Elle essaya de se redresser, d'articuler quelques mots mais s'étrangla dans un sanglot, laissant retomber sa tête contre lui. Il passa un bras autour de ses épaules tandis qu'Ana serrait affectueusement sa main entre les siennes.

— Tout va s'arranger, petite Julie. Je suis journaliste et donc enquêteur à ma façon. C'est bien le diable si Vidocq et moi ne te rendons pas ton mari.

Les larmes de Julie redoublèrent à la pensée qu'elle n'avait même pu le droit de dire qu'elle était l'épouse de Sébastien. Aux yeux de tous, elle était sa maîtresse. Rien de plus.

Lorsqu'ils parvinrent à destination, ils étaient attendus par Étiennette qui s'alarma du désarroi de sa maîtresse. Elle crut à une mauvaise nouvelle et se précipita vers Julie pour la secourir. Hubert la rassura d'un demi-sourire.

— Ne vous inquiétez pas, Étiennette. Julie a eu un peu trop d'émotions aujourd'hui. Madame, si vous vouliez bien l'accompagner jusqu'à sa chambre, je pourrais échanger quelques mots avec votre époux.

Ana obtempéra et prit le bras de Julie pour la soutenir tandis que Landry gagnait le bureau de l'avocat. Une demi-heure plus tard, il rejoignit son épouse qui sortait de la chambre de Julie avec la femme de chambre. Ana lui sourit et s'assit en le tenant par le bras.

— Elle vient de s'endormir. Elle n'a pas cessé de pleurer depuis que nous sommes arrivés. Elle n'a pas pu dire un mot. C'est terrifiant, Landry, je ne l'ai jamais vue dans un tel état.

— Ne t'inquiète pas. Maître Dubois-Mareuil m'a expliqué qu'elle avait été très choquée de voir Sébastien enchaîné et qu'elle avait dû ne rien montrer devant lui. Elle ira mieux après un peu de repos.

— J'espère que tu as raison. Mais j'ai peur que tu ne prennes trop de risques. Je ne voudrais pas qu'il t'arrive malheur…

— Je serai prudent, je te le promets. Je ne peux cependant pas refuser mon aide à nos amis. Même s'il n'y a qu'une chance infime de réussir, il faut la saisir.

— Une chance infime, dis-tu ? Tu penses donc que…

— Vidocq et Hubert sont assez pessimistes. Si nous ne trouvons pas rapidement le coupable, Sébastien sera jugé et sans doute condamné. Le temps joue contre lui. Et les faits l'accablent.

— Et s'il revient sur ses aveux ? S'il nie ?

— Les domestiques témoigneront tous qu'il est déjà venu chez Inès pour la menacer, ce qui est vrai. Qu'il est venu ce jour-là, est entré dans son boudoir et a été trouvé penché sur son cadavre, l'arme du crime à la main, ce qui est vrai également.

— Et toi, tu le crois coupable, Landry ? Tu penses qu'il aurait pu ?

— Je ne l'imagine pas la tuer, malgré la rancœur qu'il éprouvait envers elle. Il l'a protégée durant des années, ce n'est pas pour la tuer maintenant. Il dit qu'il lui a rendu visite et qu'il l'a trouvée renversée sur un fauteuil, un poignard planté dans le flanc mais toujours en vie. Il a voulu lui porter secours, le retirer et c'est à ce moment qu'elle a expiré sans pouvoir dire un mot. Je le crois mais est-ce qu'un juge en sera convaincu ?

— C'est vertigineux. Il va presque nous falloir un miracle…

— Et nous ne renoncerons pas, mon Anouchka. Nous nous battrons tant que nous pourrons pour le sauver. Et redonner à Julie sa joie de vivre.

Landry avait raison. Après de longues heures d'un lourd sommeil, Julie s'éveilla, plus combative que jamais. Elle accepta de mauvaise grâce de ne pas se mêler aux recherches des enquêteurs mais ne laissa à personne le soin d'aller voir Clémence et Malo pour les informer de sa visite à la prison de la Force et de ses conséquences. Elle refusa leur proposition de revenir s'installer chez eux mais leur promit de venir les voir chaque jour. Elle savait que Vidocq et Landry, à la moindre nouvelle, viendraient rendre compte à l'avocat du prisonnier et ne voulait pour rien au monde rater leur visite. Elle devait par ailleurs s'avouer qu'il lui était pour l'heure impossible d'affronter le regard des jumeaux. Elle ne parvenait pas à déchiffrer l'expression de Séverin. Elle y lisait du désespoir et de la colère, mais aussi un autre sentiment qu'elle ne lui connaissait pas. Guillaume, plein de rage et d'amertume, demeurait silencieux la plupart du temps. Malo lui expliqua que les deux garçons se parlaient peu et restaient éloignés l'un de l'autre le plus possible. Cela demeurait un mystère : ils avaient perdu leur mère, leur père était emprisonné ; pour autant, cette épreuve les éloignait l'un de l'autre au lieu de les réunir…

Les jours s'écoulaient cependant sans apporter le moindre indice. Vidocq avait interrogé de nouveau les domestiques, espérant trouver une faille ou une contradiction dans leurs réponses. En vain. Landry avait parcouru le quartier, interrogé les commerçants et les badauds dans l'espoir d'obtenir une information sur un homme qu'aurait fréquenté la baronne Mirbeau. Ils étaient unanimes : la dame n'avait jamais été vue que seule, en compagnie de l'un des domestiques ou de son fils. Personne n'évoquait un autre qui aurait pu fréquenter régulièrement la demeure d'Inès.

— Vous ne croyez pas à l'hypothèse d'un amant, n'est-ce pas, François ?

— Non, ma chère. J'en suis navré mais je pense sincèrement que cette femme est revenue à Paris pour retrouver son mari. Elle voulait le faire revenir sous son toit. Je ne la vois pas s'afficher avec un autre homme au risque de tout perdre. Êtes-vous certaine de ne pas pouvoir nous en dire plus sur ce que vous avez entendu ce jour-là ?

— Pour la centième fois, je ne sais rien de plus. La voix de l'homme était étouffée comme s'il parlait bas et celle d'Inès était plus forte. Elle semblait énervée. C'est pour cela que j'ai pris peur et que je me suis enfuie. Je dois tout de même pouvoir témoigner, dire qu'il y avait quelqu'un ce jour-là…

— Aux yeux de n'importe quel juge, vous apparaîtrez comme la maîtresse ou la concubine de Sébastien : quoi que vous disiez, on pensera que vous êtes partiale au mieux ou, au pire, complice. Je ne tiens pas à vous voir emprisonnée à votre tour. Par ailleurs, cet homme que vous avez entendu, c'est peut-être un créancier réclamant son dû. Ou un domestique se faisant houspiller. Ou votre amant en train de menacer sa femme… Il ne s'agit peut-être pas d'un amant et rien ne nous prouve que cet homme soit coupable.

— Et moi, j'en suis convaincue. Vous vous dites son ami mais vous doutez, je le sais. Vous pensez qu'il a peut-être commis ce crime odieux.

— Je ne doute pas de lui, Julie, je vous le jure. J'ai envoyé mes agents en Italie, à Vienne et en Angleterre avec ordre de crever tous les chevaux qu'il faudra pour se renseigner sur les mœurs et les éventuels amants de cette femme. Si l'un d'eux est à Paris, nous l'interrogerons. Mais j'ignore si nous aurons le temps. Son procès peut s'ouvrir d'un jour à l'autre. Et pour l'heure, il est condamné d'avance.

— Et Verteuil ? Vous refusez toujours de l'interroger ?

— Je vous l'ai dit : personne ne l'a vu à l'hôtel Mirbeau et personne n'a vu Inès chez lui non plus. Je ne dis pas que ces deux-là n'ont pas eu autrefois d'intérêt commun mais cela n'est plus le cas. Le comte est bien en cour et n'aspire qu'à satisfaire son ambition. La baronne voulait retrouver le père de ses fils.

— Vous n'êtes pas naïf à ce point, pas vous ? Vous ne pouvez pas croire qu'il s'agisse d'une coïncidence. Au moment où Inès brise notre union, M. de Talleyrand m'apprend que la duchesse d'Angoulême, sur les conseils de Verteuil, veut me voir épouser un courtisan.

Vidocq haussa les épaules sans répondre. Depuis plusieurs jours, ils avaient cette même conversation stérile. Il n'en voulait pas à Julie, conscient qu'elle cherchait une raison d'espérer à l'heure où l'avenir s'annonçait si sombre. Il était bel et bien convaincu qu'il ne s'agissait pas d'un hasard si Verteuil et Inès étaient en même temps à Paris. Pour autant, rien n'impliquait le comte dans la mort tragique de la jeune femme. Sébastien en était conscient, lui aussi, du fond de sa cellule, mais refusait que Julie soit mêlée à l'enquête. Il craignait pardessus tout qu'elle se mette en danger en allant demander des comptes à son père. Le chef de la Sûreté faisait surveiller le comte mais rien ne venait prouver la culpabilité de ce triste individu... Le lendemain, il irait rendre visite à son ami et lui dirait que Julie allait bien. Il lui mentirait comme il mentait à la jeune femme chaque jour. Il ne partageait qu'avec Hubert et Landry sa peur d'échouer.

***

Vidocq sillonnait la ville à la recherche d'indices. L'avocat était parti à la Force rendre visite à son client. Ses amis étaient sortis. Elle était donc seule, avec pour toute compagnie les domestiques, donc des quantités négligeables. Il attendait cet instant depuis des jours et des jours. Il allait enfin pouvoir se confronter à elle. Quelle victoire pour lui s'il pouvait prouver qu'elle portait une part de responsabilité dans la mort de cette femme et par conséquent que le chef de la Sûreté protégeait une criminelle ! Il aurait enfin sa chance de prendre sa place. Par ailleurs, il haïssait ce Girault, ce baron Mirbeau, qui cachait sa ridicule noblesse d'Empire au sein d'une bande de voleurs sans envergure. Cet homme lui avait fait de l'ombre à l'époque où ils travaillaient ensemble pour Vidocq, participant aux arrestations les plus importantes et recueillant la gloire. Il tenait sa vengeance. Cette femme plierait et il l'enverrait rejoindre son amant aux assises. Résolu, il abattit le heurtoir en forme de tête de lion sur la porte et pénétra dans la cour de la vaste demeure, suivi par quatre hommes à la carrure impressionnante et à la mine patibulaire, choisis justement sur ces critères.

— Madame, n'y allez pas, je vous en prie. Ces hommes me font peur.

— C'est sans doute leur objectif, Étiennette. Ne crains rien. Ils veulent nous impressionner. Je vais descendre dans le bureau d'Hubert. Je ne veux pas qu'ils approchent de Baptiste. Reste auprès de lui, s'il te plaît.

La femme de chambre acquiesça et Julie partit rejoindre les agents de la Sûreté que le valet de pied avait annoncés un instant auparavant. Un frisson lui parcourut le dos. Elle était moins sûre d'elle qu'elle ne le laissait entendre à Étiennette mais espérait que cette confrontation lui permettrait de défendre Sébastien.

Elle longea le couloir étrangement silencieux d'un pas ferme. La porte du bureau s'ouvrit devant elle sans qu'elle frappe et se referma violemment dès qu'elle l'eut franchie. Elle se retourna. L'un des hommes s'était posté devant l'huis et souriait d'un air mauvais. Elle demeura impassible, revint vers le bureau. Un homme était assis à la place d'Hubert. Le cheveu rare et blond. Les yeux bleus et ternes. Le front fuyant. Les mains couvertes de bagues.

— Êtes-vous Julie Chesnay ?

— Je suis Mme Dubois-Mareuil. Et je tiens à vous dire que mon beau-père apprécierait peu de vous voir à cette place, Monsieur… monsieur ?

— Barthélemy Lacour. Adjoint au chef de la Sûreté que vous connaissez bien.

— M. Vidocq ne m'a pas prévenue de votre visite.

— Je suis certain qu'il appréciera mon initiative. Veuillez vous asseoir, Madame. J'ai quelques questions à vous poser.

Julie préféra obtempérer. Sébastien lui avait autrefois parlé de cet homme. Barthélemy Lacour, dit Coco-Lacour, l'un des plus efficaces agents de Vidocq par sa connaissance des bas-fonds de Paris. Comme la plupart des membres de la Sûreté, il avait été recruté pour son passé d'escroc et de voleur, mais c'était un homme plein de fiel, de hargne et de violence. Jaloux de l'affection que son chef portait à d'autres, il n'aspirait pourtant qu'à prendre sa place…

— Que savez-vous du meurtre d'Inès de Mirbeau, l'épouse légitime de votre amant ?

— Rien de plus que ce que je dois savoir. Elle a été poignardée chez elle et mon… son mari est emprisonné pour ce crime.

— Était-il seul au moment des faits ? L'avez-vous aidé ?

— Je ne sais pas de quoi vous voulez parler.

Elle était terrifiée, consciente que ces hommes pouvaient faire ce qu'ils voulaient d'elle. Coco-Lacour était entouré de deux cerbères, un troisième s'était avancé derrière elle – elle devinait sa présence et se contraignait à ne pas se retourner –, le quatrième condamnait l'accès à la pièce. Elle décida pourtant de rester ferme, bien campée sur ses positions. Surtout ne pas leur donner d'emprise sur elle. Ne rien céder. Ne rien dire qui puisse nuire à Sébastien.

— Je ne sais pas de quoi vous voulez parler.

— Avouez. Vous êtes sa complice. Vous l'avez aidé. Comment ?

— Je ne sais pas de quoi vous voulez parler.

— Vous avez détourné son attention pour qu'il puisse la frapper plus aisément ?

— Je ne sais pas de quoi vous voulez parler.

— Peut-être l'avez-vous frappée, vous aussi ? C'est bien dans vos habitudes. Souvenez-vous de ce garçon que vous avez frappé à coups de pierres et laissé pour mort autrefois.

— Je ne sais pas de quoi vous voulez parler.

Une sueur froide coula le long de son dos. Comment pouvait-il savoir pour Clovis ? Elle n'en avait jamais parlé qu'à Sébastien. Vidocq était-il au courant ? Avait-il divulgué son secret ? Ou l'information était-elle parvenue à cet homme par un autre biais ? Dans ce cas, il ne pouvait s'agir que de Verteuil, l'homme qui l'avait abandonnée aux mains de Chesnay… Lui seul avait eu intérêt à se renseigner.

Coco-Lacour frappa le bureau du plat de la main, la faisant tressaillir.

— Vous savez ce qui s'est passé ce jour-là. Vous finirez par parler. De gré ou de force. Alors, autant le faire dès maintenant. Qu'avez-vous vu ? Qu'avez-vous fait ?

— Je ne sais pas de quoi vous…

Excédé, il contourna précipitamment le bureau et la saisit par les cheveux.

— Tu vas parler, garce !

La gifle cingla sa joue, lui occasionnant une violente douleur. Elle retint les larmes qui lui brûlaient les yeux. Mais ne prononça pas un mot. Ne poussa pas un cri. Fixant son tourmenteur dans les yeux, elle lui cracha au visage. Elle n'eut cependant pas le temps de se réjouir de ce geste insensé. Les représailles furent immédiates. La seconde gifle, plus brutale encore que la précédente, l'assomma presque. Un goût métallique envahit sa bouche et elle sentit le sang ruisseler le long de sa joue meurtrie. Elle fut redressée avec rudesse, les poignets serrés dans l'étau de fer des mains de Lacour.

— Liez-la bien. On l'emmène. On verra bien si elle joue toujours les farouches au milieu des catins de Saint-Lazare. Et allez me chercher son bâtard. On le déposera aux enfants trouvés en route.

Il avait lui-même noué une corde autour de ses mains tout en parlant, prenant un plaisir inouï à serrer plus que nécessaire pour la voir souffrir. Elle avait réussi à demeurer silencieuse mais, en entendant parler de Baptiste, il lui sembla perdre la raison. Au moment où Lacour la poussait vers ses sbires qui s'apprêtaient à lui passer une autre corde autour du corps, elle s'élança, heurta l'un d'eux de l'épaule et se précipita, tête en avant, vers celui qui gardait l'entrée et qui s'apprêtait à aller chercher l'enfant. Elle se jeta sur lui, donna de la tête dans la large poitrine. Il l'arrêta aisément en la prenant par les épaules et allait à son tour la frapper lorsque la porte s'ouvrit soudain sur le visage courroucé de Vidocq et celui, consterné, de maître Dubois-Mareuil.

L'homme la lâcha si brusquement qu'elle serait tombée si Hubert ne l'avait pas retenue. Éprouvée, elle se laissa aller contre son beau-père qui la serra doucement contre lui. Vidocq se mit aussitôt entre eux et les cinq sinistres individus qui l'entouraient un instant auparavant.

— Que faites-vous ici, Lacour ? Je ne crois pas vous avoir d'ordre en ce sens.

— J'arrête cette femme, patron. Elle est complice dans l'assassinat de la baronne Mirbeau.

— Elle a donc avoué ?

— Non, mais elle le fera et ce n'est qu'une question de temps. Et vous feriez bien d'arrêter de la protéger si vous voulez mon avis.

— Je ne crois pas l'avoir sollicité, Lacour. Vous et vos hommes allez quitter cette demeure céans et ne pas y remettre les pieds. J'espère être clair.

La voix de Vidocq vibrait de colère. Ses yeux étincelaient. Seul contre cinq, il n'avait pas la moindre chance dans un combat régulier mais quatre au moins le craignaient et reculèrent vers Lacour, cherchant une réponse dans son attitude ou son regard. Celui-ci redressa la tête et affronta le chef de la Sûreté avec insolence.

— Pour vous aussi, ce n'est qu'une question de temps. Quand le préfet saura que vous culbutez la maîtresse d'un assassin qui est sans doute aussi sa complice…

Il n'eut pas le temps de finir sa phrase. Le poing de Vidocq venait de s'abattre sur son visage qui se couvrit de sang. Il tomba à genoux mais son vigoureux adversaire le souleva par le col et le porta jusqu'au couloir. Sans le lâcher, il l'entraîna vers l'escalier où il le laissa tomber. Coco-Lacour dégringola les marches cul par-dessus tête tandis que son chef le toisait avec mépris.

— Ne remettez pas un pied ici. Jamais. Je ne protège pas cette femme. Elle n'a pas besoin de moi pour ça. Ses appuis sont bien trop élevés pour nous. Priez pour être encore en vie demain lorsque l'on saura que vous avez osé lever la main sur elle.

Il se tourna ensuite vers les sbires qui avaient contemplé la scène d'un air ahuri. Il n'eut besoin que d'un geste pour les faire déguerpir à leur tour. Essuyant ses mains sur son mouchoir, il revint vers Julie qui demeurait tremblante dans les bras de son beau-père. Ensemble, les deux hommes, la portèrent sur un fauteuil. Vidocq trancha la corde qui emprisonnait les délicats poignets de la jeune femme, entamés par les liens et dont le sang suintait déjà en perles écarlates.

— La brute… Tenez, Julie, buvez cela pour vous remettre. Maître, appelez sa femme de chambre pour qu'elle la soigne.

Il plaça résolument un petit verre de cognac dans la main de la jeune femme et la força à le porter à ses lèvres. La première gorgée brûla l'intérieur de sa joue meurtrie avant de couler dans sa gorge. Elle toussa, s'étrangla, se laissa aller en arrière avant d'avaler le reste du verre avec un soupir de satisfaction. Étiennette était déjà à ses côtés et soignait avec douceur les meurtrissures de son visage.

— Par quel miracle êtes-vous arrivés tous les deux à cet instant précis ?

— Remerciez notre chère Étiennette, ma fille. Et la bêtise de ces hommes qui n'ont pas jugé bon d'empêcher les domestiques de sortir. Me sachant parti pour la Force, elle a envoyé mon valet me prévenir. Heureusement, il est arrivé au moment où je sortais de la prison.

— Et j'ai rencontré maître Dubois-Mareuil dans la rue. Je venais vous rendre visite. Il m'a expliqué ce qui arrivait et nous sommes passés par l'entrée de service pour ne pas être vus des fenêtres. Voilà tout le miracle.

Julie sourit aux deux hommes et pressa faiblement la main de sa fidèle compagne. Elle constata pourtant que Vidocq demeurait sombre et l'interrogea sur cette inquiétude palpable.

— Lacour n'est pas idiot et n'a pas pour habitude d'outrepasser mes ordres. Je ne comprends pas pourquoi il est venu ici.

— Sébastien m'a expliqué il y a longtemps qu'il brigue votre place. Il a sans doute cru gagner du temps en me faisant avouer ma complicité dans ce crime. Et en vous faisant passer pour mon amant.

— Peut-être, oui. Mais je reste persuadé qu'il cache autre chose. Lacour me craint. J'en sais assez sur lui pour le renvoyer au bagne pour longtemps et il ne l'ignore pas. Il fallait qu'il soit particulièrement sûr de lui pour me défier ainsi. Je pense qu'il a été poussé par quelqu'un. Reste à savoir qui et pourquoi.

— Une personne qui a tout intérêt à voir Sébastien condamné pour la mort d'Inès. Et qui en sait beaucoup trop sur moi et sur ma jeunesse. Quelqu'un qui a eu tout le loisir de se renseigner avant de me retrouver… Et vous savez tous les deux de qui je veux parler.

— Nous ne saurons peut-être jamais qui a poussé Lacour à agir ainsi… Pour l'heure, je vous en conjure, Julie, ne sortez plus d'ici. Quelqu'un vous en veut particulièrement, c'est évident et je ne veux pas vous voir prendre le moindre risque.

— Vous voulez me garder prisonnière chez moi ? Entre vous et ce Lacour, il n'y a donc que la manière et la prison qui changent ?

Elle s'était redressée, échappant aux mains douces d'Étiennette et le foudroyant du regard. Il sourit de la voir toujours si combative.

— Moi, chère Julie, je veux vous protéger. Je ne veux surtout pas devoir aller voir mon ami au fond de sa prison pour lui dire que la femme qu'il aime a été arrêtée. Vous comprenez ? Si vous n'êtes pas raisonnable pour vous, soyez-le pour lui.

Elle refusa de s'avouer vaincue et préféra détourner la conversation. Elle le fixa de ses grands yeux bleus, où il pouvait lire un océan d'espoir.

— Tout à l'heure, vous avez dit que vous veniez me rendre visite quand vous avez rencontré Hubert. Quelle nouvelle me portiez-vous donc ?

Il se rembrunit. Il aurait voulu ne pas avoir à parler de cela immédiatement, lui laisser le temps de se remettre avant de l'accabler de nouveau. Pourtant, il ne pouvait plus reculer…

— La date du procès a été fixée. Il s'ouvrira lundi prochain. Nous ne disposons plus que d'une semaine.

— Et vous voulez m'enfermer alors que nous avons encore tant à faire pour le sauver. Vous n'avez pas votre tête, François.

Vidocq ne répondit pas et lui sourit, à la fois penaud et admiratif. La détermination et le courage de cette femme l'impressionnaient. Il comprenait mieux que jamais la force des sentiments de son ami.

***

À peu près au même instant, à deux rues de là, dans l'espace confiné d'un élégant carrosse, Barthélemy Lacour se faisait vertement tancer.

— Incapable ! Triple imbécile ! Un mot de moi et vous retournez à la fange dont je vous ai tiré. Comment avez-vous pu échouer ? Elle était seule. Il vous suffisait de vous emparer d'elle et de me l'amener avec l'enfant.

— Vous m'avez dit de l'effrayer…

— Et cela ne devait vous prendre que quelques instants. Vous avez perdu une occasion en or. Elle ne se représentera pas de sitôt. Vidocq ne la laissera plus seule un instant désormais.

— Je pourrais me saisir d'elle à sa prochaine visite à la vieille Girault. Elle y va régulièrement.

— Pauvre sot. Nous devions faire croire à une arrestation. Pas à un enlèvement. Elle devait apparaître sur les registres de Saint-Lazare pendant que je menais mon plan ailleurs. Vous deviez jeter l'opprobre sur Vidocq pour qu'il ne puisse pas chercher à la voir. Plus personne n'y croira.

— Je trouverais un autre moyen. Accordez-moi encore quelques jours.

— Vous avez eu tout le temps depuis l'arrestation de Girault. Vous êtes un incapable.

L'homme empoigna Lacour, ouvrit la porte du carrosse et le jeta sur le pavé sans ménagement. Le hasard voulut que le triste individu tombe dans une flaque de boue. Il se releva tant bien que mal, repoussant de saleté, et montrant le poing. Mais la porte était déjà refermée et le carrosse s'élança. En roulant, il éclaboussa l'agent de la Sûreté, achevant de le couvrir de la boue noirâtre et puante du pavé de Paris.

Bien assis au centre de sa banquette, le comte de Verteuil fulminait. Sa fille lui échappait une fois de plus. Il avait pourtant cru qu'il lui serait facile de s'emparer d'elle après l'arrestation, qu'elle commettrait une erreur. Il avait même espéré qu'elle viendrait d'elle-même le trouver pour lui demander des comptes. Que diable ! Il la savait intelligente et ne pouvait pas imaginer qu'elle ne s'interroge pas sur ses liens avec Inès… Au lieu de cela, elle était demeurée sous l'aile protectrice de Vidocq, bien à l'abri dans la maison de l'avocat. Maintenant, il y avait aussi ce journaliste de malheur. Pas une seule fois elle n'avait été suffisamment isolée pour qu'il mène son projet à bien. Et cet imbécile de Lacour venait de perdre une occasion inespérée. Il ne lui restait qu'à la jeter dans ce carrosse avec l'enfant et à faire croire qu'elle était emprisonnée. Une ribaude avait même été payée pour prendre sa place en prison. Le temps que la supercherie soit découverte, il l'aurait déjà forcée à épouser ce crétin de Saint-Méran en la menaçant de se débarrasser de son fils et en ne l'autorisant à le voir que lorsqu'il serait satisfait d'elle.

Louis XVIII mort depuis un an, Charles X lui avait succédé et la duchesse d'Angoulême était devenue dauphine. Il pouvait désormais jouer ses atouts : Saint-Méran, ami et conseiller du roi, et Julie, sa propre fille, espionnant pour lui tout ce qui se passait dans l'entourage de la princesse, lui, le comte de Verteuil deviendrait l'homme le plus influent de la cour et obtiendrait tous les honneurs que la vie lui avait jusqu'alors refusés. Il s'imaginait déjà ministre, président du Conseil du roi, pair de France… Tout à son délire mégalomane, persuadé d'être débarrassé à jamais de Sébastien Girault, Jean-Eustache de Verteuil n'envisageait pas un seul instant l'échec de son projet diabolique…

23

Le valet de maître Dubois-Mareuil frappa un coup sec à la porte ouverte du bureau, les faisant tous sursauter, tant la tension était palpable dans la pièce

— Un visiteur pour Madame. Je lui ai que ce n'était peut-être pas le bon moment mais il insiste.

— Qui est-ce ?

— C'est moi, Julie. Moi, Guillaume !

Le garçon pénétra dans la pièce en bousculant le valet et se précipita vers la jeune femme. Il s'arrêta brusquement en découvrant son visage tuméfié. Sa joue était bleuie par les coups assénés par Lacour et sa pommette entaillée, sans doute par les bagues qu'il portait. Sa robe était tachée de sang et Étiennette s'écartait justement, tenant entre ses mains une bassine emplie d'eau rougie. Guillaume tomba aux pieds de Julie et lui prit les mains, découvrant avec effroi ses poignets meurtris.

— Que s'est-il passé, Julie ? Qui t'a fait ça ?

— Je suppose que tu ne me croiras pas si je te dis que je suis tombée dans l'escalier ou que je me suis cognée ?

Il leva vers elle un regard humide et s'étonna de la voir lui sourire. Elle lui caressa tendrement la joue, encore une fois bouleversée de voir à quel point ses fils ressemblaient à Sébastien.

— Des agents de la Sûreté sont venus m'interroger au sujet de ton père. Et comme je ne voulais rien dire, l'un d'eux s'est un peu énervé…

— Et vous ne pouviez pas empêcher ça ?

— Ne t'en prends pas à François. Il n'y est pour rien. Dis-moi plutôt pourquoi tu es venu.

— Je voulais juste te voir. Tu nous manques tellement à la maison. Mais…

Guillaume enfouit son visage dans la robe de Julie un long moment. Lorsqu'il se redressa, ses joues étaient sillonnées de larmes et son visage, écarlate.

— J'ai honte, Julie. J'ai tellement honte.

— Qu'y a-t-il, mon Guillaume ? Que veux-tu dire ?

— Je n'ai rien dit lorsque Père a été arrêté parce que je croyais qu'il serait vite libéré mais si, maintenant, ils s'en prennent à toi… C'est trop dur… Je ne peux plus me taire…

— Tu sais quelque chose qui pourrait nous aider, c'est cela ? Quelque chose qui concerne ta mère ?

— Je ne sais pas si ça a un rapport. Et je ne voulais pas salir sa mémoire…

— Je comprends mais tu dois tout me dire. Il faut penser à ton père avant tout.

— Tu as raison. Eh bien, je suis sûr que ma mère avait un amant. Je crois qu'il était là le jour où…

— Tu connais son nom ? Tu pourrais nous le décrire ?

— Je ne l'ai jamais vu. Mais j'ai entendu sa voix. Il entrait quand tout le monde était couché. Il allait dans sa chambre et repartait tôt le matin. Il est venu plusieurs fois quand j'habitais chez elle mais je n'ai pas réussi à le voir. Il est venu la veille de sa mort. Et je suis presque sûr de l'avoir entendu ce matin-là. Ils avaient l'air de se disputer.

Julie lança un regard de triomphe à Vidocq et Hubert qui avaient si souvent rejeté son idée d'un autre homme. Elle fut étonnée pourtant de ne voir que de la colère sur le visage du chef de la Sûreté.

— Bon sang, pourquoi n'avoir rien dit plus tôt ? Vous vous rendez compte de ce que vous avez fait ? C'est insensé, c'est impensable, c'est irresponsable.

— Assez, François ! N'accablez pas Guillaume, je vous le défends. Il vient de perdre sa mère qu'il venait juste de retrouver après des années de séparation. Et son père est en prison pour un crime qu'il n'a pas commis. Vous ne pensez pas que cela mérite un peu d'indulgence ?

Elle caressa doucement les cheveux de Guillaume qui avait de nouveau caché son visage dans les plis de sa robe. Il était secoué de sanglots. Il releva vers elle un regard noyé mais parvint à lui sourire.

— Je ne te l'ai pas encore dit mais, quand je suis parti chez elle, ce n'était pas contre toi, au contraire. Je voulais juste comprendre pourquoi elle faisait ça, pourquoi elle créait autant de peine. J'espérais la convaincre de renoncer. Pouvoir lui parler. Alors j'ai commencé par faire semblant de penser comme elle pour qu'elle me fasse confiance. Si tu savais comme ça m'a fait mal de repousser Baptiste au Luxembourg et de faire comme si je ne te connaissais pas. J'ai voulu te montrer mon épingle…

— Je l'avais vu, Guillaume, et j'ai compris à ton regard que tu voulais me dire quelque chose. Mais quelle folie d'avoir porté ce poids seul ! Quel fardeau pour toi…

Elle aurait voulu le réconforter davantage mais Vidocq, impatient, arpentait le bureau en maugréant. Elle posa une main sur l'épaule du jeune homme et interrogea du regard le chef de la Sûreté quand il passa près d'elle.

— C'est bien beau de dire qu'elle avait un amant mais nous ne sommes guère plus avancés. D'abord, nous ignorons de qui il s'agit. Ensuite, même si nous le trouvons, rien ne nous prouve qu'il est coupable. Aucun de ces maudits domestiques n'a voulu parler. J'ignore s'ils ont peur ou s'ils sont bien payés mais aucun d'entre eux n'a évoqué un amant.

— Pernelle. C'est Pernelle qu'il faut interroger. C'était la femme de chambre de ma mère. Elle sait forcément.

— Je l'ai fait. Elle est restée aussi muette que les autres. Elle ne sait rien, n'a rien vu, n'a rien entendu.

— Savez-vous où la trouver, monsieur Vidocq ? À moi, elle parlera, j'en suis certain. Je pense qu'elle était un peu amoureuse de moi…

Guillaume rougissait en prononçant ces mots. Julie sourit de cet embarras de tout jeune homme mais, inquiète, elle serra un peu plus fort son épaule.

— Je ne veux pas que tu sois mêlé à cette enquête, Guillaume. C'est trop dangereux.

— Julie, je suis désolé de vous contredire mais c'est peut-être notre seule chance. Jeune homme, vous viendrez demain avec moi pour poser quelques questions à cette jeune demoiselle.

— J'irai seul, monsieur Vidocq. Vous pourriez l'effrayer.

Vidocq ne put s'empêcher de rire et Julie posa sur le garçon un regard plein de mélancolie et de fierté. Il portait en lui la détermination de son père. Elle l'invita à rester pour le souper. Il proposa de demeurer à ses côtés jusqu'au retour de son père. Elle accepta avec joie, touchée par son affection. Soulagé, il repartit en courant chez Clémence pour aller chercher ses affaires. Il n'avait pas osé lui dire que partager la chambre de son jumeau était devenu à peu près intolérable. Séverin ne lui pardonnait pas ce qu'il appelait sa désertion, ne croyait pas à ses explications et s'enfonçait dans son chagrin et sa colère…

Dès le lendemain, Guillaume, le cœur étreint par l'émotion, se rendit chez sa mère pour rencontrer la camériste. Vidocq l'avait accompagné mais, à sa demande, l'avait laissé seul au bout de la rue. Il l'attendrait le temps qu'il faudrait dans une taverne toute proche. Sans le lui dire, le chef de la Sûreté avait toutefois posté deux de ses agents dans la rue afin qu'ils puissent intervenir au moindre problème. En franchissant le seuil de la vaste demeure, il songea avec effroi qu'il serait peut-être, bientôt, propriétaire des lieux avec Séverin… À l'intérieur, les domestiques officiaient toujours mais la plupart erraient, désœuvrés, d'une pièce à l'autre. Tout était étrangement calme, silencieux. Il monta l'escalier, se rendit d'abord dans la chambre qu'il occupait encore peu auparavant, rassembla les quelques effets qu'il y avait oubliés puis se dirigea vers le cabinet occupé par Pernelle, attenant à la chambre d'Inès.

Il trouva la jeune femme assise sur son lit, triturant entre ses mains nerveuses un joli mouchoir brodé qui avait sans nul doute appartenu à sa maîtresse. Elle était triste, abîmée dans une profonde rêverie. Il la vit remuer les lèvres en silence, visiblement tourmentée. Elle ne l'avait pas entendu venir et il l'observa un long moment avant de s'éclaircir la voix pour signaler sa présence.

— C'est vous, monsieur Guillaume ? Ça me fait bien plaisir de vous voir. Oui, bien plaisir…

— Vraiment, Pernelle ? Ça n'en a pourtant pas l'air…

— C'est que… je suis bien triste depuis que Madame… Je ne sais pas ce que je dois faire. Et je n'ai nulle part où aller.

— Tu n'as donc pas de famille ?

— Je n'ai personne, monsieur Guillaume. Ma vie ici, c'est tout ce que j'ai.

— Tu aimais beaucoup ma mère, n'est-ce pas ?

— Elle était bonne pour moi, même si elle me gourmandait de temps en temps. Elle me manque…

Il se sentait gauche, emprunté. Il n'avait pas l'habitude des jeunes filles et ne savait pas comment se comporter avec Pernelle pour lui faire dire ce qu'elle savait. Mais il songea à son père emprisonné. Il songea à Julie, souffrante, pour laquelle on avait appelé un médecin le matin même. Il songea à sa mère, morte, dont l'assassin vivait paisiblement, peut-être à deux pas de là. Il s'assit sur le lit, prit les mains de la fille entre les siennes. Elle le considéra un instant, un peu étonnée. Il devait reconnaître qu'elle était plutôt jolie avec ses grands yeux bruns, ses taches de rousseur et ses boucles brunes. Timidement, il effleura ses lèvres d'un baiser et la prit par la taille.

— Dis-moi, Pernelle, toi qui tenais à ma mère, tu ne crois pas que celui qui l'a tuée doit être puni ? Moi, je sais que ce n'est pas mon père.

— Mais il a avoué.

Elle avait baissé les yeux, le teint écarlate. Sa voix était devenue plus aiguë. Elle semblait embarrassée. Il la serra d'un peu plus près.

— J'ai besoin de ton aide, Pernelle. Si tu sais quelque chose, il faut me le dire.

— J'ai peur, monsieur Guillaume. Très peur.

— Il ne t'arrivera rien, je te le promets. À condition que tu m'aides.

Quelques minutes plus tard, il quittait la demeure avec la jeune fille. Elle emportait son maigre bagage. Elle acceptait de parler mais ne voulait pas rester dans cette maison. Sans trop savoir ce qu'il allait faire d'elle, il la conduisait à Vidocq pour qu'elle raconte enfin ce qu'elle avait vu et entendu au service d'Inès. Bien qu'effrayée par l'imposante stature du chef de la Sûreté, la fille s'assit face à lui et accepta de répondre à ses questions. Oui, Inès avait bien un amant. Elle le faisait entrer elle-même la nuit quand tout le monde était couché. Oui, ils se querellaient souvent et elle trouvait souvent sa maîtresse en pleurs après son départ. Oui, il était là le jour où elle était morte. Il n'était pas reparti à l'aube selon son habitude. Pernelle l'avait fait sortir discrètement dans la matinée. Peu après, un valet avait crié en surprenant l'époux de Madame penché sur elle, un poignard ensanglanté à la main. Elle confirmait avoir entendu Inès et son amant se disputer ce jour-là mais ignorait le sujet de la querelle. Elle n'assistait jamais à leurs rencontres.

— Et vous connaissez le nom de cet homme ?

— Oui, Monsieur. Je crois bien que j'étais la seule des domestiques à le savoir.

Elle en affichait une fierté naïve. Le nom qu'elle prononça cependant laissa Vidocq songeur…

***

Julie frappa ses deux mains l'une contre l'autre en défiant Vidocq d'un regard fiévreux. Elle était étendue sur une ottomane, épuisée, le corps parcouru de frissons, mais elle conservait toute sa lucidité et sa volonté de se battre.

— Ne vous l'avais-je pas dit, François ? Je savais qu'il était lié à ce drame. Me direz-vous encore que sa présence n'est pas une preuve de sa culpabilité ?

— Malheureusement, le témoignage d'une petite femme de chambre, de surcroît mineure, ne pèsera guère face à la parole d'un homme protégé par le roi et la dauphine. Et même si on la croyait, rien dans ses propos ne prouve sa culpabilité.

Les yeux de Julie étincelèrent de rage. La jeune Pernelle avait confirmé que Verteuil était l'amant d'Inès et sa présence chez elle le jour de sa mort. Vidocq venait pourtant d'anéantir ses espoirs.

— J'irai voir Verteuil. Je lui parlerai.

— C'est tout à fait hors de question. Je viens de la Force où j'ai parlé à Sébastien. Il refuse de vous voir prendre le moindre risque. Il est catégorique.

— C'est à moi d'en décider. Je sais ce que je fais.

— Justement non. Vous ne le savez pas. Que croyez-vous ? Que Verteuil va vous signer des aveux sans rien exiger de vous ? Qu'il va gentiment prendre la place de Sébastien dans sa cellule et monter à l'échafaud en souriant ? Si vous allez chez lui, il ne vous laissera pas repartir. N'oubliez pas qu'il y a quelques jours, il voulait vous voir mariée à l'un de ses proches…

— Vous pensez qu'il ferait pression sur moi en échange de la liberté de Sébastien ?

— C'est une évidence et vous le savez parfaitement. Promettez-moi que vous n'irez pas. Sébastien risque sa vie pour vous protéger. Pensez à lui.

Julie hocha la tête avec tristesse et promit. Vidocq se leva pour partir et – geste de tendresse inhabituel chez cet homme d'acier – posa un baiser léger sur son front.

— Reposez-vous, Julie. Et prenez soin de vous. Je vous assure que je fais mon possible pour le sortir de là. Je ne renoncerai pas.

— Je vous raccompagne, monsieur Vidocq…

Hubert se leva à son tour et embrassa également Julie. Il suivit le chef de la Sûreté dans l'escalier jusqu'au perron où ils échangèrent une franche poignée de main. L'avocat profita de cet instant pour poser sa deuxième main sur celle de Vidocq et l'emprisonner dans les siennes.

— Soyez sincère avec moi, Monsieur, si vous ne l'êtes pas avec Julie. Vous n'avez guère d'espoir, n'est-ce pas ?

Le frémissement du policier n'échappa pas à Hubert, le léger tremblement de sa main le trahissant plus que le moindre mot.

— Pour être franc, Maître, je pense qu'il faudrait un miracle. Si Verteuil est coupable, il n'avouera jamais. Et si ce n'est pas lui, je n'ai aucune piste pour trouver le véritable assassin. Et il nous reste bien peu de temps...

— Croyez-vous que je doive préparer Julie à l'éventualité de...

Il s'interrompit, pâlissant soudain. Vidocq se retourna et croisa le regard de Julie qui se tenait derrière lui, livide. Elle avait tout entendu.

— Vous avez oublié votre canne, François. Je venais vous la rapporter. Mon cher beau-père, il est inutile de me préparer à quoi que ce soit. Vous avez peut-être perdu espoir l'un et l'autre mais pas moi. Sébastien me reviendra, je le sais. Tant qu'il sera en vie, je ne renoncerai pas.

Elle darda sur eux un regard plein de rancœur avant de se détourner pour monter l'escalier. À mi-chemin, elle s'aperçut qu'elle tenait toujours la canne entre ses mains. Elle la jeta derrière elle sans jeter un regard et courut se réfugier dans sa chambre, le cœur serré, aveuglée par les larmes qu'elle s'interdisait de verser. Elle était consciente que l'avocat et le policier avaient de bonnes raisons de douter et que, dans quelques jours, le sort de Sébastien serait peut-être définitivement scellé...

***

Le lundi suivant, Julie et Malo prirent place, étroitement serrés l'un contre l'autre, au troisième rang de la salle d'audience. Le procès de Sébastien s'ouvrait sans que ses amis aient trouvé le moyen de le sortir du piège qui se refermait inexorablement sur lui. Pour l'occasion, afin de ne pas attirer l'attention, Julie avait revêtu une discrète robe grise et dissimulé sa chevelure sous un chapeau assorti. Seule coquetterie qu'elle s'était autorisée : la doublure de satin bleu du chapeau encadrant son visage faisait ressortir l'éclat de ses yeux. Elle savait que Sébastien la chercherait et qu'ils ne pourraient communiquer qu'en échangeant des regards. C'était là, hélas, le seul soutien qu'elle pouvait lui apporter.

En s'asseyant, Malo lui prit la main avec tendresse. Elle lui sourit tristement. Elle s'en voulait un peu de priver Clémence de sa présence mais il était le seul qu'elle tolérait à ses côtés, le seul à tout savoir de leur histoire. Le seul aussi qui ne la regardait pas avec des larmes plein les yeux. Elle appréciait la force dont il faisait preuve tout en ayant conscience que, pour elle, pour Clémence et pour les trois garçons, il dissimulait sa propre peine. Elle contempla un instant le réticule de velours noir attaché à son poignet dans lequel elle avait serré ce qui serait peut-être son dernier recours pour le sauver…

Un murmure parcourut la foule. Le prisonnier venait d'entrer, poignets entravés, encadrés de deux sévères gendarmes. À ses côtés, Malo adressa un signe discret à l'avocat qui avançait vers son client et lui murmura alors quelques mots. Aussitôt le regard de Sébastien parcourut les visages indifférents du troisième rang et s'arrêta sur celui de Julie. Un imperceptible sourire éclaira son visage. Leurs chances d'être réunis étaient plus que minces. Ils le savaient tous deux et ce bref échange leur était précieux. Leur avenir reposait désormais sur la plaidoirie de maître Dubois-Mareuil. En l'absence d'éléments pour innocenter son client, il allait devoir insinuer un doute suffisant pour lui éviter l'exécution. La prison, le bagne… et l'espoir était encore permis.

Julie comprit rapidement que la tâche de son beau-père frôlait l'impossible. Dès le début, tout y passa. L'accusé était un déserteur, un couard, un lâche. Chef d'une bande de voleurs dont on ignorait toutes les exactions nécessairement sordides. Mari adultère, on ne comptait pas ses maîtresses avec lesquelles il s'affichait sans vergogne tandis que sa malheureuse épouse élevait seule les enfants qu'elle lui avait donnés. Épouse qu'il avait fini par tuer parce qu'elle le dérangeait… À chaque mot prononcé, Julie sentait ses espoirs s'envoler un à un. Que pouvait faire Hubert face à de tels arguments ? Sébastien avait refusé qu'elle témoigne en sa faveur, craignant de voir mises au jour les épreuves qu'elle avait subies. D'autant plus que ces révélations pouvaient donner du grain à moudre à l'accusation et lui offrir le mobile qui lui manquait… Pernelle ne témoignerait pas non plus. Elle était partie deux jours auparavant chez une cousine de Vidocq qui la prendrait à son service ou lui trouverait une bonne place. Julie, à contrecœur, avait dû admettre que sa présence serait inutile. Mineure, sa parole avait peu de valeur. Et rien de ce qu'elle pourrait dire n'innocenterait réellement Sébastien.

Du coin de l'œil, elle vit les épaules de Malo s'affaisser. D'un coup de coude et d'un regard impérieux, elle le força à se redresser. Ils étaient ses seuls soutiens dans cette salle hostile et se devaient de garder la tête haute pour lui, pour qu'il sache qu'ils y croyaient, ne serait-ce que quelques instants… Après les témoignages des domestiques qui affirmaient tous avoir vu ou entendu l'accusé se quereller avec la victime les jours précédents et le matin de sa mort, vint le tour de Vidocq. Il était leur allié mais Malo grimaça à la vue de chef de la Sûreté prêtant serment à la barre des témoins. Il est vrai que l'exemple de vertu et d'honnêteté offert par l'ancien bagnard n'était pas idéal. Il était pourtant le seul à pouvoir – et à vouloir – les aider. Avec un calme olympien, il donna les détails de sa collaboration avec Sébastien, insista sur sa probité, son équité, sa rigueur et son courage. S'il ne produisait aucune preuve, il avait au moins le mérite de donner une image plus juste de son ami. Il choisissait scrupuleusement les termes qu'il employait et évitait habilement les chausse-trappes que lui tendait l'accusation.

— Vous saviez pourtant qu'il vivait avec une autre femme.

— Je le savais. Mais il se croyait légalement divorcé de son épouse légitime.

— Une épouse qu'il haïssait, n'est-ce pas ?

— Il n'en parlait jamais en ces termes.

— Il ne vous a jamais dit qu'il souhaitait sa mort ?

— Non. Il ne l'aimait plus mais respectait en elle la mère de ses fils.

— Même après avoir trouvé cela ?

— J'ignore de quoi il s'agit.

Le sourcil froncé, le chef de la Sûreté regardait sans comprendre la tresse de cheveux blonds que lui tendait l'avocat général. Julie avait blêmi et un bref gémissement lui échappa. Elle chercha le regard de Sébastien, y lut la même consternation que celle qu'elle éprouvait. Ce qu'ils avaient voulu éviter allait donc avoir lieu. L'accusateur poursuivait, se tournant tour à tour vers la salle, la barre des témoins et les juges.

— Ces cheveux sont ceux de la maîtresse de l'accusé. Le cœur brisé par l'infidélité de son époux avec une femme de peu, la victime dont nous jugeons ici l'assassin a certes voulu se faire justice elle-même. Elle a retenu sa rivale prisonnière et lui a coupé les cheveux pour lui dérober sa beauté et l'effrayer. Nous le savons par une confession écrite trouvée dans sa chambre. Une confession où se lisaient ses remords mais qui n'a pas suffi à ce misérable. Cela, je vous le demande, méritait-il ceci ?

Il leva haut ses deux mains. Dans l'une, la tresse de cheveux. Dans l'autre, un poignard sur la lame duquel persistaient des traces de sang… Julie baissa un instant ses paupières brûlantes de larmes. Quelle habileté ! L'homme ne mentionnait aucune date ni n'entrait dans le détail des sévices subis, rendant par ces omissions le crime plus ignoble encore. Si Hubert évoquait les faits dans toute leur vérité, l'avocat général rétorquerait que l'amant avait voulu venger sa maîtresse ou crierait à la calomnie envers une épouse bafouée qui avait agi par désespoir. Si Hubert se taisait, il épargnait Julie sans pour autant sauver son client. La jeune femme vit l'avocat et son client échanger quelques mots à voix basse puis Sébastien lui adressa un bref sourire. Elle comprit. Il la protégerait jusqu'au bout. Et il était perdu.

La plaidoirie d'Hubert fut brillante. Il évoqua le jeune soldat, engagé contre son gré, voyant son père mourir dans d'atroces souffrances à une époque où l'Ogre de Corse dévorait les jeunes gens dans ses rêves de conquêtes. Il raconta le père aimant, l'ami fidèle, l'erreur de jugement qui lui avait fait croire être divorcé d'une femme épousée pour plaire à un père trop souvent absent. D'ailleurs, quel meilleur signe de sa bonne foi que sa séparation d'une compagne tendrement aimée pour se conformer aux exigences de la loi et par respect pour la mère de ses enfants ? Il n'avait eu nul projet de vengeance. Si tel avait été le cas, il l'aurait mis à exécution bien plus tôt. Si le pire avait eu lieu – et, sans témoin du passage à l'acte, le doute était permis –, il ne pouvait s'agir que d'un accident…

En l'écoutant, Julie eut le faible espoir que les juges auraient un peu d'indulgence, qu'il serait condamné à une lourde peine de prison. On sortait d'une cellule. On était gracié, libéré. Ou on s'évadait. Mais…

— … la mort par décapitation. La sentence sera exécutée demain à l'aube.

Le marteau du président frappa son socle de bois en broyant les dernières illusions des deux amants. Elle ferma les yeux un instant, se sentit vaciller contre l'épaule de Malo mais sentit sous sa main, dans son réticule, l'objet qu'elle y conservait précieusement. Elle avait encore une chance et, si infime soit-elle, elle se devait de la saisir… Elle se leva brusquement, chercha sans le trouver le regard de Sébastien que ses gardiens entraînaient déjà et bouscula Malo, faisant mine de ne pas voir les grosses larmes qui roulaient sur les joues du vieil homme. Il n'eut pas le temps de la retenir et la vit franchir le seuil de la salle, se glissant habilement dans la foule.

— Où est Julie ? J'ai promis à Sébastien qu'il pourrait la voir.

Vidocq et Hubert venaient de le rejoindre à la sortie du palais de justice. Malo écarta les mains en signe d'ignorance.

— Elle s'est enfuie dès l'énoncé du verdict. Je n'ai rien pu faire.

— Vous deviez veiller sur elle. Je vous faisais confiance. Je dois aller voir mon ami et lui dire que je ne sais pas où elle est ? Qui sait de quoi est capable une femme désespérée ?

— Ne vous alarmez pas, monsieur Vidocq. Allez à la prison, faites en sorte que la rencontre puisse avoir lieu dans un endroit plus agréable qu'une sordide cellule. Et revenez chercher Julie chez moi. Elle sera vite de retour, j'en suis certain. Elle n'est pas femme à se jeter dans la Seine. Elle aura eu besoin d'être seule.

— Si vous le dites…

Le chef de la Sûreté s'éloigna en maugréant tandis que l'avocat donnait une tape amicale sur l'épaule de Malo.

— Ne vous inquiétez pas et ne vous faites pas de reproche. Vous n'auriez rien pu faire pour arrêter Julie. Vous la connaissez mieux que moi : personne ne l'aurait pu. Voulez-vous venir chez moi pour l'attendre ?

— Non, je dois rentrer. Mais faites-moi prévenir dès que Julie sera là. Je vous en prie.

Hubert regarda longuement le compagnon de Clémence s'éloigner, les épaules basses et la démarche lente, soudainement vieilli. Il lui incombait la lourde tâche de dire l'indicible à la mère du condamné.

***

Julie héla le premier fiacre qui passait et se jeta à l'intérieur en donnant l'adresse au cocher. Le souffle court, elle essayait de mettre en ordre ses pensées. Sa dernière chance… La dernière chance de Sébastien… Tout était entre ses mains. La démarche qu'elle s'apprêtait à faire lui déplaisait mais elle n'avait plus le choix. Dans la cour du Carrousel, elle mit pied à terre, se posant plus de questions que jamais. Comment allait-elle parvenir jusqu'à la duchesse ? Qui aborder ? Et quel prétexte donner ? La princesse lui avait dit autrefois de lui faire parvenir sa broche. Cela semblait si facile alors… Elle sortit le petit étui de velours noir, caressa le bijou à travers le tissu. Comment faire ? Elle s'aperçut que les gardes du Palais la dévisageaient avec insistance et elle fit quelques pas en arrière. Elle choisit de se réfugier dans les jardins, où tout un chacun avait le droit de se promener. En marchant, elle trouverait peut-être une solution. Elle arpenta les allées d'un pas lent, sans regarder autour d'elle, sentant ses forces l'abandonner et le désespoir l'envahir. Elle avait froid, alors même que le soleil de juin était brûlant en cette fin de journée. Elle frissonna, trébucha, se redressa pour heurter brutalement un couple qui avançait vers elle.

— Ma chère Julie, c'est bien vous ?

— Madame la duchesse de Dino ? Henri… Je veux dire, monsieur de Chaumont ? Grands Dieux, c'est le ciel qui vous envoie.

Elle n'osait pas regarder Chaumont, rougissant au souvenir de la nuit qu'ils avaient passée ensemble. Mais la duchesse lui avait pris les mains et la regardait avec une sorte de pitié mêlée d'affection.

— Mon oncle nous a appris le grand malheur qui vous frappait, vous et votre… ami. Comment allez-vous ? Et comment va-t-il ?

Julie avait failli la gifler lorsqu'elle avait prononcé le mot *ami* avec gêne. Elle se contint cependant, consciente que cette rencontre pouvait se révéler providentielle.

— Il vient d'être condamné, Madame. Et sera exécuté demain matin.

— Ma pauvre amie…

Le ton s'était légèrement refroidi. La duchesse de Dino n'avait guère le droit d'entretenir publiquement une amitié avec la maîtresse d'un condamné à mort. Elle fit un pas en arrière mais Julie la retint.

— Madame, je vous en conjure. Il me reste un espoir mais je dois pour cela entrer aux Tuileries et rencontrer la duchesse d'Angoulême. Je vous en prie, aidez-moi…

— Mais, je ne sais…

— Madame, s'il vous plaît, au nom de notre amitié. Pour mon fils…

— J'aimerais vous aider, vraiment mais…

Julie comprit que la duchesse avait peur et ne lui viendrait pas en aide. Elle recula d'un pas, le cœur serré. Le secours lui vint de Chaumont qui lui prit le bras pour le glisser sous le sien.

— Je vous aiderai, moi, Madame. J'ai mes entrées à la cour à toute heure. Madame la Duchesse, vous saurez bien rentrer seule pour informer M. de Talleyrand de ma démarche. Vous savez comme moi l'affection qu'il porte à Madame et qu'il ne nous pardonnerait pas de rester immobiles.

Écrasant la duchesse de Dino d'un regard glacial, il entraîna Julie vers le Palais, la forçant à marcher à une allure soutenue. Dans la cour, elle posa sa main sur son bras et leva les yeux vers lui.

— Un instant, Monsieur, avant d'aller plus loin. Quel sera le prix de votre aide ?

— Je ne veux de vous que votre amitié, Madame. Rien de plus, je vous l'assure. Venez.

Il l'entraîna à l'intérieur, sans un regard pour les gardes. D'un pas sûr, il la guida vers une antichambre et lui désigna une femme qui passait.

— Je la connais. Elle est une de mes parentes éloignées et ne refusera pas de me rendre service. Nous avons de la chance de la rencontrer.

Il fit un signe discret à la dame qui s'approcha en souriant. Il lui fit part du souhait de Julie de rencontrer la dauphine. Elle hésita un instant, considérant la robe simple de Julie, se demandant ce qui l'autorisait à demander cette audience de manière aussi soudaine. La jeune femme lui tendit alors son singulier laissez-passer.

— S'il vous plaît, Madame, remettez-lui ceci et je pense qu'elle me recevra. Si elle refuse… je n'insisterai pas.

Étonnée, la dame d'honneur hésita encore un instant avant de hocher la tête. Elle connaissait Chaumont de longue date et savait qu'il ne lui jouerait pas de tour pendable. Quant à cette inconnue, elle ne semblait guère dangereuse.

— Attendez-moi ici.

Elle s'éloigna dans le chuchotement soyeux de sa robe. Un pâle sourire éclaira le visage de Julie.

— Merci de votre aide, Henri. Vous venez de me rendre un immense service.

— Vous êtes donc sûre qu'elle vous recevra ?

— Je le suis. Et vous venez peut-être de sauver la vie d'un homme de cœur.

Elle n'eut pas le temps d'en dire plus. La messagère revenait déjà d'une allure précipitée. La dauphine l'attendait. Julie fut conduite dans le même petit salon que lors de sa première rencontre avec la duchesse d'Angoulême. Elle exécuta une brève révérence dont la princesse la releva rapidement en lui prenant la main et en y glissant l'étui de velours enserrant sa broche.

— Quelle joie de vous revoir, Julie… Je n'y croyais plus après que vous avez refusé l'offre que vous avez faite M. de Talleyrand en mon nom.

Elle avait à peu près oublié ce projet de mariage. Cela lui paraissait si loin et pourtant, c'était quelques jours auparavant seulement…

— Je suis reconnaissante à Votre Altesse de s'être souvenue de moi en ces circonstances. Mais vous avez compris, je l'espère, que je ne pouvais épouser M. de Saint-Méran.

— Aurai-je la joie aujourd'hui de vous être utile ? Y a-t-il un autre prétendant qui vous agréerait ? Je sais que vous êtes venue ici avec le comte de Chaumont…

— Non, Madame, vous vous méprenez. Je ne désire épouser ni M. de Chaumont ni aucun autre. Je suis venue implorer votre aide. Je n'ai plus d'espoir qu'en vous.

— Que demandez-vous ?

Le ton s'était légèrement refroidi mais Julie n'y prit pas garde. Elle voulait croire que sa démarche n'était pas vaine.

— Une grâce, Altesse, que vous seule pouvez obtenir du roi…

— Tout de même pas celle de votre ancien amant qui a occis sa malheureuse épouse ?

— Celle de l'homme que j'aime, Madame. Du père de mon enfant.

— Dieu merci, à ma connaissance, ce garçon porte un nom plus honorable. Comment pouvez-vous demander la vie d'un tel misérable ? Vous devriez plutôt être heureuse de ne jamais avoir été vraiment mariée à lui.

— Madame, il est innocent, je le sais.

— Il a été arrêté l'arme du crime à la main et a avoué. Et vous voudriez me faire croire que…

— M. de Verteuil était l'amant de Mme de Mirbeau et était présent chez elle le matin de sa mort.

— Comment osez-vous ? Mettre en doute l'honneur d'un homme plein de noblesse ? Souiller son nom pour sauver un moins-que-rien ?

— M. de Verteuil n'est pas un honnête homme et vous le savez. Il m'a abandonnée lorsque je n'étais qu'un bébé et a ensuite voulu se servir de moi pour détruire le règne du roi Louis XVIII, votre oncle. Je sais que M. de Talleyrand vous a rapporté ses manigances en Angleterre.

— Calomnies sans preuve auxquelles j'ai failli croire dans la joie de vous retrouver enfin. Mais Talleyrand déteste le comte depuis toujours. Et le comte ne vous a pas vraiment abandonnée, vous devez me croire. Il avait confiance en l'homme auquel il vous a laissée. Il a toujours regretté de ne pas pouvoir aller vous chercher pendant si longtemps mais vous croyait en sécurité. Aujourd'hui, son seul désir – et le mien – est de réparer les torts que nous avons envers vous.

— En me faisant épouser M. de Saint-Méran ?

— Et pourquoi non ? M. de Saint-Méran est un excellent parti. Vieille noblesse, fortune assez considérable pour vous assurer un avenir, en pleine force de l'âge… Acceptez de venir vivre à la cour. Permettez-moi de veiller sur vous.

— Madame, M. de Verteuil ne travaille qu'à son intérêt. J'ignore si M. de Saint-Méran est son complice ou son pion comme il veut que nous le soyons, vous et moi.

— Mensonges ! M. de Verteuil m'avait prévenue que vous étiez sous l'influence de Talleyrand et de ses amis, dont fait partie cet homme que vous prétendez aimer. Oubliez-le, je vous en conjure. Si M. de Saint-Méran ne vous plaît pas, nous trouverons ensemble un autre prétendant.

— Je ne veux pas d'un autre prétendant. Et vous seule pouvez sauver la vie de l'homme que j'aime. Je vous en conjure, si vous avez un peu d'estime ou d'affection pour moi, intervenez auprès de Sa Majesté. Obtenez sa grâce.

— Jamais.

— Par pitié…

Julie tomba à genoux devant la princesse. Pour elle seule, elle aurait refusé de s'abaisser ainsi. Mais, pour Sébastien, pour ses fils, pour tous ceux qui l'aimaient, elle était prête à tout.

— Relevez-vous et cessez là cette scène ridicule et inutile. Cet homme mourra demain, comme il en a été décidé.

La jeune femme se redressa, rouge de honte et d'indignation. Elle toisa celle qui prétendait être sa mère.

— Vous n'avez pas le cœur d'une mère. Je ne suis qu'une tache sur votre passé que vous voulez effacer en me faisant entrer dans votre monde. Un jour, vous ouvrirez les yeux et connaîtrez la duplicité de M. de Verteuil. Et votre désillusion sera terrible. Adieu, Madame. J'espère ne jamais vous revoir.

Elle fit deux pas vers la porte, avisa la broche qu'elle serrait dans son poing depuis que la duchesse la lui avait rendue et la jeta à ses pieds.

— Reprenez cette babiole. Elle ne vaut pas la vie du meilleur des hommes.

Dans l'antichambre, elle fut surprise de retrouver Chaumont qui l'avait attendue. Sans mot dire, il lui offrit son bras qu'elle accepta avec reconnaissance. Ils gagnèrent la cour puis les jardins. Henri avait posé sa main sur celle de la jeune femme qu'il sentait trembler. Il brisa un silence devenu oppressant.

— Où dois-je vous conduire ? Vous avez l'air effondrée. M. de Talleyrand pourrait peut-être vous aider…

Elle hésita un instant avant de décliner. Pour l'heure, Talleyrand ne pouvait rien et elle ne se sentait pas la force de soutenir une conversation avec cet homme retors.

— Je voudrais rentrer chez moi. On doit s'inquiéter de mon absence.

Ils gagnèrent lentement la place Louis-XVI au bout des jardins. Julie ne jeta pas un regard à l'hôtel Saint-Florentin tout proche et laissa Henri appeler un fiacre. Ces quelques minutes de marche lui avaient permis de retrouver un peu de calme mais elle était éreintée. L'abominable vérité s'imposait peu à peu : il n'y avait plus d'espoir… Chaumont tint à l'accompagner. Il ne voulait pas la laisser seule. Une fois qu'ils furent arrivés chez Hubert, il lui donna la main pour descendre avant de repartir.

— Julie, si un jour je peux vous aider, n'hésitez pas.

Elle hocha la tête et s'éloigna sans répondre. Elle voulait être seule avec ceux qu'elle aimait, ceux qui avaient connu Sébastien. Il y avait tant à faire encore. Elle devrait aller voir Clémence et Malo, consoler les jumeaux, expliquer à Baptiste que le père qu'il réclamait chaque jour ne reviendrait pas. Et continuer à vivre…

***

— Dieu merci, vous voici enfin, je commençais à m'inquiéter. M. Vidocq vous attend.

Hubert l'étreignait avec tendresse mais elle se dégagea rapidement.

— J'ai besoin d'être seule pour l'instant. Je ne veux voir personne…

— Pas même Sébastien ?

Vidocq venait de surgir en haut des marches. Julie et lui se dévisagèrent en silence quelques instants. Elle pouvait voir à son visage fermé qu'il était en colère et triste. Il avait longuement guetté son retour et l'avait vue descendre du fiacre, soutenue par un homme qu'il ne connaissait pas. Il ne parvenait pas à comprendre ce qu'elle faisait avec lui.

— Je lui ai promis qu'il pourrait passer un moment avec vous et j'ai tout organisé. Mais si vous avez mieux à faire avec cet homme qui vous a raccompagnée, je peux aller voir mon ami et…

— Taisez-vous, François ! Et cessez de dire des insanités. M. de Chaumont est un ami, je l'ai rencontré aux Tuileries alors que je voulais rencontrer quelqu'un dont j'espérais vainement du secours. Rien de plus.

— Pardonnez-moi. Je ne savais pas et je me suis mépris. J'étais inquiet de ne pas savoir où vous étiez. Si vous le voulez bien, je vais vous accompagner tout de suite auprès de Sébastien, il doit vous attendre.

— Je vous suivrai volontiers si vous m'accordez le temps de changer de robe. Que je sois au moins présentable pour le voir.

— Mais vous êtes tout à fait…

Elle ne le laissa pas finir, courant déjà vers sa chambre en appelant Étiennette à son aide. Elle allait le voir, passer quelques instants avec lui… Elle voulait être belle pour lui, voir ses yeux s'éclairer à sa vue. Elle savait quelle robe lui plairait, quelle coiffure… Peu de bijoux. Il ne les aimait guère, à l'exception d'un collier de perles qu'il lui avait offert peu après leur retour d'Angleterre. Elle était à la fois heureuse et terrifiée de le revoir. Qu'allaient-ils pouvoir se dire ? Comment se dire adieu ?

Dans la voiture, Vidocq lui tendit une cape noire et un masque de velours. Étonnée, elle s'en revêtit tandis qu'il s'expliquait :

— Nous n'allons pas à la Force. J'ai obtenu que vous puissiez vous rencontrer dans mes bureaux de la préfecture, rue de Jérusalem. Ce sera moins sordide pour vous qu'une cellule de prison mais je préfère que nous soyons discrets. Inutile de donner à Lacour ou à ses sbires la possibilité de nous nuire encore…

Elle le remercia d'un signe de tête. Elle était à peu près incapable de prononcer un mot depuis leur départ. En frissonnant, elle parcourut à son bras les couloirs de la préfecture. Le soir venant, les lieux étaient peu à peu désertés de leur activité. Quelques factionnaires demeuraient, assurant la sécurité. Tous connaissaient Vidocq et le saluèrent avec déférence. Il la conduisit au dernier étage, un couloir étroit les menant à son domaine. Il sourit en lisant la surprise dans les yeux de Julie.

— Pour être bien plus efficace que la police régulière, la brigade de Sûreté n'en est pas moins officieuse. Nos bureaux ne sont donc pas de ceux auxquels on accède aisément. Cela a parfois ses avantages comme ce soir. La porte sera gardée mais vous n'aurez pas à vous en plaindre, je pense. Ma surveillance sera toute relative…

Il franchit le seuil d'une pièce étroite et étouffante. Un homme s'y trouvait, en uniforme, gardant une seconde porte. Vidocq lui lança une bourse qu'il attrapa au vol, la soupesa et hocha la tête.

— Vous reviendrez une heure avant l'aube, comme convenu. Pas avant.

L'homme disparut alors et Vidocq ouvrit lui-même la porte de la seconde pièce, meublée sommairement d'un lit de repos appuyé à un mur, d'un lit de sangle dans l'angle opposé et d'une table de toilette. L'endroit servait habituellement de lieu de repos aux membres de la brigade lorsqu'ils étaient contraints de passer la nuit à la préfecture. Sébastien, assis sur un tabouret près de la fenêtre, se leva à leur entrée dans un bruit de métal qui fit grimacer Vidocq.

— J'avais ordonné qu'on enlève ça. Heureusement que j'avais prévu cette éventualité…

Il fouilla dans les poches de sa redingote, en sortit une clé et libéra les poignets de son ami. Il posa ensuite un rapide baiser sur la main de Julie et sourit aux deux amants qui demeuraient muets.

— Je passerai la nuit dans la pièce voisine. Personne ne viendra vous déranger. Tu devras juste être de retour à la Force avant le lever du soleil.

— Je sais. Merci, François.

Julie, toujours silencieuse, avait ôté son masque et sa cape. Elle fit un pas en avant mais Sébastien avait déjà comblé l'espace qui les séparait et la serrait dans ses bras, si fort qu'il lui faisait mal.

— Ma Julie… J'avais si peur de ne pas te revoir. Peur que tu ne veuilles pas venir…

Il la dévorait de baisers, caressant de ses lèvres son front, sa bouche, ses yeux, ses joues. Il l'écarta doucement de lui, sans lui lâcher les mains, la contemplant avec adoration.

— Tu ne me dis rien ? Tu regrettes d'être là ?

— Je crains tellement de ne pas dire ce qu'il faut. J'ai peur d'être trop triste et de ne pas l'être assez. J'ai peur de tout gâcher, de te blesser, de…

— Rien de ce que tu diras ne me blessera. Je suis tellement heureux que tu sois là. Tu es si jolie, ce soir…

— Je t'aime, Sébastien. Je t'aime tellement.

Il posa ses lèvres sur les siennes, l'embrassant à lui couper le souffle, une main posée dans le creux de ses reins. Puis, il la fit tourner sur elle-même et il commença lentement à déboutonner sa robe, ponctuant la délicate opération de baisers légers sur sa gorge, là où il sentait palpiter la vie sous sa peau diaphane.

Elle le laissa faire, soupirant de plaisir et de désir. Lorsque sa robe tomba à ses pieds dans un bruissement soyeux et qu'il commença à dénouer son corset, elle se laissa aller contre lui.

— Tu es sûr que nous pouvons ? François est juste à côté…

— Je m'en fiche. Cette nuit, il n'y a que toi et moi. Juste toi et moi… Et tu savais bien que je ne pourrais pas te résister si tu portais cette robe.

Il lui enleva son corset, fit glisser sa chemise sur ses épaules, détacha son collier et le ruban de satin bleu qui retenait ses cheveux. S'agenouillant devant elle, il lui ôta enfin ses escarpins et ses bas, effleurant sa peau douce du dos de sa main. Il se releva lentement, la prit dans ses bras et l'allongea sur le lit de repos. Il la contempla un long moment avant de se dévêtir à son tour et de la rejoindre. Ils s'aimèrent longuement, lentement, sans se quitter des yeux et sans parler. Dans le silence de la pièce ne résonnait que le son de leurs souffles mêlés et de leurs soupirs.

Lorsque Sébastien roula sur le côté, il la garda étroitement enlacée contre lui, mêlant ses jambes aux siennes. Le lit était étroit mais il trouvait cette proximité plutôt agréable. Il passa son pouce sur sa tempe et sa joue, là où se voyait encore la trace des coups qu'elle avait reçus.

— Qu'est-ce que c'est ?

— Rien. Je me suis cognée.

— Contre la main de quelqu'un ? Qui t'a frappée, ma douce ? Qui a osé ?

— Cela n'a pas d'importance. Oublie ça. Tu l'as dit tout à l'heure, il n'y a que toi et moi cette nuit.

Il sourit, comprenant qu'elle n'en dirait pas plus, et posa ses lèvres sur son front. Elle avait raison. Rien ne devait gâcher ce bref instant d'intimité. Ce fragment de bonheur arraché à la vie qui s'enfuyait. Il la contempla longuement, bouleversé par son teint pâle, ses traits tirés et son regard triste. Il devinait qu'elle lui cachait son désarroi, comme il dissimulait ses propres craintes.

— Épouse-moi Sébastien.

— Tu n'y songes pas. D'ailleurs, c'est impossible.

— Demandons à François d'appeler un prêtre. Il nous mariera. Je veux être ta femme.

— Tu sais qu'à mes yeux tu l'es déjà. Mais je ne ferai pas de toi ma veuve. N'en parlons plus.

— Je t'en prie…

— Non, Julie. Je ne reviendrai pas sur ma décision. S'il te plaît, ne gâchons pas les derniers moments qu'il nous reste à vivre pour une querelle stérile. Cela ne sert à rien. Je ne changerai pas d'avis.

Elle hocha la tête, vaincue, lasse. S'appuya contre son bras. Se serra contre lui. Pourquoi fallait-il, même à cet instant, qu'elle se sente autant en sécurité lorsqu'elle était près de lui ?

— J'ai peur de ne pas y arriver sans toi.

— Ne dis pas cela. Tu vas t'en sortir.

— Pas sans toi. Je ne pourrai pas.

— Regarde mes fils grandir et devenir des hommes. Ils t'apporteront beaucoup de joie. Et un jour, peut-être, un autre destin se présentera pour toi. Ne le refuse pas.

Il l'étreignit un peu plus fort. Effleura son front de ses lèvres.

— Tu es épuisée. Repose-toi, ma Julie. Je veillerai.

Elle posa son front contre sa poitrine et ferma les yeux. Il sentit rapidement son corps s'alourdir entre ses bras et sourit de la voir encore si confiante. Il la regarda dormir longuement, détaillant chaque détail de son visage, dont il voulait emporter le souvenir avec lui. Déjà, il était jaloux de ceux qui la rencontreraient, qui pourraient jouir de sa beauté. Qui l'aideraient à l'oublier. Qu'elle pourrait aimer, peut-être un jour… Il lui souhaitait tous les bonheurs et se maudissait de ne pas être celui qui les lui offrirait. Il soupira bruyamment et elle s'agita contre lui. Il caressa doucement son front, écartant les mèches blondes jusqu'à ce qu'elle s'apaise. Qu'elle profite de ce répit avant que n'arrive la séparation.

Son sommeil fut bref cependant. Lorsqu'elle posa sur lui ses yeux si doux, il ne put se retenir de l'embrasser. Encore et encore. Ses mains et ses lèvres parcouraient chaque parcelle de sa peau. Il la sentit répondre à ses caresses, s'enrouler autour de lui et la renversa alors. Sa voix n'était qu'un souffle, un murmure à son oreille.

— Tu avais raison, Sébastien. La nuit où tu es venu chez Hubert. Tu m'appartiens et je t'appartiens. Je ne cesserai jamais d'être à toi.

Il ne répondit qu'en l'aimant plus passionnément encore. Ils ne faisaient plus qu'un, se fondaient l'un en l'autre avec ferveur. Rien n'existait plus hors d'eux, de ce moment suspendu. Désespérée, Julie noua ses jambes autour de lui, agrippa ses épaules, plantant ses ongles dans sa peau. Il s'enfonçait en elle par de brusques coups de reins, attentif encore à la demande de son corps. C'était la dernière fois, ils le savaient tous les deux. Ils ne s'en aimaient que plus intensément. La vague de plaisir qui les submergea simultanément les bouleversa. Julie poussa alors un cri de joie et de douleur mêlées tandis qu'il s'effondrait sur elle, en elle, d'une dernière poussée plus violente que les autres qui lui arracha encore un long gémissement. Il demeura immobile longtemps, l'écrasant du poids de son corps inerte. Le front enfoui dans la chaleur de son cou et le parfum suave de ses cheveux. Soudain, un soubresaut le secoua. Puis un autre. Et encore un autre. Elle comprit qu'il sanglotait, blotti contre elle. Pour la première fois, il révélait son propre chagrin. Elle glissa une main frémissante dans ses cheveux, sentit les larmes qui roulaient sur sa peau.

— Sébastien, mon Sébastien…

— J'ai peur… Je ne veux pas mourir.

Elle ressentit une indicible souffrance. Ferma les yeux pour retenir ses propres larmes. Et caressa longuement ses cheveux. Elle le laissa pleurer quelques instants. Puis le força à se redresser.

— Sébastien, regarde-moi. S'il te plaît, regarde-moi.

Il plongea ses yeux dans les siens. Il cherchait un peu de réconfort, incapable cependant de prononcer un mot.

— Ici avec moi, tu as le droit de pleurer, de dire que tu as peur. Tu as le droit de crier, de hurler même si tu veux. Mais tout à l'heure, quand ils viendront te chercher, tu devras être fort, garder la tête haute. Tu es innocent et nous le savons tous les deux. Dans la foule, il y aura sûrement des hommes de Verteuil qui se feront un plaisir de lui dire que tu as manqué de dignité, que tu t'es conduit lâchement. Ne lui donne pas cette joie. Sois plus fort qu'eux. Et si tu sens la peur t'envahir, regarde-moi.

— Non… Je ne veux pas que tu viennes… que tu assistes…

— Je serai là. Tout à l'heure, tu m'as demandé de ne pas insister quand je voulais que tu m'épouses. Je te dis la même chose : je ne changerai pas d'avis. Je veux être la dernière personne que tu verras sur cette terre.

— Tu es vraiment la plus courageuse des femmes.

Elle ne répondit pas. L'avenir la terrifiait et elle ne sentait aucun courage. Mais pour lui, elle acceptait de feindre encore.

— Veux-tu que je dise quelque chose en particulier aux garçons ?

Ils étaient désormais dans les bras l'un de l'autre. Sébastien avait aidé Julie à se rhabiller, laçant son corset, boutonnant sa robe. Puis ils s'étaient assis ensemble, les bras du prisonnier autour d'elle, son menton reposant dans l'épaisse chevelure. Appuyée contre lui, la tête sur son épaule, elle s'était de nouveau endormie quelques instants et venait de se réveiller.

— Dis-leur juste que je les aime et que je suis fier d'eux. Pour le reste, je leur ai écrit une lettre à chacun. Tu les leur remettras quand tu le jugeras bon. Il y en a une aussi pour ma mère. Et une pour toi. Mais je voudrais que tu ne la lises que lorsque je… après…

Elle lui caressa doucement la main pour lui signifier qu'elle avait compris. Il soupira longuement. Et le silence de nouveau s'installa. Parce qu'il n'avait pas assez de mots pour s'exprimer. Parce qu'il n'y avait plus rien à dire. Ils entendirent soudain le bruit d'une chaise traînant sur le sol dans la pièce voisine. Vidocq se racla la gorge bruyamment et marcha d'un pas lourd vers la porte. Sébastien sourit des précautions que prenait son ami pour annoncer sa venue. Julie tressaillit violemment lorsqu'il frappa à la porte. Et s'agrippa au bras de son amant.

— Non. Oh, non.

— Il est temps, ma douce. Tu m'as permis de vivre une merveilleuse dernière nuit. Quoi qu'il t'arrive à partir d'aujourd'hui, souviens-toi que tu es l'être au monde que j'aurai le plus aimé. Tu peux entrer, François.

Doucement, il dénoua la fragile étreinte qui les liait encore. Ils se levèrent ensemble, main dans la main. Sans la lâcher, il marcha vers la petite table de toilette et lui tendit un paquet de lettres. Elle hocha la tête, les serra contre elle. Embarrassé, Vidocq toussa dans son poing.

— C'est l'heure, mon ami. Ton gardien attend. Veux-tu que je t'accompagne ?

— Non, François. Reste auprès de Julie pour l'instant.

Ils franchirent ensemble le seuil, trouvèrent le garde dans la première pièce. Il montra ses bracelets de fer à Sébastien qui ne se déroba pas.

— C'est vraiment nécessaire ?

— Allons, François, c'est normal et tu le sais.

Il leva la main de Julie et posa un dernier baiser au creux de sa paume.

— N'essaie pas de me venger. Et promets-moi d'être heureuse, ma douce.

— Je te promets d'essayer.

Un dernier baiser. Sébastien suivit son gardien qui l'entraînait par la chaîne attachée à ses poignets. Quand il eut disparu, Julie chancela et se retint d'une main au bureau de Vidocq. Il s'approcha d'elle, la prit par les épaules et voulut la faire asseoir. Mais il était trop tard. Elle avait vu ce qu'il avait oublié de dissimuler. Une longue tresse de cheveux blonds. Et un poignard.

— Qu'est-ce que ça fait là ?

— J'ai demandé à voir le poignard. Je pensais qu'il y avait peut-être quelque chose en tirer. Le greffier qui est venu m'a aussi apporté…

Mais elle ne regardait pas les cheveux. Ses yeux étaient braqués sur l'arme.

— Je connais ce poignard. Il appartient au comte de Verteuil. Il l'avait toujours avec lui lorsque j'étais en Angleterre. Il ouvrait son courrier avec et le portait à sa ceinture, dans un fourreau. François, c'est une preuve, n'est-ce pas ? Nous pouvons…

— Pour nous, c'est une preuve. Lui arguera qu'il l'a oublié un jour chez elle ou qu'il l'avait offert à Inès. C'est trop tard, Julie, mais nous n'oublierons pas.

Ils quittèrent la rue de Jérusalem en silence. Vidocq devait la reconduire chez Hubert puis retourner à la Force. Il essaya vainement de la dissuader de se rendre ensuite sur la place de Grève. Elle lui sourit tristement, secouant la tête. Elle avait promis à Sébastien d'être là. Sombre, le chef de la Sûreté se rencogna près de la vitre ne prononça plus un mot jusqu'à leur arrivée.

— Je vous admire vraiment, Julie. Tous les deux. Vous vous montrez si courageux face à ce qui vous attend, vous m'impressionnez.

— Ne vous faites pas d'illusion, François, mon cœur est déchiré et je n'ai jamais éprouvé une telle douleur. Et je sais que le pire est à venir. Mais pour lui, je dois rester digne. Pour ses enfants aussi. Et je sais que c'est pour nous qu'il endure tout cela sans se plaindre. Il m'a fait promettre de ne pas chercher à le venger, mais si l'occasion se présente sans mettre personne que j'aime en danger, je n'hésiterai pas. Je garde en moi l'espoir qu'un jour, Verteuil paiera.

— Et si je peux, je vous y aiderai. Je perds un ami très cher, ne l'oubliez jamais. N'hésitez pas à faire appel à moi. En attendant, prenez soin de vous.

Un peu plus tard dans la matinée, Julie se rendit place de Grève. Elle était terrifiée, mais personne n'aurait pu deviner à son allure digne et modeste que cette jolie jeune femme allait dire adieu à l'homme qu'elle aimait. Pour se fondre plus facilement dans la foule, elle avait emprunté des vêtements à Étiennette. Une jupe de drap brun et un corsage blanc. Ses cheveux flottaient librement sur ses épaules. Elle savait qu'ils aideraient Sébastien à la trouver dans l'assistance. La foule, déjà nombreuse, se pressait sur la place, cinq exécutions étant prévues ce jour-là. Elle serra les dents. Il n'allait pas être facile pour elle de se glisser jusqu'au premier rang. Elle commença à se faufiler doucement, profitant de quelques instants d'inattention des badauds et ne remarqua pas l'étrange mouvement qui se faisait autour d'elle. Des hommes l'entouraient, gardant néanmoins leurs distances. Des agents de Vidocq, qui avaient connu et apprécié Sébastien en travaillant avec lui, étaient chargés de sa sécurité. Sans qu'elle s'en rende compte, ils lui ouvraient le chemin...

Enfin, elle parvint au premier rang, au pied de l'échafaud, frémit en voyant la sinistre machine de mort. Elle s'aperçut alors qu'elle n'était pas bousculée, que la foule derrière elle ne la pressait pas. Se retournant, elle vit là un cordon d'hommes qui l'entourait, la protégeait et y vit la main de Vidocq. Elle ne put s'empêcher de sourire. Sa surprise fut grande en revanche de reconnaître parmi eux des hommes qu'elle n'avait pas vus depuis si longtemps. Compas. Bel-Œil. Rossignol. Elle fit un pas vers Compas, le plus proche d'elle. Il lui avoua alors travailler pour Vidocq depuis trois ans, depuis qu'il avait quitté l'armée. Dès que Sébastien avait été emprisonné, il avait fait appel aux autres membres de la bande. Pour être là si jamais il avait besoin d'eux. Pour pouvoir faire quelque chose, peut-être. Ils n'avaient rien pu faire, mais ils étaient là. Anciens brigands et agents de la Sûreté liés par le souvenir d'un homme qu'ils avaient apprécié.

— Julie, j'arrive.

Elle avait reconnu sa voix avant de le voir. Fendant la foule, Landry se frayait un passage à coups d'épaule et de poing. Elle soupira de soulagement en le voyant. Enfin.

— Mais où étais-tu ces jours derniers ? Je n'avais plus de nouvelles. Je m'inquiétais.

— Je suivais Verteuil avec Ana. Je cherchais des indices. Des preuves. Mais, rien, malheureusement. Je suis passé chez Hubert, il m'a dit que tu serais là. Je n'ai pas voulu te laisser seule.

— Merci.

Il posa une main ferme sur son épaule. Une main qu'il voulait réconfortante. Au bout de la place, un murmure se répandit peu à peu dans la foule. Puis le bruit des tambours. Les condamnés arrivaient. Sébastien serait le premier exécuté. Les mains liées derrière le dos, il descendit de la charrette. Monta à l'échafaud la tête haute. Son regard parcourut la masse mouvante de la foule, trouvant le regard de Julie. Il sourit imperceptiblement. Sans la quitter des yeux, il fit deux pas vers la guillotine. Comme il le lui avait promis, il était digne. Impassible. Rien dans son attitude ne démontrait ni la peur ni la culpabilité. Ni le chagrin. Le cœur battant, la sueur roulant le long de son dos, ses jambes la portant à peine, Julie le fixait avec ferveur. Étrangement, au cœur de cette foule immense, ils étaient seuls.

Elle n'entendit pas venir la voiture attelée à quatre chevaux, encadrée de six cavaliers, qui surgit soudain sur la place. Elle ne comprit pas ce qui se passa ensuite. Des hommes, tous vêtus de noir, jaillirent en hurlant…

— Place, au nom du roi. Place.

La foule s'écarta, l'exécution fut à l'instant suspendue alors même que Sébastien s'approchait déjà de la planche où il devait être lié. Quatre hommes montèrent sur l'échafaud. L'un d'eux s'approcha du bourreau. Lui tendit un parchemin signé. L'homme hocha la tête. Leur désigna le condamné. Aussitôt, les hommes s'emparèrent de Sébastien. Descendirent avec lui les marches de l'échafaud. Et le jetèrent dans la voiture. Le cocher aussitôt fouetta ses chevaux qui partirent au grand galop. La foule gronda. Une tête de moins à contempler. Abasourdie, Julie regarda s'éloigner le lourd carrosse. Sans comprendre.

La foule déjà avait oublié et se délectait de la mort des autres condamnés.

24

Viens. Nous devons parler...

Landry lisait et relisait ces quatre mots sans comprendre. Le temps s'était écoulé inexorablement depuis l'exécution manquée de Sébastien, les semaines succédant aux jours et les années au mois. Cinq ans déjà. Il n'avait presque jamais revu Julie depuis. Elle s'était éloignée peu à peu. Seul l'enterrement du vieux Chesnay, le grand-père de la jeune femme, les avait brièvement réunis. Elle avait alors peu parlé, semblant inaccessible à ceux qui l'entouraient. Murée dans une insondable tristesse. Tous ses gestes étaient mesurés, chaque mouvement semblait réduit, comme si elle économisait ses forces. Il avait été bouleversé de la voir si atone, comme brisée. Et l'absence et le temps avaient fragilisé un lien autrefois si fort.

Viens. Nous devons parler...

Elle ne répondait pas à sa demande. Il devait bien admettre, sans doute, que, les années passant, elle avait changé, mûri – il refusait le terme « vieilli » ; pour lui, elle ne serait jamais une vieille femme –, admettre qu'elle se protégeait du passé, de ces événements dont elle avait tant souffert. Elle voulait peut-être épargner les enfants, pourtant adultes maintenant. Pour autant, n'aurait-elle pas dû, dans ce cas, lui signifier clairement son refus ? Pourquoi cet étrange silence dans ces quatre mots qui ne voulaient pas dire grand-chose ?

Épuisé par une nuit sans sommeil, il se frotta les paupières, bâilla, étira ses bras et fixa le plafond pour ne plus voir les papillons noirs qui obscurcissaient son regard. Quelle idée stupide de rester ainsi en éveil alors que son épouse l'attendait dans la chambre voisine ! Bientôt elle se lèverait et la maison se remplirait du martèlement des petits pieds sur le plancher, de rires joyeux et de jeux d'enfants. *Mon fils !* Quelle fierté dans ces deux mots qu'il se plaisait à répéter chaque jour. Après tant d'années d'une union stérile, il était devenu père à l'âge où tant d'autres étaient déjà grands-pères ; un sourire orgueilleux s'épanouissait sur son visage chaque fois qu'il y pensait.

Ce matin-là, pourtant, son sourire se figea lorsque ses yeux, se détachant du plafond, se posèrent sur les feuillets épars qui couvraient sa table de travail et qu'il corrigeait encore lorsque cette lettre était venue le trouver. Avait-il travaillé en vain ? Ces pages étaient-elles destinées à être brûlées ou enfermées dans un tiroir ? Il soupira en songeant à cette pénible éventualité mais entreprit pourtant de se relire pour corriger quelques imprécisions ou certaines tournures. Il relut les premières lignes pour la millième fois, hésitant à les biffer d'un trait de plume :

21 janvier 1793, le roi Louis XVI est guillotiné.
16 octobre 1793, la reine Marie-Antoinette monte à son tour sur l'échafaud.
10 mai 1794, Madame Élisabeth, la sœur du roi défunt, est décapitée.
Séparée de son frère, Louis-Charles, Marie-Thérèse Charlotte de France est désormais plongée dans la plus absolue solitude.
L'Orpheline du Temple pourra-t-elle sortir indemne de ces épreuves ?

Ce faisant, une fois encore, il s'égara dans les souvenirs. Les siens mais aussi ceux qui lui avaient été rapportés et qu'il avait remis en ordre. Des images converties en mots qu'elle seule pouvait avaliser…

Viens. Nous devons parler...
— Tu penses y aller ?

Il n'avait pas entendu venir Ana, qui se penchait à présent sur lui, l'effleurant de ses cheveux. Il posa un baiser au coin de ses lèvres.

— Je voudrais que nous y allions ensemble. Avec notre fils qu'elle n'a pas encore rencontré.

— Elle ne t'a presque jamais écrit depuis qu'il a disparu. Tu ne crois pas que c'est répondre un peu vite à ses exigences ?

— Nous avons grandi ensemble, je l'ai toujours considérée comme ma sœur et cela ne changera pas. J'ai écrit son histoire dans ces pages, je veux avoir son avis et son accord.

— Son histoire largement romancée. Tu n'as pas besoin de son accord.

— Ana, je sais que tu es en colère contre Julie et je le comprends. Tu as aimé Sébastien et tu aurais voulu partager ta douleur avec elle. Elle nous a tous exclus. Mais tu ne crois pas qu'il serait temps de faire table rase, de repartir de l'avant ? Cela fait cinq ans. Regardons vers l'avenir.

***

Après l'enlèvement de Sébastien, Julie était rentrée chez Hubert en s'appuyant au bras de Landry. Hagarde, elle ne parlait pas, posait un pied devant l'autre à la manière d'un automate. Qui ? Dans quel but ? Où l'avait-on emmené ? Le reverrait-elle un jour ? Saurait-elle même ce qui lui était arrivé ? Durant deux semaines, elle demeurera prostrée. Inerte. Incapable de réagir. Elle s'enferma dans sa chambre, refusa toute visite, tout contact. Voir Baptiste ou Guillaume lui était impossible. Puis, Vidocq vint lui rendre visite. Lui aussi avait passé les précédentes journées à essayer de comprendre, en vain. Tout ce qu'il savait, c'était qu'un ordre du roi avait fait surseoir à l'exécution. Mais dans quel but et pour quel motif, il l'ignorait.

— Je vais effectuer des recherches dans toutes les prisons de France. Mon poste m'y autorise. Mais je crains bien que cela soit inutile. S'il est mis au secret quelque part, sous un faux nom, je ne le retrouverai pas. Peut-être vaut-il mieux faire comme si l'exécution avait eu lieu…

À ces mots, Julie, qui n'avait ni mangé ni dormi durant les derniers jours, s'évanouit. À bout de résistance, son corps réclamait un répit. Hubert fit appeler un médecin. Elle le chassa violemment, ferma sa chambre à clé. Un instant plus tard, on entendit ses cris à travers la porte et le bruit des objets qu'elle brisait. Le médecin déclara que sa raison vacillait. Hubert haussa les épaules et le reconduisit. Puis il regagna l'étage, attendit que le silence revienne et frappa à la porte de la jeune femme.

— Je vous en prie, ouvrez. Je suis seul. Laissez-moi vous aider, ne restez pas enfermée. Parlez-moi, s'il vous plaît.

Il eut un long silence, puis il entendit un froissement de tissu, celui d'une chaise déplacée et enfin celui de la clé dans la serrure. Il soupira de soulagement. Il n'avait pas cru un instant que sa raison soit en cause, mais il était facile de comprendre qu'elle était perdue et en colère. Comment aurait-il pu en être autrement ?

En ouvrant la porte, elle lui tomba dans les bras en sanglotant.

— Emmenez-moi loin d'ici, je vous en supplie. Je veux partir loin de tout ce qui me le rappelle. Je ne sais pas comment je vais arriver à vivre, mais je sais qu'ici, c'est impossible. Tout va me rappeler des instants passés avec lui.

— Ne prenez pas de décision trop hâtive, prenez le temps d'y penser. Vos souvenirs, vous les emporterez avec vous, ils vous suivront où que vous soyez. Le temps seul pourra vous apaiser.

Elle redressa la tête, les joues sillonnées de larmes, et acquiesça.

— Je dois voir Clémence et Malo. Et les jumeaux. S'ils le souhaitent, je voudrais qu'ils m'accompagnent. Si vous n'y voyez pas d'inconvénient. Mais je ne peux pas rester à Paris, je n'aime pas cette ville, j'y ai été trop malheureuse, trop souvent.

— J'ai pour ma part encore quelques clients à voir et quelques affaires à régler. Disons que, si vous le souhaitez toujours, nous partirons ensemble la semaine prochaine. Bien entendu, les garçons peuvent vous accompagner. Guillaume pourra finir son droit à Nantes et je serai heureux de l'aider.

Julie rendit visite à Clémence. La mère de Sébastien semblait avoir vieilli de plusieurs années. Sur ses joues ridées, les larmes versées avaient creusé leur sillon. Pourtant, ses yeux pétillaient encore d'orgueil. Et de volonté.

— Je veux continuer à espérer. On ne l'a pas enlevé de l'échafaud pour l'exécuter à la sauvette. Tant que nous n'aurons pas la certitude de sa mort, je veux le croire en vie et espérer son retour.

— M. Vidocq est plutôt pessimiste, ma chère Clémence.

— Ne me dites pas que vous renoncez, Julie. Pas vous !

— Je ne suis pas sûre d'avoir la force d'y croire encore. Je ne supporterai pas une nouvelle désillusion. Je dois penser à Baptiste, aux jumeaux avant tout. François m'a promis de continuer à chercher. Je me fie à lui.

Elles s'étreignirent longuement. Malo posa ensuite un bras réconfortant autour des épaules de sa compagne. La tristesse de son regard démentait le sourire qu'il adressa à Julie.

— Tu es bien décidée, petite ? Tu pars ? Tu sais à quel point tu vas nous manquer…

— Il le faut, Malo. Ici, je craindrais à chaque instant de croiser Verteuil et je ne réponds pas de moi si cela arrive.

— Tu as peur qu'il ne s'en prenne à toi ?

— À moi, à Baptiste… Je suis terrifiée à l'idée qu'il trouve un moyen de s'en prendre à nous. S'il ne s'agissait que de moi, je pourrais me défendre, mais s'il approche mon fils ? J'ai pensé à partir bien plus loin, à concrétiser ce projet que nous avions de reconstruire notre vie ailleurs. Mais seule, je ne suis pas sûre d'en avoir la force et je ne peux pas autant m'éloigner tant que je n'aurai pas de certitude absolue.

Sa voix se brisa. Évoquer Sébastien, son absence, le vide affreux qu'il avait laissé en elle était insoutenable. Elle évitait même de prononcer son nom pour ne pas éveiller davantage sa souffrance. Malo s'écarta de Clémence et la serra contre lui. Réconfortée par la chaleur de ses bras, elle admirait son courage et son emprise sur lui-même. Il perdait un ami, presque un fils et pourtant cachait ses sentiments pour les deux femmes qu'il aimait le plus. Il posa longuement ses lèvres sur son front. Il comprenait, même si la décision de Julie lui pesait.

— Prends bien soin de toi, ma fille. Donne-nous de tes nouvelles et reviens nous voir de temps en temps.

Elle promit. Tout en sachant qu'il lui serait bien difficile de tenir sa promesse.

Quelques jours plus tard, elle quittait Paris avec Hubert et les trois fils de Sébastien, bien décidée à ne plus revenir. L'hôtel Mirbeau avait été fermé en attendant de savoir ce qu'il convenait de faire. Légalement, Sébastien en était toujours le propriétaire et les jumeaux n'en hériteraient que si sa mort était avérée. Il avait heureusement, lors de sa captivité, donné à Hubert les pouvoir pour veiller à l'entretien de ses biens jusqu'à la majorité des garçons. On aviserait plus tard. La maison où Julie et lui avaient vécu ensemble connaissait le même sort. Les chevaux avaient été emmenés chez Charlotte, les domestiques, congédiés. Seule la fidèle Étiennette partait avec eux.

À Nantes, Julie retrouva sans plaisir la vaste demeure des Dubois-Mareuil. Elle reprit son ancienne chambre tandis que Baptiste occupait celle de Charles. Elle se sentait étrangère à ces lieux, avait la sensation d'usurper un rôle qui n'était pas le sien. Elle ne se considérait plus comme la veuve de Charles et Baptiste n'était pas son fils. L'affection et la sollicitude d'Hubert, pas plus que l'autorisation par lui donnée d'apporter toute modification de son choix à la maison, ne l'aidaient pas à se sentir chez elle. Elle se sentait désespérément seule, malgré les efforts de chacun pour lui donner le sourire et les lettres qu'elle recevait chaque semaine de Paris. Malo et Clémence. Landry et Ana. La duchesse de Dino. Chacun lui donnait des nouvelles de la capitale, lui enjoignait de demeurer confiante en l'avenir. Elle en souriait avec tristesse, ne se voyant plus de projets hormis ceux des trois garçons. Le seul héritage de Sébastien. Le courrier de Vidocq était différent. Il était pessimiste, mais continuait sans grand espoir ses recherches dans les prisons de France. Elle le trouva aussi plus sincère que les autres.

Un an environ après les événements, il lui annonça sa démission de la Sûreté. Il avait préféré partir plutôt que d'être renvoyé, devinant que ses jours étaient comptés à la tête de la brigade. Son ancien adjoint, Barthélemy Lacour, lui succédait. Il se voyait donc écarté de toutes ses attributions et de tous ses pouvoirs. Il ne croyait guère en ses chances de poursuivre son enquête. Julie ne lui en voulait aucunement. Elle comprenait, savait que, si un jour elle avait besoin de lui, il serait là. Pour l'heure, elle ne pouvait que constater son impuissance. À peu près à la même époque, Landry vint lui rendre visite. Ses parents lui avaient écrit, lui annonçant que le vieux Chesnay était mourant. Ils se rendirent ensemble au village de leur enfance. Juste le temps pour Julie de recueillir le dernier souffle du vieillard. La mort de ce dernier vestige de son enfance l'ébranla mais elle fut incapable de verser une larme. Elle assista à la cérémonie religieuse puis à l'enterrement en restant muette et roide, observée par les villageois qui ne comprenaient pas plus cette femme figée dans son silence et dans son orgueil qu'ils n'avaient autrefois compris la petite fille qu'ils avaient vue grandir.

Ils repartirent ensemble pour Nantes. Durant le cours trajet, Julie ne prononça que quelques mots, se contentant de demander des nouvelles de ses proches restés à Paris. La conversation retomba rapidement et ils arrivèrent en silence chez Hubert. Aussitôt, la jeune femme gagna l'étage pour embrasser son fils et tandis que l'enfant, assis sagement devant une table, se plongeait dans l'étude d'un livre de géographie, elle prit place dans un fauteuil tourné vers la fenêtre. Sa vie reprenait son cours morne et terne. Landry, singulièrement ému, quitta la pièce et retrouva Hubert dans le couloir. Le vieil avocat lui prit le bras et l'entraîna vers le salon.

— Comment cela s'est-il passé ?

— Je ne la reconnais plus. Elle est restée muette presque tout le temps. N'a pas versé une seule larme. Pourtant, je sais qu'elle aimait ce vieil homme. Il a été son repère pendant son enfance. Et maintenant qu'il est mort, elle n'en marque aucune émotion.

— Cela ne me surprend guère. Elle est ainsi presque tout le temps. Elle ne parle presque plus, passe des heures dans son fauteuil à regarder par la fenêtre, comme si elle espérait qu'il allait revenir. Je m'inquiète pour elle. J'ai l'impression qu'elle n'a plus le goût de vivre et qu'elle ne se maintient que par amour pour les enfants. Que deviendra-t-elle lorsqu'ils auront grandi ?

Landry hocha tristement, la tête. Il aurait voulu aider Julie, mais comment faire ? Comment la sortir de cette torpeur, de ce chagrin qui la minait et rongeait son cœur ? Il repartit le cœur serré dès le lendemain. Sans avoir rien pu faire. Il ignorait encore qu'il attendrait des années avant de la revoir.

***

Il n'y eut guère que chez Charlotte qu'elle parvint à trouver, sinon l'oubli, du moins l'apaisement. Elle aimait le calme de la campagne, le charme des promenades au bord de l'Erdre et l'agitation des écuries. Elle y passa de plus en plus de temps jusqu'à s'installer complètement chez elle. Elle ne revenait à Nantes qu'à de rares occasions pour rendre visite à Guillaume qui était resté chez Hubert afin de continuer ses études de droit et de devenir à son tour avocat. Baptiste, bien sûr, était parti avec elle. Il suivait avec application les cours dispensés par un précepteur. Séverin s'était installé avec elle chez Charlotte. Comme son père avant lui, il aimait les chevaux. Insensiblement, il reprenait chez la tante de Charles le rôle qu'elle aurait voulu confier à Sébastien. Et Julie ne pouvait s'empêcher de remarquer chaque jour à quel point ce garçon ressemblait à son père. C'était à la fois pour elle un bonheur et une malédiction de voir à quel point ses fils ressemblaient à l'homme qu'elle avait tellement aimé…

Julie, cependant, ne reconnaissait plus guère en Séverin l'insoucieux garçon d'autrefois. Il avait changé, s'était endurci au fil des épreuves. La mort de sa mère et la disparition de son père pesaient bien plus sur lui qu'il ne voulait l'admettre. Il n'en parlait jamais. Et si le nom de son père était mentionné dans une conversation, il quittait la pièce sans façon, le visage dur et fermé. À force de patience, il avait persuadé Julie de le laisser donner des cours d'équitation à Baptiste. Elle s'était même prise au jeu et avait fini par devenir une cavalière accomplie.

Elle aimait désormais parcourir le domaine à cheval, accompagnée de Charlotte, de sa fille Louise ou des deux garçons. Ses chevauchées étaient devenues des instants précieux de complicité qu'elle chérissait. « *Regarde mes fils grandir et devenir des hommes. Ils t'apporteront beaucoup de joie* », lui avait dit Sébastien le dernier matin. Il avait eu raison. Pourtant, elle devinait chez Séverin une profonde blessure qu'il traduisait par un comportement souvent dur et irascible. Elle essayait parfois de lui parler, mais il demeurait sombre, évasif, arguait que tout allait bien. Elle faisait semblant de le croire et le temps continuait sa course sans que les blessures se referment.

Les courriers de Paris se firent de plus en plus rares. Elle ne s'en offusquait pas, ne répondant elle-même que de manière brève et irrégulière. Clémence écrivait encore, espérant toujours son retour ou tout au moins une brève visite. Elle s'y refusait. Retourner à Paris était pour elle une épreuve insurmontable. Vidocq, seul, écrivait chaque semaine, lui donnant des nouvelles de ses affaires, de ses séjours en province et de la vie politique à Paris. Elle apprit sans s'émouvoir les difficultés éprouvées par Charles X et ses ministres. Que lui importait le sort des Bourbons ? Ils n'étaient rien pour elle et surtout pas sa famille. Elle était furieuse cependant d'apprendre que le comte de Verteuil était toujours bien en cour et s'affichait dans l'entourage proche du dauphin. Il demeurait intouchable, trop puissant, mais elle ne désespérait pas un jour de le voir payer pour ses méfaits.

***

Quatre ans. Quatre ans désormais que Sébastien avait mystérieusement disparu sans que nul sache ce qu'il était advenu de lui. Julie avait continué à vivre tant bien que mal, perdant peu à peu l'espoir. Guillaume serait bientôt avocat. Séverin prenait de plus en plus de responsabilités sur les terres de Charlotte, qui avait toute confiance en lui. Baptiste aurait bientôt quinze ans et parlait de devenir médecin. Les trois garçons faisaient sa fierté, son bonheur. Elle songeait parfois avec une pointe d'orgueil qu'elle avait tenu la promesse faite à Sébastien. Vivre pour eux tant qu'ils avaient besoin d'elle et de son soutien. Cet été-là, elle reçut plusieurs courriers. Elle apprit avec joie la naissance du fils de Landry, enfant tellement attendu et qu'il n'espérait plus. Elle se réjouit également d'apprendre par Vidocq que le pouvoir en place des Bourbons avait été balayé par une courte révolution à la fin du mois de juillet. Charles X avait vainement abdiqué en faveur de son fils : toute la famille royale avait repris le chemin de l'exil et quitté la France. Louis-Philippe leur succédait sur le trône. Elle se moquait bien de savoir ce qu'il advenait de sa prétendue mère et des siens mais espérait que Verteuil, en perdant ses soutiens, perdrait également son influence et son pouvoir. Si l'occasion se présentait un jour, peut-être pourrait-elle enfin se venger ? Une troisième lettre lui parvint en septembre de la part de Talleyrand. Pour la première fois, il lui écrivait en personne sans passer par la duchesse de Dino. Il lui apprenait son départ en Angleterre en qualité d'ambassadeur. Le vieil homme d'État, depuis longtemps dans l'opposition, retrouvait une fonction officielle. Il affirmait à Julie conserver pour elle la plus profonde amitié et la plus grande estime.

Si l'occasion se présentait pour moi de pouvoir vous aider de quelque manière que ce soit, n'hésitez pas. Écrivez-moi, je serai là. Ma position me permet aujourd'hui d'exercer une véritable influence, dont je serais honoré de vous faire profiter si je le peux.

Elle rangea précieusement cette lettre. Elle ne savait pas encore comment, ni à quel instant, mais elle devinait qu'un jour viendrait où l'aide de Talleyrand lui serait précieuse.

À la fin de l'année, elle se rendit à Paris à la demande de Clémence. Malo était malade et la réclamait. Elle ne put résister un instant à cet appel. L'idée de perdre cet ami si cher la terrifiait. Elle se sentait terriblement coupable de ne jamais être allée le voir durant tout ce temps. Et si elle arrivait trop tard ? Séverin et Baptiste choisirent de l'accompagner durant ce voyage, pressés de revoir leur grand-mère et son compagnon. Guillaume la chargea de les embrasser. Le cœur serré, il devait les laisser partir sans lui, ses études le retenant à Nantes. Dès leur arrivée, Julie remarqua les marques du temps sur la maison de Clémence, jadis si bien entretenue. La grille grinça lorsqu'ils la poussèrent, la petite allée pavée était envahie de mousse et d'herbes folles et les vases de pierre du perron étaient laissés à l'abandon. À l'intérieur, une Bertille vieillissante les accueillit avec les yeux emplis de larmes.

— C'est si bon de vous revoir, Madame. Il y a si longtemps...

— Comment va Malo, Bertille ? Je n'arrive pas trop tard, j'espère...

— Un peu mieux depuis deux jours mais il est très faible. Le docteur vient tous les jours mais ne se prononce pas...

En montant les marches, Julie remarqua encore les tapis usés de l'escalier. Cela ne ressemblait pas à Clémence de laisser sa pension à l'abandon.

— Dis-moi, Bertille, que se passe-t-il ici ? La maison ne m'a pas l'air entretenue comme elle le devrait.

— Nous n'avons plus qu'un seul pensionnaire et c'est bien insuffisant pour tout entretenir. Il partira probablement dans quelques mois, ses études touchent à leur fin. Madame m'a dit qu'elle ne reprendrait certainement plus personne. Alors, il faudra sûrement vendre. Je crois qu'elle n'a plus le courage de continuer.

Il y avait une pointe de reproche dans le ton de Bertille qu'elle comprenait sans mal. Depuis plus de quatre ans, elle ne s'était jamais occupée de savoir comment vivaient Malo et Clémence. Ils étaient âgés tous les deux et entretenir la maison représentait un travail considérable. La disparition de Sébastien, l'éloignement de Julie et des garçons avaient sans doute sapé leur volonté et ils n'avaient plus la force d'entretenir la pension. Pourtant, elle ne pouvait pas imaginer Clémence vendre ces murs. C'était là qu'était né Sébastien, qu'il avait grandi. Julie se rappelait encore avec émotion du berceau qu'elle lui avait un jour montré au grenier. Ce même berceau, elle y avait couché Baptiste lorsqu'elle était venue chercher secours ici après la mort de Charles...

— Quelle joie… Ma chère fille, vous êtes enfin venue.

Le parfum de violette de Clémence et ses bras l'enveloppaient soudain avec chaleur. Il n'y avait aucun reproche dans l'attitude de la vieille dame. Juste une profonde affection et une vraie joie de la revoir. Elle ne la libéra que pour prendre ses petits-fils contre elle, caressant leur visage et ébouriffant leurs cheveux avec tendresse. Elle s'attarda plus longtemps près de Séverin.

— Comme tu ressembles à ton père, mon garçon… J'ai l'impression de le revoir…

— Je n'y suis pour rien. Et je ne tiens pas à lui ressembler. Ça, non…

Il s'écarta de sa grand-mère et s'avança vers la fenêtre, plongeant son regard dans la cour. Interdite, Julie le regarda serrer rageusement les poings avant de se tourner vers Clémence.

— Malo ?

— Il vous attend depuis des jours. Venez.

Elles pénétrèrent ensemble dans la chambre où le malade gisait. La respiration sifflante, le teint jauni par la fièvre, amaigri, il sembla à Julie bien plus vieux qu'il ne devait l'être. Elle posa sa main sur celle de son ami, émue de sentir ses doigts osseux se contracter légèrement. Elle effleura son front ridé d'un baiser léger qui lui fit ouvrir les yeux.

— Tu es là, petite ? Enfin…

— Et je resterai à tes côtés jusqu'à ce que tu sois guéri, je te le promets.

— Je suis bien vieux, petite. Je ne crois pas que…

— Ne dis pas de sottises, Malo. J'ai encore besoin de toi et les garçons aussi.

Durant plusieurs jours, les deux femmes se relayèrent aux côtés du malade qui se remettait doucement. Clémence n'en dit rien mais elle savait que la présence de Julie avait eu bien plus d'impact que tous les remèdes prescrits par le médecin qui se réjouissait pourtant de sa réussite. L'attachement du vieil homme pour celle qu'il considérait comme sa fille ayant été enfin récompensé, il avait retrouvé une nouvelle raison de vivre. Il reprit des forces, quitta son lit puis sa chambre. Deux semaines après l'arrivée de Julie, il l'accompagnait se promener dans les jardins du Luxembourg. Elle envisagea alors son retour à Nantes, tout en sachant la peine qu'elle ferait à son ami…

Un jour, elle eut la surprise de recevoir la visite d'Henri de Chaumont qui accompagnait Séverin, rencontré par hasard dans les rues de Paris.

— J'ai eu de la chance. Deux hommes ivres voulaient me détrousser pas très loin d'une taverne. M. de Chaumont est intervenu et les a rapidement mis en fuite. Lorsque je me suis présenté, il a tout de suite su qui j'étais et m'a demandé de tes nouvelles.

— Une chance pour moi également. Je pars demain pour Londres où m'attend M. de Talleyrand. J'ai failli ne pas avoir la joie de vous revoir…

Il s'inclina avec élégance devant la jeune femme qui rougit légèrement. Elle n'avait rien oublié et elle comprit à son regard et à son sourire qu'il se souvenait également…

— Je voulais aller au théâtre ce soir pour passer agréablement cette dernière soirée. Voudriez-vous m'accompagner ? Je pourrais venir vous chercher dans une heure…

— Au théâtre ? Mais je ne sais…

— Accepte, petite ! Tu n'as eu aucune distraction depuis que tu es à Paris. Tu as passé tout ton temps à veiller un vieux bonhomme malade.

Malo lui adressait un large sourire et un clin d'œil complice. Un peu réticente, elle accepta l'invitation et se retira pour passer une robe appropriée à la circonstance, laissant les hommes discuter en l'attendant. Malo avait insisté : il était inutile qu'Henri parte pour revenir juste après. Julie devinait qu'il voulait aussi en savoir un peu plus sur son chevalier servant pour la soirée à venir.

Dans un silence gêné, ils prirent place dans le carrosse du comte. Elle ne savait que lui dire. Ils avaient peu de souvenirs en commun et ils étaient tous embarrassants ou liés à un douloureux passé.

— Je regrette de ne pas avoir su plus tôt que vous étiez à Paris. J'aurais aimé vous voir davantage. J'ai souvent pensé à vous.

Elle ne répondit pas. Elle l'avait chassé de son esprit en quittant la ville quatre ans auparavant. Il lui prit la main qu'elle chercha à retirer mais il insista, mêlant ses doigts aux siens. Une fois encore, elle était troublée par sa présence mais quelque chose en elle refusait qu'elle s'abandonne.

— Vous devriez partir avec moi à Londres.

— Vous êtes fou, Henri. Dans quel but et à quel titre ?

— En tant que future comtesse de Chaumont. Ne riez pas, Julie, je suis très sérieux. J'ai connu bien des femmes, avant et après vous, mais je n'ai eu avec aucune d'elles la complicité qui nous lie. Ne le niez pas : vous savez comme moi que nous apprécions chacune de nos rencontres, quelles qu'en soient les circonstances. Nous serions amis et amants. C'est pour moi la base parfaite du mariage.

— Je croyais que vous n'étiez pas homme à vous marier.

— Je ne l'étais pas. Je n'ai jamais aimé l'idée de ces mariages de convenances où la femme se soumet à l'homme en attendant son bon plaisir. Mes parents ont voulu m'imposer ce type d'union. Je suis parti en quête d'aventures. Mais mon père est mort, ainsi que mon frère cadet qui ne laisse après lui que des filles et je ne veux pas que le nom de Chaumont s'éteigne avec moi…

— Je ne peux plus avoir d'enfant, Henri.

Il y eut un bref instant de silence puis le comte serra un peu plus fort les doigts de Julie entre les siens avant de porter sa main à sa bouche.

— Tant pis. J'adopterai votre Baptiste, si vous me le permettez. Pensez-y, Julie. Ne refusez pas immédiatement. Je reviendrai en France dans quelques mois et vous me donnerez votre réponse.

Ils étaient arrivés au théâtre et s'assirent en silence dans la loge qu'il avait loué. Elle écouta la pièce d'une oreille distraite, observa les comédiens d'un œil absent. La proposition de Chaumont la stupéfiait. Elle ne la rejetait cependant pas d'emblée. Il avait raison. Ils s'étaient rarement rencontrés mais leur amitié était sincère. Elle rougissait encore en songeant à la nuit qu'ils avaient passée ensemble. D'ailleurs la simple caresse de son pouce sur son poignet et sa main depuis le début de la pièce la troublait bien plus qu'elle ne le laissait paraître. Quant à Baptiste, il ne pouvait porter le nom de son véritable père, alors, Dubois-Mareuil ou Chaumont… Sans compter que cette union la mettrait à l'abri du besoin et de toutes les tentatives que pouvait encore envisager Verteuil. Elle tressaillit violemment lorsque le souffle tiède d'Henri lui caressa la gorge.

— J'aimerais vous expliquer plus en détail les avantages de ce mariage avant de vous raccompagner chez vous. Accepteriez-vous de venir quelques instants à l'hôtel Saint-Florentin à la fin de la pièce ?

— Pourquoi attendre la fin de la pièce ?

Ses mots avaient jailli sans qu'elle réfléchisse. Gênée, elle eut un hoquet de surprise et posa sa main sur sa bouche tout en se tournant vers lui, le regard plein d'angoisse. Qu'allait-il penser d'elle ? Pour toute réponse, il se leva, la prit par la main et l'entraîna. Peu après, ils étaient dans son carrosse, échangeant un baiser impatient. Les mains de Chaumont déjà se faisaient pressantes. Julie le repoussa doucement :

— S'il vous plaît, pas sur cette banquette. Pas comme ça.

Il s'écarta aussitôt, se jeta dans l'angle opposé avec un grognement de déception. Dans l'obscurité de la voiture, il ne distinguait pas ses traits mais sa voix était chargée d'angoisse. Il écouta son souffle rapide, le murmure soyeux de sa robe qu'elle arrangeait.

— Pardonnez-moi, Henri. Je ne veux pas jouer avec vous mais cela va si vite. Il y a deux heures, je n'imaginais pas vous revoir.

— Je ne vous en veux pas, belle dame, mais je dois avouer que vous éveillez mes sens comme aucune autre. Je vais rester loin de vous jusqu'à notre arrivée. Sinon, je ne réponds pas de moi.

Ils parvinrent à destination quelques minutes plus tard. Le cocher fit franchir la porte cochère à son attelage qui exécuta une volte parfaite dans la cour. Aussitôt, Henri jaillit du carrosse, entraînant Julie à sa suite. Au bas de l'escalier menant aux chambres, il la souleva dans ses bras. Elle s'agrippa à son cou, respirant sa peau, son parfum de tabac et de cognac mêlés.

— J'ai envie de vous.

C'était exactement ce qu'il lui avait dit des années auparavant et elle avait alors cédé sans difficulté, l'invitant à venir la rejoindre dans sa chambre. Ce soir, c'était différent pourtant sans qu'elle puisse se l'expliquer. À l'époque, elle avait voulu en faire souffrir un autre et cela avait tout justifié à ses yeux. Maintenant, elle n'était plus très sûre de savoir pourquoi elle était là… Du pied, il poussa la porte d'une chambre richement éclairée et la posa sans ménagement sur le lit. Il posa ses lèvres sur les siennes, l'embrassa brutalement. Elle ne répondit pas à son baiser mais il ne sembla pas s'en rendre compte. Il posait ses lèvres sur son cou, effleurait la naissance de sa poitrine que ses mains cherchaient sous le tissu. Elle ne cria pas lorsqu'il arracha la soie de sa robe pour s'emparer d'un sein qu'il pinça avant de le prendre dans sa bouche. Elle ferma les yeux, voulant se laisser aller au plaisir sauvage de cet instant mais tout son être se refusait soudain à céder à ce désir. Elle eut fugacement l'image d'une pièce étroite meublée sommairement d'un lit de repos trop étroit… celle d'un homme aux cheveux sombres qui l'aimait avec tendresse. Ouvrant les yeux, elle vit la chevelure blonde d'Henri qui s'étalait sur sa poitrine. Il souleva sa robe d'une main adroite tout en cherchant à se déboutonner. Alors, elle eut honte de ce qu'elle s'apprêtait à faire. Elle le repoussa de toutes ses forces, essayant vainement de refouler les larmes qui gonflaient ses paupières.

— Laissez-moi. Je vous en supplie, laissez-moi.

Sans s'en rendre compte, elle avait hurlé. Il se redressa rapidement, sans comprendre, une sourde colère naissant en lui. Se moquait-elle de lui ? Il la contempla, elle le fixait, les yeux fous, les joues ruisselantes.

— Mais… qu'est-ce que… je…

— Sébastien… Je veux Sébastien.

Il y avait si longtemps qu'elle s'interdisait de prononcer son nom que cela lui déchira le cœur de l'entendre résonner ainsi dans la pièce. Elle éclata en sanglots, roula sur le côté et se recroquevilla. Henri hésita un instant puis s'allongea près d'elle et la prit dans ses bras. Elle se raidit, voulut le repousser encore mais les forces lui manquaient. Il posa un baiser sur ses cheveux, sans chercher à l'apaiser. Il devinait là un chagrin trop longtemps contenu qui devait jaillir pour être plus facile à porter. Lorsque ses sanglots furent moins violents, il osa lui parler, très doucement.

— Il vous manque tant que cela ?

Elle hocha la tête, ferma les yeux.

— Je veux savoir. Je dois savoir. Je ne serai jamais libre tant que je ne saurai pas ce qu'il est devenu. Quatre ans… Cela fait quatre ans que je vis dans cette incertitude, que j'ai l'impression de mourir chaque jour un peu plus mais que je m'oblige à vivre parce que je lui ai promis de veiller sur ses garçons et parce que je garde en moi l'espoir qu'un jour peut-être… Je suis parti loin de cette ville où tout me le rappelle pour ne pas côtoyer chaque jour ceux qui l'ont connu, pour ne pas entendre prononcer son nom par sa mère ou ses amis. Il a fallu quelques semaines seulement pour briser tous mes efforts. Je n'y arrive plus… Je n'ai plus la force…

Ils demeurèrent immobiles longtemps, elle pleurant, lui caressant doucement ses cheveux. Contre toute attente, elle se redressa la première, arrangea sa robe. Elle parvint à lui sourire faiblement.

— Pardon, Henri, d'avoir gâché votre soirée. Pouvez-vous me faire raccompagner s'il vous plaît ? Je repartirai pour Nantes dès demain. Je dois préparer mes bagages.

Il obtempéra mais insista pour la reconduire en personne. Il ne voulait laisser à personne d'autre ce soin.

— M'autorisez-vous à vous écrire ?

— Il ne vaut mieux pas. Oubliez-moi. Oubliez que vous avez songé à faire de moi la comtesse de Chaumont. Vous comprenez pourquoi c'est impossible.

— Peut-être un jour…

— Pas tant qu'il restera dans mon cœur un soupçon d'espoir qu'il me revienne. Cela serait malhonnête pour vous, pour moi. Pour lui. Adieu, Henri.

Elle descendit du carrosse et, comme quatre ans auparavant, il la regarda s'éloigner et franchir un seuil dont il était exclu. D'un coup de canne, il frappa le toit de la voiture qui s'ébranla aussitôt. Demain, il partirait en Angleterre et y resterait aussi longtemps que Talleyrand aurait besoin de lui. Il ne reviendrait pas en France. Une larme roula sur sa joue tandis que la porte de la pension se refermait sur elle.

— Adieu, Julie. Adieu…

Le lendemain, elle éprouvait bien un peu de culpabilité en songeant qu'elle n'était pas allée saluer Landry et Ana mais elle choisit de ne pas retarder son départ. Ils lui en voudraient certainement mais elle refusait encore de les affronter. Malo et Clémence l'étreignirent, promirent de lui rendre visite au printemps. Le vieil homme posa un baiser sur son front et lui glissa quelques mots à l'oreille.

— Veille sur Séverin, petite. Ce garçon-là est bien plus malheureux qu'il ne veut l'admettre.

***

Trois mois plus tard, elle rentrait d'une longue promenade à cheval lorsqu'elle remarqua, sur le seuil de la maison, Étiennette qui lui adressait de grands signes. Elle pressa le pas tout en ôtant ses gants et son chapeau qu'elle remit à sa femme de chambre, visiblement troublée.

— Un monsieur est arrivé pour vous. Il n'a pas dit son nom. Il attend dans la bibliothèque. Je n'aime pas cela, Madame. Cela m'inquiète.

— Je suis capable d'en juger par moi-même, je pense.

Étiennette baissa les yeux, blessée par le ton acerbe de sa maîtresse qui était revenue de Paris plus froide et plus dure qu'elle ne l'avait jamais été. Seule Charlotte avait compris qu'elle dissimulait mal une trop grande souffrance. Julie comprit qu'elle avait été trop sèche mais haussa les épaules. Elle aviserait plus tard. Elle pénétra dans la bibliothèque d'un pas assuré, la tête haute.

— Vous avez demandé à me voir, Monsieur ?

Elle se figea en reconnaissant l'homme. Bien que très amaigri et visiblement fatigué, il conservait l'attitude hautaine d'une vieille noblesse de cour. Des cheveux grisonnants encadraient son visage émacié au long nez aquilin, éclairé par ses yeux gris et perçants. Mais ce qui attirait surtout l'attention dans cette physionomie, c'était son oreille gauche, affreusement mutilée. Le comte de Saint-Méran. L'ami et le complice de Verteuil. Que lui voulait-il ?

— Rassurez-vous, Madame, je ne suis pas venu pour troubler votre sérénité. Je suis ici en messager. Je viens vous apporter une lettre.

— Une lettre ? J'espère qu'il ne s'agit pas de M. de Verteuil.

— Non, Madame. Elle vous est adressée par Son Altesse Royale la duchesse d'Angoulême.

Il lui tendit une missive cachetée et un petit paquet en s'inclinant avec respect.

— Quand vous aurez terminé, j'aimerais également vous parler.

— Vous supposez donc que je lirai cette lettre ici devant vous ?

— Je me permets même de vous prier de la lire immédiatement. Si vous le souhaitez, je vais me retirer sur la terrasse et…

Il fut brusquement interrompu par une violente quinte de toux. Julie, malgré ses réticences, ressentit soudain une certaine sympathie pour lui. Elle attendit qu'il se remette, offrit de lui faire porter un rafraîchissement pendant qu'il patienterait. Il accepta en souriant et se retira par la porte-fenêtre qui ouvrait sur une jolie terrasse ombragée. La jeune femme déplia la lettre d'une main tremblante, s'interrogeant sur les motivations de la duchesse après tant d'années et sur celles de cet homme mystérieux qui avait autrefois prétendu l'épouser.

Très chère Julie,

J'ai longtemps hésité à vous écrire, craignant que vous ne daigniez même pas ouvrir cette lettre après notre dernière entrevue. Et pourtant, je me risque aujourd'hui à cette démarche pour vous avouer que vous aviez raison. Cent fois, mille fois raison. M. de Verteuil n'est pas l'homme loyal et sincère que j'imaginais. Je croyais à tort qu'il serait à jamais fidèle aux miens. Il ne nous a pas suivis dans ce nouvel exil. J'aurais pu le comprendre, le pensant attaché à son pays, à la terre de ses ancêtres. Mais, j'ai récemment appris qu'il apparaît souvent à la cour du roi Louis-Philippe et qu'il serait sur le point de devenir pair de France. Vous imaginez mon émoi et ma tristesse face à ce que je ne peux que considérer comme la trahison d'un homme qui me jurait sa loyauté éternelle, pour lequel j'éprouvais depuis toujours un tendre penchant... En apprenant cette nouvelle, je me suis souvenue de vos paroles et j'ai regretté de ne pas vous avoir crue. Quels autres mensonges a-t-il encore proférés, je l'ignore. Tout comme j'ignore son implication dans la mort de la baronne Mirbeau. Je ne cesse pourtant de m'interroger sur son insistance passée à vouloir hâter le jugement du présumé coupable... Votre résolution, votre assurance m'avaient certes ébranlée il y a cinq ans. Après votre départ, ce soir-là, j'ai eu peur. Peur d'avoir hâté la condamnation d'un innocent. Peur que sa mort soit injuste. Peur de devoir répondre un jour de cet acte peut-être inique. Alors, j'ai fait surseoir, in extremis, à l'exécution. Mais je n'étais pas assez sûre de moi pour pouvoir rendre sa liberté à un homme que tout désignait coupable, jusqu'à ses aveux. Je ne pouvais le faire gracier. Sur mon ordre, il a été soustrait à l'échafaud et conduit au fort du Taureau, au large de Morlaix, où il a été mis au secret, privé de toute visite et de tout contact extérieur. S'il n'est pas mort, il doit s'y trouver encore.

À ces mots, les yeux de Julie s'embuèrent de larmes et elle dut s'asseoir tant elle était émue. Pour la première fois depuis ces longues années, elle obtenait une information concernant Sébastien. Il n'avait donc pas été enlevé pour être tué d'une autre manière ou pour être torturé et il y avait une chance, même infime, qu'il soit encore en vie. Elle avait peut-être le droit d'espérer. Elle reporta son regard sur la feuille de papier qui tremblait au bout de ses doigts...

Je n'ai pas le pouvoir de le faire libérer. Je ne sais d'ailleurs pas s'il le mérite. J'ai pourtant le sentiment que vous deviez savoir... Peut-être avez-vous ou aurez-vous une preuve de son innocence... Peut-être M. de Saint-Méran qui sera le messager de cette lettre pourra-t-il vous aider ; il me l'a laissé entendre... Peut-être aurez-vous ainsi la possibilité de le retrouver... J'espère qu'alors, vous trouverez le bonheur que je n'ai jamais connu et que vous trouverez dans votre cœur la force de pardonner à celle qui regrette de n'avoir jamais pu, jamais su être
Votre mère aimante et attentionnée

Des larmes roulaient sur les joues de Julie. Elle allait devoir parler à Saint-Méran, craignant et espérant ses révélations. Elle n'avait aucune envie de l'affronter mais l'idée que Sébastien souffre en captivité à l'instant présent lui fit relever la tête avec résolution. Elle essuya ses yeux, se redressa et marcha jusqu'à la terrasse. Le comte, debout au bout de la terrasse, une main posée sur le muret de pierres sèches, regardait le paysage d'un œil absent. Il se retourna en entendant Julie arriver mais elle ne lui laissa pas le temps de parler.

— Il paraît, Monsieur, que vous pouvez m'aider à comprendre le passé. Mais je veux d'abord vous poser une question. Pourquoi devrais-je vous faire confiance, vous, l'ami, le complice de Verteuil ?

— Parce que je n'ai jamais été son ami. Son complice, sans doute, mais par obligation bien plus que par choix. Le comte de Verteuil sait un lourd secret me concernant. Il me menaçait de le dévoiler si je n'agissais pas selon ses ordres. S'il parlait, je pouvais tout perdre. Mon rang, mon honneur, ma liberté. Peut-être ma vie...

— Vous ne craignez donc plus qu'il parle ? Votre secret ne doit plus être protégé ?

— Vous l'avez constaté tout à l'heure, je suis malade. Très malade. Dans quelques mois tout au plus, je serai mort. Alors j'ai voulu, avant qu'il ne soit trop tard, réparer un peu le mal que j'ai fait par le passé. Quant à mon secret… je pars sans laisser de descendant qui puisse rougir de moi. J'ai trahi mon roi, Madame, autant que vous le sachiez. Pas le roi Charles X ni son prédécesseur mais le jeune Louis XVII, ce malheureux enfant mort au Temple dans de si épouvantables conditions. J'ai eu vent d'un projet visant à l'enlever de sa prison. J'en ai parlé autour de moi, l'affaire s'est sue et les conspirateurs ont été arrêtés et exécutés discrètement. Je n'ai pour ma part dû mon salut dans cette triste histoire qu'à Verteuil qui m'a aidé à quitter la France. J'ignorais qu'il me menacerait plus tard de tout dire à la duchesse d'Angoulême si je ne faisais pas ce qu'il voulait. J'ai alors commencé à lui relater tout ce qui se passait dans l'entourage du roi et du duc d'Angoulême. Il utilisait ces informations à son avantage…

— Le misérable… La duchesse d'Angoulême lui faisait une confiance aveugle.

— C'est un homme habile et vous êtes l'une des rares personnes à lui avoir résisté. Pour cela, je vous admire et…

— Laissons cela et dites-moi ce que vous savez qui pourrait m'aider et peut-être sauver la vie d'un homme.

— Je tenais à vous dire, Madame, que le baron Mirbeau était innocent du crime dont il a été accusé.

— Cela, je n'en ai jamais douté, Monsieur. Est-ce tout ce que vous avez à me dire ?

Saint-Méran ne put retenir un sourire devant l'impatience de Julie mais ne la fit pas attendre plus longtemps.

— Le seul coupable était le comte de Verteuil lui-même. C'est lui qui a tué la baronne.

— Je crois que je l'ai toujours su… Mais, vous, comment le savez-vous ? Il vous l'a avoué ?

— J'étais là ce jour-là. Comme souvent. Elle voulait échapper à son emprise. Il ne l'a pas supporté.

— Vous étiez là, dites-vous ? Mais Pernelle, sa servante, n'a jamais parlé d'un autre homme.

— Cette fille était payée par Verteuil, comme tous les autres domestiques. Je la payais également pour qu'elle ne dise pas à

Verteuil que je rendais souvent visite à Inès. Il ignorait que nous étions proches. Je suppose que l'argent que je lui donnais m'a permis d'échapper à vos investigations.

— Je n'avais pas confiance en cette fille... Pouvez-vous m'expliquer ce qui s'est exactement passé ce jour-là ? De quelle emprise parlez-vous ? Inès cachait-elle également un secret ?

— Verteuil l'a rencontrée par hasard en Angleterre. En découvrant qui elle était, il a tout de suite compris l'intérêt qu'il pouvait en tirer. Elle manquait d'argent. Il a pourvu à tous ses besoins financiers. C'est lui qui a permis de rouvrir l'hôtel Mirbeau. Il a engagé tous les domestiques qui lui étaient entièrement dévoués. Entre-temps, ils étaient devenus amants.

— Elle prétendait pourtant en aimer un autre.

— Et je crois qu'elle l'aimait vraiment. Mais Verteuil la manipulait et la dominait. Je suppose qu'elle se sentait redevable.

— Elle couchait avec lui par reconnaissance...

— Ne la méprisez pas pour cela. Je sais la haine que vous lui vouez et la colère qui vous anime. Mais...

— N'essayez pas de me convaincre des qualités de cette femme. J'ai toutes les raisons de la haïr et je n'ai pas envie de revenir sur ma position. Dites-moi pourquoi et comment elle est morte.

— Comme je vous l'ai dit, j'étais là ce jour-là. J'étais avec Verteuil dans le salon, quand un vieil homme est arrivé et a demandé à voir Inès.

***

Cinq ans plus tôt. Printemps 1826.

Inès lisait dans le boudoir attenant à sa chambre quand un domestique vint lui annoncer la visite d'un certain Malo. Elle ne lui avait jamais vraiment parlé, mais elle connaissait l'ami et complice de son mari. Elle accepta donc de le recevoir, un peu inquiète de savoir ce qu'il avait à lui dire. Elle l'accueillit néanmoins avec courtoisie, lui offrit un siège qu'il refusa.

— À quoi dois-je le plaisir de votre visite, Monsieur ?

— Madame, vous me trouverez sûrement importun et ce que j'ai à vous dire risque de vous déplaire. Néanmoins, j'espère que vous m'écouterez jusqu'au bout.

— Parlez, Monsieur. Je vous promets d'écouter.

— Madame, je vous supplie de rendre sa liberté à votre mari et ainsi de lui redonner un peu de joie…

— Pour qu'il retourne vers cette femme ? N'y comptez pas. Jamais, vous entendez ?

— Vous rompez déjà votre promesse de m'écouter ?

Il souriait, bienveillant, et Inès rougit de son emportement. Cet homme si calme lui en imposait. Elle inclina la tête et lui fit signe de poursuivre.

— Vous dites que vous l'aimez, Madame. Et que vous voulez retrouver votre famille. Je peux vous comprendre. Mais vous savez, Madame, qu'il ne vous aime pas. Et que certaines de vos actions l'empêcheront de revenir vers vous. Et si d'aventure il revenait, vous savez que ce serait par devoir et non par amour. Dès lors, où serait votre victoire ? Dans le chagrin causé à une femme que vous avez déjà suffisamment humiliée ? Dans le tourment causé à son fils qui n'a pas le droit de porter le nom de son père ? Cet enfant ne vous a rien fait, que je sache. Que gagneriez-vous, Madame, à le voir revenir de cette manière ? Certainement pas son amour. Peut-être du mépris tout au plus. Laissez-le partir, je vous en conjure. Laissez-le retrouver un peu de cette joie qui rejaillissait sur tous ceux qui l'entouraient. Je n'ai pas entendu mon ami rire depuis des semaines. Vos fils aiment Julie et elle les aime en retour. Ils ne seront jamais malheureux à ses côtés, vous le savez. En rendant sa liberté à mon ami, vous ne gagnerez certainement pas son amour, Madame, mais vous retrouverez un peu de son respect. Ce n'est sans doute pas suffisant à vos yeux mais c'est peut-être mieux que sa colère et sa haine. Malgré vos torts, Sébastien a toujours respecté, en vous, la mère de ses enfants. Il a accepté de ne pas vous dénoncer quand il le pouvait. Il a refusé qu'il vous soit fait du tort alors même que vous aviez fait un mal infini à la femme qu'il aime… Oui, Madame, la femme qu'il aime… Vous le savez. Vous savez qu'il ne reviendra pas vers vous. Qu'il ne vous aimera plus. Alors, rendez-lui sa liberté. Redonnez-lui le sourire qu'il a perdu. Redonnez à cette femme que vous avez humiliée outre mesure un peu d'espoir. Voilà, Madame. C'est tout ce que j'avais à vous dire. J'espère ne pas avoir été trop long. J'espère surtout que vous m'écouterez, que vous m'entendrez. Que vous saurez tirer profit de ce que je vous ai dit. Adieu, Madame.

Malo quitta la pièce et la demeure sans qu'Inès ait répondu. Dans la cour, il ne vit pas Julie qui arrivait. Demeurée seule, Inès fit quelques pas dans son boudoir. Elle entendit derrière une porte s'ouvrir. Le comte de Verteuil frappa dans ses mains avec un sourire ironique sur les lèvres.

— Quel beau plaidoyer, n'est-ce pas, Madame ?

— Et vous savez comme moi qu'il a raison, Monsieur. Mon mari ne me reviendra pas, mon mari ne m'aimera plus jamais. Alors, à quoi bon ? À quoi bon tous mes projets de vengeance ? Mes souhaits de retrouver ma famille ?

— Vous ne comptez tout de même pas renoncer ?

— Je ne sais pas, je ne sais plus.

— Que dites-vous ?

— Je dis, Monsieur, que ce combat ne sert à rien. Que la guerre que nous menons, nous ne la gagnerons pas. Vous savez comme moi que votre fille ne cédera pas, qu'elle n'adhérera pas à vos projets. Vous m'avez demandé de tenir Sébastien éloigné d'elle pour pouvoir la manipuler mais vous n'arrivez à rien et je n'y gagne rien non plus. Mon mari ne m'aime pas, il finira par me haïr. Déjà un de mes fils ne veut plus me voir. Et Guillaume finira par penser comme lui. Je le vois bien. Je l'ai vu l'autre jour quand nous les avons croisés, elle et son fils, au Luxembourg. Il s'est montré froid avec elle, mais j'ai vu dans son regard qu'il en souffrait. Il tient à cette femme lui aussi. Et je vais tout perdre si j'insiste.

— Le plus important pour vous, Madame, n'est-il pas qu'elle reste loin de lui ?

— Mais à quel prix, Monsieur ? Et quel sera mon profit ? Non, je veux tout arrêter. J'y pense déjà depuis plusieurs jours.

— C'est hors de question. J'ai besoin de vous, de votre concours. Ils doivent rester loin l'un de l'autre. Quand elle aura épousé Saint-Méran, alors, vous ferez ce que vous voudrez.

— Elle ne l'épousera jamais. Vous ne la vaincrez pas…

— Elle l'épousera, qu'elle le veuille ou non. Ensuite, libre à vous de faire ce que vous voulez avec votre prétendu mari. Tout ce que je veux, c'est qu'il ne soit pas un obstacle à mes projets. Et je paye suffisamment cher pour cela.

— Je préfère renoncer à tout que de vous suivre encore. Vous n'avez pas d'âme, Monsieur, pas de cœur. Vous m'avez mis un enfant dans le ventre. Et vous prétendez le faire passer pour celui d'un autre ? Quel genre d'homme êtes-vous donc ?

— Je suis navrée, ma chère, mais vous êtes déjà mariée. Il m'est donc impossible de reconnaître votre enfant. Vous le comprendrez aisément…

— Misérable… Je veux que vous partiez d'ici. Que vous ne reveniez jamais. Je ne veux plus jamais vous revoir. Tout à l'heure, j'irai voir Sébastien, je lui dirai tout. Peut-être, comme cet homme l'a dit tout à l'heure, retrouverai-je un peu de son respect. Pour l'instant, je n'ai même plus d'estime pour moi-même.

— Vous ne ferez rien de tout cela, Madame, rien du tout. Je vous l'interdis. Vous m'appartenez. Ce projet est le vôtre aussi bien que le mien.

— Je parlerai, vous dis-je. J'ai déjà écrit ma confession. Avec les cheveux que j'ai moi-même coupés à votre fille, il y a des années de cela. Ce geste me poursuit comme un remords. Oui, Monsieur, j'ai du remords, moi. Et tout ce que nous ferons, vous et moi, ne servira à rien. Il y a des jours que j'y pense. Je ne me supporte plus, je ne supporte plus la vie que je mène. Je ne vous supporte plus. Partez ! partez !

— Allez-vous vous taire ?

Elle se précipita vers la porte pour appeler ses gens, pour le faire chasser. Mais il se mit en travers de son chemin en riant de manière menaçante…

— Où croyez-vous allez ? Qui voulez-vous appeler ? Vous oubliez que vos domestiques, c'est moi qui les paye. Ils me sont dévoués. Vous n'êtes rien pour eux.

— Peu importe. Je partirai loin d'ici. J'enverrai ma confession à Sébastien, je lui dirai qu'il est libre. Il en fera ce qu'il voudra, il le dira à mes fils s'il veut me perdre complètement. Mais je ne veux plus de cette vie.

— Vous ne ferez pas cela. Pas si vous tenez à votre vie et à celle de vos garçons.

— Vous oseriez ?

Il avait sorti le poignard qu'il portait toujours à sa ceinture et le brandit devant elle pour l'avertir. L'idée qu'il puisse s'en prendre à ses fils la rendait folle de rage. Elle se jeta sur lui. Aveuglée par la colère, elle se saisit de son poignet, voulut le détourner. Il lui semblait que, soudain, toute sa vie était menacée. Ses fils. Il lui prendrait ses fils si elle lui résistait.

***

— Elle s'est emparée de son bras comme pour le désarmer, comme si cette arme était la seule qu'il pouvait utiliser. Elle avait peur, je le voyais dans ses yeux. Ils se sont débattus l'un contre l'autre pendant quelques instants. Elle n'était pas de taille, malheureusement. Il l'a repoussée. Elle est tombée à la renverse sur un fauteuil et là, il l'a frappé. Une fois. Une seule fois. Cela a suffi. J'ai vu ses yeux s'agrandir sous la surprise. Le sang qui maculait sa robe. Elle n'a prononcé qu'un seul mot, *maudit.*

— Et vous n'avez rien fait pour empêcher cela. Vous étiez là pourtant…

— C'est vrai, j'avais suivi Verteuil. J'ai assisté à toute la scène. C'est allé très vite. Je ne m'attendais pas à ce qu'il sorte son arme. Je m'attendais encore moins à ce qu'il la frappe. Et surtout pas à ce qu'elle se défende. J'étais aussi abasourdi de découvrir la monstruosité de cet homme. Je le savais dangereux, je le découvrais soudain capable de tout. Même si je m'en doutais depuis longtemps, j'en avais désormais la preuve. Quand il a vu qu'elle allait mourir, il s'est tourné vers moi. Que je parle, il dévoilerait mon secret. Que je parle et j'étais son complice. Nous finissions tous les deux sur l'échafaud. Alors j'ai accepté de me taire. Je n'ai rien dit durant toutes ces années. J'ai laissé un autre se faire accuser, se faire emprisonner… J'ai voulu convaincre Verteuil de parler. D'envoyer une lettre anonyme, quelque chose qui pourrait l'innocenter, le sauver. Je ne voulais plus de ces projets. Je ne voulais pas que ça passe par la mort d'un homme qui n'avait d'autre tort que celui de vous aimer. Évidemment, il ne l'entendait pas ainsi. Inès et son mari n'étant plus là, nous ne risquions plus rien. Il pensait qu'il n'aurait aucun mal à vous faire accepter ce mariage. Il suffirait pour cela qu'il emmène votre fils loin de vous. Alors je n'ai vu qu'une seule solution pour vous préserver, vous à défaut de pouvoir sauver cet homme. Le jour où le procès s'est ouvert, je m'étais déjà enfui en Hollande. En Belgique, aux Pays-Bas, j'ai voyagé pendant des années pour que Verteuil ne me retrouve pas. Et puis la famille royale a été exilée. J'ai revu la duchesse d'Angoulême. Nous avons parlé de vous. Elle était rongée par le remords de ne pas vous avoir aidée, de ne pas vous avoir écoutée. Elle a fini par m'avouer qu'elle avait fait surseoir à l'exécution, qu'il était prisonnier quelque part mais qu'elle ne savait pas si elle avait bien fait. Qu'elle doutait toujours de son innocence. Elle voulait vous écrire. Je l'ai encouragée à le faire. Je lui ai dit de vous raconter la part qu'elle avait prise dans sa disparition. Je voulais me charger du reste. Voilà, maintenant, vous savez tout. J'ai ici, dans ma poche, le récit détaillé de tout ce qui s'est passé ce jour-là. Je l'avais écrit au cas où je n'arriverai pas à temps jusqu'à vous. Dans quelques mois, Madame, je vous l'ai dit, je ne serai plus. Je n'ai plus rien à protéger. Et la dernière chose que je veux faire, c'est vous aider à le sauver si c'est encore possible et à faire payer Verteuil. En mémoire d'Inès.

— Vous l'aimiez, n'est-ce pas ?

— En effet. Vainement. J'en ai toujours eu conscience. Mais je ne pouvais pas m'en empêcher. C'est pour ça que j'ai fait en sorte d'être son ami. À l'insu de Verteuil, évidemment. Elle était sa maîtresse et elle aimait un autre homme. Je n'y pouvais rien. La seule chose que je peux encore pour elle aujourd'hui, c'est de faire en sorte, peut-être, que justice soit faite. Prenez ces documents et faites-en bon usage.

— Espérons, Monsieur, que vous n'êtes pas venu trop tard.

Quand il fut parti, Julie ouvrit le petit paquet envoyé par la duchesse, bien qu'elle sût déjà ce qu'il contenait. Elle retrouva avec émotion la broche qu'elle avait jetée aux pieds de la dauphine cinq ans plus tôt. Elle relut sa lettre puis les aveux de Saint-Méran. Le jour même, Julie écrivait à Vidocq et à Talleyrand pour leur expliquer tout ce qu'elle venait d'apprendre. Elle avait besoin de leur aide, de leurs conseils. De leur soutien. Elle comptait sur Vidocq pour se renseigner sur le fort du Taureau. Pour savoir si le prisonnier était encore en vie. Et sur Talleyrand pour que justice soit faite. Elle tremblait néanmoins en espérant leur réponse. Pourraient-ils l'aider ? Avait-elle enfin le droit d'espérer ?

Dans les semaines qui suivirent, elle reçut plusieurs courriers. Vidocq avait répondu. Talleyrand aussi. En même temps, Malo lui annonça que lui et Clémence seraient bientôt là. Et elle reçut de Landry un épais manuscrit qu'elle lut avec attention, les coudes appuyés à l'acajou du bureau. Lorsqu'elle eut terminé, elle posa devant elle tous les courriers reçus au cours du dernier mois, le manuscrit et sa broche de rubis. Sa décision était prise. Sans hésiter, déterminée, elle prit une plume et adressa quelques mots à son ami d'enfance. Quatre mots seulement. Mais elle ne savait pas comment lui en dire plus sans en dire trop. Elle savait qu'il répondrait à son appel.

Viens. Nous devons parler.

25

Landry et Ana choisirent de répondre à la demande de Julie. Avant de partir, ils se rendirent chez Clémence et Malo pour les informer de leur départ et leur demander s'ils pouvaient porter du courrier à la jeune femme ou à ses enfants. Ils furent surpris de trouver les deux vieillards également sur le départ et se rendant au même endroit qu'eux. Ils décidèrent de faire la route ensemble. Malo semblait soucieux et Landry s'en inquiéta.

— Je me demande comment nous allons retrouver Julie. Elle était si triste en décembre. Je crains qu'elle ne parvienne pas à se remettre.

— J'ai eu la même impression, mais c'était il y a quatre ans. Je n'ai presque jamais reçu de ses nouvelles depuis. Jusqu'à ce billet que je ne comprends pas.

— Elle semble s'être retirée du monde volontairement. Elle ne voulait voir personne. Ce billet est peut-être un appel au secours.

Landry acquiesça, l'air sombre, et Ana lui prit la main pour le réconforter. Ils échangèrent un sourire et demeurèrent silencieux un long moment. Par la suite, ils évitèrent tous d'évoquer les raisons de leur voyage et se concentrèrent sur le petit garçon qui égayait leur voyage en s'émerveillant à chaque instant. Ils arrivèrent chez Charlotte par un bel après-midi de printemps. Un silence oppressant régnait pourtant parmi eux. Ils allaient enfin savoir et l'inquiétude les rongeait…

Landry mit pied à terre le premier et aida à Ana à descendre. Ni l'un ni l'autre n'eurent le temps de réagir lorsqu'un cri de joie retentit, tout proche, et lorsqu'un tourbillon de soie et de dentelle se précipita vers eux. Julie avait accouru en entendant les roues du carrosse et les sabots des chevaux sur l'allée. En reconnaissant ses amis, elle avait oublié toute retenue et les serrait contre elle dans une même embrassade pleine d'affection. Elle s'écarta d'un pas, les contempla, sourire aux lèvres. Ils la dévisagèrent avec un mélange de plaisir et d'étonnement. Ils avaient craint de retrouver une femme prématurément vieillie et atone et la découvraient pleine de vigueur, les yeux brillants de joie.

— Je suis tellement heureuse de vous revoir tous les deux. Et où est votre petite merveille ? Vous l'avez amenée, j'espère.

— Il est dans la voiture avec Malo et Clémence...

— Vous êtes venus ensemble ? Quelle joie !

— Oui, petite, nous sommes là également...

Malo venait d'apparaître. Il donna le petit garçon engourdi de sommeil à Landry juste avant que Julie ne se jette dans ses bras qu'il referma sur elle avec tendresse.

— Tu as l'air d'aller bien mieux, petite...

— Je vais mieux, Malo. Beaucoup mieux. Et bientôt, si tout se passe comme je l'espère, j'irai bientôt parfaitement bien.

Elle embrassa Clémence puis s'empara d'autorité de l'enfant qui lui souriait. Le tenant dans ses bras, elle ouvrit le chemin vers la grande maison sous le regard médusé de ses amis.

— Vous êtes presque tous là... Il manque encore quelqu'un. Il ne devrait pas tarder. Ensuite, je vous expliquerai pourquoi vous êtes venus.

Elle semblait déterminée. Ils échangèrent un regard interloqué mais savaient tous que rien ne la ferait parler avant qu'elle n'y soit décidée. Ils la suivirent en silence à l'intérieur pour saluer Charlotte, Hubert et les garçons tout aussi surpris qu'eux de se retrouver ainsi réunis.

Le lendemain, une autre voiture se présenta. Julie descendit en souriant les marches du perron pour accueillir le nouveau venu. François Vidocq l'étreignit brièvement, heureux de la revoir après toutes ces années. Ils échangèrent quelques mots à voix basse. La jeune femme hocha la tête avec satisfaction.

Avisant Étiennette sur le seuil, elle lui demanda de réunir tout le monde dans la bibliothèque. Le moment était venu.

Ils étaient tous là à attendre qu'elle parle, un peu à l'étroit dans la petite pièce. Hubert et Charlotte. Malo et Clémence. Landry et Ana. Baptiste, assis sur l'accoudoir d'un canapé à côté de sa grand-mère dont il tenait la main. Séverin et Guillaume, debout contre les rayonnages de livres, les bras croisés dans la même attitude attentive. Ils étaient tous là… ou presque. Il n'en manquait qu'un : c'était son absence qui les réunissait tous aujourd'hui. Vidocq prit une chaise, la retourna et s'assit à califourchon sans un mot. Mais son regard pétillant de joie disait assez qu'il n'était pas venu pour une simple visite de courtoisie… Landry, parcourant la pièce du regard, avisa sur un guéridon son manuscrit. L'appel de Julie avait donc bien un lien avec ses écrits mais pourquoi avait-elle voulu tous les réunir ainsi ? Julie s'approcha justement du petit meuble en acajou. Elle demeura debout, les dévisageant un instant avant de se décider à parler.

— Je vous remercie tous d'être là aujourd'hui et je vous prie de me pardonner pour tous les mystères dont j'ai entouré cette réunion. Vous comprendrez bientôt pourquoi. Je vous demande également de me pardonner mon attitude de ces dernières années. En particulier, à vous deux, Landry et Ana. Je me suis éloignée de chacun d'entre vous parce que je ne voulais pas voir votre peine alors que j'essayais de cacher à quel point j'étais perdue et malheureuse…

— Je crois que nous avions tous compris, petite. Personne ne t'en veut. Nous avons tous supporté cette épreuve de manière différente. Dis-nous plutôt pourquoi nous sommes là. Cela a un lien avec Sébastien, c'est évident…

Julie sourit à Malo et se tourna ensuite vers son ami d'enfance.

— Landry, tu m'as envoyé récemment ce manuscrit qui relate toute mon histoire, et donc celle de Sébastien, de manière romancée. Tu as modifié nos noms et évité de raconter quelques événements qui auraient pu me blesser, en ajoutant également quelques péripéties… Tu voulais mon autorisation pour publier ce texte. Je te la donne, à une condition…

— Laquelle ?

— Je veux que tu écrives d'abord la vérité en ne taisant ni les faits, ni les noms. Je veux que tu nommes chaque personne et particulièrement Verteuil. Je veux que ce texte soit bref, à la manière des articles que tu écris pour les journaux. Je connais ton talent de conteur, je sais que ce sera parfait.

— Mais dans quel but ? Je ne comprends pas.

— Je veux que tu l'écrives rapidement. Et quand ce sera fait, tu iras trouver le roi Louis-Philippe. Voici une lettre d'introduction de la part de Talleyrand. Il m'a également suggéré ton nom pour cette mission. Il a lui aussi confiance en tes talents d'écrivain. Hubert, je voudrais que vous accompagniez Landry. Je compte sur vous deux pour obtenir la disgrâce du comte de Verteuil et… la libération de Sébastien.

— Pourquoi faudrait-il le faire libérer ? Il est à sa place après ce qu'il a fait.

— Tu ne penses pas ce que tu dis, Séverin ! C'est notre père…

— Il a tué notre mère. Il l'a avoué. Il a été jugé pour cela. Et condamné.

— Séverin, tu ne le crois pas coupable ? Ce n'est pas possible. Pas toi…

— J'étais dans la salle d'audience, lors de son procès. J'ai tout entendu. Il avait toutes les raisons de la tuer. Il la détestait pour ce qu'elle t'avait fait. Je peux le comprendre mais elle ne méritait pas ça. C'était ma mère… Ma mère…

Des larmes roulaient sur le visage du jeune homme. Il détourna le regard lorsque Julie s'approcha de lui. Elle lui prit une main et caressa doucement sa joue pour l'essuyer.

— Séverin, c'est vrai, ta mère m'a fait du mal. Beaucoup de mal. Plus que tu ne peux l'imaginer. Mais ton père ne lui aurait jamais rien fait parce qu'il ne voulait pas que vous sachiez, toi et Guillaume. Il voulait vous protéger. Nous avions prévu de partir ensemble juste avant que cela arrive. Il n'avait pas besoin de la tuer…

— Je sais. Je devais partir avec vous. Il voulait t'en faire la surprise. Mais il lui a rendu visite. Elle a pu le mettre en colère. Tout ça parce qu'elle t'avait coupé les cheveux…

— C'était bien plus grave que cela, garçon. Ta mère avait de graves actions à se reprocher. Il faut que tu saches que…

— Non, Malo ! Tais-toi. Sébastien ne voulait pas que ses fils sachent. Et je ne veux pas parler de ça aujourd'hui. Tu sais à quel point c'est douloureux pour moi… Séverin… Vous tous… Si jamais l'un d'entre vous a encore des doutes… Sachez que j'ai la preuve de son innocence. M. de Saint-Méran, qui a été le complice malgré lui de Verteuil, m'a rendu visite. Il m'a remis une lettre où il confesse avoir assisté au meurtre d'Inès, commis par le comte de Verteuil.

Clémence se leva, retomba assise dans les bras de Malo qui fixait Julie d'un œil hébété. Les questions fusèrent soudain dans un indescriptible brouhaha. Tous voulaient comprendre, savoir. Elle serra Séverin contre elle. Il appuya sa tête sur son épaule et elle l'entendit murmurer à son oreille.

— J'ai tellement honte d'avoir douté… Pardon…

Elle comprenait maintenant sa rage, ses emportements soudains, ses accès de tristesse. Pendant cinq ans, il s'était tu, avait caché ses sentiments. Il allait falloir du temps pour guérir toutes les blessures. Beaucoup de temps… Elle posa ses lèvres sur la joue du jeune homme et lui ébouriffa les cheveux comme elle le faisait lorsqu'il était un petit garçon. Il sourit à ce simple geste de tendresse et l'interrogea du regard. Que fallait-il faire ? Elle comprit sa demande et se tourna vers ses invités.

— Je sais que tout cela a de quoi vous surprendre… Si nous sommes tous ici, c'est pour sauver Sébastien car aujourd'hui nous en avons enfin la possibilité. Hubert, vous êtes son avocat, vous êtes le mieux placé pour plaider sa cause, en vous appuyant sur les écrits de Landry et sur la confession de M. de Saint-Méran. Landry, si je veux que tu écrives un article, c'est pour prouver au roi que, s'il refuse, l'histoire pourra être publiée dans la presse. Je ne suis pas sûre qu'il ait envie que l'un de ses proches, un futur pair de France, voie sa réputation entachée par un tel scandale.

— Mais c'est dangereux, Julie... Tu envoies peut-être maître Dubois-Mareuil et Landry en prison en leur demandant de défier le roi. Et tu oublies que nous avons un petit garçon.

— Et Sébastien a trois enfants qui l'attendent depuis cinq ans. Je t'ai connue plus courageuse, Ana. Cependant, tu n'as rien à craindre. Je ne demande pas à Landry et Hubert de défier le roi mais à un avocat de défendre son client et à un journaliste d'exposer les faits. Et ils ne risquent rien car si le roi veut les faire arrêter, l'article de Landry serait le lendemain dans tous les journaux de Paris...

— Ma fille, pour ma part, je n'entends rien à ces considérations politiques et je dois avouer que je me moque de savoir ce qu'il adviendra de ce Verteuil. Je pense à mon fils. Vous parlez de sa libération. Vous avez donc de ses nouvelles ?

Les yeux de Clémence brillaient d'un espoir nouveau. Elle serrait la main de Malo entre les siennes et regardait Julie comme si elle attendait d'elle un miracle.

— Je sais depuis peu qu'il est détenu au fort du Taureau. M. Vidocq s'est renseigné et nous savons qu'il est en vie. Si tout se passe comme je le souhaite, il sera peut-être très vite parmi nous.

— Seigneur, je n'osais plus l'espérer...

Un sourire céleste éclairait le visage de la vieille dame. Tous demeurèrent un instant muets. Il y avait encore tant à faire, tant de questions à résoudre, mais l'espoir était désormais permis.

— Une question, encore Julie. Pourquoi nous as-tu fait venir ici ? Tu aurais pu venir à Paris avec tous tes papiers. Nous aurions été plus près des Tuileries pour agir plus vite.

— Cela te paraîtra futile, Landry, mais j'ai peur d'aller là-bas. Surtout depuis que je sais que Verteuil y est plus puissant que jamais. Je crains toujours qu'il ne s'en prenne à moi ou aux garçons. Je sais par Saint-Méran qu'il avait ourdi une terrible machination me concernant et je veux rester loin de lui. De plus, dès que j'ai su où Sébastien était prisonnier, j'ai écrit à François pour lui demander de se renseigner. Grâce à ses contacts, il m'a confirmé qu'un prisonnier était gardé au secret au fort du Taureau… Il est ensuite parti pour la Bretagne pour obtenir plus ample information et m'a promis de me rendre visite au retour… Je ne pouvais pas m'éloigner. Enfin, Malo m'a annoncé sa venue ici au moment où je lisais ton manuscrit. J'ai fini par penser que tout me disait de vous réunir ici.

—Vous avez donc vu notre père, M. Vidocq ? Comment va-t-il ?

—Je n'ai pas eu l'autorisation de le voir mais j'ai pu parler avec des gardiens en permission et avec un médecin qui se rend régulièrement au fort. Il semble qu'il aille bien, malgré ses années de détention. En tout cas, il n'a pas eu besoin de soins particuliers pendant son emprisonnement. Je vais retourner à Morlaix et attendre l'ordre de libération que ces messieurs vont aller chercher chez le roi. Je continuerai à me renseigner. Je vais également essayer de lui faire passer de quoi améliorer son quotidien.

—Maman, je veux aller avec Landry et Grand-Père à Paris. Je veux demander au roi de me rendre mon père.

—Il n'en est pas question, Baptiste. Ta place est à mes côtés. Nous l'attendrons ensemble.

—Non, j'irai avec eux. Ensuite, j'irai en Bretagne rejoindre M. Vidocq. Je veux qu'il sache que je ne l'ai pas oublié. Je veux être le premier qu'il verra en sortant de prison. Tu dois dire oui. Je ne suis plus un enfant.

Il la fixait avec détermination. Elle cherchait quel argument lui opposer lorsqu'Hubert lui adressa un large sourire.

—Acceptez, ma fille. La présence du fils du prisonnier pourrait attendrir le roi que l'on dit très attaché à ses propres enfants. Si nous obtenons ce que nous voulons, Landry le conduira en Bretagne et je reviendrai aussitôt vous l'annoncer. Nous ne le laisserons jamais seul. Et imaginez la joie de votre Sébastien en retrouvant son fils dès qu'il posera le pied sur la terre…

—Je veillerai sur lui, Julie. Comme sur mon propre fils. Et je te ramènerai son père. En attendant, je te confie Ana et notre garçon.

Elle ne pouvait plus refuser. Elle donna son accord et Baptiste se jeta dans ses bras, incapable d'exprimer autrement toutes les émotions qui se bousculaient

— Tu pourrais aller à Morlaix avec M. Vidocq. Et nous attendre là-bas. Ce serait encore mieux de le retrouver ensemble.

— Je ne veux pas voir ce fort, le savoir enfermé si près de moi sans pouvoir l'approcher. Et si jamais vous échouiez, je crois que je ne le supporterais pas. Mais si Guillaume et Séverin veulent y aller…

— Je reste, je préfère m'occuper des chevaux ici plutôt que me morfondre dans une chambre d'auberge en attendant une réponse qui va mettre des jours à arriver.

Guillaume approuva son frère et les jumeaux échangèrent un clin d'œil complice, le premier depuis bien longtemps. Ils ne pouvaient rien faire pour leur père mais ils savaient que Julie aurait besoin de compagnie et de distractions durant les jours à venir. L'attente serait peut-être longue… Elle leur sourit, les remerciant de leur dévouement, et embrassa tendrement son fils sur le front.

— Je sais désormais où il est. Je sais qu'il est en vie. J'ai enfin le droit d'espérer. Tous ensemble, nous allons le sauver. Nous devons y croire. Bientôt, nous serons réunis…

***

Une dizaine de jours plus tard, à la nuit tombée, Landry et Baptiste arpentaient nerveusement le quai d'un petit village breton. Dernière eux, la masse sombre d'un carrosse se profilait, éclairée seulement par le fanal du cocher. Ils ne cessaient de s'en approcher et de s'en éloigner, le jeune garçon s'impatientant de plus en plus sous l'œil amusé de son compagnon.

— C'est trop long, Landry. Beaucoup trop long. Il y a des heures que nous attendons. Qu'est-ce qu'il fait ?

— Cela ne fait même pas une heure, mon garçon. Il faut un peu de temps pour les formalités et pour le trajet.

— Et s'il lui était arrivé malheur depuis la dernière fois que M. Vidocq a eu de ses nouvelles ?

— François a eu des nouvelles par un gardien il y a deux jours, il allait bien.

— Quand même… C'est bien long.

Baptiste marcha jusqu'au bord du quai, scrutant les ténèbres. Il reprit sa déambulation désordonnée. Landry, toujours souriant, alluma un cigare, respirant lentement le parfum du tabac.

Leur ambassade auprès du roi avait été un succès total. La lettre d'introduction de Talleyrand étant un parfait sésame, Louis-Philippe les reçut dès leur arrivée. Landry lui donna d'abord à lire son article, puis la confession de Saint-Méran. Hubert plaida ensuite la cause de son client avec ferveur. Le roi, les mains jointes sous le menton, pensif, demeura longtemps silencieux.

— Et vous, jeune homme, vous n'avez rien à dire ?

— Moi, Sire ? Je suis presque un enfant encore. Et j'ai besoin de mon père. Il m'a été enlevé de manière injuste il y a cinq ans et je voudrais le retrouver avant d'être un homme.

Le garçon était rouge de confusion. Et le roi retint un bref sourire. Embarrassés, Hubert et Landry échangèrent un regard inquiet. Étaient-ils venus en vain ? Louis-Philippe s'empara d'une feuille de papier et d'une plume et écrivit rapidement quelques lignes. Il la plia ensuite, apposa un cachet et tendit le pli à Baptiste.

— Tenez, jeune homme. Allez chercher votre père… Et soyez heureux.

— Sire, merci… Merci.

Les larmes aux yeux et les mains tremblantes, le garçon se saisit du document, l'observa longuement et le serra contre lui. Il adressa un large sourire à ses amis. Le calvaire vécu depuis des années touchait enfin à son terme.

— Quant au comte de Verteuil, ne vous inquiétez pas, Messieurs. Je m'en occupe. Cet homme ne nuira plus à personne. Vous pouvez y compter.

— Le voilà, Landry ! Le voilà.

Il plissa les yeux pour tenter d'apercevoir ce que distinguait déjà le garçon. Une barque approchait effectivement. À la poupe, la haute silhouette de Vidocq se dessinait dans l'obscurité. Le prisonnier était, lui, complètement invisible. L'esquif aborda le quai. Un gardien sauta légèrement à terre, suivi plus lentement par une ombre hésitante. Il lui retira les chaînes qu'il portait aux poignets.

— Te voilà libre, mon gars. Bonne chance.

— Merci... Pour tout.

Au son de cette voix, Baptiste courut vers le bout du quai et se jeta dans les bras du nouvel arrivant.

— Papa !

Il eut un instant de flottement. Quelques secondes durant lesquelles le temps se figea. Très doucement, les bras tremblants de Sébastien se refermèrent sur son fils.

— Baptiste, c'est toi ? C'est vraiment toi ?

Le garçon était incapable de répondre : submergé par l'émotion, il sanglotait. Ni Landry ni Vidocq n'avaient le cœur de briser ces retrouvailles. Ils demeurèrent un long moment immobiles et silencieux. Finalement, l'ancien chef de la Sûreté toussa discrètement et Baptiste s'écarta d'un pas. Landry s'approcha alors, donna une tape amicale sur l'épaule de son ami.

— Heureux de te revoir, Sébastien.

— Landry ? Toi aussi, tu es là ? C'est...

Étreint par de trop fortes émotions, il vacilla légèrement et serait peut-être tombé sans le secours de Vidocq qui lui prit fermement le bras. Ils se dirigèrent tous ensemble vers la voiture. Landry remarqua que son ami évitait le halo de lumière dispensé par le fanal et se rencognait au fond de la voiture mais ne s'en inquiéta pas. Cette liberté nouvelle avait de quoi le dérouter... D'autorité, Vidocq prit place à ses côtés, indiquant d'un geste à Landry qu'il devait se mettre face à son ami. Baptiste voulut protester, souhaitant être près de son père mais le journaliste lui pressa doucement le bras pour le réconforter. Il devinait que Sébastien avait besoin d'un peu de temps pour se laisser aller aux gestes de tendresse qu'attendait avidement le garçon. La voiture s'ébranla, roula quelques minutes et s'arrêta dans la cour d'un relais de poste.

— Landry, vous devriez conduire notre ami à sa chambre. Baptiste et moi allons nous occuper de commander un souper. Ah non, jeune homme, pas de grogne. Tu verras ton père dans quelques minutes.

Outré, Baptiste suivit Vidocq dans la grande salle tandis que Landry conduisait Sébastien par un escalier donnant sur une galerie extérieure. Ils avaient choisi les lieux tout exprès pour éviter à leur ami de devoir traverser une pièce où tous les regards convergeraient vers lui. Pour la même raison, l'ancien policier avait décidé de tenir le garçon à distance afin de permettre à son père de se laver et de passer des vêtements propres. Après cinq longues années dans une cellule, le bain qu'ils avaient fait préparer serait sans nul doute le bienvenu…

Un peu embarrassé, Sébastien entra avec délices dans l'eau chaude sous les yeux bouleversés de Landry. À la lueur des candélabres, il découvrait le corps amaigri de son ami, sa peau blanchie par le manque de lumière, ses cheveux longs, désormais striés de fils gris, et son visage envahi d'une barbe infestée de poux. Il surprit son regard et eut un demi-sourire.

— Ce n'est pas très beau à voir, j'imagine. Je ne sais pas à quoi je ressemble mais après toutes ces années dans cette cellule… Je suis content que mon fils ne me voit pas comme ça…

— Tu veux que je te laisse ? Tu as des vêtements propres sur le lit et…

— Non, reste… J'ai été seul si longtemps… J'ai tellement de questions à poser. Je ne sais pas par où commencer.

— Tu auras tout le temps à partir de maintenant. Rien ne presse…

— À quoi dois-je ma libération ?

— À une lettre de grâce du roi Louis-Philippe que…

— Louis-Philippe ?

— C'est vrai, tu n'es pas au courant…

Rapidement, Landry lui résuma les faits politiques survenus durant son absence, l'exil de Charles X et de sa famille, l'accession au trône des Bourbons-Orléans… Il évoqua la lettre de la duchesse d'Angoulême, la confession de Saint-Méran, la plaidoirie d'Hubert. Lorsqu'il prononça le nom de Julie, il guetta la réaction de Sébastien mais celui-ci resta de marbre et le journaliste s'en inquiéta. La prison avait-elle effacé les sentiments qu'il lui portait naguère ?

— Ainsi, vous avez pu prouver que c'était Verteuil le coupable… J'ai détesté Inès autant que je le pouvais mais cela n'aurait pas dû se finir ainsi… Le monstre…

— Tu n'as plus rien à craindre de lui… Et la mort d'Inès n'est pas restée impunie. Alors que nous quittions Paris, nous avons reçu un billet venant du cabinet du roi. Il a envoyé des soldats se saisir du comte pour le jeter en prison. Verteuil a alors compris que tout était perdu pour lui. Il s'est brûlé la cervelle devant les soldats…

— Dommage… J'aurais bien aimé qu'il prenne ma place dans cette cellule…

— On s'évade d'une cellule… Au moins, il ne vous tourmentera plus…

Sébastien hocha la tête et s'immergea complètement. Lorsqu'il ressortit sa tête de la cuve, Landry n'aurait su dire si l'eau qui ruisselait sur son visage était celle du bain ou des larmes de soulagement.

Quelques minutes plus tard, ils rejoignirent Baptiste et Vidocq dans la chambre voisine où le repas les attendait. Sébastien avait revêtu des vêtements propres, attaché ses cheveux avec un lien de cuir et, avec l'aide de Landry tant ses mains tremblaient, rasé sa barbe. Il mangea peu, fut surpris par le goût du vin qu'il avait oublié… Il avait du mal à quitter son fils du regard, émerveillé et effrayé à la fois de découvrir un jeune garçon sage et intelligent à la place du petit garçon dont il se souvenait. Il lui posa de nombreuses questions sur ses frères, ses projets d'avenir, ses habitudes, ce qu'il aimait. Il apprit avec joie la naissance du fils de Landry, l'interrogea sur son métier de journaliste, demanda des nouvelles de sa mère et de Malo, soulagé d'apprendre qu'ils étaient toujours en vie et se portaient bien. Ses amis échangeaient pourtant des regards inquiets : pas une seule fois il n'avait prononcé le prénom de Julie… Était-ce la peur d'apprendre qu'elle avait rencontré quelqu'un d'autre ? Avait-il renoncé à elle lors de ce trop long isolement ? Baptiste pourtant la mentionnait régulièrement dans ses réponses mais il ne semblait pas réagir… Au moment de regagner sa chambre, alors qu'il leur tournait le dos, il osa enfin :

— Dis-moi, mon garçon, ta mère est-elle toujours aussi belle ?

— Je crois qu'elle l'est encore plus qu'avant. Et tu sais, elle t'attend avec impatience…

Le lendemain, très tôt, ils prirent la route de Nantes. Vidocq cependant les quitta rapidement pour regagner Paris où ses affaires l'attendaient depuis plusieurs semaines. Il serra son ami dans ses bras, désolé de devoir partir si vite, mais promit de venir lui rendre visite rapidement. Perplexe, Sébastien reprit sa place dans la voiture, se demandant où se trouvait désormais sa maison… Ce chemin vers la liberté lui semblait soudain interminable…

***

Le cocher tira brutalement sur les rênes, immobilisant la voiture. Étonné, Landry passa la tête à la portière et l'interrogea sur cet arrêt imprévu.

— C'est Mme Julie, Monsieur. Elle est là-bas…

Il désignait du bout de son fouet la silhouette qui se dessinait au bord du chemin. Ne supportant plus d'attendre, Julie, qui avait reçu la veille un billet de Landry lui annonçant leur arrivée, avait parcouru à pied une partie du chemin pour venir à leur rencontre. Baptiste se précipita vers sa mère, se jetant à son cou. Elle le serra distraitement contre elle, ne quittant pas des yeux le carrosse. Landry avançait à son tour vers elle tandis que Sébastien mettait pied à terre. Le journaliste étreignit son amie avec tendresse. Il la sentait qui tremblait d'émotion dans ses bras.

— Il a beaucoup changé. Ne le brusque pas trop. Vous avez tout le temps…

Elle acquiesça, fit un pas de côté pour mieux regarder celui qui arrivait. Elle retenait difficilement des larmes de joie et une violente envie de se jeter contre lui. Landry donna une tape amicale sur l'épaule de Sébastien.

— Je rentre avec Baptiste. Prenez votre temps.

Julie le remercia d'un sourire et regarda s'éloigner la voiture dans un nuage de poussière. Restés seuls, ils demeurèrent un long moment silencieux face à face.

— Landry m'a dit que tu habitais chez Charlotte.

Elle masqua sa déception : elle avait tellement attendu et imaginé cet instant, rêvé qu'il la prendrait dans ses bras pour lui dire que rien n'avait changé. Et il demeurait distant, immobile, presque froid…

— Oui, je me sentais plus en sécurité chez elle. Si tu veux, quand tu le voudras, nous aurons une maison à nous…

— Nous verrons…

— Alors, pour l'instant, rentrons… Tout le monde t'attend, tu sais.

Ils marchèrent quelques minutes. Julie aurait voulu lui prendre le bras ou la main mais il demeurait à deux pas d'elle, lointain et muet.

— Tu es bien silencieux…

— Je viens de passer plusieurs années seul dans une cellule. J'ai à peu près tout désappris. La liberté. La compagnie des autres. Les conversations mondaines.

— Je ne voulais pas t'importuner.

— Tu ne m'importunes pas. J'ai juste oublié beaucoup de choses.

Elle s'immobilisa, blessée, se demandant si elle faisait partie des *choses* qu'il avait oubliées. Elle reprit sa marche, accélérant le pas pour revenir à sa hauteur. Il ne semblait s'être aperçu de rien. Elle décida de se fier aux paroles de Landry. « *Vous avez tout le temps…* »

Sur le seuil de la maison, Charlotte et Hubert les attendaient, tout sourire. Sébastien posa ses lèvres sur la main de la vieille dame et serra celle de son avocat avec reconnaissance.

— Je ne vous remercierai jamais assez tous les deux pour tout ce que vous avez fait pour moi et pour les miens.

— Nous avons fait ce que notre cœur nous dictait, rien de plus. Votre mère et vos fils vous attendent dans la bibliothèque.

Vous êtes ici chez vous. Mon frère et moi allons vous laisser profiter tranquillement de ces retrouvailles. Nous nous reverrons pour le souper si vous le voulez bien.

— Ce sera avec plaisir, Charlotte. Vraiment.

Il lui pressa la main avec reconnaissance et avança dans l'ombre fraîche de la maison. Julie le suivit sans un mot, adressa un sourire à ses amis. Elle avait hâte de voir la joie sur le visage de Clémence, Séverin et Guillaume. La porte de la bibliothèque s'ouvrit devant eux sans qu'ils aient le temps de la pousser. Baptiste avait entendu des bruits de voix et venait s'assurer qu'ils arrivaient. Avec un cri de joie, il se précipita vers ses parents et les prit chacun par une main pour les conduire auprès du reste de la famille. S'appuyant contre Julie, il s'écarta ensuite pour laisser les autres profiter de cet instant précieux. D'abord, ce furent les jumeaux qui, dans un bel ensemble, se précipitèrent vers leur père. Il les serra contre lui dans une même accolade, stupéfait de découvrir deux jeunes hommes, désormais aussi grands que lui et plus vigoureux encore. Il les contempla quelques secondes puis s'écarta doucement d'eux : il venait d'apercevoir Clémence qui attendait son tour.

— Mon fils…

— Mère…

Ils s'étreignirent longuement et il dut l'aider à s'asseoir. Bouleversée, elle vacillait et ne pouvait retenir les larmes de joie qui roulaient doucement sur ses joues ridées. Elle avait vieilli, il le remarqua avec tristesse tout en éprouvant un réel soulagement de la revoir. Il prit le mouchoir qu'elle tordait dans son poing crispé et lui essuya les joues avec délicatesse.

— Je t'en prie, ne pleure plus à cause de moi. C'est fini, je te le promets.

— Alors, garçon, te voilà revenu parmi nous ?

Au son de cette voix, Sébastien se redressa brusquement. Il se retourna pour se jeter dans les bras de Malo qui lui souriait.

— Mon vieil ami… Toujours là pour moi et pour les miens.

— Eh, cela fait vingt ans que cela dure, c'est devenu une habitude.

— Et moi, tu ne m'embrasses pas, Sébastien ?

— Ana ! Quelle joie de te revoir ! Landry m'a dit que vous aviez un enfant, je suis heureux pour toi.

En parlant, il prit son ancienne compagne dans les bras, la souleva et posa un baiser sur sa joue, la faisant rougir de confusion et de plaisir puis il s'assit dans le canapé entre Clémence et Guillaume et passa ses bras autour de leurs épaules. Séverin et Baptiste s'assirent par terre, juste devant eux, les yeux levés vers leur père avec adoration. Ils commencèrent alors à discuter tous bruyamment, les questions et les réponses se croisant et s'échangeant parfois sans logique dans un joyeux brouhaha.

Julie sortit discrètement sur la terrasse, s'appuya au muret de pierres sèches, les yeux dans le vide. Elle se sentait étrangement lasse… et très seule. Elle tressaillit en sentant des mains fermes se poser sur ses épaules et les presser avec force.

— Qu'est-ce que tu fais là, petite ? Tu devrais être avec tout le monde en train de te réjouir.

— Mais je suis heureuse, Malo. Très heureuse. Que vas-tu chercher là ? Je suis juste émue.

— Pas à moi, petite. Je te connais trop bien. Quelque chose ne va pas, je le devine.

Elle ferma les yeux, incapable de retenir un sanglot, posa une main sur celle de son ami.

— J'ai un peu honte, Malo, mais je dois avouer que je suis jalouse. Tout à l'heure, quand il a embrassé Ana, j'ai eu très mal.

— Allons, tu sais bien que c'est fini entre eux. Elle a épousé Landry et tu es la seule qui compte à ses yeux.

— C'était vrai il y a cinq ans. Le problème, Malo, c'est que moi, il ne m'a pas prise dans ses bras. Il ne m'a même pas touchée du tout. Alors que j'en ai tellement besoin… Il est là mais j'ai l'impression qu'il ne me voit pas, que je ne compte pas. Et si ces années avaient tout détruit ? S'il m'avait oubliée ?

— Ne dis pas de sottise, Julie. Je ne connais pas deux êtres qui soient plus faits pour être ensemble que vous deux.

— J'en suis sûre aussi. Mais lui, Malo, est-ce qu'il y croit encore ?

Il noua ses bras autour d'elle pour la réconforter et la serra contre lui, singulièrement touché par sa détresse. De la bibliothèque jaillissaient des rires et des voix joyeuses. Personne ne semblait avoir remarqué l'absence de Julie. Il posa un baiser sur les cheveux de la jeune femme, se voulut rassurant.

— Ne t'inquiète pas, petite. Tout s'arrangera…

***

Le souper se déroula dans la même atmosphère joyeuse, Sébastien continuant à poser de nombreuses questions à chacun. Julie s'était d'autorité assise près de lui mais il demeurait distant avec elle. Elle s'efforça néanmoins de rester souriante pour ne pas gâcher la joie de ses amis. Elle regardait surtout son fils avec tendresse. Depuis longtemps, elle ne l'avait pas vu si heureux. Il ne quittait pas son père des yeux, semblant craindre qu'il ne disparaisse à nouveau. Le repas était délicieux et copieux, tous se régalaient. Après le fromage, les conversations étaient un peu retombées et tous ressentaient la fatigue de cette journée riche en émotions. Baptiste bâilla soudain bruyamment. Julie sourit.

— Je crois qu'il est temps pour certains d'aller se coucher.

— Non, s'il te plaît. Je veux rester encore.

— Ta mère a raison, fils. De toute façon, nous sommes tous épuisés. J'ai moi-même hâte de trouver le confort d'un bon lit.

Il effleura la main de Julie qui tressaillit à ce simple contact. Elle lui jeta un regard interrogateur auquel il répondit par un sourire. Ils se levèrent ensemble et elle osa enfin poser sa tête contre son bras et s'appuyer contre lui. Il passa aussitôt son bras autour de sa taille. Après les dernières salutations, ils s'engagèrent dans l'escalier, étroitement enlacés. Ils ne parlaient pas. Elle sentit son souffle chaud dans son cou lorsqu'il s'écarta légèrement pour qu'elle ouvre la porte qu'il referma dès qu'ils furent entrés. Aussitôt, il la plaqua contre le panneau de bois et l'embrassa soudain. Surprise par ce brusque revirement, elle demeura un bref instant passive avant de répondre à son baiser. Un baiser dur, exigeant mais sans tendresse. Il la serra contre lui et, sans la lâcher, sans cesser de l'embrasser, il l'entraîna vers le lit, l'y renversa brutalement. Elle passa ses doigts dans ses cheveux lorsque ses lèvres glissèrent le long de son cou. D'une main, il souleva sa robe, fouillant ses jupons. De l'autre, il s'empara de sa poitrine à travers le tissu. Il l'écrasait de son poids. Elle ne put retenir un gémissement, de crainte et de chagrin mêlés, face à son emportement. Il n'avait eu aucun geste vers elle de la journée et manifestait soudain un violent désir de la posséder. Sa main se crispa sur sa nuque. Il releva la tête, surpris par la sensation de ses ongles sur sa peau. Il croisa alors son regard, plein de détresse et se redressa soudain. Il s'éloigna du lit, la laissant étendue sur les couvertures, immobile et sans force.

— Seigneur... Qu'est-ce que j'allais faire ?

— Tu ne me désires même plus ?

— Julie, j'allais te prendre comme un soudard, sans aucune considération. Comme j'aurais pu le faire avec n'importe quelle fille de joie. Ne me dis pas que c'est ce que tu veux.

— Au moins, pendant un instant, j'ai pu croire que tu t'intéressais encore à moi, même si ce n'était que pour ça...

— Je refuse de te manquer de respect de cette manière. Ce serait ignoble. Tu mérites mieux que ça.

— Tout à l'heure, tu m'as dit que tu avais désappris et oublié beaucoup de choses pendant ton emprisonnement. Est-ce que tu as aussi désappris à m'aimer ? Est-ce que tu m'as oubliée ?

— Je ne sais pas. Je ne sais plus. C'est dur à expliquer. Les premiers temps, je n'arrêtais pas de penser à toi, aux garçons, à ma mère. Je me demandais si vous saviez où j'étais, si vous pensiez à moi, si vous étiez en train de m'oublier. Je me demandais ce que vous faisiez, si vous étiez heureux. Je vous imaginais en train de rire, de manger tous ensemble autour d'une bonne table. J'imaginais qu'un autre posait ses mains sur toi. Cela a failli me rendre fou. Alors, je me suis interdit de penser à vous. Je vous chassais de mon esprit dès que vous y apparaissiez. J'ai voulu oublier que j'avais une mère, des enfants, une femme.

— Et tu as réussi ?

— D'une certaine manière, oui. Mais je n'avais plus rien à quoi me raccrocher. Je n'avais plus le goût de vivre. J'ai arrêté de m'alimenter… C'est un gardien qui m'a sauvé. Un homme bon. Il me parlait de sa famille, de sa femme et de ses sept enfants. Je les imaginais, je me raccrochais aux détails de leur vie. Lorsqu'il était absent, j'étais content car je savais qu'il aurait des anecdotes à me raconter. Je lui dois beaucoup, il m'a évité de perdre la raison et la vie. Il était là lorsque j'ai été libéré, c'est lui qui m'a reconduit à terre avec François.

— Je comprends… Mais… et moi ? Est-ce que je compte encore pour toi ?

— Tu es la mère de Baptiste, la seule femme que j'aie vraiment aimée mais depuis que je suis sorti de cette prison, je ne sais plus où j'en suis. Je ne reconnais plus mes fils. Guillaume et Séverin sont devenus des hommes et Baptiste n'est déjà plus un enfant. Je ne sais pas ce que je veux faire de ma vie. Je ne suis pas sûr de pouvoir reprendre là où j'en étais il y a cinq ans comme si de rien n'était. L'avenir me terrifie. Je ne sais pas si tu comprends…

— Il n'y a donc plus de place pour moi dans ta vie ? C'est terminé ? Tu ne peux pas me faire ça… Je t'attends depuis cinq ans. Il n'y a eu personne d'autre, je te le promets.

— Je ne suis sûr de rien. C'est pour ça que je ne t'ai pas prise dans mes bras, que je me suis tenu loin de toi. Je ne veux pas te donner d'espoir ni te faire de promesse que je ne pourrai pas tenir. Ce serait pire que tout… Je crois qu'il vaudrait mieux que je m'éloigne quelque temps.

— Tu ne vas pas me laisser ? Pas encore. Tu ne peux pas me faire ça. J'ai besoin de toi… Je ne supporterai pas de… Je t'en prie…

Elle était assise sur le lit, le dévisageant de ses grands yeux tristes pleins d'incompréhension. Il se maudissait de lui infliger cette épreuve mais il refusait de lui mentir encore.

— Il faut que je parte, Julie. Le temps de savoir ce que je veux.

— Et tes fils ? Les jumeaux sont adultes mais tu leur as beaucoup manqué. Et Baptiste a désespérément besoin de toi.

— Je reste leur père et je ne les abandonne pas. Je veux être présent pour eux. J'ai juste besoin de quelques jours pour me retrouver et savoir ce que je veux.

— Quelques jours pour savoir si tu m'aimes ? Si tu savais comme ça me fait mal d'entendre ça.

— Je suis…

— Non, ne me dis pas que tu es désolé. Pas ça. Je ne veux pas de ta pitié.

— Je partirai demain. J'expliquerai aux garçons que…

— Tu pars dès maintenant. Je ne veux pas que tu passes une heure de plus sous ce toit où nous t'avons tous accueilli à bras ouverts, avec tout notre amour, pour que tu nous rejettes de cette manière.

— Mais, les garçons ? Je dois leur dire…

— Je le ferai. Tu vois, je t'épargne encore d'affronter leur regard quand ils sauront mais je te conseille de revenir vite si tu ne veux pas les perdre.

— Je te promets de revenir. Dès que je serai prêt.

— Dimanche.

— Que veux-tu dire ?

— Nous sommes mardi. Tu as jusqu'à dimanche pour te décider. Si tu n'es pas revenu ce jour-là, ne cherche plus jamais à me revoir. Baptiste choisira, je ne lui imposerai rien mais, moi, je saurai à quoi m'en tenir.

— Je viendrai. Je te le jure.

— Dimanche, dès l'aube, je t'attendrai sous le grand chêne à droite de la grille. J'y resterai jusqu'à minuit. Ce sera ta dernière chance de me voir… Prends un cheval à l'écurie, si tu veux. J'expliquerai à Charlotte. Pars, maintenant. Je crois qu'il n'y a rien à ajouter.

Elle se tenait debout près de la fenêtre, lui tournant le dos. Le cœur brisé, elle écouta la porte se refermer derrière lui. Quelques instants plus tard, elle entendit le galop d'un cheval qui s'éloignait…

***

Le dimanche, le jour n'était pas encore levé quand Landry regarda par la fenêtre Julie debout près du grand chêne. Il eut soudain la vision fugace d'une petite fille de cinq ans l'attendant sous la pluie près de la ferme de ses parents. Ce jour-là, elle était entrée dans sa famille... Elle avait bien changé depuis. La fillette mal habillée et terrifiée était devenue une belle jeune femme courageuse et déterminée. Depuis quelques jours pourtant, il était inquiet pour elle. Le mercredi matin, Baptiste l'avait trouvée sans connaissance près de la fenêtre de sa chambre. Revenue à elle, elle avait expliqué la situation et essuyé la colère de son fils qui lui reprochait de ne pas avoir su retenir Sébastien.

— Je ne te le pardonnerai jamais s'il ne revient pas. C'est ta faute s'il est parti.

Il n'avait rien voulu entendre et repoussait depuis toute tentative de conciliation. Julie était effondrée, terrifiée à l'idée de perdre à la fois son fils et l'homme qu'elle aimait.

Les premières lueurs du jour scintillaient désormais dans le feuillage du grand chêne. Ce serait une belle journée. Au loin, elle entendit le roulement des sabots d'un cheval sur la route pavée. Il lui sembla que son cœur battait plus fort. Elle savait qu'il viendrait, qu'il tiendrait sa parole mais elle ne l'attendait pas si tôt. Était-il pressé de la revoir ou de lui dire que tout était terminé ?

Il sauta à terre dès qu'il eut franchi la grille et elle ne put retenir un sourire en regardant le bel étalon noir qu'il avait choisi en partant. Bucéphale, évidemment. Son cheval qu'il n'avait pas eu le temps d'élever comme il le souhaitait. Il marcha jusqu'à elle d'un pas ferme. Elle remarqua qu'il avait coupé ses cheveux et que son teint était moins pâle qu'au moment de son départ. Il redevenait celui qu'elle avait connu. Il s'arrêta face à elle, l'observa un instant en silence. Il la trouvait plus belle encore qu'auparavant. Les petites rides que le temps avait creusées autour de ses yeux lui allaient bien.

— Alors, te voilà.

— Me voilà. Comme je te l'avais promis. Je suis venu te demander pardon.

— Pardon ?

— Pardon de ne pas avoir su veiller sur toi quand il le fallait. Pardon pour ta jeunesse gâchée à cause de moi. Pardon pour toutes les souffrances que tu as endurées par ma faute.

Pardon pour les enfants que tu voulais et que tu n'as pas eus. Pardon de ne pas m'être assuré qu'Inès ne pourrait plus te faire de mal quand nous nous sommes mariés. Pardon d'être parti mardi alors que j'ai su, dès que j'ai quitté notre chambre, que c'était une erreur…

Il s'approcha un peu plus, lui prit la main et posa ses lèvres au creux de sa paume.

— Dis-moi, Julie, tu veux encore de moi ?

— J'ai toujours su que tu me reviendrais. Rappelle-toi, *je t'appartiens…*

— *Et je t'appartiens…*

Ils demeurèrent longuement silencieux, ne pouvant détacher leur regard l'un de l'autre. Elle entrelaça ses doigts aux siens et voulut l'entraîner vers la maison. Il la retint encore, posa doucement ses lèvres sur les siennes. Un baiser doux, léger, plein de tendresse.

— Une dernière chose avant de rentrer… Dis-moi, ma douce, tu veux bien devenir ma femme, pour toujours cette fois ?

Riant et pleurant à la fois, elle se jeta dans ses bras qu'il referma sur elle, déterminé à ne plus la laisser s'éloigner.

Dans la chambre de Landry, un feu énorme brûlait dans la cheminée. En souriant, il y jeta les dernières pages de son manuscrit. La copie envoyée à Julie était déjà partie en fumée. Il aurait d'autres romans à écrire. D'autres aventures à raconter.

L'histoire de Julie et Sébastien n'appartenait qu'à eux.

Retrouvez-nous sur les réseaux sociaux :

City Editions

www.city-editions.com
@cityeditions
www.facebook.com/cityeditions/
@CityEditions
@cityeditions

Achevé d'imprimer en septembre 2024
sur les presses de la Nouvelle Imprimerie Laballery
58500 Clamecy
Numéro d'impression : 405326

Imprimé en France

La Nouvelle Imprimerie Laballery est titulaire de la marque Imprim'Vert®